徐復觀教授著

增補六版

中國文學論集

臺灣學生書局印行

新編

中國文學論集

學生書局印行

再版補編自序

我對中國古典文學，有濃厚地興趣，也有相當地理解。這些年來，所以把研究的精力傾注到中國思想史方面，完全是來自對中國文化的責任感。但因偶然地機緣，仍情不自禁地寫了些有關中國文學方面的文章；這裡補編的十六篇，是自己覺得比較有點意義的。

西漢文學論略，是一篇披荆斬棘性的文章，對中國文學史的研究，應當有若干貢獻。但其中也犯了些錯誤；藉此次彙印的機會，把它改了過來，好像放下了精神上所壓的一塊石頭。

以「文心雕龍淺論」冠名的七篇文章，再加上「釋溫柔敦厚」的一篇，都是爲華僑日報「中國文學雙周刊」寫的；因篇幅限制，不得不出之以凝縮地方式。但此次重看一遍，好像是看他人的文章一樣，感到不是把精神完全沉浸下去，決無法寫出。有志研究中國古典文學的青年，也應當把精神完全沉浸下去閱讀。另有兩篇講演紀錄的短文，都是針對一個問題所提出的淺鮮看法，對青年也許有點幫助。談中國文學中想像問題的兩篇文章，似乎可以當「深切著明」四個字。

有關紅樓夢的三篇，應當引起讀者更大的感想；即是，百年來我們在文史上一片空白的最基本原因，到底在什麼地方，似乎可以得到一點解答。還另有答覆對我提出反詰的三篇文章，因反詰得愈來愈離譜，所以答覆的也沒有實質的意義，便不應再糟蹋紙張了。對文心雕龍和紅樓夢，還有預定要寫的文章，日暮途遠，我能許下什麼願心呢？

癸丑年十月廿七日記於九龍

自序

這裡印出的八篇文章，前面七篇，都曾在刋物上發表過，此次只對文字稍加整理。最後一篇——中國文學中的氣的問題——則係十年前已經預定要寫的；可是，因偶然地機緣，在這一方面寫了十多萬字；但預定要寫的，反一直拖了下來，拖到本書彙印的前夕，才倉促提筆寫成。即此一端，也不難想見我的生命，給偶然地機緣，銷耗得太多了。

從民國十五年起，受當時革命浪潮的衝激，一直到民國三十四、五年，我完全摒棄了線裝書，尤其是摒棄了宋明理學和桐城派的古文。但當無聊的時候，還讀讀詩詞，以資消遣；因此，也特別留心到中國文學史這方面的著作。中日有關這類出版的東西，總是盡量收集。到抗戰發生為止，所收集到的，都燬於民國二十八年日機對重慶的一次轟炸。等到我認識了熊師十力，而自覺到過去對中國文化的鹵莽愚妄時，在詩詞及文學這一方面的興趣，反而淡漠起來了。現在，進入到我心靈最深的，却是我過去所摒棄最力的宋明這批人格主義的思想家。並且十多年來，也慢慢地重新了解所謂桐城派古文，在中國文學史中，必然要佔崇高地一席。我之所以用「重新」兩個字，說來眞是惶恐；原來我在二十一、二歲以前，湖北的幾位老先生，也是我的恩師——王季薌、劉鳳章、黃翼生　李希如、孟晉祺諸位老先生，都認定我會成爲此中的能手。誰知垂暮之年，却只落得一雙白手呢！

友人牟宗三先生，看到我偶然寫的這方面的文章，曾來信鄭重地要我寫一部中國文學史。並認爲假定我肯寫，定和我目前所寫的中國藝術史——即現時付印的中國藝術精神——同樣有價值。因爲我的中國藝術精神中的一部分，牟先生曾經看到過。不過，目前中國文化界的趨勢，和民國十五年以後的二十年間的我一樣，正以鹵莽愚妄的態度，對待自己的文化；但在文學這一方面，還有些人感到興趣。只要感到興趣，總會慢慢地弄出點頭緒出來。此後的餘年，倘再能寫幾篇文學方面有關鍵性的文章，便已經不錯了。恐怕不容許我把寫一部值得稱爲中國文學史的時間，安排到自己也不能完全控制的未來的日程裡面。

每門學問，都有它自己的世界，這即是一般所說的學術的自律性。目前所以不能出現一部像樣點的中國文學史，就我的了解，只因爲大家不肯進入到中國文學的世界中去，而僅在此一世界的外面繞圈子。有的人，對於一個問題，搜集了許多周邊的材料，却不肯對基本材料——作者的作品——用力。有的人，對基本材料，做了若干文獻上的工作，却不肯進一步向文學自身去用力。所以在這類文章中，使人感到它只是在談無須乎談的文獻學，而不是談文學，不是談文學史。在某一文獻本身有問題時，談談文獻學，當然是需要的。在沒有文獻問題的典籍中去大談而特談其文獻學，便只有把文學驅逐得更遠了。至於鈔襲剽竊之流，又何足論。

上述情況，除了以派系霸佔地盤，維持飯碗，破壞了整個學術研究風氣的原因之外，切就文學史的本身而論，我想還有三個原因，會妨礙這工作的進展。第一，研究文學史的人，多缺乏「史地意識」；常常是以研究者自己的小而狹的靜地觀點，去看文學在歷史中的動地展出。不以古人所處的時代來處理古人；不以「識大體」的方法來處理古人；也不以自己眞實地生活經驗去體認古人；而常是把古人拉在現代環境中來受審判；拉在强刑逼供，在鷄蛋裡找骨頭的場面中來受審判；拉在並不是研究者自己眞實地生活經驗，而只是在自己虛憍浮薄的習氣中來受審判。我年來發現，有的人寫文章的目的，似乎是在造成歷史地寃獄，認爲只有這樣才可以抬高自己的地位。第二，「凡屬文言的作品便是死文學；只有白話的作品，才是活文學」的口號，使文學史中，唯有俗文學才受到文學地待遇；五十年以前，每一時代的文學主流，便實際都受到「非文學」地待遇。文學史，是「文學地歷史」；是通過文學作品以發現有代表性的心靈活動，及在此活動中所眞切反映出的人類生活狀態的歷史。只有在值得稱爲「文學地作品」中，才顯得出人類的心靈活動。文言白話的自身，都不是文學，所以文學也無間於白話與文言。不能在文言中發現文學，也決不會在白話中發現文學。不能發現文學，如何能發現「文學地歷史」。第三，進化的觀念，在文學、藝術中，只能作有限度的應用。歷史中，文學藝術的創造，絕對多數，只能用「變化」的觀念加以解釋，而不能用進化的觀念加以解釋。可是時下風氣，多半把個人的文學觀點，套上未成熟地進化觀念的外衣，無限制地使用；結果，文學史中十之八九的人和作品，都在這些人的心目中，變成了過時的廢料。有的朋友諷刺我的興趣太廣。也許正因爲這一缺點，而使我能從各種角度去了解文學、藝術，去承認文學、藝術多方面的價值。除了是虛僞的東西。

我這本書，在性質上，若套用日本常用的名詞，應當和同時印出的中國藝術精神，稱之爲「姊妹篇」。但我不願這樣說，是因爲中國藝術精神，係計劃地、有系統地一部書；而本書彙印的八篇文章，並非出於預定的計劃。雖然如此，但當我因偶然機緣的觸發而拿起筆來的時候，還能保持嚴肅地態度。假定這幾篇文章，對下一代好學深思之士，在文獻考證及思想把握的態度與方法上，能發生若干啓發性的作用，我便非常滿意了。其中錯誤之處，定所不免，我懇切希望能得到指教。此外我還寫過不少的有關文學、藝術的短篇文章，但多以介紹西方者爲主，將來預備收印到我的雜文集中去。

友人朱龍盦先生，隱於下吏，書畫雙絕，人品尤高；本書封面的檢書，是他爲我集的漢碑，至可感謝。

民國五十四年十月四日徐復觀自序於東海大學寓廬。

把全稿交印後，又因偶然機緣的觸發，寫了一篇林語堂的蘇東坡與小二娘，順便收爲附錄。我希望今後能做到不看時人這類的東西，以免控制不住自己的時間而浪費筆墨。

十月十一日又誌

中國文學論集目錄

文心雕龍的文體論

文學的特性，須通過文體的觀念始易表達出來。所以文體論乃文學批評鑒賞之中心課題，亦係文心雕龍之中心課題。顧自唐代古文運動以後，文體之觀念，日趨模糊；明代則竟誤以文類爲文體；遂致現代中日兩國研究我國文學史者，每提及文心雕龍之文體論時，輒踵謬承訛，與原意大相出入；此不特妨礙對原書之研究，且亦易引起一般文學批評鑑賞上之混亂。本文乃係針對此點與以澄清，一復文體一詞含義之舊；並將原書頭緒紛繁之文體論，稍加疏導條貫，使讀是書者能得其統宗；且進而窺古今文學發展之跡，通中西文學理論之郵，爲建立中國之文體論作一奠基嘗試。惟此一問題，窔奧複雜。西方雖已有不少專著，亦未易會其指歸；我國則傳統久失，新著未聞；作者僅因授課餘閑，偶涉及此，並非專門精力之所寄。謬誤疏漏，勢所難免；尚乞海內通人，賜予指正。又若干有關意見，因行文之便，記入附註，或更須待專文加以補充；並希閱者諒察。

一、文體觀念的混亂與澄清

（1）文心雕龍，即我國的文體論

構成文學的重要因素有三：一是作爲其媒材的語言文字；一是作爲其內容的思想感情；一是作爲其藝術表現的形相性（註一）。正如卡西勒所說：「科學家是事實和法則的發見者，而藝術家則是自然之形相的發見者。」（註二）所謂自然形相的發見，乃是將自然的形相，表現於藝術作品之中，以成爲藝術作品的形相，這是美學的基本規定。站在純文學的立場來講，它是以美學爲基本原理；所以作爲文學總根源的詩，是「通過形相來說話的」（註三）。固然，文學的形相，對於形相的感覺地具體性而言，乃是間接的性質，有時只是以一種氣氛情調而出現。但這，我們可以看作是形相的昇華；所以其基本性格，依然是藝術性的形相；也只有通過形相及形相的昇華作用，而後始能對其基本性格加以把握。中國文學的傳統，如後所說，實用性的意味特別濃厚；但只要在實用性中還有美的心靈的活動，則表現出來的，依然會離不開藝術性的形相。文學中的形相，在英國法國，一般稱之爲 Style（註四），而在中國，則稱之爲文體。體即是形體，形相。文體雖與語言及思想感情，並列而爲文學的三大要素之一：但語言和思想感情，必須表現而成爲文體時，才能成爲文學的作品。一切藝術，必須是複雜性的統一，多樣性的均調。均調與統一，是藝術的生命，也是文學的生命；而文體正是表徵一個作品的均調統一的。從作者說，是他創作的效果；從讀者說，是從作品所得的印象；讀者只有通過這種印象始能接觸到作者；因此，文體是作者與讀者互相交通的橋梁。所以文學的自覺，同時必表現而爲文體的自覺（註五）。中國把文學從作爲道德、政治之手段的附屬地位解放出來，而承認其有獨立價値的自覺，可以用曹丕的典論論文作代表；而文體的觀念，恐怕也是在這一篇文章中才正式提出的。雖然在此一名詞觀念正式提出以前，很早便經過了因事實之存在而已有長期的醞釀。自此以後，由兩晉而宋齊梁，文學的批評鑒賞，盛極一時。深一層看，這些幾乎都是以文體論爲中心的。劉彥和的文心雕龍，實際是此一時代許多批評鑒賞著作的一大綜合。他之所以取名爲「雕龍」，是因爲「古來文章，以雕縟成體」（序志）；凡此書用到雕縟乃至與此相近似的名詞時，都指的是文學中的藝術性。以雕縟成體，用現代的話來說，即是以藝術性而得到其形相。因此，文心雕龍，廣義的說，全書都可以稱之爲我國古典地文體論。總術篇說：

「才之能通，必資曉術；自非圓鑒區域，大判條例，豈能控引情源，制勝文苑哉。」

此處之術，證以後文的「文體多術」，可知即是文體的方法。曉術，即是了解創造文體的方法。「圓鑒區域」，即是了解文體在文章各區域中具體的要求，及其實現的情形。「大判條例」，即是分析貫通于各文體中的各種共同因素。文心雕龍全書五十篇，依照劉彥和的序志，可分爲三部分。第一部分，由原道到辨騷共五篇，乃追溯文體的根源。第二部分亦稱爲上篇，由明詩到書記共二十篇，是說明在各類文章中對於文體的要求，及既成作品中文體的得失，這即是他說的「圓鑒區域」。第二部分，亦稱爲下篇，又可分爲兩部分；由神思到總術共二十篇（註六），是分析構成文體的內外諸因素，及學習文體的方法；這是他所說的「大判條例」。其餘五篇，除序志爲自序外，時序篇是說文體隨時代而變遷；才略篇是說個人才性與文體的關係，實係體性篇「是以賈生俊發」一段的發揮；知音篇是要人由文體以校閱古人文章的得失；程器篇是希望文人能「貴器用而兼文采」，在較廣的意味上，把人和文連結起來。劉彥和認爲要有創造的才能，便須了解形成文體的方法；爲能了解形成文體的方法，則須「圓鑒區域」，這便包括了上篇的二十篇；更須「大判條例」，這便包括了下篇中的二十篇。此外十篇，除序志係自序外，都是以文體爲中心所展開的議論。所以我說文心雕龍一書，實際便是一部文體論，並無牽强附會之處。齊春秋謂「彥和撰文心雕龍五十篇，論古今文體。」（註七）可知古人早以全書爲文體論。

（2）「文體」與「文類」的混亂

若再進一步研究，文體可分爲普遍性的文體，及歷史性的文體。普遍性的文體，是指構成文體的普遍性的因素。歷史性的文體，指的是由不同的時代、不同的文類、所給與以限定的特殊性的因素（註八）。二者常是互錯交流；但對普遍性文體的研究，乃是文體論的最基本工作；而歷史性的文體研究，自然要受到前一研究的制約的。文心雕龍的上篇，正是歷史性的文體研究；而下篇則正是普遍性的文體研究。因此，下篇才是文體論的基礎，也是文體論的重心。文體論中最中心的問題，也是最後的問題，便是文體與人的關係；在達到完成階段的文體論，都是環繞此一問題而展開的。所以下篇的體性篇，又是文心雕龍的文體論的核心；在它的前一篇——神思篇，是說文學心靈的修養，爲體性篇立基。以下各篇，分析構成文體的各重要因素，可以說都是體性篇的發揮；這才是對文體論所作的直接而普遍地基本研究。上篇自明詩篇以下的二十篇，則不過是把文學作品分成二十類，用彥和在總術篇的術語說，分成二十個「區域」，來研究文體在這些不同的區域中，在歷史中的具體實現或應用的情形。所以站在文體論的立場來看，下篇的重要性，遠在上篇之上。但近數十年來，在中日有關中國文學史的著作中，一提到文心雕龍時，便說上篇是文體論，下篇是與文體論相對的什麼修辭說或創造論等，這不能不算是一個奇怪的現象。例如鈴木虎雄氏，在支那詩論中說：

「上篇二十五篇是概論文之體裁，下篇二十四篇是說修辭之原理方法；因之，此書可二分爲文體論與修辭說。」（註九）

又如青木正兒氏在支那文學概論中說：

「劉勰之文心雕龍，分論文體爲騷（註十），詩、樂府、賦、頌讚、祝盟、銘箴、誄碑、哀弔、雜文、諧讔、史傳、諸子、論說、詔策、檄移、封禪、章表、奏啓、議對、書記二十一種。」

（註十一）

又說：

「文心雕龍，是由五十篇構成的大著述；從原道到正緯四篇，乃是論文之起源。從辨騷到書記二十一篇，是論文之諸體，辨明其流別。從神思到定勢五篇，是論作文之基礎。從情采到隱秀十篇，是修辭論。從指瑕到程器九篇，是可看作論一般文章上緊要事項的總論。最後，序志一篇，是其自序。」（註十二）

中國現代人士對文學史的研究，多受日人影響；所以在這一部分，也受到日人同樣的錯誤。例如劉大杰氏在中國文學發展史（註十三）中說：

「文心雕龍……他的篇名雖極其含混，次序雖極其混亂，然而我們只要稍稍細心，他對於文學幾點重要的意見，我們還可看得清楚。爲清醒眉目，將全書整理如下：

一、全書序言　序志

二、緒論　原道、徵聖、宗經、正緯四篇

三、文體論　辨騷至書記二十一篇

四、創作論　總術、附會、比興、通變、定勢、神思、風骨、情采、鎔裁、章句、練字、

聲律、麗辭、事類、養氣、夸飾十六篇

知音、才略、物色、時序、體性、程器、指瑕七篇。」（註十四）

五、批評論

按劉氏對文心雕龍隨意變更其篇次的「整理」，眞算是在「整理」工作中對原典一無所知的非常突出的例子。他把自己頭腦的「含混」，「混亂」，說成原典的「含混」「混亂」。序志篇分明說「本乎道（原道篇），師乎聖（徵聖篇），體乎經（宗經篇），酌乎緯（正緯篇），變乎騷（辨騷篇），文之樞紐，亦云極矣。」是彥和以爲一切文章，皆由上五者而出；而劉大杰和范文瀾們却偏偏把辨騷篇割裂到彥和之所謂「上篇」中去，他們連序志都沒有好好讀過。

郭紹虞氏的中國文學批評史，從典論論文起，和青木正兒氏一樣，把所有文章的分類，都說成了文章的分體；自然也把文心雕龍的上篇，說成了文體論。所以他說：

「文心雕龍之論文章體製，就比較精密了。……第二，以性質別體，並不拘於形貌。如頌讚、祝盟、銘箴、誄碑、哀弔、諸隱，……書記諸篇，都是選擇兩種文體之性質相近者合而論之；這樣，文體同異之間，可以分得更清楚。……」（註十五）

以上由四家所代表的共同之點，即是他們無一人把文心雕龍的下篇認作是文體論。而他們所說的文體，實際只是文類，是由文章題材性質之不同所分的文「類」。「類」的名稱似乎到唐而始統一，確定；但自典論論文以迄元代，除極少數的例外，都是把文類和文體分別得十分清楚的。文體雖然和文類有密切的關係；文體的觀念，雖在六朝是特別顯著，而文類的觀念，則在六朝尚無一個固定名稱；但自曹丕以迄六朝，一談到「文體」，所指的都是文學中的藝術的形相性；它和文章中由題材不同而來的種類，完全是兩回事。在同一類的文章中，可以有不同的文體；如同為奏議，而賈誼與劉向，所表現的文體，並不相同。反之，在不同類的文章中，可以有相同的文體。如議論、書劄、傳記、文類不同；但若同出於某一名家，便可以發現他在不同的文類中，實流貫有共同的文體，否則不算成了家。上述各人對此的誤會，似乎是從誤讀了典論論文開始的。典論論文有幾句是：

「蓋奏議宜雅，書論宜理，銘誄尚實，詩賦欲麗，此四科不同，故能之者偏也；惟通才能備其體。」

這裡的奏議、書論、銘誄、詩賦，乃文章的分類。此種分類，乃來自題材的不同，用途的不同，與決定文章好壞的文體，完全是兩回事。但曹丕當時則不謂之「類」，而謂之「科」，四科亦即四類；「雅」「理」「實」「麗」，乃其所謂「體」，即係「文體」；此文前面所說的「文非一體」之體，正指「雅」「理」「實」「麗」四者而言。而青木們把曹丕之所謂科，誤解為體。此種對文句誤解的情形，當然也會出現在對古人其他的著作，尤其是出現在對文心雕龍的了解上面。陸機文賦之「體有萬殊」，及「其爲體也屢遷」，與「混妍媸而爲體」，蓋皆指「期窮形而盡相」之體，即指詩之「綺靡」，賦之「瀏亮」等而言。摯虞文章流別論，就全晉文所輯錄的十二條中，可知其所謂「流別」者乃文章之分類；而十二條中之四個「體」字，皆係形相性之體；如「曲折盡體」，「哀辭之體，以哀痛爲主」等。沈約宋書謝靈運傳論：

「自漢至魏，四百餘年，辭人才子，文體三變。相如工爲形似之言；二班長於情理之說；子建仲宣，以氣質爲體。」

形似、情理、氣質，皆所以構成形相性之文體的因素，與題材的性質無關。梁簡文帝與湘東王蕭繹書謂「比見京師文體，懦鈍殊常……。」劉孝綽昭明太子集序謂「竊以屬文之體，鮮能周備……。」蕭子顯南齊書文學傳論謂「今之文章，作者雖衆；總而爲論，略有三體……。」江淹雜體詩序「夫楚謠漢風，既非一骨；魏製晉造，固亦二體。」庾信趙國公集序「自魏建安之末，晉太康以來，雕蟲篆刻，其體三變。」等等之所謂文體，無不相同。而鍾嶸詩品，「文體」連詞者凡十，亦無不指文學中的藝術性的形相。文心雕龍中所言的文體，更都是如此。與上篇的詩，樂府，賦，頌讚等由題材性質不同所分的二十類的文類，渺不相涉。彥和對於這二十類，雖然尚未用「類」的統一名稱，而稱之爲「區界」、「囿別」、「區分」、「區囿」、「區畛」、「區品」、「區別」、「類聚」等（註十六）。

但決不曾稱之為體。又頌贊篇：

「又紀傳後評，亦同其(讚)名，而仲治流別，謬稱為述，失之遠矣。」

此乃指摯虞分類之謬，益可證「流別」係指文章之類而非文章之體。「類」名之建立，今日可考者，似始於蕭統之文選序(註十七)。此後對文章題材性質不同之區別，幾無不曰「類」。最著者如歐陽詢之藝文類聚序：

「金箱玉印，以『類』相從，號曰藝文類聚。」

姚鉉唐文粹序：

「得古賦樂章歌詩贊頌碑銘文論箴表傳錄書序，凡為一百卷，命之曰文粹，以『類』相從。」

宋呂喬年太史成公(呂祖謙)編皇朝文鑑始末：

「……一日，因王公奏事，問曰，聞呂某得末疾……向令其編文海，今已成否？王公對曰，呂某雖病，此書編『類』極精，……。」

元陳旅國朝文類序：

「乃蒐攟國(元)初至今，名人所作，若詩歌賦頌銘贊序記奏議雜著書說議論銘誌碑傳，皆『類』而集之。」

明程敏政皇明文衡序：

「走因取諸大家之梓行者，仍加博采……以『類』相次。」

這都是沒有把類說成體的。宋陶叔獻將西漢文加以分類編輯，即稱爲西漢文類。體與類之相混淆，似已萌芽於南宋章樵升之古文苑序（註十八），而大盛於明代鄙陋的文章選家。吳敏德有文章辨體，內集四十九體，外集五體。徐伯魯有文體明辨，正編分一百有一目，附錄分二十六目。賀仲來有文章辨體彙選，分一百三十二目。凡此所謂之體，實即文章之分類。明代既體與類混淆，便反映到文心雕龍的了解上，也把文心雕龍上篇所分的類認成爲「體」，反而把文體的本義埋沒了。一路錯了下來，這便是今人誤解的來源。如曹學佺文心雕龍序：

「雕龍上廿五篇，銓次文體；下廿五篇，駈引筆術。」（註十九）

四庫全書總目：

「其書原道以下二十五篇論文章體製；神思以下二十四篇，論文章工拙。」

黃叔琳文心雕龍注例言：

「上篇備列各體，下篇極論文術。」

孫梅四六叢話凡例：

「若乃辨體正名，條分縷析，則文選序及文心雕龍，所列俱不下四十。而雕龍以對問，七發，連珠三者入於雜文，雖創例，亦其宜也。」

明清以來，提到文心雕龍的文體的，幾乎是無一不錯。日本數十年來，凡是研究西洋文學的人，用到文體一辭時，意義皆與中國文體的本義，不謀而合。研究中國文學的人，用到文體一辭時，則幾乎都蹈襲了明清以來的錯誤。此一分歧，更影響到文學藝術的辭書上；由研究西洋文學藝術者所編的，在解釋此詞時是正確的。由研究中國文學者所編的，便多是錯誤的。這一原因，是因為由唐代所傳到日本的文學理論（如文鏡秘府論之類），對文體一辭的用法是根據它的本義；而專門研究中國文學的人，反以明清的錯誤而掩其本義。這一錯誤不僅關係於一個名詞，而乃關係於對文學特性的了解。

（3）對文心雕龍文體觀念的誤解

大家既把文心雕龍上篇中文章的類，說成了體；然則對於下篇中的體性篇：

「若總其歸途，則數窮八體：一曰典雅，二曰遠奧，三曰精約，四曰顯附，五曰繁縟，六曰壯麗，七曰新奇，八曰輕靡。」

此處對於「體」字說得這樣明白，他們又作何解釋呢？有的人儘管寫文心雕龍的文章，却根本不曾檢閱原典，不知道還有這一層的問題；有的人則硬把眼面前的「體」字，換成另外的名詞，來一套偷天換日的手段。例如青木正兒氏硬把「體」字換成「品」字，他說：

「次論作文之基礎，以文有典雅、遠奧、精約、顯附、繁縟、新奇、輕靡之八『品』，皆作者性格所顯現，宜學適於性格之文（原註：體性篇）。」（註二十）

郭紹虞則硬將體字換成「風格」；他在引用了體性篇「若總其歸途，數窮八體，……」的一段原文以後，接着說：

「此所謂八體，不是指文章的體製，而是指文章的風格。就文章的風格而加以區分，這應當算是最早的材料了（註二十一）。後來日本文鏡秘府論卷四論體篇有博雅、清典、綺艷、宏壯、要約，切至六目，就是文心雕龍所舉八體，稍加改易，而去了新奇，輕靡二體。」（註二十二）

按文心雕龍，用了不少的「品」字，多半是作「品類」解，已如前述；則青木氏之以「品」字易「體」字之不當，不待多說。近年來許多人以風格作 Style 之譯名，則郭氏之以「風格」易「體」字，似無不可。但將風格譯 Style，這是對風格一詞的廣義用法。縱使我們承認此一廣義用法，也依然不能代替傳統的文體觀念。因爲第一，風格一詞過於抽象，不易表示「文體」一詞中所含的藝術的形相性。而「形相性」才是此一觀念的基點。第二，風格一詞，是作爲文體價値判斷的結果，常指的是文體中某種特殊的文體而言；因此，文體一詞可以包含風格，而風格不能包括文體。更重要的是：

對風格的這種廣義的使用，乃是近幾十年來的事，並不能推到劉彥和的時代。原來風格一詞，是用作對人的品鑒，與風節風骨同義；而「風骨」連詞，又較爲後出。自「風骨」一詞流行後，風格一詞的應用，似乎大爲減少。世說新語賞鑒篇上和嶠傳下注引晉諸公讚曰：「峩然不群，時類憚其風節」；而晉書和嶠傳謂其「少有風格」。又晉書庾亮傳：

「風格峻整……隨父在會稽，嶷然自守，時人皆憚其方嚴；……元帝爲鎭東時，聞其名，辟西曹椽。及引見，風情都雅，過於所望。」

由此可知，風即是風情，風姿，一種文雅的態度；而格則是嚴整方正，不隨流俗的節概。又晉書赫連勃勃載記論「其器識高爽　風骨魁奇。」又南史宋武帝紀「風骨奇偉，不事廉隅小節。」此類記載尙多，大約與風格同義。品鑒文學乃至其他藝術（書畫）的觀念、名詞，多是轉用對人的品鑒所用的觀念名詞；於是風格和風骨，便也成爲文學品鑒中的主要觀念、名詞。但此類名詞，在開始轉用期間，其意義之移動性相當的大。風骨一詞，經文心雕龍轉用而成爲風骨篇。但風格一詞，在文心雕龍中也曾兩見：一爲夸飾篇「雖詩書雅言，風格訓世。」此處之格字馮本作俗，而成爲「風俗訓世」；風作動詞用，風俗即「勸俗」之意，與訓世對擧，似於義爲順。另一則爲議對篇「陸機……腴詞弗剪，頗累文骨；亦各有美，風格存焉。」按此處之風格，旣與上文「頗累文骨」之骨對稱，可知彥和所用的風格一詞，並不同於風骨。格可訓法（註廿三），則此處之風格，或即同於彥和之所謂「風矩」或「風軌」（註廿四）。顏氏家訓有「詩格既無此例」之語，則格實與法同義。自此以後，凡談到格的，以法的意義特別多；其次則爲品格的高下；又其次，則與骨同義。若彥和之所謂風格，實與「風矩」「風軌」同義，其不能代替文體之體，固已彰彰明甚。即使風格與風骨相同，或與後來在文學批評中佔重要地位的氣格一樣，依然只能成爲文體中的一體。例如王掞所作王士禎神道碑說「蓋自來論詩者，或尚風格，或矜才調，或崇法律，而公則獨標神韻。」按風格、才調、法律、神韻，皆包涵于文體一詞的原義之中，此更可作風格僅爲文體中之一體的明證；所以不能將其與 Style 混爲一談。劉彥和在全書中用了無數的「體」字，也用了一次或兩次的「風格」，這在他，分明是作兩種名詞使用；何以對體性篇之「體」，不從「體」字本身去直接了解，以求與全書的「體」字相貫通，而却要用彥和所極少用的風格一詞去代替？若體性篇之體，與郭氏們所說的「上篇是文體論」之體不同，以致須用風格一詞來代替，則彥和何以不逕用他所已用過的風格一詞，而却在此篇乃至整個下篇中用了許多的體字？由此可見自明代以後，不了解傳統之所謂文體，因而不了解作爲文心雕龍的中心觀念的文體，而誤以類爲體所引起的混亂，眞到了難以想像的程度。

（4）文體與文類的釐清

中國文章中之所謂「類」，有似於西方所謂 genre，這是從法國生物學中轉用過來的名詞。但西方也常常把 genre 與 style 混淆不清。西方在 genre 方面，首先分爲韻文與散文，這有似于六朝時之文與筆。再進一步的區分，大體上是叙事詩（近代小說的母體），抒情詩，劇詩（戲曲），及隨筆四大類。西方之所以不易把 genre 與 style 分別淸楚，乃在於西方的文學領域，是純文藝性的，很少含有人生實用上的目的；因之，其種類的區分，多是根據由語言文字所構成的形式之異；而由文字語言所構成的形式，在中國稱爲體裁或體製，如後所說，也是 style 的一個基石；於是使他們感到，文章之類，亦即是文章之體。但即使是如此，我們在這裡，也能發現 genre 與 style 有不可踰越的一條界線。因爲 genre（類）是純客觀的存在；談到文章的 genre 時，可以不涉及作者個人的因素在內；所以 genre 的形式是固定不移的。而 style（體）則是半客觀半主觀的產物，必須有人的因素在裡面；因而他的形式也是流動的；此即劉彥和在體性篇中所說的「八體屢遷」，「會通合數」。尤其是中國文學，有與西方不同的傳統。在中國文學中，人生實用性的文學，佔極重要的地位（註廿五）。文心雕龍所分的二十大類中，除了詩、樂府、賦、雜文、諧隱五類，距實用性較遠；而史傳及諸子兩類包羅太大，不應以一語斷定外；其餘韻文的五大類，散文的八大類，皆係適應人生的實用目的而成立的。這便發生三個結果：第一，在中國傳統文學中的類，較之西方，遠爲複雜，因而分類的工作，也較西方遠為重要。第二，這種文章的分類，主要是根據題材在實用上的性質；至於文字語言構成的形式，只居於次要的地位；並且有許多根本與由文字構成的形式無關。這便說明西方的 genre 與 style 有時可以混淆，而中國的類與體，則決不能混淆。第三，因有實用性的文學，在客觀上都有它所要達到的一定目的；而這種所要達到的目的，便成為文體的重大要求，也成為構成文體的重大因素之一；於是某類的文章，要求某種的文體，也便成為文體論的重要課題。體和類相合的，便是好文章；體與類不相合的，便不是好文章；這便是文心雕龍上篇「圓鑒區域」的最大任務。體與類相混淆，則由類所給與於體的要求及其制約性，亦因之不顯，於是文章的法式（後來之所謂義法）亦無由建立。梅堯臣有兩句詩說：「君詩切體類，能照妍與媸。」切體類，即是體與類相切合。例如：

「章表奏議，則準的乎典雅；賦頌歌詩，則羽儀乎清麗；符檄書移，則楷式於明斷；史論序注，則師範於覈要。……」（註廿六）

章表奏議等是類，典雅等是體；章表奏議而能典雅，便是類與體相切合；否則便不相切合；便是「文體解散」（序志）。不過，既是體與類這樣的關連密切，又為什麼體與類不可混淆呢？除了上述的觀念上的問題以外，還有事實上的問題。即是每一類中，其所要達到的目的，雖大概相同；而所形成的形相，則並非一致。有如議對篇：

「至於主父之駁挾弓，安國之辨匈奴，賈捐之陳於朱崖，劉韻之辨於祖宗，雖質文不同，得乎要矣。」

所謂質文不同，即有的文體是質，有的文體是文。這即是在同類的文章中，並非僅有一體的簡單例證。在以下還要說到。

二、文體三個方面的意義及其達到自覺之過程

(1) 文體觀念的三個方面

文體之體，就文心雕龍上所說的，加以綜合，他包含有三個方面的意義，或者也可以說有三種次元。後人對文體觀念之所以陷於混亂，恐怕主要是因為沒有把彥和用字的習慣，加以條理清楚。「體」，如前所說，即是形體，即是形相；所以文心雕龍上，常將體與形互用；定勢篇讚謂「形生勢成」，即該篇上文之所謂「即體成勢」，此即體與形互用之一證，也即是文體的最基本的內容，也即前面所說的藝術的形相性。但此形體，應分爲高低不同的次元。低次元的形體，是由語言文字的多少長短所排列而成的，此即文心雕龍神思篇所說的「文之製體，大小殊功。」例如詩的四言體，五言體，七言體，雜言體，今體，古體，乃至賦中有大賦、小賦，有散文，有駢文等是。文體既是形相，則此種

由語言文字之多少所排列而成的形相，乃人所最易把握到的，這便是一般所說的體裁或體製。但僅有這種形相，並不能代表作品中的藝術性；所以體裁之體，是低次元的；它必須昇華上去，而成爲高次元的形相；這在文心雕龍，又可分爲「體要」之體，與「體貌」之體。體要之體與體貌之體，必須以體裁之體爲基底；而體裁之體，則必在向體要與體貌的昇華中，始有其文體中藝術性的意義。體要與體貌，如後所述，可以說是來自文學史上的兩個系統。但體要仍須歸結到體貌上去。所以若將文體所含的三方面的意義排成三次元的系列，則應爲：體貌←體要←體裁的昇華歷程。有時體裁可以不通過體要，而逕昇華到體貌。「體貌」，是文體一詞所含三方面意義中徹底代表藝術性的一面。

體裁而不昇華到體要上去，則只是一堆文字的排列；這種排列，便會無條理，無結構，無意義，乃至無意味。這只要想到達達主義者剪下一段報紙的每一個字，裝入袋內，再將其搖出，按搖出的順序擺成詩的形式，而即以此爲詩，即可以明瞭這根本不能認爲是詩。體要而不昇華向體貌上去，則雖然有某種內容，但椎魯樸陋，或有實用上的意義，而無文學上的意義。政府一般的文告，民間的契券，乃其極端的一例。體裁之體，常代表一種腔調；此腔調若完全順情而發，成爲抒情的性格，則有時不必經過體要的經營，也常即形成藝術性的體貌；歌謠及詩詞中的短章、絕句，常屬於這一類的。再就昇華的內容看，昇華的歷程，乃是向人的性情、精神昇進的歷程。體裁之體，可以說未含有作者的人的因素。在體要中，而始可以看出人的智性經營之跡。至體貌而始有作者的性情，有作者的精神狀貌。所以這才是文學完成的形相。

（2）體貌的最先發現

有文學即有文體。但文體的自覺，是要經過相當長的時期的。前面已經說過，文學中的藝術性的自覺，必表現為形相的自覺；所以文體雖含有三方面的意義，但文體的自覺，首先是從體貌這一方面引起的。而體貌實為文體觀念的骨幹。西京雜記：

「……其（司馬相如）友人盛覽，嘗問以作賦。相如曰，合纂組以成文，列錦繡而為質。一經一緯，一宮一商，此賦之迹也……」

按所謂賦之迹，實即賦之貌，賦之體。

揚雄法言吾子篇「或曰，女有色，書亦有色乎，曰有。」此處之所謂書，實即指文學作品。揚雄以為書有色，亦即意識到文學有體貌。而他在問神篇謂「惟聖人得言之解，得書之體」，這可能是文體之體的最早應用。何晏論語集解對「夫子之文章可得而聞也」的解釋是「章，明也；文彩形質著見，可以耳目循。」「形質」即「形相」；「可以耳目循」，即是其形相可用感官加以把捉；這似乎是以當時對文體的自覺觀念來解釋夫子的文章，自然與論語的原意是不合的。陸機文賦「信情貌之不差，故每變而在顏。」又「文徽徽以溢目，音冷冷而盈耳。」顏即是貌；溢目的是形，盈耳的是聲，這是構成體貌的兩大因素。後漢書文苑傳贊：

「情志既動，篇辭爲貴。抽心呈『貌』，非雕非蔚。殊狀共『體』，同聲異氣。」

范蔚宗在這裡正提出了體貌兩字來說明文學的藝術性；在此一藝術性自覺之下，他才確定了文人獨立存在的價値，而創立了文苑傳。劉彥和在原道篇說明文章是出於道；而道的自身即是文，所以原道篇以「垂天之象」「理地之形」的「象」與「形」爲道之文。又說「形立則章成矣，聲發則文生矣。」更說「龍鳳獻體，龜書呈貌。」而練字篇說：

「夫文象列而結繩移，鳥跡明而書契作，斯乃言語之體貌，而文章之宅宇也。」

時序篇說：

「魏武以相王之尊，雅愛詩章……並體貌英逸，故俊才雲蒸。」

這都是特別顯示文學中的形相性。但構成形相性的主要東西是聲和色；所以彥和更常用「聲貌」一詞（註廿七）。聲貌之貌即是色，或稱爲采；以「聲貌」稱文體，而文體之形相性乃更爲具體。文心雕龍中，「聲采」，「符采」，「金玉」，「光采」，「宮商」等詞，或就聲而言，或就貌而言，皆聲貌一詞之換用，亦即體貌之體的偏稱；這在文心雕龍的文體論中，佔有極重要的地位。文學特性的自覺，亦即文體的自覺，是通過文學中一系列的「體貌」、「聲貌」的感受而誘發出來的。有了體貌的自覺，才回轉頭來有體裁體要的自覺。

（3）體貌與感情

若從文學的內容來說明文體自覺的歷程，則文學的形相，是感情與感覺的結合。窮索到最後，文學的形相，其實質乃是出自感情，乃是感情的客觀化，對象化（註廿八）。此即詩經的所謂比興。所以文學的形相，是在以感情爲主的作品系列中最爲顯現；文心雕龍上篇中從明詩到雜文各篇所關涉到的文章，多是以感情爲主的文章；於是在這些文章中所說的體，也多半是體貌之體；而文體的自覺，也正是從這一系列的文章中導引出來的。詩經是以感情爲主的文學重要作品；但在過去，因爲將它列入到「經」裡面，於是經典的教訓性，壓倒了文學的藝術性；所以「溫柔敦厚」，實等於彥和所說的「雅潤」之「潤」（註廿九），實際是形容詩之「體」；但漢人不說是體，而說是「教」（註三十）；毛詩的詩有六義，到了正義才把風雅頌說成是體（註三十一）。繼詩經而起，以感情爲主的大文學作品是楚辭。形成兩漢文學主要內容的辭賦，乃是繼承楚辭的系統，所以班固在離騷序中說「爲辭賦宗」（註三十二）。而王逸稱其：

「自終沒（屈原之終沒）以來，名博儒達之士，著造辭賦，莫不擬則其儀表，祖式其模範，取其要

妙，窃其華藻。」（註三十三）

彥和對離騷的敘述是：「觀其骨鯁所樹，肌膚所附，雖取鎔經意，亦自鑄偉詞。故騷經九章，朗麗以哀志。九歌九辯，綺靡以傷情……故能氣往轢古，辭來切今。驚采絕艷，難與並能矣。」彥和上面的一段話，最值得注意的是，屈原所自鑄的偉詞，亦即屈原所創造的語言的藝術，實較取鎔經意的內容更爲重要。而所謂「朗麗」，「綺靡」，「采」，「艷」等，都是形容語言藝術的形相。在此形相的後面，乃是「雖與日月爭光可也」的屈原的芳潔地感情。對離騷發生於文學上的影響，彥和亦謂：

「雖世漸百齡，辭人九變，而大抵所歸，祖述楚辭。」（註三十四）

魏晉宋齊梁以下逮唐初，則又是繼承楚辭漢賦而發展演變；所以劉彥和說當時的情形是「遠棄風雅，近師辭賦。」（註三十五）此一系列的文章，因爲是以感情爲主；而感情是朦朧無法把捉的，故必借外物之聲貌，以爲感情之聲貌，因此便容易引起了文體的自覺。所以劉彥和在詮賦篇說：

「及靈均唱騷，始廣聲貌。然則賦也者，受命於詩人，拓宇於楚辭者也。……述客主以首引，極聲貌以窮文。」

正指出此中消息。

（4）體貌發現的另一線索——由人物品藻向文學批評

另一誘發文體自覺的重大因素，恐怕是來自東漢以來對人物的品鑒。漢世以察舉取士，月旦評題，蔚成風氣。劉邵人物志，爲東漢品鑒風氣之結果。其主要之點，在就人之形容聲色情味以知其才性，即「由形所顯，觀心所蘊」；人體的形相，成爲知人才性的戶牖，這便無形中培養成重視形相的風氣。但魏以前，對於人的形相的重視，是出於實用的要求；而形相的自身，不過爲追求另一實用價值之手段。及漢魏，魏晉之際，政治的激變太大，士大夫多因避禍而逃避現實，於是以實用爲內容的人物品鑒，一變而爲藝術的欣賞態度；因之，人物形相的自身，即有其值得欣賞之價值；而人體的藝術性，於以確立。世說新語所載之人物品藻，正代表此一大的轉向。于是人物志所重者爲人之「才性」，而世說新語所重者乃人之「容止」（註三十六）。容止，乃人的「活地」形相。此與希臘人以雕塑來表現人體形相之美，因而想建立一種靜的純一晴朗的形相世界，恰成一對照（註三十七）。此種活地形相之美，不是靠幾何的線條表現出來，而是靠通過形相，但又不止於形相；通過感官，但又超過感官的「神味」表現出來。神味，即是由一個人的精神狀態中所流出的氣雰、情調。對於此種美的領受，不僅是靠「感覺」，而是靠「感觸」；不僅是「認取」，而是要「領會」；此在彥和則謂之「懸識」（附會篇）。若以今語譯之，即是美地觀照的洞見。由人的活地形相所奠定的美，是把形相和由形相昇華上去的神味，直接連在一起所形成的。文學的形相，則主要表現在昇華作用以後的神味上，所以對形相而言，只是間接的；可以用感官去具體認取的成分相當稀薄。因此，把由人的活地形相而來的名詞觀念，轉用到文學的鑒賞批評上面，正接上了文學形相的特性；所以對文學的品藻，幾乎都是轉用品藻人物的名詞、觀念；這便對文體的自覺，乃至文體論的建立，成爲一個很大的助力。不僅文體之「體」，即從人「體」而來；且文體中最重要的「體貌」一詞，也是先用在對人的品鑒方面。體貌，在東漢似乎是一個很流行的名詞。漢書車千秋傳，「千秋長八尺餘，體貌甚麗。」後漢書吳漢傳，「斤斤謹質，形於體貌。」祭肜傳「體貌絕衆。」徐防傳，「體貌矜嚴。」袁閎傳「體貌枯毀。」至彥和剖析文體，尤常以人體爲喻；如「觀其骨鯁所樹，肌膚所附。」（辨騷篇）「故辭之待骨，如體之樹骸；情之含風，猶形之包氣。」（風骨篇）「必以情志爲神明，事義爲骨髓，辭采爲肌膚，宮商爲聲氣。」（附會篇）「輕採毛髮，深極骨髓。」（序志篇）此外的例子尚多。這種由活的人體形相之美而引起文學形相之美的自覺，爲了解我國文學批評的一大關鍵。也爲了解中國藝術的一大關鍵。

（5）體要的提出

在彥和當時，一般人談到文體的，多是就體貌之體而言。但劉彥和則於體貌之體以外，又提出體要之體，這是他較一般人更爲完整的地方。劉彥和對陸機的批評是：

「昔陸氏文賦，號爲曲盡；然汎論纖悉，而實體未該。故知九變之貫匪窮，知言之選難備

矣。」（總術篇）

這幾句話的意思是：陸機文賦，對文學各方面的研究雖然很詳備；但他只是作了詳細地橫斷面的汎論，所以便被當時所承認的文學範圍所限制，沒有包括文學的全體。劉彥和則是從文學發展的觀點來看文學，知道九代文學的演變是有其條貫的；因而把許多當時人排斥在文學範圍以外的經、子、史等，一概視作文學的演變，而皆納入於文學範圍之中；於是在當時一般所承認的體貌之體以外，又提出一個體要之體，以融入、充實到他的文體論裡面去。若以體貌之體，是來自楚辭的系統；則站在劉彥和的觀點說，體要之體，是來自五經的系統。若以體貌之體是以感情爲主；則體要之體是以事義爲主。（註三十八）。若以體貌之體，是來自文學的藝術性；則體要之體，是出自文學的實用性。若以體貌之體，是通過聲采以形成其形相；則體要之體，是通過法則以形成其形相。上篇中從史傳到書記，多是以體要之體爲主。後來古文家所主張的義法，實際是繼承此一系統而發展的。法國的彪封（Buffon 1707-1788）說：「所謂文體者，乃是人所給與其思想以秩序與運動之謂。」這是對當時盧騷們偏重于以「文學趣味」爲文體的一種抗議，實際也是偏重在體要之體的一方面。

文心雕龍徵聖篇：

「易稱辯物正言，斷辭則備；書云辭尚體要，弗惟好異。故知正言所以立辯，體要所以成辭；

……體要與微辭偕通，正言共精義並用；聖人之文章，亦可見也。」

按徵聖篇是把聖人作爲文章作者的標準而言；宗經篇是把五經作爲文章寫作的標準而言；實則兩篇皆係追溯我國文體，是源於五經；而以「正言」與「體要」，爲五經文章的特色。正言猶正名，和體要有連帶關係；體要自然會正名。所以全書談到以事義爲主的文章，多是以體要的觀念貫通下去。序志篇說：

「而去聖久遠，文體解散；辭人愛奇，言貴浮詭；飾羽尚畫，文繡鞶帨。離本彌甚，將遂訛濫。蓋周書論辭，貴乎體要。……辭訓之異，宜體於要。」

觀此，他之所以提出體要，正是爲了矯正當時過於重視體貌所發生的流弊。僞孔傳對體要的解釋是「辭以體實爲要。」集說引夏僎曰：「體則具於理而無不足，要則簡而亦不至於有餘。」觀彥和「宜體於要」之言，似將此處之體字作動詞用；體要，即法於要點，或合於要點之意。由合(法)於要點所形成的文體，對體貌之體而言，即可稱爲體要之體。體貌之體，係以貌而見；而體要之體，則以要而見。體要之體，既係由以事義爲主之文章而來，則徵聖篇之所謂「明理以立體」，及書記篇之所謂「隨事立體」，正說明體要之體，係由理或事所形成的。又議對篇謂「得事要矣」，「事實允當，可謂達議體矣。」由此便可知在議對這類文章中，能把握題材之要點，適應題材之要求，即係能體於要，而達到體要之體。例如論說乃說理之文，是以義（理）爲主的；論說篇謂：

「原夫論之爲體，所以辨正然否，窮于有數，追於無形；鑽堅求通，鉤深取極；乃百慮之筌蹄，萬事之權衡也。」

此段乃說明論係以思想上之辨正爲體；此即論之要求、目的，亦即論之「要」。下面接着說：

「故其義貴圓通，辭忌枝碎；必使心與理合，彌縫莫見其隙；辭共心密，敵人不知所乘；斯其要也。」

此段是說能把握「論」之要求，而加以實現，即係能體於「論」之要，所以說「此其要也」。又如檄移是以事爲主的，檄移篇說：

「夫兵以定亂，莫敢自專；……奏辭伐罪，非唯致果爲毅，亦且厲辭爲武。……奮其武怒，總其罪人，……搖奸宄之膽，訂信順之心……。」

這裡所說的是檄的要求、目的，亦即檄之「要」。他接着說：

「故其指義颺辭，務在剛健；揷羽以示迅，不可使辭緩；露板以宣衆，不可使義隱；必事昭而理辨，氣盛而辭斷，此其要也。」

能如此，係能合於題材的要求、目的，即係能體於要。亦即係「名與實相符」的文體。而名實相符，體類相合，乃文體的重要要求之一。

（6）體裁向體貌的昇進

前面已經說過，文體的最大意義，即在於表徵一個作品的統一。文心雕龍中文體一詞，裡面雖含有體裁，體貌，體要三方面的意義；但這三方面的意義，乃是通過昇華作用而互相因緣，互為表裡，以形成一個統一體的。先說以字數的排列情形為主的體裁吧。詮賦篇：

「夫京殿苑獵，述行叙志，並體國經野，義尚光大。……至於草區禽旅，庶品雜類，則觸興致情，因變取會；擬諸形容，則言務纖密；象其物宜，則理貴側附；斯又小制之區畛，奇巧之機要也。」

按此係由題材之大小，而決定體制之大小；由體制之大小，而決定體貌之「光大」或「纖密」。毛詩大序：「政有小大，故有小雅焉，有大雅焉。」正義：「詩人歌其大事，製為大體；述其小事，製為小體。……詩體既異，樂音亦殊。」按此正以題材之大小決定體製之大小；而樂音隨體製大小而異，亦猶體貌隨體製大小而殊。明詩篇：

「四言正體，以雅潤為本；五言流調，以清麗為宗。」

兩者雖同為言志之詩，但因其字數排列體裁之不同，而所要求的體貌亦異；這分明是指出體裁與體貌有密切的昇華關係。亦說明體裁對體貌之要求。是某種體裁，即要求某種體貌。頌讚篇：

「讚者明也，助也。……必結言於四字之句，盤桓乎數韻之詞；約舉以盡情，昭灼以送文；此其體也。」

按讚之所以以約舉昭灼爲體，乃受四字之句的限制；此可說明體裁對體貌之制約。是某種體裁，只能容受某種體貌。哀弔篇：

「及潘岳繼作，實踵其美，……促節四言，鮮有緩句；故能義直而文婉，體舊而趣新。」

按潘岳哀辭之體，能義直而文婉，乃與促節四言有密切之關係；此可說明體裁對體要與體貌之效果。某種體要或體貌，以用某種體裁始爲恰當。後來論古近詩體之不同要求，或詩與詞之不同性質，率多由此一規律發展而來。

(7) 體要與體貌的關連

現在再談到體要與體貌的關係。體要之體，以內容的事義爲主；事義本身之表達，即會成爲一種文體，並且會要求與事義相稱之文體。頌讚篇「頌主告神，義必純美。」純美乃所以適應於告神之事，亦即頌之要。又說：

「原夫頌惟典雅，辭必清鑠。敷寫似賦，而不入華侈之區；敬慎如銘，而異乎規戒之域。揄揚以發藻，汪洋以樹義；惟纖巧曲致，與情而變；其大體所底，如斯而已。」

按典雅者，乃由純美之要所求之文體；此時的文體，係由文章內容的要點所形成，所以此係體要之體。清鑠則係指體貌而言；清鑠的體貌，乃達到典雅之方法。由此可知體要之體，有待於適當地體貌而始能完成其表現的效率。華侈與典雅相反；規戒與頌神不合；故「敷寫似賦，而不入華侈之區；敬愼如銘，而異乎規戒之域」；此乃說明體要之體，對體貌之體，所發生之制約性。即是凡與體要不相合的體貌，反成爲文章的贅累。祝盟篇：

「凡群言發華，而降神務實……祈禱之式，心誠以敬；祭奠之楷，宜恭且哀；此其大較也。」

按「誠敬」與「恭哀」，乃因祝盟之事而來的體要之體。又

「夫盟之大體，必序危機，獎忠孝……感激以立誠，切至以敷辭，此其所同也。」

按「感激」，「切至」，乃體貌之體；而此體貌之體，乃所以適應必誠必敬的體要之體的要求。

銘箴篇：

「箴全禦過，故文資確切。銘兼褒讚，故體貴弘潤。其取事也，必覈以辨；其摛文也，必簡而深；此其大要也。」

按禦過與褒讚，乃箴與銘之要；確切，弘潤，乃與禦過，褒讚相適應之體貌。而取事覈以辨，摛辭簡而深，實爲能體於要之方法。取事覈辨，自成確切；摛文簡深，自成弘潤；此乃由能體於要而自能形

成與之相適應之體貌。誄碑篇：

「詳其誄之爲制，蓋選言錄行……論其人也曖乎若可睹；道其哀也，淒焉如可傷；此其旨也。」

「曖乎」「淒焉」，非事義所能表達，必有賴乎文章之聲貌。又：

「夫屬碑之體，……標序盛德，必見清華之風；昭紀鴻懿，必見峻偉之烈，此碑之制也。」

按標序盛德，昭紀鴻業，乃碑之要；淸華之風，峻偉之烈，乃碑之體貌；必有此體貌乃能達成體要之目的；故知體貌又可作達成體要之手段。後來有的古文家只講義法，不講聲貌，而亦未嘗無聲貌，此即可見體要與體貌之不可分。並且體要之體，必以能達到適當的體貌，始能得文體之全，成製作之美。所以銘箴篇「魏文九寶，器利辭鈍」，即非合作；而「張載劍閣」，「其才淸采」，「爲得其宜」。

（8）體貌向體要的依存

體貌之體，以辭的聲色爲主。由辭的聲色所成之體貌，亦必須與題材相切合，使體貌能符合題材的要求；亦即體貌應以體要爲內容。誄碑篇：

「逮尼父之卒，哀公作誄，觀其慭遺之切，嗚呼之嘆，雖非叡作，古式存焉。」

蓋誄之要求在表達哀情，「切」與「嘆」之體貌，正與哀情相合。又「潘岳構意，……巧於序悲，易入新切。」這是認爲新切之體貌，適於表現悲哀。又：

「至於崔駰誄趙，劉陶誄黃，並得憲章，工在簡要。」

按簡要故能「切」，切乃表現之文辭與被表現的體要之要的最短距離（註三十九）；哀者情眞，情眞者語自切，所以「切」的體貌是適於表現悲哀的。

「陳思叨名，體實繁緩；文皇誄末，百言自陳，其乖甚矣。」

按百言自陳，所以成爲繁緩：繁緩與簡要相反，故不切；此種體貌是不適於表現悲哀，故責之以「其乖甚矣」。又「觀風似面，聽詞如泣。」此乃體貌與體要合一之理想的誄碑的文體。哀弔篇：

「原夫哀辭大體，情主於痛傷。……。奢體爲辭，則雖麗不哀。必使情往會悲，文來引泣，乃其貴耳。」

按情往會悲，文來引泣，乃說明文之體貌，應達到哀弔之要求，亦即係達到體要之目的；而奢麗之體貌，並不適於達到此種目的。又：

「夫弔雖古義，而華辭末造；華過韻緩，則化而爲賦。固宜正義以繩理，昭德而塞違。割析褒貶，哀而有正，則無奪倫矣。」

按弔因經過「禰衡之弔平子，縟麗而輕清；陸機之弔魏武，詞巧而文繁」；故末造有華過韻緩，化而爲賦之弊；華過韻緩之賦，不足表現弔之哀，故彥和欲以體要之體，救體貌之失；使體貌能根於體要而昇華上去，以得其倫序。「正義以繩理」四句，即係稱述體要之體。由上所述，可知體貌之不能離乎體要。二者結合的理想狀態，可用議對篇的兩句話作代表：「理不謬搖其枝，字不妄舒其巧。」按上句是理合於辭，下句是辭不過理。又謂：

「長虞識治，而屬辭枝繁。」

「若不達政體，而舞筆弄文，……空騁其華，故爲事實所擯；設得其理，亦爲遊辭所埋矣。」

此皆爲辭與理不相稱，亦即體要與體貌不相稱之獘。惟能「標以顯義，約以正辭」，乃成爲統一的文體。

但不可因此誤會，以爲某一類的文章，其要求與所要達到之目的，大體相同，亦即其體要係大體相同，便認爲只限於某一種體貌始能與之相適應。假使這樣，便變成每類的文章，只有一種文體，而使文體歸於殭化。實際，每一類的文章，其體要雖大體相同，而體貌則不妨各異。通變篇謂：

「凡詩賦書記，名理相因，此有常之體也。文辭氣力，通變則久，此無方之數也。」

按名理相因之體，乃體要之體；文辭氣力之數，是體貌之體。前者不能變，而後者則常須變。此即下文之所謂「譬諸草木，根幹麗土而同性，臭味晞陽而異品。」這在文心雕龍上篇二十文類中，實際每類中之作者既非一人；各人之才、性、學習各不相同，其體貌亦自非一致。彥和對此，唯統之以體要，而示之以趨歸；凡與體要不相迕觸的各種體貌，即無分軒輊。例如章表篇「章以造闕，風矩應明；表以致禁，骨采宜耀。」此係由體要以要求體貌。但又謂「至於文舉之薦禰衡，氣揚采飛；孔明之辭後主，志盡文暢；雖華實異旨，並表之英也。」孔融與諸葛亮兩人之表，一華一實，體貌不同，而同爲表中之特出；豈有一類之文，僅拘於一類之體的？又如議對篇「雖憲章無數，而同異足觀。」又謂「雖質文不同，得乎要矣。」並足爲例證。

（9）文體三方面的統一

文體雖可分解爲三個方面，但文體的本身係表明文章之統一性；所以三方面的文體，應當融合於一個作品之中，以形成一個完整地文體。奏啓篇對此點而言，有較明顯的敘述；今摘錄如下，以作此章之結束：

「秦皇立奏，而法家少文。觀王綰之奏勳德，辭質而義近；李斯之奏驪山，事略而意逕；政無膏潤，形於篇章矣。」

按此乃一面言政治、思想，與文體之關係；一面亦表示體要與體貌之自然符合。辭質故義近，事略故意逕。

「若夫賈誼之務農……谷永之諫仙，理既切至，辭亦通暢。」

按上句言能體於要，下句言體貌能與體要相符。

「楊秉耿介於災異，陳蕃憤懣於尺一，骨鯁得焉。張衡指摘於史職，蔡邕銓列於朝儀，博雅明焉。」

按「骨鯁」「博雅」，皆就文章之體貌言。前者來自其耿介憤懣之情，但此種情與其所言之事有關。後者則端係來自兩人之學，也和兩人所言之事有關。

「夫奏之爲筆，固以明允誠篤爲本，辨析疏通爲首。强志足以成務，博見足以窮理。酌古御今，治繁總要，此其體也。」

按此乃體要之體。

「若乃按劾之奏，所以明憲清國……必使筆端振風，簡上凝霜者也。」

按振風、凝霜，乃體貌之體；而此體貌之體，乃來自明憲清國之要。

「若夫傅咸勁直，而按辭堅深；劉隗切正，而劾文闊略；各其志也。」

按此言兩人體貌之體，係來自兩人之情性。

「術在糾惡，勢必深峭。」

按此言由糾惡之體要，而自然形成深峭之體貌。

「若能闢禮門以懸規，標義路以植矩，然後踰垣者折肱，捷徑者滅趾。」

按此乃承上而言由人爲之努力，以矯正上述自然所形成的體貌之流弊。

「是以立範運衡，宜明體要。必使理有典型，辭有風軌（按上句爲體要，下句爲合於體要之體貌）。總法家之式，秉儒家之文（按此二句爲使體要與體貌相合之工夫）。不畏彊禦，氣流墨中；無縱詭隨，聲動簡外（按此四句言人格流注于文章之中）。乃稱絕席之雄，直方之擧耳。」

按此段述由題材之要求，人爲之努力，以至人格與文體之關係，言之頗爲周至。

「啓者開也……必歛飭入規，促其音節。辨要輕清，文而不侈，亦啓之大略也。」

按歛飭入規，促其音節，係就體裁而言；辨要輕清，文而不侈，此乃在較小之體裁內，對體貌之要求。

本來，就一個完整地文體觀念而言，則所謂體裁、體要、體貌，乃是構成文體的三個基本要素。任何作品，必定是屬於某種體裁；也必定有某程度的體要；也必定形成某種體貌。但因此三個基本要素，它都能以其獨立地形態而出現，於是在名言上即須與以檢別。加之，文章的內容不同，三者所發生的作用便不能不有所偏至；例如言詩詞者特重體裁對於體貌的關係；而叙事言理之文，體要又常居於首要的地位。所以我在本章中特加以條理。

三、文體之基型及文體與情性之關係

(1) 文體的八種基型

以上所說的文體中所含的三方面的意義，或三個次元，只是因爲劉彥和在使用文體一詞時，常或偏於表現文體的某一方面，因而容易引起讀者的誤解，所以不得不略加分疏。其實，一談到文體，只是讀者所感到的統一的藝術性地印象；因而每一作品，常常只能表現爲一種文體。文體是因人，因題材，因時代，乃至因特別臨時的因素而不斷的變化的；並且正賴有這種變化，而始能成就文學的創造性，永遠與人以新鮮的感覺。但劉彥和爲了使人對文體能作確切的把握，除了在上篇就各種文章的區域(類別)中，作實例的具體說明以外，更在下篇歸納出文體的八種基型，及其構成之一般地因素；更指出文體與情性的關係。如前所述，文心雕龍的上篇，爲歷史的文體論，而下篇正是普遍地文體論。茲略加分別疏釋如下。體性篇主要是說明文體與性情的關係。其中有一段說：

「若總其歸途，則數窮八體。一曰典雅，二曰遠奧，三曰精約，四曰顯附，五曰繁縟，六曰壯麗，七曰新奇，八曰輕靡。」

按這八種文體，是文體的基型。有如在中國傳統中把顏色中的紅黃藍白黑的五色看作五種基本顏色；

各種顏色，都是由這五種顏色互相滲和而成的一樣。這八種基型，是彥和從各種文體的根源中，所分析歸納出來的結論。各種文體，也是由這八種文體滲和而出。所以他一方面說「數窮八體」，一方面又說「八體屢遷」。不僅上篇所擧之各種文體，遠較此八體爲複雜；即本篇擧出作例證之十二人的文體，亦無一人與此八體完全相同；而定勢篇所擧出的六類文章的「本采」（「各以本采爲地」）內，僅有八體中之典雅沒有改變；此外的「清麗」、「明斷」、「覈要」、「宏深」、「巧艷」，也無一與八體中之其餘七體，完全相合；但都可視作是由八體融和參雜（「契會相參，節文互雜。」定勢篇）的結果。

（2）八種基型的史地根源

再依照劉彥和的發展地文學史觀來說，則基型的八體之中，內中五體是出自五經，而三體則是出自楚辭。徵聖篇：

「故春秋一字以褒貶，喪服擧輕以包重，此簡言以達旨也。」此應爲精約體的所自出。

「豳詩聯章以積句，儒行縟說以繁辭，此博文以該情也。」此應爲繁縟體的所自出。

「書契決斷以象夬，文章昭晰以象離，此明理以立體也。」此應爲顯附體的所自出。

「四象精義以曲隱，五例微辭以婉晦，此隱義以藏用也。」此應爲遠奧體的所自出。

彥和在體性篇以遠奧爲「經理玄宗」，而周易即爲三玄之一，故兩處並不矛盾。又謂「正言所以立辯，體要所以成辭」，此乃總括聖人立言之標準，實即「典雅」一詞之具體註脚；而彥和固明以「鎔式經誥，方軌儒門」爲典雅之所自出；文心雕龍凡說到典雅時，無不與五經有關，實可說是五經文體的總括。辨騷篇對離騷文體之敘述，亦認其包括衆體；如「朗麗以哀志」，「綺靡以傷情」，「瓌詭而慧巧」，「耀艷而深華」，「枚馬追風以入麗，馬揚沿波而得奇」等；然實可用「壯麗」二字加以概括。所謂「氣往轢古，辭來切今；驚采絕艷，難與並能。」及「驚才風逸，壯志雲高」，都是壯麗兩字的擴大形容。班固漢書藝文志詩賦序「漢興，枚乘，司馬相如，下及揚子雲，競爲侈麗閎衍之詞。」侈麗閎衍，依然是壯麗；而他們正是屬於楚辭的系統。當然壯麗與緯也有其淵源。正緯篇說「事豐奇偉，詞富膏腴。」這正是彥和視緯爲文學淵源之一的一大原因；但緯對文學的價值，主要還是在其神話色彩的「事豐奇偉」，可以擴大作者想像力的這一方面。至於「輕靡」始於晉世(註四十)，而「新奇」始於謝靈運，(註四十一)然此皆係沿楚辭之「麗」的系統而衍變出的。

(3) 理想的文體

再就劉彥和心目中的理想文體來說，則可以「雅麗」一體當之。雅麗一體，可以說是從八種基型文體中所提鍊出來的精粹。體性篇「雅麗黼黻，淫巧朱紫，」這不是隨意說的兩句話，而實代表他心目中文體的理想。徵聖篇「然則聖文之雅麗，固銜華而佩實者也。」宗經篇「故文能宗經，體有六義。」試將他所說的六義加以綜合，依然是「雅麗」二字。明詩篇「若夫四言正體，則雅潤爲本；五言流調（當時流行之調），則清麗居宗。」二者合而言之，則仍爲雅麗。且雅中滲入若干麗之成分則成雅潤；而麗中滲入若干雅之氣味，則成清麗。詮賦篇「故義必明雅，……故詞必巧麗」，義雅而辭麗，正是好的賦體。再推而上之，揚雄謂「詩人之賦麗以則，辭人之賦麗以淫」（註四十二），「則」即是雅。班固離騷序稱屈原「然其文弘博麗雅，爲辭賦宗。」是揚雄班固，在文體上早經重視雅麗，凡此皆彥和之所本。

但在彥和則更有其深意。雅是來自五經的系統，所以代表文章由內容之正大而來的品格之正大；麗是來自楚辭系統，所以代表文章形相之美，即代表文學的藝術性。他說聖文之雅麗，將麗亦歸之於聖人，歸之於經，乃所以尊聖尊經；自全書言，固非其實。且麗是當時文學中流行的風氣，而雅是彥和特別提出以補救當時風氣之失。雅麗合在一起，即體要之體，與體貌之體，融合在一起的理想狀態。窮極言之，一切好的文體，皆自雅麗中流出，並皆由雅與麗之互相滲和以成衍變之源，及補救之術。優美，崇高，悲壯，幽默，爲西方所公認的美的四大範疇。而英人亞諾爾特（M. Arnold. 1822-1888）在其「荷馬翻譯論」中以高雅體（grand style）爲最高的文體；諾氏不肯對高雅體下抽象的定義，而認爲只能從偉大詩人的作品中感受到（註四十三）。我以爲彥和之所謂雅麗，有近於西方美學中的優美之美。由這種文體的異尚，可推及於兩方文化背景的不同，此不具論。但在彥和的八種文體基型中，缺乏悲壯這一型的形相；這是由中國文化的中庸地性格，與在專制政治長久壓制下所發生的沮滯作用，所給與文學發展的一種限制。在彥和以後，每一時代，每一偉大作者，實際又創造了不少的文體，而非復此八種基型所能概括的。

（4）文體與人之一——神思篇

至於文體與人的情性的關係，彪封於一七五三年在 Academiè（學士院）入院演詞中，說了「文體即是人」(Le style c'est l'homme) 的一句有名的話，成為西方文體論的基本定石。此後，什來厄馬赫 (Schlerer Macher, 1768-1834) 以為文體是「顯現於對象中的個性的法則性。」叔本華則以為文體是「精神的相貌。」（註四十四）歧約則更進一步具體的說：「眞的文體，必定是從思想及感情之本身出來的。」（註四十五）這都是「文體即是人」的進一步的說法。彥和則在早於彪封一千二百餘年以前，（文心雕龍約成書於西曆五〇一年前後）便已很明確而具體的提出了文體與人的關係；這在他，則深入地說是文體與情性的關係；此即神思，體性，風骨三篇之所以成立；而三篇中，又以體性篇為中心。神思篇的神，指的是心靈；思即是心靈的活動（註四十六）。此篇主旨在說明心靈活動中之藝術性（今人僅以「想像」釋神思，但神思篇不僅包含想像），及如何培養此藝術性，以造成理想之文體。文體中之形相，常由聲與色所形成；故體貌之體，如前所說，彥和常稱為「聲貌」。神思篇說：

「吟詠之間，吐納珠玉之聲；眉睫之前，卷舒風雲之色；其思理之致乎。」

按此處之所謂聲與色，即係構成文體的聲貌。而此種藝術性的聲與色，即來自「思理」的自身；所以此數句，乃說明在心靈活動中，先天即含有文體的形相性。又

「是以陶鈞文思，貴在虛靜。疏瀹五臟，澡雪精神。積學以儲寶，酌理以富才，研閱以窮照，馴致以懌辭；然後使玄解之宰，尋聲律而定墨；獨照之匠，窺意象而運斤。」

按由虛靜地心靈所發出的活動，自然即形成為美地觀照。所以虛靜之心，在此處說：乃是文學精神的主體。必須此主體能呈現時，文學的題材，始能以其原有之姿，進於虛靜地心靈之中，主客合一，因而題材得到了主觀的精神性，精神也由題材而得到了客觀的形相性。所以便形成了主客融和、統一的作品的文體。「疏瀹」、「澡雪」，是人格的修養，也正是能使文學精神主體得以呈現的工夫。彥和在這種地方，更是窮究到了文體的根源之地。但僅培養得虛靜之心，此虛靜之心，並非即可完全落在文學上面，並且也非因此而即有表現的能力。還要進一步以學問蓄積創作的材料；以思考力充實表現的能力；以習體窮盡文體的變化；以不斷地練習使驅辭遣句得到自由。此四者進入於虛靜之心的裡面，而將其加以塑造，這才可以創造出文學的作品；而此作品一定表現而為主客融和、統一的文體。「積學以儲寶」四句，正說的是對心靈所作的塑造之功。所謂聲律，即構成文體之聲；所謂意象，即構成文體之

貌。乃言心靈若能得到上述四者的塑造，便可以適應文體的要求，以構成適當的聲貌，使先天的可能性，成爲後天的實現性。

（5）文體與人之二——體性篇

體性篇則係進一步說明文體是出於人之情性，即所謂「吐納英華（文體），莫非情性。」情性即神思篇「神」之具體化。彥和並將情性分解爲才、氣、學、習，以與構成文體之辭理、風趣、事義、體式四種因素相適應，以作爲此四因素之主宰。體性篇說：

「夫情動而言形，理發而文見；蓋沿隱（理）以至顯（文），因內（情）而符外者也。」

按此總言文體係由感情（情）思想（理）而來，亦即由情性而來。感情之出於情性，這是很顯而易見的；但思想是從客觀之理而來，似乎與情性無涉；不過純文學作品中的思想，應當如亞爾諾爾在「Wardsworth 論」中所說，須先溶入於感情之中，成爲生命之內容而活動；所以思想也是感情。（註四十七）即使是表現在一般文章中的思想，其客觀之理，也是要通過一個人的個性（情性）來接受，因而在其表達的形式上，也便會受到其情性的影響的。

體性篇再接着說：

「然才有庸儁，氣有剛柔，學有淺深，習有雅鄭；並情性所鑠，陶染所凝；是以筆區雲譎，文苑波詭者矣。」

按才是表現的能力,氣是貫注於作品中的生命力,學是風骨篇所說的「鎔鑄經典之範，翔集子史之術」，習是所謂「摹體以定習」的習。這是說明因情性之不同,而文體亦因之不同。才與氣,是情性所鑠，即是出自情性；這是容易明瞭的。但是學與習,乃是客觀的追求、吸收,乃係由外力所陶染，似不可以言情性。不過因原始的情性，只含有藝術的可能性；欲將此種可能性加以實現，則原始之情性，必經過學與習之塑造，給與才及氣以內容，於是僅有可能性、衝動力之情性，因學與習而加入一種構造能力到裡面去，而始成爲有實現性的創造的衝動。所以劉彥和全書皆强調情性爲文學之根源；但他所說的情性，必須是經過塑造的情性；因此，一說到情性，便常說到學與習。再從另一方面看，學與習雖是向客觀的追求、吸收；但所吸所收者，必須如食物之經過消化而加入到人的生理中去一樣，也須經過消化而加入到情性之中，則所學所習的始能眞正發生作用；所以學與習一面是出自情性的要求，最後並融化到情性中去。同時,學與習，雖最後融化到情性中去,並須通過情性中之才與氣而實現；但因其原係向客觀的吸收，於是由客觀所發生的積極而獨立的作用，在文體構成中，却與才和氣居於並列的地位，而各盡不同的職能。所以劉彥和便將四者加以列擧。總結的說，四者可以說都是由情性所發生的四種作用。不過彥和所說的情性，還包括有志；而志又是才與氣後面的統帥；此處之所以未說到志，因爲志是在才與氣的後面，要通過才與氣而始見的；所以他接著補出「氣以實志，志以定言」，這才算是完備的。他再說：

「故辭理庸儁，莫能翻其才；風趣剛柔，寧或改其氣；事義淺深，未聞乖其學；體式雅鄭，鮮有反其習；各師成心，其異如面。」

按此段乃將情性之四種作用，對應於構成文體之外在的四種要素，以見此四種要素，皆隨此情性之四種作用爲轉移；因情性四種作用之各有不同，故所構成之文體亦因之而各異。至此，而文體之出於情性，乃有了更具體的說明。情采篇有「理者辭之經，辭者理之緯」的話，所以彥和常將辭理連爲一詞（有時亦稱文理），即文章的語言。風趣，乃文章之情調，實即風骨篇之所謂風骨，及定勢篇之所謂「勢」。事義兼思想與感情而言，蓋感情亦有假事而見者，但以思想爲主。體式，即文體的式樣；文體本係語言，風趣，事義等之統一體；但僅就其爲代表文學中之形相的式樣而言，亦可視其爲與語言、風趣、事義相並列而爲構成文體之一獨立因素；亦猶語言、事義等，可以不關聯於文體的式樣而獨立加以認取處理一樣。此處之習，乃「習體」之習，即摹仿古人之文體。這段話是說明構成文體的辭理、風趣、事義、體式，皆決定於性情的才、氣、學、習。又附會篇：

「夫才童（註四十八）學文，宜正體製；必以情志爲神明，事義爲骨髓，辭采爲肌膚，宮商爲聲氣。」

按彥和此處以情志，事義，辭采，宮商爲構成文體之四大因素，與體性篇似有出入：然體性篇係將內外之四大因素，分別對擧；而附會篇則係將內外因素，比擬于人體，以排成一個系列；情志乃情性之異名；辭采，宮商，乃體式之分述；而辭采亦相當於體性篇之辭理；則是二篇所述，並無異致。

又體性篇在敘述了八體之後，接著說：

「八體屢遷，功以學成。才力居中，肇自血氣。氣以實志，志以定言；吐納英華，莫非情性。」

按這一段是說從情性到構造文體的過程的。八種基型的文體，是因每人的情性、學力、時代、題材，而不斷變遷的，不可膠柱鼓瑟。但在變遷之中，而欲使文能成體，則全靠自己的學（此處之學包括習）的陶染。學是把外在的東西向情性裡吸收，因而給與原始性的情性以塑造，這可以說是由外向內的過程。在此過程中，才力居於內外之中，向內則發而爲接引、消化所學的能力；向外則發而爲文體構造的能力；把內外貫通起來，故曰「才力居中。」才出於天賦，與生理有密切關係，故說「肇自血氣。」人的生命力，是表現在氣上；無氣即無才，故才與氣常連辭；「肇自血氣」，是說明才之所由來。

陶染的過程是由外向內；而創作的過程，則是由內向外；在內的發動機是志；但志只是一點心靈的動向；要把此動向傳達出去，以成爲創造的力量，則不能不靠生命中的氣，所以說「氣以實志。」但氣的本身是盲目的，氣要落實在客觀上成爲表現的言辭，是要靠志與以方向的，所以說「志以定言。」這樣由「志」而「氣」（包括才）而「言」的過程，即是創造文體的過程；此一過程，是從內在的情性一層一層的展出的，所以說「吐納英華，莫非情性。」彥和常用「吐納」以比擬創造；一個人的全創造過程，實是一內一外的往復，有似于人的呼吸吐納。「英華」即指的是文體。這兩句是對文體與性情的關係加以總結。

(6) 文體與人之三——風骨篇

風骨篇實體性篇的「風趣剛柔，寧或改其氣」的一句之發揮。文體出於情性，但若不闡明氣之作用，則情性究係通過何者而落實於外在的文體之上，以與文體連爲一體？仍不能明瞭。氣乃由內在之情性通到外在之文體的橋梁。中國文學理論中特强調氣之觀念，然後「文體即是人」的說法，才能在文體與人之間找出一個確實地連結的線索；此爲中國文學理論中最特出的一點。我將另寫一文，專加闡述。此處僅指明情性中之氣，直接落實於文體之上，而形成文體中之風與骨，有如繪畫中之剛與柔的兩個線條；而風與骨乃由氣之自身所形成，故風與骨即人之生命力在文章中之表現，使讀者可通過風與骨而接觸到作者的氣，亦即接觸到作者的生命力，於是情性與文體之關聯，更爲具體化了。所以我在這裡也將風骨篇列入於文體出於情性的直接論證之一。因爲氣正是情性之一部分（註四十九）。

四、文體出於情性的實例

(1) 題材的內在化

茲再就具體的文體來看他與情性的關係。

首先，我們已經知道我國的文學，多帶有實用性。凡實用性的文學，文體一定要適合於題材的要求，滿足於題材的目的。各類的題材，都是客觀的存在，則其要求與目的，亦係客觀的存在。我們的情性，固然可認取此客觀之存在而加以表現，因而，在此認取上是與題材發生了關係；但此時文體之構成，是以客觀的東西爲準、爲主，而情性只居於補助的地位；這便很難說文體是出於情性。但眞能成爲文體，而給與讀者以深刻印象的文章，對題材不僅是一般性的認取，而是要先將外在的題材，加以內在化，化爲自己的情性，再把它從情性中表現出來；此時題材的要求、目的，已經不是客觀的，而實已成爲作者情性的要求、目的；並通過作者的才與氣而將其表達出來。此一先由外向內，再由內向外的過程，是順著客觀題材↓情性↓文體的徑路而展開的。所以此時之文體，依然是出自情性。否則所敍述的東西，不能有生命貫注在裡面，不能與人以作者的生命感，即不能成爲好的文體，或不算是文體。純科學的叙述，大概屬於這一類，但不能稱爲文學。哀弔篇：

「原夫哀辭大體，情主於痛傷，而辭窮乎愛惜。……隱心而結文，則事愜；觀文而屬心，則體奢。奢體爲辭，則雖麗不哀。必使情往會悲，文來引泣，乃其貴耳。」

按所謂隱心，是說心的悲痛之深。「痛傷」、「愛惜」，乃哀弔這種題材的客觀要求。隱心者，乃係此客觀之要求，已內在化於作者之心；心與題材，合而爲一，使痛傷愛惜之題材要求，成爲作者之內心的要求；則此時之文，表面似係適應題材，而實則乃從作者的心中湧出，所以便「事愜」；事愜者，文與事相符之意。「觀文而屬心」者，乃看了題材而後用心去作的意思；看題作文，此時題乃在作者之心之外，以心去認取題，想從文辭上如何去滿足題之要求；而作者之心，與題材實爲二物，二者之間有一距離，下筆時僅係以客觀之題材爲標準，並非從內心流出，因而失去由內心眞情所發生之自然制約性，而只是從文辭上去加以捉摸，所以就「體奢」。體奢者，因體與事不相湊拍所發生的遊離現象。遊離現象的所以發生，正因題材未經過內在化，不從眞情中流出，故雖麗不哀。麗而不哀，即係雖有好的體貌，亦不能達到題材之目的。此即說明凡不自情性中來的文體，縱能誇張聲貌，依然不能成爲眞的文體之證。一切僞體，以在應酬性質的詩文中爲多，原因正在於此。

上面乃以表達感情爲主的文體作例。以表達思想爲主的文體，也是一樣的情形。如論說篇：

「原夫論之爲體，所以辨正然否，……必使心與理合，……辭共心密，……此其要也。」

按心與理合，乃心化爲理；故理之秩序，即心之秩序；而心之活動，即理之活動。但從另一角度說，心化而爲理，亦即理化而爲心；所以此時之文從理出，實亦係文從心出；故不曰「辭共理密」，而曰「辭共心密。」因此，以思想爲主之文體，仍是從心出，亦即從情性中出。並且我們應當了解，客觀題材的內在化，同時也即是性情的客觀化。能作爲文學根源的性情，必須是在主客合一、內外交化的狀態下的性情；而偉大地文體，亦正是內外、主客，得到融和、統一的文體。凡提到內在化時，應當同時領取與內在化同時存在的客觀化的一面。

還有以事爲主之文，其要求題材之內在化以成爲眞的文體，與上所述者亦無二致。章表篇：

「是以章式炳賁，志在典謨；使要而非略，明而不淺。表體多包，情僞屢遷。必雅義以扇其風，清文以馳其麗。」

按上面所說的，乃適應於客觀題材之事所要求的文體。但接着說：

「然懇切者辭爲心使，浮奢者情爲文使。繁約得正，華實相勝，脣吻不滯，則中律矣。」

按文體應適合于題材之要求；然此題材之要求，必須內在化而成爲作者情性之要求，亦即眞正形成藝術之意欲、衝動，此即所謂「懇切」。有此懇切之情性要求貫注於文體之中，則文體中的辭句，皆由此情性之要求所驅遣，此即所謂「辭爲心使。」「浮奢」是心未鑽入于題材之中，因而題材亦未進入於心之內，只是捕風捉影的去玩弄文辭之謂。此時之文辭，非根于心之要求，而只是以文辭之自身爲標準而加以綴輯，故謂爲「情爲文使」。辭爲心使的，即辭出情性；文辭因情性之自律性，自可繁約得正，華實相勝，即成爲好的文體。

（2）自然與情性

如前所述，文體之自覺，乃由體貌之體所引起；而體貌之體，又常假借於客觀自然之形相以爲形相。此在劉彥和，則常稱自然爲「物」或「物色」。此客觀之自然，如何與人之情性發生關聯，以形成文章中之體貌，此處將略加申述。

布克哈特（Burcéhardt, 1818-1897）在其名著意大利文藝復興期之文化中指出自然與作品中的人物有切實的內面關係，乃文藝復興以後之事。在古代，對人與自然的關係，只有一種漠然的感覺。到了文藝復興期，則把外面的關係變成內面的關係；於是開始在自然內看人生，在人生中看自然（註五十）。但自然與人生究竟如何發生關涉，一直要到李普士(T. Lipps 1851-1914)們的「感情移入說」，而始得到一個解決。即是人把自己的感情，移到自然中去了。不過感情移入說，自然是完全居於被動的地位。而實際上，人與自然的關係，有時景物撩人，自然並非完全是被動的；於是又有人主張「感情移出說」以爲之補充。其實，如前所述，內在化與客觀化是同時存在的；所以感情的移出移入，自然的擬人化，人的擬自然化，也是同時存在的。西方人與自然的結合比較遲，而且也始終不安定。但中國在詩經中的比興，早將自然與人的感情結合在一起。而先秦的儒道兩家，亦早已形成在自然中看人生的態度，把自然加以人格化了。論語：「子在川上曰，逝者如斯夫，不舍晝夜。」又「天何言哉，四時行焉，百物生焉，天何言哉。」這即是在自然中領會到自己的道德生命的境界。及到了莊子，則一切自然，皆具備了人的生命，而這種人的生命，完全是藝術性的形相，而不是道德性的意味。淮南王安對屈原離騷的評論有謂「其志潔，故其稱物芳。」所以離騷中所引用的許多動植物，都是某種人格的化身，某種人格的形相。前面曾經提到梁沈約宋書謝靈運傳論中有「相如工爲形似之言」的話，所謂形似，即是對自然的描寫，亦即是詮賦篇所說的「極聲貌以窮文」。這樣一來，在文學中，更大大的提高了自然的地位和分量，加强了文學中藝術的形相性，因而也助成了文體的自覺。在這一傳統之下，彥和一方面擴大了詩經中比興的意義，以作一般文學中結合自然事物的方法（註五十一）。同時，早于西方感情移入說成立約一千三百餘年以前，而提出了簡捷明白的「情以物興」，「物以情觀」的論據。詮賦篇：

「原夫登高之旨，蓋睹物興情。情以物興，故義必明雅。物以情觀，故詞必巧麗。」

「情以物興」，亦即物色篇的所謂「物色之動，心亦搖焉」；這是內蘊之感情，因外物而引起，這是由外物之形相以通內心之情，有似於感情移出說。「物以情觀」，乃通過自己之感情以觀物，物亦蒙上觀者之感情，物因而感情化，以進入於作者的性情之中；再由性情中之外物，發而形成作品中之文體。此時文體中的外物，實乃作者情感、情性的客觀化、對象化；這即是感情移入說。如前所述，感情之移出移入是同時進行,同時存在的。而且主觀的性情，與客觀的自然，是不知其然而然地冥合無間的。神思篇把這種情形稱爲「故思理爲妙，神與物遊」，眞是言簡而意該了。由此種感情之互移，而心之與物，常入于微茫而不可分的狀態，以形成文章中主客交融，富有無限暗示性的氣氛、情調，亦即形成包含着深情遠意，盡而不盡的文體；這正是文學中的最高境界。物色篇所謂：「寫氣圖貌，既隨物以宛轉；屬采附聲，亦與心而徘徊。」又說「使味飄飄而輕擧，情曄曄而更新。」正係此一意境。

還有以外物象徵感情，在實際寫作時，是通過怎樣的徑路？誄碑篇：

「至於序述哀情，則觸類而長。傅毅之誄百海云，白日幽光，淮雨杳冥。始序致感，遂爲後式。」

按觸類而長，乃觸到與感情相類之物，而將感情借此相類之物加以伸長之意。此處之白日幽光，淮雨杳冥，乃與哀相類；即借此白日幽光，淮雨杳冥的形相，以爲哀的形相；而內心之哀情，因此而得到伸長。觸類而長，實是對比興的很深徹的說明。所以在物色篇也說「及離騷代興，觸類而長」。

（3）文學上文體的間接性

這裡還應順便一提的：即是，文體中的形相，以思想爲主者，正如歧約所說，「可用線狀的連鎖形表現出來。」（註五十二）這種文體的缺乏形相的明瞭性，固不待論。即以感情爲主的，其形相亦係由昇華的結果而成爲間接性的；讀者只可得之于想像之中，並不能直接接納於讀者的感官之上。於是一般文體論者，遂以此爲文學對其他藝術而言的一大弱點。補足的方法，或以爲文學中可包含思想，以加深感情的深度，因而加强文體的深厚意味，爲其他藝術所不及。或以爲文學中可自由運用更多的感覺而加以混合連結，於是能以其感覺之豐富性補其曖昧性（註五十三）。這都是很對的。但我在這裡想更提出一點補充說明。繪畫的形色，音樂的聲調，都是以其形色與聲調，直接呈現於觀賞者的目或耳，此乃直接表現藝術的形相，固可保持其形相的明朗性與完整性。但此形色與聲調，一經構成後，其本身即呈顯一客觀獨立存在之美，而可將人之視聽，吸引于此獨立存在之美的上面。若此形色與聲調的裡面、或後面，實蘊藏有作者的感情，則此獨立存在之美，對作者的感情，無形中殆已成爲一重障壁；觀者聽者必須有進一步之沉潛玩味，以突破此一障壁，即突破耳目之感官，然後才能接觸到作者的感情，這是很不容易的事。所以這種藝術，常只能作爲一客觀之美而加以欣賞。當然，音樂與人之感情最易貼切，尤其是聲樂；所以，它常被人稱爲主觀的藝術，遠較美術富有感動性。但音樂所給於人的感動性是朦朧而漂蕩，容易飄來，也容易飄走的。文學中的形相，有如上面所說的白日幽光，不是畫出的，而是用語言寫出的；所以作者是通過由自己的感情所引起對白日幽光的想像，而將其寫成語言，此語言乃是作者通過想像而把自己的感情伸長出來的符號；語言的自身，對具體地形相而言，則係一無所有的。正因其如此，所以讀者不能停頓在語言自身上面，而須立即以自己的想像，去接觸語言後面由作者的想像所象徵的感情，例如接觸到由作者所想像的白日幽光所象徵的哀情，這便可與作者的感情直接照面，而立刻受到作者感情的感染。而這種感情的感染，常賦與以作者所提供的內容、方向，因而較音樂的感動性更爲深刻而持久。所以文學所給與人的感動力，常不是其他藝術所能比擬的。因此，文學作品中形相的間接性，是它的短處，也可以說是它的長處。

日本園賴三氏在美的探究一書中曾謂「美地觀照中極爲重要的表象……是意味表象。……意味表象，還是由對象的種類，而其呈現的情形，多有不同。在可視的自然物，或造形藝術的場合，和在文學的場合，意味表象的呈現情形也不同。自然物或美術，因其感性地性質，而有抑制意味表象之發動的傾向。反之，在文學，因想像力關與在裡面，意味表象，能豐富而活潑地發動。」（一四七—一四八頁）

按園賴三氏在這裡所說的雖不是直接指向作品中所含蘊的感情人格；但意味表象，實係通過作者的感情人格而成立的。他在這裡雖然對於意味表象，何以因對象而其發動有難易之分，說得不夠透澈，但正可和我上面的話互相參證。

（4）構成文體的各種因素

再就文心雕龍下篇各篇的關連，來看文體各因素與情性的關係。文體論是以體性篇為中心而展開的。從體性篇而上，推其根源，則有神思篇；由體性篇而下，落到實際，則有風骨篇。通變、定勢兩篇，我以為是教人學習文體的綱領，後文另作研究。構成文體重大因素之一為語言，語言的藝術性稱之為「采」；文體既出於情性，則構成文體的語言，也不能不出於情性，所以有情采篇。情采篇主要是在指出「辨麗（采）本乎情性」，而要求「心定而後結音，理正而後摛藻」。鎔裁，章句，附會三篇，都是談文章結構（plot）的各重要因素，以便使作品能達到「首尾圓合」，「表理一體」。這正是文體的要求；文體必待結構而後能完成其統一性，均調性。「圓合」、「一體」，正說明文體的統一性與均調性。誄碑篇「以傳為體，以頌為文。」下文又謂「敘事如傳，結言摹詩。」按此可知所謂以傳為體者，即是敘事如傳；敘事如傳而謂之體，則此處之體，正指其結構而言。結構是統一的，故亦謂之體；由此可知結構在文體中所佔的重要地位。結構是各因素的融合、統一；各因素出於情性，而結構正是情性中的構造能力的發揮。

構成文體之另一重大因素爲聲律。歧約說「被形相化了的文體，已經是含有一種韻律的文體。」（註五十四）可見聲律與文體之不可分。沈約在宋書謝靈運傳論中論及發現聲律之重要謂「自靈均以來，多歷年代；雖文體稍精，而此祕未睹。」可見沈約以文體須待聲律而始入於精密；所以文心雕龍便有聲律篇。而「聲含宮商，肇自血性」，正指出聲律亦出於情性。麗辭篇謂「麗句與深采並流，偶意共逸韻俱發」，所以它是情采與聲律兩篇的補充。情感要借外物的狀貌以成形；語言要借外物的狀貌以成采；這是使文體之所以成爲文體的重大的外緣。物色，比興，夸飾三篇，便是解答此一問題的。事義篇爲體性篇「事義淺深，未聞乖其學」的發揮。練字與指瑕兩篇，乃想矯正當時因太注重辭藻以致用字「率從簡易」，「依稀其旨」的流弊，可以說是章句篇正反兩面的補充。後來韓愈說「爲文亦當略識字」，也是針對此種流弊說的。許多人援韓說以作治文學必先治文字聲韻之學的根據，這實在是出於附會。隱秀篇是說明由「源奧」「根盛」所形成文體中最精拔和精采的「隱」與「秀」的兩種形相；此篇係從文章的效果來講，實與風骨篇互相發明；骨與秀有關，乃所以引起讀者的注意力。風與隱有關，乃所以與人以感動力。此篇雖不完全，但在文體論中仍居於重要的地位。養氣篇則爲神思篇「疏瀹五臟，澡雪精神」，及「是以秉心養術，無務苦慮；含章司契，不必勞神也」的發揮和說明。以上各篇，皆係分述構成文體之各因素；而在這些因素的後面，都有情性的活躍。總術篇係對以上各篇的總結，所以說：

「況文體多術，共相彌綸；一物攜貳，莫不解體；所以列在一篇，備總情變。譬三十之輻，共成一轂。」

輻是比譬下篇所分析的文體的各個因素；而轂則是比譬由各因素所構成的文體。所以作爲一個普遍地文體論，可算是很完備，很明白的。

五、文體論的效用

（1）由修辭學到文體論

彥和著文心雕龍一書，實際是要教人如何學文，如何知音（鑒賞）的。並且他正是要人通過文體論去學文，去知音。

修辭學在西方有很久的傳統；在大學的文學課程中，一直是佔着主要的地位；以爲這是教人以文學寫作的必須訓練。但近數十年來，始反省出用修辭學來作寫作的訓練，是沒有結果的；要養成寫作的能力，只有從文體論着手（註五十五）。而劉彥和遠在一千四百年以前，即主張學文不應從修辭學入手，而應從文體論入手，這也是在中國文學理論批評中，較西方成熟特早之一例。他在體性篇說：「故宜摹體以定習」；在總術篇批評當時的風氣說，「多欲練辭，莫肯究術」。「練辭」，即是從修辭上用功；「究術」，即是從文體上用力。他這種意見是非常明顯的。文心雕龍中，不是不注重修辭；下篇中有好幾篇都是與修辭有關的。但在劉彥和看來，這僅是文體多術中之一術，應當和其他的術連結在一起，作整個的認取。沒有修辭，固然是「一物携貳」，使文體解散；但若僅求修辭，則携貳者更多，更不成爲文體。一個生命可以分爲若干元素，但不能由各個元素的再結合而造出生命；生命是一個不可分的統一體。文體可以分解爲若干因素；但文體不是由A因素加B因素再加X因素，這樣一直加上去所能形成的；而是成立於各因素凝爲一體的統一體之上。同時，我們爲了研究的便利，可以分析文體內的各因素，並作概念性的說明；但正如培忒（W. H. Pater. 1839-1894）所說，由抽象說明藝術的形相所作的批評，決接觸不到個性的情操及純一地氣氛的統一（註五十六）。所以我們只能從一個作品的統一上去評價一個作品；各個因素，只能在統一均調中，也即是只能在文體中得到他的地位。彥和說「一物携貳，莫不解體」；我們應注意「莫不」兩字；莫不者，乃全般之意。某一個因素沒有融合好，不僅是缺少了某一個因素而已，而是全般的解體。所以要學文學，只有從它的統一性上去學，亦即是從文體上去學，而不能只去學其一枝一節；一枝一節的東西，便是離開了它的生命整體的東西。還有更重要的一點，修辭學是一個技巧，有如女人臉上的化粧品；化粧品若能增加女人的美，只有在它與女人的生命力相融合的時候；開離女人的生命力，化粧品都是死物。文體是與作者的生命力相連結的東西；作品中有人格的存在，有生命力的存在，才能成爲一個文體。從修辭學入手，便是離開了人的因素而專從技巧上去學文，這便有如想僅從化粧品上去得到人形之美，那當然是白費的。從文體上去學文，便可通過技巧而接觸到作者的生命，也即是接觸到文學的生命；並且因此而可以知道文學是要從人生的本身去發掘的；所以彥和一定要扣緊情性來講文學；這是中國的傳統，也是人類整個文學的共同傳統。由此，我們可以承認這種說法：「創作是由方法決定的」。（註五十七）但「方法只是在各個藝術家個人活動之中，才可以看出其存在；方法乃表現於作家的文體之中；在各種文體以外，無所謂方法。」（註五十八）

（2）文學心靈的培養與塑造

劉彥和主張從文體上學文，可略分下述各點：

文體是出於心靈，反映心靈；所以由文體以學文，首須有作爲文學主體及文體根源的心靈（情性）的培養與塑造。神思篇說「是以陶鈞文思，貴在虛靜。疏瀹五臟，澡雪精神。」養氣篇說「故宜從容率情，優柔適會」；又說「是以吐納文藝，務在節宣；清和其心，調暢其氣。」這都是就培養方面來說的。文體的高下，繫於作者人生境界的高下。虛是無方隅之成見，靜是無私欲的煩擾；疏瀹五臟，是不溺于肥甘，保持生理的均調；澡雪精神，是不染于流俗，保持精神的高潔。這兩句都是達到虛靜的方法。虛所以保持心靈的廣大，靜所以拔出於私欲汚泥之中，以保持心靈的潔白。二者皆所以不斷提高人生的境界，使人能以自己廣大潔白的心靈，涵融萬事萬物的純美潔白的本性，而將其加以表出；這自然可以形成作爲物我兩忘，主客合一之象徵的文體。

誠如歧約所說：「文體不僅是人，同時也是某時代的社會；是通過個性所看到的國民，世紀。」（註五十九）在這一點上，劉彥和爲時代所限制，爲當時知識分子的生活意識所限制，只强調了情性，而似乎沒有强調到文體中的社會性。但是，個性愈是由洗鍊、沉潛而徹底下去，以達到虛靜的境地時，便可發現個性與社會性之間的牆壁自然撤除了；於是廣大潔白的個性，同時即是廣大豐富的社會性。在虛靜的心靈中，自然不能不涵攝社會，不能不湧現對社會的責任感；於是劉彥和所要求的文章，不能不是「摛文必在緯軍國，負重必在任棟樑」的文章（註六〇）；而他心目中的文人，不能不是「貴器用而兼文采」的文人；對時代、社會，必須負下一份責任。幾十年來我國談文學的人，常常以爲道德是與文學不相容的；爲了提倡文學，便須反對道德；甚至連推尊文心雕龍的人，也故意抹煞文心雕龍中濃厚的道德意味。殊不知道德的教條、說教，固然不能成爲文學；但文學中最高的動機和最大的感動力，必是來自作者內心的崇高地道德意識。道德意識與藝術精神，是同住在一個人的情性深處。許多偉大作品，常常是嘲笑、批評世俗的虛僞道德，以發掘更深更實的道德（註六十一）。而我國所說的「文以載道」的道，實際是指的個性中所涵融的社會性，及對社會的責任感，所以這句話可以討論的是道的具體內容問題，和表現的方式問題。若根本反對這句話所代表的原則性，則正如亞諸爾特所說「反抗於道德本能的詩，即是反抗於人性的詩。」（註六十二）彥和徵聖宗經兩篇，在這一點上，正有其深意所在。而黃季剛先生的文心雕龍札記，在這種地方，故意加以曲解，不僅不了解我國文學的傳統，也不了解眞正文學之所以爲文學，而且故意歪曲了劉彥和的極明顯地本意，犯了注釋家的大忌。乾嘉習氣的遺毒，錮蔽了黃先生的高華特達的天資。托爾斯泰費了十五年的時間，研究西方各家的文學藝術的理論，而寫出了他的藝術是什麼（或譯作藝術論）一書。在此書的第三節，介紹了三十多位的文學藝術的理論；我們仔細讀完之後，發現文以載道，也正是西方文學藝術的大統；此即由另一語句所表現的「爲人生而藝術」。沒有孤立的人生；在爲人生而藝術的同時，應即涵有爲社會而藝術意義在裡面。把文學作爲道德說教的工具，對文學固然可以發生阻抑的作用；但存心要從文學中驅除道德，則對文學可以發生滅絕的結果。二者是在其根源和歸趨上，有其自然的結合。數十年來反對文以載道的意識的橫行，正說明此一時代的文學何以會這樣的沒落。

至關於文學心靈的塑造，則神思篇所說的：

「積學以儲寶，酌理以富才，研閱以窮照，（此似就「習體」而言）馴致以懌辭。」

四語可以盡之。「積學以儲寶」，指的是構成文學的各種材料。這些材料皆由前人所遺留下來的精粹，故稱之爲寶。才的能力，首先是表現爲思考的能力及想像的能力。而其最大的關鍵在有條理。酌理，即可由已表現出的理，以訓練自己思考想像時的條理。因爲凡可稱爲理的，必具備條理。由思考想像的條理，即可增進思考與想像的能力，此之謂「富才」。「研閱以窮照」，研是研求，閱是檢校，此係指研求檢校古人的文體而言。窮照是說對文體能窮流盡變。研閱古人的文體，便可以徹底照察文體的流變。文體具體表現於語言文字（辭）之中，所以辭是形成文體的最後因素。但「辭徵實而難巧」，辭與意之間，常有一種距離不易剋服。懌辭，是剋服了上述距離以後，恰如意所欲言的極順暢之辭。這必須在不斷地鍛鍊中，漸漸地達到，此即所謂「馴致」。下篇各篇中對此更隨處有發揮。這是對心靈塑造的具體方法。但須特別指出一點，對心靈的塑造和對心靈的培養，二者實際是不可分的；以同樣的力量，讀同樣的書，或觀照同樣的物色，而各人所得的有精粗深淺偏全之別，這便是關係於各人的心靈狀態，人生境界了。

（3）事　體

對文體的初步而具體地學習，便須模仿古人已經成功了的文體。體性篇說「摹體以定習」，這是當時一般學文所盛行的方法。全書中有幾個地方都提到具體的例子。因此，我們可以了解鍾嶸詩品上總是說某人之詩，「其原出於」某人，後人對這一點多覺得只是鍾記室的牽強附會；但我們只要想到當時文人「摹體」的風氣，而將其原出於某某的說法，解釋爲係某人開始作詩時，摹仿某人之詩體，即便毫不足異了。作文之摹體，有如寫字和繪畫的臨帖、臨畫一樣，是硬把自己提高向已經成功的作品上面去的方法；這在現在，還是一種有力的學習方法。波多野完治在文章心理學入門中有這樣一段話：英國某文章心理學家，提出「文章的復活作業」，以作爲使文章得到進步的方法。即是先選定自己所愛好的某家文章，摘錄其梗概。約經過一週，以摘錄的梗概爲基礎，而將原文復活；再將復活的文章與原文加以比較檢討（註六十三）。這實際即是摹體的一種具體方法。

茲更將彥和的意思加以歸納，摹體可分爲三個歷程：開始的歷程是「必先雅製。」所謂「雅製」，乃指五經而言；所謂先雅製，即是先從五經下手；這是從他的徵聖、宗經兩篇的意思出來的。他所以主張要先從五經下手，一是因爲「沿根討葉，思轉自圓」；五經是根，以後的文章是葉；順着根下來，便能把握到文章發展之跡，亦即能把握到文章之全。二是因爲「矯訛翻淺，還宗經誥」（通變篇）；以五經之質樸，救當時的文弊。三則因爲五經是中國文學的根源，它所包含的可能性多，所發生的影響大，能給學者以深厚廣大的基礎，此即宗經篇所說的「太山徧雨，河潤千里。」及「仰山而鑄銅，煮海而爲鹽」。至於經誥之所以成其爲「雅」，則在其內容的道德性。而宗經篇所說的「文能宗經，體有六義」，亦即認爲由此而可以得到「雅麗」的理想文體；這對詩經而言，或足以當此；對其他各經而言，恐怕是雅多而麗少。所以雅麗的理想文體，正如前所說，實是一個人在會通各體以後的總結果。

摹體的第二歷程，是將各文體加以會通，而又能加以銓別。此即體性篇所說的「八體雖殊，會通合數」；通變篇所說的「古今備閱」，「先博覽以精閱」；及定勢篇所說的「淵乎文者，並總文勢」(註六十四)；奇正雖反，必兼解以俱通；剛柔雖殊，必隨時而適用」。並且在會通衆體之中，又須加以銓別。其理由是「若愛典而惡華，則兼通之理偏。似夏人爭弓矢，執一不可以獨射也。若雅鄭而共篇，則總一之勢離，是楚人鬻矛而譽楯，兩難得而俱售也。是以括囊雜體，功在銓別。」(定勢篇)會通必須包含有「博」的工夫在裡面，所以彥和在全書中，常常提到「博」字；不博則無所謂會通。會通而又能銓別，乃能取精用宏；供給創作以豐富的資料。

第三歷程是摹體的內在化，把古人好的文體，消化融解在自己的精神(情性)裡面。此即通變篇所說的「憑情以會通，負氣以適變。」所謂憑情以會通者，是對於所摹的各體，要根據自己的性情，加以會通之意。摹體是向客觀的摹倣。但僅摹倣一家一派的文體，固然易入於偏枯；即多習多摹各家的文體，也易流於雜亂，並成爲沒有靈魂的假古董。所以如上所說，貴在能加以會通。可是各體的會通，不能由各文體外在的拼湊可以作到，而只有將其融解於自己情性之中，有如甜酸苦辣，融解於自己胃液之中一樣，這才是眞的會通；並且這樣會通以後，向外所習所摹之體，不復以其原有客觀外在之體而存在，乃內在化而成爲學者情性中的組成分子。此時的情性，不復是僅具有可能性之原始的情性，乃係經過塑造後具有向外實現之構造力的情性。由此所形成的文體，非復以前所摹的任何一種文體，而是由自己的情性所會通的新體。這有如蜜蜂的釀蜜；蜜是採自百花；但釀成之後，不復是百花的總和或百花中的任何一花，而只是蜜蜂自己的蜜一樣。這是由摹體而達到對所摹之體的眞正吸收，同時即是眞正的解脫與超越。

「負氣以適變」，是說憑藉自己的氣，以適應文體之變。文體應不斷的創造，所以應不斷的變。但若眼睛只望著他人，跟著他人之變而變，則在他人固然是由創作而來的眞變，而在跟隨的人，只能算是摹仿的假變。跟隨本國人而僞變，尚有點共同的鄉土氣；跟隨外國人而僞變，眞像中國的名門閨秀，却只模仿到外國人聳背膀的表情，一樣的看到令人難過。劉彥和特於此提出負氣以適變，即是要憑著自己的生命力以趨向變，變是出自生命力所要求，由生命力所創造而出，這才是眞正有創造性的變。當然，要變，也會要受外在之變的啓發、影響。但與摹體一樣，必須經過選擇、會通、消化的工作。兩眼只知向外看，不能用思考，不敢用思考，不肯用思考的人，一生只能玩僞變的把戲。

（4）體之常與變

彥和在通變篇中，將文體分爲「有常」與「通變」的兩部分。他在風骨篇說，「洞曉情變，曲昭文體」。上一句是指的通變的一部分，下一句是指的是有常的一部分。文體必須不斷的創造，不斷的日新；但彥和之意，似乎以爲在變之中，應把握住不變的因素，使文章能在法軌上變。而他之所謂有常的部分，就風骨篇「周書云，辭尚體要，弗惟好異，蓋防文濫也。」及「若能確乎正式」的話來看，乃指體要之體而言。而體貌之體，已在前面提過，是應當「通變則久」的。昭體，是昭著體要之體，使文章能適應題材的要求，因而同時受到題材的制約，以保持文體在客觀上的意義；這即風骨篇所說的「昭體故意新而不亂」。作爲文體效用之一，在它能與人以新鮮的感覺。任何辭句，在它被使用太多而成爲爛熟時，便失去其新鮮感，失去文體的效用。因此，文體的創造，常必表現爲語言的創造；而語言的創造，即是體貌之體的變化。所以通變篇說「通變無方，數必酌於新聲。」（註六十五）定勢一篇的大意，即在以體要有常之體，定體貌日新之變，這即是他在結論上所說的「執正以馭奇。」昭體與變體連結在一起，乃是文學中的以常御變，在題材的客觀要求，客觀制約中，求得不斷的創造。

文體沒有不求新，不求變的。一種成功的文體，即是一種新創造的文體。文心雕龍通變、定勢兩篇，主要是繼承體性風骨兩篇來解決學文者如何由摹體以求變的問題。紀昀因通變篇有「矯訛翻淺，還宗經誥」的話，遂以彥和是要「挽其返而求之古」，「復古而名以通變。」（註六十六）這實係一大誤解。但這種誤解，一直支配到現時講文心雕龍的人。大家却忽略了這篇的贊說「趨時必果，乘機無怯；望今制奇，參古定法。」何嘗有半點復古意味？彥和之所以主張「還宗經誥」，是因爲「青生於藍，絳生於蒨；雖踰本色，不能復化。」即是說文學藻麗的這一面，在當時已發展到了尖端；在此尖端上再不能有新的變化；而一個人在此種風氣中，若精神和技巧上無所憑藉，便不容易從風氣的束縛中解放出來；所以「還宗經誥」的用意，一是爲了回到可能性最多的原始出發點，以求再出發。一是爲了跳出時代風氣的束縛，造成重新創造的自由。至於變的方法，彥和的意思是要以通求變的。「通變」之通，被人常常誤解爲「變則通」的意思。但觀贊曰「變則其久，通則不乏」，及下篇的許多通字，實應解釋作以通求變；而彥和是以「通」爲求變的途徑、方法的。通有兩義：一是通古今。即「還宗經誥」下面所說的「斟酌乎質文之間，而檃括乎雅俗之際，可與言通變矣。」經誥是質，是雅；當時的風氣是文，是俗；斟酌質文，檃括雅俗，即是將古今加以會通，以創出新的文體。二是通各體。從技術上將各體加以會通取捨，這即是所謂「參伍因革，通變之數也」。參伍因革，在彥和認爲是技術上求變求新的重要法門，所以在物色篇也說「古來辭人，異代接武；莫不參伍以相變，因革以爲功」。用這兩種方法來以通求變，彥和認爲「故能騁無窮之路，飲不竭之源。」即是有無窮的創造性。

變一定是有所變於古，所以對古而言，一定是革。但談到革的時候，大家便容易忘記文化乃是一種積累，積累的本身，即是一種傳承。無傳承，即無積累；無積累，即無文化。所以「古」對今而言，乃是人類自已所積聚的一大財富。對於生命力已經僵化了的人或民族而言，他的身上容納不上任何財富，所以古便成爲包袱。對於有生命力的人或民族而言，他將古今上下去探索人類智慧的積聚；則對於古，在革之中，也必會有所因。

再從文體來說，文學之弊，常表現爲文體之弊。古今無不弊的文體；因爲任何偉大的文體，當其初創造出來的時候，在新的體貌中，躍動著新的生命，與人以很大的感染力量，因而此種文體，便成爲某一時代的共同趨向，有如西漢人之對於楚辭。但因襲太久，則此種文體的自身，便成爲一種格套，使沒有眞正內容的作者，容易憑藉作僞。使眞正有內容的東西，也局限於既成格套之中，陳腔濫調，掩蓋了內容的眞面目，此時的文體，便成爲一種障蔽了。但每一文體之出現，都代表了文學心靈的結晶。而新文體的創造，並非是一件容易的事。由各體的參伍以創造新體，則所資者厚，而不致陷入於任何一體之中。今日有許多人只模仿外國某一未成熟的作品，以此爲新爲變；而對於外人已經得到承認的古典性的作品，也一概棄置不道，因爲這樣才少費氣力，容易售其欺；其實，這只是拾他人的唾餘，作自己的珠寶，只是浪費了自己的生命。

本來，從外在的因素來說，文體變化，除彥和所說的求變的途徑以外，尚有四種情勢：一爲與不同文化系統的接觸；二爲文體自身的演變；三爲社會及社會思想的大變革；四爲民間文學的昇進。但凡屬於價値系統方面的文化，一切合理的變，都是出之於會通；即都是出之于斟酌、櫽括、因革、參伍；而不是來自張三「打倒」李四，或李四「打倒」張三的方式。這是通過任何途徑的變化所不能例外的。假定我們的新文學運動，走的是「以通求變」的路，而不是走的打倒的路，或者在文學的自身，也不致到現在還是一張白紙。當然，打倒，是非常簡單；而會通則決非一朝一夕之功所能爲力，所以這不是出風頭的捷徑。

(5) 通過文體來作批評鑒賞

文體論的另一功效，便在文學的批評鑒賞。某作家假定眞正創造出了一個成功的作品，則此作品必定能形成一種文體，使讀者能加以領受。研究者必通過其文體以了解此一作家的本質（註六十七）。所以現代在文學中對文體的研究，已進而成爲根本認識文藝之存在的方法（註六十八）。劉彥和說：

「夫綴文者，情動而辭發；見文者，披文以入情。沿波討源，雖幽必顯；世遠莫見其面，覘文輒見其心。」（知音篇）

因爲作者之文，是情動而辭發，所以辭是作者之情的形相；讀者披作者之文，可以接觸到作者之情。文辭是波，情性是源。順著文辭之波以討求作爲文辭根源之情性，則作者內心之所醞，亦因之而顯露。文學鑒賞的目的，便在於能見作者之心，以純化深化讀者之心的。所以上面的一段話，正是指通過文體去作文學的批評鑒賞的。他在知音篇中又說：

「是以將閱文情，先標六觀：一觀位體，二觀置辭，三觀通變，四觀奇正，五觀事義，六觀宮商。斯術既形，則優劣見矣。」

這段話是提出六種觀賞的方法，以作爲通過文體去鑑賞作品時的具體準據。所謂位體，乃是視題材以決定所應採取的文體；觀位體，乃是看作者能否根據題材的要求，以「曲昭文體」，能否以「本采爲地」，這即是首先看能不能把握到體要之體。置辭即是遣辭，這是形成體貌之體的重大因素。體貌貴能通變，貴能奇正相生，這都是有效構成文體的重要方法。事義則是一個作品的內容，宮商則是一個作品的音節。六者融合在一起，始構成一個完整而統一的文體。把六觀總合起來，即是從一個完整的文體去了解、批評、鑒賞作者的文章。通觀全書，乃至所有六朝人在文學方面所作的批評、鑑賞，都是採取這種方法。如明詩篇，稱古詩爲「直而不野」（按即雅潤）；稱張衡怨詩爲「清典」；稱建安詩爲「慷慨以任氣，磊落以使才」，不求「纖密」，惟求「昭晣」。稱正始詩爲「浮淺」。稱嵇康詩爲「清峻」。稱阮籍詩爲「遙深」。稱晉詩爲入於「輕綺」。稱郭景純可稱「挺拔」等。全書之例，不勝枚舉。所謂「直而不野」等等，都是指讀者所把握到的作品的文體。有專指一篇之體，有概指一人之體，有總指一代之體；由體以追求其文章中的人格，思想，時代，乃至文學之技巧等；因而藉各個統一印象之力，可互相比較，可溯其源流，可得其演變，可推其歸趨，可指其利弊及其補救之途徑。在西方很長的傳統中，對文學的研究，過分誇大了一個文學家的傳記，文學作品中所用的語言，及對作品的註釋等的作用；尤其是受了語言學的壓制、歪曲；常把文學的東西變成非文學的東西。現在則將這類的研究，左遷爲屬於文學的「外的研究」，只能當作是補助的手段；並且應將「以爲沒有這些外的研究，便不能對文學作健全研究」的觀念，加以排除。而且認定文學作品，其全體與各部分之總計，是兩個東西；文學不是細部的積聚；其全體的構造，要由全體構造所顯出的統一印象（即是文體），才是解釋之鍵（註六十九），所以從文體來研究、批評文學，才是研究批評的正軌。這一新的趨向，無形是與劉彥和的觀點相符合的。這是近代在文學研究上的一大進步。但是對於美的東西，不能完全加以分析（註七〇），即是不能完全依賴概念性的說明，而只能直接從文學作品本身來領會作者的文體；當然是一件不容易的事。所以彥和雖對於文體，提出了許多的剖析，並提供了許多的實例；而最後仍只能說出「凡操千曲而後曉聲，觀千劍而後識器；故圓照之象，務先博觀」的方法。博觀是要看得多，並且還要看得熟。以多讀熟讀，從作品的本身來認取作品的文體，這一直到現在，還沒有比這更好的辦法。

六、論　結

總上所述，可知文體論在中國的發展，實比歐洲佔先一步。這是因爲儒道兩家的思想，皆落實於人的心上。道德是由心而發，文學藝術也是由心而發。尚書堯典已謂「詩言志」。揚雄法言問神篇更明謂「故言，心聲也；書，心畫也。」把文學直接溯源於人之心，而又很早通過詩的比興以使心融和於自然；於是中國的文學，很早便認爲是心物交融的結晶；而文體正成立於心物交融的文學之上。但隨著唐代的古文運動，而文體的觀念，即開始糢糊。這是因爲作爲古文運動的中心思想，係繼承經語的道德性的實用思想；實用性的要求，超過了藝術性的要求；以文心雕龍的立場來看，是體要之體的意識，壓倒了體貌之體的意識；於是在文體的構成中，只重氣格，而不重色澤；有似繪畫中只重線條、白描，而不重渲染；恰是風骨篇所說的「風骨乏采」。於是在文體一詞中，多只保持了「體裁」與「體要」這一方面的意義；體貌的觀念，在古文系統中反漸漸隱沒了。但這只是觀念上的隱沒，而並不是事實上的隱沒；因爲只要能成爲一篇好的文章，其體要一定會昇華而成爲一種體貌。例如古文運動的領導者韓愈，正創造了一種與六朝不同，因而也不是劉彥和八種基型所能包括的文體，或者可以說是與輕綺流靡相反的嚴重奇崛的文體。並且古文系統中其他好的文章，常合於「大的藝術技巧，在隱藏其技巧」的原則。他們輕視飄浮在表面上的體貌，而實則要求、並表現爲更深更高的體貌。此一觀念與事實上的矛盾，可用對古文用力最深的姚姬傳在古文辭類纂序目的一段話作代表。

「凡文之體類十三，而所以爲文者八。曰神、理、氣、味、格、律、聲、色。神理氣味者，文之精也。格律聲色者，文之粗也。然苟舍其粗，則精者亦胡以寓焉。學者之於古人，必始而遇其粗，中而遇其精，終則御其精者而遺其粗者。文士之效法古人，莫善於退之，盡變古人之形貌，雖有摹擬，不可得而尋其跡也。其他雖工於學古，而跡不能忘；揚子雲柳子厚於斯，蓋尤甚焉，以其形貌之過於似古人也。」

按方望溪們只强調「義法」，即强調體要。但僅有義法，實不足以構成一篇好文章，故姚姬傳進而談形貌。他所舉的「所以爲文者八」，即是構成文章形貌的八種因素。在他看，神理氣味，乃所以構成形貌之精；格律聲色，乃所以構成形貌之粗；作者學古人，（即摹體），要由構成形貌之粗者，以通於構成形貌之精者，最後並遺粗而御精；這正是前面所說過的昇華作用。若把姚氏這段話詳加解釋，與劉彥和的意思並無出入。他在海晏詩鈔序中謂「文之雄偉而勁直者，必貴於溫深而徐婉」。「溫深」、「徐婉」，是他所說的形貌，即彥和之所謂文體。在答翁學士書中謂「意與氣相御而爲辭，然後有聲音節奏高下抗墜之度，反復進退之態，采色之華。故聲色之美，因乎意與氣而時變者也，是安得有定法哉。」他此處之所謂「度」「態」「華」，亦即他之所謂形貌，亦即彥和之所謂文體；而此處之所謂「聲色」，正是彥和之所謂「聲貌」，即文體中之體貌。他以聲色之美，因乎意與氣而時變，也與風骨篇及通變篇之大意相合。一個問題追究到底時，見解自然若合符契，此亦其一證。並且劉彥和畢竟爲時代所限，他所把握到的文章的體貌，主要是在聲色方面。姚氏更提出神、理、氣、味，這實已更直湊單微，達到了「無體之體」的文學的極詣，此乃文體論的一大發展。彼阮元之流，徒舉文章的聲色以相抗，而又不能洞澈聲色之源，可謂固陋之極。但姚氏不知他之所謂形貌，即六朝人之所謂文體；而襲謬承訛，仍以體與類爲一物，而說「凡文之體類十三」，這不能不說是他的一大錯誤。他這段話的正確表現，應爲「凡文之類十三，而所以爲文體者八。……」假使能呼起姚氏於九原，一定會得到他的首肯的。不過唐代文體之概念，雖隨古文運動而漸晦，但在詩中仍加保持；釋皎然「詩式」，以十九字論體；司空圖二十四詩品，均係形容詩的體貌，實即二十四種詩體。及宋元而文體之觀念，又特著於詞，著於曲。由此可見文學中的純藝術性，並不能爲實用性所掩；而文學中的形相性的自覺，既因文學之藝術性而誘發，亦因文學之藝術性而保持。現在要把文學從語言、考據的深淵中，挽救出來，作正常的研究，只有復活文心雕龍中的文體觀念，並加以充實擴大，以接上現代文學研究的大流，似乎這才是一條可走的大路。

註一：莫爾頓（R. G. Moulton）：The Modern Study of Literature（文學的近代研究）日本本多顯章譯本一〇六頁。又英文之 figure，中日多譯爲「形象」；但荀子非相篇已屢用「形相」一詞，而陸機文賦亦有「期窮形而盡相」之語，故本文用「形相」而不用「形象」。

註二：卡西勒（E. Cassirer）：An Essey on Man 日宮城音彌譯稱人間二〇四頁。

註三：歧約（J. M. Guyaun）著 L' Art au Point de Vue Sociologue（從社會學看藝術）日大西克禮譯本一〇九頁。

註四：最初所謂 style 的，係一端是尖的，另一端有一個小圓匙的金屬小棒。羅馬人用它來在著了一層薄蠟的小板上寫字的。以後，把人的筆跡稱爲 style；再進一步，則稱寫作的樣式，言語的特殊性，文體等爲 style。（以上參閱東鄉正延編文學理論②一八二頁）日人有的譯音，有的譯爲「樣式」，這是爲了便于與一般藝術相通用；有的譯爲「文體」，文體是根據中國的傳統觀念來使用的。

註五：西方最早的文學理論批評的著作，應當推亞里士多德的詩學。詩學中雖未正式提出文體的觀念，但已特別重視結構（plot）與修辭，這正是構成文體的重大因素。西方第一部文體論（Peri hērme nēias）乃出現於作者姓名不詳的第一世紀。這部書應當是對以前許多文體論的總結。

註　六：現本文心雕龍自神思至附會，共十八篇。然時序篇後之物色篇，范注以爲應在總術篇之上者是也。

註　七：見太平御覽卷六一〇。

註　八：參閱岡崎義惠著文藝學概論二〇七—二一一頁

註　九：見支那詩論史九五頁。

註　十：按劉彥和係將離騷與上篇之原道，徵聖，宗經，正緯等四篇並列，以爲此後文學發展之總根源，故序志篇謂「本乎道，師乎聖，體乎經，酌乎緯，變乎騷，文之樞紐，亦云極矣。」青木氏將辨騷一篇與明詩以下二十篇並列，而視爲文章之一類（青木則誤爲一體），與彥和自序不合，大誤。

註十一：見原書一二二—一二三頁。

註十二：見青木氏著支那文學思想史七七—七八頁。

註十三：此書在臺灣若干大學中用作文學史課程之教材。

註十四：見劉氏原著上卷二二九頁。

註十五：見郭氏原著一九五五年改寫版五七頁，並參閱原著三十七—四十七頁十三，十四，十五三節。

註十六：文心雕龍樂府篇「故略具樂篇，以標區界。」詮賦篇「斯又小製之區畛」。雜文篇「詳夫漢來雜文，名號多品，……總括其名，並歸雜文之一區。……類聚有貫，故不曲述。」諸子篇「條流殊述（術）若有區囿。」論說篇「八名區分，一揆總論。」書記篇「草木區別，文書類聚。」序志篇「若乃論文敍筆，則囿別區分。」

註十　七：蕭統文選序「詩賦體既不一，又以類分。類分之中，各以時代相次。」

註十　八：章樵升，南宋理宗時人。其古文苑序謂「歌詩賦書狀箴銘碑記雜文，爲體二十有一。」此係以類爲體之顯著錯誤。

註十　九：見凌雲刻本。

註二　十：青木氏著支那文學思想史七九頁。

註二十一：此處若暫將文體與風格的區別，置之不論，而將二者作同一意義的名詞用，則揚雄法言稱「詩人之賦麗以則，辭人之賦麗以淫」，此豈非加以區分之始？其次則曹丕之典論論文，將文體區分爲「雅」「理」「實」「麗」四種，尤爲彰著。郭氏以一生之力治中國文學批評史，而謂體性篇之八體，爲區分文章風格的最早材料，未免過於粗陋。

註二十二：郭氏著中國文學批評史改寫版六十六頁。

註二十三：禮記緇衣「言有物而行有格」注，「格，舊法也。」

註二十四：文心雕龍章表篇「章以造闕，風矩應明。」又奏啓篇「辭有風軌。」

註二十五：近數十年來，我國學術界受西方文學的影響，以實用性文學，爲我國文學傳統之一大弱點，因而特注重提倡傳統中之純美文學，尤以繼承乾嘉學派者爲然。但若想到西方文學發展之趨向，逐漸以新聞文學爲中心，則我國實用文學之傳統，或竟係一大優點。

註二十六：文心雕龍定勢篇。

註二十七：文心雕龍詮賦篇「及靈均唱騷，始廣聲貌」，「極聲貌以窮文。」誇飾篇「故自天地以降，豫入聲貌。」

註二十八：可參閱日人岡崎義惠著文藝學概論一一一頁—一一四頁。

註二十九：文心雕龍明詩篇「四言正體，則雅潤爲本。」

註 三 十：禮記經解「溫柔敦厚，詩教也。」

註三十一：詩大序「故詩有六義焉」。正義「風雅頌者，詩篇之異體；賦比興者，詩文之異辭耳。」但此體爲體裁之體。

註三十二：班固離騷序。

註三十三：王逸楚辭章句序。

註三十四：文心雕龍時序篇。

註三十五：同上情采篇。

註三十六：世說新語卷下之上有容止篇。

註三十七：參閱日人土居光知著文學序說三八二—三八三頁。

註三十八：中國文化不注重純思辨性的思想，而常是通過具體的事類以表達其思想。此即事類篇之所謂「據事以類義。」事義相當於西方之所謂思想，而又多是因事見義，故又與西方之所謂思想不盡相同。此等處，正可見中西文化性格之違異。事義以思想爲主，但亦包含有感情在內；蓋感情亦因事而發，而古人對情與義，有時混而不分也。

註三十九：斯賓塞以爲文體的諸法則，不過是以最小之力，獲得最大之效果的法則。（歧約著從社會學看藝術第二部日譯本下八九頁）此主張的實現，即是縮短表現與對象的距離，（參閱波多野完治著文章心理學入門七六頁）亦即此處之所謂「切」或「簡要」。

註　四　十：明詩篇「晉世群才，稍入輕綺。」又時序篇「然晉雖不文，人才實盛……並結藻清英，流韻綺靡。」

註四十一：明詩篇「宋初文詠，體有因革。莊老告退，而山水方滋。儷采百字之偶，爭價一句之奇；情必極貌以寫物，辭必窮力而追新。」此正指謝靈運而言。

註四十二：揚子法言吾子篇。

註四十三：參閱土居光知文學序說三三七頁。

註四十四：參閱日文世界文學辭典一〇五六頁。

註四十五：歧約著從社會學看藝術第二部下日譯本九五頁。

註四十六：神思篇「古人云：形在江海之上，心存魏闕之下，神思之謂也。」「心存」之心，即此處之神思；故下文將神與思分述。而後文之「亦有助乎心力」之「心力」，亦即神思。

註四十七：見土居光知著文學序論三三八頁。

註四十八：「才量學文」之量，依楊明照文心雕龍校注改作童。見原著二七四頁。按彥和稱初學者皆曰童；如體性篇之「童子雕琢。」養氣篇之「凡童少鑒而氣盛」皆是。

註四十九：黃季剛先生文心雕龍札記，以理釋風，以辭釋骨，與原義不合，未敢苟同。

註　五　十：參閱部克哈特著意大利文藝復興期之文化，日村松恒一郎譯本下卷第四篇第三章「風景美之發見」，二八一—四一頁。

註五十一：文心雕龍中的比興篇，乃就一般文學而言，非僅論詩的比興。

註五十二：見歧約著從社會學看文藝日譯本第二部下一〇〇頁。

註五十三：參閱岡崎義惠著文藝學概論一〇四—一一四頁。

註五十四：歧約從社會學看藝術日譯本第二部下一二三頁。

註五十五：參閱小林英夫著文體論之建設一一四頁。波多野完治著文章心理入門一五頁。

註五十六：參閱土居光知著文學序說三四五—三四六頁。

註五十七：東鄉正延編譯文學理論（二）二四〇頁。

註五十八：同上書二三二頁。

註五十九：歧約著從社會學看藝術第二部下日譯本一八五頁。

註六〇：皆見程器篇。

註六十一：請參閱傳東華譯Hent著文學概論三五—三六頁。

註六十二：見土居光知著文學序說三三五頁。

註六十三：見原書六二頁。

註六十四：定勢篇之「勢」，黃季剛先生札記以「法度」釋之，實與勢之本義及本篇不相應。試就全篇研究，則知勢有三義，而皆相資互通：（一）勢即氣；氣之表現於文章中之部分者爲風爲骨；氣之驅遣全篇者則爲勢。（二）勢即體；但體以靜態言，勢以動態言。此處之勢，即與體同義。（三）爲作者所養成之一種自然的形成力量或創造力量，此爲本篇之主要意義。

註六十五：陸機文賦「信情貌之不差，故每變而在顏。」似亦同此意。

註六十六：見文心雕龍紀昀評。

註六十七：參閱波多野完治著文章心理學入門一一七—一一九頁。

註六十八：參閱岡崎義惠著文藝學概論二一一頁。

註六十九：參閱R.G. Moulton著The Modern Study of Literature日譯本序二頁及一一三—一一七頁。及傳東華譯Hent文學概論四八—四九頁。

註七十：參閱日譯Moulton上書四三三頁。

傳統文學思想中詩的個性與社會性問題

一、個性與社會性的統一

毛詩關雎前面的序，世人稱之爲大序；其他各詩前面的序，一般稱之爲小序。合而稱之，則爲詩序。這裡不涉及詩序的作者，價值等問題。而只就孔頴達的毛詩正義對大序「是以一國之事，繫一人之本」的解釋，來看在我國傳統的文學理論中，如何解決一個文學作品的個性與社會性的問題。至於正義的解釋，是否和大序那句話的原意相符合，這裡也置之不問。所以我泛稱之爲「傳統文學思想」。

沒有個性的作品，一般地說，便不能算是文學地作品。尤其是文學中的詩歌，更以個性的表現爲其生命；這在中國過去，稱之爲「志」，稱之爲「性情」。詩人所詠歌的，當然有其外在的對象，客觀的對象。但不僅把自己對於客觀對象的認識加以敘述，不會成爲詩歌的作品；即使把主觀對於客觀對象的感想、願望，通過詩的形式表達出來，只要主觀與客觀之間，存著有空間上的距離的感覺，其距離那怕像「執柯以伐柯」那樣近，依然不能成爲一首好詩。眞正好的詩，它所涉及的客觀對象，必定是先攝取在詩人的靈魂之中，經過詩人感情的鎔鑄、醞釀，而構成他靈魂的一部分，然後再挾帶著詩人的血肉（在過去，稱之爲「氣」）以表達出來，於是詩的字句，都是詩人的生命；字句的節律，也是生命的節律。這才是眞正的詩；亦即是所謂性情之詩，亦即是所謂有個性之詩。

大凡有性情之詩，有個性之詩，必能予讀者以感動。因爲有這種感動力，於是而詩的個性，同時也即是它的社會性。但詩人的個性，究係通過何種橋樑以通到社會，因而獲得讀者的感動，使一個作品的個性，同時即是一個作品的社會性呢？正義對於這，有很明顯的解釋：

「一人者，其作詩之人。其作詩者道己一人之心耳。要所言一人，心乃是一國之心。詩人攬一國之意以爲己心，故一國之事，繫此一人使言之也。……故謂之風。……詩人總天下之心，四方風俗，以爲己意，而詠歌王政……故謂之雅。」

按所謂「其作詩者道己一人之心耳」，即是發抒自己的性情，發抒自己的個性。「要所言一人，心乃是一國之心」，這是說作詩者雖係詩人之一人；但此詩人之心，乃是一國之心；即是說，詩人的個性，即是詩人的社會性。詩人的個性何以能即是詩人的社會性？因爲詩人是「攬一國之意以爲己心」，「總天下之心，四方風俗，以爲己意」。即是詩人先經歷了一個把「一國之意」，「天下之心」，內在化而形成自己的心，形成自己的個性的歷程；於是詩人的心，詩人的個性，不是以個人爲中心的心，不是純主觀的個性；而是經過提鍊昇華後的社會的心；是先由客觀轉爲主觀，因而在主觀中蘊蓄著客觀的，主客合一的個性。所以，一個偉大的詩人，他的精神總是籠罩著整個的天下國家，把天下國家的悲歡憂樂，凝注於詩人的心，以形成詩人的悲歡憂樂，再挾帶著自己的血肉把它表達出來，於是使讀者隨詩人之所悲而悲，隨詩人之所樂而樂；作者的感情，和讀者的感情，通過作品而融合在一起；這從表面看，是詩人感動了讀者；但實際，則是詩人把無數讀者所蘊蓄而無法自宣的悲歡哀樂還之於讀者。我們可以說，偉大詩人的個性，用矛盾的詞句說出來，是忘掉了自己的個性；所以偉大詩人的個性便是社會性。

二、統一的根源—性情之正

不過，沒有能從社會完全孤立起來的個人；即每個人的個性中都應當帶有社會性，豈特偉大的詩人？但歷史上的獨裁專制者，即使憑藉著偉大的權力，也難使社會一般人與他同其好惡。難道說這種人便沒有性情，沒有個性嗎？他的性情、個性，何以會不含一點社會性，却使其孤立至此？而詩人又有什麼魔術，能使社會乃至後世的人，會與他同其哀樂而受到他的作品的感動呢？這在中國傳統的文學思想中，常常於强調性情之後，又接著强調「得性情之正」。所謂得性情之正，即是沒有讓自己的私欲薰黑了自己的心，因而保持住性情的正常狀態。在中國文化中，有一個根本信念，認爲凡是人的本性，都是善的，也大體都是相同的；因而由本性發出來的好惡，便彼此相去不遠。作爲一個偉大詩人的基本條件，首先在不失其赤子之心，不失去自己的人性；這便是得性情之正。能得性情之正，則性情的本身自然會與天下人的性情相感相通，因而自然會「攬一國之心以爲己意」；而詩人的心，便是「一國之心」。由「一國之心」所發出來的好惡，自然是深藏在天下人心深處的好惡，這即是由性情之正而得好惡之正。人總是人，人總是可以相通相感的。詩人只要相信自己不是好人之所惡，惡人之所好的獨夫，則詩人的個性中自然有社會性；個性的作品，自然同時即是社會性的作品。所以鄭康成在六藝志中除了强調詩人「莫不取衆之意以爲己辭」之後，接著便說：

「假使聖哲之君，功齊區宇，設有一人獨言其惡，……海內之心，不同之也。無道之君，惡加萬民，設有一人，獨稱其善，……天下之意，不與之也。必是言當舉世之心，動合一國之意，然後得爲風雅，載在樂章。」

鄭康成的話說明了兩點：第一是說明只要是自己站得住脚，便不怕他人的批評。第二點是說明自己若太不像樣子，便養再多的歌功頌德的文人，乃至勒令他人反覆誦念自己所說的不三不四的話，實際也只會引起更大地唾棄。而詩人之所以能成爲詩人；詩之所以能成爲詩，乃至文藝之所以能成爲文藝，必定不是看一二權貴的顏色，而「必是言當舉世之心，動合一國之意」；其根底，乃在保持自己的人性，培養自己的人格；於是個性充實一分，社會性即增加一分。在中國傳統的文學思想中，總認爲作人的境界與作品的境界分不開，大家應當從這種地方去了解其眞實的含義。

三、性情之正與性情之眞

現在還應補充說明的是，一個偉大的詩人，因其得性情之正，所以常是「取衆之意以爲己辭」，因而詩人有個性的作品，同時即是富於社會性的作品。這實際是由道德心的培養，以打通個性與社會性中間的障壁的。這是儒家在文學方面的基本要求。道家則要求由無私無欲，以呈現出虛靜之心。他們並不強調社會性；但在虛靜之心裡面，也自然得到個性與社會性的統一；雖然這常是消極性的統一。但在詩經上，乃至後來的許多詩歌中，有的僅是勞人思婦之詞，遷客離人之語，其所感所發者僅其當下的一人一事，與社會並不相干；即平時並未注意道德心的培養，也沒有作致虛守靜的工夫，因之，在作詩時並不曾「取衆之意以爲己辭」，但有的依然能予社會以感動，而成爲富有社會性的作品，這又是什麼緣故呢？照中國傳統的看法，感情之愈近於純粹而很少雜有特殊個人利害打算關係在內的，這便愈近於感情的「原型」，便愈能表達共同人性的某一方面，因而其本身也有其社會的共同性。所以「性情之眞」，必然會近於「性情之正」。但性情之正，係從修養得來；而性情之眞，即使在全無修養的人，經過感情自身不知不覺的濾過純化作用，也有時可以當下呈現。歡娛的感情向上浮蕩，悲苦的感情向下沉潛。一般人的感情，是要在向下沉潛中始能濾過、純化其渣滓；所以悲苦之情，常易得性情之眞；而勞人思婦，乃至後來許多詩人，只要能把個人當下的眞感情抒寫出來，因其是眞的、純粹的，所以他同時也便寫出了社會在這一方面的哀樂（哀樂必相形而始能感到），與社會以感動的作用。「詩窮而後工」，正是這種道理。總結的說，人的感情，是在修養的昇華中而能得其正，在自身向下沉潛中而易得其眞。得其正的感情，是社會的哀樂向個人之心的集約化。得其眞的感情，是個人在某一剎那間，因外部打擊而向內沉潛的人生的眞實化。在其眞實化的一剎那間，性情之眞，也即是性情之正，於是個性當下即與社會相通。所以道德與藝術，在其最根源之地，常融和而不可分。而一個人，當他在感情的某一點上，直浸到底時，便把此點感情以外的東西，自然而然地忘掉了，也略近於道家所要求的虛靜狀態。但這種性情之眞，是隱現不常的，所以這種詩人常只能有一首兩首，一句兩句，使人感動的詩；而決不能成爲「取衆之意以爲已辭」的偉大詩人；因爲他缺乏人性的自覺，因而沒有人格的昇華，沒有感情的昇華，不能使社會之心，約化到一已之心裡面來。至於存心趨炎附勢的人們，連一剎那的人生眞實感也閃露不出來，所以他們的作品，只有拿去換殘羹冷飯。

而今日之所謂意識流的文學，乃是把「私欲」、「無明」當作人性的文學，則他們的反理性、反社會，也是必然的。但反社會、反理性的作家，能要求什麼人來讀他們的作品呢？

四七、七、一、文星二卷三期

釋詩的比興——重新奠定中國詩的欣賞基礎

一、比興在傳注中的糾結

周禮大師「教六詩，曰風、曰賦、曰比、曰興、曰雅、曰頌」。詩毛傳關雎序（即所謂大序）因之而稱詩有六義。孔穎達毛詩正義謂「賦比興是詩之所用，風雅頌是詩之成形」；即前者是詩的作法，而後者是詩的體裁；這是一般可以承認的說法。其中最沒有問題的是賦，問題最多的是興。由對於興的解釋不同，因而對於興在詩中的地位的看法也不同。把許多不同的解釋歸納起來，不外下述二端：即是第一，興對於詩的主題，是有意義的聯結？還是無意義的聯結？其次，若是有意義的聯結，則它與比有何分別？若是無意義的聯結，則它在詩的構成中有何價值？鄭康成在周禮大師教六詩下注云：

「賦之言舖，直舖陳今之政教善惡。比見今之失，不敢斥言，取類以言之。興見今之美，嫌於媚諛，取善事以喻勸之。」

這裏，除了康成把詩和政治粘貼得太緊，暫不作討論外，他實際是把興和比看作相同的東西，所以他又說「興是譬諭之名」。因此，他通常用一個「喻」字來說明興的意義。如葛覃「興者葛延蔓於谷中，喻女在父母之家，形體浸浸日長大也。」所謂「喻」，即是「比」，其間並無分別；於是他只好在詩的內容是「見今之失」或「見今之美」上作分別，這分明和毛傳所說的興，乃至默認的比，不能相應的。例如緊接在二南之後的邶風的柏舟、綠衣，毛傳皆以爲是興。但從毛傳，則一是嘆仁人之不遇，一是莊姜之自傷，有什麼「見今之美」呢？除二南以外的興體詩，皆以怨悱之詞，佔絕對多數。而周南的螽斯，分明是比，但決非是「見今之失」的。所以孔穎達的毛詩正義，只好撇過鄭康成的說法，單就鄭司農「比者比方於物，興者托事於物」之言，加以引伸。不過比方於物，與托事於物，依然界畫得不甚清楚；於是孔氏只好從「比顯而興隱」的表現程度上去加以分別。但「顯」之與「隱」，乃隨讀者的理解能力及態度爲轉移，並不能成立一個客觀的法式。孔氏雖可以此來解釋毛傳對各詩何以僅注明「興」而不注明「賦」「比」，但作爲比興的區別，還嫌有所不足。

從漢儒到孔穎達的傳注家，有一個共同之點，即認爲在「興」的作法之下，詩人在興中所歌詠的客觀事物，是和詩人所要表達的主題，有其意義上的關連的。此一問題，到了朱元晦，他費了更多的玩味工夫，同時也發展到了另一個分歧點。他對比興的定義是：

「興者先言他物以引起所詠之詞也。」（詩集傳卷一關雎）

「比者以彼物比此物也。」（同上螽斯）

這比漢人的說法，實在清楚得多。但是先言他物的「他物」，和引起所詠之詞的「所詠」，也即是和詩人的主題，在意義上到底有無關連？他在這裏沒有清楚說出；不過在他的骨子裏，却認爲沒有什麼意義上的關連的。所以他說：

「詩之興，全無巴鼻。後人詩猶有此體。」（語類八十）

「振錄云，多是假他物舉起，全不取其義。」（同上）

因此，他把毛傳許多注明「興也」的詩，改爲「比也」；並在興之中，更細分出「比而興也」，「賦而興也」兩類，即是他把可以看出意義的從興中分出去，或者在興中加入比和賦的混合成分，以保持興的完整性。他在詩集傳中對於「興也」的詩，很少作與主題有關連的解釋，使人看了索然無味。著有詩緝的嚴粲，一面是繼承毛傳，一面又受了朱元晦的影響，遂將興分爲兩種：

「凡言興也者皆兼比。與之不兼比者特表之。」（詩緝卷一關雎）

所謂「與之不兼比者」，即是與詩的主題無意義上的關連的興。這似乎是一種調和的說法。不過朱元晦一方面認興並無意義，但他又說：

「比雖是較切，然興却義深遠也。有興而不甚深遠者，比而深遠者，又係人之高下，有做得好

底，有拙底。」（語類八十）

「比意雖切而却淺，興意雖濶而味長。」（同上）

若是興所假托的物事，全不取其義，則「深遠」的意味，究從何而來？朱元晦留下了這一個缺口沒有告訴我們。而嚴粲之所謂興皆兼比，然則興與比究應如何劃分？而他在「興之不兼比」的詩篇中，又分明採取和朱元晦不同的態度，把所假托之物，和所詠之詞，都關連着說得津津有味。所以他對比興問題，依然不算交代得十分清楚。

近幾十年來，對詩經的研究，是要把它澈底從傳統的經學氣氛中解放出來，完全當作一部文藝作品看待。在此種傾向中，發生以現行民歌來解釋詩經賦比興的方法。民歌可以說是最原始的詩，而詩經的國風中有許多便是當時的民歌。用民歌的結構來解釋詩經的結構，好似用現在原始部落土人的情形來解釋古代社會一樣，未始不是一條途徑。順着此一途徑來研究詩經的結果之一，便是以爲興所假托的事物，與詩的主題，在意味上並無關連。這可用顧頡剛的說法作代表。顧頡剛根據他所搜集的吳歌材料，並舉出「陽山頭上花小藍，新做媳婦許多難」的例子，而斷定「起首的一句，和承接的一句，沒有什麼關係」，「只因『藍』『難』是同韵；若開首就唱做新媳婦許多難，覺得太突兀，站不住，於是得陪襯，有起勢了」。他由對民歌的解釋，便進一步推論到詩經上興的問題，而認興也只是協韻的作用，再沒有其他的意義。他說：

「我們懂得了這個意思，於是關關雎鳩的興起淑女與君子，就不難解了。作這詩的人原只要說窈窕淑女，君子好逑；但嫌太單調，太直率，所以先說一句關關雎鳩，在河之洲。牠的主要的意思，只在洲與逑的協韻。」

興是兩千年來糾纏不清的問題。假使眞像顧頡剛所說的，除了協韻以外，再無其他意義，倒也乾脆。但我們不難想到，詩人把與主題全不相干的東西拿來協韻，這完全是才窮氣盡，拉螞蟻湊兵的方法。若興的本質即是如此，則興在詩中，簡直是處於附贅懸疣，可有可無的地位；事實上，眞正是這樣簡單嗎？由這一簡單觀點，能說明「興却義深長也」的原因嗎？或者能否定「興却義深長也」的許多詩的實例嗎？這是我想提出來討論的問題。

二、從詩的本質來區別賦比興

賦比興，是作詩的方法。但並不是先規定出這三種方法，詩人再按着它來寫成詩經上的詩；而是詩經上的詩，輯整成書之後，研究它的人，歸納起來，有風雅頌的三種體裁，有賦比興的三種作法。因此，假定我們承認詩中間有賦比興這三種東西，則這三種東西只是自然而然地產生出來的，因之，是與詩的本質不可分的東西。所以要解決比興（因爲賦的問題最少）的問題，不如暫從訓詁中擺脫出來，先在詩的本質上看有沒有比興、尤其是興的根據。

就一般的情形講，抒情詩應當發生在敍事詩的前面；並且抒情更是詩之所以成其爲詩的本色；而詩經裏，主要的正是抒情詩。因此，大家公認最早說明詩之來源的「詩言志」（尙書舜典）的「志」，乃是以感情爲基底的志，而非普通所說的意志的志。普通所說的意志的志，可以發而爲行爲，並不一定發而爲詩；發而爲詩的志，乃是由喜怒哀樂愛惡欲的七情，蓄積於衷，自然要求以一發爲快的情的動向。情，才是詩的眞正來源，才是詩的眞正血脈。

情的本質，如烟如霧，是縹渺而朦朧的。它的本身無形象可見，因而不能在客觀上加以捕捉的。詩人須通過語言和外在的事物，而賦予以音節與形像。並且由此而可把蘊蓄在主觀裏的東西傾吐出來，亦即是客觀化了出來，以減輕主觀中的担負，使作者能得到暫時的輕鬆爽朗；因爲內蘊的感情，鬱積得愈多，便愈成爲精神上的一種重大負担。鍾嶸詩品說「使窮賤易安，幽居靡悶」，正是這種原因。此時的語言，乃是情的語言；此時的事物，乃是情化了的事物。語言的感情化，事物的感情化，乃詩所得以成立的根本因素。感情化的程度，實際即決定了作品成功的程度。

把與內心感情有直接關連的事物說了出來，這即是所謂詩經上的賦。由賦所描寫出的「情像」，也是直接地情像。這種直接地情象，同時即是詩的主題。譬如一個少婦思念她遠離的丈夫，思念得連日常一切生活都不感興趣，甚至把愛美的天性也放在一邊，於是唱道：

自伯之東，首如飛蓬；豈無膏沐，誰適爲容？（衛風伯兮）

這是由她思念的情感所形成的直接形象；這裏面所說的事物，都與她的思念之情有直接關連，所以都構成主題的一部分。它之所以成其爲詩，是因在這裏的事物，不是純客觀地、死地、冷冰冰的事物；而是讀起來感到輭輭地、溫溫地，好像有一個看不見的生命在那裏蠕動着的事物；這是賦的眞正本色、本領。賦中所說的事物的意義，並不在於它能把詩人的心事直接了當的說個明白；每個人都能如此做；但如此做，並不一定能成其爲詩；最低限度，不一定能成爲一首好的詩。由賦所敍述的事物的意義，主要還是由它所象徵、所挾帶的感情而來的。

賦是感情的直接地形象，則興和比，乃是感情的間接地形象；這種間接地形象，有時會過渡到直接地形象；有時則並不直接點出，而讓讀者自己去想像。朱元晦以爲屬於前者是興，屬於後者是比；他說：「上文興而起，下文便接說實事。……及比則却不入題了，……更不用說實事。」前者如關雎，後者如螽斯（見語類八十）。但這和詩經許多篇什對照，很顯然是說不通的，所以他自己有時不能不自亂其例。於是又繞回到老的問題上面來了，即是比興既都是間接地情象，則比與的分別到底何在？或者僅如孔頴達所說，「比顯而興隱」？或者如顧頡剛所說，比有意義（與主題有關）而興則除協韵外却無意義？我以爲問題旣不如孔說的含糊，也不像顧說的簡單。

我想，除了賦體的直接情象以外，詩中間接的情象，是在兩種情景之下發生的。一是直感的抒情詩，由感情的直感而來；一是經過反省的抒情詩，由感情的反省而來。屬於前者是興，屬於後者是比。爲了便利起見，試先從後者說起。

已如前述，除了情以外沒有詩；而情的本性，是處於一種朦朧狀態的；但情動以後，有時並不直接以情的本性直接發揮出來，却把熱熱的情，經過由反省而冷却後所浮出的理智，主導着情的活動，此時假定因語言技巧或環境的需要，而須從主題以外的事物說起時，此主題以外的事物與主題之間，是經過了一番理智的安排，即是經過了一番「意匠經營」，使主題以外的事物，通過一條理路而與主題互相關連起來，此時主題以外的事物，因其經過了理智所賦予的主觀意識、目的，取得了與主題平行的地位，因而可以和主題相提並論，所以能拿來和主題相比。比，有如比長絜短一樣，只有處於平行並列的地位，才能相比。只有經過意匠經營，即是理智的安排，才可使主題以外的事物，也賦予與主題以相同的目的性，因而可與主題處於平行並列的地位。因此，比是由感情反省中浮出的理智所安排的，使主題與客觀事物發生關連的自然結果。例如：

螽斯羽，詵詵（音莘）兮（朱傳，和集貌）。宜爾子孫振振（音眞）兮（杜氏左傳注曰，振振，盛也）。（周南螽斯）

此詩是在多妻制之下，贊嘆人家因能和睦相處而子孫衆多（毛序以螽斯爲「后妃子孫衆多也」），却不直接說出，於是以螽斯相比的說：「螽斯呀，你們集在一塊兒好和睦呵。你們的子孫，當然會這樣興盛的。」這是經過了一番意匠經營，而把螽斯拿來與因妻妾和睦而子孫衆多的人家相比；所以螽斯的本身，已由理智安排上了與主題相同的目的性，它和主題是處於平行並列的地位，二者間有一條理路可通，因而可使讀者能由已說出的事物去聯想並沒有說出的主題。其所以要這樣比著說，有的是出於環境的要求，有的則出于技巧的需要，以加强主題的强度和深度。例如：

碩（大）鼠碩鼠，無食我黍。三歲貫（事）女（汝），莫我肯顧。逝（朱氏曰發語辭）將去汝，適彼樂土。樂土樂土，爰得我所。（魏風碩鼠）

這是用碩鼠來比主題的聚歛之臣的。世人沒有不討厭老鼠，尤其是毛毿毿地大老鼠。把聚歛之臣比作碩鼠，則聚歛者的嘴臉更爲具體，更爲可惡。這是由意匠經營來加强厭惡程度的表現技巧。凡是這一類的詩，都可謂之「反省的抒情詩」。

興的發生，與上述的情形有點兩樣。興所敍述的主題以外的事物，不是情感經過了反省後所引入，而是由情感的直接活動所引入的。人類的心靈，僅就情的這一面說，有如一個深密無限的磁場；興所敍述的事物，恰如由磁場所發生的磁性，直接吸住了它所能吸住的事物。因此，興的事物和詩的主題的關係，不是像比樣，係通過一條理路將兩者連結起來；而是由感情所直接搭掛上，沾染上，有如所謂「沾花惹草」一般；因而即以此來形成一首詩的氣雰、情調、韻味、色澤的。用作興的事物，詩人並沒有想到在它身上找出什麼明確的意義，安排上什麼明確的目的，要使它表現出什麼明確的理由；而只是作者胸中先積累蘊蓄了欲吐未吐的感情，偶然由某種事物——這種事物，可能是眼前看見的，也可能是心中忽然浮起的——把它觸發了。未觸發時的感情，有的像潛伏的冰山，尙未浮出水面；有的則像朝嵐暮靄，並未凝成定形。一經觸發，則潛伏的浮了出來；未定形的因緣觸發的事物而構成某種形像。它和主題的關係，不是平行並列，而是先後相生。先有了內蘊的感情，然後才能爲外物所觸發；先有了外物的觸發，然後才能引出內蘊的感情。所以興所用的事物，因感情的融合作用，而成爲內、外、主、客的交會點。此時內、外、主、客的關係，不是經過經營、安排，而只是「觸發」，只是「偶然的觸發」；這便是興在根源上和比的分水嶺。例如：先有了內蘊的想找一位好小姐作太太的心情，於是爲雎雄相應、在河洲相戀的雎鳩所觸發；因爲被雎雄相戀的雎鳩所觸發，於是求偶的內蘊感情得以明朗化、形像化，這便構成了「關關雎鳩，在河之洲，窈窕淑女，君子好逑」的詩。這便是所謂興。又如看見一位小姐嫁得一個好婆家，心中不覺有一種「名花有主」的喜悅；但這種喜悅，却似輕烟薄靄的飄浮着，並未構成形像；偶然在結婚季節中看見桃樹的嫩枝上，開着嬌艷的桃花，一片生機熱鬧，這便觸發了內蘊的喜悅，而唱出了「桃之夭夭（少好之貌），灼灼（鮮明貌）其花。之子于歸，宜其室家」（周南桃夭）的詩，這便是所謂興。又如一個知識分子生當亂世，看到許多篡竊權勢的人，胡作非爲，胡說八道，既不可以情遣，又不可以理喻，便常常因此而感到說不出的精神痛苦；偶然看到稱爲「萇楚」的這種植物，枝條長得柔順多姿而茂盛，嫩枝更是長得光澤煥發，似乎非常得意；這和性情倔僵，形容顦悴的詩人，恰好成一對照；於是便觸發了詩人內心的悲憤，而感到只因爲它（萇楚）沒有知識，所以它便沒有是非，沒有廉恥，才能長得這樣肥頭大耳，神氣十足。「憂患皆從識字始」，可見沒有知識是享福的唯一條件，便不覺唱出來「隰有萇楚，猗儺（有柔順多姿及茂盛之意）其枝。夭（少也）之沃沃（潤澤之意），樂子之無知。」（檜風隰有萇楚）這便是所謂興。

興是一種「觸發」，即朱傳的所謂「引起」。其所以能觸發的是因爲先有了內在的潛伏感情；被它觸發的還是預先儲存著的內在的潛伏感情；觸發與被觸發之間，完全是感情的直接流注，而沒有滲入理智的照射。在感情的直接流注中，客觀的事物，乃隨着感情而轉動，其自身失掉了客觀的固定性。同樣的花，在歡樂的人看來是在笑，在愁苦的人看了是在哭（「感時花濺淚」）。到底是笑還是哭？不是在花的本身能求得理解，而是要從作者的感情中去從容玩味。與所敍述的主題以外的事物，是在作者的感情中與詩的主題溶成一片；在這裏，不能抽出某種概念，而只能通過他所敍述的事物，以感觸到某種感情的氣雰、情調、韵味、色澤。被感情融化了的事物，常與感情飄蕩在一起而難解難分。杜甫的「巫山巫峽氣蕭森」，此「蕭森」到底是秋景呢？還是秋興呢？假定有人在此下一個兩者擇一的斷案，那便是蠢才了。這才是興的本色、本領。正因爲如此，所以它在一首詩的構成中，成爲與主題不可分的一部分；不像比所用的事物，以那比這，與主題還有一點間隙。因此，興對於詩的意味，就詩是感情的象徵的本性講，較之於比，實更爲重大。比是經過了感情的反省，由理智主導着感情所表現出來的；比的事物與主題的關係，有理路可尋，所以孔氏說「比顯」，即是比的意義顯明。興是感情未經過反省，或者可以說，只經過最低限度的反省，只含有最低限度的理智，即連此最低限度的理智，也投入於感情之中，而以感情的性格、面貌出現，所以興的事物與主題的關係，不是理路的連絡，而是由感情的氣氛、情調，來作不知其然而然的溶合；這種由感情所溶合的關係，正和感情自身一樣，朦朧縹渺，可感受而不易具體地把捉；可領略却難加以具體地表銓；一經把捉表銓，則其原有的感情成分，已經打了折扣；所以孔氏說「興隱」，即是興的意味，隱微難見。鄭樵下面的一段話，也正說出此中消息；雖然他未能看出此一消息的根源，但他這段話，決不能作「興是沒有什麼意義」來解釋。

「凡興者，所見在此，所得在彼，不可以事類推，不可以義理求也。」（六經奧義）

同時我們應了解，凡經過理智所構建的，不僅條理較清，並且界劃也較明；因其界劃較明，同時也即形成其內容的局限性。感情的觸發，則其來無端，其去無迹，其形是若有若無，於是它總是慢慢消逝於渺冥茫漠之中，好像一縷輕烟裊入晴空一樣，總是在盡與未盡之間，所以朱元晦會感到「比雖是較切，然興却意較深遠也。」「比意雖切而却淺，與意雖潤而味長。」這是在從容諷誦中所得出的很親切的體會。漢人重訓詁，即是常以語言學的要素去說詩，所以他們常常爲訓詁所局限，因而忽視了文學的要素，便容易把詩經中的興說成了比。但決不能因此而得出凡有意義的皆是比，無意義的才是興的結論。

如上所述，賦是就直接與感情有關的事物加以舖陳。比是經過感情的反省而投射到與感情無直接關係的事物上去，賦予此事物以作者的意識、目的，因而可以和與感情直接有關的事物相比擬。興是內蘊的感情，偶然被某一事物所觸發，因而某一事物便在感情的振蕩中，與內蘊感情直接有關的事物，融和在一起，亦即是與詩之主體融和在一起。這站在純理論的立場，通過詩經的作品，以探求詩的原型，是可以把它分別得清清楚楚的。在此種分別之下，可以了解興所用的事物，必須與詩的主題協韻，乃是由感情自身的韻律以產生詩的形式，所附帶產生的結果；此種結果，與賦比中的協韻，毫無分別；因而與興的本質並不相干。假定認與所用的事物之本身，並沒有被詩人賦與以明確的意識和目的，而只由感情的氣雰、情調，以與主題相融和；因而它所表現的也只是一種氣雰、情調，便認定興除了協韻以外毫無意義，這是不了解詩之所以爲詩，而是站在詩的範疇以外去要求詩的意義；這便使一切詩的活句都變成死句；旣扼殺了興，扼殺了古今最好的詩；同時也會扼殺掉詩的生命。

三、概念與創作間的距離及差異

我上面所說的比和興的分別，並不是沒有前人說到；而是從前的文學批評家已經說到，却爲傳注家所不了解，因而把它忽略過去了。劉彥和在文心雕龍比興第三十六中說：

「比者附也，興者起也。附理者切類以指事。起情者依微以擬議。起情故興體以立，附理故比例以生。」

劉彥和在這裏特提出「附理」和「起情」，以作比與的分別，是值得特別注意的。附理之「理」，即我上面所說的由感情反省而來的理智主導著感情的活動。所謂依情之「情」，即是感情直接地觸發、融和。但他這裏將理與情對舉，只是程度上的對舉，並不是性質上的對舉。即是，比乃感情的反省地表現，而興乃感情的直接地表現；反省，則情帶有理的性格，故稱之爲附理。直接，則感情將一往是情，故稱之爲依情。所以興的詩，才是純粹地抒情詩，才是較之比爲更能表現詩之特色之詩。但比與興中的事物，都是情在那裏牽線；不過比是經過反省的冷却而堅實之情；興則是未經反省的熱烘烘地飄蕩之情。嚴格的說，比中的理智，乃是以理智爲面貌，而仍係以感情的心腸；並不同於一般所說的理智活動。對於這一點，劉彥和在比興篇的贊裏有精鍊地敍述：「詩人比興，觸物圓覽。物雖胡越，合則肝膽。」純理智的認知活動，一是一，二是二，界劃分明，無可融通，這是「方」的，故易稱「方以智」。若「物以情觀」，則物無定性，將隨情爲轉移；故彥和稱之爲「圓覽」。圓與方相對，方有定而圓則流轉無定。故物的本身，雖與詩人的主題，在客觀上並不相干（物雖胡越）；但一經過感情的牽線作用，而物隨情轉，便「合則肝膽」了。

由上面的說明，可知比興的分別，站在詩之所以成其爲詩的情的根源上說，只是發抒過程中的分別，而非性質上的分別。比依然是以情爲基底；故比之附理，決不同於純理之理。興雖然是純情，但在純情中若沒含有一點理智之光，則將浮游灰暗，又如何能凝結成一首詩呢？現代意識流的白日夢詩，因爲他們著意的把理智之光排斥得一乾二淨，所以使讀的人到反覺得是不知所云的無情之物。比興在情上的程度之分，我們在概念上，雖然可加以淸楚地區別；但在作詩的人，他根本可以沒有這種概念，便根本可以不受這種概念的限制，所以便不會按著比興的淸晰概念去作詩，因而概念與實際創作之間，是保有相當距離的。由此，我們不難了解，感情活動時所附隨着的理智，在其多少輕重之間，並無程準；而表達的機緣，有利有鈍；表達的技術，有巧有拙；於是賦比興的三種基型，常會以參互變通的各種形態而出現。加以因讀詩者的態度、工夫，各有不同，便對於同一首詩，也可發生不同的理解。弄淸楚了這一點，則可知朱元晦在比興之外，又分出「興而比也」，「興而賦也」，及嚴粲分爲「兼比之興」與「不兼比之興」，乃是傳注家把詩人所得的自然結果，按照賦比興的概念去加以區分，便不能不承認這些參互變通的形態；而對一首詩，到底是賦是比是興，各家常互不相同，也是事有必至，情非得已的。了解到詩之所以爲詩，然後才眞能了解董仲舒所說的「詩無達詁」的眞意。同時，古人引詩人之詩，歌詩人之詩，在歌與引的時候，同樣有賦比興的活動在裏面，所以在詩歌氣氛濃厚的封建貴族之間，都能相悅以解，不嫌非類。春秋時代的歌詩，乃至先秦時代典籍中的引詩，都是這種情形。由此，應當承認名物訓詁的作用，在詩的注釋中，自然有其一定的限度。言語學的努力，無法盡到文學研究的眞正任務。

然則在流行民歌中，有實在是除協韵以外，並發現不出什麼與主題相融和的氣氛、情調，有如顧頡剛所舉之例。並且這種例，在詩經中也非絕對找不出來；則上面所有對興的說法，是否只是我個人的理論，而不合於詩的現實呢？在這裏，我應首先指出的是，凡是引民歌以證明興除了協韵外並無意義的人，忘記了一件眼前的事實，即忘記了在創作的實際活動中，詩有巧拙，詩中的賦比有巧拙，詩中的興，自然更有巧拙的事實。順着詩的本性來看興是什麼，這是一回事。能否順著詩的本性來滿足興的條件，這是另一回事。拿着一種笨拙的，不能滿足興的條件的民歌，便以爲興本來便是如此，這好像拿一首徒有詩的形式而毫無詩的內容的湯頭歌訣乃至打油詩之類，便認定詩本來就是如此，犯了同樣的錯誤。我因爲手頭上沒有民歌集，但我相信一定找得出符合於興的條件的民歌。並且，根據我小時放牛唱山歌的經驗，知道套上一首除了協韵以外，再不管其他意味的現成架子，來作一首歌，在技巧上是最容易成功的。我六歲至八歲，在家裡放牛的期間，附近各村莊放牛的孩子們，年齡都在十歲左右。不同村子的孩子們，各站在一個山頭或山坡上，對唱著村野不堪的互駡的歌，稱之爲「對歌兒」。某一方唱得無歌可唱時，便算打了敗仗。所以兩方的孩子們，都有臨時的創作；而創作的方法便是套架子，套那只管協韵而不管其他的架子。由此推想，像顧頡剛們所收集的民歌，恐怕多是在展轉套架子的情形下所形成的。而且現代研究文學起源問題所得的結論之一是：固定地書寫出來的文學，是來自浮動地口傳文學。口傳文學進入書寫文學的階段，將發生三種情形。一部分被某些詩人在寫定時加以潤色。一部分成爲固定詩的題材。另一部分則仍保留於江湖詩人（吟遊詩人）的吟詠之中；此一部分隨書寫文學之發達而亦終歸於消滅。但其中有若干特殊地詩，仍保留在吟詠的階段，在口傳中不斷地變更。及遇到某種機會被人紀錄了下來，遂得以繼續流傳不絕。此種詩，可稱之爲「化石詩」。派西僧正（Percy Bishop）所收錄的民謠，即其顯著之一例（以上參閱莫爾頓 R. G. Moulton 的文學的近代研究第一章）。由此，我覺得詩經是由口傳文學進入書寫文學階段中的產物。此一階段的時間，經過得相當地長。把史官採詩，和孔子刪詩，都解釋爲這是對口傳詩的選擇和寫定工作，到是很自然的。以後的樂府，恐怕依然是這種性質；不過樂府時代的文學，已因發達而分化，所以樂府遠不及詩經時代的豐富和重要。而現在的民歌、民謠，只能算是化石詩，或者是從化石詩孳生出來的。即我前面所說的，由套架子而來的。詩經的詩，經過了採詩者的潤色，經過了樂工的潤色，也經過了孔門的潤色。墨子上所引與儒家典籍裡相同的詩，字句常較爲拙劣，即其一證。所以詩經上的詩，是代表了當時文學的整體；而民歌民謠，在文學中只能算是幾經淘汰後所遺留下來的渣滓或殘跡。把現在的民歌民謠，拿來與詩經放在文學的平等地位，把民歌中的興，拿來限定詩經上的興；這是不了解文學發展的情況，犯了時代上的大錯誤。再就作品本身說，現在的民歌，無論如何，總趕不上詩經中的風雅，此一鐵底事實，也因此而得到一個合理的解釋。興之爲興，本是「興感無端」。加以詩人之表現既有巧拙，而讀者之領悟力亦有淺深；或作者在其興感的事物中，原已與其主題的感情相融注，但讀者的情感，却與作者之情感不能相應，遂不能加以領悟，所以不能因此作輕率的判斷。詩經中，完全無意味的興，非常之少；嚴粲所謂興之兼比者固然有較明顯的意味；即所謂興之不兼比者，實際上還是有感情上之意味。例如周南葛覃：

葛之覃兮，施於中谷，維葉萋萋。黃鳥于飛，集於灌木，其鳴喈喈。

嚴注：興之不兼比者也。述后妃之意若曰，葛生覃延，而施移於谷中，其葉萋萋然茂盛。當是時，有黃鳥集於叢生之木，聞其鳴聲之和喈喈然，我女工之事將興矣。（詩緝卷一）

按此詩乃通常之所謂寫景。凡「即景生情」的，尤其是「景中有情」的寫景，都是興。此詩因葛生覃延，而引起女工之思，因而有下章「是刈是濩，爲絺爲綌」，則此章所寫的景，似無意而實有意。又如召南殷其靁：

殷其靁，在南山之陽。何斯違斯，莫敢或遑。振振君子，歸哉歸哉。

嚴注：興之不兼比者也。召南大夫之妻，感風雨將作，而念其君子。（詩緝卷二）

按感風雨將作，而念其君子，即因殷殷之雷聲而觸發其懷遠之心，此亦即景生情，爲興之正體，不可謂殷其雷與此詩振振君子，歸哉歸哉的主題，無意味上的關連。又如邶風旄丘：

旄丘之葛兮，何誕之節兮。叔兮伯兮，何多日也。

嚴注：興之不兼比者也。黎臣子之初至衛，見旄丘之上，有葛初生，其節甚密。及其後也，葛長而節濶，故嘆云，何其節之闊也。感寄寓之久也。（詩緝卷四）

按此詩因節物之變遷而引起其流亡之久，待援之迫，則是興中的事物，對於此詩的主題，正有其感情觸發的意義。詩經中此類的詩甚多，我們只能順著詩人的感情而玩味其「引發」「觸發」的意義。嚴格的說，詩中所表現的這種感情的引發觸發的作用，正是表現詩之所以為詩的本色。所以興才是詩中的最勝義。其間有看不出這種引發觸發意義的，或者如朱元晦所說「係人之高下，有做得好的，有拙的。」（語類八十）或者因讀者涵詠體會的工夫不夠，尚不能把自己的感情與作者的感情連結上去。李白說：「興寄深微」，此處的深微，不是來自理論思辨，而係來自感情自身的特性，所以是詩本身所應有的深微。對興的深微而以粗率的態度來處理，或者因在創作上的各種差別，便抓住它最低級的表現而抹煞了興的本質，這似乎都不是研究詩所應有的態度。

四、興的演變發展

這裏，我再提出另一個問題，即是朱元晦以為興是「先言他物，以引起所詠之詞」（詩集傳卷一）；又說「興是假彼一物以引起此事，而其事常在下句」（語類八十）；朱的意思，在一首詩的結構中，興的事物在前，由興所引起的主題在後，這可以說是一種結構上的自然順序；詩經上興體的詩，從關雎起，似乎都是如此。但鍾嶸詩品說：

「詩有三義焉。一曰興，二曰比，三曰賦。文已盡而意有餘，興也。因物喻志，比也。直言其事，寓言寫物，賦也。……」

這裏，對比賦的解釋，是沒有問題的。但詩經上的興，總是在一章的開端；而鍾嶸却說「文已盡而意有餘」；既是「文已盡」，當然不在一章的開端，而是在一章的結尾；這豈非與詩經上的實例大有出入嗎？我覺得這種出入，僅是形式上的問題，而不是興的本質上的問題。並且這種形式上的出入，應當在詩的發展中來研究興體的演變；在興體的演變中求得鍾嶸說法的解答。鍾嶸在這裏，並非僅針對詩經來作評釋，而係對一般的詩來作評釋。

詩經上，賦比興比較明顯地區別，及由比興在一章詩中的位置所形成的形式，是在詩發展的素樸階段中所形成的素樸地形式。在此一階段中，作者並不一定有表現技巧上的自覺，所以出於「天籟」者爲多。尤其是興的出現，正是天籟地、直感地抒情詩的產物。但隨着詩人對表現技巧的自覺加强，及學養的加深，於是素樸地形式，便會演變爲複雜地形式。最顯著的結果之一，即是賦比興各以獨立形態而出現的機會較少，以互相滲和融合的方式而出現的機會特多。這種滲和融合，不僅表現在一篇一章之中，更有將三種要素，凝鑄於一句之內。即是最高作品中最精采的句子，常是言在環中，意超象外，很難指明它到底是賦，是比，是興，而實際則是賦比興的渾合體；尤其是此時的興，常不以自己的本來面貌出現，而是假借賦比的面貌出現，因而把賦比轉化為更深更微的興，這樣，便常能在一句詩中，賦予它以無限地感嘆流連的生命感。此時的興，已昇華而與詩人的生命合流，使詩人的詩句，不論以何種形貌出現，都成為悵惘不甘的活句。對一切的詩人，都應以這種作品的有無、多少，來衡量他的地位。這正是唐司空圖所說的「象外之象，景外之景」，使人得味於鹹酸之外。這好像由五色互相調和而出現新的色采，此時並非是五色的消失，而乃是五色的演變、昇華。因五色調和的色度不同，便會出現各種新地不同顏色；因賦比興融合的比度不同，便會出現各種體貌不同的詩。這種比度之所以不同，又和一個人的個性、學養、及其時代，有連帶關係。很粗略的說，唐詩以興的比度為大，宋詩則以賦比的比度為多。關於此一發展演變，應另以專文研究，這裏不再深入的說下去。

即僅以興體而論，其本身的形式，在詩經中已開始有了變例，或逕直可以說是一種進一步的演變發展。而詩經以後的詩，若是興以單獨的形貌出現時，多半是繼承詩經中興體的這種變例的。

詩經中興的第一變例是不出現於一章之首，而出現於一章詩的中間。如：

君子於役，不知其期；曷至哉，雞棲於塒。日之夕矣，羊牛下來。君子於役，如之何勿思。

（王風君子行役）

按此詩首尾是賦；而中間插人「日之夕矣，羊牛下來」，以引起「如之何勿思」，這是一章中間的興。此種興的發生，是因感情所積者厚，在抒寫的中途，自然形成一種頓跌，有如氣急說話時之發生哽咽一樣。在頓跌中，忽觸到某種客觀事物，引發出更深更曲折的內蘊感情，因而開闢出另一情境，使主題作進一步的展開。此種用興方法，在後來詩歌的發展中，居於很重要的地位。一首詩中，常因此而得到跌宕、盤鬱、開闔、低徊之致。例如古詩十九首的行行重行行，說到「相去日以遠，衣帶日已緩」，是遊子思歸之情，可謂非常迫切，這似乎應該想盡方法歸去。但此詩人之所以別離，其內心實藏有難言的隱恨隱痛；此種隱恨隱痛，在胸中激蕩，使他不能順著原來發展的方向說了下去——即由思歸而歸去的方向——，於是自然形成發展中的頓跌。因此頓跌而跌開了內心深處的隱恨隱痛，讓它飄蕩出去，而偶然沾上「浮雲蔽白日」的景象，使原有的隱恨隱痛，得因此而明朗化，遂另開出「遊子不顧返」的情境。「不顧返」的情境，好像與懷歸的感情相矛盾；但實在是懷歸感情在矛盾中的強化深化，所以他的感情特別顯得盤鬱，而文氣也特別顯得跌宕。因此，「浮雲蔽白日」，正是此詩發展中在中間的興。又如杜甫秋興八首的「信宿漁人還汎汎，清秋燕子故飛飛」，這都是極明顯地在一首詩中間的興。這較之在一章之首的興，已深進了一層。

但若就純粹地興體說，它必發展到用在一首詩的結尾地方，才算發展完成，才算達到興在詩的作用中的極致，因而把抒情詩推進到了文藝的顚峯。此種興體，對詩經而言，也只能算是變例；而這種變例，在詩經中也已經出現了。如：

椒聊之實，蕃衍盈升。彼其之子，碩大無朋。椒聊且（沮之平聲），遠條且。（唐風椒聊）

此詩是以椒實的蕃衍，引起彼其之子的碩大無朋，朱傳說是「比而興」，這就前四句說是對的。但這首詩到碩大無朋，已經發展完成了。而後面又加上「椒聊且，遠條且」兩句，傳注家遂多以此爲無意義的重複。殊不知此兩句實係興的變例。因爲說到「碩大無朋」，意盡而情尚未盡。于是將此未盡之情，又投射向客觀的事物，使此客觀事物，沾染上詩人未盡之情，以寄托詩人的咨嗟嘆息之聲。這種咨嗟嘆息之聲，並不代表某一明確的意義，而只是詩人未盡之情在那裏飄蕩，這便成爲鍾嶸所說的「文已盡而意有餘」了。意有餘之「意」，決不是「意義」的意，而只是「意味」的意。意義的意，是以某種明確的意識爲其內容；而意味的意，則並不包含某種明確意識，而只是流動着一片感情的朦朧縹渺的情調。此乃詩之所以爲詩的更直接地表現，所以是更合於詩的本質的詩。一切藝術文學的最高境界，乃是在有限的具體事物之中，敞開一種若有若無，可意會而不可以言傳的主客合一的無限境界。興用在一章詩的結尾，恰恰發揮了此一功能。由觸發主題之興，演進而爲從主題中投射出去，以構成主觀感情與客觀事物的交會；而這種交會，同樣的不是經過意匠經營以求表達某種明確意義；而只是由內蘊的感情，至深至厚，因而於不知不覺之中，鼓蕩出去，以直接湊泊於某一客觀事物之上，使感情在某一客觀事物上震動於微茫渺忽之中，說是主觀的感情，却分明是客觀的事物；說是客觀的事物，却又感到是主觀的感情。在這種情調、氣雰中，主客難分，因而主客合一，以直接顯出作者無窮無限之情。這是感情經過主題的構造工作，因而得到自身醇化以後的發抒。用在章首的興，感情因外物的觸發而開始向主題凝歛，因而才開始其構造作用。這有如要放入熔爐而尚未放入熔爐的礦產，是一種原始地性格。在章尾的興，則感情已盡了主題構造的作用，它在構造中被提鍊昇華，這恰如礦物已經過了相當的火候，要出爐而尚未出爐的狀態。所以，此時的活動，是感情醇化以後的發抒。由感情自身醇化以後的發抒，便使興的素樸形式，經過長期醞釀，始能發展爲這種精鍊深醇的形式，所以在結尾的興，較之在章首的興，其氣息情味，總是特爲深厚，能給讀者以更强的感動力。這是興的一大飛躍，也是詩的一大飛躍。古人常把由不知不覺而直接湊泊於客觀事物上去的創作情境，說成是「神來之筆」；所謂「神來」者，係未經意匠經營，而直接來自感情醇化以後的激蕩，因而不知其所以然而然的意思。這種興體，經常出現於最好地絕句，以構成絕句的無窮韵味。如王齡昌的從軍行：

琵琶起舞換新聲，總是關山離別情。撩亂邊愁聽不盡，高高秋月照長城。

上面這首詩，若說高高秋月照長城與「邊愁」無關，則何以讀來使人有無限寂寞荒寒悵觸之感，因而自自然然地把主題中的邊愁，推入到無底無邊的深遠中去呢？若說它與主題的邊愁有關，則又在什麼方面有關？而這種有關，又在表明一種具體的什麼呢？這本來就是不可捉摸，也無從追問，而只是由一種醇化後的感情、氣氛、情調，把高高秋月照長城的客觀事物，與主觀的邊愁交會在一起；因而把整個的現實都化成了邊愁，把整個的邊愁，又都化成了山河大地；並即以眼前澄空無際的秋月所照映下的荒寒蕭瑟地長城作指點。這種交會，是矇矓而看不出接合的界線的，所以它是主客合一，是通過有限而具體的長城，來流蕩着邊愁的無限的。此時「高高秋月照長城」之所以來到詩人的口邊筆下，只是一種偶然的儻來之物；他內在的感情，不知不覺的與此客觀景象湊拍上了，並不能出之以意匠經營，此之謂神來之筆。這是一首最標準的絕句，也是與體發展的最高典型。

在結尾處用興體，自然不僅見於絕句；各體詩裡，都可以發生同樣的效果。至於詞，因為它和絕句的性格最相近，所以興在詞中的應用上特為顯著，這裏不能作進一步的論述。

我們假使能把詩和其他的文學，從本質上能畫出一條界線，便可以了解興在詩中的意義，是較之賦和比，更爲直接、深微，而與詩的自身爲不可分。興是把詩從原始地素樸地內容與形式，一直推向高峯的最主要的因素。抹煞了興在詩中的地位，等於抹煞了詩自身的存在；於是對古人作品的欣賞，必然會停頓在理智主義的層次，將如莫爾頓在文學的近代研究(The Modern Study of Literature)序文中所說，文學的要素，被語言學地要素所犧牲了。

四七·七·六·于東大

四七·八·一·民主評論九卷十五期

詩詞的創造過程及其表現效果——有關詩詞的隔與不隔及其他

唐君毅先生介紹丁雨先生「論詩詞中的隔與不隔」一文到民主評論上發表，我拜讀原稿後，覺丁雨先生的文章甚好。但也因此引起我的若干感想，便提起筆來想加上一段按語；結果，字數越寫越多，只好把它改成一篇獨立的文章。因爲我對於詞一點也沒有研究，所以文中只能扣住詩方面說。這是事先沒有準備的一篇文章；而關涉的內容又相當複雜；不寫，恐怕將來無此興趣；寫出來，一定很多錯誤。希望唐先生、丁先生及讀者加以教正。

五月二十九日於東海大學

一、何謂隔與不隔

王靜安的人間詞話，接觸到文學理論上若干基本問題；但因說得太簡單，未免近於籠統，使現時批評他或贊成他的人，多陷於猜想摸索。詩詞的隔與不隔的問題，即其一例。

詩詞的隔與不隔，先粗淺而概略的站在讀者的立場說，作者所寫的景，所言的情，能與讀者直接照面，那便是不隔。若不能與讀者直接照面，不僅須讀者從文字上轉彎抹角地去摸索，並且摸索以後，還得不到什麼，那便是隔。若就作者的創作過程說，作者把他所要寫的景，所要言的情，抓住觀照、感動的一刹那，而當下表現出其原有之姿，不使與它無關涉的東西，滲雜到裏面去，這便是不隔。若當下不能表現其原有之姿，而須經過技巧的經營，假借典故，及含有典故性的詞彙，才能表達出來；此時在情與景的原有之姿的表層，蒙上了假借物的或深或淺的雲霧，這便是隔。劉勰文心雕龍明詩篇所說的「直而不野」的「直」，鍾嶸詩品序所說的「皆因直尋」的「直尋」，李太白古風所說的「垂衣貴清眞」的「眞」，都指的是不隔。不隔的，表現得眞而完全；隔的表現得不夠眞，因之也不完全。不隔的作品，可以把讀者引到作者創作時同等的境界，與作者同其感動，與作者同其觀照。這是文學對人生的最大效果。隨其隔的程度而此種效果也與之成比例的減低。

普通常常把言情與寫景對舉，這只是言語上的便利。實則無景之情，便流於叫號、空漠；無情之景，便流於刻版、乾枯；這都不能算是眞正地詩詞。眞正地詩詞，必須把景物融入於感情之中，使景物得其生命；感情附麗沾染於景物之上，使感情因景物而得到某種形相。所以情與景，是不可分的；而感情又是詩詞的骨髓。先交代清楚這一點，以作爲下面所說的根據。

二、隔與不隔和創造過程及表現能力的關係

詩詞的隔與不隔，是與作者創造的過程密切相連著的。它之所以不隔，首先必須由眞切地人生態度發而爲眞切地感情，以形成創造的衝動，有如骨梗在喉，必以一吐爲快。這種無法抑制的衝動，對客觀的景物，有吸引、鎔解到自己感情中來，使主觀的感情，附麗在客觀的景物上，以成爲自己形相的力量。此時主觀的感情，直接湊泊上客觀的景物，以客觀景物之形相爲自己之形相，再不須要假借旁的東西來加以塡補，即鍾嶸詩品序所說的「多非補假」；這是形成不隔的最基本地因素。反轉來說，一個人並無眞地創作衝動，而只是爲了應酬、應景，或爲了裝點作爲一個詩人詞人的門面，而作詩作詞時，本來無話要說，只好假借些典故、詞藻來塡補空虛，以搭成一個空架子；在空架子裏本無眞正感情去吸引、鎔解景物，而只有硬拿典故、詞藻去搭掛上景物；於是不僅情非眞情，即景也係披上了與它並不相干的雲霧而非眞景，這如何不隔？王靜安所說的隔，主要是指表現的能力而言。但爲了明瞭詩詞中犯隔的基本性格，便須先從這種最基本的創作衝動說起。

只要有眞正地創作衝動，把所感所見的，直接了當地說了出來，這便是「直」，是「眞」，是「不隔」。所以從某一點說，不隔並非難事；這在民間歌謠中，是很容易得到的。正因爲如此，所以民間歌謠，常常是新文學發生的搖籃。但民間歌謠的自身，並非都有很高地文學價值。普通民間歌謠的不隔，我暫稱之爲「原始性的不隔」。由原始性的不隔，進而爲藝術性的不隔，則除了眞正地創造衝動以外，再須加上偉大地表現能力，這便有待於文學的修養。詩經中的國風，及後來僞托爲蘇李贈答的古詩，和古詩十九首，所以能在文學史中佔一崇高的地位，正因爲他們原來都是出於民間的歌謠，反映著眞實地生活，反映著眞實地感情；又經過「太史」或「樂府」之手，得到了音樂和語言上的潤飾；並且這種潤飾，不是成於一旦，出於一人之手；乃係經過了長期的醞釀；所以這種潤飾工作，能順其原有之姿，以保持它原有生命的和諧與統一。例如古詩十九首，有的醞釀了三四百年，有的也醞釀了一二百年或幾十年，由民間而樂府，再由樂府而轉入文人之手，才成爲今日的形式。這是由人民、音樂家、及文人，長期合作所釀成的「文學之蜜」。「溫柔敦厚」，「直而不野」，這兩句話有相同的意義，正說明它是有高度藝術價值的不隔。

三、人、境交融型的不隔——陶淵明

若再進一步分析，則同爲藝術性的不隔，但因創造的衝動不同，過程不同，於是不隔的形相、性格，也因之不同。這種不同，我姑且分作三種典型（實際不會只有三種）；並以陶淵明、李白、杜甫三個人作三種典型的代表，而對其創造過程與表現效果，作嘗試性的說明。

陶淵明的偉大表現能力，是來自他的生命與環境事物的融合一致。因爲他對生命、生命的價值欣賞，融合到經常與他接觸，而又使他感到與他自己的性格、情調，非常適合的環境事物之中；於是他便常從環境事物中，有如東籬之菊，南山的山氣和飛鳥等，感到自己生命的寧靜與喜悅。他自己的生命，實已和這些環境事物，融合無間。這種內醞的主觀精神狀態，一經與早經融合了的客觀事物相觸發，便不期然而然地吟出了「採菊東籬下，悠然見南山；山氣日夕佳，飛鳥相與還」這類的詩；此時他的生命已化而爲他所採的東籬之菊，及在不著意間觀照所得的南山；他的生命，和菊和南山的中間，明淨得無半點塵埃的點染，而全般地顯露了出來。此時全般所顯露的是景物，但同時也是他的生命；所以他接着說：「此中有眞意，欲辯已忘言」。只有景物中有自己生命的氣息時，才會感到它不是死物呆物，而存有「眞意」；但此時的生命與景物，已合而爲一了。言辯生於有對；無對即自然忘言；「欲辯已忘言」，正說明此時主客合一的心境。此種典型之形成，有賴於性情之恬澹安和，及環境之純一寧靜。因此，屬於陶淵明這一型的詩人，多帶有田園詩人的氣味。由此種創造衝動及過程所得的形相，乃是詩詞中寧靜淡遠的形相。

古來陶謝（靈運）並稱；王靜安在不隔的論點上，也對二人相提並論。但如前所述，陶淵明的田園詩，是從他的生活與田園相融相即而流出來的。謝靈運的山水詩，並非他的生活與山水眞正相融相即；而只是他奈何不下他生命中所包含的深刻矛盾，乃硬把他生活的情趣，用力扭轉向山水之上。但實際，他之與山水，存有一相當大的距離；世說新語言語第二「謝靈運好戴曲柄笠，孔隱士謂曰，卿欲希心高遠，何不能遺曲蓋之貌？謝答曰，將不畏影者，未能忘懷。」他實係未能忘懷而畏影，正說出此中消息。所以他的模山範水，不能像淵明樣，出之於自然，而須出之以「追琢」。淵明的不隔，無事借重於學問、才氣，而田園的眞面目，自然現前；因爲田園即是他自己的生命，而他自己的生命本是現前的。在謝則須挾帶其學問才氣以剝開山水的面目。陶的不隔，是主客間的自然融合；而謝的不隔，則係由主觀的汗流浹背的辛苦而來，有點像警察偵破了一椿案件的情景。我懷疑，晚唐的姚武功（合）一派，或竟係由此開出；末流乃成爲南宋之四靈。較之謝靈運，他們生活的幅度太小，才學不高，所以他們對自然所作的深刻而具體地描寫，雖依然算是不隔；但他們沒有以感情來融解景物的力量，也便沒有以局部顯現全體而示人以完全統一的形相的本領，却使人讀了他們的詩，有拘促單寒之感。後人譏他們爲餖飣零碎，大體係由此而來。謝靈運與陶淵明在同一境界內的不隔，要算「池塘生春草，夏木變鳴禽」一聯。這是他在兄弟友愛之情中，暫時放下了生活中深刻地矛盾，使他的生命，在片刻寧靜中，與環境的事物，得到自然地諧和，遂於不經意中觸發出這種詩句。這在他，實在是一種新生命的閃光；所以他以驚異的心情說「此有神助，非吾語也」，正道出個中消息。後人只有石林詩話的一段話，稍解此意。

「池塘生春草，夏木變鳴禽，世多不解此語爲工，蓋欲以奇求之耳。此語之工，在其無所用意，猝然與景相遇，備以成章，不假繩削。詩家妙處，當以此爲根本。而思苦言艱者往往不悟。」但「無所用心」四字，只能算是此一創作過程的表面形容。若沒有主客交融的精神狀態，醞釀成熟，呼之欲出，則誰又能在無所用心中寫得出詩來呢？

四、天才型的不隔——李白

李白的偉大表現能力，是來自他卓越地天才。由天才所表現的不隔，和上述陶淵明那種典型不同之點，是在於他對於客觀景物，不在其平日的互相融合；而係內醞的感情，在一瞬的觀照感動中，立刻湊泊上他所觀照的景物，而賦與景物以生命；景物同時亦賦與感情以形相；詩人抓住此一刹那，而當下加以表現。這只有天才型的人物才可以作得到。另一天才型的蘇東坡臘日遊孤山訪惠勤惠思二僧詩：「作詩火急追亡逋，淸景一失後難摹」，正是道出抓住刹那的照觀、感動，而加以表現的，此種創作過程的心境。由此而來的作品，不須在情景中加上半毫作料，只把它原有之姿顯了出來，便會永遠給人以自然而新鮮地感覺。「山隨平野盡，江入大荒流」。「梨花千樹雪，楊柳萬條烟」。「牛渚西江月，青天無片雲」。李白這些句子，是多麼自然、眞切、而現成；但又多麼能給人以某種新鮮生命在那裏躍動的感覺。他譏笑當時的詩人說，「一曲斐然子，雕蟲喪天眞。……安得郢中質，一揮成風斤。」（古風）因爲是雕蟲，所以喪天眞；喪天眞，即是犯隔。莊子所說的匠人運斤成風，乃以神遇而非以目遇；正所以說明他的詩，乃得自主客湊泊的刹那之間，當下呈現，而無須另加修飾，所以能保其天眞。能保其天眞，亦即是不隔。

陶淵明是「主客合一」，與李白是「主客湊泊」的兩種不同的典型，應在他們的性情、境界，及生活環境的種種不同中去求得解答。在表現的天眞自然的這一點上，他兩人是完全相同。但因生活與環境的融和而來的主客合一，只有在像陶淵明那種寧靜的生活中，生活可以沉浸在一定的環境裏面，才有其可能。陶淵明，也深深地有政治、社會、生死等不斷變遷的感慨；但陶氏是把這些變遷向寧靜的地方移轉，他要在寧靜的地方求得精神的安頓。李白的生活，較之陶淵明，特富於戲劇性的變遷變化。他對於這些變遷變化的感受性也特別敏銳；但他是想由自己生活情調的不斷上昇，因而從這些變遷變化中飛越出來，以求得人生苦悶的解脫；於是他飲酒、求仙、歸隱；但結果無一樣可以得到眞正地解脫，因此，他只是從此一變化中飛越向彼一變化中去。他的心境，正如他在古風中所說的「方知黃鶴舉，千里獨徘徊」；黃鶴可以一舉千里，但並不能一往不返，而仍在「俯視」、（「俯視洛陽川」）「徘徊」，與變化同其生命。所以他表面上是遊戲人間；但在他五十九首古風中，實含有人生無限悲涼之感。在這種變化的生活中，不容許他和陶淵明一樣，把自己的生命沉浸在某一小天地裏面，而只能以其天才，呑吐一切變化；在主客湊泊的刹那中，以其飛越的精神，賦與一切變化的景物以飛越的生命。因爲是飛越，所以他的形相是「高」，是「逸」（逸是在高處流動的情景）；一切景物，只要進入到他的筆下，便皆從凡俗中拔濯出來，而成爲「仰望不可及」（古風）的綠髮仙翁。這與陶淵明從人生寗靜中所得出的寗靜淡遠的形相，恰成一對照。後來學他的人，沒有他那高舉而又徘徊的眞正感情，所以不是成爲虛枵無物，便成爲玩弄聰明的所謂性靈派。

五、工力型的不隔——杜甫

(1)工力與用典

作爲不隔的另一典型的杜甫，他的偉大表現能力，却來自他的工力。工力，包括兩方面：一是平日讀書讀得多；一是作詩時用盡渾身力量來求得表現的效果。他的這種情形，即李白所譏笑的「借問因何太瘦生，總爲從前作詩苦」的苦，及他自己所說的「語不驚人死不休」。詩的隔與不隔的問題，却正從此一典型中發生的。一般詩人，很難得有陶淵明那種人生修養，也難得有李白的那種天才。於是要作詩作詞，便只好靠現成的詞藻和典故，以作表現力的幫助。而詞藻、典故的積累和運用，乃來自詩人的工力。黃山谷說杜甫的詩無一字無來歷，正說明他是此一路數中的典型、巨匠。但用現成的詞藻來表現情景，每因詞藻的轉用太多太熟而成爲通套語，於是它與所要表現的情景之間，常有一種前後的距離，和可左可右的移動性。至於用典故，則問題更多；第一，每一典故的本身，總要幾十字甚至幾百字幾千字的說明；而用在詩詞裏面，便常簡縮成幾個字；這一點，已經給與讀者一道障壁。第二，典故是屬於過去的，與詩人詞人當下所要表達的情景，如何能一般無二？這便又可能增加一層障壁。所以王氏之所謂隔，常常是隨詩人的工力而俱來。不是大天才，表現的方式，便必須假借於工力；但假借於工力，又可能減低表現的效果，以致成爲江西派以下猜啞謎的詩（黃山谷的詩，在當時不經註解即多不能了解）。可是作爲這一派宗師的杜甫，他之所以不隔，却正因爲他工力之深，這又如何解釋呢？

(2)用典在詩詞中的意義

首先，從表現技術上，我們得了解典故及與典故有關連的詞藻，在詩詞中的作用。詩詞中所使用的語言，是語言中最精最約的語言。要通過僅少的語言，表現深刻、豐富的情景，這不是一般語言可以濟事的，而是要選擇經過再三鍛鍊過，並且這種鍛鍊是能得到許多人承認的語言。當然，大文學家，都努力創造新地語言，以切合他所要表現的情景的特性。可是，新詞的創造，還是有賴於舊詞的參互錯綜。並且假使要完全靠自己創造出的語言來寫詩寫詞，事實上恐怕產生不出一兩個詩人詞人來。蘊藏在歷史中的語言世界，常是經過再三鍛鍊後留下來的語言世界。只有使此一世界向作者敞開，然後作者選擇的範圍才大，創造的憑藉才厚；運用得好，自然可以增加表現的能力。至單就典故而論，詩人是要以精約地字句，表現豐富地感情——或想像，並製造出適合於感情的氣氛、情調。假使用典用得好，便可成爲文學上最經濟的一種手段。因爲一個典故的自身，即是一個小小的完整世界；詩詞中的典故，乃是在少數幾個字的後面，隱藏了一個小小世界；其象徵作用之大，製造氣雰之容易與豐富，是不難想見的。由此，可以了解典故及與典故相關的辭藻，在詩詞表現的功用上，並非完全是負號，有時却可成爲正號的。杜甫即是一個顯明地例子。

(3)工力的兩階段—積典與化典

然則杜甫的工力，在什麼地方與衆不同呢？我想：工力應分爲兩個階段：第一個階段的工力，是一種「積累」。多讀書，是一種積累的手段；普通人多記類書上的故事，也是一種積累的手段。積累得多，自然選擇、運用的範圍大。但積累的東西，雖然是記在腦筋裏面，可是它並沒有融解到詩人詞人整個地才氣中去，以與才氣合爲一體；只是像裝在箱子裏的東西，在作詩作詞的時候，由自己的才氣臨時淸檢出來使用。才氣大的，固然可以使故事爲作者所用；但「能用」(才氣)與「被用」(故事等）之間，是臨時接合攏來，安放在所要表出的情景之上的，這便是以一種人工地做作，加在情景之上，很難不損傷到情景的自然之姿，使它在無形中蒙上一層薄霧。不過，這已經是難能可貴的了。一般才氣小的人，便反轉來爲故事所使；自己變成了故事的傀儡；作品中只有故事而沒有自己所要表現的情景。所以只做到第一階段工夫的人，其作品是大抵容易犯隔的。於是第二階段的工力，便是要把所積累下來的東西化掉，化在自己的才氣之內，而給才氣以塑造之功，以成爲向上昇華了的才氣。於是在寫作時，並非臨時拿故事或與故事有關的詞藻來使用；而只是昇了華的才氣自身的活動。此時固然沒有「人爲事使」的問題，連「事爲人使」的景況亦不存在。乃是感情在昇了華的才氣的基礎上向外湧現，以直接與外物相接合，使外物也隨主觀才氣之昇華而昇華；以昇華了的形相，顯現其內蘊的生命。於是所表現的不僅是普通之所謂不隔，並且是透徹到內部去了的更眞、更深、更完全的不隔。這用杜甫自己的話來說，即是「讀書破萬卷，下筆如有神」。「破」，即是我在這裏所說的化掉。把所讀的萬卷書都化掉了；這些書，不再是以其各個獨立的故事詞藻而存在，而是已化爲杜甫的才氣，與杜甫的才氣成爲一個統一體而存在。杜甫的才氣，才因此而眞正得到了昇華；作詩，只是從昇華的才氣中流出，自然下筆如有神了。例如他的詩：「五更鼓角聲悲壯，三峽星河影動搖」，後人說上句是用了禰衡撾漁陽摻，其聲悲壯的故事；下句是用了漢武帝時，星辰影動搖，東方朔謂民勞之應的故事；便强作解事的說「先儒云，不行一萬里，不讀萬卷書，不知老杜，信然。」（唐詩紀事十八）其實，杜甫假定是臨時記起這兩個故事來使用，還能用得如此自然，還能用得如此眞切，還能用得如此沉厚有力嗎？那兩個故事，早已化在杜甫的才氣之中，杜甫只把它當作自己的話來說出，並非當作典故來使用的。西淸詩話引杜甫云「作詩用事，要如禪家語，水中著鹽，飲水乃知鹽味。」水中著鹽，鹽是化在水中去了，無另外的痕跡可見。但雖無痕跡可見，却與未著時的淡薄之味，迥然不同，只要飲水的人便可領略得到的。並且杜甫詩中的大多數，尤其是他最好的詩，很少用整個地故事，而只是把故事化成自己又精又約的語言，而加以使用。實際，他是憑藉歷史中的語言世界來作新詞的創造。所以他所用的語言，知道它的來歷固然可以了解；不知道他的來歷，也一樣可以了解。後人却爲山谷的一句話所誤，要在每個字的來歷處認識杜詩的價值，而不在他化掉了來歷，而以新詞來表現眞情眞景處認取其價值；詩道荆榛，千載不悟，眞可嘆息。其實大家對山谷的話，只看了他上半截，却沒有看下半截。苕溪漁隱叢話前集卷六引山谷的大雅堂記云「子美詩妙處，乃在無意於文。夫無意而意已至，非廣之以國風雅頌，深之以離騷九歌，安能咀嚼其意味，闖然入其門耶。」無意於文，是說明他的作詩，乃出於眞切地創造衝動，並不是爲了作詩而作詩，即不是爲了文藝而文藝。並且「無意」而又能「意已至」，這便是來自他偉大的表現能力；而這種能力，便是來自廣之以國風雅頌，深之以離騷九歌的工力。同時，「廣」「深」「咀嚼」，是說明把這些東西消化到自己才氣裡面去的情形，而絕不同於一般人記的故事材料。山谷對杜甫的了解不到此一程度，將何以為山谷。但說得最清楚的還是元好問。他說：

「竊嘗謂子美之妙，釋氏所謂學至於無學者耳。今觀其詩，如元氣淋漓，隨物賦形（不隔）。……及讀之熟，求之深，含咀之久，則九經百氏，所以膏潤其筆端，譬如金屑、丹砂、芝朮、參桂，識者例能指名之（按此係未化掉以前之情形）。至於合而為劑（按即是已化掉了），其君臣佐使之互用，甘苦酸鹹之相入，有不可復以是物名者（按即不復以各個獨立之典故而存在）。故謂杜詩無一字無來處可也，謂不從古人中來亦可也。」（遺山先生文集三十六杜詩學引）

後來王安石用典，能做到事為我用，但未能做到化典為我。黃山谷用典選詞，工力雖深，但他的詩總像一位鬧蹩扭的小姐，有嬌嗔之致，少溫潤之美。這便因為能積而不能化。但他和王安石，有不少的好詩，也都是化掉了工力而出之以自然的詩。不如此，他們便不能成為大家。

(4)化典與詩人的創造衝動力

但問題乃在如何能把所積累的東西化掉呢？一般恐怕只能用「醞釀」兩字作說明。紀昀批評西崑體中刁術詠漢武的詩說，「此亦是裝砌漢事，而神采姿澤都減。由不及楊劉諸公醞釀之深到。」（瀛奎律髓刋誤卷三）這裏僅借此以說明醞釀二字的意思，不涉及西崑體的問題。釀酒是醞釀，蜂釀蜜也是醞釀。醞釀都是把原有的東西加以慢慢地變化，使幾種不同的東西，化爲另一種統一的新東西。醞釀不僅是記得熟，而實是因爲與一個人的生命力不斷地接觸，受到生命力的鼓蕩浸漬，而漸漸爲生命力所消化，以成爲新地生命力，正與蜂醞蜜及蚌養珠的情形相似。因此，生命力愈强的人，醞釀的力量便愈大。

詩人詞人的生命力，是表現在創作的衝動上面。江西派諸人，多不能把工力化掉，而杜甫能把它化掉，不是他們讀的書沒有杜甫記得熟，而是他們的創造衝動，沒有杜甫的大，沒有杜甫的强，所以在他們的生命中，不能發出像杜甫那樣的消化力。他們中間許多人的詩，是可做可不做，並不是眞正有某種「意欲」非向外衝出不可。而杜詩的重要部分，都是出於內心迫切之感，使他只覺得要說出自己所不能不說的話。這一股創造衝動的力量，決不容許積集在腦筋裏的材料，可以不發酵而原封不動；也不容許他在和自己有間隔距離的典故上盤桓；而僅能腐心於如何才能表現得出自己所要表現的東西的分量。因爲他所要表現的東西，是比尋常的深，大，厚，不是普通語言所能勝任，而只能以同樣的深，大，厚的驚人語言表達出來，這便不是一件容易事。所以他的語不驚人死不休，並非如有的詩人們，「吟成五個字，撚斷數根鬚」的，僅從外部來作字句推敲者可比。這種强大地創造衝動，才是他用了最大的工力，而又能把工力化掉，以說出自己的眞情實景的基本關鍵所在。

(5)形成杜甫創造衝動力的根源

再具體的說明杜甫的創作衝動的內容，是因爲他的一生，乃係把他整個地生命，投入於對時代無可奈何地責任感裏面的人。李白對當時政治的昏亂和事變，一樣的感受眞切，一樣的動魄傷懷。不如此，便不能成其爲李白。古今中外，斷乎沒有與時代痛癢不關，而能成爲一個像樣子點的詩人詞人的。這才是中國近代出不來一個眞正大詩人詞人的根本原因之所在。但如前所述，李白是不斷地要從動魄傷懷中飛越出去，而不肯把自己閉鎖在那裏；他的人生基本情調，非常像「知其無可奈何，而安之若命」的莊子。莊子的生活情調是逍遙游(莊子有逍遙游篇)；而李白則是「素手把芙蓉，虛步躡太清。」(古風)東坡李白畫像贊說「謫仙非謫乃其遊」。這個遊字即逍遙游的游。杜甫對於他的時代的痛切感受，並不是想飛越，而是想去承擔下來。要承擔，却又無法承擔，這便形成杜甫一生的「苦難精神」，及由此苦難精神所觀照的苦難世界。「許身一何愚，竊比稷與契。……窮年憂黎元，嘆息腸內熱。……憂端齊終南，澒洞不可掇」。(自京赴奉先縣詠懷五百字)「揮涕戀行在，道途猶恍惚，乾坤含瘡痍，憂虞何時畢。」(北征)這正是他自己一生苦難精神的寫照。因爲他是「憂端齊終南」的悲懷，所以看到的便是「乾坤含瘡痍」的世界。王安石題少陵畫贊有云：「吟哦當此時，不廢朝廷憂。寧令吾廬獨破受凍死，不忍四海赤子寒颼颼。傷屯悼屈止一身，嗟時之人我所羞」，正是此意。由此種情與景所結合的詩的形相，是「大」，因爲他是擔當著一個時代。是「深」，因爲他不僅是觀照，而是不斷的向人生社會的內部去沉潛。是「厚」，是「重」，因爲他經常擔負著與終南山一樣高的憂患。陶淵明、李白，是道家思想中的兩種形態；而杜甫則主要是出自儒家精神。他之所以上繼風騷，下開百代，應當在這種地方認取。王安石學富才高，又以天下爲己任；但因他的悲心似乎不夠，所以他可以「大」，可以深，但不能厚，不能重。黃山谷，好像只有一點禪機在那裏簸弄，在他的詩裏很難看出與時代社會的關連，於是他只有從句法的奧折中去求深，這種深是一種假像。劉辰翁說他是「與李杜爭能於一辭一字之頃，其極至寡情少恩」（簡齋詩序）。不知在其根源處本已寡情少恩，非僅受句法之累。（註）陳后山對人生的感受較山谷深切，而未能突破個人的生活範圍，故他的詩雖也較黃爲深切，而氣局窘迫。劉辰翁說他「外示枯槁」（同上），其實，他的枯槁，不僅是因爲他不肯在表現上走浮泛之路；而實是因爲他的生活範圍太狹，其勢也不能不枯槁。陳簡齋躬逢南渡慘禍，有一番眞地時代感慨，所以他在堆積典故的習氣中，氣象反較黃山谷爲闊大。此後諸公，眞意不存，遂至以啞謎爲詩，但還捧著杜甫的牌位，這是不了解詩的本源，也不了解杜甫的眞面目的。因此，我常常想，打躬作揖於權貴之間的俗人，乃至對人生社會，痛癢不關的名士，可以有好的麗句，但決不會有一首好詩。

此一觀點，應用到所謂新詩方面，便連好地麗句也沒有了。因爲他們太缺少他們所需要的工力。

註：在寫此文時，對黃山谷之了解尙不深切；謹此註明。五五、一、十五、補志。

(6)其　他

以上，我約略指出了詩之所以不隔的三種典型，以見同爲不隔，但它後面所根據的人生境界，創造過程，及其創造出來的形相，和其所得的效果，並非一樣，不當籠統一概而論。至於犯隔的詩，可以說是車載斗量；無眞正感情的詩，即言之無物的詩，這是隔的總根源，這種詩一定犯隔。天才，學力不夠，表現力不夠的，容易犯隔；炫學的，太好修飾的，容易犯隔；油腔滑調地江湖詩，表面上不隔，但因其率易而流於通套，不能表現情與景的特性，更是一種隔。總之，不隔，不一定便是好詩，如情歌艷歌，便很少隔。四靈們的一景一物的刻劃，也不能說是隔。不隔的價值等級，是與作者人生境界的價值等級連在一起的。但隔的詩，一定不是好詩。甚至不成爲詩。

六、詩詞的難懂易懂與境界

在這裏，必須再鄭重提醒一句，隔與不隔，和易懂與不易懂，完全是兩件事。不隔的詩，未必便易懂；易懂的詩，未必便是不隔。只有故意造成不易懂的詩，即所謂以艱深文淺陋的詩，才是隔與不易懂，成爲一致的。由詩本身而來的不易懂，除了讀者的基本欣賞能力外，一是來自讀者與作者人生境界上的懸殊，一是來自有一種詩，只把他所要表現的感情，化爲一種僅可感觸而不能言詮的氣氛；因爲一落言詮，便成概念，而與他原始朦朧複雜矛盾的感情不相應，這種詩當然也不易懂。因此，若把「懂」解釋爲概念上的淸楚明白，有的人便可以甘脆說詩的本身是不能懂的。而哥德也說「文學作品，越不可測，越難用知性去理解，便越是好的。」

上面提到境界兩字，我也應順便再提出一點來先討論一下。人間詞話一開始便標出境界二字，以作他論詞的圭臬，並由此而成爲奠定王氏文學理論地位的主要內容。但我却懷疑王氏根本不曾了解何者爲文學中的境界；或者他所了解的所謂文學境界，和他所標榜的「詞以境界爲最上」，並不能相應。他說：

「詞以境界爲最上。有境界則自成高格，自有名句。」（校注人間詞話一頁）

「滄浪所謂興趣，阮亭所謂神韻，猶不過道其面目。不若鄙人拈出境界二字，爲探其本源也。」（同上五頁）

王氏的所謂境界，到底指的是什麼？葉嘉瑩女士以爲指的是「一種具體而眞切的意象的表達」（文學雜誌六卷三期由人間詞話談到詩歌的欣賞）。從王氏所舉的例子看，我認爲葉女士的解釋，大體是與王氏本意相合的。但是，表現一種具體而眞切的意象，乃詩詞之所以成爲詩詞的基本條件。不具備此種基本條件，固然不成爲詩詞，乃至不成爲文學。但具備了此種基本條件，未必便是「最上」的作品。文學在此一基本條件上面，還有許多高次元的條件；等於同爲不隔，但形成不隔的條件和價值，並非相等的一樣；怎能說「詞以境界爲最上，有境界則自成高格」呢？滄浪之所謂興趣，乃指主觀與客觀，自然融合的一種狀態；漁洋之所謂神韻，乃指意象的一種昇華的狀態；何能說滄浪漁洋，「不過道其面目」，而王氏能算「探其本源」呢？王氏在日本時，受到當時流行的自然主義的影響，所以在這一根本點上，不僅說得籠統，且因他對文學的眞正本源沒有弄清楚，在人間詞話中，實多似是而非之論，遺誤後人，今不暇一一列舉。

若以境界爲詩詞的「本源」，則應回到傳統的解釋上去。一般人所說的「人生境界」，「道德境界」，「藝術境界」等等，應順著無量壽經上「比丘白佛，斯義宏深，非我境界」的意義來了解。此處的所謂境界，乃指人的精神生活所能達到的界域而言。精神生活所能達到的界域，有各種不同的方面；並且在各種不同的方面中，有各種高低不同的層次，有各種大小不同的範圍。同時，若就道德、宗教、藝術而論，對同樣的客觀自然的認取，常隨認取者的精神所達到的境界爲轉移。段成式酉陽雜俎謂「李白集有堯祠贈杜補闕者，老杜也。詩曰，我覺秋興逸，誰言秋興悲……。」逸是李白的精神境界，所以他所感到的秋興也是逸；悲是杜甫的精神境界，所以他所感到的秋興也是悲。大畫家的作品與畫匠作品的不同；貝多芬所作的曲，與流行歌曲的不同；主要係來自人生境界的不同。由人生境界而影響到表現的方式、技巧。境界有高下大小之殊；所以王氏說，「有境界，則自成高格」，這是說不通的。應當說「有高境界，便自成高格」。因爲王氏不了解境界有高低大小之不同，所以他說：「境界有大小，不以是而分優劣；『細雨魚兒出，微風燕子斜』，何遽不若『落日照大旗，馬鳴風蕭蕭』。」按前聯是杜甫水檻遣心二首之一中的一聯；後者是杜甫後出塞五首之二中的一聯。前者取境小，小家也可以寫出，隨園詩話中有的是這種詩。後者取境大，非大家便不能寫出。因爲取境的大小，和作者精神境界的大小，密切相連。作者精神境界的大小，和作者人生的修養、學力，密切相連。這如何能不分優劣呢？了解到境界的眞正意義，便可知一個普通地讀者，他在人生境界的高度、深度、及純潔、曲折等等上面，與一位偉大的詩人，遠相懸隔，則他一下子不能讀懂此一偉大詩人的作品，正有如我們一下子聽不懂貝多芬的音樂一樣，乃當然之事。我在參觀蘇州幾個園亭的時候，第一次毫無印象，尤其是對於拙政園。第二次始能感到拙政園的平遠疏淡的藝術意味。同看一個電影，但大人、小孩、有藝術修養的、與無藝術修養的，所得的印象也全是兩樣。這都是相同的道理。聽不懂貝多芬的音樂，只有反復地聽；讀不懂大作家的詩，只有反復地讀。久而久之，讀者於不知不覺之間，會與詩人的境界接近，而漸漸地懂了。再於不知不覺之間，進入到作者的境界裏面而完全懂了。此時的完全懂，不僅是多知道了什麼，而是以詩人的人生境界，提高、洗鍊了讀者的人生境界。這便是詩人、文學家、藝術家、對人類「不廢江河萬古流」的貢獻。所以這種由人生境界懸隔而來的不易懂，實包含了透澈骨髓臟腑的不隔，而不止是普通所說的不隔。

至於由表現原始感情的朦朧、複雜、矛盾性而來的不易懂，我想用李義山的錦瑟一詩作例子。我認爲這首詩是回憶在極端矛盾下所嘗到的人生苦汁所作的詩。其意境，或有似於哥德的少年維特的煩惱。若僅從政治、悼亡等上去解釋，似乎都不夠構成此詩的魅力。此詩中所用的故事、語言，都化爲悲涼悵惘，而帶有紫綠中夾灰白色的氣雰、情調，但並不是向人具體地指陳了什麼？所以千多年來，沒有人能具體而完全地了解它。但我相信凡是讀過義山詩的人，沒有不受過他的魅惑的。此種難懂的詩，和以艱深文陋淺的難懂之詩，其分別便在一則有一種迷人的魅力，一則只是看了便使人蹙額乏味。有的人把隔與不隔和易懂與不易懂，混淆在一起；甚至以詩中所表現的曲折，也當作是一種隔，以此來非難王氏，我覺得這未免失之過於淺薄了。

四八、六、十五、民主評論十卷十二期

從文學史觀點及學詩方法試釋杜甫戲爲六絕句

一、緣起

這篇文章，是由省立師範大學國文研究所考試新生時的一道試題所引起的。許多朋友在談天中常常談到臺灣省立師範大學國文研究所歷屆招收研究生時，一人出題，一人閱卷的不合理。這豈不是「公開舞弊」？我首先聲明，本文決非爲此而作。因爲十年以來，除了梅貽琦先生的一段短短時期而外，在「只變花頭」「不務正業」的教育行政之下；在正規的學校，一天混亂一天，毫無辦法，却大談「空中學制」等類的情形之下；像「該所」化國家設立的研究機關爲一人的私塾的情形，可以說是應運而生的必然現象。有一次我看到幾位新銳的留學博士，向他們請教外國「空中學制」，他們不約而同的說我們只知道有「空中教學」，却未聽說「空中學制」。我一想，臺灣有幾千青年在外留學，有誰家子弟是在「空中學制」中修學位呢？要費氣力，要有健全地常識，而且又不怕得罪人，才能務正業。只有點小聰明，並想八面討好，便只有變花頭。這在今天，講什麼話也是白費。我之所以寫這篇文章，是深有感於臺灣年來以學術向社會、向青年行騙的風氣，一天盛一天。我們這一代的人沒有讀好書，還要騙下一代的青年也無法讀好書，這未免太傷天害理了。我們古代聖賢的用心，若不能挽救政治，便必須挽救學術。學術亡，族類將永無翻身之日。本文之作，在對於有志氣治學的青年，如何拆穿他人的騙術？如何自己下手把握研究的問題？舉出一個小小的例子。凡是陷身於這類研究機關的青年，要學會如何應付環境（如應師母之命送生日酒之類）？如何爭取自發自動的治學時間？以便自己埋頭作自己的學問。而決不可拿自己的精力、時間、前途，作人情上的奉送。做學問，能得師友之助更好。若無師友之助，但只要無師友之害，依然可以做得出來的。一切的青年皆無罪過，罪過都在我們這一代。從治學上搶救青年，這才是我寫此文的根本動機之所在。因本文與杜甫戲為六絕句有關，先把此詩錄在前面，以清眉目。

「（一）庾信文章老更成。凌雲健筆意縱橫。今人嗤點流傳賦，不覺前賢畏後生。（二）王楊盧駱當時體，輕薄為文哂未休。爾曹身與名俱滅，不廢江河萬古流。（三）縱使盧王操翰墨，劣於漢魏近風騷。龍文虎脊皆君馭，歷塊過都見爾曹。（四）才力應難跨（或作誇）數公，凡今誰是出羣雄。或看翡翠蘭苕上，未掣鯨魚碧海中。（五）不薄今人愛古人，清詞麗句必為鄰。竊攀屈宋宜方駕，恐與齊梁作後塵。（六）未及前賢更勿疑。遞相祖述復先誰。別裁偽體親風雅，轉益多師是汝師。」

臺灣對詩有研究的先生們很多。我不僅對詩未作過專門研究，並且這幾年連親近詩的機會也很少。文中談到詩的地方，必有許多錯誤，希望能得到指教。

二、試題，說明，揑造

民國五十一年暑假中，有參加省立師範大學國文研究所（以下簡稱「該所」）考試完畢的學生，到我的寓所來，我隨便問考些什麼題目？那位學生記出了一些題目唸給我聽。有一道題目是問漢柏梁體對以後文學之影響（大意如此）；我當時即想到為什麼把已經顧亭林日知錄（卷二十一）確切證明為偽作的東西，作出題的題材呢？即使不是偽作，它對以後的文學又有什麼影響？過去有人以為七言詩始於柏梁體；現在稍有文學史常識的人，即不再說這種話。所以我對這種題目已經感到稀罕。不過，當時我只說「這類題目太無意思」。那位學生又說有一題是「王楊盧駱，為唐初四傑；何以杜甫譏其為文輕薄，試述其故」？我當即說，「你記錯了吧。我雖無暇治文學，但杜甫這幾首絕句還記得，他們不會出這種題的。你再記一記。」我說後即起身找仇兆鰲著杜詩詳註翻給學生看，果然詳註中所引各家的解釋，恰好與「該所」試題之意相反。過了幾天，那位學生又來告訴我，已經和同考的同學對過了，記得並無錯誤。由此我才恍然於國文研究所之所以為國文研究所，原來是如此。不過，日子一久，也就忘掉了。前幾天却看到「該所」「對文思齊先生投書的說明」，茲抄在下面：

政治評論編輯先生：讀貴刋第九卷第六期讀者投書欄，有文思齊先生「看師大國文研究所試題」一函，對於文先生關切本所之盛意，非常感謝。惟函中所述試題之文字，旣有出入；學術上見解，亦須商榷。（一）本所今年招生，中國文學史試題，有「王楊盧駱爲唐初四傑，何以有人謂杜甫譏其爲文輕薄，試述其故。」文先生函中所舉出者，脫落數字，想係傳聞之誤。（考試題均係隨卷附繳，不得携出，或係考生外出口述，而誤落數字。）（二）此試題答案之重心，即着重於杜甫「戲爲六絕句」之解釋。一般人對杜甫此詩多斷章取義，割裂分離，因之認其第二首之「不廢江河萬古流」，乃崇仰四傑之語。順德黃晦聞先生嘗謂此詩六首，乃一氣呵成，決不可割裂分離；黃岡熊十力先生極佩黃晦聞先生之說，曾譽其爲獨具慧眼。蓋此詩若不割裂分離，則輕薄爲文，乃譏四傑文體；不廢江河萬古流，乃讚庾信之辭；至爲明顯。故本所試題，有「試述其故」之語，即以測驗考生對此詩之解釋，體會到何種程度；及文學史上所當瞭解之問題，有否正確之認識也。以上二點，乃本所對文思齊先生投書所提出問題，就事實上說明，學術上商榷。簡略奉答，謹祈賜予刋佈，不勝盼感。順頌

撰祺

臺灣省立師範大學國文研究所謹啓　　五十一年十二月五日

對於上面的「說明」，我要首先點破一點，關於「說明」中的試題，「何以有人謂……」一句裏面的「有人謂」三字，據參加考試的考生說，確爲當時所無。而觀於「說明」中的語氣，也不應有此三字。因此，這三字很可能是寫「說明」時加到裏面去以減輕出題者的責任的。這只要檢閱師大教務處所保存的當時試卷，即可得到證明。該說明中引了黃晦聞、熊十力兩先生的意見，以作爲他們試題的根據；但詞意含糊，等於不曾說明。而我手上黃先生的五種著作，及熊先生著作的全部，皆未見有此說。於是我又托朋友找「該所」引用黃、熊兩先生之說，究竟見於兩先生的那一部著作？後來承朋友送來「該所」的一份油印品，印的是「該所」某教授，剪存的民國二十一年十一月（油印品上缺日期）報紙副刊上所載杜則堯寫的「黃晦聞先生論杜詩上」；原來這即是該所出題的根據。油印品原文如下：

「曩在北京大學中國文學系，從黃晦聞先生習杜詩；嘗聞黃先生曰：『杜甫戲爲六絕句，如仇兆鰲、楊倫諸人，說各不同；且往往斷章取義，而作誤解，至將其第二首「王楊盧駱當時體……」釋爲杜氏崇仰四傑之詞者，此不明此六絕句乃一氣呵成，決不可割裂分離之故也。此詩第一首庾信文章老更成……實爲六首之主體。杜甫平生最欽佩庾信……但以當時之人，競尚浮靡，嗤點庾信流傳之賦，故遂有不覺前賢畏後生之句也。其第二首正批評王楊盧駱承齊梁之餘風，爲文輕薄；而當時後生，效其體裁，蔚成風氣，反嗤點庾信而不休。然爾曹身死而名即滅，終不能損庾信萬古之令譽，故曰，不廢江河萬古流也。其第三首縱使盧王操翰墨，劣於漢魏近風騷，即承第二首而言；意謂即使盧王爲文，亦不過步齊梁之浮靡，終不如漢魏之近風騷。何況爾等後生效其所爲乎？第四首或看翡翠蘭苕上，未掣鯨魚碧海中，即謂當時後生，僅見王盧文體之浮靡，如翡翠戲於蘭苕之上，艷麗可觀；而不知庾信凌雲健筆，有如鯨魚在於碧海之中也。第五首竊攀屈宋宜方駕，恐與齊梁作後塵，此杜甫自謂欽遲庾信，而欲上攀屈宋，故不願効盧王之體，而步齊梁之後塵也。第六首別裁僞體親風雅，風雅即指庾信而上溯風騷而言。蓋杜甫以生平所最欽仰之庾信，爲當時効盧王之體者橫加嗤點，故有此作。若予以割裂分離，斷章取義，則適反杜甫之本意矣。』

余日前偶檢舊時筆記，見此一段，細繹再三，忽有所悟；因語之熊十力先生，熊先生亦極贊其說，曰『佛學以圓融爲上乘，讀書以慧眼入妙境。晦聞先生，高才卓識，慧眼獨具，此其所以爲一代詩宗歟！』」

按杜則堯君，湖北省麻城縣人。抗戰勝利後，充漢口市立第一中學校長；熊先生曾在其校中借屋居住數月。大陸變色後，聞杜君已被戕害。我看完了上面的油印品，認爲若不是某教授厚誣杜君，將杜君原稿隨意塗改；則是杜君因程度太差，以致厚誣其師——黃晦聞及熊十力兩先生。總之，此一油印品的內容，完全是揑造的。而如後所分析，則以由某教授所揑造的可能性爲最大。熊先生文學天才極高，能爲典雅的六朝文，及浩瀚奧折的古文。在談天時，偶然也談到文章，極具神解；且從不輕許人一字。他不會作詩，也很少談到詩。縱使他與黃晦聞先生有交誼，也決不會用「高才卓識」，「一代詩宗」這類的話去恭維他。他平生也決不會用這類的話去恭維任何人。這是凡在他門下往還過的人，都會了解這一點的。同時，凡是他的學生，決不敢借他的話去捧人騙人。因爲他對這種學生，眞會加以無情地棒喝。而杜君確實是他的學生。更奇怪的是，據該油印品，杜君的文章，是民國二十一年十一月刋出於武漢日報副刋；其中「余日前偶檢舊時筆記……因語之熊十力先生」，這是寫文章時的口氣。以副刋上的文章性質來推測，此文當於刋出之前不久所寫成。姑假定寫成的時間爲十月吧。杜君此時在武漢教書，他可能爲武漢日報的副刋寫文章。但熊先生則早在杭州養病，此時猶在杭州；其新唯識論文言本，即於十月在杭州刋出。兩地相去數千里，可以斷言杜君無從「語之於熊十力先生」。杜君是熊先生的學生，也必不敢用「語之於」這類不懂事的口氣。假定「該所」的油印品眞是杜君原來的文字，則杜君的人格，便大成問題。熊先生有一次和我說「杜則堯自出生後第一次算命起，以後還算過許多次的命，都說他的命應居九五之尊。到現在却還看不出一點名堂來」。說罷大笑。却不曾批評到他的人格。我希望保有這一份副刊的某教授，把它寄到民主評論社影印出來，爲這一位已死的朋友的人格作證。

三、揑造得太無常識

尤其奇怪的是，據北大國文系畢業的先生們說，黃晦聞先生在北大國文系，只開謝康樂詩及阮步兵詩，並未開杜詩一課。則杜君「從黃晦聞先生習杜詩」的話，更從何處而來？又怎樣會記有杜詩的筆記？即退一萬步，假定晦聞先生曾講到杜甫的戲爲六絕句，我不能斷定他不會作與一般人相反的解釋。但我可以斷定黃晦聞先生若作與一般人相反的解釋，也不致說出如該油印品中所記的毫無常識的一堆話。我不認識晦聞先生；但自己手頭所保存他的五種著作，却大概看了一看（註）；我的印象是，他對詩的註解，取材頗博，選採亦精；而自己立說，也相當謹愼。這只要看過他的著作的人，大概都可以承認。「該所」油印品所記晦聞先生的話，幾乎沒有一句話不是打胡說；茲謹舉出三點，以概其餘。

（一）「該所」油印品說「仇兆鰲，楊倫諸人，說各不同，且往往斷章取義而作誤解，至將其第二首……釋爲杜氏崇仰四傑之辭者，此不明此六絕句乃一氣呵成，決不可割裂分離之故也。」按仇兆鰲的杜詩詳註和楊倫的杜詩鏡銓，對六絕句中前二首的解釋，雖有詳略之殊；但兩相對照，有什麼「說各不同」呢？我決不相信黃晦聞先生連這種註解都看不懂。鏡銓分明說「六首逐章承遞，意思本屬一貫」，這即是「一氣呵成」的明確內容。杜詩凡一題有數首的，殆無不如此；這是黃晦聞的特見嗎？但是要了解，一氣呵成的一篇文章，中間也各有段落；段落與段落之間，雖互有照應；但各段落之內，也自爲起訖，自有主題，這才能「雜而不越」；長篇的杜詩，也無不如此。至於一氣呵成的幾首詩，則各首可以滙成一個總的主題；但各首又必有其特定的主題。各首合在一起，是一個完成，一個統一；但每一首的自身，也必須是一個完成，一個統一；這是一題數詩，與長詩中分成幾個段落，在結構上最大不同之點。杜甫的戲爲六絕句，有一個總的主題，但各首各有其特定的主題；這是不論怎樣解釋，也必須承認的；否則只是六片殘肢斷體。第一首是以庾信爲主題；第二首是以四傑爲主題。不論作何解釋，對於這種結構分明的東西，怎麼可以把第二首扯到第一首去？該油印品說「第二首正批評王楊盧駱承齊梁之餘風，爲文輕薄，而當時後生，效其體裁，蔚成風氣，反嗤點庾信而不休；然爾曹身死而名亦滅，終不能損庾信之令譽，故曰不廢江河萬古流也」；試問：嗤點庾信而不休，這是屬於第一首第三句的「今人嗤點流傳賦」；而「不廢江河萬古流」，則是第二首的第四句。第一首的第三句，不以第一首的第四句「不覺前賢畏後生」作結論；却跳到第二首裏去，拉第二首的第四句作結論；我想黃晦聞先生不至於不通至此吧！把有倫有脊的六首詩，上下橫扯得不知所云，却倒轉來罵仇注楊注是「割裂分離，斷章取義」，晦聞先生會這樣的厚顏無恥嗎？

（二）該油印品既知「杜甫平生，最欽遲庾信」；但一則曰「其第二首正批評王楊盧駱，承齊梁之餘風，爲文輕薄」；再則曰「意謂即使盧王爲文，亦不過步齊梁之浮靡」；三則曰「即謂當時後生，僅見王盧文體之浮靡，如翡翠戲於蘭苕之上，艷麗可觀，而不知庾信凌雲健筆，有如鯨魚在於碧海之中也」；這是把庾信和齊梁的文體，對立起來；以爲四傑學齊梁，故受四傑影響的人必會反對庾信；這種說法，是文學史的常識所能允許的嗎？周書庾信傳，「既有盛才，文並綺艷，故世號爲徐庾體焉」。又說，「然則子山（庾信字子山）之文，發源於宋末，盛行於梁季。其體以淫放爲本，其詞以輕險爲宗……」由此可以知道，若指稱齊梁文體的特性，一定要數到庾信。若指稱齊梁文學的流弊，也必須要數到庾信。四傑若學齊梁，便必曾學過庾信。所以王勃滕王閣序中有名的警句「落霞與孤鶩齊飛，秋水共長天一色」，宋王觀國學林卷七，及宋龔頤芥隱筆記，皆以爲來自庾信華林馬射賦「落花與芝蓋齊飛，楊柳共春旗一色」（西清詩話也引有徐陵玉台新詠序「金星將婺女爭華，麝月與常娥競爽」。丹鉛總錄又引有王仲寶褚淵碑之「風儀與秋月齊明，音徽與春雲等潤」等）。方虛谷瀛奎律髓卷四七，以四傑比沈宋；而在駱賓王靈隱寺詩下批謂「唐史言宋之問詩，比於沈庾精密，又加靡麗，蓋律體之祖也。」又卷三十謂駱賓王詩「近似庾信」，皆可確證四傑與庾信的關係。若杜甫所指的「爾曹」、「時人」、「汝」，是受四傑的影響，便決不會嗤點庾信流傳之賦。這點常識，我相信黃晦聞先生是有的。至於杜甫何以稱庾信爲「健筆」？後面另有解釋。

(三)該油印品說「第六首『別裁僞體親風雅』，僞體即指當時風行盧王之僞體而言……蓋杜甫以平生所最欽仰之庾信，爲當時效盧王之體者橫加嗤點，故有此作」。是該油印品以爲杜甫作此詩時，正「風行盧王之僞體」。按唐玄宗即位改元之開元元年爲西紀七一三年。天寶之十四年爲西紀七五五年；次年玄宗入蜀禪位，改元至德，爲西紀的七五六年。杜甫之戲爲六絕句，詳註引梁氏編在上元二年，爲西紀之七六一年，上距玄宗之禪位，僅有五年。那我們先看唐玄宗時文學的情形好了。唐書文藝列傳：

「唐有天下三百年，文章無慮三變。高祖太宗、大難始夷，沿江左餘風，絺句繪章，揣合低昂，故王楊爲之伯。玄宗好經術，群臣稍厭雕琢，索理致，崇雅黜浮，氣益雄渾，則燕許擅其宗……」

按新唐書因受歐陽修等古文運動之影響，對四傑的評價，並不十分恰當，此處姑置不論。燕國公張說，生於西紀六九九年，卒於七三〇年；許國公蘇頲，約略與之同時。據唐書蘇頲傳「頲自景龍後，與張說以文章顯，稱望略等，故時號燕許大手筆。」景龍爲中宗年號，當西紀七〇七——七〇九年，此時杜甫尚未出生；而唐代文風，已由四傑所代表之「初唐」，轉爲由燕許們所代表之「盛唐」。燕許以後，更向「崇雅黜浮，氣益雄渾」方面發展。若以杜甫戲爲六絕句之七六一年爲準，在這前後約五、六十年間，此一趨向，可謂發展到了極盛的時期。正因這種風氣的大轉變，所以當時才有人嗤點庾信流傳之賦，而譏諷楊炯爲點鬼簿，譏諷駱賓王爲算博士（見玉泉子）。黃晦聞先生若是稍有文學史常識的人，能說得出杜甫戲爲六絕句時，是「風行盧王之體」的這種打胡說的話嗎？如眞像該油印品所說，則必有一二人爲此一時代的代表。茲將由四傑至杜甫時代之文人生卒年代（換算西紀）簡列於後：

人名	生年	卒年（據姜亮夫撰歷代人物年里碑傳綜表）
王勃	六四八或六五〇	六七五
楊炯	六五〇	不詳
駱賓王	不詳	六八四（四傑中缺盧照鄰）
陳子昂	六五六	六九五

賀知章	六五九	七四四
張九齡	六七三	七四〇
宋之問	不詳	七一二
沈佺期	不詳	七九二
張　說	六六七	七三〇
孟浩然	六八九	七四〇
王　維	六九九	七五九
李　白	六九九	七六二
杜　甫	七一二	七七〇
柳　渾	七一五	七八九
岑　參	七一五	七七〇
蕭穎士	七一七	七六八
賈　至	七一八	七七二

由上面的簡表，可以看出由這些主要作者所代表的文學發展趨向；在裏面能找出半點「風行盧王

之體」的影子嗎？不僅如此，根據四傑之一的楊烱爲王勃集所作的序，則知他們的文章，在當時確發生了很大的影響。但由四傑所發生的影響，豈特不是回頭向齊梁的方向發展；而恰是向與齊梁相反的方向發展。所以楊烱才說「已逾江南之風，漸成河朔之制」（詳見後）。該油印品中的話，都是像這樣的打胡說。因此，所謂武漢日報二十一年十一月副刋中刋載的黃晦聞先生的話，百分之百，是出於揑造。揑造者可能是杜則堯；但更可能是「該所」某教授。我再一次要求，將此副刋寄交民主評論社，影印出來，以保證「該所」的起碼地品格。同時，由上述簡單地分析，「該所」怎麼有面目說得出「即以測驗考生對此詩之解釋，體會到何種程度？及文學史上所當了解之問題，有否正確之認識也」這類的話？

其實，以「輕薄爲文」，認爲是譏四傑文體的，古人並不是沒有。四部叢刋分門集註杜工部詩中所引的「趙曰」；及後村先生大全集卷一百七十八第六頁，即以爲輕薄爲文，是譏笑四傑的。分門集註工部詩，乃宋寧宗朝（一一九五——一二二四）福建省建陽所刋行的坊刻本，不知係何人所編。凡是研究杜詩的人，大概都會承認它是一部非常雜湊而鄙陋的書。但是它在字義解釋上，究比「該所」的油印品高明得多。因爲旣以第二首第二句「輕薄爲文」指的是四傑，則第三句的「爾曹身與名俱滅」的「爾曹」，順字義講，便也不能不指四傑，所以它便引裴行儉批評王勃們的話來爲此詩的第三句作註脚。這較之「該所」的油印品，把第二首的第三句，扯到第一首的第二句下面去，在字義上要通順得多。江湖派的詩人劉後村，對杜詩的了解，並不十分高明；他不僅誤解了這裏的輕薄爲文；並認爲「杜嘲太白句似陰鏗」（卷一七六第二頁）；而杜甫分明自稱「頗學陰何苦用心」（解悶十二首之一）；則後村上面的話是誤解，實無可疑。但後村雖誤解了輕薄爲文，却並未像「該所」油印品樣，誤解了四傑；而仍認四傑有可取之處。更重要的是，「該所」的試題，既已受到文思齊君的批評，則爲了伸張自己的立場而找根據，捨上面兩種材料不用，却去用一種報紙副刋所載的一位學生時代的筆記；而所謂筆記，一到有常識的人的手上，便立刻可以斷定百分之百是出於捏造的；這充分說明了「該所」學格之低，低到連找材料的起碼能力也沒有。除了臺灣以外，世界上還找得出像這樣的培養碩士博士的研究所嗎？

註：在寫此文時，我尙未看到黃晦聞先生的詩學；最近買到一部，內容不甚精釆；但決看不出有如該油印品上所說的痕跡。五四、三、二，補誌。

四、試題的常識問題

對於文義的解釋，任何人平時因不留心而偶然犯了錯誤，是可以原諒的。「該所」之所以不可原諒，乃是這種文義的誤解，是表現在「試題」之上。中國旁的東西落後；但千多年的科舉制度，在出試題方面，却始終認爲是一件大事，並積累了許多經驗。所以許多文集裏面，便收錄有試題。杜工部集後也有。再懶惰的人，在出試題的時候，一定要費點頭腦去了解應試的對象；並在當時有關的「共許」的解釋範圍之內去出題。如主試者要啓發新意，則必須提供應試者以足供啓發的條件；所以試題有長到幾百字的。國文研究所的應試者，是各大學中文系畢業的學生。現時臺灣各大學中文系的學生，如聽杜詩的課，他們若非特別選做論文的題目，平日所接觸的不外於錢牧齋的杜詩錢注，仇兆鰲的杜詩詳注，楊倫的杜詩鏡銓（古逸叢書裏的草堂詩箋，則沒有收錄戲爲六絕句六首）。上面三種通行本（杜詩鏡銓最後出而最陋，學杜詩者最好不用此本），對戲爲六絕句第二首的解釋，可以說是一致的。因而這種解釋，也可以說是「共許」的。要以此詩爲題材，必須在這種共許範圍之內出題目。若認爲原有兩種不同的解釋（「該所」原並不知有兩種解釋），而欲應試者二者選一，則在試題上必將二者都提出來，或者一種也不提，完全聽任應試者自己去解釋。因爲對於有兩種以上的解釋的東西，只能聽任應試者去判斷，而決不能由主試者代作判斷。這都是出試題的起碼常識。「該所」以民國二十一年十一月武漢日報副刊上杜則堯的文章（假定有這樣一篇文章的話），作出題的根據，則除了出題者自己的兒子以外，豈特應試者不能知其出處，因而說不出「其故安在」；即使教杜詩的教授，也同樣沒有辦法。難怪許多中文系畢業的學生考不取，而財政系畢業的學生却考得取。何況連這樣的副刋，我判斷也是出於揑造。

然則「該所」假定是以分門集註杜工部詩及劉後村先生大全集的話作出題的依據，那又如何呢？我的答覆是：若以此作爲個人解釋的依據，而加以堅持，這是各人的自由，他人無從干涉。但斷不能以此作爲出題的依據。因爲這種解釋，在研究杜詩的任何人（乃至講授杜詩的人）看來，早經被淘汰了。最大的限度，也只能算是註釋中的特例；特例不能作爲「全般肯定」式的出題根據。所以「該所」的試題，是缺乏常識與便於舞弊的混合品。在從前，遇有這種情形，主考官是要被殺頭的。

五、戲爲六絕句的一般解釋

下面試引若干古人對戲爲六絕句（尤其是第二首）的解釋作參證。在專註方面，我所看到的不多。其中最詳最精的，當推錢牧齋的箋註，兹先摘錄如下：

「作詩以論文，而題曰戲爲六絕句，蓋寓言以自況也。韓退之之詩曰，李杜文章在，光焰萬丈長。不知群兒愚，那用故謗傷……然則當公之世，群兒之謗傷者或不少矣；故借庾信四子，以發其意。嗤點流轉，輕薄爲文，皆指並時之人也。一則曰爾曹，再則曰爾曹，退之所謂群兒也。

盧王之文，劣於漢魏，而能江河萬古者，以其近於風騷也。況其上薄風騷，而又不劣於漢魏者乎？……蘭苕翡翠，指當時研揣聲病，尋章摘句之徒。鯨魚碧海，則所謂渾涵汪洋，千彙萬狀，兼古人而有之者也……不薄今人以下，惜時人是古非今，不知別裁，而正告之也。齊梁以下，對屈宋言之，皆今人也。今人但言屈宋，而轉作齊梁之後塵，不亦傷乎……騷雅有眞騷雅，漢魏有眞漢魏；等而下之，至於齊梁唐初，靡不有眞面目焉；舍是，則皆僞體也。別者區別之謂，裁者裁而去之也。是能別裁僞體，則近於風雅矣。自風雅而下，至於庾信四子，孰非我師；雖欲爲嗤點輕薄之流，其可得乎？故曰，轉益多師是汝師。呼之曰汝，所謂爾曹也。身與名俱滅，諄諄然呼而悟之也。……」（杜詩錢注卷十）

在錢注以後的杜注，對此六絕句的注解，大率不出上述範圍。其中亦間有反駁錢注的，然一加考按，皆不及錢注。仇兆鰲的杜詩詳注，楊倫的杜詩鏡銓，其大體是秉承錢注，固不待說；五家評本杜工部集，邵子湘在不廢江河萬古流句旁評謂「杜實是推服四子，非自況也」。所以在此種以「評」爲主的書中，對此亦無異說。玆更選錄若干零星之例證如下：

宋葛立方韻語陽秋卷三：「李太白杜子美詩，皆掣鯨手也。……李之所得在雅……杜之所得在騷。然李不取建安七子，而杜獨取垂拱四傑，何邪？……至有不廢江河萬古流之句，褒之豈不太甚。

乎。」？

宋洪邁容齋四筆卷五：「王勃等四子之文，皆精切有本原；其用駢儷作記序碑碣，蓋一時體格如此（按此即杜詩之所謂「當時體」），而後來頗議之。杜詩云，王陽盧駱當時體……正謂此耳。身名俱滅，以責輕薄子。江河萬古流，指四子也。韓公（韓愈）滕王閣記云『……中丞命爲記，竊喜載名其上，辭列三王之次，有榮耀焉』。則韓之所以推勃，爲不淺矣……」

宋方虛谷瀛奎律髓卷三十邊塞類：駱賓王在軍中贈先還知己詩下批云「王楊盧駱，老杜所不敢忽，謂輕薄爲文者哂之未休。然輕薄之人，身名俱滅。王楊盧駱，如江河萬古，所不可廢也。斯言厥有旨哉。賓王……詩多嘉句，近似庾信；時有平仄不協。此篇乃字字入律，工不可言。」

明楊愼丹鉛總錄：「……唐王勃滕王閣序：『紫電青霜，王將軍之武庫』，正用此事（上引典故從略）。以十四歲之童子，胸中萬卷，千載之下，宿儒猶不能知其出處；豈非間世奇才？杜子美韓退之，極其推服，良有以也。使勃與韓並世對毫，恐地上老驥，不能追及雲中俊鶻；後生之嗤點流傳，妄哉。」（按「嗤點流傳」，應爲「哂未休」之誤用）

明胡震亨唐音癸籤卷二十五：「當時自謂宗師妙，今日唯觀對屬能，義山自詠爾時之四子。爾曹身與名俱滅，不廢江河萬古流，杜少陵自詠萬古之四子」。（胡氏編有唐音統籤一千零二十七卷。清所編的全唐詩，實係以此為基礎。）

清四庫全書總目卷一百四十九：在王子安集下，除採用前引洪邁容齋隨筆的一段話之外，並加以論斷說：「夫一行（僧一行）段成式，博洽貫絕古今（按此文上面引有酉陽雜俎載張說等解王勃所作夫子學堂碑頌中典故之事）。杜甫韓愈，詩文亦冠絕古今。而其推勃如是。枵腹白戰之徒，掇拾語錄之糟粕（按理學家喜論詩文者惟朱元晦。朱最為方虛谷所推崇。朱子語類中無非薄四傑之事，此語亦係出於門戶成見），乃粘粘焉而動其喙，殆所謂蚍蜉撼大樹者歟。」

又盧昇之集條下：「……蓋文士之極坷坎者；故平生所作，大抵歡寡愁殷，有騷人之遺響……杜甫均以江河萬古許之；似難執殘篇斷簡以強定低昂……。」

像上面那像的話，散見於各家詩話中的，大概還不少，未能一一綴輯；即此也可斷為定論了。

六、四傑在文學史上的地位

現在要進一步追問，杜甫自稱「賦料揚雄敵，詩看子建親」（奉贈韋左丞丈二十二韻），却何以非常推重庾信，四傑呢？對於此一問題的答案，還要留在後面，此處只稍談四傑在文學史上的地位。

要對四傑作正當的評價，首先應擺脫裴行儉的影響。行儉對他們的批評是「士之致遠，先器識而後文藝。勃等雖有文才，而浮躁淺露，豈享爵祿之器耶？楊子沉靜，應至令長；餘均令終爲幸。果如其言」。（舊唐書一百九十上王勃傳）。裴行儉的話，從某一角度說，未嘗不對。但他是以「爵祿之器」作批評的標準；不是以文學上的成就作標準。天才的文學家、藝術家，十之八九，都是「非爵祿之器」的。反駁裴行儉的話的，有王世貞的藝苑卮言；陸繼輅的合肥學舍扎記；其中並引有劉海峯伸張四傑的話；另外還有林昌彝的桂緒錄。爲避免煩瑣，我下面只詳引方虛谷的話。

方虛谷瀛奎律髓卷四十七釋梵類錄王勃遊梵宇三覺寺詩批云「四十字無一字不工，豈減沈佺期宋之問哉。裴行儉以器識一語少王楊盧駱，彼專以富貴取人，而文之以器識之說，吾未見裴之合於四子也。賓王檄武氏，一杯之土未乾，六尺之孤安在，氣蓋萬古，雖敗而死，何傷？或謂亡命爲僧，亦未必然。」又「唐律詩之初，前六句叙景物，末後句以情致繳之。周伯弜四實四虛之說遂窮焉」。紀曉嵐在此詩上批云「裝點實四傑本色。然有骨有韻，故雖沿齊梁之格，而能自爲唐世之音。第四句（按指「花積野壇深」句）尤有深致。」

我之所以詳錄上面的評語，是因爲方虛谷「乃以生硬爲高格，以枯槁爲老境，以鄙俚粗率爲雅音」，「堅持一祖三宗之說」（以上皆紀曉嵐瀛奎律髓刋誤序中語）；他對詩的見解，完全與所謂齊梁體相反；而紀曉嵐又是處處與方氏抬槓的人（以我的了解，方氏詩學造詣之深，遠非紀氏可比）。

但方氏錄及王駱之詩時，每贊不絕口；即如在上引王詩後所錄的駱賓王酬思玄上人林泉詩的評語中，並附以摘句，眞所謂愛不忍釋。最值得注意的是，方紀兩人對詩的見解不同，但對於四傑詩的評價，却完全一致。唐初文學，原承江左餘風。但由政治統一所開出的新局面，使國家在各方面，皆呈現出强大的活力。於是初唐諸人，在所繼承的梁陳的華靡文體之中，却注入了新的生命——風骨。江左文體的華靡，乃生命力萎縮的表現。華靡中有風骨，便由柔靡而剛健；由卑俗而高雅；由侷促而濶大；由浮薄而深厚。於是江左的「華靡」，轉成爲唐初的「富麗」。這在文學上實已開出新地局面，使「唐代地文學」，乃得以成立。四傑與沈、宋，斷乎只是代表由初唐通向盛唐的文學，而決非附庸江左，其道理即在於此。方氏以王勃比於沈宋，則他對沈宋在文學地位上的批評，即等於是對王氏乃至四傑的批評。方氏評宋之問稱心寺詩謂「此猶未盡脫齊梁陳隋體也；庾信詩多如此」；紀在上批云，「此評確」；這是說明，他們正經歷著時代地過渡性，及個人創造地過渡性。但在登總持寺浮圖詩下批云「此即自成唐律詩，擺脫陳隋矣」；紀於其上批云「此評亦確」。方在沈銓期遊少林寺詩下批云，「唐律詩初盛，少變梁陳；而富麗之中，稍加勁健，如此者是也」。紀批謂「氣味自厚，故華而不靡」。（以上皆見同書卷四十七釋梵類）。我們看上面對沈宋的批評，和前引紀曉嵐對四傑的批評，在內容上不是完全相同嗎？「富麗之中，稍加勁健」，實即是在華靡之中，注入了風骨。一切對四傑的了解與評價，皆應以此爲基準。

其實，由四傑之一的楊烱所作的王子安（勃）集序來看，他們在當時，乃是根據一種文學地自覺，以作創造上的努力。換言之，他們並非在傳統的風習中來寫作，而是在要轉移傳統風習的意識中來寫作。因爲是如此，所以他們便一面是繼承傳統；但另一面便不能不超出傳統。這篇序，更是了解他們在文學史上地位的關鍵。茲簡錄在下面：

「嘗以龍朔（高宗年號，西六六一——六六三）初載，文場變體，爭構纖微，競爲雕琢。糅之金玉龍鳳，亂之朱紫青黃。影帶以狥其功，假對以稱其美。骨氣都盡，剛健不聞（按以上言初唐承江左之流弊）。思革其弊，用光志業。薛令公（薛收之子薛元超）朝右文宗，託末契而推一變。盧照鄰人間才俊，覽清規而輟九攻（墨子公輸篇，公輸般九設攻城之機變，子墨子九拒之）……契將往而必融（融鑄往古），防未來而先制（創造新規）。動搖文律，宮商有奔命之勞。沃蕩辭源，河海無息肩之地（此二語言其才力之巨）。以茲偉鑒，取其雄伯。壯而不虛，剛而能潤；雕而不碎，按而彌堅……積年綺碎（按指江左餘風），一朝清廓。翰苑豁如，辭林增峻。反諸宏博，君之力焉（以上言他們改革江左舊習，創造唐代新體的成就）。矯枉過正，文之權也（此乃指由宏博、富麗之太過而言）。後進之士，翕然景慕……妙異之徒，別爲縱誕。專求怪說，爭發大言。乾坤日月張其文，山河鬼神走其思（此乃言時人模仿其宏博太過之流弊）。長句以增其滯，客氣以廣其蠹（此言模仿者由才力不足而來之流弊）。已逾江南之風，漸成河朔之制（按此二句，可知四傑仍由江南脫胎而來，故以逾江南之風爲非。河朔之制，指怪誕生硬而言）……信（指王勃等本人）謫（指當時之模仿者）不同，非墨翟之過。重增其放（指時人由模仿而太過）豈莊周之失？高唱罕屬，既知之矣。以文罪我，豈可得乎（此言由模仿他們之人所發生的流弊，他們不能負責）？……」

看了上文，可知四傑們用心之所在。而他們的成就，正在於繼承了齊梁，却超過了齊梁；完成了初唐，更導引向盛唐。而「該所」的油印品，說當時效盧王之體的人，是步齊梁作後塵，打胡說打到怎樣的程度！效盧王之體的人，是「已逾江南之風，漸成河朔之制」，怎麼會步齊梁作後塵呢？難說齊梁是在「河朔」嗎？

凡是認爲杜甫所說的江河萬古流，是推尊四傑的人，都是了解四傑在文學史上的地位的人。胡震亨唐音癸籤卷五引王世貞語謂「四傑詞旨華靡（按靡字不妥），沿陳隋之風。氣骨翩翩，意象老境，故超然過之。五言遂爲律家正始。」胡震亨自己（遯叟）謂「王子安雖不廢藻飾，如璞含珠媚，自然發其光彩。盈川（楊炯）視王，微加澄汰；清骨明姿，居然大雅。范陽（盧照鄰）較楊微豐，喜其領韻清拔，時有一往任筆，不拘整對之意。義烏（駱賓王）富有才情，兼深組織，正以太整且豐之故，得擅長什之譽；將無風骨，有可窺乎」？郎廷槐所編師友詩傳錄「問：詩至六朝，幾不可問。唐初四子，奮起而振之……」「阮亭（王漁洋）答，六朝各有六朝之體格，謂六朝全不及唐者，大非。王楊盧駱，衍陳隋之餘波，而稍就雅正」。阮亭論詩，以淡遠神韻爲主，故不甚取四傑之富麗。然仍不能不承認其「稍就雅正」，此乃公論之所不得而泯的。而阮亭在唐人萬首絕句選凡例中謂「五言初唐王勃，獨爲擅場」。在古詩選中謂「明何大復（景明）明月篇序，謂初唐四子之作，往往可歌，反在少陵之上，說者以爲有助於風雅，躂矣。然遂以此概七言之正變；則非也」。是王氏對七言詩亦並未否定何大復對唐初四傑的評價。

文體與時代有密切的關係。而在未步入近代以前的「時代」，多由政治情勢所主導。大亂之後，政治統一，天下太平，一般人的生命，因得到了新的生機，新地希望，而富於樂觀的氣氛，由此所釀出的文體，總是偏於富麗宏濶這一方面。西漢以司馬相如爲首的賦，唐初的四傑，宋初的西崑體，明初的臺閣體，都說明了這一點。此類文體，和僅以流靡見稱的末世紀文學，貌似而實不同。這是值得治文學史的人多加以考慮、研究的。

七、杜甫用力於詩的方法

不過杜甫的推重四傑，固然含有上述的文學史的意義在裏面；但更重要的是他「讀書破萬卷」的用力於詩的方法問題。李杜並稱，有的人說李白是復古，而杜甫是創新，我不贊成這種說法。凡是大文學家，斷乎沒有不是創新的。不過李白是「天才地創新」，而杜甫則是「學力地創新」。李白韓愈的復古，乃是借「古」爲超越時代風氣的一種憑藉。能超越時代風氣，才能解脫時代的束縛，才能創造新地風氣。天才地創新，即境取材，直抒胸臆的意味特重。其情境有如蜘蛛的吐絲。李白的「垂衣貴清眞」的清眞，似乎應從這種地方去了解。學力地創新，則有如蜜蜂之釀蜜。蜜的原汁來自百花。但經過釀後所成的蜜，本含有百花的原汁，却不是任何一花的原汁。「下筆如有神」，是從「讀書破萬卷」而來；但寫出的作品可以有萬卷的內涵或背景，却決非萬卷中的任何一卷。天才地創新，可以掃蕩羣雄，獨成一局。李白說「自從建安來，綺麗不足珍」，六朝的東西，都被他的天才所掃蕩了，以自成其清眞高逸的一體。就這一點來說，當然是敻乎不可尚矣。但他也只是這一體。他的變化，也只是在這一體以內的變化。學力地創新，則須兼容並蓄，採各體之菁英，以釀成一家的獨創。而這種獨創，却和李白不同，他是能兼善衆體的。所以揭徯斯曼碩說，「太白天才放逸，故其詩自爲一體。子美學優才贍，故其詩兼備衆體」（詳註諸家論杜所引）。由此我們可以了解元稹所作的唐檢校工部員外郎杜君墓誌銘中下面的一段話：

「唐興，學官大振；歷世各代之文，能者互出……然而莫不好古者遺近，務華者去實。效齊梁則不逮於魏晉；工樂府，則力屈於五言。律切，則骨格不存；閒暇（猶淡遠之意）則纖穠莫備（以上言他人只學一家一派，故亦常只工一體）。至於子美，蓋所謂上薄風騷（一作雅），下該沈宋。言奪蘇李，氣吞曹劉；掩顏謝之孤高，雜徐庾之流麗；盡得古今之體勢，而兼文人之所獨專矣。」

後來從這一方面去了解杜甫的很多。如秦少游說：「……子美窮高妙之格，極豪邁之氣；包冲淡之趣，兼峻潔之姿，備藻麗之態。而諸家之作，所不及焉。然不集諸家之長，亦不能獨至於斯也……嗚呼，子美亦集詩之大成歟。」王世懋敬美謂杜詩「有深句，有雄句，有老句，有秀句，有麗句；有險句，有拙句」。范溫元實詩眼則曾摘句以證杜之兼備各體。茲參照詩人玉屑卷三唐人句法篇，摘錄其近於六朝者以作例證。

綺麗：綠垂風折筍，紅綻雨肥梅。　岸花飛送客，檣燕語留人。　巡簷索共梅花笑；嫩蕊疎枝半不禁。

刻琢：露菊班豐鎬，秋蔬影澗瀍。

清新：細雨魚兒出，微風燕子斜。　留連戲蝶常常舞，自在嬌鶯恰恰啼。

纖巧：侵凌雪色還萱草；漏洩春光有柳條。（此係詳註引柴紹炳杜詩七律中所舉）。

閒適：穿花蛺蝶深深見，點水蜻蜓欵欵飛。　落花遊絲白日靜，鳴鳩乳燕青春深。

當然，杜的當行本色，還是在他的「頓挫起伏，變化不測，可駭可愕」（李東陽麓堂詩話）的這一方面。不過，即使是如此，他依然還要取材於六代。所以明茅維說「於是青蓮擅其駿逸，少陵號爲沉雄。而原其變幻風雅，錯鏤金玉，名篇秀句，往往拾之齊梁間耳。」（報梁允兆書）同時，一個人的生命，若遇着不同的環境，便會引起不同的感情，因而也會要求有與情境相適應的表出。假定表出的技巧，僅能適合於某一情境，則其他的情境，便對於此一詩人而言，成爲無用之長物；於是生命所應有的豐富內容，也無從發揮出來了。杜詩之各體具備，正證明他生命力的涵宏光大，多彩多姿。其所以能如此，實來自他兼容並蓄的學詩的方法。

八、戲為六絕句試釋

現在再試從上面六、七兩段所說的話，對戲爲六絕句，作新地解釋。就詩的藝術觀點來說，戲爲六絕句，沒有什麼值得特別欣賞的。我們所應追求的是這六絕句的涵義是什麼。我認爲第一點，是可由此而知道杜甫對文學的了解，有很淸楚地「史」的意識。第二點，是他之所以寫這六絕句，是告訴時人以學詩的方法。因此，六絕句的總主題，乃在第六首的「轉益多師是汝師」的結句。上述的兩點，在錢牧齋的箋注中，實已經指點出；但因他太强調「寓言以自況」，便把全詩的涵義，太導向一偏了。張上若亦曾指出「六詩便爲詩學指南。趨今議古，世世相同。惟大家持論極平，著眼極正」。但他似乎指的是杜甫對古今文人，能作平允地批評這一點而言；且其言又太簡略。茲新釋於下：

庾信文章老更成，凌雲健筆意縱橫。今人嗤點流傳賦，不覺前賢畏後生。

此詩意義極爲明顯。下面僅釋明兩點：一點是在杜甫當時的人，何以瞧不起庾信及四傑？因爲自陳子昂以迄李白，在文學上都是反六朝的。尤其是李白的天才卓越，及身已負大名，影響力很大；李白口中的「綺麗不足珍」，在一般淺薄者看來，即成爲反六朝的口號。李白是在自己的天才卓越，高蹈遠擧的境界上，而說「綺麗不足珍。」但當時一般空無所有之徒，循聲逐響，便也隨着說「綺麗不足珍」；於是庾信和四傑，便遭到白眼了。錢牧齋引韓愈「不知羣兒愚，那用故謗傷」的詩，以證明「當公之世，羣兒之謗傷者或不少矣，故借四子以發其意」。但謗傷李杜的人，決不會視二人爲與庾信及四傑同科。宋楊大年說杜詩是「村夫子」的詩；凡對杜詩不滿的人，幾乎都是由「村夫子」這一觀點而來，斷無由其綺麗而來的道理。因之，杜甫拿庾信及四傑來「寓言以自況」，亦即是假借他們來發自己的牢騷的可能性是很少的。

另一點要說明的是，庾信的詩文，以華麗見稱；而杜甫却說他是「清新」，是「凌雲健筆」，這又是什麼原故？楊愼提出了此一問題，也解答了此一問題（見杜詩詳注引）；但解答得不夠眞切。詩文中之「健」，是來自詩文中的「風骨」；詩文中的「風骨」，是來自作者生命力（氣）的貫注。在純藝術性的文學中，作者之氣，乃融合而爲作者的感情，以感情的性格而呈現。凡是從眞感情中所流露出來，爲眞感情所貫注到，而這種感情，又經過了一番反省，並非如時下之所謂「意識流」的，則此感情貫注於作品之上，便成爲作品中的風骨。有風骨，即能使辭藻附麗於風骨（亦即作者的生命力）以運行，縱橫驅遣，而不爲辭藻所累，這便成爲「凌雲健筆」了。但同爲風骨，有堅蒼的風骨，也有秀潤的風骨。堅蒼的風骨，人容易感覺其爲凌雲健筆。而秀潤的風骨，每易爲人所忽。庾信文章的風骨，是屬於秀潤這一型的。杜甫特從庾信作品中把它標舉出來，這正說明他對文學修養之深，鑒賞力之强。

但庾信的作品，並非都是凌雲健筆。而杜甫所說的，也並非概括庾信一生的作品而言。杜甫所指的，僅是庾信晚年入周以後的作品；所以他說「庾信生平最蕭瑟，暮年詩賦動江關」（懷古五首之一）。注杜的人，常忽視了「暮年」二字。庾信入周後，極其富貴尊顯；但杜甫却能了解他的心境是「蕭瑟」；而他的蕭瑟，是來自他的「羯胡事主終無賴，詞客哀時且未還」（仝上），亦即是來自他暮年深刻地故國之思，身世之感，並不能爲其富貴尊顯所掩抑。庾信所以會被杜甫尊重的原因，也正在於此。可以說，庾信的感情，到晚年而更深刻化了；因而他晚年的詩賦，便因風骨的完成，而愈富有感染的力量。例如他的哀江南賦，依然是十分華麗的。但我們可以從每一華麗的辭藻中，接觸到他悵觸地感情；他的每一華麗的辭藻，都呈現出他的生命正在淒涼地躍動，而不覺其有可刪可厭的累辭累句，這便是杜甫所說的「凌雲健筆意縱橫」了。因此，此詩第一句的「老更成」，常被註釋家轉移爲「老成」二字，以爲這是說庾信的文體；如前面提到的楊愼，便是如此。我以爲這是一種錯誤。從文義上說，把「老更成」說爲「老成」，則「更」字全無着落。而從事實上講，杜甫可以稱庾信的文體爲「清新」，但究不能稱之爲「老成」。所以「老更成」三字，只是說「老而更成功」而已。這與「暮年詩賦動江關」的「暮年」，豈不是正相映帶嗎？而追溯其原因，乃由暮年感情的深刻化。

王楊盧駱當時體，輕薄爲文哂未休。爾曹身與名俱滅，不廢江河萬古流。

杜甫在這首詩中，是告訴當時淺薄的人們（施鴻保讀杜詩說謂輕薄係指「後生輕薄之人」而言，極是），對文學的批評，不應全以自己的好惡爲中心，而要具備「史地識見」。「當時體」三字，在消極方面，是指明四傑之體，並不必要今人去强學。而積極方面，則在點明四傑之體，從現在看，好像已經過時；但在文學史的立場上，他們正代表了他們自己的時代。從文學史的立場看，凡以自己的心靈，與時代相融合，因而代表了一個時代的文學作品，便不會是「死文學」，而能永垂不朽的。「不廢江河萬古流」一句，只要形容其不朽；而杜詩鏡銓說「未免過譽」云云，眞是强作解事了。

不過，另一應說明的是：譏笑四傑的人，在當時是趨新之士；杜甫何以斥之爲「身與名俱滅」呢？因爲凡是對文學無眞知，對時代無眞感，因而既不肯眞正用力，也不知如何眞正用力，而只知在「新」「舊」「古」「今」等空洞地名詞下，轉來轉去的人，他自以爲正在趨新，實際只是矮人觀場，搶他人脚跟上掉下的泥土當八寶飯吃；這種人不論他扛的是什麼招牌，佔領有什麼地盤，總會身與名俱滅的。不可因此誤解杜甫是反對趨新的。

縱使盧王操翰墨，劣於漢魏近風騷。龍文虎脊皆君馭，歷塊過都見爾曹。

按龍文虎脊，皆指不同顏色的馬而言；以比喻各種不同的文體。王褒聖主得賢臣頌「過都越國，蹶若歷塊」，原意蹶字或應作疾字解釋。但杜甫在瘦馬行中有「當時歷塊誤一蹶」之句，則已將原意加以轉用。此處用歷塊過都四字，與上引瘦馬行之句，其意正同。以比喻因才力薄弱，不能把握自己所處的時代，不能寫出自己所遇的題材，有如過都越國，遇著了這種大場面時，便好像絆上了石塊土塊而跌了下去。

自此以下，皆啓示時人以學詩的方法。越是眞正的天才家，取資於他人者越少。此外，則必資取於他人，以充實自己的才力。取資於他人，常須由一家下手；這是因爲必如此而後能用力深密，把學的人，眞能帶進到作品的精神血脉中去。由深入一家所得的訓練，便可以深入到各家。所以由一家下手，乃是使人讀書能細密而深入的一種方法上的訓練，並非僅以一家爲標準。許多人自己以爲讀了許多書，而實則未嘗讀懂一部書，便因爲沒有經過這種訓練，等於鄉下人上街，看到許多招牌、舖面，回去後，不僅一無所得；並且他自以爲增長的識見，實際上也完全不是那麼一回事。當然，開始下手精治的一部書，一生中會受到它較大的影響，所以當選擇時應當特別嚴，那是不待說的。但由全般學習的過程來講，則取資越廣，心靈所得到的塑造的資材便愈豐富，心靈也便因此而愈弘深，表現的能力更會因此而愈充實、愈自由。「大匠之門無棄材」，所以若只作爲資取的材料看，而不是作爲寫作的標準看，則四傑決不應在屏棄之列。凡是心靈甘處於閉鎖狀態的人，和有胃病的人一樣，對什麼東西都不能領略，於是只好以唱高調自飾。說文言都是死文學的人，決不會有白話文學上的成就。說中國文學是落伍的人，決不會有西洋文學上的成就。說古典主義、浪漫主義、寫實主義是不值一顧的人，決不會有值得一讀的意識流的作品。因爲這種人的心靈，已由閉鎖而變成乾枯；除了看風色，嚷口號外，實一無所有。杜甫的這首詩，正針對當時這種浮薄子而說的。茲以白話疏釋於下：

縱然四傑所寫的作品（操翰墨）趕不上漢魏；但依然是成功的作品而近於風騷（此「近風騷」的「近」字，多爲一般人所忽。因之許多人便以爲旣劣於漢魏，爲什麼反會近於風騷呢？於是自盧注起，便以爲應將「漢魏近風騷」，連在一起以成義；實則大謬。中國的文學，皆由風騷衍變而出。所以站在傳統的觀點說，凡是成功的作品，都可以稱之爲「近風騷」。近風騷云者，猶言成功之作品耳。故此處應從錢注）。不錯，他們的文體，在今日已不流行。但站在應當廣資博取的學習立場來講，他們仍應在我們採擷之列；有如馬的毛色縱有不同，但其可供利用則一。像你們這種口唱高調，而心靈乾枯的人，眞要你們自己創作時，便像要過都國而自己的脚絆上了石塊一樣，眼看著你們要跌得頭破血流的。

才力應難跨數公，凡今誰是出羣雄。或看翡翠蘭苕上，未掣鯨魚碧海中。

此首乃喝破當時唱高調的乃實是一些毫無成就之人；並婉言其所以無成就之故，在於其學習態度的狹隘。歷來注家，皆以第二句第四句爲杜之自稱自況；杜誠有自稱自況的，但多係自述其作詩的工力之深之苦；或者是一種自荐的性質。若以此處之語句爲自稱自況，未免把他看得太淺了。

茲以白話疏釋之如下：

在我看，瞧不起庾信和四傑的人們的才力，大概（應）很難跨越於他們（數公）之上吧。他們都是一時出羣之雄；但你們這些人，誰能算得是出羣之雄呢？你們這些唱高調的人，所以不能爲出羣之雄，是因爲心靈閉鎖，氣小量狹，實際只能尋章摘句於一家一派之中，單寒得有如翡翠巢於蘭苕之上。根本不會放開胸量，廣資博取，有如掣鯨魚於碧海之中（「掣鯨魚」，比擬在才力上收獲之鉅；「碧海中」，比擬自風騷以迄四傑的文淵之富。掣鯨魚必於碧海；凝鉅力必於文淵，此乃必然之理）。

不薄今人愛古人，清辭麗句必爲鄰。竊攀屈宋宜方駕，恐與齊梁作後塵。

此首前兩句從正面說明他自己所以不菲薄江左文人之故，亦即其自述學詩的方法。後二句乃指出徒唱高調者的結果。錢注「齊梁以下，對屈宋言之，皆今人也」，甚確。清詞麗句，正指齊梁以迄四傑而言。辭句爲表現之工具；此一工具，在昭明文選所代表的作品中，發達到了頂點；此爲作者所必須取資之淵府。杜之所以既愛古人而復不薄今人者，因必與今人之清辭麗句爲鄰，乃能加强自己的表現能力。杜詩句法，極富變化，實乃由融鑄六代人之詞句而來；此乃窺杜詩奧秘的一個途轍，所以他告誡自己的兒子要「熟精文選理」。時下輕薄的人，自唱高調而說應與屈宋並駕齊驅；但不能廣資博取，以培養自己的心靈和表現能力，口號雖高，而憑藉不厚；結果恐怕只落得作齊梁的尾巴罷了。

未及前賢更勿疑，遞相祖述復先誰。別裁僞體親風雅，轉益多師是汝師。

此首乃總結全篇，從正面教示人以學詩之法。第一句是對當時唱高調的人正面加以喝破，意思說你們瞧不起前賢，但毫無疑義地你們並趕不上前賢。第二句是指明其所以如此，乃由學詩方法的錯誤。凡是把自己局限於一家一派的人，便只能模仿一家一派。只模仿而不能創作，則不論所模仿的是誰，總只能算是假古董，那如何能出人頭地呢？第二句的「祖述」，乃「模仿」之意。一個模仿一個，便只能落在古人之後，更能走向誰人的前面去呢？第三句是教人以學習時選材的標準。「僞體」，是沒有靈魂的模仿品、裝飾品，即是「假文學」。「風雅」，乃指各種眞能表現心靈、時代的作品而言。即是「眞文學」。這句話的意思是說，學習時並不是對材料不加以選擇；但選擇的標準，不是「新」「舊」「古」「今」等空洞的名詞，而是在能別裁其僞，以親近眞的作品——風雅。錢牧齋說「文章途轍，千途萬方。符印古今，浩劫不變者，惟眞與僞二者而已」（復李叔則書）亦是此意。第四句乃是點出戲爲六絕句的主題。意思是說，你們應打破「古」「今」「新」「舊」的拘虛之見，由「嗤點」「哂未休」，反轉來向他們受益（按「轉益」亦可釋爲輾轉受益），從多方面取師，有如孔子「三人行，必有我師焉」一樣，那才眞正是你們的文學之師。因爲能博取兼資，貫通融合，才不爲一家所限，一體所拘，因而得以創成自己一家之體。多學一家，是多吸收一家，也是多突破以前所學過的一家。這種方法，是一條很辛勤之路。但凡不是眞正的大天才家，要能創作，恐怕也只能走杜甫所指出的這一條路。

戲爲六絕句前兩首的解釋，在今日，是沒有可爭論的。後四首，則可以有若干不同的意見。所以我上面的解釋，乃是以錢注爲基底，作進一步的探索。好處是使六絕句可以一意貫通下來，並使詩的主題特別明顯。但決不敢以我的解釋，爲最好地解釋。更不會愚妄到以自己沒有經過大家共許的意見，作爲考試題目的根據、標準。

環繞李義山(商隱)錦瑟詩的諸問題

東海大海中文系的同人，從去年下半年起，每月晚間有一次座談會，輪流由一位同人報告一點自己的研究心得；這是很有意義的事情，但也是非常困難的事情。因爲平時沒有共同的研究題目，便不容易有共同的興趣，因而也不易提出建設性的討論。所以我一向希望能仿日本學術界流行的「會讀」的方式。不過，當大家要我作一次報告時，實在也無法推托，只好半開玩笑的說，「我們共同欣賞錦瑟詩好了」。後來弄假成眞，迫著我花了三天的準備時間，對錦瑟詩作了一次報告。在準備期間，偶然對義山的生平，有點新發現；而此一新發現，對錦瑟詩的解釋，有密切關係，不忍棄去，便動筆寫這篇文章。可是在寫的過程中，隨有關資料進一步的了解，而那點新發現，竟不斷地擴大，可以說把傳統對李義山的看法，完全推翻了；因而對他許多重要的詩，也應重新註釋；換言之，須要寫一部書來解決此一問題。但這便須再花上半年時間才能完成。我的研究時間，不允許這樣的支配，所以只好發展成這樣一篇長文章。若能因此文而有人肯作進一步的工作，可能把對義山的研究，完全開闢出新地面目，這是我最大的期待。

一九六三年五月十四日于東海大學

一、詩的好壞，不關於難懂或易懂

近三百年來，對於一個詩人的生平所作的徵文考典的工作，作得很多的，李義山恐怕也要算其中之一。但這並不一定是來自大家認爲他在詩史中的地位很高，而主要是來自他的詩所具有的魅力和難懂。沒有魅力的難懂，大家不會去沾手，或許早已在歷史之流中被人忘記了。魅力和難懂混在一起，才會引起許多人的好奇心。錦瑟詩正是義山詩中難懂而又加上魅力的代表作；幾乎可以說，許多人對義山詩的注意，多是由錦瑟詩所引起的。

宋代劉貢父中山詩話，以錦瑟爲當時貴人愛姬之名。黃朝英湘素雜記，假東坡答山谷之問，以此詩的中四句，爲詠瑟的適、怨、清、和四調。許彥周詩話則謂「適怨清和，一作感怨清和，令孤楚侍人能彈此曲」。計敏夫唐詩紀事，則以錦瑟乃令孤楚的青衣，與義山有情。通觀有宋一代，對錦瑟詩的胡猜亂講，正說明他們都給錦瑟詩魅住了，却求其解而未得。所以金元遺山便有詩說，「望帝春心托杜鵑，佳人錦瑟怨華年。詩家總愛西崑好，獨恨無人作鄭箋。」遺山正以錦瑟詩作義山的好而難懂的詩的代表。遺山此詩一出，當然更引起許多人的注意。但一直到明季釋道源，才有義山詩註三卷；惜書未刊行，其註現多保存於朱長孺的義山詩箋中。這位和尚所以註義山的詩，恐怕也是有感於錦瑟詩的魅力與難懂；所以王漁洋論詩絕句中有一首是「獺祭曾驚博奧殫，一篇錦瑟解人難。千年毛鄭功臣在，猶有彌天釋道安。」所謂彌天釋道安，即指的是釋道源。自此以後，研究義山詩之專著，重見疊出。孟心史氏且有研究錦瑟詩的專文。但今日讀錦瑟詩的人，恐怕很難承認某一家能解釋得沃心洽理。這裏面便包含有許多問題。我在這裏首先提出一個問題是：爲什麼一千多年以來，多少人對於一首不懂的詩，懂錯了的詩，却偏偏愛好它，眷念它；只要稍稍有點詩的修養的人，讀了它以後，總不能不承認它是一首好詩呢？若說完全是出於好奇心，則歷史上不是出了些古怪難懂的東西，例如歐陽修所呵斥的一類文章，爲什麼早在歷史之流中淹沒掉了呢？這便牽涉到詩之所以爲詩的基本問題。

我應首先指出，詩地好壞，不是以易懂或難懂爲標準，而是以讀者讀了以後，尤其是反復讀了幾遍以後，有沒有「詩地感覺」爲標準。讀了沒有詩地感覺，越讀越覺得無味，則不論它是易懂或難懂，都不是好詩，或者乾脆說，那不算是詩。所謂「有詩地感覺」，好像說得很糢糊；我姑假借論語中孔子所說的「詩，可以興」的「興」字來作嘗試性的說明。朱元晦對「興」字的解釋是「感發志意」；稍稍擴大一點講，「興」的意思，是讀了一首詩後，在自己的感情上覺得受到了莫名其妙的感發、感動、感染；再通俗地說，覺得很有點味道、意思，這並不關係於對其內容的了解不了解，或了解得正確不正確。因爲讀者所得的是自己情緒上的「無關心的滿足」（註），而不是在知識上、在實用上，得到了一點什麼，在情緒上不必追問懂不懂，和正確不正確。我的大孩子武軍，四、五歲時，有一次晚飯後帶他散步，他一面走，一面反復高聲朗誦當時國語教科書上「楊柳條，隨風飄；東風吹來向西飄，西風吹來向東飄」的一課；我當即問他為什麼很愛這一課呢？是不是覺得它的意義特別好？他的答復說：「不是的，我覺得讀來很好玩，很有意思。」如實的說，這是在他的幼穉心靈中所得到的「詩地感覺」；這種詩地感覺，也即是對心靈的培養。而今日臺灣的國語、國文的教材、教法、考法，重要的目的，便在消滅兒童心靈中這種詩地感覺，亦即是給兒童的心靈以創傷、滯塞。

(註) 康德在判斷力批判中，認為趣味判斷是「無關心的滿足」。

二、詩的難懂原因之一——由其本質而來的難懂

現在要再進一步說明的是，詩在文學中是比較難懂的。其原因大概有三。

第一是關於詩的本質的問題。一個人把自已所遭遇的內、外問題，不訴之於理智的分析，也不訴之於意志的行動，而只是醞釀在心裏面；有如把葡萄密封在罐子裏，等它發了酵以後倒出來時，便不是水而是酒。醞釀在心裏的東西也會發酵；這種發酵，是「問題的感情化」；把感情化了的東西，加上自已的想像力，用文字表達出來，表達得恰與原有的感情相合，這便是詩。所以詩是以感情為其生

命。感情由內向外表達而成爲文字的形式，當然參與有知覺的活動。但此時的知覺活動，並不是把感情冷靜下去，向概念、邏輯方面推進；只是把感情、願望、與知覺融會在一起，以引發出所謂想像的活動。此時的想像，實際只是感情的擴大。感情的本身，原是一種漂蕩而灰暗的東西；它流露在文字中，只呈現出一種氣氛、情調，而不是構成某種知識概念。詩有時也離不開某程度的概念；但一般地說，隨概念性之增加而詩的成分便成反比例的減退；所以說理的詩，總不易成爲好詩。換言之，在詩的構成中，感情的成分保持得愈多，便易接近於詩的本質，便越有不易懂的可能。易懂而仍不失其爲好詩，這是來自作者的感情，由更多的反省、寧靜，以回過頭去，將感情融入於自己的日常生活之中，以日常生活中平淡的情景，表達自己內醞的感情；於是作者內醞的感情，可使讀者通過日常平淡地生活情景去加以把握。日常生活地情景是易懂的，所以詩也便成爲易懂的。但即使是如此，假定是一首成功的作品，讀者所得的，並不是明晰地概念，而依然是不容易把握到的由感情而來的氣氛、情調。它依然是若近而遠，若有而無，若淺而深；依然可以說是難懂。詩經上的「昔我往矣，楊柳依依」，字句上是容易懂的；但讀者究竟將由此而在概念上把握到什麼呢？把這一點應用到陶潛的詩上面去，將可得到更多的啓發。

語言的本身，即是概念。但人不是完全靠著語言來互相交通的。看到一個婦人哭得很慘，一般人並不待知道她哭的是什麼；或者由她的哭所引起的揣測，即使完全是錯誤的，但也會感得難過。許多人聽京劇，聽西洋歌曲，並不知道唱的是什麼，而即覺得有美地滿足，並且也可以大體感觸到歌唱者所要表達的感情。則對於一首成功而難懂的詩，縱使完全不懂，或者完全懂錯了，爲什麼便不能加以欣賞，以得到無關心的滿足呢？詩與音樂本來是一體。分化之後，詩與音樂仍最爲接近。假定某一樂曲，是作者由某一具體事物所引起，也必是某一具體事物的意味，已經通過感情而化爲某種氣氛、情調；旋律所表達的乃是此種氣氛、情調。氣氛、情調，和引發它的某種具體事物的意味，有其關連；但此時已將某具體事物的膠固性、局限性、打破了，而只將作者所把握到的，蘊藏在某具體事物後面或內面，爲人們的眼睛所看不到的意味，融入於旋律之中，使聽者可以得到由某種具體事物的意味而來的氣氛、情調，但決不是某種具體事物的本身。從貝多芬的田園交響樂中所感覺到的乃是田園意味的氣氛、情調，而並非固定指向某一具體的田園；我稱這爲由個體而上昇的「普涵性」，由具象而上昇的「漂蕩性」。因爲由某一個體意味的把握，而可以涵攝許多個體的意味；由某一具象的膠固性、局限性的打破，並非是走向抽象，而是解體以後的具象，依然在若有若無，若近若遠，若實若幻的，在漂蕩著。這是很難用事物去指證，用概念去把握的。即使是意指某一具體事物的詩，假若所經過的是詩地創造過程，而表達得很成功，則它所表達出來的，必是某一具體事物的意味，這可以說是某具體事物的精髓；但這已經不膠固於某具體事物，而只向讀者呈現出普涵地漂蕩地氣氛、情調。當一個讀者沉浸在一首詩的普涵而漂蕩的氣氛、情調中的時候，站在讀者的立場說，他的鑒賞，已得到了無關心的滿足。至於引發創作的具體事物，至此已成爲不重要；而將欣賞所得的滿足，訴之於概念的分解，這就欣賞的本身而言，也已嫌其爲多事了。弗爾克爾特（J. Volkelt）以「氣氛是無方向的感情」（註一），似乎說得太過；但若說「氣氛是離開了具體事物，而具有普涵性格的感情」，大概是相當恰當的。錦瑟對讀者的魅力，只因爲它是道道地地的一首詩；是來自它由色澤、韻律、所給與於人的詩地氣氛情調；讀者能讀出這種氣氛情調，而引起悵惘不甘之情，則讀者之情，已與作者之情，間千載而相遇相感。假定起義山於九原，問他這一句到底指的什麼事，那一句到底談的是什麼情，恐怕義山也會惘然自失，期期未能出口，最後只好說「卿非解人，我眠且去」了。但錦瑟詩的生命，並不因此而受絲毫損失。過去對錦瑟詩作解釋的人，正犯了離開詩的本質去解詩的毛病。

不過，對於感覺有意味的事情，想訴之于理知，以求知道一個究竟，這也正是人情之常。理智與感情，性質不同，形態各異，功用互殊，不可相混；但並非如今日有些人一樣，以爲二者都是兩條死巷，必須互相排拒到底，而認爲絕對不可以相通的。感情可以誘發理智探索的動機，理智也可以當作感情眞僞淺深的考驗。二者既統一於一個人的生命之中，其發用固殊；但由彼到此，由此到彼，在人的生命中，常能得到自然的「換位」。只要有換位的自覺，則二者不僅互不相妨，而且也可以互相增強，互相補益。譬如看到哭得很悲的一位婦人，當下引起了同情心，這是感情的互通互感。接著便問這位婦人所以悲哭的原因，這是由感情所引起的理智的考查。考查的結果，知道她是因爲「貧賤夫妻百事哀」的丈夫剛剛死去了，乃至死得很慘，這便會更加强對她的同情；這是理智加强了感情。假定考查出她是因爲丈夫要求她打麻將只打到夜晚十二點鐘爲止，她不肯接受，因而吵了一架，所以她便在這裏大哭；同情心便會立刻減低，甚至發生反感；這是理智給感情以反省的幫助，以免受欺或浪費。理智對感情的這種幫助，就詩上面來說，乃是形式與內容是否相應的考驗。因此，對於一首詩的背景的了解，和藝術性的分析，只要了解這類的「外地研究」，不能代替「內地研究」（註二）；同時了解對作品的分析，雖然必須借助於既成的若干觀念；但既成的觀念，並不一定是金科玉律，隨時有迎接新創造的心理準備；更要了解這種分析的工作，對作品自身言，極其究，也只能做到幾分之幾的效果；而且只能對他人提供以誘導性的幫助，決不可自以爲是建中立極之談；則讀者對詩所作的理智活動，不僅不致妨碍了詩的本質；而且對創作與欣賞，多少可以提供若干意義。當前流行的「意識流」的小說，和「白日夢」的詩，從他們要把生命中的原始感情，不打折扣的表達出來的這一點來說，這也可以說是更迫近到小說、詩的本質。他們的問題是，只承認原始的感情（即潛意識、意識流）是出自人的生命；但道德理性與認識理性，爲什麼不是出自人的生命？而一定要把兩者貶斥於人性之外？藝術可以說是以感情爲主；但感情之與理性，爲什麼在一個人的生命中是冰炭不容，一定要很用力的把它們自然而不可少的交流、換位的作用，加以隔斷？並且爲了達到隔斷的目的，乃至求之於夢中，甚至乞憐於藥劑的注射，以求自己在精神恍惚中的創造呢？（註三）這完全違反了人的生命的自然發展，是出於末世紀感的心理變態的現象。

註　一：見日人園賴三著美之探索一五〇頁。

註　二：十九世紀末，歐洲流行有一種風氣，以爲對一個文學家的生平的考證和語言學的考證，乃是研究文學的科學方法。到了二十世紀二十年代左右，才了解二者只是一種歧途。所以莫爾頓（R. G. Moulton）在其現代地文學的研究一書中，特强調上面那種研究，是文學的「外地研究」，以別於就作品本身所作的「內地研究」。

註　三：大概是一九六一年，日本報紙上載有一位現代畫家，爲了表達現代畫的創作精神及過程，出現在電視上，先注射一種藥劑，使自己的精神，陷入於恍惚幻想的狀態中，揮筆如飛的創作。及藥性漸退，揮筆漸慢，隨意識之完全恢復而完全停止。這不是一個笑話，而是現代藝術精神的集中地表現。

三、詩的難懂原因之二——由其背景而來的難懂

詩雖然是感情的醞釀、昇華，在醞釀、昇華的過程中，漸擺脫了作者所遭遇的具體事物問題的膠固性、拘限性，而只成爲某種氣氛、情調；但在這種氣氛情調中，依然涵蘊有引起與創作有關的事物和問題在裏面。因此，要對某詩從理智上有確切的了解，勢須掌握到此一詩的背景。有如葡萄釀成酒後，酒雖然已經不是葡萄；但酒究竟是由葡萄昇華而來，所以研究酒的人，必須先知道它的原料。但酒的原料，容易知道：而一首詩的背景，却不容易知道。這便形成了詩的難懂的第二個重要原因。尤以中國的詩人，除極少數的田園詩人，隱逸詩人之外，常常是想從政治上找出路；這便使他們的交遊、經歷，常較西方的詩人更爲複雜。而在專制政體之下，應制、歌頌的詩，固然不能算是詩；但若眞正將內心所感的直說出來，或者會受到當時道德的制約；或者在政治上會隨時受到竄逐殺身之禍；於是在不能不說，而又不敢直說之中，表達得特爲婉曲、幽晦，如義山的許多無題詩；這固然是好詩，但其難懂的情形便更爲增加了。

關於義山的生活、背景，至張采田的玉谿生年譜會箋(以下簡稱張譜或張箋)，及岑仲勉的玉谿生年譜會箋平質出，這一方面的工作,在材料的搜集上,已經做得差不多了。但一方面因爲他們對材料的批判，有了成見；一方面對詩的解釋，好像找到了做酒的原料的葡萄，却忽視了酒已經不是葡萄，依然要在酒裏面去指證一顆一顆的葡萄。嘗見李兆元所作的漁洋山人秋柳詩箋，即採用此法。如謂「他日參差春燕影」，是用「建文中童謠『莫逐燕，燕自高飛，高入帝畿。』『他日』，指靖難時……。」漁洋若果每一句都橫有一個具體的故事在心裏，恐怕沒有方法作出詩來的。當然，許多詩可以這樣去解釋，但這決不是一首上品的詩；上品的詩，常常是把許多有關的事，融鑄於感情之中，使感情有一種概略的方向，但很少是由一條直線所指的方向。

四、詩的難懂原因之三——由其表現形式而來的難懂

詩的第三種難懂的原因，是關係到要適合於感情藝術化的文字表現形式。每一個人都有感情；每一個人感情的表達，在其深至懇切時，也可以說這已具有詩的本質；但畢竟不能說是詩。詩是要從文字上將感情加以藝術化的。這種藝術化，可略舉三點。一是韻律。感情的本身，即要求有韻律；作爲一切文學母體的歌謠舞蹈，在歌謠還不能表達內心的韻律時，便須憑藉舞蹈來表達；所以此時的歌謠舞蹈是不可分的。等到詩歌可以把內心的韻律，通過語言文字而表達出來時，詩歌便可以和舞蹈分開，作獨自的發展。因此，形成韻律的方式，是可以改變的；但詩必須具備韻律，沒有韻律即不算是詩，這是沒有什麽可爭論的。韻律是爲了符合於感情的要求，而不是出自理知的要求，便不是用理智容易加以把握的。二是叙事詩發展爲小說，抒情詩才是詩的本色。本色的抒情詩，其辭句總特別精約、

婉曲。三是因爲詩所表現的，乃是氣氛、情調；用司空表聖的話來說，乃是「味外味」；所以表現的技巧，常常要通過「感情的對象化」，以作象徵的、暗示的、比喻的表現。上述三者，都互相關連，從概念的立場看，都是不易懂的。

尤其是在我國，常以用典來達到上述二、三兩項的目的；而李義山更是以用典著名，這便增加了難懂的情形。由用典而來的難懂的情形，有的是可以避免，並且有的是沒有價值，而應當加以避免的。但也不應一概加以抹煞。爲了檢別起見，把用典的作用，略分爲下列四種。

一是爲了選詞。在典籍中選用合於詩的表現的詞句，以加强表現的效能。王漁洋自題丙申詩序中有謂「六經廿一史，其言有近於詩者，有遠於詩者，然皆詩之淵嶽也；節而取之十之七。稗官野乘，擇其尤雅者十之三。魋結謾諧之習，吾知免矣。」王氏所說的，即是在典籍中的選詞。這種選詞，與典籍內容本身，可以說毫無關係；甚至詞雖來自某典，但意義亦有轉移；這不能算是眞正地用典。王漁洋論詩絕句，「五字淸晨登隴首，羌無故實使人思……」，他是繼承鍾嶸、司空表聖、嚴滄浪這一系統而不主張用典的。但後來註釋家，每不通選詞之義，只註其詞之所自出，而不註詞在作品中的意義，便常陷於繁雜而反不得其解。

二是爲了搪塞。並無眞正創作的動機，並無眞正非吐不可的情感；只是爲了酬酢、應景，所以只好塡上一些典故，裝一個假門面；這是徒有詩的形式而毫無內容的騙人的詩；用典的流弊，都出在這一方面；而在流傳的詩裏面，這一類的詩却最多。即在大家、名家，這一類的詩，也只能表現出一點技巧，決不能表現出詩的眞生命。這只要把一首詩多讀一兩遍，形式的魔術，便立刻可以揭穿了；因此，我們可以相信藝術的形式與內容，有自然而然的一致性；有形式而無內容的僞藝術，遇着人認眞去鑒賞時，便可發現它的形式也站不住。不過，愈是大家、名家，這類的詩便愈少；所以愛用詩去奉人情的人，很難算是詩人。詩的生命是感情；感情的藝術性，是出自人格的高潔性。中國對一切藝術都要歸結到人格上面，這是無間於古今中外的究極之義。不過，自從楊文公（億）談苑上有「義山爲文，多簡閱書簡，左右鱗次，爲獺祭魚」幾句話以後，一般人便無意中聯想到義山的詩上面，以爲他詩中的典故，也只是作搪塞之用。義山有這類的詩，但是少而又少。他的樊南甲集乙集中的四六文，絕對多數是代他人作的，說的不是自己的話，他不「獺祭魚」，有何辦法？不過，若以爲他的詩也是來自獺祭魚，則典故和自己的感情，不能融合在一起，他的詩還能有一點感人的力量嗎？用典故而依然能把自己的感情注入到裏面去，必須在很自然的情形之下來運用；所以對典故必須平日儲備得非常熟，才能應情而出。若臨時生湊，則作者用力所在的是典故而不是自己想說的話，這如何能作成一首像樣的詩呢？所以李義山爲了作應酬的四六文而獺祭魚，這有助於他對典故的熟習，及影響其詩的表達方法；但他的詩決不可能是由獺祭魚出來的。

三是爲了比喻。以比喻達到精約、婉曲、暗示、含蓄、雅麗的目的，這是用典的正途。例如義山安定城樓詩，是試鴻博未中選，回到岳丈王茂元的涇原節度使署時所作的。他此時有兩種感情交織在一起，使他作出這首詩；一是他自己的抱負、前途，因鴻博落選而受到打擊；另一是他來到岳丈這裏，但翁婿之間，並不愉快；而不愉快的原因，和他生得不漂亮也有關係（解見後）。這兩種感情若直接說了出來，便很囉嗦、唐突、粗率、而沒有趣味。因爲正如弗爾克爾特們所說，「自身中的感情的本性，在美地態度中並不能加以保持；美地態度，要把感情加以變更，將感情的本性，轉向對象方面」（註一）。這在義山，便轉向兩個典故上面去。他用「賈生年少虛垂涕」以表達前一種感情；用「王粲春來更遠遊」，以王粲因貌寢而見輕於劉表的故事表達後一種的感情；這在形式上，便達到精約、含蓄、雅麗，而又不犯忌諱的目的了。其實，這種用典，和用自然景物來表達感情的技巧，完全是相同的。此即弗爾克爾特們所說的「感情的對象化」（註二）。從詩經一直到古詩十九首，及建安前後的作者，取材於自然景物的佔絕對多數。自然景物的意味，是完全靠著感情投射進去的；感情沒有達到某種深度時，便不會投進到自然景物中去；不似典故的自身即有其意味，作者反而可藉典故中的意味以代替自己的意味，所以用典故有時可以掩飾作者的本無情感或僞裝的情感。因此，作詩取材於自然景物，較之取材於典故，實在是更好的詩，這在杜甫李義山詩中，便可以淸楚看出來。但大概因爲下列三種原因，而變成用典故的一天多一天了。第一是漢代的賦，特爲流行，而且幾乎都是大賦。作者爲了誇才鬥富，便把凡是可以用得上的典故都用上了。這種風氣、手法，可能給作詩者以影響；尤其是發展到唐代的四六文，更完全是靠典故成篇的。第二是用自然景物表達感情，常常要靠自然與感情的兩相湊拍，較之用典故更不容易。第三是有許多現實上的關連，直說即易估禍；投射於景物，景物本身並無內容，故有時又嫌於敷泛。每一典故的本身，即有一種內容；用典故以作暗示，常有「隱而切」的好處

四是爲了作象徵。以典故作象徵，和以典故作比喻，其差別之不易領會，也和詩經上比和興的差別之不易領會一樣。通過感情的移入而使某一事物、情景，成爲自己感情的象徵（或稱爲心象、意象、情象；就詩而論，以稱爲「情象」最爲恰當）；某一事物、情景，即離開其具體明確的性質，上昇爲意味地、氣氛地、情調地存在；以與詩人所要表達的感情，於微茫蕩瀁中，成爲主客一體。此即弗爾克爾特們所說的「由氣氛象徵地感情移入」，而成爲「氣氛象徵」(註三)。用作比喻的典故，和被比喻的感情，兩方的「對值性」較爲明顯；而用作象徵的典故，其「對值性」反較爲朦朧。用作比喻的典故，是比較徵實的；因之，每缺乏普涵性；其形象也比較凝定；比喻者與被比喻者之間，距離也比較大。用作象徵的典故，常是化實爲虛，所以是比較空靈，因之多具有普涵性，其形象也比較漂蕩；象

徵者與被象徵者之間的距離也比較小，乃至沒有距離。其所以如此，因爲這一典故早進入並僭伏於作者的心裏面，在用到它時，正與詩經中的「興」一樣，不是出自意匠的經營，而是出自偶然的觸發，用典而不知其爲用典；於是典故的具體性，已被作者深厚的感情所融解了。這是最成功的用典。但註解家常不了解這種象徵的意義，而總是要站在比喻的觀點，一件一件的去徵實；註解中的各種穿鑿附會，皆由此而來。馮浩玉谿生詩詳註（以後簡稱馮註），對義山詩用力最深；每遇着這種地方，實在要穿鑿而不可得，便說「義山用古，每有旁射者」，或說「每有旁出者」；眞千載而一遇解人之不易。

註一：見美之探索一四五頁

註二：同上

註三：見美之探索一五〇頁

五、義山平生之一——生年問題

李商隱字義山。在舊唐書卷一九〇下文苑傳中及新唐書卷二〇三文藝傳中，皆有傳，但皆簡略疏舛。馮浩在玉谿生年譜（以後簡稱馮譜）中，由義山詩文集的鈎稽參互，以糾正新舊唐書之謬，厥功甚偉。張譜根據馮譜而再加以永樂大典中樊南補編的文二百三篇，復詳加補校。今將二譜略加比較，張譜除將義山生年較馮譜提早一年外，關於其一生重要的行跡，若以年號爲標準，可說十之八、九是相同的。例如依馮譜，則義山結婚年齡爲二十六歲；依張譜，則爲二十七歲；但其定爲開成三年（西紀八三八），則皆無二致。張譜對馮譜的補充、糾正，我覺得有的是對，有的則並不十分對。但因爲時間和資料的限制，不能作進一步的批評。下面僅就有關的爭論，提出我的意見；並把過去的若干誤解或忽視了的地方，提出來供大家的參考。

關於義山的生年問題，馮譜根據本集中開成二年上崔粲州書（崔從龜），及會昌四年改葬姊與姪女之祭文與驕兒詩，推定其生於憲宗元和八年癸巳（西紀八一三），卒於宣宗大中十二年戊寅（西紀八五八），得年四十六歲。張譜則除上述三文獻外，更增會昌三年仲姊誌狀，而推定爲生於元和七年壬辰（西紀八一二），至大中十二年義山之卒，爲四十七歲。按上述四文獻中，惟仲姊誌狀有「至會昌三年，商隱受選天官，正書秘閣，將謀龜兆，用釋永恨。會永元同謁，又出宰獲嘉；距仲姊之殂，已三十一年矣。神符宿志，卜有遠期；而罪釁貫盈，再丁艱故；且兼疾瘵，遂改日時。明年冬，以潞寇憑陵，擾我河內。懼羅焚發，載軫心肝；遂泣血告靈，攝緩襄事；卜以明年正月日爲我祖考之次滎陽之壇山。」等語，爲有確定年月可資推證。錢振倫樊南文集補編注，以「舊唐書紀澤潞之亂，在會昌三年四月；至四年八月而澤潞之亂平。此文既言會昌三年；至明年冬，劉稹（澤潞）已平，不當更云潞寇憑陵；因改會昌三年爲二年。並引曾祖妣誌狀中，『曾孫商隱，以會昌二年由進士第判入等授秘書省正字』爲證。由會昌二年，逆溯三十一年，仲姊當沒於元和七年」（以上引張譜所節引）。據祭仲姊文，他的仲姊死時，義山「初解扶床，猶能記面也」，大約是周歲左右；因之，錢氏便推定義山應生於其仲姊死的前一年，即元和六年（西紀八一一）；如此，則他死時爲四十八歲。張譜不贊成錢說，是出於對仲姊誌狀的文字解釋；我看完了他的解釋，覺得很難成立。於是我以爲義山的生年，或以錢氏的推定較爲合理。今人岑仲勉玉谿生年譜會箋平質謂錢氏改會昌三年爲二年，「實此狀最正確之解釋」。而斥張氏之反駁，爲「强詞奪理」；則岑氏亦應贊成錢氏之說。但岑氏以由會昌二年上溯三十一年，則裴氏姊應生於元和七年，與「後證斷斷不能相合」；遂認爲「狀文會昌三（二）年至『已三十一年矣』一段，係指會昌二年而暗遞到三年」；所以仍應由會昌三年上推三十一年，而不應由會昌二年上推。此一「暗遞」，實比張氏的反駁，更爲强詞奪理。他之所謂「後證」，係指義山上崔華州書中「愚生二十五年矣，凡爲進士者五年」的一段話。馮譜謂「崔從龜爲華州，紀在開成元年十二月；崔鄲爲宣州，在三年正月；書爲其時所上。而云愚生二十五年，今自元和八年至開成二年，數乃正符，此尤其較然者，故斷以是年（元和八年）爲生年」。岑氏採信馮譜之說；而馮譜之說，與仲姊誌狀之文有矛盾，所以岑氏乃不得不將仲姊誌狀中最明顯地文義，加以「暗遞」。矯誣另一顯證，以成就此一推證，而不採存疑的方法，此在採證的方法上，實陷於過分地偏執；此爲岑氏所有著作中的通病。又馮浩由義山詩中得出他早年有江鄉之遊，張譜因之；而岑氏極不以爲然。按明陳繼儒妮古錄卷二「衡山無漢碑。惟李義山三字在祝融峯；」則馮氏之說，豈非信而有徵？我的看法，若今人對自己年齡的心理，可以推用之於古人，則當年少氣盛時，常喜把自己的年齡少說一兩歲，以表示自己成就之早；則義山在上崔華州書中的年齡是虛數，而在仲姊誌狀中的年齡才是實數。紛紛之說，應以此爲定。不過，義山的生年，提前一年，或退後一年，對於義山詩的研究，並無本質上的關連；爲了行文簡便計，下文談到義山的生平時，也暫以張譜爲據。

六、義山平生之二——與當時黨局的問題

其次，是義山與當時牛（牛僧儒）李（李德裕）黨的關係問題。自從舊唐書文苑傳起，許多人認爲義山十七歲時，受知於令狐楚（牛黨）；二十六歲成進士，又得力於令狐楚的兒子令狐綯（子直）向高鍇（牛黨）的推薦。等到二十七歲，却和涇原節度使王茂元（李黨）的小女兒結了婚；所以終身不爲牛黨的令狐綯所諒，以致「坎壈終身」。這裏我只引張譜的一段話作此一說法的代表。張譜於大中二年義山三七歲條下說：「又義山一生，關係黨局。新舊兩傳，實發其隱。朱長孺以義山之就王鄭，比諸

擇木渙邱；謂其黨於贊皇（李德裕）。徐氏湛園，據哭楊虞卿蕭澣諸詩，及太學博士一除，則謂其黨於太牢（牛僧孺）。馮氏（浩）旣駁正徐說矣，又謂其無關黨局。此三說皆甚辨，而不知皆非也。義山少爲崔戎令狐楚所憐……乃遭遇適然，本非爲入黨局，此不足深辨。惟至登第釋褐，藉令狐爲之道地，則固不能不謂其與牛黨有關矣。故成婚涇原（王茂元鎮涇原），重官秘省，遂至大受黨人排笮。不然，婚宦亦人恆情，子直（令狐綯）何至惡其背恩，且責其放利偷合哉？然則令狐之怨義山，實始於是時；而義山之去牛就李，亦於是時而決。……」按義山婚後之次年爲開成四年，義山年二十八。是年以牛黨之杭州刺史李宗閔爲太子賓客，分司東都；而令狐綯仍在父喪中。義山則於是年釋褐爲秘書省校書郎，正九品上階。旋調補宏農尉，爲從九品上階。開成五年，義山二十九歲。是年四月以李德裕爲吏部尚書同中書門下平章事，尋兼門下侍郎。牛黨之門下侍郎同平章事楊嗣復，檢校吏部尚書，潭州刺史，充湖南都團練觀察使，旋貶潮州刺史。令狐綯此年服闋爲左補缺，史館修撰。王茂元則自涇原入爲朝官。義山是年移家關中，辭尉任，從調赴湖南楊嗣復之招，遊江鄉。此行張譜以爲必子直荐達之力；又以舍人彭城公河東公，亦當子直爲之介紹，皆可信。是年並有酬別令狐補缺詩。武宗會昌元年義山三十歲。是年李黨之李紳爲中書侍郎同平章事。三月，再貶楊嗣復爲湖州司馬。王茂元爲忠武軍節度陳許觀察使。義山因楊嗣復的貶謫，自江鄉還京。會昌二年，義山三十一歲。是年令狐綯爲戶部員外郎。義山居王茂元陳許幕，辟掌書記。又以書判拔萃授秘書省正字，正九品下階。旋居母喪。是年有贈子直花下詩。會昌三年，義山三十二歲。是年以忠武節度使王茂元爲河陽節度使。六月辛酉，李德裕爲司徒。是年王茂元卒，贈司徒。會昌四年，義山三十三歲。是年淮南節度使杜悰（牛黨）守尙書右僕射兼門下侍郎同平章事，仍判度支，充鹽鐵轉運等使。李德裕守太尉進封衛國公。十二月牛黨領袖牛僧儒貶循州長史。令狐綯爲右司郎中。義山返故鄉營葬。於楊弁平後，移家永樂縣。會昌五年，義山三十四歲。是年杜悰罷知政事，出爲劍南東川節度使。令狐綯出爲湖州刺史。義山春赴鄭州李舍人之招，歸居洛陽。十月服闋，入京。（張譜謂重官秘書省正字，不確，見後。）會昌六年，義山三十五歲。三月，武宗崩。丙子，李德裕檢校太尉同平章事江陵尹，荊南節度使。十月，以荊南節度使李德裕爲東都留守。義山子衮師生。是年牛黨白敏中入相。宣宗大中元年，義山三十六歲，二月以東都留守李德裕爲太子少保，分司東都。十二月，貶爲潮州司馬員外置，同正員。李黨之鄭亞出爲桂州刺史，御史中丞，桂管防禦觀察等使。義山弟羲叟登進士第，義山隨鄭亞赴桂管幕，辟奏掌書記。多奉使如南郡。十月編定樊南甲集。

義山二十七歲（開成三年）婚於王氏之年，牛黨之楊嗣復、李珏、並同平章事；而李黨之鄭覃、陳簡行、亦同爲宰相，與之相持。自開成四年起，李黨始盛，牛黨日衰；由此直到會昌六年，爲李黨全盛時期。及武宗死，宣宗即位，李黨始失勢，而牛黨再盛。令狐綯於開成五年始服闋爲左補缺，史館修撰，至會昌五年出爲湖州刺史，此爲其失意時期。至大中二年，義山三十七歲，令狐綯召拜考功郎中，尋知制誥，充翰林學士，而始得勢；至大中四年（義山三十九歲）而入相。

綜上簡述，可知義山婚後十年，乃李黨全盛之時，亦即義山自稱「十年京師窮且餓」（樊城甲集序）之時：若義山果因婚王而爲李黨，則其婦翁王茂元稍加推挽，豈令狐綯所能排擠？開成四年，其釋褐爲秘書省校書郎，旋外調宏農尉，由正九品上階降爲從九品下階，此時令狐綯正居父喪，斷不可謂其出自令狐氏之排擠。且次年，即開成五年，李德裕爲相，王茂元自涇原入爲朝官，義山移家關中，却由令狐綯推介與牛黨之楊嗣復，因而有江鄉之遊；則義山與李黨之無緣，豈非彰彰明甚？會昌元年，義山因楊嗣復貶潮州司馬而還京，是年王茂元爲忠武軍節度陳許觀察使；次年義山居王茂元之幕，不久，以書判拔萃授秘書省正字、正九品下階，其地位較其初釋褐時之秘書省校書郎爲低。義山文采傾動一時；且其後於大中五年，義山寧願放棄正六品上階之太學博士，而入柳仲郢東川之幕；則義山此時何以會放棄其婦翁之幕，以就地位較低之秘書省正字？我的推測，是由於翁婿之不相得（見後），所以短期入幕後，王茂元即設法將其調走。此次內調，是出自茂元之有意疏遠，而非善意的提携，是可斷言的。因此，下面兩首無題詩，張譜繫於此年，是對的；但應另作解釋。

無題二首

昨夜星辰昨夜風，畫樓西畔桂堂東。身無綵鳳雙飛翼，心有靈犀一點通。隔座送鈎春酒暖，分曹射覆蠟燈紅。嗟余聽鼓應官去，走馬蘭台類轉蓬。

聞道閶門蕚綠華，昔年相望抵天涯。豈知一夜秦樓客，偸看吳王苑內花。

趙臣瑗山滿樓唐詩七律箋註以「此義山在王茂元家竊窺其閨人而爲之」，馮註從趙說，固係厚誣義山；張箋駁之，是矣。然張氏以「此初官正字，歆羡內省之寓言」；又謂「蕚綠華以比衛公，閶門在揚州（按吳越春秋闔閭內傳，「閶門者以象天門」，正指吳縣城西北門，與此詩下之「吳苑」相應，不可曲解爲在揚州），從前我於衛公，可望而不可親，今何幸竟有機遇耶？觀此，則秘省一除，必李黨吸引無疑。」以一正九品下階的芝麻綠豆的官，而謂「何幸竟有機遇」？這未免把義山看得太幼稚了。且若如張氏之說，此乃義山得意時之詩，則兩首何以皆流露出惆悵之情？「嗟余」，「類轉蓬」之語，又作何解？我以爲此正義山在王茂元陳許幕，聞將被排擠以去時之作。第一首之一、二兩句，可能是暗指他的太太最先透漏給他的消息。第三句言彼無法直陳衷曲於其婦翁之前。第四句是指他與他太太的愛情始終不移。第五第六兩句言其他幕僚得王茂元信任之生活情趣。或係指茂元其他子婿而言；茂元共有子婿六人。結二句的意思更明顯說出「只有自己被疏隔而去；其拔萃蘭臺，實類轉蓬而已」。第二首更明顯。蕚綠華，乃義山之自況。第二句言其赴涇原之求婚，就婚。第三第四兩句，一意貫下，言「那裏知道當到了女婿（秦樓客）以後，却得不到岳丈大人的一點看待，有如一個人只能偷看一點吳王苑內之花而已」。涇原之幕，未經辟奏，那是「偷看」；此次一來即被逼走，依然是「偷看」。其與李黨無關，豈不更明顯？

張譜爲了要證明義山是李黨的說法，於是在義山喪母及其母喪服闋以後的一段落寞生活中，特於會昌五年（義山三十四歲），憑空加入「十月服闋入京，重官祕書省正字」一事。蓋不如此，則無以解於何以此時李黨正盛，而義山却毫無着落的問題。按會昌四年，義山於揚弁平後，移家永樂縣居住，並時時往來京師。他有大鹵平後，移家到永樂縣居書懷十韻寄劉韋二前輩；二公嘗於此縣寄居詩，中有云「依然五柳在，況復百花殘。」是其到永樂時當爲春末夏初。又「昔去驚投筆，今來分掛冠」，是其此時毫無進取的希望。有和馬郎中移白菊見示詩，是此年秋天的。又喜聞太原同院崔侍御臺拜兼寄在臺三二同年之什末二句「若問南臺舊鶯友，爲傳垂翅度春風」，這已經是移家永樂的第二年春天，所以言「度春風」；由此可知會昌五年春，義山尚居永樂。此年寄令狐郎中詩有句謂「休問梁園舊賓客，茂陵秋雨病相如。」，則是五年秋仍在永樂。又有永樂縣所居一草一木，無非自栽，今春悉已芳茂，因書即事一章詩，其中所叙之木，有柳、桃、枳、桐等；以手栽草木而能芳茂的情形推之，最早亦當在會昌六年始有可能。而在春日寄懷詩中的首兩句是「世間榮落重逡巡，我獨邱園坐四春」，馮註謂「當至會昌六年矣」；按義山於會昌四年春末夏初移家永樂，至會昌六年，才有三年。必至會昌六年之次年，即大中元年春，才可以說得上是「坐四春」。此詩的尾句是「欲逐風波千萬里，未知何路到龍津」，可知他此時的苦悶。是年春後，義山隨鄭亞赴桂管幕，辟奏掌書記，始將此段之「邱園」生活，告一段落。所以不論如何，也加不進會昌五年重官祕書省正字一職。樊南甲集序，作於大中元年入鄭亞桂南幕後之十月十二日。內有云，「後又兩爲祕省房中官」，此乃一指開成四年之試判釋褐，一指會昌二年之以書判拔萃。若會昌五年又曾入祕省，則當爲「三爲」，而不能稱「兩爲」，此乃鐵案如山之事。但張譜却以補編會昌六年多，上李舍人第七狀中有「某覊官書閣，業貧京師」爲根據；殊不知此二語乃總述年來行跡；上一語指會昌二年之書判拔萃，授祕書省正字而言。下一語則指居永樂後常往來京師而言。義山於大中元年入鄭亞幕後，曾於是年多如南郡，故補編中有爲榮陽公（鄭亞）上荊南鄭相公（肅）第三狀。補編中另有上宣州裴尙書啓云「李處士藝術深博，議論縱橫；敢曰賢於仲尼，且慮失之子羽。云於江沔，要有淹留；便假節巡，托之好幣。十一月初離此訖……」，此李處士當然係指義山而言；而「且慮失之子羽」一語，亦非義山莫屬（見後）。詳玩此啓之語意，非僅係尋常的介狀，有欲爲義山作先容，預留他日地步之意，故稱義山爲「處士」。「云於江沔，要有淹留」，是指義山先到荊南而言。「便假節巡，托之好幣」，是指義山由荊南轉赴宣歙而言。「十一月初離此訖」，乃指十月到江沔（荊南）；由江沔轉赴宣歙，起程之期，限定爲十一月初而言。乃張譜必强謂此李處士另爲一人，可謂牽附已極。尤其可笑的是，義山兩入秘閣，他自稱這種差事是「顦悴」（偶成轉韻七十二句贈四同舍詩「我時顦悴在書閣」），是「畫餅」（詠懷寄秘閣舊僚二十六韻詩「官銜同畫餅」），而張譜却硬說這是淸要之職，以圖證明李黨對義山的重視。張氏主觀這樣的强，如何能講考證？大抵張譜之最大缺點，一爲先抱定義山一生之不幸，係由先黨牛，後黨李之政治關係而來的成見；因此把義山許多詩文，均作有成見的傅會。二爲欲證成義山黨李之說，乃於會昌五年憑空造出義山重入秘省一案。三爲於義山四十五歲（大中十年）時，張氏誤信東觀奏記「商隱以鹽鐵推官死」之語，謂「義山隨仲郢還朝，尋仲郢奏充鹽鐵推官」，因而在其四十六歲時（大中十一年）添「義山遊江東」一段公案，更將江東、兩隋宮、詠史、兩南朝、齊宮等詩，編入此年以實之；實爲不類。義山廢罷還鄭州而卒，並非「以鹽鐵推官死」，張譜亦已承認；是東觀奏記之語，原不足爲據。按義山在東川有上河東公（柳仲郢）啓二首，其中有云「近者財俸有餘，津梁是念。適依勝絕，微復經營。伏以妙法蓮花經者，諸經中王，……特捌石壁五間，金字勒上件經七卷」；這幾句話裏，一可以證明他因柳仲郢待之甚厚，生計已無問題。一可以證明他在晚年皈依佛教之誠，更無進取之意。宋贊寧高僧傳悟達國師知玄傳中謂「義山以弟子禮事玄，時居永崇里，玄居興普寺。義山苦眼疾……」張譜謂「永崇里在西京；乃東川歸後事」；是義山自東川歸後，至其死時，中間僅有一年；一年之間，曾留滯長安，再返鄭州而卒；更有何興趣，作江東之遊呢？

七、義山平生之三——與令狐綯的關係

馮浩以義山一生，「無關黨局」，這是他的卓見。但他於年譜開成三年條下，即義山婚於王氏之年下，加按語謂：「義山以娶王氏見薄於令狐，坐致坎壈終身，是爲事蹟之最要者。時令狐楚卒未久，得第方資綯力，而遽依其分門別戶之人；此詭薄無行之譏，萬難解免，而綯惡其背恩者也。」又謂義山的「宏詞不中選，已因娶王氏而爲人所斥」；而義山的名字，由吏部送到中書省時，被中書長者將其名字抹去，此長者馮氏認爲「必令狐綯輩相厚之人」。馮氏這一說法，依然本之舊唐書，幾乎成爲留心義山詩的人的共同說法。不過，若進一步探索，則義山在令狐八拾遺綯見招送裴十四歸華州詩的收尾兩句「嗟余久抱臨邛渴，便欲因君問釣磯」的詩中，已露出迫切求偶之意。並沒有資料可以證明令狐綯對義山的婚事，曾爲他作過安排；則在人情上，爲什麼因私恩而恨到義山的婚姻大事？馮氏既已承認義山一生，無關黨局，而令狐氏竟以私恩忌及義山的婚事，尤屬不情。況且令狐楚於

開成二年十一月卒於興元，義山承令狐楚遺命，爲他撰墓誌文，其撰彭陽公誌文畢有感詩裏面有「百生終莫報，九死諒難追」的話，而此誌文當成篇於開成三年之春，即義山與王氏成婚的前後。是年六月有奠相國令狐公文，其中有謂「愚調京下，公病梁山。絕崖飛梁，山行一千。草奏天子，鐫辭墓門。臨絕丁寧，託爾而存」；其追述令狐楚臨死前對他的信任，可謂痛切懇至；義山作此祭文時，計已婚後數月。這中間能推出因義山婚於王氏而他與令狐家有什麼嫌怨的形跡嗎？令狐楚在開成二年十一月卒於興元。義山登進士第，當在是年之三月。義山赴涇原王茂元幕，婚於王氏，及試宏博不中，皆當在開成三年之春。此時令狐綯居喪才數月，不能問外事。而義山對故主之悼念正深，令狐綯承先君對義山的遺愛，言猶在耳，爲什麼會於此時促使其黨抹去義山的名字？唐代科名，極關荐導。漫成三首，馮氏認爲是開成三年初婚王氏而應鴻博時作，這正是他很得意的時候。其第三首「此時誰最賞，沈范兩尚書。」，這是指周李兩學士向中書省的推舉而言。周爲周墀，可稱之爲牛黨；李爲李回（從張譜），可稱之爲李黨。兩學士共推義山，正可證其爲無關黨局。漫成三首，正是義山名字，尚未被中書長者抹去之時。但把第一首的「不妨何范盡詩家」，及第二首的「沈約憐何遜，延年毀謝莊。清新俱有得，名譽底相傷」，合在一起看，可知當時已發生與同試者互競互擠，而他希望能互相諒解的情形。但他並未因此而感到悲觀，這從第三首的得意情形可以證明。因在應試時互爭互擠，這是很尋常的事情；其決定乃在於誰能得到中書省的有力援助。此時令狐綯正在家居喪，義山成進士之座主高鍇亦已外出。而義山初婚於王氏，能爲義山出力的只有其婦翁王茂元。其婦翁不爲他出力，怎能期待他人？但事實證明，與他互競的人有了奧援，而他却沒有；這沒有，只關係於王氏，而決非關係於令狐氏。

又義山與陶進士書（文集卷八）中有云，「時獨令狐補闕（綯）最相厚，歲歲爲寫出舊文納貢院。既得引試，會故人（綯之故人）夏口（高鍇）主舉人時，素重令狐賢明。一日見之於朝，揖曰，八郎之友誰最善？綯直進曰，李商隱者。三道而退，亦不爲荐托之辭，故夏口與及第。然此時實於文章懈退，不復細意經營述作，乃命合爲夏口門人之一數耳」。按高鍇主試事，常取決於荐舉者之勢力，素不重視與試者的文章。義山上述數語，乃點明彼之得成進士，全得力於令狐之推荐，而不關係於自己之文章。其所不滿者乃在其座主之高鍇，決不在令狐氏。並與上文所述當時無人能知其文的情形相呼應。乃馮注謂「味此數句，其感令狐者淺矣。時必已漸乖也。」更由此而轉作抹去義山名字的中書長者，「必令狐綯輩相厚之人」的證據，此全由成見在心，故對極顯明的字句，亦錯解其意義。張譜及許多人，皆踵誤承訛而不爲之考實，這實太寃枉了子直和義山了。按全唐文七百七十四，有義山剛成進士時上令狐楚相公狀中謂「自卵而翼，皆出於生成。碎首糜軀，莫知其報效。」這能說是「其感令狐者淺矣」的話嗎？

義山婚後，與令狐氏的交誼猶密。張譜亦認爲「舍人彭城公河東公，皆子直爲之介紹。九月湖南（應楊復嗣招）之行，亦必子直荐達之力」。這時牛黨已開始失勢，令狐綯只有這點力量。大中後，李黨失勢，牛黨再張，令狐綯由吳興入內署，對義山未曾積極援引、重視，則係事實。此可能與大中元年義山隨鄭亞赴桂管幕有關；蓋鄭亞係李黨、李黨此時之敗象已成；在令狐心目中，或以義山之赴桂管幕，過於躁急而不能知機。但亦或因義山曾露骨指斥宦官，譏諷朝政之政治態度，不合時宜。尤以後者的可能性爲大（見後）。鄭亞於大中二年貶循州刺史，義山歸自南郡，冬初還京，選爲盩厔尉（馮譜屬之三年。此暫從張譜。然樊南乙集叙謂「二月府貶，選爲盩厔尉」，則定爲二年之二月，爲時太促，故似以屬之三年爲宜。而張譜以義山在南郡時，曾攝守昭平郡事，蓋欲以此實義山之爲李黨所重，尤屬憑空揑造）；三年，京兆尹留假參軍事，奏署椽曹，令典章奏，此時當未得令狐綯之助。十月，盧宏正（牛黨）鎭徐州，奏爲判官，得侍御史，這便可能得力於令狐的推介。大中四年，令狐入相。大中五年，盧宏正卒於鎭，「義山府罷入朝，得令狐綯之力，補太學博士（正六品二階）。義山妻王氏卒。會河南尹柳仲郢鎭東蜀，辟爲節度書記，十月得見，改判上軍，旋檢校工部郎中（從五品上階）」（以上張譜。馮譜將盧宏正卒，義山入朝，至隨柳仲郢入蜀，皆繫之大中六年）。不過馮譜、張譜，皆承舊唐書「令狐綯作相，商隱屢啓陳情，綯不之省」；及「復以文章干綯」等說法；但這類說法，在義山詩文中，並找不出證據。以義山與令狐綯的關係，他當然會找令狐綯的。但在詩集中標明與令狐氏投贈，或可認爲是與令狐家有關係的詩，大約共有十一首。在這些詩中，雖然對令狐氏有些怨望；但出語皆有分際，未嘗失掉自己的身分；而且總還流露着彼此間的友誼。如寄令狐學士詩的「鈞天雖許人間聽，閶闔門多夢自迷」；及最後幾首的令狐舍人說昨夜西掖玩月因戲贈詩的「幾時緜竹頌，擬荐子虛名」；子直晋昌李花詩的「樽前見飄蕩，愁極客襟分」；宿晋昌亭聞驚禽詩的「失羣掛木知何限，遠隔天涯共此心」；晋昌晚歸馬上贈詩的「人豈無端別，猿因有意哀；征南予更遠，吟斷望鄉臺」，這是義山赴柳仲郢東川幕府前所作。從這些詩看，都可爲我上面的說法作證。但後人中了舊唐書的毒，都抱着成見去解釋這些詩，再傅會上若干首無題詩，一若義山對於令狐氏，哀懇到沒有一點骨氣的地步，這是對義山詩及其爲人的最大的誤解。義山與令狐氏幾十年的關係，若有話和他說，用不上用無題詩的方式。義山許多無題詩，與其寫在令狐名下，不如寫在王家名下。因義山的政治態度，令狐氏不敢深加吸引，那是可信的。但若盧弘正的徐幕，係令狐氏所推介，則盧氏死後，義山入朝，令狐氏自然要爲他安排一個位置，用不上「復以文章干綯」，才補太學博士。義山文章，還等待此時向令狐綯賣弄（干）嗎？太學博士，對義山而言，不可謂非優缺。但係經筵講席，與當時朝政無關，而不久即又推介他入柳仲郢幕，此在令狐氏皆有其苦心。既未可輕以此責令狐氏之無情，更不可以此疑義山之無操。

八、義山平生之四——婚於王氏的隱痛

我在這次座談的準備中，首先發現義山一生的隱痛，不在於他與令狐家的關係，而是在於他和婦翁王茂元的關係。他和令狐綯的關係，自大中前後起，誠然不太密切，而使他常感到有些悵惘；但這些悵惘，他都可以在詩裏用比較明顯地意思表達出來。從義山詩集看，他和令狐家，一直維持着友誼。但他和王茂元的關係，則只能用「隱痛」兩字加以形容。所謂隱痛，是痛切於心，却不能形之於口；這才是他的詩集中絕大多數的「無題」詩的來源；也是他坎壈終生的眞正原因之所在。一個人，不能見諒於自已有權有勢有錢的岳丈；並如後所述，對他各種不利的流言，都是由他的岳丈家裏放出來的，這便不僅使其一生坎壈，而且令其千古含寃了。

據樊南文集卷六，會昌元年祭張書記文，王氏有六個女婿，而義山居季。這六位女婿中的文采，當然以義山爲第一。但首先使我注意的是，在義山詩集中，有四首崇讓宅（王茂元在洛陽宅）的詩，從婚後不久的開成五年崇讓宅東亭醉後沔然有作的「搖落眞何遽？交親或未忘」（依朱本），「驊騮

憂老大，鶗鴃妬芬芳」的詩起，到最後歸自東川（據馮註）的正月崇讓宅的詩止，其中不僅沒有一句歡娛的話；而且每一首中，皆可感到其含有難言之恨；而這種難言之恨，若與義山所作的令狐氏晋昌宅的詩相比較，則崇讓宅之對於義山，實更爲黯淡；這到底爲了什麼呢？如臨發崇讓宅紫微詩，馮譜繫之於開成五年。是年義山有江鄉之遊，則所謂「臨發」者，蓋經洛陽轉赴江鄉時之臨發。是年王茂元自涇原入爲朝官，而義山不得不遠遊異地，此中委曲，當不難想見。詩題的紫微是比喻他的太太的。全詩是：

一樹濃姿獨看來。秋庭暮雨類輕埃。不先搖落因爲有 馮註意謂應爲有我來看，故不先搖落耳。 已欲別離休更開。桃綬含情依露井 按此句喻他人因得所托而特別得意。 柳綿相憶隔章臺 按柳綿乃義山自喻其漂泊。 天涯地角同榮謝，豈要移根上苑栽。

紀曉嵐已知「其詞怨以怒」，那是對的。但他謂「此必茂元亡後而不協於茂元諸子而去也」，則把時間完全弄錯了。茂元死後的崇讓宅詩爲自東川歸後的正月崇讓宅詩。一般註釋家皆以此詩爲係悼亡之作，其中當然有這種意思。但「先知風起月含暈」及「蝙拂簾旌終展轉，鼠翻窗網小驚猜」，在這種氣氛中所隱含的意味，未必僅止於是悼亡吧。全詩是：

密鎖重關掩綠苔，廊深閣迥此徘徊。先知風起月含暈，尚自露寒花未開。蝙拂簾旌終展轉，鼠翻窗網小驚猜。背燈獨共餘香語，不覺猶歌起夜來。

義山在求婚過程中，已遇着相當的波折，所以有「先知風起月含暈」之句。而義山婚後，王茂元即疑其在令狐氏方面講了他的壞話(見後)，便開始對他疑忌疏隔；因此，前引「搖落眞何遽，交親或未忘」，乃指他與王茂元的這種微妙關係而言的。因爲義山婚於王氏時，他與令狐家的私誼正濃，容易引起這種誤解。蝙被傳是向鳥與獸兩邊討好的動物；這是王茂元加在義山身上的罪名。鼠所以象徵小人，這是義山用以指當時向王茂元進讒言的「鼠輩」。亦即是前引「鶗鴂妬芬芳」的鶗鴂。義山自東川還鄭經洛，他的一生，實已快到收束之時，此時重到與他一生休戚所關的崇讓宅，感懷往事，覺得自己的岳丈過去所懷疑於他，以爲他是向兩邊討好的蝙蝠，他終始覺得無負初心，未曾給茂元以絲毫損害。所以他便用上「終展轉」的「終」字。這種對王家事後明心的文字，義山不止見於一處。因而想到當時進讒言的人，却惡意引起這種「小驚猜」之可恨。他用一個「小」字，乃是他自負心的流露。這兩句詩眞是够深婉痛切了。全唐文拾遺卷三十，收有義山賦三怪物一文，把他所接觸的人物，分爲三種妖怪類型；其中第二種妖怪類型是「……能使親爲疏，同爲殊。使父膾其子，妻羹其夫……得人一惡，乃劇乃刻……得人一善，掃掠蓋蔽……」，可能也指的是王府上的這種鼠輩。還有九日的一首詩是：

曾共山翁把酒時，霜天白菊繞階墀。十年泉下無消息，九日樽前有所思。不學漢臣栽苜蓿，空教楚客詠江蘺。郎君官貴施行馬，東閤無因得再窺。

北夢瑣言謂「令狐楚沒，子綯繼有韋平之拜，疎義山，未嘗展分。重陽日義山詣宅，於廳事留題云云，綯睹之慚悵，乃扃閉此廳，終身不處。」唐摭言及唐詩記事，皆略承上說。馮註既引苕溪漁隱，及程（午橋）箋、徐（樹穀）箋，以駁北夢瑣言等的「妄撰一宗公案」，這是對的。但他却謂此詩係大中二年，義山三十七歲，由南郡還京（大中元年，義山隨鄭亞赴南郡；二年鄭亞貶循州刺史，義山還京）的途次所作。「第六句兼志客程也。蓋大中二年，綯已充內相，故異鄉把盞，遠有所思。恐其官已漸貴，我還京師，未得窺舊時之東閣，況敢望其援手哉」。按第五句的「不學」兩字，分明是對東閣主人的譴責；第六句的「空教」兩字，分明是說他自己曾受了此主人之害；而第八句的「無因得再窺」，乃述已然的事實，決非如馮註所說「疑揣」之辭的。全首一氣貫下，辭意明白；馮註的迂曲，當可不辨自明。且史記大苑傳「焉耆苜蓿，漢使取其實來」種以飼馬，故義山茂陵詩謂「苜蓿榴花遍近郊」。令狐綯此時拜考功郎中，尋知制誥，充翰林學士，義山如何會以「不爲漢廷栽苜蓿」責之？又如何會以「空教楚客詠江籬」加之？且既言「東閣無因得再窺」，何以此後還一直與令狐綯的交往不絕？這都是說不通的。照我的了解，這首詩可以說是義山與王家絕交的詩；「山翁」是指王茂元；「郎君」是指茂元的兒子王瓘們的。茂元死於會昌三年，至大中六年爲十年；義山之妻，已死於大中五年；此詩乃義山隨柳仲郢赴東川前往王瓘家辭行，大概王瓘們以義山此時全依令狐氏，而其妹又已死，拒不與通，故有此決絕之辭。乙集序「七月河東公奏爲記室，十月改判上軍」；馮譜「仲郢由河南尹遷轉，商隱當先至東部謁謝」；則在七月與十月中間的九月九日，曾赴王瓘之宅，實屬合理的推測。依馮譜，義山隨柳仲郢赴東川爲大中六年，而張譜認爲係大中五年悼亡之後；關於這一點，似以張譜爲可信。大中五年，上距王茂元之死爲九年，此詩中之「十年」，乃舉成數而言。王茂元「本實將家」（文集卷一，代僕射漢陽公遺表中語），王瓘無文可見；而於其父茂元死時，官爲侍御；其後當亦屬武職，毫無建樹，故第五句以「不學漢臣栽苜蓿」薄之鄙之。開成五年，義山二十九歲，王茂元是年入爲朝官，而義山乃隨牛黨之楊嗣復，南遊江鄉，此必因王瓘等之讒言而不爲茂元所容，故有「空教楚客詠江蘺」的第六句，以屈原自況。按全唐文七百八十二，義山祭外舅贈司徒公文中謂「晉覇可托，齊大寧畏（此二句言其與王氏聯婚）。持匡衡乙科之選，雜梁竦徒勞之地」。漢書卷八十一匡衡傳『衡射策甲科，以不應令，除爲太常掌故』。師古注「……今不應令，是不中甲科之令」，故實爲乙科。義山雖開成二年進士及第，然鴻博未能中選，故以匡衡之乙科自況。後漢書卷三十四梁竦傳：「竦字叔敬……後坐兄松事，與弟恭俱徙九眞。徂南土，歷江湖，濟沅湘，感悼子胥屈原，以非辜沈身，乃作悼騷賦，繫玄石而沉之」。義山乃以此自況隨楊嗣復爲江鄉之遊。江鄉之遊，在茂元入爲朝官之日，且在祭文中特爲提出，其係出於受王瓘等之讒言而使然，乃決無可疑者。

乃於義山辭行赴東川之日，復拒不與通，故有「郎君官貴施行馬」的第七句，及「東閤無因得再窺」的第八句。這首詩豈不完全解釋順暢了嗎？

又義山的房中曲，諸家皆以爲悼亡之作，當成定論。惟此詩末四句謂「今日澗底松，明日山頭櫱。愁到天地翻，相見不相識」，諸家皆無確解。朱竹垞批謂「左思詩鬱鬱澗底松，言情至此，奇閟」。朱氏似援左詩以作解。按左思詠史詩「鬱鬱澗底松，離離山上苗。以彼（苗）徑寸莖，蔭此百尺條。世冑在高位，英俊沈下僚。」若房中曲係用左詩之義，則姑不論「世冑」爲指王家，或指令狐綯，何以在悼亡中突然牽到他們身上去了呢？又和下面「愁到天地翻，相見不相識」，有何意義上的關連呢？查櫱是黃木，其味苦。唐人即常以櫱作人生辛苦的象徵。如白居易詩「食櫱不易食梅難」；施肩吾下第春遊詩「覊情含櫱復含辛」等是。義山房中曲末四句，蓋因悼亡而總述其一生由婚姻而來的悲痛。「今日」、「明日」，乃以時間表示情景變換之速；今日爲澗底之松，明日即成爲山頭之櫱。意謂當彼遠婚王氏時，雖尙未釋褐，然彼固以澗底松自許，王家亦未常不以澗底松視之。但婚後因王茂元之信讒，而被疏遠，致使一生，顚連困苦，是明日而成爲山頭之櫱。由此而來之誤解與憂愁，直至茂元已死，其妻已死，猶不能爲王家所諒，所以說「愁到天地翻，相見不相識」。諸注釋家因皆未曾明瞭義山與王家的關係，所以對於此類平實的詩句，都注釋得莫名其妙。

除了就有關各詩的內容，略加分析外，其次引起我注意的是重祭外舅司徒公文（王茂元）中的內容，若與他奠相國令狐（楚）公文作一對照，便可發現義山在兩祭文中，呈現出完全兩種不同的心境。在祭令狐楚文中所呈現出的，完全是由知已之感而來的無限哀思；除了哀思以外，在令狐楚的靈前，沒有感到自己有一點委屈。如「人譽公憐，人譖公罵。公高如天，愚卑如地」等是。在重祭外舅司徒公文中所呈現出的，却在哀思中含有無限的煩寃，在哀思中流露出自己許多委曲，而必須一吐於自己外舅（岳丈）之前，這是尋常祭文中所少見之例。茂元死於會昌三年九月；義山在第一次祭了茂元以後之所以「重祭」（大約在會昌四年），是因第一次祭文「意有所未盡，痛有所難忘」。他之所謂「意」，「痛」，到底指的是什麼？玆略引原文分析如下：

祭文開始的一段，是說人死了以後「漠然其識」，所以「雖有憂喜悲歡，而亦勿用於其間矣」；不過「四時見代，尙動於情；豈百生莫追（死），遂可無恨？」這是說他對外舅（岳丈）之死，還是心裏覺得難過。但是，這不僅與祭令狐文中的「古有從死，今無奈何」的哀思，相去甚遠；而「遂可無恨？」的口氣，似乎並不能構成重祭的動機。第一次的祭外舅贈司徒公文，長約一千七百字，却費了一千四百字左右去舖排王茂元的先世與茂元的勛業，其所說的悼念的話，僅寥寥數語；更看不出有重祭的動機。重祭文又說：

「以公之平生恩知，曩昔顧盼；屬纊之夕，不得聞啓手之言。祖庭之時，不得在執紼之列。終哀且痛，其可道耶？」

據張譜，會昌二年，義山已居母喪；茂元係卒於會昌三年九月之河陽；計此時，義山正居喪家中，尚未遷居永樂，赴弔河陽甚易；而卒未前往赴弔，據第一次祭文，係因病後的「謝長度之虛羸，升車未可；沈休文之瘦瘠，執轡猶妨」。與重祭文上面的一段話相對照，則因病後不能親去的話，可能係托詞。此與由梁山奔赴興元，「山行一千」，以承令狐楚遺命的情形，可作一強烈地對照。則所謂「終哀且痛」者，殆指此而言。

「及移秩農卿（指茂元之爲朝官），分憂舊許；覊牽少暇，陪奉多違（此暗示茂元之在朝在外，皆未得其引荐）。……紵衣縞帶，雅況或比於僑吳；荆釵布裙，高義每符於梁孟（此暗示從未得其周濟）。今則已矣，安可贖乎？」

末尾一段是：

「愚方遁跡邱園（遷居永樂），游心墳素。前耕後餉，幷食易衣。不忮不求，道誠有在。自媒自衒，病或未能。雖呂範以久貧，幸冶長之無罪。」

上面這段自己宣揚、解釋自己志節的文章，非尋常祭文中所應有。但從全文看，此段乃係其主題之所在；其用意蓋欲藉此以告訴過去在王茂元面前說他的壞話的人，對他乃是莫大的委曲。故在此祭文中，特說明自身的淸白，藉解內心的煩寃，說明他並未向旁人（大約是令狐家）「自媒自衒」。其意不在說給死了的人聽，而是在說給活著的人聽的。

然則王茂元到底爲什麽嫌恨義山呢，在第一次祭外舅司徒公文中可以得到兩點明確的解釋，一是王茂元認爲他是「傾險」。另一是認爲義山的樣子生得不漂亮。

「京西當日，輦下當時；中堂評賦，後樹言詩。品流曲借，富貴虛期。誠非國寶之傾險，終無衛玠之風姿。」

義山的文釆傾動一時，其爲王茂元所欣賞，那是不待說的。所以涇原以後，茂元的重要文字，多出於義山之手。上面一段文章中詩賦流連的話，以及前引九日詩中的「與山翁把酒」，那是當然有的情景。但爲什麽在祭文中突然寫出後面兩句呢？按晋書卷七十五王國寶傳：「國寶，少無士操，不修廉隅。婦父謝安，惡其傾側，每抑而不用。除尙書郎，國寶以中興膏腴之族，惟作吏部，不爲餘曹郎，甚怨望，固辭不拜。從妹爲會稽王道子妃，由是與道子遊處，遂間毁安焉。」

祭文中「誠無國寶之傾險」，是對王茂元之靈而說的；則王茂元生時，必以義山爲傾險而加以疏遠，以致使義山在精神上有苦難言，所以忍不住在祭文中加以申訴。這和他在祭令狐楚文中所說的「

人譖公罵」的情形，又恰成一強烈地對照。其致此之由，可能出自王茂元的兒子、女婿、幕僚們的妒嫉，便將義山與令狐家的關係，加以媒孽；認為義山在令狐家之前，出賣了王家，有如王國寶在會稽王道子之前，毀謗他的岳父謝安一樣。因為義山成婚的前後兩年，他與令狐家的情誼，發展到高峯。再加以如後所述，義山對於當時政治，是採取嚴厲地批評態度。王茂元是受過宦官敲詐，死裏逃生的人；對於義山這位帶有危險性的東床，也不能不心存戒懼，因而加以嫌惡，至使他在岳丈的靈前，不能不說出「誠非國寶之傾險」這種悲憤的話。義山以後的坎壈，眞是與他的婚事有關。但打擊他的，並非如一般人所說的，出自令狐綯。而是出自他的岳丈；這眞為義山始料所不到。

「終無衛玠的風姿」，這是說他自己不漂亮，到是不可掩飾的事實。宋人寫義山無題詩，卷首列玉溪像，明包山刻之硯；張譜前面，載有孫德謙的摹寫，正如孫氏自己的詩所說的「河陽書記信翩翩」；即是，自宋以來，許多人所想像的義山，都以為他是漂亮的人物；誰知事實恰與此相反。並且不漂亮的結果，也影響到王茂元對他的觀感；否則他不會在祭文中發洩出來。他的不漂亮，除了前面引用過的「或恐失之子羽」一句，可與此處互證之外；在詠懷寄秘閣舊僚二十六韻詩中，有「官銜同畫餅，面貌乏凝脂」的話，可作確證。而他在安定城樓詩中，以王粲自比（王粲春來更遠遊）；他用王粲的典故，乃在王粲貌寢，不為劉表所重的這一點上；所以他在為舉人上翰林蕭侍郎啓中，特說到

「陋若左思，醜同王粲」。而他在驕兒詩中說「袞師我驕兒，美秀乃無匹；前朝尙器貌，流品方第一……」，這些話的意思，是說自己因不漂亮而吃了大虧；現在自己的兒子生得漂亮，或者可以出一口氣。

因爲上述兩種情形，義山的婚姻，一開始便很不順利；而成功以後，義山自己即感到了這一重大陰影的壓力。

唐摭言謂：「進士宴曲江日，公卿家傾城縱觀，中東床之選者，十八九」。義山與韓瞻，同登開成二年進士第，當亦同晏曲江，同膺王家東床之選；所以義山在韓同年新居餞韓西迎家室戲贈詩中，才可以「禁臠」自居。按晉書謝混傳，已被約定好了的女婿，乃可稱爲禁臠。但韓瞻順利成婚之後，義山的婚事却發生了問題，而須要旁人爲他出力；所以在上面的詩裏便說「南朝禁臠無人近，瘦盡瓊枝詠四愁」。還有病中早訪招國李十將軍遇挈家遊曲江的詩是「十項平波溢岸清，病來惟夢比中行。相如未是眞消渴，猶放沱江過錦城」。按李十將軍是王茂元的親戚（茂元妻爲李氏）。曲江爲義山與王氏「目成」之地，所以「病來惟夢此中行」。第三句第四句，是說相如的偶爾琴挑，尙終如願；何況自己與王氏，是正式約定了的。據馮注「義山之婚，似藉其力」，是義山向李十將軍的求情，終於發生了效果。至於另一首中之「莫將越客千絲網，網得西施別贈人」，是他生怕李十將軍把自己所追求的愛人，轉介紹到他人手裏去的意思，更爲明顯。下面幾首無題詩，馮、張都解釋到義山與令狐綯的關係方面去，但我以爲皆是此時戀愛求婚之作。

無題

紫府仙人號寶燈，雲漿未飲結成冰言婚事尚未到手。如何雪月交光夜，更在瑤臺十二層言婚事更無消息。

又

鳳尾香羅薄幾重，碧文圓頂夜深縫。扇裁月魄羞難掩，車走雷聲語未通此二句言曲江與王氏相遇時之情景。曾是寂寥金燼暗此句言相思之苦；斷無消息石榴紅此句言到了五月尚婚訊全無。唐進士試完成於三月；由此而賜宴曲江，與王氏相遇目成，則婚姻確息，當定於是年五月，故以「石榴紅」爲言。斑騅只繫垂楊岸，何處西南待好風此二句言自己只要好消息一到，即專往就婚。

重幃深下莫愁堂，臥後淸宵細細長此二句寫自己憶念之情。神女生涯原是夢此句言愛情之難憑，本如夢如幻，小居處姑本無郎此句言王氏未嫁，有可成之理。風波不信菱枝弱此句希望王氏有堅定意志，能渡過風波。是義山已知發生障礙，月露誰教桂葉香此句言既已失望於五月，更望有人能促成於八月，直道相思了無益，未妨惆悵是淸狂此二句是在失望中的自慰。

義山成進士於開成二年（二十六歲）；上三詩皆曲江與王氏目成後而遇波折時之作。以時序推之，則後二首當在秋季。義山與王氏的正式成婚，在開成三年初春。馮註對後二首無題，解釋爲「將赴東川，往別令狐，留宿而有悲歌之作」。釋「扇裁月魄」句爲「自慚」，釋「車走雷聲」句爲「令狐乍歸，尚未相見」。再接著是「五六喩心跡不明而歡會絕望……」；他對義山無題詩的註釋，大多類此；馮氏以外諸人的註解，也皆未能跳出他的範圍。這不僅在文句上過於牽强；不僅不了解義山與令狐氏的關係，用不上這樣的委曲，而義山也決不致這樣的卑微。更重要的是，通過這類的解釋去看義山，義山在讀者心目中，乃是一個非常寒酸得可憐的妾婦型的人物。其實，讀樊南甲乙集有關的資料，義山自負得有點近於狂；而看他對王氏求婚的情形，又有些近於躁。但他雖出身窮苦，却絕無半點寒酸氣。馮浩們假定眞正了解詩，便應能了解，過於寒酸相的人，決作不出有魅力的詩來。這一點，不僅應爲義山大加洗刷；而且爲了欣賞義山詩所必須破除的第一關。

由上所述，可以了解義山的婚事，因爲有人講義山的壞話，是發生了波折的。唐代文人結婚，一面是愛情，一面更關係於一生的出路。假定令狐府上有位小姐待字閨中，則義山的婚事，或已早有著落。以王茂元的家世、地位、資財，當然是很理想的婚姻門第。義山婚事的終於成功，合理的推測，一是得力於李十將軍及韓瞻的說項；另一是王家小姐也表示了自己主動的意見；因爲必如此假定，才可把婚後的夫婦情景加以解釋。王氏嫁給義山以後，一直是跟著義山吃苦而無怨的。但義山的愛情成了功，而在出路方面却完全失敗。一個人得不到有勢力的岳丈的諒解，便不可能得到他人的諒解；這便是何以在李黨得勢時而義山更爲落魄的眞正原因之所在。義山婚後受到王家的冷遇，由冷遇所發生的牢騷，下面與同年李定言（馮註「諸家疑李定言王茂元婿，似也」）曲水閒話戲作一首，說得相當清楚。他們的婚姻，既都與曲水有關，則所謂「閒話」的主體，當然是他們婚後的情形。

海燕參差溝水流，同君身世屬離憂。相攜花下非秦贅 按此句實以兩人之婚於王氏，並非秦贅；而却同受王家的冷遇，對泣春光類楚囚 此言婚後所受之打擊。碧草暗侵穿苑路，珠簾不捲枕江樓 此二句就曲水而撫今追昔。莫驚五勝埋香骨，地下傷春亦白頭。此二句難得確解。王氏有七女而死其一，或指此而言。當時生活曲折，不能全知也。

九、義山平生之五——婚後的情景

義山婚後的情景不佳，在試鴻博不中，返回新婚不久的涇原岳丈處時，已在安定城樓及回中牡丹為雨所敗二首的詩中，吐露了出來。因為這三首詩，是非常好的詩，但一般人却都以為是「以涇原之故，而為人所斥」（馮註）；而張箋更肯定的說，這是恨令狐黨人的排斥；這樣一來，便把三首好詩都糟蹋了。茲錄於左，並略加疏釋：

安定城樓 王茂元為涇原節度使，安定城是他的治所

迢遞高城百尺樓，綠楊枝外盡汀洲。賈生年少虛垂涕 此句指鴻博未中選，王粲春來更遠遊 此句以已婿於王氏，因貌寢見薄，有如王粲因貌寢而見薄於劉表。永憶江湖歸白髮，欲迴天地入扁舟 按此二句乃由登樓望遠所引發的對自己身世的想像。「扁舟」係活用范蠡載西子扁舟遊五湖的故事。前引贈李十將軍詩中，即以

他所追求的王氏，比作西施，故此處即以其成婚而給政治前途以重大陰影，比作范蠡之扁舟載西子。上句是說，雖長念江湖之樂而思遠引，但衣食勞人，眞能歸去時，恐已經白髮；此預感其將一生勞碌。下句是自己的本意是欲旋乾轉坤（迴天地），對時局有所建立；但事實上恐只落得載西施以入扁舟而已。蓋謂就結婚的結果看，恐怕只贏取得一位漂亮太太，將更無事業可言了。不知腐鼠成滋味，猜意鵷雛意未休按此處之「腐鼠」既非指鴻博，更不是指婚姻，而是指王茂元那裏的一些勢力。鵷雛當然是自比。這兩句的意思，是說我並無心分享岳家的一些勢力；但大家一直對我挑撥攻擊不休，未免太無聊了。

回中在安定牡丹爲雨所敗

下苑即曲江他年未可追首二句言回中牡丹。此句以喻去歲在曲江，與王氏目成而尚未成功，西州今日忽相期此句以喻忽得成婚於涇原。水亭暮雨寒猶在，羅薦春香暖不知上句寫「雨」，下句寫牡丹因雨而未受春光的恩惠；以喻婚後未得王家的溫暖。舞蝶殷勤收落蕊，有人惆悵臥遙帷此二句寫雨中牡丹，爲蝶與人所憐惜。上句以喻自己因冷遇而急圖補救；下句言其妻因此而不斷傷心。章臺街裏芳菲伴，且問宮腰損幾枝此二句似指與其同遊曲水之李定言，亦王之女婿而言。涙笑榴花不及春此句以榴花陪襯牡丹，實以喻去歲五月之未能成婚，由今思之，並不可笑，先期零落更愁人此句點「爲雨所敗」，以喻成婚而遭冷遇，較未成婚更爲可悲。玉盤迸涙傷心數，錦瑟驚弦破夢頻此二句爲雨所敗的牡丹自身描寫。上句以喻其妻之暗裏傷心；下句以喻其從岳丈處而來的噩耗頻傳，好夢常破。萬里重陰非舊圃，一年生意屬流塵此二句加重對爲雨所敗的牡丹的嘆息。言此牡丹今日所遇之萬里重陰，並非當其托根於舊圃。「舊圃」以喻令狐氏；意謂今日所受的排斥，並非來自令狐，而係來自王家。下句言此牡丹一年之生意，因雨而一旦付之流塵；蓋自悲因此一婚事而將終生受困。前溪舞罷君迴顧，併覺今朝粉態新此二句乃指得王茂元寵愛之其他子、婿、女等而言。因寓意太露，故在全詩中稍弱。

正因爲義山爲茂元所嫌惡，所以義山入茂元涇原幕後，雖一切重要奏記，皆出於義山之手；但並未蒙「辟奏」，而只是當一名黑市書記。開成五年，王茂元自涇原入爲朝官，據馮氏判斷，「當爲御史中丞，太常少卿，將作監，轉司農卿，加僕射」，可謂位居顯要。但義山此年不得不由令狐綯之推荐，遠赴湖南楊嗣復之招，而南遊江鄉。義山集中眞正地風情詩，多在此一時期，可能含有對王家的一種報復心理作用。尤其是王茂元因「兩踰嶺嶠」，所以雄於財富；並且他「實慕趙竇散財之義」，「惠頗霑於賓客」（以上皆見文集卷二代僕射濮陽公遺表中語）。就可確知的材料看，同爲他的女婿的韓瞻，便曾得到王茂元的周濟——一棟像樣的房子。但王茂元入爲朝官之年，義山移家關中，在非常困頓中，只得到與令狐綯有關的人的周濟，却無得到王家半點周濟的絲毫痕跡。補編上李尚書狀「昨者伏蒙恩造，重有霑賜，兼假長行人乘等，以今月十日到上都訖。既獲安居，便從常調。成茲志願，皆自知憐」。又上河陽李大夫狀云「……卜鄰上國，移貫長安；始議聚糧，俄霑厚賜」。義山的生計，一直到入柳仲郢幕時，柳先贈治裝費三十五萬，才開始好轉。從義山的詩文中，他對茂元，盡到了作爲子婿的責任；但看不出他從岳丈處得到在人情上應當有的照顧。更可注意的是：義山與令狐綯一直保持着友誼上的交往。王茂元七女五男（見文集卷六爲外姑隴西郡君祭張氏女文），其長子王瓘，在茂元死時，已官侍御（見文集一卷爲王侍御瓘謝宣弔並賻贈表）。但義山除爲王瓘草一謝表外，在他的詩文集中，彼此毫無往還之跡。馮註於王十二兄與畏之員外相訪見招小飲，時以悼亡日近，不去因寄詩下引朱、徐之說，以王十二、王十三，皆茂元之子；此說既無確證，且詩中亦無情誼可言。義山在令狐綯的晉昌宅中，可作悲歡的對語；而在王家崇讓宅中諸詩，俱似置身於荒園廢圃，孤踪獨往，感不到有賓主相對的情形。即如會昌元年，自江鄉還京時所作的二十九日崇讓宅讌作（依馮註）的詩，既稱爲「讌」，必有王宅主人；而此時的王茂元，又正是聲勢喧赫。但詩中一片悲涼，同樣沒有露出可以對語的主人的痕跡：詩是：

露如微霰下前池，風過迴塘萬竹悲。浮世本來多聚散，紅蕖何事亦離披（上句感嘆自己的奔波無定。下句是感嘆已妻亦因己而受累受苦）。悠揚歸夢惟燈見，濩落生涯獨酒知（「惟燈見」，「獨酒知」，以見彼之遭際，絲毫未爲此宅之主人所關心）。豈到白頭長只爾？嵩陽松雪有心期（言終有與妻白頭偕隱之日，亦「永憶江湖」之意）。

總結上面的情形，可知王茂元的一家，都是打擊義山的人；對義山各種不利的流言，皆由此而出，可謂事據歷然。乃自舊唐書起，却都一筆寫到令狐綯身上去，這便影響到對義山及其作品的適當了解。義山小時既孤且貧；所以他與王門的婚事，對他的精神而言，有決定性的作用。但結果如此，這是他痛切於心，而又無法出之於口的一生隱痛。只有在恩怨難分，愛恨交織的心境下，才可以作出那些迷離凄艷的無題詩。但過去都只從他與令狐綯的關係去了瞭，這不僅過分的牽附，而且大大地減低了他這些作品的深度，及其藝術性。集中有許多詩，都應澈底轉換角度去解釋，不僅無題詩爲然。茲僅再擧無題詩一首爲例如下：

無題

相見時難別亦難，東風無力百花殘。春蠶到死絲方盡，蠟炬成灰淚始乾。曉鏡但愁雲鬢改，夜吟應覺月光寒。蓬山此去無多路，青鳥殷勤爲探看。

馮張都把它解釋爲哀求令狐綯之作。在他們這種解釋中，有一共同的特點，即是認爲義山處處把自己貶成了一個無聊的婉轉哀求的妾婦。試將義山帶有自述性的詩文，粗讀一遍，義山的人格，會是這樣的嗎？這完全是清代給科擧磨碎了骨頭的擧子心理，於不知不覺之中，投射到李義山身上去，所作的解釋。我以爲上面的一首詩，是會昌二年義山入王茂元陳許之幕，不久即被迫離開，轉入秘書省爲郎時別妻之作。義山婚後爲王茂元所疏遠；此次入幕，當係茂元稍稍心回意轉；但旋又不能見容而去，這才有頭兩句。義山和茂元的這種翁婿關係，有如父子之「以天合」，才有三、四兩句。第五句憐別後之妻；第六句想像別後之自己，將苦吟而難入夢，故曰：「月光寒」。秘書省，乃藏書之地，即漢之東觀；亦稱仙室，亦稱芸臺，亦稱蘭臺，亦稱蓬觀、蓬山。華嶠後漢書曰：「學者稱東觀爲老氏藏室，道家蓬萊山」；故義山詩中凡稱書閣、蘭臺、蓬山，皆指秘書省而言，決非泛泛地稱謂；此種最顯明之指稱，自來註解家，却全不注意。把這一點改釋清楚了，則七、八兩句，可不解自明。另無題四首，註釋家也說是哀求令狐綯之作；其實，這是開成五年，義山隨楊嗣復遠遊江鄉時，寄內之作。

解釋此詩最可靠的線索是「劉郎已恨蓬山遠，更隔蓬山一萬重」。全四首都從這一角度去了解，無不陰霾立消，通體朗澈。因此，義山的詩，大部分應當在年譜中重新安排，在辭句上重新解釋。

十、誰誣構了義山的人格？

新舊唐書，對義山之敘述，率多乖謬；馮譜根據詩文的直接材料，多所糾正，開以文集糾補正史的坦途；這是非常有意義的一件事。但新舊唐書以義山與王茂元及令狐氏的三角關係，而代令狐氏給義山以「背恩」、「無行」、「詭激」等名稱，却依然成爲馮氏解釋義山詩的根據。張采田受此影響更深，主觀更强；故他雖由樊南文補編以補馮譜之缺失，定爲新譜；然張譜似密實疏，功不掩過；其對義山詩之箋釋，愈多偏激無當。法國彪封曾說：「文即是人」，這是古今中外不易之論。文人的思想行爲，常不合於一般常軌。但即使是在不得已而追求利祿時，亦必有其高貴性，這才會寫出像樣的詩文。樊南文集中，義山不僅在別令狐拾遺書，與陶進士書（卷八）中，皆顯出此種高貴性；在卷六義山爲自己所作的十一篇祭文中，亦無不流露出此種高貴性。若如新舊唐書所說，則義山完全是一卑鄙無聊之人；而一般的註釋家，即順著此種預定立場去傅會他的作品。這是由對人的誤解而影響及對詩文的誤解的顯例。

不過舊唐書上對義山行爲的批評，也不是沒有根據。柳仲郢是義山一生中最後的知己。大中五年（據張譜），時義山四十一歲，仲郢先辟爲書記。文集卷四，有獻河東公啓二首，後一首是謝仲郢的贈遺，前一首則是謝其辟擧；其中有幾句話，可以當作是他簡單的自述，也可以說是對自己的辯解。

「某少而孱懦，長則艱屯。有志爲文，無資就學……契濶湖嶺，凄涼路歧。罕遇心知，多逢皮相。昔魯人以仲尼爲佞，淮陰以韓信爲怯；聖哲且猶如此，尋常安能免乎？是以艮背却行，求心自處。羅含蘭菊（晉書羅含傳「含致仕還家，階庭忽蘭菊叢生」），仲蔚蓬蒿（此二句言其永樂時的生活）。見芳草則怨王孫之不歸（言自己過去之天涯浪跡）；撫高松則歎大夫之虛位（言時人之不能賞其高節）。」

從上面的一段話中，可知當時有人攻擊他是「佞」，是「怯」的。如後所述，一個不止一次地諷刺皇帝，痛恨宦官的人，他在誰面前是佞是怯呢？所以他毫不客氣的說這是「皮相」。然則他所「多逢」的「皮相」，是那一方面的人呢？當時士人爲求取科名，常袖卷奔走於名公鉅室之前，此乃一時風氣，義山當亦未能免此。同時，文集卷八上崔華州書裏說「居五年間，未曾衣袖文章，謁人求知。必待其恐不得識其面，恐不得讀其書，然後乃出。嗚呼，愚之道可謂强矣，可謂窮矣」。卷三獻相國京兆公啓，封內舊詩一百首，意求知遇，但仍以顏延之，何遜自許；而集中此類文字絕少。所以義山在當時風氣中，要算是錚錚皎皎的人物；當時的人，不能以此責其佞和怯。

另一方面，這種責難是不是出自與令狐有關的人？如前所述，他和令狐綯一直維持着相當的交誼。而文集卷八有別令狐（綯）拾遺書，玩書中之意，是義山有所憤激而寫的。裏面以「市道」爲恥，以「肺肝」相期；並許令狐爲同道；所以說「不知足下與僕之守，是耶非耶？首陽之二子，豈蘄盟津之八百？吾又何悔焉？」這分明是當時有人攻擊他們二人的交誼，所以義山才講這種話。令狐綯於開成元年到二年之初爲左拾遺；所以此書「當屬未得進士時」所寫，義山時年二十五歲。就此書的內容看，義山既未佞於他人，更不能謂其佞於令狐氏。義山二十六歲得令狐綯之力成進士，二十七歲婚於王氏，令狐氏不可謂義山以子婿對婦翁之恭謹爲佞爲怯；何況婚後他們翁婿之間，情意非常疏淡。又文集卷四上尚書范陽公啓三首之一有「荐禰衡之表，空出人間；嘲揚子之書，僅盈天下」的話；按范陽係盧弘正，屬於牛黨；若「嘲揚子之書」，是來自牛黨乃至令狐氏，義山不會在此啓中說出的。所以對義山的惡意批評，出自令狐氏的可能性很小。

指義山爲佞，指義山不斷向令狐氏乞憐的人，我以爲是出自王家。其所以如此，我推斷王茂元的子女、女婿中，有人嫉妒義山特出的文采。並害怕他對政治的態度。同時，小人的心量狹小、眼孔小，又看不慣義山與王氏婚後，依然對令狐家的情誼很濃。令狐楚的墓誌及奠相國令狐公文，都是婚後不久寫的；這便可使王茂元左近的小人，說義山在感情上出賣了王茂元，而責之爲「傾險」，責之爲佞於令狐氏；義山對於這種出自至親至戚的誣構，無可傾訴，所以才一再在祭外舅（王茂元）文中忍不住稍爲一吐。他說：「不忮不求，道誠有在；自媒自衒，病或未能」；這表面是剖白給死人聽，實際則是剖白給王家活着的人聽的。但王家活着的人，既是存心要藉口誣構他，又有何效果？所以終有九日詩的絕交。而這些誣構的話，因爲是出於王家之口，便容易引起社會的傳播。舊唐書對義山的評價，決不是根據在直接文獻中可以得到證明的資料，而實是出於這種傳播。王家把罵義山佞於令狐氏的話，轉嫁給令狐氏的身上；後人並以此而曲解義山的許多作品。義山「崇讓宅東亭醉後沔然有作詩中「鶗鴂妒芬芳」之句，不是很清楚指出個中消息嗎？

十一、義山人格的本來面目

義山的時代，正是宦官、藩鎮、朋黨，互結互攻，王綱解紐，變動劇烈的時代。尤其是他在二十四歲（太和九年）時，親見到甘露之變，他都有痛切地感受。他十六歲時的兩陳後宮及覽古諸詩的刺敬宗；十八歲時的隋師東詩；傷諸將討李同捷之無狀。二十五歲時有感二首，痛甘露之變。重有感詩，寄望於劉從諫能討平宦豎。二十六歲時哭虔州楊侍郎虞卿的無辜貶謫以死。二十八歲時的四皓廟詩，傷輔導莊恪太子的不得其人。二十九歲時的詠史詩，痛文宗以儉德而受制家奴以沒。無愁果有愁詩，傷楊妃安王等的寃死。曲江詩痛朝局之禍變。井泥四十韻（作年從馮譜），傷君子小人之易位。三十一歲時，哭劉蕡、哭劉司戶二首，哭劉司戶蕡詩，哀忠憤者之被摧頹零落，兼以自傷。三十二歲時，賦得鷄詩，刺當時藩鎭的媚敵專權，不能勤勞王室。這都表明了一個詩人之所以能成爲詩人的對時代的痛切地責任感，及義山個人的志節。而他在太倉箴中（卷八）說「敢告君子，身可殺，道不可渝」，正是義山志節的正面表現。老實說，對時代沒有這種痛切地責任感和志節，至多也只能成一個文匠、文丑，還配說是一個詩人嗎？在中國社會裏，把「詩人」的名稱，太隨便糟蹋了。此外，義山說得婉曲一點的作品還很多，此處不能盡擧。在這些作品中，尤以二十六歲時行次西郊作一百韻的詩，歷述唐代治亂的所由，民生的痛苦，吏治的黑暗，及文武官吏的任用非人；這是他靑年期最有勇氣熱情，敢於正視現實的最大傑作，也是唐代詩歌中有數的傑作。我們應當在這種地方了解此一詩人的本來面目。但三十二歲以後，他這類的詩，便漸漸少了下來；其原因，在他四十歲詠懷寄秘閣舊僚二十六韻詩的「途窮方結舌，靜勝但搘頤」兩句詩裏，吐出了他深重的嘆息。他一生窮苦，要爲自己和家室求生存。假定他繼續二十六歲前後時期的鋒芒發展下去，他自身的禍福且不說，誰人還敢給他一碗飯吃？尤其是二十七歲與王家成婚，王茂元是以賂遺宦官而保全祿位的。這位曾示意給劉從諫，要劉從諫擧兵淸除君側的女婿，自然會使王茂元和他的家人感到寢饋難安的。令狐綯屢次從旁招呼他外出遊幕；在自己爲相時，連與政治不發生直接關係的太學博士，也不敢讓他久留，而使其外赴東川；也正是這種原因。自己的靈魂，造成自己生活的陷阱，這是一切有眞生命力的文人必然的運命。從他的錦瑟詩看，義山是安於這種運命的；而一千多年來，却沒有人能眞正了解他這種命運，這是可悲中的更可悲了。他對於當時一般政治人物的眞正看法，可用井泥詩，及行次西郊作一百韻中「使典（即胥吏）作尚書，厮養爲將軍」兩句話，及賦三怪物和蝨賦作代表。即是在他的內心中，當時的顯要，只是在私情上有厚薄，生活上有需求；認眞的說，沒有一個不是半文不值的壞蛋。這既不關於牛黨李黨，還値得他去佞而有所怯？正因爲如此，任何人也不會引他爲心腹，而不能僅責之於令狐綯。至於王家的一群蠢材，當然更不在他的心中眼下，認爲他們連爲朝廷種點馬草的能力也沒有（「不爲漢廷裁苜蓿」），他們自然更對義山要深惡痛絕了。

義山人格的另一面，則表現在對自己的家族情誼。文集卷六載有義山祭自己家族的五篇祭文，這是了解義山身世及性格的重要資料；因爲人在哀痛中常講的是眞話。現摘錄祭裴氏姊文中的兩段如下，以見一般：

「四海無可歸之地，九族無可伏之親……生人窮困，聞見所無。及衣裳外除，甘旨是急。乃占數東甸，傭書販舂；日漸月將，漸立門構；清白之訓，幸無辱焉」。

「儻天鑒孤藐，神聽至誠，獲以全茲，免負遺托；即五服之內，更無流寓之魂；一門之中，悉共歸全之地。今交親饋遺，朝暮饘餬；收合盈餘，節省費耗。所望克終遠事（歸葬），豈敢溫飽微生。苟言斯不誠，亦神明誅責……。」

十二、義山詩文的評價

義山開始是「以古文出諸公間」（樊南甲集序）。十七歲後，從令狐楚學今體四六。古文在當時完全是一種新地創造，而又與科第及實用無關，所以當時只有能不顧一時利害，眞有創作意欲的人，才從事於此。義山在上崔華州書裏說，「五年誦經書，七年弄筆硯。始聞長老言，學道必求古，爲文必有師法；常悒悒不快。退自思曰，夫所謂道，豈古所謂周公孔子者獨能耶？蓋愚與周孔，俱身之耳。以是有行道不繫古今；直揮筆爲文，不愛攘取經史，諱忌時世。百經萬書，異品殊流，又豈能意分出其下哉。」（文集卷八）這是成進士前一年所寫的，充分說明了他青年時期創作的欲望。現時他的文集中，所留下的古文不多，他所走的也是險怪晦澀的一路，這可以說是創造尚未成熟時期的作品。但他對韓愈的文章，有深刻地了解，詩集中韓碑一篇，首翻當時文章評價的大案，冒了干犯朝廷及權貴的大險，這是了不起的一件事。他的四六文，瓌奇宏肆，表現了他的才氣與才華，但多係代人應酬之作。

所以他在文學上的成就，當然是在詩上面。

義山在大中元年三十六歲的時候，曾有獻侍郎鉅鹿公啓。下面一段話，是說他自己對詩的見解：

「況屬詞之工，言志爲最。自魯毛兆軌，蘇李揚聲，代有遺音，時無絕響。雖古今異制，而律呂同歸。我朝以來，此道尤盛。皆陷於偏巧，罕或兼材。枕石漱流，則尙於枯槁寂寞之句。攀鱗附翼，則先於驕奢艷佚之篇。推李杜，則諷刺居多。效沈宋，則綺靡爲甚……。」（文集卷三）

從上面一段話看，可知他自己是要涵融衆製（兼材），不以偏巧自甘的。實則他的古文是想追韓愈；而詩則是以杜甫自期。所以他在樊南甲集序中說，「十年京師窮且餓，人或目曰，韓文杜詩，彭陽（令狐楚）章檄，樊南窮凍，人或知之」（卷七）。而王荆公也認爲「學杜當自義山入」（見後），所以爲得了解義山的詩，不妨先與杜甫作一簡單地比較。

李義山與杜甫有相同的地方：一、出身窮苦。二、在外流離之日爲多。三、篤於夫婦兄弟之情。四、對現實問題有銳敏地感覺，有強烈地反映。但也有不相同的地方：一、杜甫二十歲前後，沒有義山所得到的知遇，但亦沒有由婚姻而來的一生困擾。二、杜甫遭天寶之亂，義山遇甘露之變。但安史一平，朝廷自身的問題比較單純。而發動甘露之變的宦官，則有如附骨之疽，一直支配朝局，以迄於唐代之亡。因此，在杜甫的內心，對政治總抱有希望，所以他的北征詩的收句是「煌煌太宗業，樹立甚宏達」。而義山的內心，對政治則只是絕望，所以他的行次西郊作一百韻詩的收句是「愼勿道此言，此言未忍聞」。三、義山的才高於杜甫，姚惜抱今體詩選序目謂「玉谿生雖晚出，而才力實爲卓絕。七體佳者，幾欲遠追拾遺（杜甫），其次猶足近掩劉（禹錫）白（居易）。」但缺乏杜甫的毅力、韌力。因此，其見之於詩的政治意識，較杜更爲憤激，而無法繼續發展，除非決心一死。行次西郊作一百韻詩中「我聽此言罷，寃憤如相焚。……我願爲此事，君前剖心肝；叩額出鮮血，滂沱汚紫宸。九重黯已隔，涕泗空沾唇。」正說明了他在絕望中的悲憤。三、杜甫和義山都有作爲一個詩人所必不可缺少的磊落嶔奇之氣；但杜甫的精神，得到儒家思想上的支持，所以較爲凝斂，而創作的柢力厚。義山則創作的柢力薄而創作的活動早衰；過了四十歲以後，他的創作生命實已走向下坡了。五、杜甫平生，分力於賦及其它雜文者絕少；而義山則反爲他的四六文所累，分了太多的精神去作四六；這一方面影響到他的詩體；另一方面也影響到他的詩之質和量。杜甫集中的壞詩，多是由矜心著意太過而來的壞；義山集中的壞詩，則多是由太不矜愼而來的壞。

馮定遠才調集評謂「王荆公言學杜當自義山入，余初心謂不然。後讀山谷集，粗硬槎牙，殊不耐看。始知荆公此言，正以救江西派之病也。若從義山入，便都無此病」。馮氏此意，尙爲今日作同光體詩者所祖述。但馮氏僅能注意於文字之末，尙未能探其本源。因爲義山不甘偏巧，與杜甫同；而心情和遭際，亦有相似之點；他雖然不模仿杜甫，但他是祈響杜甫。所以他最成功的作品，也可以與杜甫較長絜短。

據我的了解，杜甫古體詩的長處，是眞摯而宏肆，尤其是他的長篇。若謂韓愈是以文爲詩，則也不妨說杜甫同樣是以文爲長詩。義山的韓碑，似韓愈的石鼓歌，而更多波折。其行次西郊作一百韻，馮浩擬之杜甫的北征，猶爲皮相；實則可謂義山將老杜的新安吏、潼關吏、石壕吏、新婚別、垂老別、無家別等七篇所刻畫的現實，融鑄於一篇之中，以成此鉅製。其眞摯而宏肆，可謂與杜相同；但在機杼上，與杜的長篇相較，却較爲舒展自得，少用力的痕跡。其他長篇五古，也大體上走的是眞摯而宏肆的一路。

杜詩最大的另一特色，即在他進鵰賦表中所說的「沉鬱頓挫」，尤其是他能應用到他的律詩上面；即是他能在短短地五個字七個字的一句詩裏面，沉浸下自己許多感情，使讀者覺得在可以接觸到的感情的下面，還起伏着有許多感情，探之不盡；這是在意境的深度中，涵融着詩人的感情世界。其所以能如此，是因爲在杜甫的生命中，對人生、對社會、對政治，呑納着有許多感情化了的問題；偶然一吐，便自然覺其吐之不盡。他在表達的技巧上，則常出之以「頓挫」，不使自己的感情，順着字句的韻律一滑便過。在杜甫，頓挫是形成沉鬱，表現沉鬱，以達到感情深度的必需而自然的技巧。其基本因素，還是在其感情蘊蓄的深厚。「永夜角聲悲自語，中天月色好誰看」，兩句詩第五字的「悲」字和「好」字，都把上面由兩件事物連貫而成的四個字，迫入於作者主觀判斷之中，再轉出「自語」「誰看」的作者的感情世界；因此，每一句話，都含有幾個層次，一層一層的向內轉；這當然是了不起的成就。杜甫之所以爲杜甫，便是在他的五律七律中，有許多這樣成功的作品。但頓挫若不是由深厚的感情所逼迫出來時，便流爲生澀；杜甫自己也有這種詩。江西派的詩人，不了解詩人應從人生社會上多吞納、蘊蓄，以形成豐富地創作動力的上面着眼；而只注意到文字上避熟避俗；這是去掉杜甫之所以頓挫的源泉，而只從頓挫的表皮下手；這可以作爲練習表達技巧中的一過程，而不可以此爲作詩的究竟義。所以江西派大家中的好詩，反而都是韻律調暢，感情生動的詩。

義山有時代敏銳的感覺，有嫉惡憂時的熱情。而個人的身世，又有難言之隱痛；所以在他的詩集中，凡是關於政治、社會，及他和王家有關的詩，都是欲吐不敢，而又不能不吐的詩；於是他的七律詩，有一部分依然是沉鬱，依然是在短短地幾個字中，隱涵着一個感情的世界，使讀者挹之不盡。例如前面引過的「永憶江湖歸白髮，欲廻天地入扁舟」；「萬里重陰非舊圃，一年生意屬流塵」者是。又如義山親見當時的天子太子，其生殺立廢的大權，都操在宦官手上，所以在井絡的詩裏便唱出「堪嘆故君成杜宇，可能先主是眞龍」；這都眞正是杜甫的沉鬱。但他和杜詩不同之點是：他的才高才大，又生於杜甫之後；把杜甫的頓挫再加之以渾融；把一句中轉折用力之跡，幾乎完全化掉了；所以在沉鬱之中，常透出深綠色的感傷而華麗的形像。這可以說是杜律進一步的成熟。何義門讀書記說義山的詩，是「頓挫曲折，有聲有色，有情有味」。葉橫山(燮)在原詩外篇中有謂「李商隱七絕，寄托深而措辭婉，實可空百代無其配也。」又謂「宋人七絕大約學杜者計六七，學李商隱者計三四。」施均父峴傭說詩中有謂「義山七律，得於少陵者深，故穠麗之中，時帶沈鬱。如重有感，籌筆驛等篇，氣足神完，直登其堂，入其室矣。」這些說法，都是很對的。可惜拿手的四六文害了他；他不能完全把自己的心力凝注在詩上面，所以這樣非常成功的作品並不太多。而後來的西崑體，却只領悟到義山詩的華麗的這一面，却把在華麗後面的沉鬱、感傷的因素，完全丟掉了。因此，即使僅就華麗的這一點來說，義山是深綠巴的，而西崑體却是緋紅色的；此之謂「誠之不可掩」。我懷疑西崑酬唱集裏的諸公，他們主要用力的是義山的四六；然後把義山四六中的排戞之氣去掉，以四六用典的技巧，捕捉義山詩的聲色。這是純從文字技巧上用功的買櫝還珠的作法。

杜甫律詩的另一特色，是「氣象高遠」。即是在簡單的句子中，涵蓋着廣大的情境，以形成詩的「高遠」的形相。這是感情向外發抒伸展的一面。如「無邊落葉蕭蕭下，不盡長江滾滾來」這類的句子者是。這必須人的心胸廣大，才力宏富，方能於一瞬間抓住高大深遠的意象，當下加以表現出來，才有其可能；不是僅靠想像力的擴張所能作到的。杜牧是學杜甫詩的這一面；但因感情的凝結力不夠，沒有沉鬱作底子，所以只能成就其爲「豪放」。義山的杜工部蜀中離席，却走的是這一路；如「雪嶺未歸天外使，松州猶駐殿前軍」，也是意象高遠，在濶大裏面含有轉折。但因他的人格的伸長，終不及杜甫，所以這類的詩，便比較更少；且終不及杜甫於高遠中含有深厚的胎息。人格的修養，成爲中國論文論藝的最後的極準，可能是千古不磨的。

十三、對過去解釋錦瑟詩的略評

過去對錦瑟詩所作的解釋很多，此處僅選有代表性的三家，略加批評。先將錦瑟詩錄下：

錦瑟無端五十弦，一弦一柱思華年。莊生曉夢迷蝴蝶，望帝春心托杜鵑。滄海月明珠有淚，藍田日暖玉生烟。此情可待成追憶，只是當時已惘然。

一是馮浩，他以此詩爲悼亡之作；義山妻死於大中五年，時義山四十歲；旋隨柳仲郢入蜀，所以他把此詩繫於大中七年入蜀以後之作，時義山四十二歲。馮氏以第一句之「五十弦」，是「言瑟之泛例」，即是無特別意義。按瑟雖有十九弦，二十三弦，二十四弦，二十五弦，二十七弦諸說，但除史記封禪書：「泰帝使素女鼓五十弦瑟，悲，帝禁不止，故破爲二十五弦」的神話外，人間決沒有五十弦的瑟。瑟在唐時流行頗廣，所以杜甫曲江對酒詩有「暫醉佳人錦瑟旁」之句。而唐時流行之瑟，皆爲二十五弦，所以劉禹錫的調瑟詩說「朱弦二十五，缺一不成曲」。錢起的歸雁詩中「二十五弦彈夜月」，也指的是瑟。由此可知馮氏以此詩中「五十弦」爲「言瑟之泛例」，是錯誤的。

馮氏釋第二句爲「有弦必有柱；今者撫其弦柱，而歎年華之倏過，思舊而神傷也」。按馮氏對此句的解釋，尚稱平穩；惟他犯了一般注釋家所犯的共同錯誤，即是把詩中的「華年」，倒轉來作「年華」去理解。「華年」猶今日之所謂「青年」；魏書王叡傳「漸風訓於華年，服道教於弱冠」；張協詩「疇昔協蘭房，繾綣在華年」；這都只能作青年解釋。「年華」，猶今日之所謂「光陰」；庾信杖賦「年華未暮，容貌先秋」，這只能作光陰解釋。二者含義不同，古人用此兩詞時，從無倒誤。以義山的表達能力，斷乎不會本意指的是「年華」，却因湊韻脚而改爲「華年」的。這一共同的錯誤，對本詩的了解，却更有關係。

馮氏對第三句所用典故的解釋是，「取物化之義。兼用莊子妻死，惠子弔之，莊子則方箕踞鼓盆而歌」。其意以爲此係指其妻之死而言；故他之所謂「物化」，乃化爲異物之意；與此典故所自出的莊子齊物論隨物而化的「物化」的意義，完全不同；這是由馮氏不十分了解莊子，不足爲異。最奇怪的是，此故事的原典是「昔者莊周夢爲胡蝶，栩栩然（喜悅之貌）胡蝶也，自喻（猶云「自己覺得」）適志與！不知周也」，此一典故，若活用爲義山喻自己之將死，尚可以講得通；却與莊子妻死，莊子鼓盆而歌的故事，不論在意味上及字面上，皆不能發生關連，如何能說此句是指義山的妻之死呢？此句若如此解釋，更有何意境？有何情味？但作此誤解的，並非僅馮氏一人。

馮氏對第四句的解釋是「謂身在蜀中，托物寓哀」，尚無大毛病。對第五句的解釋是「美其明眸」；六句是「美其容色」。對七、八兩句謂：「當時睹此美色，已覺如夢如迷；早知好物，必不堅牢耳」。像這種解釋，連字句都把握不住，更談不到由字句以探其意境；可以說把這首非常生動而富有魅力的詩，轉移爲殘肢殭片。尤其是對後兩句的說法，還像過了四十歲的人對自己亡妻所能說得出的嗎？對義山詩所下功力之深，到現時爲止，無有過於馮註的。馮註的失敗，是說明對文學的「徵文考典」的工作，與對文學自身的了解的工作，有其密切關連；但於關連之中，還隔有一道障壁，須另用一番氣力去突破的。莫爾頓們主張不能把文學外地研究去代替內地研究，亦於此可得一明證。

張采田的會箋，是承何義門「此篇乃自傷之說」，以爲這是義山在臨死的那一年，總結他四十七年生活的慨嘆，所以把此詩繫在大中十二年，即義山四十七歲死去的一年。按張譜，義山於四十五歲時離蜀。杜鵑的故事，唐人詩中雖多泛用；但把杜鵑和望帝連在一起用，則多限於蜀地。從此詩的第四句看，其感發於川東幕府的可能性爲大。並且使張氏得將此詩繫於四十七歲的根據，乃來自一、二兩句的「五十弦」及「思華年」的「華年」兩詞。但問題依然是在「華年」不可以倒作「年華」用，我找不出這種例證。因此，以五十弦喻「年將近五十」的說法，便完全失掉根據。何況第二句的「一弦一柱」，弦可承上句而釋爲「五十弦的每一弦」；但一弦有兩柱，五十弦勢必有百柱，則緊連着「一弦」下之「一柱」，又作何解釋？這種顧慮雖然未免太執着了一點，也不能說不算一個顧慮。

張氏對三、四兩句的解釋是「狀時局之變遷」，「嘆文章之空托」；雖泛而不切，但在文字上尚勉强可以說得過去。但他解釋的重點，則在五、六兩句。他認爲「滄海藍田」二句，「謂衛公（李德裕）毅魂，久已與珠海同枯；令狐相業，方且與玉山不冷。衛公貶珠崖而卒，而令狐秉鈞赫赫，用藍田喻之，即節彼南山意也。結言此種遭際，思之眞爲可痛。而當日則爲人顚倒，實惘然若墮五里霧中耳。」高步瀛氏的唐宋詩舉要，完全採用張說。按張氏死死地將義山的政治關係，寫在李黨名下，其毫無根據，已如前述。則其根據義山屬於李黨的立場以釋此詩，當然更不能成立。並且就此詩本身說，若義山作此詩時，李衛公的骸骨仍在崖州，則當義山悼念他的時候，或猶可想到他的毅魂，與「珠海同枯」。但衛公卒於大中三年，時義山三十八歲，下距張譜所定義山作錦瑟詩時之大中十二年，相隔約有十年之久。衛公遺骨，因令狐綯感夢奏請歸葬的年月，陳寅恪氏據晚近出土李濬撰彬縣李煒及煒自撰亡妻鄭氏兩誌，斷在大中六年。歸葬時柳仲郢正在東川，曾令義山往荊南設奠。據張譜，義山作錦瑟詩之年，上距衛公歸骨之年，亦已有四、五年之久。是義山作此詩時，衛公「毅魂」早已離開崖州，而歸葬於伊川故里，此事義山知之最悉；爲什麼却依然會扣緊崖州而興感呢？況且在「滄海月明珠有淚」一句中，怎樣也導不出「珠枯」、「海枯」來，何來有「與珠海同枯」的妙語？

尤其重要的是，義山和衛公的私人關係，決無法釀成作這一首詩的感情。義山雖曾代鄭亞作過一篇太尉衛公會昌一品集序，未爲鄭亞所採用；又代柳仲郢設奠衛公遺骨於荆南，擬文路祭；這都是代人作嫁，與義山本人的感情無涉。在義山詩文中，發現不出他與衛公有任何直接關係；即是，他與李衛公，從無一面之緣；李衛公一詩，可爲明證。詩云：

絳紗弟子音塵絕，鸞鏡佳人舊會稀。今日致身歌舞地，木棉花暖鷓鴣飛。

馮氏以此詩乃「傷之，非幸之也」；姑不論是傷是幸，這首詩是衛公貶後，義山登臨衛公舊日的亭館而作，可無疑義。第三、四句的意思是說我今日致身於衛公當年歌舞之地，只見木棉花暖及鷓鴣飛而已。其言「今日致身」，則衛公未貶之前，義山未能「致身」過，不言可知。據傳李衛公相信道教採補之術，頗多內寵，詩中大約即係指此而言。但可取材以象徵衛公盛衰之跡的，我想總不會太少；而義山獨取材於此，則要由這首詩以推斷出義山對李衛公有好感，那是非常困難的。義山是王茂元的女婿；王茂元是李衛公的重要黨羽；王茂元及其家人都鄙薄義山，則義山之無由晋接李衛公，乃必然之勢。

據張譜，義山是大中五年冬隨柳仲郢入蜀的。大中七年，義山四十二歲；是年有五言述德抒情一首四十韻獻上杜七兄僕射相公，復一章獻上二詩。杜七兄是牛黨的杜悰，義山以前沒有通候過，此時杜悰由西川節度使移鎮淮南，義山奉柳仲郢之命去荐送；從後詩的「待公三入相」的口氣看，義山以爲杜悰此後還會入相，便以中表之親的關係，連上詩二章，述杜家之德（述德），抒自己之情（抒情），說了自己一生的辛苦，藉爲自己將來留地步。前一首的收尾是「欲陳勞者曲，未唱淚先橫」，由此可知兩詩裏面所說的，應當算是出於義山的眞意。前一首中有幾句是：

「立身期濟世，叩額慮興兵。感念殽屍露，咨嗟趙卒坑。儻令安隱忍，何以贊貞明（以上言杜悰當時的力主和、撫）惡草雖當路（惡草指李衞公），寒松實挺生（寒松指杜悰）。人言眞可畏，公意本無爭」。

後一首中有幾句是：

「慷慨資元老（杜悰），周旋值狡童（李衞公）。仲尼羞問陣，魏絳喜和戎。歘歘將除蠹（李黨），孜孜欲達聰。所求因渭濁，安肯與雷同」。

大家知道，當時牛李兩黨在政策上的大衝突，是牛黨主和、主撫，而李黨則主戰、主征。從義山的兩首詩看，他是非常贊成杜悰的主和、主撫的政策，而斥李衞公的主戰派爲「惡草」，爲「狡童」；這便超過了私人的感情，而牽涉到義山私人的政見；從義山行次西郊作一百韻詩及漢南書事詩中的「從古窮兵是禍胎」看，他是深痛戰爭之禍的人，所以這些話不會是隨便說的。否則以他的才氣，對杜悰的恭維，可從其他角度著筆。義山的錦瑟詩，我以爲是作於蜀中無疑。他在此一時期內，一方面罵李衛公是「惡草」、「狡童」；一方面又痛「衛公毅魄，久已與珠海同枯」，因而作出這樣一首感情深厚的詩來，未免太可笑了。

把張氏對滄海一句的錯誤弄清楚了，則張氏把「南田」一句傅會到令狐綯身上，其錯誤自不待說。此處應特別一提的，是張氏對詩，太缺乏欣賞的能力。詩由事物所昇華上去的氣氛、情調，好像只是一種「虛涵」；但成功的作品，也必能在虛涵中給讀者以大概的方向；因爲作爲氣氛、情調的興象，自然會給人以某種方向。詩「節彼南山」的興象是「嚴峻」，而此處「南田日暖」的興象是「溫柔」。張氏怎麼可以將二者混而同之呢？

孟心史在東方雜誌　卷　期上刊出過長一萬多字的李義山錦瑟詩考證一文，主張此詩爲入蜀後悼亡之作。其解釋第三句的「莊生曉夢」，謂爲「正以莊生有鼓缶事」；其語意轉移的錯誤，固不待說。他以第五句是「言離別之苦」，第六句是「會和之樂」，都浮泛不實。而最成問題的則是他所用的對「五十弦」二句的考證態度問題

孟氏以爲「瑟實爲二十五弦，但古傳爲五十弦所破。合兩二十五，成古瑟弦數。義山婚王氏，時

年二十五；意其婦年正相同。夫婦各二十五，適合古瑟弦之數；因恆以錦瑟爲佳偶之紀念」。按義山係在二十六歲成進士。（此據張譜。馮譜爲二十五歲）他的韓同年新居餞韓西迎家室戲贈詩中，「南朝禁臠無人近」之句，孟氏旣亦承認此爲「已訂婚而未娶」，却又認此「可爲二十五歲結婚之人證」；其立證已甚牽强。又引過招國李家南園二首中「潘岳無妻客爲愁，新人來坐舊妝樓」之句，以爲「義山之與王締婚，蓋假館於招國李氏；則牓下選婿，乃託舅氏爲之；是則合巹亦必在登第之年。此更爲二十五歲結婚之二證」。按上詩可以證明「義山成婚必借居南國」（馮註）。並無一字可作成婚時間上之證明。但孟氏即以作爲二十五歲成婚之證，這可以說是以無爲有。而義山祭外舅文中有謂「往在涇川，始受殊遇。綢繆之跡，豈無他人」。則義山的成婚，乃在涇原而不在長安；李氏南園，僅曾婚後借住；是孟氏之說，根本不能成立。若義山在曲江目成後，婚姻順利，則如前所述，義山何必一再懇求於李十將軍？漫成三首之三，「霧夕詠芙蕖，何郎得意初。此時誰最賞，沈范兩尚書」。前兩句指自己初婚之樂而言；下兩句乃謂成婚之同時，得周墀、李回兩學士（據張譜）鴻博之推薦。翰苑羣書重修學士壁記載周墀於開成二年十二月二十五日自考功員外郎知制誥，則其以「學士」推薦義山，必在開成三年。義山鴻博之試，雖始於開成二年之冬，但由吏部上之中書，此爲決定階段，則須在次年春的二、三月。義山與陶進士書，謂彼之應舉鴻博，係被一裴生者「挽拽不得已而入」，則所謂「周李二學士，以大法加我」，乃指吏部上之中書省的階段而言，故此事必在開成三年的二、三月間；則成婚的「此時」，亦必在開成三年的二、三月。依馮譜義山此時爲二十六歲，依張譜爲二十七歲。孟氏以義山爲二十五歲成婚之說，可謂毫無根據。更謂「意其婦年正相同」；以純屬想像之辭，湊成五十弦之數；我認爲孟氏治學的態度、方法，太不可靠了。

十四、嘗試之一——對文義的解釋

以下，再說我對此詩所作的文義解釋上的嘗試。

爲了確定此詩的意義，首先應確定義山用錦瑟一詞，到底有何意義。按義山詩中，除錦瑟詩外，大約有十處用到「瑟」字；茲簡表如下：

(一)送從翁從東川宏農尚書幕：「素女悲清瑟」。

(二)回中牡丹爲雨所敗：「錦瑟驚弦破夢頻」。

(三)送千牛李將軍(亦王氏壻)赴闕五十韻：「弦危中婦瑟，甲冷想夫箏」。馮註「自謂離其家室也」。

(四)七月二十八日夜與王、鄭二秀才聽雨後夢作：「逡巡又遇瀟湘雨，雨打湘靈五十弦。」馮註：「假夢境之變幻，喻身世之遭逢也。」按此聯乃指其因婚姻之悲劇，而有瀟湘之遊。

（五）寓目：「新知他日好，錦瑟傍朱櫳。」馮註：「客中思家之作」；按據此，則錦瑟乃其妻之象徵。

（六）曉坐：「淚續淺深綆，腸危高下弦。紅顏無定所，得失在當年」。馮註：「應茂元之辟，致令狐之怨，莫保紅顏，有自來矣。」按馮註非是。但此處之「腸危高下弦」，與（三）之「弦危中婦瑟」正同，亦有象徵其家室之意。

（七）和鄭愚贈汝陽王孫家箏妓二十韻：「秦人昔婦家，綠窗聞妙旨。鴻驚雁背飛，象床殊故里。因令五十絲，中道分宮徵。」馮註：「五十絲，瑟也。謂夫婦分離」。按此數句正謂其不得王茂元的歡心，以致其夫婦不能常聚。

（八）房中曲：「憶得前年春，未語含悲辛。歸來已不見，錦瑟長於人。」按此爲悼亡之作。

（九）西溪：「素女彈瑤瑟，龍孫撼玉珂」。馮註：「素女龍珂，並非泛設；謂昔年客中，憶在京妻子，尚得好好一寄消息。今則妻亡子幼，夢亦多愁矣」。

（十）今月二日，不自量度，輒以詩一首四十韻干瀆尊嚴；輒復五言四十韻詩一章獻上，亦詩人詠歎不足之義也：「寶瑟和神農」。

把上面十個例子加以統計，除（一）（十）兩例外，可以得出兩個結論：第一個結論是義山常以瑟或錦瑟作其婚姻、家室的象徵；合理的推測，錦瑟爲其妻陪嫁之物（此點已經有人說過），大概是可信的。第二個結論是，凡義山把瑟說成五十弦時，都是作爲「悲」的象徵；因封禪書中五十弦的神話，本是作爲「悲」的象徵的。把上面兩點弄清楚了，則可知錦瑟詩之作，乃義山在東川時，睹物（錦瑟）思人，引起了他青年時期的深刻回憶；在此回憶中，把婚姻問題和知遇問題凝結成爲一片感傷的情緒，因而寫出來的。而義山入蜀後，「三年以來，喪失家道，平居忽忽不樂，始克意佛事」（卷七樊南乙集序，作於大中七年十一月十日）；以「梧桐半死」（上河東公啓）之身，有夢幻浮生之感；此一精神狀態，也成爲作出此詩的思想背景。下面順著這觀點，試作逐句的解釋：

錦瑟無端五十弦：錦瑟本爲二十五弦；乃素女所彈者，竟無端爲滿含悲意的五十弦。以喻自己美滿的婚姻，竟化爲一生的悲劇。

一弦一柱思華年：此錦瑟的一切（一弦一柱），皆引起我對青年時代的深刻回憶。

莊生曉夢迷胡蝶：莊生夢爲胡蝶時，竟眞以爲自己是胡蝶，而不知（迷）這不過是夢中的胡蝶。以喻青年時所熱心追求的功名、婚姻等等，由今日想來，只是一場夢幻；但在當時並不覺（迷）其爲夢幻，而投下了自己全部的生命。

望帝春心托杜鵑：望帝是無可奈何地死去了；但望帝對春的待望之心，却寄托於夜半啼血的杜鵑身上，而永恆不絕。以喻自巳雖受了許多打擊，但對人世的悲願，則雖九死其猶未悔。正是「春蠶到死絲方盡，蠟炬成灰淚始乾」的更精約的表現。

按此句，可能是對王茂元的感情而言。他是一個無父無母，而又是篤於骨肉之情的人；所以他對王茂元的精神依恃，非尋常可比；一旦受到王茂元的嫌忌，其心理上的煩寃蘊結，也非尋常可比。意思是說，他希望求得王茂元的諒解，及敬愛王茂元之心，是始終不二的。正猶重祭外舅文之所謂「得仲尼三尺之喙，論意無窮。盡文通五色之毫，書情莫盡」。更可能指的是他青年時期對政治的激烈批評，乃是出於對君國無窮的悲願。不過，這種深厚的感情，常常是由許多情境涯積醞釀而成，而不必固執著某一情景。

滄海月明珠有淚：滄海月明，正採珠之時；但所採得之珠，竟然有淚，而成為一不幸之「淚珠」。以喻自己當時深受令狐楚之知遇、期許，乃今日竟成為生涯寥落，百無一成之人。

藍田日暖玉生烟：藍田日暖，景象清妍；而在此景象清妍中之良玉，却浮為烟靄，可望而不可即，令人把捉無從。以喻自己一生的溫暖，惟在己妻所給與的愛情，有如藍田的日暖；而妻則已死矣。這一副愛情，在今日也只能在想像中領受。

此情可待成追憶，只是當時已惘然：按此兩句的解釋，似易而實難。上句「可待」的意義，須在與下句「只是」的相對中去了解。上句「追憶」的意義，須在與下句「惘然」的相對中去了解。二句是一開一闔，中間有一意境的轉換，而不是直滾下來的。因此，「可待」乃「可値得」的反問口氣。意思是說，年輕時的這些情境，如夢如幻，還值得（可待）去追憶嗎？不過（只是）在當時却不知其爲夢幻（已惘然），而投下了我青年時期的全部生命了。

以上我所作的解釋，很難說已經達到了「追體驗」的目的；但比過去的解釋，似乎與此詩的氣氛、情調，稍稍切貼一點。

十五、嘗試之二——藝術性的分析

最後，我要稍稍分析一下，爲什麼這首難懂的詩，却有這樣的魅力。

最初引人注意的是這首詩所給與於人的美麗地形相，及與此形相相融和的流動而婉曼的韻律。「錦瑟」、「華年」、「曉夢」、「胡蝶」、「春心」、「杜鵑」、「滄海」、「月明」、「珠」、「藍田」、「日暖」、「玉」，都是美麗地形相。而這些美麗形相，放在一起，分量是相稱的；所以容易作有機體的連結，以形成一個統一地美麗形相。律詩的韻律，不僅靠平仄的諧和，更要求每一組（一句）乃至全組字句的音色音量，有自然的諧和、配合。它的變動，乃是在諧和中的變動。我們讀這首詩的時候，縱然對於它的意義不十分了解，對於故事的色彩有點稀奇；但在讀的音調中却不會感到有某一字音來得太硬或太軟，太促或太滯，這即是音色音量的配合調和的效果。韻律不流動便呆板；流動，在技巧上是由每一句內各字的飛沉輕重的互相錯落，及上下聯的虛實字互相錯落而來。更重要的是在文字後面有一股生命力在躍動，這便牽涉到最根本的意境問題。而形相與韻律之間，也應當有自然而然的配合。杜甫「落日照大旗，馬鳴風蕭蕭」，其景象大，韻律便自然嚴重。「細雨魚兒出，風輕燕子斜」，其景象小，韻律便自然輕靈。錦瑟詩的景象是美麗中的悲哀；所以它的韻律是婉轉而妙曼。

把錦瑟詩讀熟了以後，在緩步低吟中，也會感到在它的美麗、婉曼的形相、韻律中，却浮出一縷淡淡地哀愁；並且這種哀愁的氣氛，越挖越深，最後好像看到有一個被由愛憎怨慕交織而成的萬縷情絲所細縛著，正力求解脫，却尚未能完全解脫，甚至也不想完全解脫的詩人，站在與讀者若即若離的處所。這種魅力，不一定關於特定內容的了解的。

詩由典故景物所呈現出的形相，是客觀的。錦瑟詩裏的「華年」，乃屬於過去，依然是客觀的。從創作的精神過程講，是這些客觀的東西，先沈浸於自己的主觀感情之中，與感情融和在一起，經過醞釀成熟後而始將其表達出來；此時的典故、景物，本是由感情所湧出，因之，它是與感情同在；所以客觀中有主觀，主觀中有客觀；主客觀是融合而爲一的。但要將它表達於文字之上，却需要有很大的功力、技巧。錦瑟詩的興象深微，正表現了這種功力、技巧。客觀的景物、典故，略加轉折，即達到主客合一的境界。第一句的「錦瑟」、「五十弦」，第二句的「一弦一柱」，「華年」，都是客觀的。但第一句只介入「無端」兩字，第二句只介入一個「思」字，便把兩句所詠嘆的客觀景象，完全染上了主觀的——作者的感情了。第三、第四兩句，更進一步在客觀典故中，用一個字作轉折，如第三句用一「迷」字，第四句用一「托」字作轉折；第五、第六句則不見有轉折之迹，而僅用「有淚」「生烟」的點染，以達到每句的下三字，實承上四字而作了意境的轉換。這種轉折、轉換，一方面使每一句中的典故，陳述得很完整；例如第四句所述的望帝杜鵑的故事，幾乎沒有看到他人能在七個字裏，陳述得這樣完整的。而第五、第六兩句，實際每句是把兩個以上的有關故事，融鑄為一個故事；這中間都須要很大的想像與凝縮的力量。另一方面，經過轉折轉換後，把每一故事本身中所潛伏著的意味，顯發了出來；如第四句中的「托」字。甚至不一定為故事本身所固有，但為作者所要求於故事中的意味，也「生發」出來；如第三、第五、第六三句。這樣便使每一句中的故事，能深化為一完整而帶感傷地感情世界。第二句中的「思」字，便在中四句的四個感情世界中飄蕩；讀者的想像力，也在這四個感情世界中飄蕩。而四句相互間也是層層展開，層層轉折；在展開、轉折中，得到自然地諧和統一；這種功力深，却看不出用力之跡的技巧，乃是天才與功力結合在一起的大技巧。

還有第五、第六兩句，把兩個以上的典故融合在一起，例如第五句便把採珠、遺珠、淚珠等故事融合在一起，以構成他所要求的完整景象，却使人不感到有半絲半毫的拚湊之跡，這固然是大地功力、技巧的表現。而在第三句的莊生故事中，原故事只說到了「夢」，並沒有說是「曉夢」；他却輕輕添入一「曉」字，以與第二句的「華年」相應。第四句的故事，只是望帝化爲杜鵑，或蜀人見杜鵑而思望帝；其中並沒有「春心」兩字；但義山輕輕添入「春心」兩字，這便把此一故事完全點活，而使其得到了作者所要求的新生命。這說明一個偉大作者，不僅是假借客觀以象徵自己的主觀感情；同時在假借中，也對客觀注入了新的因素；使此一故事，雖然是客觀的；但也和中國的山水畫一樣，並非由模仿而來的客觀。因爲有這一道功力在裏面，便更使主客觀融合得渾淪一體。但這類新因素的注入，若才力不夠，使人看來便感到是附贅懸瘤，甚至於變成非驢非馬，那便失掉了表現的效果，失掉了藝術所必不可少的諧和性。

此詩第七、第八句，是前六句的收束，看來好似尋常。但第七句，義山是以他作詩時向佛教求解脫的心情，對上六句所說的加以否定；「可待成追憶」，猶言這些如夢如幻的事情，還值得追憶嗎？這對全詩而言，是一大轉折、一大跌宕。而第八句的「已惘然」，與第二句的「思」字呼應，又對前六句所說的，肯定過來；對第七句而言，却又是一個轉折，一種跌宕。必如此去領會，「只是」兩字，才有著落。全首從第一句到第八句，每句都有轉折、跌宕；句與句之間，又都有轉折、跌宕；而轉折、跌宕得不費氣力，以形成擁有豐富內容的諧和統一；這當然要算非常成功的作品。義山詩集中的七律，能達到此一境界的，大約也只有十幾首。

以上對錦琴詩的解釋、分析，並不是先拿一個什麼格套，硬把這種格套用上去。我的解釋分析，更不能說是對詩作解釋或鑑賞時的範例。不過，我願向對詩有欣賞興趣的人，指出下面一點：即是讀者與作者之間，不論在感情與理解方面，都有其可以相通的平面；因此，我們對每一作品，一經讀過、看過後，立刻可以成立一種解釋。但讀者與一個偉大作者所生活的世界，並不是平面的，而實是立體的世界。於是，讀者在此立體世界中只會估到某一平面；而偉大的作者，却會從平面中層層上透，透到我們平日所不曾到達的立體中的上層去了。因此，我們對一個偉大詩人的成功作品，最初成立的解釋，若不懷成見，而肯再反復讀下去，便會感到有所不足；即是越讀越感到作品對自己所呈現出的氣氛、情調，不斷地溢出於自己原來所作的解釋之外、之上。在不斷地體會、欣賞中，作品會把我們導入向更廣更深的意境裏面去，這便是讀者與作者，在立體世界中的距離，不斷地在縮小，最後可能站在與作者相同的水平，相同的情境，以創作此詩時的心來讀它，此之謂「追體驗」。在「追體驗」中所作的解釋，才是能把握住詩之所以爲詩的解釋。或者，沒有一個讀者眞能做到「追體驗」；但破除一時知解的成見，不斷地作「追體驗」的努力，總是解釋詩、欣賞詩的一條道路。

韓偓詩與香奩集論考

一、文學史中的一個懸案

韓偓，字致堯（註），小名冬郎，又自號玉山樵人。籍京兆萬年。唐書一八三有傳。他生於唐會昌四年（西紀八四四）。父親韓瞻（畏之），與李義山是同年進士，並同爲王茂元之婿。李義山隨柳仲郢入川東時，韓偓時年十歲，他曾即席爲詩相送，義山謂其「有老成之風」。但一直到龍紀元年（八八九）始成進士，時年四十五歲。後因助昭宗反正之功，於天復元年（九〇一）拜翰林學士承旨，知制誥，時年五十七歲。昭宗此時對他非常信任；而他在惡豎強藩，交相挾迫之中，也盡了最大的忠誠與智慧。並曾讓宰相而不爲。在昭宗天復三年（九〇三），他年五十九歲，終因朱全忠之逼而外貶濮州司馬，再貶榮懿尉，徙鄧州司馬。他大概即由鄧州轉漢口、湖南、江西，而避難於福建，當時福建的藩主爲王審知。從他到福建後所作的詩看，他在福建，一直是受到許多猜疑，生活得並不順暢。但因他的恬退自甘，與人無競，卒能遠禍自全。到福建後在福州大約住了一年；旋隱居沙縣、尤溪，最後隱居南安縣以卒。時爲後唐莊宗同光元年，即西紀九二三年，得年八十歲。這中間唐室曾兩次要他復職；他見大局已無可爲，都沒有接受。但眷懷故君故國，而不屑與當時奔走於各僭主間的士大夫同流合汚，其志節遠非當時士大夫所能及。下面兩首詩，大概可以代表他入閩以後的心境，茲錄於下：

余臥疾深村，聞一二郎官今相（一作稱）繼使閩越，笑余迂古，潛於異鄉，聞之因成此篇。

枕流方採北山薇，驛騎交迎市道兒。霧豹祇憂無石室，泥鰌唯要有汚池。不羞莽卓黃金印，却笑羲皇白接䍦。莫負美名書信史，清風掃地更無遺。

安貧

手風慵展八行書，眼暗休尋九局圖。窗裏日光飛野馬，案頭筠管長蒲盧（果蠃）。謀身拙爲安蛇足，報國危曾捋虎鬚。滿世可能無默識，未知誰擬試齊竽。

註：唐書謂韓偓字致光。胡仔漁隱叢話前編謂字致元。計有功唐詩紀事謂「字致堯。今日致光，誤矣」。唐才子傳亦作致堯。余所見三舊鈔本，所出皆不同（見後），其署銜均作致堯。四庫簡明目錄標注續錄中著錄之涵芬樓所藏宋本翰林院集，其署銜亦作致堯。由此可知四庫全書總目一五一卷韓內翰別集條下謂「劉向列仙傳稱偓、佺，堯時仙人，堯從而問道；則偓字致堯，於義爲合」之言爲可信。

韓偓留下的詩，唐書藝文志著錄有「韓偓詩一卷，香奩集一卷」。就現行集中可信爲韓偓的作品來看，寫景較姚合爲自然，言情較許渾爲眞切。近體詩於溫婉之中，有深厚之致，非晚唐一般靡靡之音可比。顧百年來同光體大行，淸蒼、奧衍兩派，各有源流，言及韓偓詩的特少。此固爲一代風氣所限。但南宋以來，無形中以香奩集爲韓偓詩的代表作；其中有一部分風懷詩，軟熟鄙俗，爲帶有嚴肅心情的同光作者所不喜，因而便很少留心到他，也是必然之勢。（註）

註：關於同光詩之兩派及其源流所自，陳衍石遺詩話卷三第二頁，言之頗詳。而同光詩人中之大家，無不對人生、對時局，懷有嚴肅的心情，故在表現上自然走向淸蒼奧衍之路：非僅詩的技巧流變使然。

但香奩集到底是否出於韓偓，迄今是文學史中的一個懸案。今日如要進一步論定韓偓的詩，首須對此懸案作一解決。本文即係對此問題，提出一種答案。

首先對香奩集提出問題的，是沈括的夢溪筆談；茲抄錄在下面：

「和魯公（凝）有艷詞一編名香奩集。凝後貴，乃嫁其名爲韓偓，今世傳韓偓香奩集，乃凝所爲也。凝生平著述，分爲演綸，遊藝，孝悌，疑獄、香奩，籯金六集。自爲游藝集序云：『予有香奩，籯金二集，不行於世。』。凝在政府，避議論，諱其名；又欲後人知，故於游藝集序述之，此凝之意也。予在秀州，其曾孫和惇家藏諸書，皆魯公舊物，末有印記甚完」（卷十六。）

按沈括（一〇三一——一〇九五）的筆談，撰述於元祐年間（一〇八六——九三）。他以博洽著聞，特究心當代掌故及天文算法鍾律之學。在政治主張上他是站在王安石變法的一邊，與當時道學諸公，略無關係。他說香奩集是和凝嫁名，乃因他曾親見和凝游藝集的自敍；與他自己對詩的態度毫不相關。和凝（八九八——九五五）新舊五代史皆有傳。舊五代史卷一百二十七和傳謂其「平生爲文章，長於短歌艷曲」。舊五代史注引宋朝類苑記其有香奩集嫁名於韓偓事，實取材於夢溪筆談。新舊五代史皆說他有集百餘卷，自鏤板以行於世。鄭樵通志藝文略尙著錄有和凝演綸篇五十卷，又游藝集五十卷。今已不傳。宋史文苑傳中，有和凝之子和峴和㠑傳。㠑傳中謂「凝嘗取古今所傳聽訟、斷獄、辯宼、雪枉等事，著有疑獄集，㠑因增益事類，分爲三卷，表上之」。又謂㠑「並補注凝所撰古今孝悌集成十卷以獻」。由此可證筆談所擧和凝著作之可信，因而他所看到游藝集自序也是可信的。晁公武郡齋讀書志引沈括之說，而結之以「或謂括之言妄」，則晁氏對此一公案，實持兩可之見。

另一提出問題的是葉夢得。他說：

「偓在閩所爲詩皆手自寫成卷。嘉祐間，裔孫奕出其數卷示人。龐頴公爲漕，取奏之，因得官。詩文氣格不甚高。吾家僅有其詩百餘篇。世傳別本有名香奩集者，唐書藝文志亦載，其辭皆閨房不雅純。或謂江南韓熙載所爲，誤以爲偓；若然，何爲錄於唐志乎？熙載固當有之。然吾所藏詩中，亦有一、二篇絕相類，豈其流落無聊中，姑以爲戲；然不可以爲訓矣」。

又：

「吾家所藏偓詩雖不多；然自貶後，皆以甲子歷歷自記其所在……其大節與司空表聖略相等；惜乎唐史不能少發明之也」（上見四部要籍序跋大全集部甲輯所引頁七二）

謂香奩集出於韓熙載，不出於葉夢得本人，而出於身份不明的「或謂」，葉夢得並不十分相信。但韓偓裔孫所出之詩卷，及夢得自己所藏者，皆非香奩集；而香奩集乃「世傳別本」，則是說得非常明白的。按韓熙載（九〇二——九〇七）宋史四百七十八的南唐世家，及馬令南唐書，和陸游南唐書，皆有傳。宋史言其「畜妓妾四十餘人，多善音樂，不加防閑，恣其出入外齋，與賓客生徒雜處」。馬令南唐書所載略同。宋鄭文寶南唐近事謂其「放曠不羈，所得俸錢，即爲諸姬分去。乃著衲衣負筐，令門生舒雅執手板，於諸姬院乞食，以爲笑樂」。他是公開地帷薄不修的人，所以有客賦詩謂「最是五更留不住，向人枕畔著衣裳」。但他「才高氣逸，無所卑屈，擧朝未嘗拜一人」（本傳）。善碑記文字，而不肯因貨賄濫著一語。徐鉉嘗爲之作唐故中書侍郎光政殿學士承旨昌黎韓公墓誌銘，謂其「美秀而文，中立不倚。率性而動，不虞悔吝。聞善若驚，不屑毀譽；提獎後進，爲之聲名……俯視權幸，終不降心……風流儒雅，遠近式瞻。向使檢以法度，加以愼重，則古之賢相無以過也。」所以他是一位很難得的大名士。兪正燮癸巳類稿卷十五有韓文靖公事輯，徵引文獻近三十種；由其故事流傳之廣，可知其在當時的聲名，遠在和凝之上。

上面兩種說法，以沈括的說法影響最大；其中最著者除前引之宋朝類苑外，尚有尤袤的全唐詩話，亦信其說。此後則有明代之胡應麟。他說：

香奩集，沈存中（括）、尤延之（袤）並以為和凝作；凝少日為此詩，故嫁名韓偓。又不欲自沒，故於他文（按游藝集自序）中見之。今其詞與韓不類，蓋或然也。方氏律髓（按指方虛谷之瀛奎律髓），以偓同時吳融有此題（按指集中之無題詩，見後）為證，不知此正凝假託之故。不然，胡以弗託之溫、韋諸人，而託之偓？（按胡氏意謂正因吳融有和韓偓無題詩，故和凝即緣以假託於韓偓而使人不疑）葉少蘊（夢得）以為韓熙載，則姓與事皆近之。總之，俱五代耳。葉以不當見（於）唐志為疑，此不然；唐志如羅隱、韋莊、劉昭禹輩，皆五代人也」。（少室山房筆叢卷三十二四部正僞下）。

又謂：

「和凝字成績，生平撰述共分六種，香奩集其一也，今獨此傳。其句多浮艷，如「仙樹有花難問種，御香聞氣不知名」。「鬢髮香頸雲遮藕，粉著蘭胸雪壓梅。」「靜中樓閣春深雨，遠處簾櫳夜半燈」。（按上各詩皆見瀛奎律髓）方氏以為韓偓，葉少蘊以為韓熙載。大概晚唐五代，調率相似。第偓當亂離之際，以忠鯁幾殺身，其詩氣骨有足取者，與香奩集不類。謂凝及熙載，則意頗近之。詩話總龜又載凝「桃花臉薄難成醉，柳葉眉長易攬愁」之句，可證云。」（詩藪雜編卷四閏餘上）

按胡氏信香奩集非出於韓偓，係由詩的「類」或「不類」着眼。而他所引以證爲和凝的兩句詩，今見於香奩集復偶見三首中之第二首，詩爲「桃花臉薄難藏淚，柳葉眉長易覺愁」，字句稍有異同，然兩者本爲一詩，則是無可疑的。但我遍查詩話總龜，只卷四十八下引王直方詩話一則中有謂「德麟（趙德麟）小詞，有臉薄難藏泪，眉長易覺愁之句，人多稱之；乃全用香奩集桃花臉薄難藏淚，柳葉眉長易覺愁一聯詩，但去其上四字耳」。據此，則胡氏謂此係和凝的詩，當係誤記。

反對沈括說法的也很多，但最有力的要算宋葛立方的韻語陽秋上的一段話；其他反對沈括之說的，皆援此以立論。他說：

「韓偓香奩集百篇，皆艷詞也。沈存中筆談云『乃和凝所作……』。今香奩集有無題詩序云『余辛酉年（九〇一）戲作無題詩十四韻，故奉常王公，內翰吳融，舍人令孤渙，相次屬和。是歲十月，一旦兵起，隨駕西狩，文稿咸棄。丙寅歲（九〇六）在福州，有蘇緯以稾見授，得無題詩，因追詠舊詩，闕忘甚多』。予按唐書韓偓傳……以紀運圖考之，辛酉乃昭宗天復元年，丙寅乃哀帝天佑三年。其序所謂『丙寅歲，在福州，有蘇緯授其稾』，則正依王審知之時也。稽之於傳與序，無一不合者，則此集韓偓所作無疑。而筆談以爲和凝稼名於偓，特未考其詳耳。筆談云『偓又有詩百篇，在其四世孫奕處見之。』豈非所謂舊詩之缺忘者乎」。（韻語秋陽卷五）

按上面葛氏的話，可謂言之有物。再加上吳融的唐音集中，確有和韓致光（致堯）侍郎無題三首十四韻的詩，（苕溪漁隱叢話前集卷二十三引遯齋閑覽，即强調此點。）更加上香奩集前面有韓偓的自序（今人胡道靜在夢溪筆談校證卷十六中，即强調此點）。則沈括筆談之說，可謂無成立之餘地。但沈括是一個富有徵實精神的人；和凝的游藝集自序，是他親眼所見，非展轉傳說可比，這又如何解釋呢？於是有人便認爲沈括所看到的和凝自序中所說的，乃是另一香奩集。所以苕溪漁隱叢話前集二十三引遯齋閑覽謂「……然凝之香奩集，乃浮艷小詞。所謂不行於世，欲自掩耳。安得便以今香奩集爲凝作也？」按韓偓在當時的詩名相當大，而和凝生年又與之相去不遠。若和凝知韓偓有香奩集，他當不致故意與之雷同；因爲他自己是有地位的人。若和凝不知韓偓有香奩集，而將自己的浮艷小辭編爲香奩集，那未免太巧合了。且今全唐詩中收有和凝宮詞百首及雜詩八首。在附逸詩中，又收有他的「浮艷小詞」二十四首，皆未聞有香奩集之名。而今日香奩集中，也正錄有些浮艷小詞；所以認爲有兩香奩集之說，亦很難成立。然則在這兩相矛盾，又各有根據的不同說法中，如何能找出一條解答的途徑呢？

二、在韓集著錄及版本的情況中找問題的線索

爲得解答上述問題，我想先從韓集著錄的情形着手。

韓偓集著錄最早的當爲唐書藝文志的「韓偓詩一卷」又「香奩詩一卷」；唐書成於宋嘉祐五年：即一〇六〇年。其次爲晁公武的郡齋讀書志的「韓偓詩二卷，香奩集不載卷數」。其次當爲陳振孫書錄解題的「香奩集二卷，入內庭後詩集一卷，別集三卷」。又其次當爲馬端臨文獻通考經籍考七十的「韓偓詩二卷，香奩集一卷」。又其次則爲宋史藝文志七的「韓偓香奩小集一卷，又別集三卷」。全唐詩則謂「翰林集一卷，香奩集三卷，今合編四卷」。而在合編四卷中，翰林集實爲三卷，香奩集實爲一卷，與它序錄中所說的卷數恰恰相反。由此可以推知序錄所說的卷數，是出於它所根據的底本的分卷；而在它合編中的卷數，則係按照詩實際的分量分的卷。四庫全書總目未收香奩集而僅著錄韓內翰別集一卷。增訂四庫簡明目錄標注中有「韓內翰別集一卷，汲古閣刊本。又刊香奩集一卷」。續錄中有「涵芬樓藏翰林院集一卷，十行十八字，次行題全銜『翰林學士承旨行尚書戶部侍郎知制誥上柱國萬年韓偓字致堯』，繆藝風云，是宋本。元刊香奩集三卷。汲古本香奩集別刊」。四部叢刊影印有舊鈔本玉山樵人集附香奩集不分卷(以後簡稱「影印舊鈔本」)。所謂「玉山樵人集」，即是「韓翰林集」

或「韓內翰別集」。關中叢書收有吳評韓翰林集，內分翰林集三卷，香奩集三卷，及補遺（從全唐文中錄出），其中有吳汝綸吳闓生父子的少數評注；而讎校編定，蓋出於吳闓生之手（以後簡稱「吳校本」）。其所收數量與全唐詩相同；並將全唐詩附逸詩所收韓偓的生查子一首，浣溪沙二首，一並編入。但全唐詩香奩集，原編爲一卷，而吳校本則割裂爲三卷；乃將全唐文中韓偓之黃蜀葵賦紅芭蕉賦收入，以足成三卷之數。周昂十國春秋拾遺在「閩」下有一條謂「滔(黃滔)以詞賦名家，有紅芭蕉，黃蜀葵雜賦，皆膾炙人口」（十國春秋一百十五卷八十六頁）。周氏未註明所出，但拾遺全從各種文獻中輯集而成，可以斷言其必有所出。韓偓的聲名比黃滔大，兩人晚年又同時在閩。以常情推之，聲名大者的作品，誤傳爲聲名較小者的作品，其可能性較小。則此兩賦之出於黃滔，或更爲可信。由此亦可窺見韓偓詩文由後人加以附益的情況。

此外，中央圖書館善本書中藏有翰林集鈔本一冊（以後簡稱「甲舊鈔本」），其中收有翰林集及香奩集，皆不分卷。而兩集首之次行，皆各署全銜「翰林學士承旨行尚書戶部侍郎知制誥韓偓字致堯」，由此亦可知兩集之原爲別行。又藏有鈔本二冊（以後簡稱「乙舊鈔本」），署全銜與甲舊鈔本同；其翰林集之內容，與吳校本同；但未收香奩集。

由上面的敍述，可以了解下面三種情況：

一、香奩集早有定名，惟宋史藝文志加一「小」字。而香奩集以外之韓偓詩，其名稱則頗有變遷。二者不僅很早便已分別成集，而且很早已經分別流行。

二、香奩集以外之詩，最早稱爲韓偓詩，以後乃有翰林集，韓內翰別集，玉山樵人集等名稱（本文中以後統稱爲翰林集。）。其中變遷最大者，則爲自陳振孫書錄解題起，加上「別集」兩字。

三、卷數皆由一卷而演變爲二卷乃至三卷。

由上述的三種情況，更可以推出如下的三種情況：

一、韓偓有一部份詩，很早便預定有香奩集的名稱。並據韓偓香奩集自序，這名稱是韓偓自己所定的。此外的詩，因韓偓自己未取上名稱，故久無定名。

二、「別集」名稱之出現，可能是香奩集裏的詩，特別引起了人們的注意，而即以之爲韓偓的代表作；所以把香奩集以外的詩，便稱之爲「別集」。若按照唐書藝文志著錄的情形來看，則香奩集應稱之爲「別集」；因「韓偓詩」才是他的詩的全稱。所以葉夢得便將香奩集稱之爲「世傳別本」；這代表了北宋時代對兩種詩的看法，和南宋以後的看法的不同。

三、卷數的增加，可能出於編校者隨意的離合；亦可能是出於後來的人，對詩的數量有所增加。

現在我首先要研究的是，按照韓偓詩的性質而編成兩種集子，到底那一種集子與韓偓本人的關係最爲密切呢？粗略地看，香奩集有韓偓的自序，當然香奩集是韓偓自定的名稱，也即是由他生前所編定，所以它和韓偓本人的關係最爲密切。假定是如此，香奩集便不會發生應當誰屬的問題。但據我的考查，情形恰恰相反。先看看下面幾種材料。

沈括夢溪筆談卷十七：

「唐韓偓爲詩極淸麗。有手寫詩百餘篇，在其四世孫奕處。偓天復中避地泉州之南安縣，子孫遂家焉。慶曆中，予過南安，見奕出其手集，字極淳勁可愛。數年後，奕詣闕獻之；以忠臣之後，得司士參軍，終於殿中丞。又予在京師，見偓送習光上人詩，亦墨跡也，與此無異。」

文獻通考經籍考：

「石林葉氏曰，偓在閩所爲詩，皆手寫成卷。嘉祐間，裔孫奕出其數卷示人……吾家僅有其詩百餘篇。世傳別本有香奩集者，唐藝文志亦載，其辭皆閨房不雅……。」

「又曰……吾家所藏偓詩雖不多，然自貶後皆以甲子歷歷自記其所在……。」

苕溪漁隱叢話前集二三引陳正叔遯齋閑覽云：

「筆談（按指夢溪筆談）謂香奩集乃和凝所爲，後人嫁其名於韓偓，誤矣。唐吳融集中有和韓致元侍郎無題兩首，與香奩集中無題韻正同。偓叙中（按此指無題詩之序），亦具載其事。又嘗見偓親書詩一卷，其裊（褭）娜、多情、春盡等詩，多在卷中（按指偓親書詩一卷而言）。偓詞致婉麗，非凝言『余有香奩集不行於世。』……」

我們先不問上面各人對香奩集的看法如何，而只注意下列三點：

（一）沈括所看到的手寫詩百餘篇，最爲確實可靠，這百餘篇當然不是香奩集；否則他便應修正筆談卷十六香奩集出於和凝的記載。而此一手寫詩，又曾被遯齋閑覽的作者陳正叔所親見過。葉夢得因未親見此手寫卷，所以他對此手寫詩的情形，說得有點含混。第一，此手寫卷乃在閩時寫定，其中有許多是在閩所作，但並非全係在閩所作。他僅提到「在閩所爲詩」，是不妥當的。親眼看到的沈括，並不曾說他所看到的是「在閩所爲詩」。第二，葉氏所謂「出其數卷示人」的「數卷」，只是手寫的數紙，不一定與編集成卷之卷，同其意義。

（二）葉夢得自己保有韓偓的詩百餘篇，這百餘篇是經過韓偓自己「皆以甲子歷歷自記其所在」的。他只說其中有一二篇與香奩集中的詩相類，可知這分明不是香奩集。遯齋閑覽的作者所親看到的偓親書詩卷中，內有多情，裊娜，春盡三詩。春盡詩未在香奩集中重見；裊娜，多情兩詩，則皆在香奩集中重見。多情詩的元注是「丁卯年作」，這是唐亡的九〇七年；韓偓於上一年丙寅秋到福州，此時大概還在福州。裊娜詩的元注是「庚午年在桃林場作」，這是唐亡後的第三年，即九一〇年。這都是他晚年的詩。而春盡一首，若按在前第十三首驛樂詩的元注「癸酉年在南安縣」，及在前第十首的元注「南安寓止」來推測，則此詩也應當是他在南安縣時之作，時間當仍爲癸酉年，即九一三年，更是晚年之作。而這首詩正是他最高的代表作；因爲這是他把亡國之恨，及一去不返的難盡春情，融化在一起的作品，我順便錄在下面：

惜春連日醉昏昏，醒後衣裳見酒痕。細水浮花歸別澗（一作浦），斷雲含雨入孤村。人閑易得（一作有）芳時恨，地迥（一作勝）難招自古魂。慚愧流鶯相厚意，清晨猶爲到西園。

若如香奩集自序所說，裏面的詩都是少作（見後），則此三詩只能歸入翰林集，而不能歸入香奩集。但事實上，此三詩正在韓偓手寫本中。其中有兩詩在香奩集中，乃是「重見」的性質、

（三）葉夢得因爲沒有看見韓偓手寫本，不知道手寫本的詩數有多少。但曾親見過的沈括，則明說是「有詩百餘篇」，此與葉氏自己所保有的百餘篇，實爲暗合。而葉氏所保有的皆由偓注有甲子，則與手寫本實係同出一源。於是我不妨假定，韓氏在晚年自己編寫自已的詩，除他的四世孫韓奕所保有的手寫本外，當時還另有副本流通印刻行世。今日如把全唐詩所收的韓偓詩中，將其詩題記有甲子的詩，元注注有甲子的詩，及由元注「此後○○年作」可推得出甲子來的詩，加以統計，亦約略爲百餘篇之數，與葉氏所保有的數字相符。將此數字編成詩集，亦只能編成一卷。所以遯齋閑覽作者所見的手

寫詩，恰是一卷。由此再加推測，唐書藝文志所著錄的韓偓詩一卷，亦正與上述的情況相符，它與葉氏所保有的韓偓詩，都是出於韓偓的手寫本。這即是今日翰林集的底本。奇怪的是，韓偓手寫本的詩不是香奩集；葉夢得所保有的詩，也不是香奩集。這不僅可以說明在北宋的韓偓詩與香奩集，完全是各成系統，各別流通；而且可得一結論是，翰林集與韓偓的關係，遠較香奩集為親切。因爲它是出自韓偓本人的手寫本。

三、香奩集的一篇假序

現在我要進一步說明香奩集的自序，不是韓偓的作品，甚至也不是和凝的作品，乃是和凝以後的人的冒名僞作。先根據吳校本把原序抄在下面：

「余溺於章句，信有年矣。誠知非士大夫所爲；不能忘情，天所賦也。自庚辰辛巳之際，迄己亥庚子之間，所著歌詩，不啻千首。其間以綺麗得意者亦數百篇，往往在士大夫口，或樂官配入聲律。粉牆椒壁，斜行小字，竊詠者不可勝紀。大盜入關，緗帙都墜。遷徙流轉，不常厥居。求生草莽之中，豈復以吟詠（一作諷）爲意。或天涯逢舊識，或避地遇故人，醉詠之暇，時及拙唱。自爾鳩集，復得百篇；不忍棄捐，隨即編錄。遐思宮體，未降（一作解）稱庾信攻（全唐文作工）文。却誚玉臺，何必使徐陵作序。粗得捧心之態，幸無折齒之慚。柳巷青樓，未嘗糠粃。金閨繡戶，始預風流。咀五色之靈芝，香生九竅。咽三危之瑞露，美動七情。若有責其不經，亦望以功掩過。玉山樵人（按吳校本倒誤作玉樵山人）韓致堯序」。

按上面序中所說，則香奩集裏的詩，是韓偓自己所追錄編集的。不僅從北宋人所看到的韓偓手寫本及其元注，可以證明韓偓到福建後，曾追錄自己的篇什，而篇什大約為百餘篇。且現時香奩集中，即有「思錄舊詩於卷上，凄然有感，因成一章」的詩，茲錄於下：

緝綴小詩鈔卷裏，尋思閑事到（一作動）心頭。自吟自泣（一作淚）無人會，腸斷巫山第一流。

同時，在他所緝綴的詩中，本有由他人以舊稿見授，因而加以紀錄的；現香奩集中有「無題」四首者即是。茲將此詩前面小序簡錄如下：

「余辛酉戲作無題十四韻，故奉常王公相國，首予繼和；故內翰吳侍郎融，令狐舍人渙，閣下劉舍人崇譽，吏部王員外渙，相次屬和。是歲十月末，余在內直，一旦兵起，隨駕西狩，文稾咸棄，更無孑遺。丙寅年九月，在福建寓止，有前東都度支院蘇緯端公，挈余淪落詩稾見授，中得無題詩一首。因追味舊作，缺忘甚多；惟第二、第四首髣髴可記，其第三首才得數句而已；今亦依次編之，以俟他時偶獲全本。餘五人所和，不復憶省矣。」

從上面的短序看，除無題詩外，見授的當然還有其他的詩。這都與香奩集自序所說的追錄編集的情形相合。不過，韓偓在暮年把由追憶、見授，及當時所作的詩，手寫成集的時候，是否除了他四世孫所保存的手寫卷，及葉夢得所保有的，也即是唐書藝文志上所著錄，而未確定一個特定名稱的「韓偓詩一卷」以外，還另外親自編了一部集子，並特給以一個香奩集的名稱呢？若是如此，則北宋人所看到的手寫本，何以皆不是香奩集呢？同時，假定他把自己的詩分成兩種性質，編成兩個集子，但是否只為香奩集作序，而不為另一眞正代表他晚年生活的集作序呢？我想，在常情上，已經是不大可能的。

再把這篇自序略加分析，全唐詩無自序；全唐文所錄者首尾不全。吳校本自序之尾款與甲舊鈔本同。而印影舊鈔本的自序，尾款則署為「翰林學士承旨行尚書戶部侍郎知制誥韓偓敍」，與吳校本及甲舊鈔本皆不同。若此序為韓偓所自作，則其所自署的尾款自無不同；而鈔者、印者，亦當因之而不得有異。現就我所能看到的，分明是兩種不同的自署的尾款，這當然首先引起我的注意。

其次，若此序係韓偓自作，則此序究作於入閩以前，抑作於入閩以後呢？就序文中「或天涯逢舊識，或避地遇故人」的情境，及尾款的情形說；並就集中有許多詩又可斷定為入閩以後的詩來說；則香奩集的編定，及自序的制作年代，當在韓偓入閩以後的暮年。現根據此一假定，將序文作進一步的考查。則發現：第一，全唐文八二九收有韓偓六篇文章，及十一則手簡。在六篇文章中，除兩篇賦可能是出於黃滔者外，另有諫奪制還位疏及論宦官不必盡誅兩文是散文；御試織狀是駢文。惟有香奩集自序，則前半段是散文，後半段是駢文；駢散兼行，於韓偓的文體爲不類。第二，他一開始便「余溺於章句，信有年矣，誠知非士大夫所爲」；「章句」何以非士大夫所爲？已不合當時情實。而下面又說自己的詩是「往往在士大夫口」，這豈不是自相矛盾？第三，序中說「庚辰辛巳之際，迄己亥庚子之間，所著詩歌不啻千首，其間以綺麗得意者亦數百篇。」則是在千首詩中，兩種性質的詩都有。但何以他從「舊識」「故人」所得的百篇，只是屬於綺麗性質的詩呢？從他的無題詩的短序看，蘇緯端公所授給他的淪落了的詩，無題僅其中之一。而他在此序中所說的「舊識」「故人」，却只授他以「綺麗得意」的詩，豈不可怪？第四，若如序中所說，這類的詩，被人以「斜行小字」，寫在「粉牆椒壁」之上，所以他的「舊識」「故人」，偏偏只記得這一類的詩。但「粉牆椒壁」題詩，乃唐代比較太平時的景象，與韓偓公私板蕩殘破的時代背景不合。第五，序中說「求生草莽之中，豈復以吟詠爲意？」按韓偓自天復三年貶謫，便經漢口轉湖南經江西而入福建，皆在求生草莽之中。不僅在今日可證明爲韓偓自己手寫的百餘篇的詩中，多是求生草莽之中的作品；而尤以在福州、沙縣、南安縣、桃花場者爲多。且在香奩集中，可斷定爲韓偓的作品裏面，亦多爲求生草莽之中的作品。此序若假定是韓偓暮年所作，當然也是在福建時求生草莽之中所作的。在求生草莽之中作序，却忘記了自己在求生草莽之中也在作詩，這如何加以解釋呢？第六，由前面所錄的韓偓思錄舊詩於卷上的一首絕句，可知他追錄舊詩時的精神狀態是「凄然有感」，是「自吟自泣」；這與他所經歷的平生，及當時的心境，是很恰合的。此絕句今日正在香奩集中。但他在爲香奩集作序時，却是「咀五色之靈芝，香生九竅。咽三危之瑞露，美動七情」的輕薄色情狀態，這不僅與上引絕句中所流露出的感情相矛盾，並且像這種老色情狂，實有點近於毫無心肝了。第七，最引起我注意的是，序中「自庚辰辛巳之際，迄己亥庚子之間，所著詩歌，不啻千首」的幾句話。庚辰是唐懿宗咸通元年，即西紀八六〇年，時韓偓十七歲。辛巳是其次年，時韓偓爲十八歲。己亥是唐僖宗乾符六年，即西紀八七九年，時韓偓三十六歲。己亥之次年爲庚子，時韓偓爲三十七歲。上面序中兩句話的意思是說，他自十七歲時起，到三十七歲時止，二十年間，有詩千首。並照序中「大盜入關（按當指黃巢於僖宗乾符七年庚子入長安而言，時西紀八八〇，韓偓三十八歲）……豈復以吟詠爲意」的一段文氣來看，韓偓自三十七歲以後，便沒有作詩；最低限度，也是極少作詩。這不僅與情實不合；並且在香奩集中，除了一部份可以推定是少年之作以外，其中可斷定爲韓偓的詩裏面，有的分明是五十七歲以後之作，乃至是到了福建以後之作。爲什麼他在自序中，却肯定的說都是十七、八歲到三十七歲時的作品呢？若把現時翰林集中的詩，及香奩集中的詩，加以統計，則凡有明白年月可考的，最早是始於昭宗景福二年乙卯，即西紀八九五年，時韓偓五十二歲。最晚爲癸酉，即西紀九一三年，時韓偓七十歲。照其元注「已後〇〇年作」之例推之，自七十歲到八十歲的十年間（他死時八十歲），當然還有若干詩在裏面；而在五十二歲以前，也會有若干詩在裏面。但韓偓手寫詩的重點，却是五十二歲至七十歲的這一段時間裏的詩，是毫無可疑的。爲什麼當他編定香奩集而作序時，却止說到十七歲到三十七歲時的詩呢？

以上所提出的問題，若單獨的看，則其中第一第二兩問題，或可歸之於偶然的因素。但合在一起看，便決不能解釋爲偶然的因素。尤其是尾款的互歧，及第三到第七所分析出的矛盾，乃鐵案如山；而只好認爲這篇序是由對韓偓的情形，並不十分清楚的人所僞託的。並且這個僞託的人，我認爲如後面所說的理由，不是出於編定香奩集的和凝；因爲他無僞託此序的必要，而是出於和凝以外以後的人。

但這裏，又發生由版本不同所引起的問題。我把我所能看到的三種不同的版本的序文，曾詳加對照，發現有兩個差異。一是吳校本的「迄己亥庚子之間」，在影印舊鈔本則是「迄辛丑庚子之間」；「辛丑」乃庚子之次年，時間較吳校本拉後一年。但按干支順序，庚子應在辛酉之前，而序文中却把辛丑放在庚子的前面，不很合理，故似以吳校本所根據的底本爲優。甲舊鈔本則作「迄己丑庚子之間」，按己丑爲唐懿宗咸通十年，即西紀八六九年，時韓偓二十六歲；下距庚子，尙有十一年；則此兩干支之連用，更無意義。故甲舊鈔本的「己丑」的「丑」，可能是「己亥」的「亥」字之訛。另一是吳校本的尾款爲「玉樵山人韓致堯序」（應爲玉山樵人），與甲舊鈔本相同。但唐人爲書作序，常以其官其名，署款在標題之下或其次行。其署款於末尾者，除元稹爲白居易的長慶集作序，不署己「名」而署己「字」稱「微之序」，以示親暱外，則多只署名而不署字。至宋始多先名而後字。全唐文所載韓偓的手簡十一帖，便皆稱「偓狀」。所以從吳校本及甲舊鈔本的尾款看，只稱別號及字，而不稱名，與常規不合；益信此序出於妄人之手。

影印舊鈔本此序的尾款是「翰林學士承旨行尚書戶部侍郎知制誥韓偓敍」，這便與當時的正常款式及韓氏的職位，完全相合。但若照此尾款推測，則作此序的時間當是昭宗天復元年辛酉（西紀九〇一），韓偓此時五十七歲。因爲他作翰林學士，正是此年；而是年十一月，即倉促「隨駕幸岐」，旋即「隨駕在鳳翔」。到了「天復三年二月二十二日」，已被謫「出官經硤石縣」（以上皆見元注）。從天復元年十一月到被謫時，倉皇轉徙，不可能有閑心情編香奩集，並爲之作序。若此序眞如尾款所示，乃韓偓在天復元年所作，則此時正是韓偓一生中的黃金時代；不僅從現時詩集所保留的詩篇中，有許多都是此時以後所作；而序中所說的「或天涯逢舊識，或避地遇故人」的這類的話，更是荒謬不經了。從收錄詩篇的情形看，影印舊鈔本所根據的底本，在吳校本及甲舊鈔本所根據的底本之前（見後），所以可能是後人看到影印舊鈔本「辛丑」與「庚子」的倒置，及自序尾欵與自序內容的過分矛盾，所以才改成吴校本及甲舊鈔本的底本的樣子。但其露出了作僞馬脚，已如前述。

綜上所述，我現在可以先作如下的三點結論：

一、韓偓在福建時自編而且手寫的詩，只有唐書藝文志著錄的「韓偓詩一卷」，但他自己並不曾定下名稱。這是今日流行的「韓翰林集」的底子。但今時所流行的翰林集裏面，則由後人補入了社會上所流傳的韓偓的詩，並滲入了非韓偓的作品。

二、在上述的韓偓自編集裏，收了一部份較爲綺麗的詩；但並未另編一集。現行香奩集中雖然有他的詩，但香奩集的本身，非韓偓自己所曾與知的。

三、沈括親自看到和凝遊藝集序中自稱余有香奩集的話，是可信的。但這句話並非一定說明集裏所收的詩都是和凝自己的。前面提到和凝的孝悌，疑獄兩集，是由編集而成。通志文藝略著錄的演綸集五十卷，游藝集五十卷，從書名及卷數之多來看，亦可推其由編集而成。唐人照自己的好尙而選他人之詩以成詩集的，據唐音癸籤卷三十一所載，有十九種之多。五代人選的也有十三種；並且多是小集。則和凝選集韓偓一部分較爲綺麗之詩，再加上自己的一些少作，以成香奩集，這從當時選詩的風氣看，從和凝個人著作的體例看，從現有香奩集的內容（見後）看，是相當合理的。

在這種情形下，他無嫁名於韓偓的必要。更不必僞造這樣一篇不够水準的序。現全唐文八五九收有他的四篇文章，比這篇自序高明得多。不過，和凝因爲當時自己的政治地位很高，對於自己少年的風懷詩，不好意思寫上自己的名字；而韓偓的詩名，在當時已很大；當香奩集漸漸行世以後，他人看到其中有韓偓的詩，便認定此集是全屬於韓偓的；和凝及其後人，也不好出來加以否認。至於有人認爲是韓熙載的，是因爲其中收有韓熙載的詩，或類似韓熙載的詩，而引起的猜測。但自有人僞造出一篇韓偓的自序後，香奩集與韓偓便結下了不解之緣；漸至自南宋起，一般人以香奩集來代表韓偓的詩，這眞是千古的冤案。

上面三點結論中所應進一步加以說明的，留在下面補充。

四、翰林集中的僞詩

對有唐一代之詩，下過很大工夫的明胡震亨，在他所著唐音癸籤卷三十至三十二中，記有唐詩集錄的情形。其中有下面幾句話：「唐人詩既多出後人補輯，以故篇什淆錯，一詩至三四見他集中，是正爲難」（卷三十二）。此條下面夾注中，並以行踪、官階等作標準，舉了兩條辨正之例。李白集中之多僞作，蘇東坡已言之。杜詩在宋寶元初爲一千四百五篇，皇祐中王介甫一舉而增入洗兵馬等二百餘篇。（同上）胡說雖未可全信，但韓翰林集中之雜有他人的詩，乃係尋常之事。韓集編成演變的情形，唐才子傳說「各家著錄皆不同，疑爲後人裒集成書」；這兩句話裏面，實含有在各不同的著錄中，所收詩篇，亦有多少出入之別。但四庫全書總目一五一韓內翰別集一卷條下謂「各家著錄，互有不同。今鈔本既曰別集，又注曰入內廷後詩，而集中所載，又不盡在內廷所作，疑爲後人裒集成書，按年編次，實非偓之全集也」。這裏說得反有點糢糊不清；因爲它忽略了韓偓原有手寫本，而現行本乃出於後人所裒集增益，另無所謂「全集」。日本東方文化研究所漢籍分類目錄中有「韓內翰別集一卷，補遺一卷」，是明毛晋輯唐人六集中所收，經汲古閣據宋本校刊，可惜我無法看到此書，不知道「補遺」了那些詩；但據此可知道宋本翰林集是有「補遺」，則是無可置疑的。而凡「補遺」的詩，最易雜入他人之作。即如影印舊鈔本，較全唐詩吳校本及甲舊鈔本少大慶堂賜宴元璫而有詩呈吳越王共七律四首。又少御製春遊長句排律一首。按吳越王是指錢鏐，韓偓不可能與錢鏐發生過交往；而錢鏐之封吳越王，乃天祐四年丁卯（西紀九〇七）五月之事，是年唐亡；此爲韓偓到福州之次年，旋不久往汀州沙縣。則呈吳越王四首七律，必然是假。至御製春遊長句的所謂「御製」，對韓偓而言，當然只有唐室的僖昭兩帝。但此詩的收聯是「全吳霸越千年後，獨此升平顯萬方」，這依然是「吳越王」下面臣工的口氣，也是必假無疑。由此可以推知全唐詩所根據的底本，乃在影印舊鈔本（註）的底本。

之後，所以便不知由何人以「補遺」的心理添進了這樣很明顯的幾首假詩。

註：按中央圖書館所藏甲舊鈔本前有「檇李曹溶」方印。曹溶係明末清初人，則此鈔本可能是明鈔本。但此鈔本中亦錄有上述幾首假詩，由此可知四部叢刊影印舊鈔本的底本，在時代上是相當的早。不過，此本是按詩體分類，而將詩題上的甲子及元注，完全去掉；所以鈔此本的人，乃是一個不學之人。

另有寄禪師七絕一首，訪明公大德七律一首，大酺樂，思歸樂五絕二首，影印舊鈔本、全唐詩、吳校本皆有，而甲舊鈔本、乙舊鈔本，皆缺此四首。吳校本在寄禪師標題下注「以下四首，本集不載」；全唐詩及影印舊鈔本，皆無「本集不載」之語，則吳校本所用作底本的「本集」，當與甲、乙舊鈔本同出一源，故甲、乙舊鈔本所無者，吳校本根據全唐詩補入，而加「本集不載」四字。四首中寄禪師的七絕，詩體及由收句「世間閒口謾囂囂」所反映出的心境，與韓偓入閩後的心境相合，當是出於韓偓。集中有永明禪師房五律一首，則訪明公大德之「明公」，可能即是永明禪師；因此，這一首可能也出於韓偓。翰林集中有錫宴日作七古一首，據元注，這是元復元年「歲大稔，出金幣賜百官充觀稼，宴學士院……」這有點大酺的意味。是年十一月昭宗奔岐，以後再無大酺的機會，所以大酺樂一首，不當出於韓偓。「思歸樂」的五絕是：「淚滴珠難盡，容殊玉易銷。儻隨明月去，莫道夢魂遙。」乃張文收詩，見全唐詩第二函第八冊。

然則在目前我所能看到的四種本子所共有的詩中，是否便都是眞的呢？決不是如此。首先我覺得應先解決韓偓在未中進士以前，曾否有江南之遊的問題。唐代文人外遊，第一目的地爲長安，因爲這裏可以接納聲氣，求取進士及第的出身。韓偓家居萬年（長安），又有他外祖公所贈的住宅，斷無捨首善之區的故鄉，而遠遊江南之理。其次，唐代文人另一遠遊的目的是爲了謀衣食。但韓偓的父親韓瞻，晚年久居「員外」，生活安定，無遠遊江南的必要。而韓瞻平生宦跡，亦與江南無緣。何況當時維揚江浙一帶，正變亂劇烈，一直到南唐和吳越建國，才暫得到苟安之局。在這以前，不是遊子可以隨便前去的地方。韓偓於天復三年被謫，即遠爲避世避禍之計。他之所以經漢水、湖南、醴陵、萬灘，撫州以入福建，正因爲這一條通路，較江南一帶爲安全。而福建自王潮（王審知的兄）起，即採保境安民的政策。他並不是在閩有什麼人事因緣才去逃難。從他暮年在閩所作的安貧、味道、此翁、息慮、失鶴、卜隱、閒居等詩看，他到閩以後的生活是非常寂寞，而且不斷受到猜嫌，所以他才入山惟恐不深的。假使他在未成進士以前，曾遊過江南，則他在江南必有若干瓜葛，他晚年避地，便可能往江南而不遠赴福建。至於他中進士以後的宦跡，本傳猶約略可考，其未曾至江南，更不待論。先把這一點確定了，則各本所共有的江南送別、過臨淮故里、吳郡懷古、遊江南水陸院這一類的詩，可斷言其皆非出於韓偓。江南送別詩有「大抵多情容易老」之句，亦可證此詩決非少年之作。又按馬令南唐書韓熙載傳謂他曾爲南唐奉使中原，作感懷詩二章，署於壁館云，「未到故鄉時，將謂故鄉好。及至親得歸，爭如身不到。目前相識無一人，出入空傷我懷抱……」。他是北人，故以中原爲故鄉；詩中悽愴之情，躍然紙上。翰林集中過臨淮故里的詩是：

交遊昔歲已凋零，第宅今來亦變更。舊廟荒涼時饗絕，諸孫飢凍一官成。五湖竟負他年志，百戰空垂異代名。榮盛幾何流落久，遺人襟袍薄浮生。

韓偓的「故里」，不可能在臨淮；「諸孫飢凍一官成」的情景，尤與韓偓不合；則此詩之不出於韓偓，實甚爲明顯。臨淮爲由金陵赴中原（洛陽）必經之路，這首詩及江南諸詩，或出於韓熙載。然韓之故里亦非臨淮，所以只好存疑了。此外夏課成感懷中有「未到潘年有二毛」之句，潘安仁秋興賦「余春秋三十有二，始見二毛」，則此詩是三十二歲以前所作的。但起首兩句「別離終日思忉忉，五湖烟波歸夢勞」，這決非籍居萬年（長安）人的口氣，則這首詩也不是韓偓的。秋江閒望詩有「碧雲秋色滿吳鄉」之句，閩不可以稱「吳鄉」。又有「可憐廣武山前語，楚漢虛教作戰場」，這是當時江浙一帶群雄鬭爭的形勢，所以此詩也不是韓偓的。南浦詩有「應是石城艇子來」之句，與韓偓情況不合，而詩的氣體較粗，極似韓熙載。早起探春及閨怨，雜在韓偓的居閩各詩中，與偓心境不合，故閨怨詩雖好，亦有問題。大抵將偓詩分爲三卷，其第三卷中除極少數外，我認爲多屬可疑。若細加搜討體會，翰林集中必尚可辨出與韓偓無關之作。最重要的是，希望盡可能找到出於宋代，尤其是出於北宋而定爲「一卷」的翰林集的底本，詳加校核，必可重新整理出眞屬於韓偓自己的翰林集。這才是今後作進一步研究工作的要點。最有意義的工作是能清理出各版本先後次序，以考察出它逐漸增加之跡，由此以探索出韓偓手寫本之原。收羅得最完備的本子，對韓偓的詩集而言，決不即是最好的本子。

五、香奩集內容的分析

談到香奩集，我們首先應注意到，在翰林集中有若干詩如早起探春、裊娜、閨怨、別錦兒這類言情婉麗的詩，在性質上可以列入到香奩集中的，至少有十多首；但爲什麼其中有的未曾列入呢？而香奩集中有許多詩，如無題、見花、宮詞、寄遠（元注在岐山下）、妬媒、不見、惆悵、閨恨（元注壬申年在南安）、「多情」（元注庚午年在桃林場作）、荔枝三首（在福州作）等不下二十首，不僅寄託遙深，非一般風懷之作；且多作於避居閩中的暮年；當然在性質上也可以編入翰林集中；但爲什麼又未編入到翰林集中呢？並且既見於翰林集，又見於香奩集的，大約又有九首之多。而舊館、中春憶贈，在全唐詩及吳校本均列入香奩集，但影印舊鈔本却列入玉山樵人集；這是說明原列入翰林集中的詩，後來却轉入到香奩集中去了。由此我們可以得出兩點結論：

一、當韓偓在晚年編寫他自己的詩集時，決沒有認爲他有兩種性質不同的詩，而須另定香奩集的特定名稱，以收集他的特別言情之作。

二、香奩集的一部份，是由割裂了韓偓編寫的翰林集中的一部份而成；兩集的詩，在開始時並無明顯不同的界限。並且將兩集中可信爲出於韓偓自己的詩合起來，也不過「百餘篇」。同時因版本的不同，屬於兩集的詩，互有出入，還可以看出這種分割，在開始時並無一定標準。

其次，香奩集中的詩，大體上可分爲三部份。一部份可推斷不是出於韓偓的。一部份可信其是出於韓偓的。另一部份是不易作斷定而至爲可疑的。詠燈、自負、天涼爲影印舊鈔本所無，而詠燈中有「遠隨漁艇泊烟江」之句；自負詩很粗率，不似偓詩；這都可以推斷其由後人所增補，其出於韓偓的可能性甚少。全唐詩後面增加的集外詩三首，更不可靠。金陵、橫塘、非韓偓所曾經歷之地，當然不是韓偓的。江樓二首中有「江靜帆飛日亭午」之句，別緒中有「此生終獨宿，到死誓相尋」之句，都與韓偓的情景不合，出於韓偓的可能性也很小。其次，香奩集中有幾首雜體詩，乃翰林集中所無之體，如春盡是四言；三憶、玉合、金陵、厭花落，都是不合詞律的長短句。另有六言三首。這些雜言詩有一共同的特點，即是粗率而不溫婉，有似韓熙載。連上面橫塘的詩，不妨推測這是韓熙載的大作。

又甲鈔本在兩五更詩中，少七律一首，其詩甚爲粗惡，這也可以證明有的底本收有此詩，有的底本却未收錄此詩，因而此詩可斷言其不出於韓偓。茲錄於下：

往年（一作來）曾約鬱金床，半夜潛身入洞房。懷裏不知金鈿落，暗中唯（一作空）覺繡鞋（一作衣）香。此時欲別魂俱斷，自後相逢眼更狂。光景旋消（一作暗添）惆悵在，一生贏得是淒涼。

由此詩之可證明爲僞，則對集中凡屬這一類的詩，皆可提供一個判斷的線索。又甲舊鈔本少詠柳的第二首，又少自負、天涼、日高、夕陽、舊館、中春憶贈、春恨、鞦韆、長信宮詞。而較全唐詩及吳校本多夜深一絕（兩集中另有夜深一絕，與此不同），茲錄於後：

清江碧草兩悠悠，各自風流一段愁。正是落花寒食夜，夜深無伴倚南（本作空）樓。

又較影印舊鈔本多出浣溪沙二首及兩賦。這說明各本香奩集的參差性，遠大於各本翰林集的參差性。即是說明，香奩集雖很早便有一個固定名稱，但其內容的流動性遠較沒有一個固定名稱的翰林集爲大。若採用公約數的原則，則這些參差別出的詩，都是可疑的。惟其中夜深一絕，爲蜀韋縠才調集中所選韓偓五首之一，當可證明其出於韓偓。

第二部份可信爲出於韓偓的約爲：見花、已涼、重遊曲江、遙見、宮詞、倚醉、寄遠（元注在岐山下作），蹤跡、妒媒、不見、惆悵、閨恨（元注壬申年在南安縣作）、詠柳（重見）、深院（重見）、裊娜（元注丁卯年作。重見）、多情（元注庚申年作。重見）、偶見、個儂、荔枝三首（吳注福州作。重見）、無題四首（有序）等詩都是婉約深厚，決非一般所說的風懷詩。而又與韓偓平生的情景相合，所以可信為出於韓偓。又新上頭詩「學梳蟬鬢試新裙，消息佳期在此春。為要好多心轉惑，遍將宜稱問旁人」，與韓偓少負才名，而歷久不第的應試以前的心情相合，所以此詩也大致可斷其出於韓偓。

第三部份可以說是代表香奩集的本色，但作者是不易斷定的詩。這其中又大概可分為兩類。第一類是事關男女，而遣詞用意，比較含蓄的詩。這其中可能有的是韓偓的，有的是和凝的，有的是他兩人以外的，只有採取保留的態度。第二類，則可以乾脆稱之為色情詩，也是後人無形中以此為香奩集中的代表作，但數量並不太多。如幽窗、屐子、嬾起、五更、半睡、詠浴、席上有贈、詠手、晝寢、意緒、偶見背面是夕兼夢、想得、及前面提到的五更等是，其中多是非常俗惡的，如半睡：「擡鏡仍嫌重，更衣又怕寒。宵分未歸帳，半睡待郎看」。這類的詩，才是香奩集序所說的「咀五色之靈芝，香生九竅。咽三危之瑞露，春動七情」的作品。

對於上述第二類的詩，我先不要說以韓偓的品格，不至有這類詩的話；因為若如此，便可能有人以為我是假裝道學氣。也不必說這一部份的詩體，與可以斷定是出於韓偓所作的詩體，有顯明的差異；因為若如此說，也可能有人說我不了解一個人的詩會有若干變遷。我這裏只追問，假定韓偓在他的裙屐少年的時候，的確做了這些詩；但他晚年在懷鄉去國，憂讒畏譏的心境下，還會把這種詩加以最錄，那未免太不長進了吧。因為香奩集中有許多韓偓晚年的作品；若此集出於韓偓，只好認為這是他晚年所最錄。一瓢詩話謂「少年輩酷愛情詞艷體，蓋未諳詩道故也」。諳不諳詩道是一問題；而人生因年齡經歷的變遷，心境亦常隨之而異，又是一問題。我小的時候，看到家裏的一個鈔本裏面，鈔有像上述這一類的詩，我眞的偷偷地讀得廻腸盪氣，所以一直到現在，還記得「兩個鴛鴦新睡穩，採花人到不擡頭」的兩句，據說那些詩是本縣狀元陳沆的少作。但在他的簡學齋詩裏，半句也找不到；這是說明人生自然會有此一意境；但自然也不會停止在這一意境。何況以韓偓晚年的身世呢？假定韓偓自己晚年不會最錄這一類的詩，而眞係由旁人採自樂工、椒壁之餘，則又憑什麼能判斷一定是出於韓偓呢？

綜上所述，香奩集作為一個「集」而言，與韓偓本人毫無關係。而香奩集的本身，乃是由雜湊了韓偓、和凝、韓熙載，乃至不知姓名的人的作品編集而成。編集的人，沒有理由可以不信沈括所看到的和凝游藝集自序中的話。上面所指出的第三部分中第二類的詩，也以出於和凝少作的可能性為最大。凝本傳稱他著書自鏤版行世，所以他所說的香奩集「未行於世」，乃是指他自己不曾印行而言。

但這類的詩，在充滿了「末世紀感」的五代，對社會是一種魅力，所以旁人便把它行世了。不過他編集的時侯，數量未必便有百首。更未必會把江南名士韓熙載的作品，或者是不知名的江南的作品，編到裏面去。何況他卒於九五五年，而韓卒於九七〇年，韓是較他稍後的。現在的香奩集，恰如僞序所說的百餘篇，我的推斷，這是有人受了韓偓手寫詩約百餘篇的暗示，便把韓熙載或其他不知姓名的人的作品一起鈔進去，以湊成百餘篇之數，並僞造一篇序出來以實之。因此，今日所看到的香奩集，又不是和凝之舊了。

六、韓偓晚年的畸戀

另外我要提出一點的是，韓偓一直到晚年，對女性還保留有一幅深厚的感情，這是在他的詩裏可以分明認取出來的。這一幅深厚的感情，照我的看法，既不可能是少年時的舊夢，也不可能是到福建後有什麼新歡，而是出於一種當翰林學士時的一段「畸戀」。正因畸戀是富有神秘性，便常是一種刻骨銘心，纏綿到死之戀。何況韓偓的畸戀，又是與故君故國之思，緊密地連在一起，怎能使他不唱出「應有妖魂隨暮雨，豈無香跡在蒼苔」（太平谷中玩水上花）的淒艷徹骨的句子呢？（細玩上兩句，韓偓所戀者可能已慘死）把此一秘密揭開了，便對他許多言情之作，打通了一道了解的關卡，而不至與那些粗率淺薄的作品相混。

南唐近事有下面一段記載：

「韓寅亮，偓之子也。嘗爲予言，偓捐舘之日，溫帥聞其家藏箱笥頗多，而緘扃甚密，人罕見者。意其必有珍玩；使親信發䙡，惟得燒殘龍鳳燭，金縷紅巾百餘條。蠟淚尚新，巾香猶鬱。有老僕泫然而言曰，公爲學士日，常視草金鑾殿，深夜方還。翰苑當時，皆宮妓秉燭以送，公悉藏之。自西京之亂，得罪南遷，十不存一二矣。余卅歲，延平家有老尼，常說斯事，與寅亮之言頗同，尼即偓之妾云爾。」

上面這段記載，沒有理由可以不相信它是眞實的。韓偓是讓宰相而不爲的人，他不會以殘燭來作唐昭宗對他恩眷的紀念。而他因職務上的關係，可以取得宮人送他歸翰苑時所剩下的殘燭；所以這一點就不足爲奇。但百餘條金縷紅巾，若不是宮妃們對他有兩心膠結之情，即不會不斷地送給他的。此一故事，實透出了韓偓平生最深刻的，到死難忘的畸戀。本來皇帝的後宮，是最被抑壓的成千成萬的女性所在之地。到了唐代，便特別成爲詩人的同情與想像的對象，而作出了許多感人的「宮詞」這類的詩。但皇室的威嚴，使一般詩人，永遠對後宮是可望而不可即。不過，到了唐代末葉，王綱解紐，朝廷、宮禁中的威嚴，經過幾次播遷變亂，可以想像到是所餘無幾了。所以平日受到抑壓的後宮春色，也得到了比較可以流露出來的機會；而有機緣接近的人臣，也容易得到這種感情的霑潤。何況唐末因宦豎橫逆，天子左右無可信使之人，乃常使宮人傳達秘旨。到天復三年正月，因宦官全被誅戮，於是宣傳詔命，皆令宮人出入（見通鑑二百六十三）；更是宮禁大開了。韓偓以參與昭宗反正之功，天復元年二年，特別得到昭宗的親信，並與昭宗共機密，共患難，他與後宮佳麗相接觸的機會特多，因而與現在不能完全斷定的某一位宮妃，發生了愛情的關係，這應當是在常情上所能允許的推測。否則對上引的南唐近事中的故事，無法加以解釋。前面提過的「思錄舊詩於卷上……」的絕句中所謂「腸斷巫山第一流」的「第一流」，恐怕指的正是這類故事。而下面幾首詩，也可以作此推測的印證：

錫宴日作（天復元年）

「……清商適自梨園降，妙妓新行峽雨回。」

侍宴（天復元年）

「……密旨不教江令醉，麗華微笑認皇慈」，（按由此處及遙見之以麗華及楊妃作喻，可知韓偓所戀者非尋常宮女）

感事三十四韻（元注丁卯以後作。按是年四月唐亡，此爲念往傷今之作。）

「……江總參文會，陳暄侍狎筵。腐儒親帝座，太史認星纏。側弁聆神算，濡毫俟密宣。宮司持玉硯，書省擘香箋。」（元注「宮司書省，皆宮人職名……」）

倚醉

倚醉無端尋舊約，却憐惆悵轉難勝。靜中樓閣春深雨，遠處簾櫳半夜燈。抱柱立時風細細，繞廊行處思騰騰。分明窗下聞裁剪，敲徧闌干喚不應。（香奩集）（按「抱柱」「繞廊」及三四兩句，只能於宮中想像得之）

遙見

悲歌淚濕澹胭脂，閑立風吹金縷衣。白玉堂東遙見後，令人斗（一作陡）薄（一作評泊）畫楊妃（香奩集）。

偶見

千金莫惜旱蓮生，一笑從教下蔡傾。僊樹有花難問種，御香聞氣不知名。（按「僊樹」、「御香」，不是人間凡物）愁來自覺歌喉咽，瘦去誰憐舞掌輕。小疊紅箋書恨字，與奴方便送卿卿。（香奩集）。

個儂

甚感殷勤意，其如阻礙何？隔簾窺綠齒，映柱送橫波。老大逢知少，襟懷暗喜多。因傾一樽酒，聊以慰蹉跎。（香奩集）

下面的詩，我疑爲是懷憶宮中之戀的作品：

夢仙

紫霄宮闕五靈芝，九級壇前再拜時。鶴舞鹿眠春草遠，山高水濶夕陽遲。每嗟阮肇歸何及，深羡張騫去不疑。澡練純陽功力在，此心唯有玉皇知（按末聯乃自明心跡）。

裊娜（原注丁卯年作）

裊娜腰肢淡薄妝，六朝宮樣窄衣裳。著詞暫見（一作近）櫻桃破，飛醆微聞荳蔻香（按此聯只有宮中才有此情景）。春惱情懷身覺瘦，酒添顏色粉生光。此時不敢分明道，風月應知暗斷腸。

若許我作進一步的推測，韓偓畸戀的對象，可能是我未及詳考的趙國夫人；也可能是宮人宋柔。通鑑卷二百六十三，天復二年十一月「甲辰，上使趙國夫人詗學士院，二使皆不在（胡注：「二使，二中使之直學士院……以防上密召對學士。」）亟召韓偓姚洎，竊見之於土門外……」。又三年春正月「己酉，遣韓偓及趙國夫人詣全忠營……」。又「丙辰……上遣趙國夫人，馮翊夫人詣全忠營，詰其故（擒鳳翔將李繼欽之故）……」。從上面簡單地材料看，可以看出那位趙國夫人，不僅是唐昭宗左右的重要親信人物；而且和韓偓又有共機密之雅；他們過往的機會必多，因而很可能發生畸戀的關係。

爲什麼我又推測到宮人宋柔身上呢？因爲從韓偓這類詩的情調氣雰體玩，他所畸戀的戀人，是悲慘的結局。通鑑卷二百六十四，天復三年二月甲戌「宮人宋柔等十一人，皆韓全誨（宦官）所獻，……並浚京兆杖殺」。韓偓下面「見花」的詩，我認爲是爲此事而作。

褰裳擁鼻正吟詩，日午牆頭獨見時。血染蜀羅山躑躅，肉紅宮錦海棠梨。因狂得病眞閑事。欲詠無才是所悲。却看東風歸去也，爭教判得最繁枝。

再過幾天癸未，韓偓便被貶外出。從有關的詩中所透出的身份看，他的戀人，以趙國夫人的可能性最大，而此位夫人，也可能以慘死終局。但宮人宋柔們的慘死，必給韓偓以很大的刺激，而她也會是執燭浚韓偓歸院的宮人之一。在韓偓晚年淒涼的回憶中，必會把她和趙國夫人，融織在一起，以詠嘆出哀感頑艷的音調，這是決無可疑的。

七、抒情詩與色情詩

最後，我想稍稍談一點抒情詩與色情詩的問題。因爲關於韓偓與香奩集的糾結，在文獻的後面，實際還潛伏著一種文學觀念上的問題。色情詩在我國稱爲「風懷詩」。敘事詩在中國文學的傳統中不發達，所以抒情詩才是中國詩歌中的主流。並且當其他民族還在以英雄、神話爲主題的時代，我們詩經中的「勞人思婦」之辭，便佔了重要的地位。抒情詩並非僅限於男女的愛情。即使把抒情詩僅限定在男女愛情之上，但男女愛情的抒情詩，並非與「風懷詩」同一性質。方虛谷在其瀛奎律髓「風懷類」，對風懷詩的歷史和內容，有下面一段話：

「晏元獻類要，有左風懷右風懷二類。男爲左，女爲右。今取此義以類。凡娼情冶思之事，止於妓妾者流。或託辭寓諷而有正焉，不皆邪也。其或邪也，亦以爲戒而不踐可也。」

按方虛谷上面「或託辭寓諷而有正焉」的話，完全是爲他列這一類詩撐門面的話，這到是他受了道學的影響。嚴格地說，託辭寓諷，在本質上即不屬於男女言情之內，更何有於風懷？他所說的風懷詩，實指「倡情冶思」的詩而言。

男女關係的詩，把託辭寄諷的詩除外，我以爲大概可分作三種類型。一是有情而無色的抒情詩。二是色中有情，所以表達得較爲含蓄婉約，這是屬於抒情與風懷之間的詩。三是有色而實無情，此即中國傳統之所謂風懷詩，亦即今日之所謂色情詩。若借用弗洛特的「藝術是性欲的昇華與變形」的觀念，則前者是昇華了的作品，而後者則是未曾昇華上去的作品。方虛谷所選的這一類的詩，力求此類中之上乘，然實仍以第二種爲主。但他所選的韓偓的倚醉，則已浸浸乎第一種。他所選的李商隱的「無題三首」，則係來自方氏對義山詩的誤解誤選。

何謂有情而無色？女性有女性的人格。最高最深的美，是由女性人格所透出的美。女性的色，僅構成女性美的一部份，而決非女性人格美的全體。當一個人，由愛女性之色而昇華到愛女性整個地人格之美時，便會於不知不覺間，把女性之色，融解於女性整個人格之中，使色之美感，變爲整個人格的美感。對於人格的美感，只會是以情相煦，而忘其以色相媒。若在以情相煦中有了某種波折，因而發爲詩歌，便常常表現爲悵惘難勝的詩人對於人生的嘆息。誰能沉浸在無邊無底的女性人格之美的海洋中，而不會感到自己有永難償還的欠負呢？這是人格對人格所迸出的眞正愛情，如何容得下評頭評脚，乃至色情享受的渣滓？好的「憶內詩」，好的眞摯而純潔地戀情詩，多屬於這一類型。因爲對自己的妻，對於當作自己的人生理想而加以追求的女性，自然對之有人格美的陶醉與尊重，而不會停留在「色」的階段。孔子說：「關睢樂而不淫」，應從這種地方領會。對於妓妾的關係，若由眞摯深刻地愛情而達到人格的昇華時，便也可以出現這類的詩。因爲感情的深淺純雜，決定於對象者少，決定於用感情的人的自身者多。所以像秦淮聞見錄這類的風月集中，也未嘗沒有可以稱爲抒情詩的作品。翰林集、香奩集中當然更有此類的作品。這才是抒情詩的正體。藏在眞正抒情詩的骨子裏的，多是詩人在女性面前的感激、哀愁、懺悔，而決不是色情的享受、佔領。

有色無情的詩，是只有「對物」的「愛好」，而沒有「對人的感情」的詩。此時只把女性的色，當作好吃好玩的物品一樣的而加以愛好，並不曾把對方眞正當作「人」來看待。一個人，很愛吃某樣食品，並不等於是對某樣食品有了感情。能了解「愛好」並非即是等於「感情」，便可以了解這類的詩，並沒有眞正的感情在裏面。中國的士大夫，對於妓妾，本來就帶有玩弄的性質，所以風懷詩中，多爲這一類的詩。這類詩的特點，常常是描寫女性某一形體、形態之美，以近於矜誇的心情來表示自己的欣賞、享受。它決不像第一類的抒情詩一樣，在形體形態之美的後面、上面，漂盪著有超越了形體形態之美的氣氛情調，因而使讀者所感受到的乃是這種悵惘不甘的氣氛、情調，而不是那種形體形態的具體之美。所以在一首好的抒情詩中，假定也描寫到了女性的具體形體形態之美的時候，這種具體之美，只不過是通向詩人對女性所醞蘊的眞正感情的象徵、媒介，而決不會停頓在女性的形體形態之美的本身上面。停頓在形體形態之美的本身上的詩，這是愛好而沒有感情在裏面的詩，這是風懷詩的正體。這種詩，並非如一般人所想像的，必然是反映青年時代的作品；而常關係於一個人在氣質上的厚薄。氣質厚的青少年的作品，雖然表現得有時不免於率直，也依然會是好的抒情詩。浮薄的人，假使他小有才而不曾進德修業，則老年雖然技巧成熟，但他所作的這一類的詩，在本質上依然是屬於風懷詩。此類的詩，首先受不起讀者的作爲文學藝術核心的感情的考驗，並非僅受不住道學的考驗。紀曉嵐在閱微草堂筆記中所反映出的反道學的心理，可以說比現代許多以反道學爲進步的人，反得還要厲害。但他對方虛谷所選的風懷詩，在評語上皆出以不屑不潔的態度，這是因爲他有若干感情的反省，所以懂得抒情詩與風懷詩在文學價值上的差別。因此，香奩集中像幽窗、屐子、五更、詠浴這類的色情詩，作者即使是韓偓，也是一無足取，而不值得提倡的。不過人類感情的活動，並非常常是兩極化，而有時是動盪於「感情」與「愛好」的二者之間；所以便常出現「色中有情」的詩。它的地位，常介乎抒情與風懷之間。這是最常見的詩，不必多作解釋。

以韓偓志節之純，性情之眞，及其遭遇之富有戲劇性，便形成了他的溫厚悽婉的詩體，當然在詩史中應佔一重要地位。但大約自南宋起，便常以香奩集中不可能是出於韓偓的若干風懷詩，作爲香奩集的特色；更無形中以香奩集中的這種特色，代表韓偓詩的特色；連對唐詩很有研究的胡震亨，也說「韓致堯冶遊情篇，艷奪溫李，自是少年時筆。翰林及南竄後，頓趨淺率矣」（唐音癸籤卷八）。胡震亨這種莫名其妙的話，大概是因爲弗洛特所說的潛意識的力量太大，致使他的老色情狂不能不借此一發罷了。我認爲今日應當由考證韓詩的眞僞，以重估韓詩的評價；並打破兩集的界綫，把可確信爲韓偓的詩編在一起，再把可疑及確非韓偓的詩附在後面，這或許可以了結文學上的一樁懸案。可惜我在本文中所下的工夫太少，能看到的版本有限，恐怕此文還有很多疏漏錯誤的地方。

五十三年元月四日

中國文學中的氣的問題——文心雕龍風骨篇疏補

一、血氣與辭氣

我在孟子知言養氣章試釋一文中，指出氣是生理的綜合作用。養氣，乃是以道德理性，涵養生命中的生理作用。浩然之氣，乃道德理性與生理作用合而爲一以後，生理作用向精神昇華的精神現象。中國言道德而落實於生理作用之上，通過「養」的功夫，而將生理作用加以昇華、轉化，所以這種道德，乃眞實而非觀想或思辨的性格。

中國文學、藝術中，也特別重視氣的問題，這是很早便自覺到作者的生理作用，會給作品以影響，與作品以生命力的感覺，因而能由此以把握到文學、藝術中的個性與藝術性，使文學、藝術與人的根源地關係，得以澈底明瞭。

但自陰陽五行之說盛行以後，有的人往往在形而上地意味上去摸索氣的問題。殊不知中國很早便流行「血氣」一詞；如左傳昭十年齊晏子謂「凡有血氣，皆有爭心。」論語季氏「君子有三戒。少之時，血氣未定，戒之在色。……」中庸「凡有血氣者，莫不爭親。」禮記玉藻「凡有血氣之類，弗身踐也。」又樂記「夫民有血氣心知之性……。」以上的所謂血氣，皆指動物的生理地生命，或人的生理地生命而言，是毫無疑問的。文學上凡提到氣的問題時，皆指的是此種血氣；所以文心雕龍體性篇說「才力居中，肇自血氣。」血氣原係指血液與氣息兩者而言。但很早便常單以一個「氣」字爲生理地生命，及由生理地生命所發生的作用。說一個氣字時，實等於說的是血氣。左傳昭十一年叔向斷定單子將死，因其「無守氣矣。」此氣即指的是血氣的氣。

說出文與氣的關係，通常認爲始於曹丕的典論論文。但文與辭（語言），在本質上是一個東西。我國在戰國中期以前，人要表達自己的意志，還是以言、辭爲主。論語衛靈公孔子的「辭達而已矣」一語，後來成爲論文的主要典據之一；實則此處之所謂辭，乃指語言而言。先秦對語言的要求、規定，實等於對文學的要求、規定。所以周書「辭尚體要」一語，常爲文心雕龍所援用。論語泰伯篇曾子曾說「出辭氣，斯遠鄙倍矣。」「辭氣」連詞，即係已注意到語言與氣之不可分；亦可引伸爲文學與氣之不可分；所以「辭氣」便成爲後來論文中的成語；文心雕龍中，也常用到此一成語。

二、文以氣爲主

辭與氣的關係，雖提出得很早；但由氣以反省到文學的個性、藝術性，則畢竟始於曹丕。曹丕之所以有此自覺，大約有三種原因。第一，是因爲文學作品的質與量，到了建始前後，已有豐富地積累，可以引起理論上的反省。第二，這與曹氏父子對儒家名教的反叛，也有其密切地關連。顧亭林日知錄卷十三兩漢風俗條謂「而孟德（曹操）既有冀州，崇奬跅弛之士；觀其下令再三，至於求負汚辱之名，見笑之行，不仁不孝，而有治國用兵之術者。」晉傅玄掌諫職上疏中謂「近者魏武（曹操）好法術，而天下貴刑名。魏文（曹丕）慕通遠一作達，而天下賤守節。」（全晉文卷四十六）這種對儒家名教的反叛，從某一意義來說，乃是對現實生活及具體生命力的解放。被解放的生命力，透入於文學之中，這種生命力的作用便特爲顯著。第三，在曹氏父子時代，以大賦爲文學主流的趨向，已被樂府及新興的五言詩所取代。於是在寫作上由過去繁縟的鋪張，一變而爲短章的抒寫；由過去政治的諷諫，一變而爲現實人生的哀樂。此種文體的解放、變更，更有利於生命力在作品中的發揮抒展。綜合上述三種原因，所以以曹氏父子爲中心的建安詩體，特能予人以激勵剛勁地生命力的感覺，亦即是「骨氣」或「風力」的感覺。鍾嶸詩品謂晉永嘉諸人之詩，「皆平典似道德論，建安風力盡矣。」是他以「風力」二字，概括建安的詩體。沈約宋書謝靈運傳論謂「子建仲宣，以氣質爲體。」氣質與骨氣、風力，是相同的東西。文心雕龍明詩篇謂「暨建安之初，五言騰踊。文帝（曹丕）、陳思（曹植），縱轡以騁節。王徐應劉，望路而爭驅。並憐風月，狎池苑，述恩榮，敍酣宴。慷慨以任氣，磊落以使才。造懷指事，不求纖密之巧；驅辭逐貌，唯取昭晰之能。」正因爲此時作者的「慷慨以任氣」，則曹丕在文學上對氣有進一步的自覺，可以說是當然之事。他的典論論文關於氣的陳述是：

「文以氣爲主。氣之清濁有體，不可力强而致。譬諸音樂，曲度雖均，節奏同檢法度也，至於引氣不齊，巧拙有素，雖在父兄，不能以移子弟。」

按「文以氣爲主」的「文」，實指「文體」而言；「文以氣爲主，」是說文章的體貌，乃由作者的生理地生命力所決定。這句話，直接觸發到了文學的最根本問題。從文學的立場來說，文體是生命力的直接表現，因而文體決定於生命力，這可以說是論文的第一義。范蔚宗獄中與諸甥姪書中有謂「當以意爲主，以文傳意。」（宋書卷六十九范曄傳）此說雖亦甚的當，而猶不免於第二義。但曹丕最大的貢獻，乃在「氣之清濁有體，不可力强而致」的兩句話。成功的文學作品，必成爲某種「文體」。若追索到文體根源之地，則文體的不同，實由作者個性的不同。必個性之自身，有不同之形體、體貌，然後才通過文字的媒介以形成各種不同的文體。文學、藝術的個性，不應僅由理性的立場加以規定；因爲理性一定是有普遍性的；所以不同的個性，只能認爲是來自生理地生命力，也即是來自這裡之所謂氣。氣之或清或濁，各有其形體。故氣由文字的媒介以表現爲文學，也各有其形體。氣的生理構造，每一個人，一生下來，便決定了的；因此，由氣所形成的文體，乃出於自然而然，所以說「不可力强而致」。這樣，便把人與文體的根源地關係，確切地指陳出來了。

不過，上引的曹丕的幾句話，雖極有意義；但對問題的陳述，尚在很素樸的階段。第一，作者生理地作用，對作品雖有賦予以特性的決定性的影響；但孤立地生理作用，不能創造出文學、藝術。「文以氣爲主」的話，在把人的個性與文體的關係，很確切地指陳出來的這一點上，固然是一新地發現；但這種陳述，容易使人誤解只憑氣即可創造文學，這便與文學創造的能力與歷程，並不相符合。所以這種陳述，並不完全。

第二，曹丕以音樂喻「氣之淸濁有體，不可力强而致」，當然是非常地親切。由這一比喻，說明了假定有兩個以上的人，根據一個題目，一種內容（「曲度雖均」），及共同承認的方法（「節奏同檢」），寫出一篇文章來，依然因爲各人的生理作用不同（「引氣不齊」），而文章的體貌亦因之各異（「巧拙有素」）。這與卡西勒(E. Cassirer, 1874-1945)在原人(An Essay on Man)第九章藝術所引的下面一個故事，完全相合。

「畫家李特（Adrian Luduring Richter, 1803-1884）在其回憶錄中說，當他青年住在特渥里的時候，他曾約同三位朋友去畫同一個風景的畫。他們都決心要畫出自然的原有之姿。他們決心盡可能地不離開自然。他們認爲盡可能地把自己所見的自然，作正確地再現。然而，結果，却是四張完全不同的畫；隨畫家人格的互異而互異。李特由此一種經驗，而得出『沒有客觀地視覺；形態與色彩，常常是由個人的氣質去加以把握』的結論。」（日譯本二〇六頁）

曹丕對文氣的自覺，就他個人說，恐怕是由音樂觸發出來的，像繁休伯與魏文帝牋，陳述薛訪車子能喉轉與笳同音的情形中有「潛氣內轉，哀音外激」（文選卷四十）的話；這類的體會，可能予曹丕以影響。左傳昭公二十年齊晏子論「和」與「同」之異的一段話中有謂「聲（音樂）亦如味。一氣、杜註：須氣以動二體按指配音樂之舞的體貌、三類按指配樂之詩歌、四物按指樂器、五聲、六律、七音、八風、九歌，以相成也。清濁小大短長疾徐哀樂剛柔遲速高下出入周疏，以相濟也。」這裡已提到音樂與氣的關係，及以清濁言音樂的體貌。但晏子形容音樂的體貌，舉出了二十種；清濁乃二十種體貌中的兩種；這正反映出樂教依然盛行時，對音樂把握的精密。後人常僅以清濁言音樂，已感到不很完全。而曹丕把氣在音樂方面所表現的清濁，完全轉用在文氣方面，這未免陳述得太不便巧。因為音樂中的所謂清濁，實指的是聲音的輕重。而一般人對清濁的印象，不期然而然地是喜清而厭濁；於是曹丕所舉出的氣的清濁二體，無形中使人感到只有清的一體才有意義；這與曹丕想陳述「氣有不同之體」的原意，不太相適合。綜合上述二端，所以我說曹丕對文氣的陳述，還在素樸地、不完全的階段。由此向前發展到比較完全的階段，則有劉彥和的文心雕龍。

三、文體論的發展

曹丕以氣來說明文體的根源，到了劉彥和，則以情性來說明文體的根源。所以文心雕龍便有體性篇；這是文學理論走向完成的發展。體性篇有如下的一段話：

「若夫八體屢遷，功以學成。才力居中，肇自血氣。氣以實志，志以定言。吐納英華，莫非情性。」

上面的話是說文體的八種基型，是不斷變化的。文而能收成體之功，是靠學習、學力而始成。才力（表現能力）居於體與學之中，運用所學的以成爲文體；而才力的根源，是始於人的血氣。氣是充實人的意志，意志決定人所要表現的語言文字的內容。創作(吐納)文學作品（英華），無非出於人的情性。由此可知，劉彥和所說的「情性」，是包括才、氣、志、三種因素。文學所表現的是情性，與文體以決定作用的也是情性。「情性」不僅指的是生理地生命力，同時也包括了心知、理性地生命力。彥和的說法，若套用曹丕的口氣，應當是「文以情性爲主」；這便比「文以氣爲主」說得完全得多了。

劉彥和的分解而又綜合的說法，解答了僅憑氣並不能創造文學的問題，所以除氣以外，更提出了作爲是理性或照明作用的「志」，以及由內向外的表出能力的「才」。但志不能離開氣，所以彥和便不斷地說到「志氣」，如神思篇「神居胸臆，而志氣統其關鍵。」才更不能離開氣，所以又不斷地說到「才氣」，如體性篇說「豈非自然之恒資，才氣之大略哉。」氣之動，不僅出於志，又出於情；而才之動則成爲辭。所以當彥和說「萬趣會文，不離辭情」（鎔裁篇）時，實等於說「不離才氣」。把情性作分解性的陳述，是爲了對情性的內容、差別，及由內容、差別對文學所發生的影響，把握得更清楚。在實際活動時，雖有所偏向，但決不能偏廢。因此，說到情性中的某一因素時，必以其他因素的相應活動爲背景。尤其是文心雕龍，實以「情性」的觀念貫穿全書。在一提到情性時，當然也含有氣的因素在裡面。同時，體性篇說「然才有庸儁，氣有剛柔。」是彥和以剛柔言氣，較之曹丕以清濁言氣，更能說明氣的差別性，爲後來古文家以陰陽剛柔論文之所本。而風骨篇乃劉彥和順着氣有剛柔，專論氣所給予於文體的兩種效果的。

四、風骨篇辨誤

紀昀評風骨篇，先謂「氣是風骨之本」。後又謂「氣即風骨，更無本末；此評未是。」我年來對許多紀評的東西，多嫌其率易淺陋。惟此處前後兩評，從不同的層次說，實皆可以成立。黃季剛（侃）

先生文心雕龍札記，今日奉爲講讀此書之圭臬者，尚繁有徒。但此書係黃先生的少作；而其對此篇之解釋，尤特別值得商討。茲引其主要的一段如下：

「風骨二者皆假於物以爲喩。文之有意，所以宣達思理，綱維全篇。譬之於物，則猶風也。文之有辭，所以攄寫中懷，顯明條貫。譬之於物，則猶骨也。必知風即文意，骨即文辭，然後不蹈空虛之弊。或者舍辭意而別求風骨，言之愈高，即之愈渺，彥和本意不如此也。」

按風骨篇謂「瘠義肥辭，繁雜失統，則無骨之徵也。」「瘠義肥辭」，辭掩其義，即爲無骨；這已經是强調了骨由義而來。辭是統於義的；「繁雜失統」，乃上句瘠義肥辭的必然現象；因此而無骨，這句依然是强調骨由義而來。文之「義」，即文之「意」。彥和分明將文骨與文意密切地關連在一起，何得偏指「風即文意」。且本篇有謂「昔潘勖錫魏，思摹經典，群才韜筆，乃其骨髓峻也。」是骨即骨髓；體性篇「志實骨髓」，附會篇「事義爲骨髓」，更可知骨與義、與志之不可分，亦即與文意之不可分。彥和以義由經典而來，潘勖之所以骨髓峻，正因其「思摹經典」。所以封禪篇謂「樹骨於典訓之區」；「典訓」即經典。凡文心雕龍全書言及「骨」、骨梗（註）、骨髓，無不與文之義，亦即與文之意，有密切地關係，實即形成骨之第一因素。

註：風骨篇「嚴此骨梗」，是骨亦稱「骨梗」。

至黃先生謂「骨即文辭」，骨當然由文辭而見。但風又何嘗不由文辭而見？風骨篇有謂「若骨采未圓，風辭未練……」，「采」與「辭」同一意義；此二語分明說骨與風，皆憑辭而見。但骨與采，既有時而可以未圓，則不可謂「骨即文辭」，因爲若「骨即文辭」，則骨與采不會發生「圓」或「未圓」的問題。「風辭未練」的問題，與「骨采未圓」的問題，完全相同；亦即辭與風的關係，與辭和骨的關係，完全相同。文章任何一部份，皆不能離辭而獨見；風骨同爲文章構成中的主要部份，自亦皆不能離辭而獨見；又何得僅謂「骨即文辭」？黃先生由此所引伸出的解釋，殆皆成問題。黃先生本人的文章，清勁流麗；但因其反理學、反古文之成見甚深，故其札記除總術篇論證文筆問題，能突破阮元以來之謬說，特可見其卓識外，凡對有關鍵處的解釋，多未能與原義相應；尤以原道、風骨、定勢、諸篇爲甚。至劉永濟文心雕龍校釋之膚淺混亂，更不足論。

五、風骨篇構成的各層次與各方面

劉彥和的文心雕龍，總結過去文學發展的成效，更欲救當時由過重藻飾而來的文體卑靡之窮；在許多重要地方，實開唐代古文運動的先河。加以他深切地把握到了文與人的不可分的關係，所以他較之當時論文的人，特重視氣的問題，這也是爲唐代古文運動開路的顯例之一。其直接提到氣字的如

「氣往轢古」（辨騷），「慷慨以任氣」（明詩），「氣變金石」（樂府），「攝齊楚之氣」（仝上），「氣爽才麗」（仝上），「氣盛而辭斷」（檄移），「氣實使之」（雜文），「氣偉而采奇」（諸子），「而辭氣文按「文」字疑衍之大略也」（仝上），「則氣含風雨之潤」（詔策），「法家辭氣」（封禪），「氣揚采飛」（章表），「砥礪其氣」（奏啓），「而志氣統其關鍵」（神思），「氣有剛柔」（體性），「寧或改其氣」（仝上），「肇自血氣」，「氣以實志」（仝上），「公幹氣褊」（仝上），「才氣之大略」（仝上），「文辭氣力」（通變），「風味一作「末」氣衰」（仝上），「負氣以適變」（仝上），「肇自血氣」（聲律），「氣力窮於和韻」（仝上），「韻氣一定」（仝上），「所以節文辭氣」（仝上），「若氣無奇類」（麗辭），「獎氣挾聲」（夸飾），「氣靡鴻漸」（仝上），「宮商爲聲氣」（附會），「辭氣叢雜而至」（總術），「英華秀其清氣」（物色），「氣形於言矣」（才略），「孔融氣盛於爲筆」（仝上），「阮籍使氣以命詩」。其他間接提到氣的地方，這裡不及臚擧。定勢篇的勢，也含有氣的重大因素在裡面。他既如此重視氣，所以特設有養氣一章。而其專題論氣的，則爲風骨篇。

風骨篇之所以容易引起誤解，是因爲彥和的文章的自身，把問題的層次與方面，說得不夠清楚。要確切把握它的內容，須先將構成風骨篇所含的層次與方面加以清理。

首先應指出的是，所謂風骨，乃是氣在文章中的兩種不同的作用；及由這兩種不同的作用所形成的文章中兩種不同的藝術地形相，亦即是所謂文體。體性篇曾舉出文體有八種基型；而風骨實八種基型中皆不能缺少的共同因素；故以風骨篇次體性篇之後。但文章的形相，與文章的內容不可分，所以在風骨篇中，彥和指出了內容與風骨的關係；亦即是就文章的內容以分別風與骨；這是一個層次。在此一層次中，氣與志是連在一起。內容必表達而爲辭采；內容的風骨，必通過辭采的技巧以形成與內容相適應的「形相的風骨」。這是就文章辭采上以分別風與骨，這是另一個層次。在此一層次中，氣與才是連在一起。再就一篇文章而言，必有風有骨，而風與骨總不免於偏勝，這是一個方面。若就各個人的稟賦而言，亦有由不同的稟賦而來的不同的風骨，且亦各有所偏勝，這是另一個方面。同時，彥和雖重視情性，但決不以素樸地情性，即能作成功地創作，故一貫地主張以學來塑造情性。所以在本篇中，也主張以學來塑造生理地生命力之氣，使其能與學結合而有形成風骨的能力（才），這又是一個方面。彥和主張文章是不斷地變，也應當不斷地變。但他主張變而不應失其宗；其關鍵，一在能體其要，一在作者的生命力能貫注於文字之中。本篇最後說到了變而不能離開風骨的問題，這又是一個方面。以下試略加以疏釋。並把風骨之義所應有，但未經彥和說到的，也隨文加以補充。

六、風骨與氣

我曾再三說過，由魏晉玄學所引起的對藝術的自覺，先表現於人物品藻之上。由玄學的「人生藝術化」，對人物的品藻，也自然而然地是藝術性的品藻。於是人物品藻上所用的名詞、觀念，也轉用到文學、藝術批評之上。文心雕龍一書，因扣緊人的情性以言文學，所以這種情形，也特爲顯著。

風骨，是當時人倫品鑒上所常用的名詞。世說新語卷中之下賞譽下第八「王右軍……道祖士少風領毛骨，恐沒世不復見此人。」「殷中軍道右軍清鑒貴要條」下注：「晉帝紀曰，羲之風骨淸舉也。」卷下之下排調第二十五「舊目韓康伯將肘無風骨。」此皆就人之儀態而言。而此種儀態，實皆爲人的氣的表現，所以風則稱爲「風氣」。世說新語卷上之上言語第二注引「桓溫別傳曰、……溫少有豪邁風氣。」卷中之上識鑒第七注引「續晉陽秋曰，爽（褚）……俊邁有風氣。」又卷中之下賞譽下第八「王平子與人書，稱其兒風氣日上，足散人懷。」又注引「文章志曰，羲之高爽，有風氣，不類常流也。」卷下之上簡傲第二十四注引「晉陽秋曰安（呂）……志量開曠，有拔俗風氣。」大抵當時稱「風神」、「風韻」，則指的是一種飄逸雅淡的儀態；稱「風氣」，則指的是一種豪邁俊爽，生命力充溢豐滿的儀態。骨在當時也稱爲「骨氣」，世說新語卷中之下品藻第九「時人道阮思曠骨氣不及右軍。」所謂骨氣或骨，指的是一種堅嚴難犯的儀態。風骨的後面，當然有其精神的根據；但表現而爲儀態，則必由氣而見；所以風骨皆是氣的兩種不同儀態。

當時把風骨的觀念，也轉用到書畫上。梁武帝古今書人優劣評謂蔡邕書「骨氣洞達，奕奕如有神力。」謂王僧虔書「縱書不端正，奕奕皆有一種風流氣骨。」這皆指人的生命力（氣）流貫於書法之中，所給予於書法的兩種不同的形相，即「風流」與「氣骨」的兩種形相。「風流」、「骨氣」，簡稱爲風骨。謝赫「畫有六法」中的「一曰氣韻生動」的「氣韻」，實同於風骨篇的風骨；已另有專文闡述，此不贅。

風骨篇之所謂風骨，依然指的是作者的兩種不同的生理地生命力—氣，貫注於作品之上，所形成的兩種不同的形相。所以就兩種不同的生理地生命力的自身而言，便可以說「氣即風骨」。就文章的兩種不同形相而言，也可以說「氣是風骨之本」。所以我說紀昀的兩句評語，皆可以成立。本篇第一段從正反兩面分述風與骨的重要以後，便用「是以綴慮裁篇，務盈守氣務必充實所守之氣。剛健既實，輝光乃新。其爲文用，譬征鳥之使翼也」作結，以見文章的風骨，皆由氣來。

氣之所以能形成風骨，實由氣自身之有剛有柔。彥和言氣之剛柔，有就一人之稟賦而言；有就創作時，精神狀態與技巧之轉換而言。創造文學藝術時的氣，與平時的氣，如果說有不同之點，乃在於平時之氣，不曾凝注在某一種對象之上，而只是生命自然地呼吸。創作時，正如後所述，氣是乘載著作者的感情與理智，以凝注於某一對象之上，而將其加以塑造，於是生命的律動，便因得到昇華而顯著；

由氣的剛與柔的律動而成爲作品的風與骨的形相。以下再分別加以陳述。

七、風的問題

就彥和「氣有剛柔」之意推之，則剛者爲骨，柔者爲風；這可以說是風骨的通義。但彥和之所以强調氣，强調風骨，其用意之一，在於矯正當時文體卑靡之弊。所以柔是風的本色；但彥和之所謂風，不同於當時流行的「風神」「風韻」「風致」，而相當於當時之所謂「風氣」。「風」是一種流動的形相，「風流」一詞的原意，即在形容一個人儀態飄逸，有如風的流動。但這種「流動」，乃是力的作用；而彥和所要求的，則更是豪邁俊爽地流動。若以剛爲文章中的男性，風爲文章中的女性，則彥和因矯弊所選的女性，是紅樓夢中史湘雲型的女性，而不是林黛玉型的女性。在前面引的「務盈守氣」之下，接着他不說「剛柔既實」，而說「剛健既實」，以「健」易「柔」，即是這種原因。所以他爲風骨擧例的時候，以「潘勖錫魏」爲骨的代表作，而稱之爲「乃其骨髓峻也。」以「相如賦仙」爲風的代表作，而稱之爲「乃其風力遒也。」本篇的贊又說「蔚彼風力，嚴此骨鯁。」一般多以骨爲力的表現，而彥和特把風和力連在一起，以强調風之力，亦即所謂剛健之「健」；正是爲了矯當時文弊而特强調風的另一面。不過風力雖遒健，但就風的流動性，對骨的堅凝性而言，則依然是柔的；

否則失掉了以流動性的風作比喻的本意。剛固然是力的表現；但能流動的柔，依然是力的表現。而且正因爲是力地柔，才可以有由鼓動而給人以感動、感染的效果。這正是劉彥和所說的風。但就全般地文學情況而言，風也可以分爲兩大類型。一是彥和所强調的豪邁俊爽型的風；另一是輕靈澹遠型的風。詩中的神韻派，多是屬於後一型的。

風骨篇一開始是「詩總六義，風冠其首。斯乃化感之本源，志氣之符應也。」彥和序志篇自述著文之例爲「原始以表末，釋名以章義」。他引六義之風，乃其「原始」之例。僅原風之始而未原骨之始，是因爲以骨論文，於經典無據，所以便把它略過去了。這種寫法，並不是以風來包括骨；而從文心雕龍全般情形看，也不是認爲風重於骨；這是彥和在寫作的時候，陷於形式主義，反引起形式不完備的結果。毛詩詩大序「風以動之，教以化之」，所以他便說「斯乃化感之本源。」風之所以能有化感的力量，是因爲風乃出於作者的志氣，所以說是「志氣之符契。」由此可以了解，「化感」是風在文學中所發生的效用。

風是由志與氣而來，但骨亦係由志與氣而來。不過志氣的內容非一。然則係由何種志氣的性格，而能形成風的內容呢？彥和在本篇中一則曰「是以怊悵述情，必始乎風。」再則曰「情之含風，猶形之包氣。」三則曰「深乎風者，述情必顯。」四則曰「情與氣偕。」是知成爲風的內容的是作者的感情。由感情的鼓蕩，便成爲文章中的鼓蕩；更由文章中的鼓蕩，可以影響讀者感情的鼓蕩。其所以能發生化感—感動、感染的原因在此。因此，彥和在這裡所說的志氣，乃是以情爲主的志氣。而風即是以情爲其內容。他說「述情必顯」，決不是要把胸中的喜怒哀樂，直截了當地說了出來的意思；若是這樣，便很容易把感情加以概念化，因而失掉了感情原有之姿。述情必顯的「顯」，是把感情原有活動之姿，在文字上表現了出來，使讀其文者，即能與作者原有感情活動之姿相照面；於是讀者所接觸的不是文字，而是文字後面的感情；這才有受感動、感染的可能。但因爲感情的本身，是一種朦朧混沌的狀態；在朦朧混沌的狀態下，不會寫出使他人能了解而得到感動、感染効果的文章。所以述情的文章，常須於感情發露以後，回頭加以反省時，始能表達出來。因反省而將自己的感情照明得愈透愈深愈切，則見之於文字者，愈易近於其原有之姿。彥和說「意氣駿爽，則文風清焉。」此處之「意氣」，指的是經過反省以後的感情（意），結合著生理地生命力（氣），亦即彥和所說的「情與氣偕」。「駿爽」是由反省所得到的照明，與感情自身鼓蕩的狀態；將這種狀態表達出來，這便形成文章中的風了。「則文風清焉」的「清」字，校釋家一作「生」，「生」即是生發、形成的意思。但只應當了解此處的「清」字含有「生」的意義，而不必改「清」爲「生」；因爲彥和認爲風應當是清的，所以他曾說「必見清風之華」（檄移篇）；他不說「風生」而說「風清」，是提出他對風的要求來說的。

述情必顯的效果，必有賴於文字的技巧。彥和在本篇中，對此提出了正反兩面的意見。正面的意見是「結響凝而不滯。」反面的意見是「思不環周，索莫乏氣，則無風之驗也。」

「響」是文章的聲調。「結」是聯綴的意思。「結響」，即是聯綴文章中的聲調。「凝」是頓挫、盤旋。「滯」是鈍滯、停滯。「凝而不滯」，是說聲調有頓挫、盤旋，但並不鈍滯、停滯。這即是一般所說的「跌宕」，或「宕漾」。聲調於頓挫盤旋之中，含有一股流動鼓蕩之力在躍動，這即是凝而不滯。醞釀深厚的感情活動，其自身正是凝而不滯。若能成功地把它表現在文字之上，則文字的聲調，也便凝而不滯。

凝而不滯，在修辭的技巧上，常關係於虛字的使用。韓退之雜說第四首是痛憤於當時執政者無知人之明，無養士之心而作的。其收尾是「策之(馬)不以其道，食之不能盡其材，鳴之而不能通其意，執策而臨之曰，天下無馬。嗚呼，其眞無馬耶？其眞不知馬也！」寫至此，便把他平日所醞釀的痛憤之情，借這種嘆息地聲調，完全表達出來了。善讀的人，總會感到「嗚呼」以下的結尾的聲調，正是凝而不滯。所以沈歸愚的評語是「宕漾作結。」其所以能得到宕漾的效果，全得力於「嗚呼」、「其」（此處不作代名辭用）、「耶」、「也」等虛字運用得神妙。虛字在文章中的藝術性，是表達作者的口氣，幾乎都關係到感情、情緒，因而形成文章中某程度之風的。劉海峯論文偶記謂「文必虛字備而後神態出。」「神態」即是「風」。王季薌師古文辭通義卷十一識塗篇七引黃本驥痴學曰「左史之文，風神跌宕，開闔抑揚，入神入妙，全在一二虛字中。」又引嚴悔庵與汪漢郊書中謂歐陽修寫晝錦堂記，「已送韓公（琦）矣。既而又取去，云欲重定。其重定本初無大改易，唯於首二句略增一『而』字耳。」即首二句原爲「仕宦至將相，富貴歸故鄉」，後在「仕宦」「富貴」下各增一「而」字，而成爲「仕宦而至將相，富貴而歸故鄉」。這樣一來，兩句的情態便不同了。嚴書又謂「韻短而節促，其病近乎窒」。歐陽修之所以必於上述首二句各增一「而」字，正因原文的韻短而節促。而虛字乃所以永其韻而疏其節。書舜典「歌永言」，「永言」是拖長了語氣之言。感情之言，常係如此。而虛字正與「永言」之「永」相適應。此意爲劉彥和所未曾說到，故特爲補出。

「思不環周」的「思」，和「意氣峻爽」的「意」同義。眞正地說，是指感情的活動而言，有如「情思」的思。情思，是由感情而來之思，與一般所謂思考、思辨之思，不同其性格。「環周」乃圓滿周遍之義。此句是說感情的醞釀不圓滿、周遍。「索莫」是疲乏之貌。氣因情而動；所以「思不環周」，當然就「索莫乏氣」。風是氣的流動；乏氣便無風。所以文章的無風，乃是「思不環周，索莫乏氣」的證明（驗）。現引王子淵四子講德論中的一段話，可以幫助此處的了解：

「傳曰，詩人感而後思。思而後積。積而後滿。滿而後作。言之不足，故嗟嘆之。嗟嘆之不足，故詠歌之。詠歌之不厭，不知手之舞之，足之蹈之也。」

上面一段話之所謂「感而後思」，即由感情的感發而來的思，即上述「情思」之思。所謂「積」，即今日一般之所謂醞釀。所謂「滿」，即彥和之所謂「環周」。感情的反省活動曰意、曰思。感情不僅由反省（思）而得到照明，並且也由反省而得到澄汰以後的醞釀、充滿。充滿到「必以一吐爲快」時，作者的生命也完全感情化了。由感情化了的生命所吐出的文字，也就完全成爲感情化了的文字。感情化了的文字，正是「言之不足，故嗟嘆之。嗟嘆之不足，故詠歌之」的文字。這種文字即是風。前引韓愈結尾的幾句文章，汪武曹評謂「總上文意，以詠嘆結之。」「詠嘆」可以說是風的本來面目。風的形成，有如前所述，有賴於虛字運用的技巧；但這種技巧，一定要與由感情所鼓蕩而充實不可以已的氣融合在一起；這只要讀前引的韓愈的幾句文章，便立刻可以領會到。否則只有增加文章的卑靡拖蹋。更重要的是，也有的詩文，在內容上應當是風，但在形相上却是骨；這是感情的事義化，即是作者的感情不以感情本來的面貌表出，却以事義的面貌表出，以此加强感情的嚴肅性，加强感情的深度與力感。如杜甫麗人行結尾的「炙手可熱勢絕倫，愼莫近前丞相嗔。」痛憤之情，化作一個客觀事實的敍述；並在造句上，賦與以堅凝的形相（骨的形相），而使痛憤的感情更深刻化了。此時便可不借助於虛字，也可得到感人的力量。

八、骨的問題

「骨氣」連辭，在魏晉時亦數見不鮮。彥和以建安諸人的詩是「慷慨以任氣」；而李白宣州謝脁樓餞校書叔雲詩有「蓬萊文章建安骨」之句，可知「骨」即是氣。鍾嶸詩品說曹植的詩是「骨氣奇高」；說劉楨的詩是「仗氣愛奇，動多振絕；眞骨凌霜，高風跨俗。」因爲是「仗氣」，所以便有「眞骨」。骨的方嚴堅挺的形相，會給人以冷峻巉削的壓力感覺；「眞骨凌霜」的「凌霜」，即是象徵這種感覺。梁武帝答陶弘景論書書中以「稜稜凜凜」來形容書法中的骨，這對骨的藝術形相的形容，甚爲親切。彥和說「蔚彼風力，嚴此骨梗」（風骨篇贊），以「蔚」字形容風，以「嚴」字形容骨，也是這種意思。彥和愛用骨梗二字。宋琠語「宋書孔覬傳，覬少骨梗，有風力。按梗，直也。骨梗言彊治。諸書假借作骨鯁。」所以骨梗一詞，便含有嚴的氣氛。這種藝術形相的形成，就一個人來說，是來自氣質的剛。就一篇文章說，則在行文時，是出之以凝斂矜肅之氣。

由上所述，也不難推想，情可以形成風，情也同樣可以形成骨。因爲氣質剛方的人，並不一定是無情；而如前所述，情的表現，也可出之以凝斂矜肅之氣。但彥和談到形成骨的內容時，如前所述，都是以事、義爲主。這有兩種原因：第一是爲了矯正當時辭勝於理的流弊。當時因爲藻飾太過，以致許多文章是廢話連篇，毫無內容。這種無內容的文章，並沒有內心眞正要說的話，亦即是沒有作爲寫作動機的志。氣順志而行，無志即無氣；亦即是沒有作爲乘載文字的生理地生命力的氣；則其雕文繪句，只是從外面襞積堆垛上去的；這種文章，冗塌蕪雜，當然無骨可言。彥和爲救此病，所以特强調「體要」之體，亦即强調文章應有內容。文章有內容，則辭句皆附於此內容之上，內容成爲辭句的骨幹，辭句成爲內容的肌膚。所以附會篇說「必以情志爲神明，事義爲骨髓，辭采爲肌膚，宮商爲聲氣。」本篇說「辭之待骨，如體（按指人之身體而言）之樹骸。」內容是支撑辭句，以成爲統一的作品；好像人身中的骸骨，是支撑肌肉，以成爲能站立起來的完整的人。本篇的贊，對風骨的根源，更簡明地指出「情與氣偕」爲風；而「辭共體並」爲骨。辭共體並之體，乃體要之體。而體要之要，即是文章中的事義；辭共體並，是說辭句與內容——事義——密切地融和在一起。他說「沈吟鋪辭，莫先於骨。」等於是說「莫先於內容——事義。」因此，他以事義爲骨的內容，是就事義對辭句所發生的作用來說的。從這一方面來說，他之所謂骨，實同於附會篇之所謂「綱領」。而附會篇所述，幾乎就是「沈吟鋪辭，莫先於骨」一語的較詳細地陳述。但他除了用「辭尙體要」的「要」，及「務總綱領」的「綱領」等觀念以强調文章要有內容之外，更把文章中的事義稱之爲骨，是因爲「要」與「綱領」，僅能說明文章的內容；而骨則更兼包括有文章藝術性的形相。在以事義爲內容的文章中，若表現得成功，它便應得到骨的藝術形相。風骨篇與附會篇之不同，是一偏重於文章藝術的形相，一偏重於文章的結構內容。

第二個原因，據我的推測，由內容以言風骨，則情是主觀的、熱的、流動的；所以抒情之文，多偏於風。事義是客觀的、冷的、靜的；所以敍事言理之文，多偏於骨。即以詩而論，大概地說，唐詩風勝於骨，宋詩骨勝於風；也未嘗不可由此去加以領會。彥和以事義爲形成骨的內容，正可從這裡窺測其原因之所在，雖然他尙未能明顯地說出。但前面也稍稍提到，千萬不可以爲情便沒有骨的藝術形相。尤其是慷慨高爽之情，即不用事義化的技巧，也常會表現得既有風而又有骨。明詩篇說建安時的詩是「慷慨以任氣。」樂府篇說「至於魏之三祖，氣爽才麗」；這裡的氣，是與情融和在一起；但因爲是慷慨，因爲是爽，所以便特別顯得有風，尤其是顯得有骨了。這一點，對李白而言，也完全恰當。還有，就一個作品的通篇而言，固然常在切貼事義、綱領的地方，多表現爲骨(也有表現爲風的)；但就文體而論，因文章自身所要求的變化，也有僅憑文字技巧上表現而爲骨，但與一篇中的綱領，只是遙相映帶、襯托，並非直接扣緊綱領的。例如杜牧阿房宮賦起首是「六王畢，四海一。蜀山兀，阿房出。」這完全是僅憑文字技巧以形成骨地形相。不過，若僅在文字技巧上用力，而無眞實的內容加以撐支，勢將流爲虛枵之氣，有如明代前後七子，倡導格律的流弊。所以劉彥和以文章內容的骨，是由文章的內容的事義而來，這是非常正確的；但不可過於拘泥。

形成文學中藝術性的骨的文字技巧，劉彥和在本篇中也從正反兩面提出了他的意見。正面的意見是「結言端直，則文骨成焉。」「故練於骨者析辭必精。」及「捶字堅而難移。」的三句話。彥和認爲形成骨的內容的是一篇文章中的事、義，所以要求對事義能作最有效的表達。歧約（Guyau, 1854—1888）在其社會學地藝術論第五章中曾提到斯賓塞（H. Spencer, 1820—1903）對文體法則的規定，是「以最小的力，獲得最大的效果。」即是「以最小量的注意力，能使對方理解，或使對方感受。」所以斯賓塞說「文章藝術的最大秘訣，是把媒介物（文字）的摩擦，減少到可能地最小限度。」（見日譯本第二部下八九——九〇頁）文字是表達內容的，但文字並不即是內容；所以文字與內容之間，常有一種距離，由距離而發爲摩擦，亦即是鍾嶸詩品之所謂「假補」，或是王國維人間詞話中之所謂「隔」。「結言端直」，便是爲了要把這種摩擦減到最小限度的技巧。端直是把文章的內容，很嚴正（端）簡捷（直）的表達了出來；這種表達的方式，可以把文字與內容的距離，縮得最短；使內容取得了文章中的主導地位；使文辭皆爲內容所統率、所撐持；文章的骨幹、骨力，便得以顯了出來。

爲了達到端直的目的，則當然應「析辭必精」。彥和在體性篇中對精約體的規定是「覈字省句，剖析毫釐者也。」這也可以作「析辭必精」的較具體的解說。上一句是對字句作最經濟地使用。下一句是對字句作最精確地使用。「捶字堅而難移」，乃「析辭必精」的成效。「堅」乃堅實、堅定之意。

正因捶字堅實、堅定而不可移動，與人以「稜稜凜凜」的感覺，這便形成骨的藝術形相。由此我們不難推論，骨的形成，從文字技巧上說，在於實字的鍛鍊。王季薌師古文辭通義卷十一引來陽謝視侯（鼎卿）論用虛字的一段話中有謂「實字求義理，虛字審精神。」對虛字實字在文學中的效用，說得很貼切。莊子逍遙遊，全篇皆以風勝。但在「若夫乘天地之正，而御六氣之辯，以遊無窮者，彼且惡乎待哉」的後面，接着便是「故曰，至人無己。神人無功。聖人無名。」這三句是全篇乃至莊子全書思想的綱領，其中無一虛字，無一可移易轉換之字，這恰可作彥和對骨的要求的範例。明代前後七子的「文必秦漢」的復古運動，「必欲節去語助，不可句讀，以爲奧。」（前引黃本驥語）他們之所謂奧，實際只是骨；他們節去語助，並盡量用「減字法」，流弊是一在內容的不相稱，二在忽視了風與骨之相待性；更重要的是並非出於內發之氣，而只出於外在的摹仿。但在文字技巧上對骨的形成，乃在實字的鍛鍊，也可於此得一證明。

在上述的形成骨的條件中，好像只是文章的內容——事義，與文章的字句，直接發生關連，並未像風樣，直接顯出氣的作用。實則作爲文章內容的事義，乃裁決於作者之志。「氣以實志」，志賴氣與才相結合，乃能表現而爲文章。所以一篇文章創作的程序是志→才→辭；而氣則一直貫注於三者之中，在文心雕龍一書中，既稱「志氣」，又稱「才氣」，又稱「辭氣」；於此可知志、才、辭之不離乎氣。尤其是先有氣的凝歛，然後才有文字的凝歛。先有氣的稜稜凜凜，才有文字的稜稜凜凜。在「堅而難移」的字句中，即可見出「堅而難移」之氣；「析辭」「捶字」是才力。但彥和已經指出才力是「肇自血氣」。才力的活動，也即是血氣的活動。所以骨同樣地必源於氣；進一步說，骨即是氣。

彥和從反面來說明骨的是「若瘠義肥辭，繁雜失統，則無骨之徵也。」這幾句話，正指出了由漢賦以來的流弊。所以他幾次提到這一點。詮賦篇「然逐末之儔，蔑棄其本。雖讀千賦，愈惑體要。遂使繁華損枝，膏腴害骨。無貴風軌，莫益勸戒。」議對篇「及陸機斷議，亦有鋒穎。而腴辭弗剪，頗累文骨。」他對「議」的要求是「故其大體所資，必樞紐經典。採故實於前代，觀通變於當今。理不謬搖其枝，字不忘舒其藻。……然後標以顯義，約以正辭。文以辨潔爲能，不以繁縟爲巧；事以明覈爲美，不以深隱爲奇；此綱領之大要也。若不達政體，而舞筆弄文……空騁其華，固爲事實所擯。設得其理，亦爲遊辭所埋矣。……若文浮於理，末勝其本，則秦女楚珠，復在於茲矣。」膏腴所以害骨的情形，可用韓康伯的情形來作一比喩。世說新語卷下之下輕詆第二十六「舊目韓康伯將肘無風骨」註「說林曰，范啓云，韓康伯似肉鴨。」韓康伯似肉鴨，大概他是一個矮胖子。矮胖子的人，因肉多而掩其骨，所以沒有稜稜凜凜的氣象。辭藻太多，意爲辭掩，這種文章，便像一個矮胖子的人了。

在有的文章中，從內容說，應當是一篇文章的骨；但從文字的形相看，却又是一篇文章中的風；這是事義的感情化；即是作者對客觀性的事義，不順其客觀的冷靜性表達出來，而將其塗上主觀的感情氣雰，以感情的姿態表達了出來，由此使事義也可以發生感動的力量，或增加事義的分量和趣味性，使他人更易接受。前面引過的杜牧阿房宮賦，假定沒有後面「嗚呼，滅六國者六國也，非秦也。族秦者，秦也，非天下也……秦人不暇自哀而後人哀之；後人哀之而不鑑之，亦使後人復哀後人也。」的一段，則全篇皆成無意義的廢話。因有了這一段，全篇便皆得到了生命；所以從內容說，這一段是全篇的「義」，是全篇的「骨」。但文字的聲調，却是如聞嘆息之聲的風。此即係將「義」加以感情化，因而把義的分量也增重了。莊子齊物論開始一大段思想的綱領、指歸，乃在說明天籟。但莊子點出天籟的方式是「夫吹萬不同，而使其自己也。咸其自取，怒者其誰耶？」這豈非由虛字的運用，將「端直」之辭，化為飄逸流動的風韻，而依然達到言簡意該的目的嗎？司馬遷一部史記，常於事義之中，抒其宕漾頓挫之筆，遂為後來古文家不祧之宗。但這都是來自事義純熟，而又氣盛情深，才可以作得到。所以莊子和史記，幾成為千秋的絕唱。同時，這更不可能要求於今日的科學性的文章。劉彥和在封禪篇評邯鄲淳的魏受命述「雖文理順序，而不能奮飛。」由此可以了解，並不是有事義的內容，便一定會有風及骨；而仍須要氣與才的結合、昇華，以完成文字上的藝術性。

九、風與骨的相待性

儘管就人來說，因氣稟的不同，有的偏於風，有的偏於骨。就文章的體裁來說，也有的宜乎風，有的宜乎骨。但斷乎沒有有骨而無風的文章，更斷乎沒有有風而無骨的文章。氣是活的、是動的，因此，也是變的。不過在統一的生命體中，氣是順着某種自然規律而變。這種變，便形成生命自身的節奏。於是在一個較長的創作過程中，便也會順着生命的節奏而形成文章的有風有骨。風骨交互出現於一篇文章之中，這便形成一篇文章中的節奏。所以有風有骨的作品，才是有生命力的作品。

並且風骨在一篇文章中，因相待而成，更因相待而顯。前引韓愈雜說四收尾的一段文章，李剛己在「嗚呼，其眞無馬耶」一句下的評語是「前文語勢過於峻急，想用宕漾之筆以疏其氣。」實則所謂「峻急」，乃峻峻凛凛之骨。正因爲有由悲憤之氣而來的「策之不以其道」數語的骨，再轉而爲「嗚呼」以下數語的如聞嘆息之聲的風，一骨一風，兩相對待，而都得到了力量；遂使整篇文章，也都有了力量。最成功的文章，都是如此。茲引史記秦楚之際月表序，以作例證：

「太史公曰，初作亂，發於陳涉。暴戾滅秦自項氏。撥亂誅暴，平定海內，卒踐帝祚，成於漢家（以上骨）。五年之間，號令三嬗，自生民以來，未始有受命若斯之亟也（以上風）。昔虞夏之興，積善累功數十年，德洽百姓，攝行政事，考之於天，然後在位。湯武之王，乃由契后稷，修仁行義十餘世，不期而會孟津八百諸侯，猶以爲未可，其後乃放弒。秦起襄公，章於文繆；獻孝之後，稍以蠶食六國，百有餘載，至始皇乃能幷冠帶之倫（以上骨）。以德若彼，用力如此，蓋一統若斯之難也（以上風）。秦既稱帝，患兵革不休，以有諸侯也（文氣稍頓）。於是無尺土之封，墮壞名城，銷鋒鏑，鉏豪傑，維萬世之安（以上骨）。然王跡之興，起於閭巷；合從討伐，軼於三代；鄉（讀爲向）秦之禁，適足以資賢者爲驅除難耳（風）故憤發其所爲天下雄，安在無土不王（骨）。此乃傳之所謂大聖乎。豈非天哉，豈非天哉。非大聖，孰能當此受命而帝者乎（以上風）。」

「捶字堅而難移」，不僅是針對其內容而難移；更重要的是，每一句皆崚崚凜凜，予人以難犯的感覺。上文凡是我指爲屬於骨的，皆是剛性硬性的句子；而在其作收束時，壁立千仭，峭峻險絕；再轉而爲盤旋震蕩感嘆之風；互相起伏，使人感到這篇文章好像是在那裡作旋律的飛動。所以在一篇短文中，眞有「氣往轢古」之概。秦楚之際，平民起而奪取政權，乃歷史之大變。司馬遷把握到此一歷史的大關鍵，面臨有許多不容易解釋的大問題，以醞釀於其感情之中，噴薄而出；所以才有這樣一篇雄奇萬變的短文；而風骨之由相待而顯，應當借此可以給讀者以淸楚明白的印象。史記中的序贊，皆當由此一角度去加以領會。吳德旋（仲倫）初月樓古文緒論二六謂「史記諸表序，筆筆有唱嘆，筆筆是豎的。」唱嘆即是風，豎的即是骨。後來惟韓愈，王安石的短篇文字，能仿彿其一二，然終無此文氣息之厚，此蓋由胸中所醞釀者不同之故。至司馬遷報任少卿書，長篇而風骨迭見，通篇不懈，後世便更難有追踪的人了。

王季薌師古文辭通義卷十一引李穆堂秋山論文中有謂「凡題中板實者，當運化得飛舞。題中散漫者，當排比得整齊。」這話雖然不是對風骨而言，但由此可以對照出風與骨相待爲用的意義。並且也可以說，有骨無風，便易流於板實；有風無骨，便易流於散漫。

詩中的風骨相待爲用，與文無異。最容易了解的，無如長篇換韻的詩。此種詩，大抵用仄韻者多骨，用平韻者多風。白居易的長恨歌「黃埃散漫風蕭索，雲棧縈紆登劍閣。峨眉山下少人行，旌旗無光日色薄。」四句敍事用仄韵，正予人以骨的感覺。接着便是「蜀江水碧蜀山靑，聖主朝朝暮暮情。行宮見月傷心色，夜雨聞鈴腸斷聲。」四句抒情用平韻，正予人以風的感覺。又「西宮南內多秋草，落葉滿階紅不掃。梨園弟子白髮新，椒房阿監靑娥老。」這是骨的感覺。接着便是「夕殿螢飛思悄然，孤鐙挑盡未成眠。遲遲鐘鼓初長夜，耿耿星河欲曙天。」正是如聞嘆息之聲的風的感覺。一骨一風，相待而成爲歌中的抑揚頓挫，這是很淺顯的例子。大抵律詩各聯，虛實相錯，虛多風，而實多骨。絕句則起承兩句多爲骨，而結句則爲風。否則沒有餘韻餘味。

十、風與骨的藝術性

風骨都是由氣所形成，風骨在文學中的作用，即是氣在文學中的作用。氣是活地生命，所以又常稱爲「生氣」。而在創作時的氣，如前所述，是乘載著感情的磁性，及理知之光，以向主題及主題的媒介物（文字）塑造，所以此時所流露出的生命的節律，乃是昇了華的生命的節律；文章中的風骨，正是把這種活地、昇了華地生命的節律，注入於字句之中，使字句也帶有活地、昇了華地生命及其節律。帶有活地昇了華地生命節律的文字，才可以把文章中其他的構成因素，一齊帶活，一齊昇華，這才可以發揮出它的美感，以形成一篇的藝術性格。彥和對於這點，體認得最深刻。他說「若豐藻克瞻，風骨不飛，則振采失鮮，負聲無力。」構成文字之美的因素，一則表現爲文采，一則表現爲聲調。文采須要藻飾的辭句，聲調須要諧和的聲律。藻飾的詞句，諧和的聲律，都是客觀性的存在，與人的情性，實保有一種距離。此時的詞藻聲律，都是無情的死物，沒有美地意味。所以彥和在情采篇說「夫鉛黛所以飾容，而盼倩生於淑姿。文采所以飾言，而辯麗本於情性。故情者文之經，辭者文之緯。經正而後緯成，理定而後辭暢」。這是說明眞正的文采，必須是來自與情性相融合的辭藻。彥和的這一觀點，也可轉用到聲律方面。不過當時對聲韻的運用，尙係新地發現，所以聲律篇只重在談技巧，不曾追到此種根本的處所。但他說「聲萌我心」；又說「內聽之難，聲與心紛。」實際也指明了聲律與情性的關係。總之，要發之於情性的采與聲，才有其藝術上的意義。否則是在死人臉上塗脂粉，及未經人作藝術性安排過的機械聲音，不可能形成有美地意味的藝術。不過，問題乃在於情性是經過一條什麼通路，而使其與采聲融合在一起呢？前引的彥和兩句話，說明了是由風骨、亦即是由氣的乘載力量，而把主觀的情性與客觀的采聲連接在一起。氣一方面把情性乘載向文字；同時也把文字乘載向情性。這樣一來，情性由氣而能向外表達，文字由氣而得到活的生命。於是文字中的美——采、聲，便得以發揮出來了。有生命的采，即能鮮。有生命的聲，才有力。彥和用一個「振」（舉起之意）字，「負」（乘載之意）字，把氣在文學中最根源地作用，完全表達出來了。揚雄法言修身卷第三有謂「人之性也善惡混。修其善，則爲善人；修其惡，則爲惡人；氣也者，所以適善惡之馬也與」。以馬來說明氣的乘載作用，非常親切。更參閱韓愈下面的一段話，對於這種意義，當更易明瞭。

「氣，水也。言，浮物也。水大，而物之浮者，大小畢浮。氣之與言，猶是也。氣盛，則言之短長高下者皆宜。」（昌黎先生集卷十六答李翊書）

韓愈此處之所謂「言」，即彥和之所謂采、聲。「大小畢浮」之「浮」，即彥和之所謂「振」、「負」。「氣盛則言之短長高下者無不宜」，是因爲生命的節奏，直接形成文字的節奏。如此，則文采之鮮，聲調之力，都顯發出來了。曾國藩日記中有謂「奇辭大句，須得瑰瑋飛騰之氣，驅之以行。……否則氣不能舉其體矣。」與彥和此處之意，亦相符合。

十一、氣與聲

氣貫注於文字之中，如何能給人以是風或是骨的感受呢？先簡單地說一句，人的氣發而爲聲。文章中的氣不可見，氣要由貫注於文字中所形成的聲而見。「堅而難移」，「凝而不滯」，這都是見之於聲的。所以，凡是論文而論到聲或韻的時候，實際便等於論到氣。王季薌師古文辭通義卷十一引舒白香論詩謂「感人之深在乎聲，不在乎義。」這是很深刻地體認。聲何以能感人，因爲由聲而可接觸到作者的感情。而作者感情活動的情態，形成作者生理地生命力——氣的活動情態。簡言之，即是由文字之聲，可以感到作者之氣。由作者之氣，可以感到作者的感情。聲與氣既如此密切，則文字中不合節律的蕪雜之聲，非由氣所貫注而來，勢必反而干擾到氣的發抒。沈約宋書謝靈運傳論謂「自茲以降，情志愈廣。王褒劉向楊班崔蔡之徒，異軌同奔，遞相師祖。雖淸辭麗曲，時發乎篇；而蕪音累氣，蓋亦多矣。」這從反面說明了聲與氣的關係。劉彥和說「辭韻沉膇」（哀弔篇），等於說「辭氣沉膇」。又說「華過韻緩」（仝上），等於說「華過氣緩」，也等於說「膏腴害骨」。聲律篇說「聲含宮商，肇自血氣。」這指明聲律是來自人的氣，亦即來自生命自身所含的韻律。又說「是以聲畫妍蚩，寄在吟詠。滋味流於字句，氣力窮於和韻（註）。異音相從謂之和，同聲相應謂之韻。韻氣一定，故餘聲易遺。」所謂「氣力窮於和韻」，是說氣力完全表現於和與韻之中，所以又有「韻氣」的連辭。夸飾篇「於是後進之才，奬氣挾聲。」奬氣即同時挾聲，以見聲與氣的不可分。附會篇「宮商爲聲氣」，這也說明宮商（韻律）與聲氣的不可分。指明文章之氣，乃表現於文章的聲調、音節之上，於是所謂氣者，乃始有了着落，氣始可以爲人所把握。

註：上引聲律篇原文是「聲畫妍蚩，寄在吟詠。吟詠滋味，流於字句，氣力窮於和韻。」此段文字，不是少了兩個字，便是多了兩個字，所以句讀不易。孫詒讓札迻卷十二謂「氣力上當復有『字句』二字。」流行各本文心雕龍多從之。但我以爲是「吟詠」二字下，重出了「吟詠」二字。日僧空海文鏡秘府論四聲論篇引此數語時，正少吟詠二字。惟「字句」爲「下句」，「下」字當係「文」字之誤。

宋謝枋得與劉秀巖論詩書中謂「人之氣成聲，聲之精成言。」這對聲與氣的關係，說得很清楚。明陳宏緒寒夜錄卷上「戴忠甫嘗與龔洳溪論文，欲以一字括之。忠甫曰，其惟聲字乎。凡文之抑揚高下，輕重疾徐，呑吐浮沉，起伏頓挫，誰非聲者？能於此際轉換得清，則無之而不清。於此際調劑得妙，則無之而不妙。沈約云，若前有浮聲，則後須切響。陸機云，審殿最於錙銖，定去留於毫芒。

皆在聲字上致意耳。」這段話對聲在文學中的藝術性的意義，說得很透徹。可惜他沒有指出聲的藝術性的根源却在氣。

氣與聲的關係，劉海峯論文偶記中，說得最爲精切。他說：

「神氣者，文之最精處也。音節者，文之稍粗處也。字句者，文之最粗處也。然論文而至於字句，則文之能事盡矣。蓋音節者神氣之迹也。字句者音節之矩也。神氣不可見，於音節見之。音節無可準，以字句準之。」

又說：

「音節高，則神氣必高。音節下，則神氣必下。故音節爲神氣之跡。」

文之個性、藝術性，由氣而見；氣則由聲而顯；所以爲了鑒賞、學習古人之文，應當用因聲以求氣的方法。王季薌師古文辭通義卷十五引曾國藩謂「古人文章所以與天地不朽者，實賴氣以昌之，聲以永之。故讀書不能求之聲氣二者，徒糟粕耳。」又曾國藩復陳右銘太守書「深求韓公所謂與相如子雲同工者，熟讀而强探，長吟而反覆。使其氣若翔翥於虛無之表，其辭跌宕（風）俊邁（骨），而不可以方物。蓋論其本，則循戒律之說，辭愈簡，而道愈進。論其末，則抗吾氣以與古人之氣相翕，有欲求太簡而不得者。」所謂抗吾氣以與古人之氣相翕，實則由長吟熟讀之聲，以與古人之氣相翕。

王師又引張廉卿（裕釗）與吳摯甫論文亦謂「欲學古人之文，其始在因聲以求其氣，則意與詞，往往因而並顯，而法亦不外是矣」。

十二、氣與學

如前所述，氣是生理地生命力。僅此一生理地生命力，並不能成就文學、藝術；所以一面必與由心所發的志結合在一起，受志的統率。一面又須與聰明智慧的才結合在一起，以成為表現的能力。但才必資乎學，而後始能充實擴充。氣要能完成其在文學、藝術中的作用，既須與才相合，亦即必須與學相合。一個人，即使蓄積有深厚之氣；但在創作時，若表現的能力，不能與內蘊的深厚之氣相適應，則在表現時的艱窘，即成為氣向外發抒時的挫折；有如一個口吃的人與人發生爭執時，再有很大的氣在鼓蕩，也沒有方法有力地說出自己的理由。解決表現時的艱窘狀態，只有靠學的力量。這是學與氣不可分之一種原因。其次：氣求其盛、求其厚。氣之盛與厚，乃決定於人之志，並非可以僅靠原始地生理構造。而人之志對氣的統率力，要直接得力於學的充實。孟子指出聚義的工夫，可以使生理之氣，昇華而成為至大至剛的浩然之氣。此時之氣與志為一體。同樣的，對於相同的題材，學深者因其志有把握而氣自盛，學淺者因其志沒有把握而氣亦自餒。志由學而充實，氣為志所統率，故氣隨志為盛衰，這是學與氣不可分的另一種的原因。學氣相資，則氣與志與才融爲一體，亦即可與辭融爲一體。風骨篇下面的一段話，正說明這種關係。

「若夫鎔鑄經典之範，翔集子史之術；洞曉情變，曲昭文體：然後能孚甲新意，雕畫奇辭。昭體故意新而不亂，曉變故辭奇而不黷。若骨采未圓，風辭未練，而跨略舊規，馳騖新作，雖獲巧意，危敗亦多。」

按就文學以言學，應當分爲兩方面。一方面是關係於文學內容的，包括思想與資料，亦即彥和之所謂事、義。鎔鑄經典，翔集子史，是指這一方面的學而言。另一方面是關係於文學的藝術形式的，包括序志篇所說的「剖文析采，籠圈條貫，」以得出文體的指歸。「洞曉情變，曲昭文體」，是指這一方面的學而言。文體本乎情性；情性不同，文體亦異；故須能洞曉情性之變，然後能把握到文體的指歸。在文學的內容與形式兩方面皆學有本源根柢，始能作有意義地創造。「然後能孚甲新意」，至「故辭奇而不黷」，皆指有意義的創造而言。有意義地創造，一定是骨與采相圓融，風與辭相熟練。何以故？因爲氣得學而與才相融，以成爲「才氣」，而可以直接貫注於文字之中，與作爲媒介物的文字融爲一體。凡成功的文體，皆情性之所出，亦即氣之所貫注，而皆能骨與采圓，風與辭練。以此求變，這便是在人的精神正常狀態中的變。通變篇說「憑情以會通，負氣以適變」，也是這種意思。彥和說

「若骨采未圓，風辭未練。」這是就結果而言。若就原因而言，則這兩句話的眞意指的是未曾得到學的工力的氣，有氣無才，便與文字離而爲二，所以便「未圓」、「未練」。這是因爲事義既無根柢，形式的藝術性亦未能把握，所以氣只是一團原始地生理地生命力。僅憑一團原始地生理地生命力而言創造，或者也有創新之力（「雖獲巧意」），但其中常含有很大地危機（「危敗亦多」）。現代文學、藝術的走向野蠻主義，或者可在這種地方得到一種說明。

後來古文家（註）非常重視氣，也無不非常重視學。前引韓愈答李翊書中，有如下的一段：

「……雖然，學之二十餘年矣。始者非三代兩漢之書不敢觀，非聖人之志不敢存。處若忘，行若遺；儼乎其若思，茫乎其若迷。當其取於心而注於手也，惟陳言之務去，戛戛乎其難哉。其觀於人，不知非笑之爲非笑也。如是者亦有年，猶不改，然後識古書之正僞。雖正而不至焉者，昭昭然白黑分矣，而務去之，乃徐有得也。當其取於心而注於手也，汩汩然來矣。其觀於人也，笑之則以爲喜，譽之則以爲憂。如是者亦有年，然後浩乎其沛然矣。吾又懼其雜也，迎而拒之，平心而察之；其皆醇也，然後肆焉。雖然，不可以不養也。行之乎仁義之途，游之乎詩書之源，無迷其途，無絕其源，終吾身而已矣。」

上面是韓愈自述他學與養交相進的歷程，亦即是自述他的志、才、氣由學而交相充實、融合，以至於盛大的歷程，較彥和所說的更爲親切篤實。其中「戞戞乎難哉」，是說表現之難；亦即是氣與才尚未融未充時的寫作狀態。「汩汩然來矣」，是說表現之易；亦即是氣已因學而得與才相融合而能充實時的寫作狀態。「然後浩乎其沛然矣」，係就其精神意境（志）而言，亦即是就其氣之盛大而言。這段話實際是說氣因學與養而盛，所以在「終吾身而已矣」一句的下面，便接着是前面所引過的「氣，水也」一段。清吳汝綸與楊伯衡論方劉二集書中有謂「夫文章以氣爲主，才由氣見者也。而要必由其學之淺深，以覘其才之厚薄。」吳氏之說，也可與劉彥和之意，互相發明。王季薌師古文辭通義卷十五引宋魏鶴山謂「詞根於氣。氣命於志。志立於學。」他是從志與學的關係，以言氣與學的關係；這和由才與學的關係以言氣與學的關係，正互相發明。

註：本文所謂之古文家，乃廣義地古文家；凡以散文爲主者皆入之。

十三、氣與養

孟子因由心善以言性善，則性善的善，實即在人的具體生命之內，與具體地生命不可分，所以他便提出了養氣的工夫，使生命中的道德理性(集義之義)，與生命中的生理作用(氣)，得以融合爲一；生理作用之氣，由道德理性之力而昇華爲浩然之氣；浩然之氣，實同於莊子之所謂「精神」。所以養氣，乃生理作用的精神化。同時，生命中的道德理性，得到生理作用的充實，不僅克服了生命中所含的矛盾；並使道德理性落實於生理作用之上，同時也即落實於生活行爲之上，以完成道德的實踐性。後來董仲舒在春秋繁露卷十六的循天之道中，也曾援引孟子養氣之說，主張以中和養氣。但是，第一，董氏把中和附會到他的陰陽系統中去，與中庸就人之自身以言中和者，大有出入。第二，他所說的養氣的目的只在「養身」。雖同爲儒家，但與孟子的原意，距離頗遠。

莊子從正面提出了養生的思想。莊子內七篇中，即有養生主一篇。不過莊子的養生，雖其工夫與孟子不同，但他在要轉化生理地生命以開闢精神境界的這一點上，却是相同的。所以他所說的養生，也同於孟子所說的養氣。只不過，孟子所得的是道德的精神境界，而莊子所得的則是藝術的精神境界。到了戰國末期，養生便由精神的意義，下墜而爲具體生命的意義，並成爲爾後道家思想的主要內容之一。此由呂氏春秋中所涉及的道家思想，及司馬談論六家要旨中所推重的道家，可以得到證明。淮南鴻烈解中的精神訓，正是承此種養生思想之流，而更加詳盡。其中最值得注意的是，它把生命的血氣官能與精神，作分解地陳述。下面一段話，特提出了血氣對精神的影響，雖未說出「養氣」之名，但實際所說的是養氣：

「是故血氣者，人之華也。而五藏者，人之精也。夫血氣能專於五藏而不外越，則胷腹充而嗜欲省矣（按上句似係說明守氣於內，下句乃說明守氣之功效。）。胷腹充而嗜欲省，則耳目清而視聽達矣。耳目清，視聽達，謂之明……夫孔竅者，精神之戶牖也。而血氣（原文作志氣，據王念孫校改）者，五藏之使候也。耳目淫於聲色之樂，則五藏搖動而不定矣。五藏搖動而不定，則血氣滔蕩而不休矣。血氣滔蕩而不休，則精神馳騁於外而不守矣。」淮南鴻烈解第七

精神訓在上面分解性的陳述中，特提出血氣的問題，這是道家養生思想的更具體化。王充論衡自紀篇謂「曆數冉冉，庚辛域際（劉盼遂謂「此爲和帝永元十二年庚子，十三年辛丑；時王君年七十四五」），雖懼終徂，愚猶沛沛。乃作養性（生）之書，凡十六篇。養氣自守，適時則（劉盼遂以「則」爲「節」之聲誤。然實不必改字爲訓。蓋此句乃表示生活閒適之意）酒。閉明塞聰，愛精自保。」王氏的養生論不可見，但就「養氣自守」之言觀之，養氣在養生中，實居於重要的地位。

劉彥和既認爲氣對文學有決定性的作用，則他繼承早經形成了的養氣思想，而提出養氣的要求，到是當然之事。同時，精神與血氣，既密切關連而不可分；則養氣即以養神；養神亦以養氣。所以在養氣篇中，將神與氣關連在一起說。

彥和在養氣篇中所提出的養氣的理由，可分爲兩點，而兩點實是互相關連的。一是認爲作文用力太過，超過了自己的能力，則足以傷生。所以他說「若夫器分有限，智用無涯。或慚鳧企鶴，瀝辭鐫思；於是精氣內銷，有似尾閭之波。神志外傷，同乎牛山之木……是以曹公懼爲文之傷命，陸雲嘆用

思之傷神。」彥和又認爲求學與作文的目的及態度，並不相同。他說「夫學業在勤，功庸弗怠。故有錐股自厲，和熊自苦之人。志於文也，則申寫鬱滯。故宜從容率情，優柔適會。」爲了作文而傷生，實不合於爲文的「申寫鬱滯」的目的及態度。所以便說「若銷鑠精膽，蹙迫和氣；秉牘以驅齡，灑翰以伐性。豈聖賢之素心，會文之直理哉。」彥和在這裡，是把「耳目搖於聲色之樂」等情形，置之於議論範圍之外。但在本質上，依然是承一般養生的思想而來。

另一是認爲作文應由養氣以醞釀文機的成熟。力苦氣促，反使文機壅滯。他說：

「且夫思有利鈍，時有通塞（此二語皆指文機而言）。沐則心覆，且或反常。神之方昏，再三愈黷。是以吐納文藝，務在節宣。清和其心，調暢其氣。煩而即捨，勿使壅滯。意得則舒懷以命筆，理伏則投筆以卷懷。逍遙以針勞，談笑以藥勌。常弄閑於才鋒，賈餘於文勇。使刃發如新，腠理無滯。雖非胎息之邁術，斯亦衛（養）氣之一方也。」

按上面所說的養氣，乃爲文時之養氣。這是由彥和的體認而來。「文機」有如戰機。昔人謂曹操每臨陣用兵，意態從容，如不欲戰；但他實際是在從容之中去捕捉戰機的。文機尚未醞釀成熟，亦即文之情尚未被照明，文之理尚未能精密，尚未能內在化，以與精神相融合；則氣縮才萎，愈用力，愈成鈍滯。本篇首段曾說「率志委和，則理融而情暢。」理融情暢，文機自會成熟。「鑽慮過分，則神疲而氣衰。」神疲氣衰，則文機自然窘縮。彥和在神思篇中說「是以秉心養術，無務苦慮。含章司契，不必勞情也。」也是這種意思。「淸和其心，調暢其氣，」也同於神思篇所說的「疏瀹五藏，澡雪精神。」但神思篇指出「陶鈞文思，貴在虛靜。」較之此篇所說的，更能探到文學心靈的本源，推到養氣工夫的極致。而在其背後，實含有由「淸談餘風」而來的莊子思想。

十四、氣與養氣在古文家中的演進

這裡應首先解答一個問題，即是劉彥和提出氣的風骨及養氣以後，這種思想，爲什麼不曾在重視韻律的駢文家中得到發展，却主要是在古文文學家的這一派中得到發展呢？因爲古文運動的興起，本在救由駢文而來的文體卑弱之弊，使其能挺拔飛動；這便會特別重視氣。而最重要的是，所謂古文，即是一種典雅的散文。駢文的藝術性，主要表現於文詞的色澤。古文家爲矯駢文的藻飾太過，勢必以聲調的變化，代替色澤的華美。於是氣的藝術性，對古文家而言，較駢文家更爲重要。加以氣之行於散文中者，較之行於駢文中者，實容易而顯著。駢文不是不重聲調。並且沈約們四聲的提出，正是代表駢文聲調的完成。但駢文是由「浮聲」「切響」等的配合運用而來的聲調之和，以表達文氣之和。氣是生命，它本身是活的；它在活動中是不斷地在變。駢文的固定格局，可以表現氣之和，而不能表。

現氣之變，及由氣之變而來的高次元的和。於是對一般地駢文作者而言，不是由氣的節奏以規定文字的節奏；而是由既成的文字節奏的格式去限定了氣的發抒。駢文的卑弱、虛僞，皆由此而來。氣由變而易見，氣以變中之節奏而易奇，易高。古文之興起，在這種地方也可以看出它的重大意義。王季薌師古文辭通義卷十一識途篇七引舒白香古南餘話的一段話，正說明這一點。「仲實問史漢文得失。余曰，史氣盛而聲奇，故當勝。……試取漢書前史記原文之間有增減數字者，對觀而詠味之，其奇聲必偶，盛氣斯衰。氣何由盛？多讀而窮理以培之則盛。氣盛則聲必奇。然奇不徒奇，必有偶以行其奇，而奇乃得勢。……奇偶屬聲。偶則滯。奇則行一足之夔，通身之神力注焉。」偶是兩句或四句相對稱；奇是各句不相對稱。各句不相對稱，則句的構成可以自由變化，以順應氣向外發抒時的情態。「氣盛則聲必奇」，是因爲氣盛時自然要求順著氣自身的流動變化，以爲字句的流動變化，而不願受駢偶的拘束。奇則「通身之神力注焉」，是因爲氣在變化自由的字句中，無所阻滯；所以作者的生命力，可以全注入於文字之中。在前舉的司馬遷及韓愈的文章中，應注意到他們每句都在變化，並在變化中形成一種節奏。若說駢文的節奏，多是外鑠的；則散文的節奏多是內發的，是直接由氣而來。古文家之所以特別重視氣的原因，蓋在於此。既特別重視氣，當然會特別重視養氣。

韓愈的「行之乎仁義之途，游之乎詩書之源。」這是由儒家人格的修養，以言養氣，當然比劉彥和所說的養氣內容更爲擴大、充實。仁義是儒家對人自身所發現的本質。若「文即是人」的這句話可以成立，則文向人的本質的迫進，也自然是向仁義的迫進。由人的本質所發出的文，也自然是仁義之文。人爲了把握到自己的本質，以提高自己創作的根源力量，則以仁義爲養氣之工夫，亦係必然之事。劉彥和已經接觸到這一點；但他落實在工夫上時，依然是莊學、玄學的意味較重。唐宋明清各代的古文運動，常連帶到某程度的儒家復興的意味，由韓愈所提出的養氣工夫，可以看出其必然地歸趨。劉禹錫答柳子厚書，謂子厚新文二篇「其辭甚約，而味淵然以長。氣爲幹，文爲枝。跨躒古今，鼓行乘空。附離不以鑿枘，咀嚼不有文字。端而曼，苦而腴。佶然以生，癯然以清。」（全唐文卷六〇四）子厚論文，以求道讀書爲主，似未嘗直接提到氣；禹錫是能深知子厚之文的人，由禹錫「氣爲幹」之言，可知子厚由求道所得者，仍在於其文學上的養氣。其文章有風有骨（按端乃其骨，曼乃其風。），而其風骨的佶倔清癯，一如其爲人，足與韓愈的「猖狂恣睢」（柳宗元答韋珩示韓愈相推以文墨事書）之氣相上下。李翺答朱載言書（李文饒集第六卷）中謂「故義深則意遠，意遠則理辯，理辯則氣直，氣直則辭盛，辭盛則文工。」這是以義理來養氣。唐杜牧答莊充書「凡爲文以意爲主，以氣爲輔，以辭彩章句爲之兵衛。未有主強盛而氣不飄逸者。」（全唐文卷七五一）杜牧之說，殆綜合曹丕范蔚宗兩家之論，頗爲平實。至唐元稹敍詩寄樂天書「丈夫心力壯時，常在閒處，無所役用；性不近道，未能淡然忘懷；又復嫺於他欲；全盛之氣，注射語言，雜糅精粗，遂成多大。」（元氏長慶集第三十卷）這是由生命力無他寄托，而只好寄托之於詩，以此言「全盛之氣」；這是偏於原始生命力的氣，其意境至爲淺薄。新唐書卷一百七十四謂元浮躁辯給，正因其平日無養氣之功。

宋蘇子瞻韓文公廟碑引孟子「我善養吾浩然之氣」，以推尊韓愈之人與其文（經集東坡文集事略卷第五十五）。他對韓愈的嚮往，實際也是因爲他自己在養氣上能有所得。蘇子由上樞密韓太尉書謂「文者氣之所形。然文不可以學而能，氣可以養而致。」（欒城集卷第二十二）子由此時年十九，故此文言養氣之道，頗爲膚泛。然上面引的幾句話，則又甚爲切至；可知這是出自蘇氏的家學。陸游上辛給事書「賢者之所養，動天地，開金石。其胸中之妙，充實渾溢，而後發見於外，氣全力餘，中正閎博，是豈可容一毫之僞於其間哉。某束髮好文……然知文之不容僞，故務重其身而養其氣。貧賤流落，無所不有。而自信愈篤，自守愈堅，每以其全自養，以其餘見之於文。」（渭南文集第十三卷）這是以人格的向上爲養氣。陸氏忠義奮發，其詩爲南宋一大家，植基蓋在於此。

明宋濂文原下篇謂「爲文必在養氣。氣與天地同，苟能充之，則可配序三靈，管攝萬彙。不然則一介之小夫耳。君子所以攻內不攻外，圖大不圖小也。」又謂「人能養氣，則情深而文明，氣盛而化神，當與天地同功也。」（宋學士文集卷第五十五）按宋氏以攻內不攻外，圖大不圖小，爲養氣之工夫，或係受孟子養氣思想之影響。清侯方域與任王谷論文書「大約秦以前之文主骨，漢以後之文主氣……秦以前之文，如老韓諸子左傳戰國策國語，皆歛氣於骨者也。漢以後之文，若史若漢，若八家，最擅其勝；皆運骨於氣者也。」侯氏不知文之骨，亦即文之氣的一形相，而將兩者對立起來，這是錯誤的。而「歛氣於骨」，實即氣之凝者爲骨。「運骨於氣」，實即氣之盛者風中有骨。侯氏於文，未嘗無所見；但表詮而爲名言，猶稍嫌含混。清邵長蘅與魏叔子論文書「學文者必先濬文之源……在讀書，在養氣……韓愈氏有言，氣，水也。言，浮物也。……是故其氣盛者，其文暢以醇。其氣舒者，其文疏以達。其氣矜者，其文厲以紕。其氣恧者，其文詖以刓。其氣撓者，其文剽以瑕。是故涵漾道德之塗，菑畬六藝之圃，以充吾氣也。泊乎寡營，浩乎自得，以舒吾氣也。植聲氣，急標榜，矜吾氣者也。投贄干謁，蠅附蟻營，恧吾氣者也。應酬轇轕，諛墓攫金，撓吾氣者也。此養氣之說也。」邵氏由正反兩面，以言氣之得其養與不得其養所及於文章之影響，雖係發揮韓愈已有之意，而特爲詳密。

清劉大櫆（海峯）的論文偶記，對文學頗多體驗精到之言。他說「行文之道，神爲主，氣輔之。曹子桓（丕）、蘇子由論文，以氣爲主，是矣。然氣隨神轉。神渾則氣灝，神遠則氣逸，神偉則氣高，神變則氣奇，神深則氣靜，故神爲氣之主。至專心以理爲主者，則猶未盡其妙也。」按他所說的神，實同於文心雕龍神思篇之所謂神，指文學心靈的活動而言。文學心靈的活動是志、情、理，已經得到融和，而又醞釀成熟時的活動狀態。在此種活動狀態中，實賴氣在其中的鼓蕩之力，所以神與氣常綿邈而難分。彥和在雜文篇中說宋玉「放懷寥廓，氣實使之。」此處所說的氣，與神思篇所說的神，毫無分別。而劉海峯在論文偶記中又說「神只是氣之精處」。海峯分擧神與氣以爲言，在本質上有同於「意爲主，氣爲輔」之說；但意的含義較神爲粗；神氣兼擧，立說較爲周衍。由海峯之意推之，則須以養神者爲養氣。究其極，養神養氣，只是一事。理是客觀性的；專以理爲主，以現時的語言說，乃科學性之文，非藝術性之文。所以海峯說「猶未盡其妙。」

桐城派的古文，至姚姬傳（鼐）而始大。他在海愚詩鈔序（惜抱軒文集四），及復魯潔非書（惜抱軒文集六）中，由天地陰陽剛柔之氣以論文。海愚詩鈔序中說「吾嘗以謂文章之原，本乎天地。天地之道，陰陽剛柔而已。苟有得乎陰陽剛柔之精，皆可以爲文章之美。陰陽剛柔，並行而不容偏廢。有其一端而絕亡其一，剛者至於僨强而拂戾，柔者至於頹廢而闇幽，則必無與於文者矣。然古君子稱爲文章之至，雖兼具二者之用，亦不能無所偏優於其間。」陰陽是氣，剛柔是氣的屬性。此一說法，實質上，只是風骨說法的擴大。把由氣的剛柔所形成風骨，擴大到天地的陰陽上去；在文學的體驗中，套上形而上的架子，這在說明人之氣有剛柔，注貫到作品上也有剛柔的這一點上，有其比擬性的意義；但此種形而上的架子，沒有實質上的意義。所以姚氏在這一方面的意見，還是以古文辭類纂序目中所說的爲精；以在答翁學士書（惜抱軒文集六）中所說的爲切。序目中說「凡文之體類十三，而所以爲文者八；曰神理氣味，格律聲色。神理氣味者，文之精也。格律聲色者，文之粗也。然苟舍其粗，則精者亦胡以寓焉。」答翁學士書說：

「詩文皆技也。技之精者必近道。故詩文美者，命意必善。文學者，猶人之言語也。有氣以充之，則觀其文也，雖百世而後，如立其人而與言於此。無氣，則積字焉而已。意與氣相御而爲辭，然後有聲音節奏，高下抗墜之度，返復進退之態，采色之華。故聲色之美，因乎意與氣而時變者也。是安得有定法哉。」

按姚氏這段話，與劉彥和的意思，是相通的。彥和因爲特立有神思篇，所以在風骨篇中，未強調神，**未強調意**。

爾後在文學方面，談到氣和養的人很多，我這裡想再提出一個比較特出的意見，即是章實齋（學誠）的敬以養氣的意見。文史通義三文德篇說：

「凡爲古文辭者，必敬以恕。臨文必敬，非修德之謂也。論古必恕，非寬容之謂也。敬非修德之謂者，氣攝而不縱；縱必不能中節也。恕非寬容之謂者，能爲古人設身而處地也。」

「臨文主敬，一言以蔽之矣。主敬則心平而氣有所攝，自能變化從容以合度也。」

章氏就文學的立場以言敬恕，而使敬、恕在理學家與文學家之間，畫一條分界線，這是由很深刻地體認而來。敬與靜通，而較靜爲「有所存」。就純文學創作的觀點言，敬以養氣，或稍偏向於嚴肅的一方面；但章氏所說的，實指帶有史學性質這一方面的文章而言；所以他說「古文辭而不由史出，是飲食不本於稼穡也。」敬所以克制矜慢昏墮之氣。在主觀上多一分敬意，便多浮出一分客觀事實，多接觸到一分客觀事實。百十年來，大家喜言攷據，喜譏評古人；但愈考據愈糊塗；凡所以譏評古人者，實足以譏評自已；這不僅關係於學力的深淺，而更有關於治學寫文時態度的敬與墮。章氏之言，蓋針對當時浮囂標榜的所謂考據家而發；這在今日，更有其特別意義。

十五、總結

綜上所述，應當可以得到三點結論。㈠由氣在文學、藝術中的提出，而人與文學藝術互相連結的通路，得以具體地把握到。每一個人，當拿起工具以從事創作時，都可以體認到自已的氣，正在對創作中的作品，發生作用。㈡由氣的把握，對文學藝術中的個性問題，才可澈底加以說明。思想、生活環境、可以說明作品的大地方向；但並不能說明每一作品的個性；因爲在相同的思想與生活背景中，因作者生理構造的作用（氣）及創作時的身體狀態，互不相同，依然可以發現個性的互不相同；否則不能算是成功的文學、藝術作品。㊂因爲自覺到氣在文學、藝術中的作用，於是爲了提高作品的境界和創作時的力量，便提出了養氣的觀念。養氣，實際是通過一種修養的功夫，突破氣對於人的局限性，使其向精神上昇華，並給精神以向外實現的力量。這是以提高作者自身的人地存在，來提高創作能力和作品。在養氣的工夫中，當然含有知識的重大因素；但知識必須融入於情性，必須成爲人格中的一成分，才可達到養的目的。假定承認人與文學、藝術，有不可分的關係，則由提高人，以提高作品的養氣工夫，必然地，是每一偉大文學家、乃至藝術家的最根源地工夫。在過去所說的養氣工夫中，社會性的意義，不够明顯。但養氣效驗的重大證驗之一，即是在作者個性中所能涵攝的社會性。衡量作者的水準，應當以他個性中的社會性爲重要的尺度。「先天下之憂而憂，後天下之樂」的氣，這即是浩然之氣，即是文學藝術創造地無窮動力。

還有，文氣之說，得古文家而大明。但古文家言氣，很少直接受到劉彥和風骨篇的影響。他們中間，有提到文心雕龍其他各篇內容的，但幾乎沒有提過風骨篇。楊明照文心雕龍校注附錄四群書襲用項可證。有與風骨篇暗合的；但從整體看，幾乎可以說沒有一個人能應用到完整地風骨的觀念。而完整地風骨觀念的應用，對文學的藝術性的把握，是有很大地幫助的。這說明千餘年來，很少有人能理解、因而注意到這篇文章。還有神思、體性、通變、定勢、附會、總術各篇，皆彥和論文精神之所寄；除神思篇過去還有提到的以外，其餘各篇，似乎也都沒有得到解人，發生過影響。所以彥和以後，我國在文學理論方面，不僅不曾前進，而且有萎縮的現象。

文氣之說，大昌於古文家們之手。然則他們之論文氣，和彥和的論文氣，在什麼地方並不相同呢？簡單地說，後世古文家言文氣，以氣勢爲主。所謂氣勢，乃氣在文章全篇中的貫注之力。李德裕文章論謂「氣不可以不貫。不貫則雖有英辭麗藻，如編珠綴玉，不得爲全璞之寶矣。」（全唐文卷七百九）李德裕的話，無形中代表了唐以後言文氣的主流。劉海峯論文偶記「今矗示學者，古人行文至不可阻處，便是他氣盛。」這也是就氣的貫注之力而言。於是古文家言文氣，常指的是「行氣」。曾國藩日記中有謂「古文之法，全在氣字上用功夫。」又謂「古人之不可及，全在行氣。」行氣，正是氣的貫注之力。他們所說的，是由貫注之力，而形成文章的文勢。林紓春覺齋論文氣勢篇謂「文之雄健，全在氣勢。」正指此而言。但劉彥和言文氣，則注重氣在文章中對體貌的形成之力。由形成之力而形成文章的藝術性的體貌。體貌中有靜的因素，也有動的因素。風骨即是動的因素。但對氣勢而言，則體貌是靜的形相，而氣勢是動的形相。

貫注之力，也一定會發生體貌形成的作用；但究係以文勢爲主•所以古文家便常常於無形中忽視色澤在文章中的效用。形成之力，也一定會含有文勢貫注的作用；但究係以體貌爲主。所以彥和言風骨，處處和色澤扣在一起。氣以貫注之力而顯，但氣以形成之力而其功用始全。二者之有所偏重，這和文體的駢、散，有其密切地關連。將駢散兩相對待而言，則駢文多爲靜態之美，而散文多爲動態之美。這當然不是絕對的，也有例外的。古文家於不知不覺中，忽視了氣的形成作用，於是在體貌的藝術性上，多少會發生若干缺憾。所以對劉彥和的風骨觀念的重新提出，在加强文學的藝術性這一方面，或尚有其意義。

五四、十、三、夜、於東海大學

西漢文學論略（註一）

一　漢書藝文志詩賦略的問題

研究西漢文學，首先應在西漢人之所謂文學的範圍內探索。西漢人的所謂文學，姑且以漢書藝文志的詩賦略爲基點。詩賦略把賦分爲四類。計以屈原賦二十五篇爲首的共二十家三百六十一篇，內七家已亡（註二）。以陸賈賦三篇爲首的共二十一家，二百七十四篇；內除司馬遷悲士不遇賦及揚雄賦十二篇尚存外，餘皆亡。以孫卿賦十篇爲首的共二十五家，百三十六篇，除孫卿賦因附於荀子一書而尚存外，餘皆亡。以客主賦十八篇爲首的雜賦十二家二百三十二篇，皆亡。賦後錄歌詩二十八家三百一十四篇（註三）。

漢書藝文志乃由班固將劉歆之七略「删其要」而成；劉歆何以分賦之屬爲四類，後人雖有解說，然率多臆測之辭，無可證驗。且其分類亦未必恰當；如班固入揚雄賦之八篇共爲十二篇，其中有反離騷、廣騷、畔牢愁等，何以不列入屈賦之類？但由此可以作關鍵性之四點了解：

一、漢志中後世應列爲乙部之書，如議奏三十九篇、國語二十一篇、新國語五十四篇、世本十五篇、戰國策三十三篇、秦事二十篇、楚漢春秋九篇、太史公百三十篇、馮商所續太史公七篇、太古以來年紀二篇、漢著記百九十卷、漢大年紀五篇，皆附入於六藝略中春秋之後。仿此，則詩賦等亦應附入於六藝略中詩經之後。乃議奏以下十二家共五百二十五篇，劉歆未嘗爲之別立一略，是尙未承認史學在學術中之獨立地位。詩以後之詩賦，在性質上旣與詩相同，其流變亦彰彰可考。顧獨爲之另立詩賦略，由此可知劉歆們對詩賦之重視，較史學更早賦與以學術中的獨立地位。故欲由西漢知識份子之心靈以窺測反映於其心靈中之時代眞相，文學乃一關鍵性之材料（註四）。

二、由詩賦略而可以了解西漢人所承認的文學範圍，不僅後世之所謂古文（散文）未包括在內，且誄諡箴銘等有韻之文，亦未包括在內；其範圍較東漢及其以後之所謂文學爲狹。

三、由四類之賦的存亡情形而論，屈原系統的賦，佔絕對優勢；劉向更編楚辭一書，爲總集之祖。由此可了解屈賦影響之深且鉅。此爲把握西漢乃至東漢文學之重要線索。但自文選盛行，而此重要線索，反爲之隱晦不彰，以至今人寫文學史者，輒斥漢代文學爲宮廷文學（註五），實未窺見漢代文學之精神面目。

四、歌詩類中，除帝王、貴族所作者八家，共四十二篇外，餘二十家共二百七十四篇，皆輯自各地民謠，此實直繼國風，保持國風以後之民間文學，與賦所代表的文人文學，恰可成一明顯的對照。可惜這批民間文學作品,早經亡失,今日無從加以研究。但他們對民間文學的重視,實有極大的意義。詩賦略序,正可代表劉歆們的文學觀點,玆錄之於下:

傳曰,不歌而誦謂之賦,登高能賦,可以爲大夫。言感物造耑,材知深美,可與圖事,故可以爲列大夫也。古者諸侯卿大夫交接鄰國,以微言相感,當揖讓之時,必稱詩以諭其志,蓋以別賢不肖而觀盛衰焉。故孔子曰,不學詩,無以言也。春秋之後,周道寖壞。聘問歌詞,不行於列國。學詩之士,逸在布衣,而賢人失志之賦作矣。大儒孫卿及楚臣屈原,離讒憂國,皆作賦以風,咸有惻隱古詩之義。其後宋玉唐勒。漢興,枚乘司馬相如下及揚子雲,競爲侈麗閎衍之詞,沒其風諭之義。是以揚子悔之曰,『詩人之賦麗以則,辭人之賦麗以淫。如孔氏之門人用賦也,則賈誼登堂,相如入室矣。如其不用何。』自孝武立樂府而采歌謠,於是有代趙之謳,秦楚之風,皆感於哀樂,緣事而發。亦可以觀風俗,知薄厚云。序詩賦爲五種。

上述的序,包含了許多問題。例如他引的「傳曰」,應當是毛詩傳(註六)。但「登高能賦,可以爲大夫」,在春秋末期以前,大夫皆世襲;戰國時代,也找不出這種事實,並找不出這種觀念。我以爲這是由楚襄王與宋玉們經常遊處在一起;下逮漢景帝削平七國前後,辭人活躍於諸侯王間,毛公因緣傳會起來的。因此,「不歌而誦謂之賦」的賦,所反映的也只是漢賦。不僅毛詩中凡被稱爲賦的,在周代固然皆可絃而歌之。卽詩賦略中所列屈原之賦，亦皆係歌以楚聲（註七）。荀卿賦中之「成相」，其目的、其體製，皆在便於歌唱以悟在位之人，亦彰彰明甚（註八）。先了解序中起首的「傳曰」一段，所反映的實際是西漢的情形，這在以後的研究進程中，可以斬斷許多糾葛。

二　賦的起源問題

為了解決賦的起源問題，我想首先應當指出，毛詩關睢序「詩有六義」中之賦比興，乃由毛傳將三百篇之作法，加以分析整理所歸納出的結論，並把三者組成一個完整序列，以概括三百篇的作法，似為毛傳一家之言。淮南子泰族訓中引用毛傳，則毛傳實傳承有自（註九）。但毛傳中的所謂賦，內容上幾乎可以說與漢賦是兩種性質；例如漢賦重舖陳，於是訓賦為舖（註一〇），但毛傳中之所謂賦，並非出之以特別地舖陳。毛傳中的賦，乃對比興而言，指的是「直陳其事不譬喻者」（註一一）。而漢賦則體兼比興。雖同名為賦，而性質各殊。先弄清這一點，對於解決漢賦的起源問題，便可減少許多糾葛。詩賦略序，實以賦出於荀卿屈原（註一二），固未探及本源。班固謂「賦者古詩之流亞」，已探及其本源（註一三），而尚欠分疏。且班氏猶係據六義之賦以立論。我以為把賦字應用到文學範圍之內，是經過了一段語義的演變；但與辭賦之賦，並無直接關係。辭賦之賦的正式出現，當始於荀子屈原。

但我懷疑荀卿屈原所作的只有成相、佹詩、離騷九章等的個別名稱，並沒有「賦」或「辭」的通名。賦與辭的通名的成立，可能出於秦漢之際。

國語周語上「召公曰，故天子聽政，使公卿至於列士獻詩……瞍賦」。韋注「賦公卿列士所獻詩也」。是韋氏以誦釋賦。但賦何以有誦義?及此處賦是否可訓為誦，尚有研究之餘地。按說文六下，「賦，斂也。」斂是收斂，賦稅是收斂來的。民間歌謠，是由採集而來，也是一種收斂。公卿列士，獻自作之詩；瞍則獻由採集而來之詩，故稱為賦。但獻詩是以口頭歌誦給王聽的，所以賦便同時含有歌誦之義。左隱元年記鄭伯克段於鄢，「公出而賦大隧之中，其樂也融融。姜出而賦大隧之外，其樂也洩洩」；正義「賦詩，謂所自作詩」。左僖五年傳「士蔿退而賦曰，狐裘尨茸，一國三公，吾誰適從」。杜注「此士蔿自作詩也」。按賦並無「自作」之義；歷來對此賦字亦從無確詁。我以為這是用的「瞍賦」之賦中的歌誦的一部份意義。此一部份的意義，隨詩在應用時的反復使用，於是一說到賦詩便是歌詩。鄭莊公，及其母姜氏，與晉士蔿，是歌自作之詩，因此而賦遂亦含有「作」的意義。由春秋「諸侯卿大夫交接鄰國，以微言相感，必稱詩以諭其志」(註一四)，此即當時之所謂「賦詩」；如秦穆公享晉公子重耳，賦六月；晉襄公享魯文公賦菁菁者莪，其例甚多。此乃歌誦當時已得到公認的三百篇的詩。故此賦字僅有歌誦之義。因三百篇之詩，流行于貴族之間，得到大家的公認，把它歌誦出來，易於得到對方的了解，所以便成爲「微言相感」的共同橋樑。並不是因爲他們不會作詩，而不歌自作之詩。此風沿襲下來，便不知不覺地以歌誦公認的三百篇之詩，代替自作的詩，而形成詩的創作因之中絕的現象。總結一句，春秋時代的所謂賦，皆作「歌誦」的動詞用；在歌誦自作的詩時，始含有「作」義，亦係作動詞用。既與六義中之賦義不合，亦無周禮鄭注「賦之爲言鋪也」的意思。以鋪釋賦，儘管在訓詁上有根據，但最低限度，對先秦與詩相關連的賦字的解釋，不僅沒有貢獻，而且容易引起混亂。

劉向整理荀子爲三十二篇，其中有成相篇第八，賦篇第三十二（註一五）。漢志詩賦略列有荀子賦十篇（註一六），乃合成相篇與賦篇而統名之曰賦。按朱元晦楚辭後語卷第一謂「相者助也，舉重勸力之歌。史所謂五羖大夫死而舂者不相杵是也」。其基本句型爲以五句爲一組，各句字數爲三—三—七—四—七，此乃荀子取當時某地民間此類歌謠之體爲之，本不與一般所謂詩賦者同類；故劉向將其與賦篇另編爲一篇。而賦篇中的禮、知、雲、蠶、箴五篇及佹詩一篇，其語型大體相同；卽在四字一句之外，中間雜以散文的句法，自三字至七字不等。我以爲荀子「天下不治，請陳佹詩」，乃概括他所作的禮、知各篇，不僅指今日之所謂佹詩一篇而言。佹詩者，指其體裁佹異於三百篇之詩；其異處卽在整齊之四字一句中，加入了句型富於變化的散文體在裡面。因內容的豐富，文字上不能不突破三百篇中的篇幅。但四字句型的篇幅太長，便堆積沉悶，只好摻入散文以資調劑，使其能流暢而有活力。這是文學創造中所加入進去的新技巧。但通篇有韻，則無二致。因此，我推測荀子僅自名其作品爲成相，爲佹詩，而未嘗自稱爲賦。佹詩是一種新體詩，是詩體從三百篇的解放。

在楚詞中，有兩個賦字，一是悲回風「介眇志之所惑（感）（註一七）兮，竊賦詩之所明」。此處王注迂曲，應以朱元晦「而遂賦詩以明之」的解釋爲得其正。由此可知屈原之所謂賦，依然是應爲「作」字解的動詞用；且他的作品，並不稱爲辭或賦，而只稱爲詩。另一是宋玉招魂「人有所極，同心賦些」，此恐亦爲賦詩之賦。與辭賦之賦無關。但屈原所作的詩，不僅篇幅較三百篇中之詩爲大；且在語句文字結構上，有了更多的變化；實際也可稱爲另一系統的佹詩。

綜上所述，一般雖認漢賦出於荀卿屈原，在事實上固然是如此，但荀卿屈原並未將其作品自稱爲賦。由先秦作動詞用的賦，變而作名詞用之賦，並將荀卿屈原的作品，皆以賦的名稱加以概括，我以爲這是在秦漢之際，對於這些在本質上是詩，乃至作者自稱所作的只是詩，但在體裁上又與三百篇中之詩大有出入，於是加上一個「賦」的特定名稱。賦的名稱的成立，除了作動詞用的賦詩之賦的意義外，又演變出了賦的假借義，即是敷陳之義（註一八）。戰國末期出現的這批新作品，在篇幅上較之三百篇中的詩是敷陳得多了。由賦的敷陳之義，再關連上春秋時代的賦詩之義，更把它由動詞變爲名詞，以稱這些摻入了散文因素及地方歌謠體裁的新作品。由散文因素及地方歌腔調的摻入，便可以裝入更多的內容，及適應隨時代激動而來的豐富而奔放的情感。

由上面的分析，對於賦，便不能承認詩賦略序「不歌而誦謂之賦」的說法；因爲荀子的成相即是歌；禮、知等佹詩，其目的也在通過歌以發揮感悟的作用。而屈原作品之爲歌，之可歌，一直到隋還是如此（註一九）。班固兩都賦序「賦者古詩之流亞也」的說法，本可以承認。但班氏及孳乳於班氏的這類說法，皆以詩有六義中的賦爲其立說的根據。但我以爲辭賦之賦，與賦比興之賦，是屬於兩種不同的意義及兩種不同的作品，並無直接的關連。左傳文公七年樂豫有「葛藟猶能庇其本根，故君子以爲比」的話，此處之所謂比，與賦比興的比，性質完全相同。但不僅在春秋時代未曾將比與賦和興組織在一起，而且毛傳以葛藟之詩爲興；由此亦可以了解毛公這一系統之所謂比，乃直接由三百篇中所用的廣泛譬喻中歸納而得，並非先秦言詩者的通說。論語「詩可以興」，興乃引發之義，毛傳便把三百篇中由他物引發作者之情之事的詩，稱之爲興。把賦比興組織在一起，以解釋三百篇中各詩的作法，這是由毛傳這一系統的人，深入於三百篇之中，苦心孤詣所歸納整理出來的結論。不能以先秦與詩有關的賦字的解釋，來作賦比興的賦字的解釋。而賦比興中之賦，與將荀卿屈原作品通稱爲賦之賦，只是名稱上的一種偶合。漢儒對賦比興的賦字解釋，因受荀屈的賦的影響，皆與三百篇之所謂賦的詩不相應。賦比興之賦的解釋，至毛詩正義而始告確定。

三　辭與賦

「辭」是語言。但楚辭之辭，則不僅指的是語言，而指的是楚地流行的民歌所唱的腔調。有時亦稱爲「楚聲」。民歌的形式是自由的，所以楚地流行的民歌腔調，其結體當然有多種多樣。但就現時可以看到的材料來說，其中有一個共同的特點，即是在語句構成中的「兮」字的使用，及字句結構的富於變化。把歌謠中腔調的變化，特別加以敷陳的運用，我認爲還是由融合當時縱橫馳騁的口頭、筆下的散文而來的。融散文於韻語之中，這是時代的要求，更是由感情豐富中的頓折奔放而來的要求。荀卿把它融入於三百篇系統的詩裡面，屈原把它融入於當地歌謠的腔調裡面。

在詩經中只間或用有兮字。有的兮字用在一句中間，如鄭風蘀兮「叔兮伯兮，倡予和女」。有的用在一句之末，如邶風日月「乃如之人兮，逝不古處」，及齊風還「子之還兮，遭我乎嶩之間兮，並驅從兩肩兮，揖我謂我儇兮。」皆所以加强感情的表現。有的是表現纏綿溫厚之情，如上引的鄭風邶風。有的是表現從容暇豫之情，如上引的齊風的還。但楚人之辭，不僅普遍應用兮字；而且由兮字所表達的感情，更爲蒼凉沉鬱或激昂慷慨，以宣洩英雄志士鬱抑難平之氣。屈原生於兮字腔調普遍流行的楚國，他的奇特鬱勃的感情，只有用兮字的楚調才易於發揮，於是便用楚調寫出他的悲懷苦志，乃自然之理。此種楚調，當時可能不僅流行於楚地。情感所激，不是楚人，也自然喜歡用上。史記刺客列傳「荆軻者衞人……衞人謂之慶卿。而之燕，燕之人謂之荆卿」，索隱以「荆慶聲相近，故隨在國而異其號耳」作解釋，我以爲荆軻本有名而無姓，燕人謂荆卿，或以其好爲楚聲而云然。故易水之歌，遂與騷音同其聲貌。蓋由其悲涼慷慨的感情，激之使然。乃今日有人說「楚辭裡的兮字，乃是一個純粹句逗上的作用」，而沒有表情的意義（註二〇），說這種話的人，還有對文學的感受力嗎。

但由悲回風的「竊賦詩之所明」，及招魂「同心賦些」這些句子來推測，屈原宋玉們，可能以他們所作的依然是詩；不過是依照楚國的腔調所作的詩。他們對自己的作品，除了個別的名稱以外，不會有賦乃至楚辭的通稱；這些名稱乃秦漢之際或漢初的人們，在整理中所加上去的。

史記屈原列傳謂「屈原既死之後，楚有宋玉唐勒景差之徒者，皆好辭而以賦見稱」。詳此句之意，辭與賦有關連，但並非一事。所謂「好辭」的辭，指的是楚人歌謠腔調的辭。「以賦見稱」的賦，指的是帶舖陳性的作品。上句的意義，是宋玉們喜歡楚人歌謠的腔調，並使用這種腔調寫出了舖陳性的賦。卽使用楚人腔調寫出來的作品，若無舖陳之義，亦不能稱之爲賦；所以項羽的垓下詩，劉邦的大風歌，劉徹（武帝）的秋風辭，皆係用的楚人腔調，但俱未曾稱之爲賦。屈原們的作品，就其所用的腔調言，劉向便稱之為「楚辭」；就其鋪陳的體製言，劉歆便概括之為賦。實則賦可以範圍辭，辭不能範圍賦。為了便於區別起見，荀卿的賦，可以稱為新體詩的賦。而屈原的賦，可以稱為楚辭體的賦。

四　漢賦形式的兩個系列

從漢賦的形式說，可以說走的是兩條道路。一條道路是新體詩的賦。另一條道路是楚辭體的賦。新體詩的賦出於荀卿，楚辭體的賦出於屈原。新體詩的賦發展在先，楚辭體的賦則出現較後。新體詩的賦，其淵源出於詩，但並非僅出於詩的賦比興中的賦。文心雕龍銓賦篇「賦也者，受命於詩人，拓宇於楚辭者也」，這兩句話，大體上是對的。但他下面卻說「六義附庸，蔚成大國」，則他仍以為賦乃受命於六義中賦比興中的賦，這依然是「明而未融」的說法。至宋祁謂「離騷為辭賦之祖」（註二二），更未足為探原之論。

漢志詩賦略在屈賦之屬（註二三）二十家的後面，列有陸（陸賈）賦之屬二十一家。其中除司馬遷賦八篇尚存悲士不遇賦一篇；楊雄賦十二篇皆存外，其餘各家皆亡佚。而所存的司馬遷及揚雄之賦，實皆應入屈賦之屬。陸賈賦三篇，為漢賦之首。此三賦雖亡，但今日所存的殘缺不全的新語，因其係分篇奏陳給不學無文的劉邦聽的，中間雜有韻語，亦卽雜有賦體，以便易於使劉邦入耳。由此以推測陸賈之賦，當係新體詩之賦，卽在詩的體製中加入散文因素的賦。如道基第一。

「傳曰，天生萬物，以地長之，聖人成之（韻）。功德參合，而道生焉。故曰，張日月，列星辰。序四時，調陰陽（韻）。布氣治性，次置五行。春生夏長，秋收冬藏。陽生雷電，陰成雪霜。長育羣生，一藏一亡。潤之以風雨，曝之以日光。溫之以節氣，降之以殞霜。位之以衆星，制之以斗衡。苞之以六合，維之以紀綱。改之以災變，告之以禎祥。動之以生殺，悟之以文章。故在天者可見，在地者可量。在物者可紀，在人者可相。」

詩賦略別賦爲四類，首屈賦之屬，次陸賦之屬，再次荀賦之屬，而以雜賦殿之；由此可知劉氏對陸賦之重視。由新語以推論陸賦的形式，可能出自荀賦。

由此再探索進去，漢初的賦，似皆走的是新體詩的一條路，卽是以四字一句爲基本句型，而加入若干散文因素到裡面去。全漢文卷十三有孔臧賦四首，諫格虎賦及楊柳賦，皆四字一句，中間夾雜有六字一句者兩句，或四句，以爲疏蕩文氣之用。鴞賦蓼蟲賦亦皆四字一句；但蓼蟲賦中夾有「於是」二字以爲承轉，乃詩體所無。全漢文卷十九羊勝屛風賦及公孫詭文鹿賦，皆四字一句，此仍漢初之賦的典型。此種情形，至公孫詭的月賦，四字六字句參用；鄒陽酒賦，則三字四字五字六字等句參用，而情形爲之一變，卽是由詩體所出之賦，開始在形式上離詩體而獨立。這可以說是自然的發展。此一發展，到司馬相如的子虛賦而達到最高峰。子虛賦散起散結。駢體則由三字一句到十三字一句，把各種句型間雜使用，在極度變化中，開闔跌蕩，而又前後匀稱諧和，形成渾然一氣的統一體。其中更用有六個「於是」，八個「於是乎」，很技巧的把散文結構的關節，融合到駢文之中，遂使這樣鉅製的駢文，如長江大河，浩瀚澎湃，極巨麗之壯觀。李調元賦話謂「揚馬之賦，語皆單行。班張則間有儷句……永明天監之際，吳均沈約諸人，音節和諧，屬對精切，而古意漸遠。庾子山沿其習，開隋唐之先蹈，古變爲律，子山實開其先」。李氏未能了解語皆單行，乃來自散文向詩體的滲入。其根柢則在西漢賦家多能作雄傑之散文。散文衰而賦亦不得不由單行變爲律體。且單行二字，更未足以盡相如之能。惟相如自謂「賦家之心，苞括宇宙，統覽人物，斯乃得之於內，不可得而傳」，乃能自舉其實。若在他的天才，工力之外，另求外緣，則恐其得統緒於宋玉者居多。而王芑孫讀賦卮言中謂其「乃從荀出」，實不可信。宋玉風賦，駢散兼行。以散文疏蕩其氣，以駢句整齊其體。高唐賦序是散文，賦則前段是楚辭中的騷體，後段爲新詩體，間雜以三言七言。中用兩「於是」爲承轉。神女賦序以四字句爲主，中雜以三言七言十一言。賦文前段爲楚辭中騷體，後段爲四言詩體，中用兩「於是」以爲承轉。一篇之中，變化迭出，至相如始成爲壯澜的波瀾。

將新體詩之賦，過渡到楚辭體的形式，以開出漢賦的另一形式系列的，則始於賈誼。漢室好楚聲，高祖的大風歌，武帝的秋風辭，皆用的是楚聲。但不足以言賦，漢人亦未嘗以賦目之。至賈誼鵩鳥賦，皆四字一句；僅在兩句一組的下句之末，加一兮字。中有八句皆四字句型而未加兮字。弔屈原文，亦是如此。屈賦中實無此體。故此兩賦，本為新體詩之賦。特以賈氏憂思感憤之情，必加以楚聲中的兮字，而感到始能發其鬱抑難平之氣。於是便不知不覺地將新體詩的賦，過渡到楚辭體的賦。至於他的旱雲賦與惜誓，則都是楚辭中的騷體。這可以說是他自身的一種演進。賈氏以後，楚辭體的賦，漸成漢賦的主流，這和內容有不可分的關係，下面還要說到。

五　漢賦內容的兩條路線

從漢賦的內容說，首先應摒除由章實齋而來的似是而非之論。章氏文史通義卷一詩教下「賦家者流，縱橫之派別，而兼諸子之餘風，此其所以異於後世辭章之士也」。又校讎通義卷三漢志詩賦第十五「古之賦家者流，原本詩騷，出入戰國諸子。假設問對，莊列寓言之遺也。恢廓聲勢，蘇張縱橫之體也。排比諧隱，韓非儲說之屬也。徵材集事，呂覽類輯之義也。……深探本原，實能自成一子之學」。按章氏兩說，實互有歧異。詩教下直謂賦家乃縱橫家之派別，等於說賦家出自縱橫家。而漢志詩賦第十五，則仍本賦出於詩騷之成說，特以其內容出入於戰國諸子；縱橫家在賦中之地位，僅爲出入於諸子中之一子，在淵源上並未較其他諸子爲特深。而其兩說有一共同出發點及目的，乃在尊諸子而抑文集，尊漢代賦家而抑後世辭章之士。據胡適章實齋年譜，實齋年三十五下：「作文史通義，實始於是年」。五十九歲又作有丙辰山中草十六篇，亦成爲文史通義的一部份，但皆係雜文性質；其「六經皆史」的基本部分，當最先成篇。到了四十二歲，著有校讎通義四卷。詩教下當成篇在校讎通義之前。是他在詩教下對漢賦出於縱橫家之說，到寫校讎通義時已有修正，特未及將詩說下的說法，加以修改。及章太炎國故論衡辨詩篇則謂「陸賈賦不可見。其屬有朱建嚴助朱買臣諸家，蓋縱橫之變也」。又謂「縱橫家者賦之本」。「武帝以後，宗室削弱，藩臣無邦交之禮，縱橫既黜，然後退爲賦家」。今人劉大白中國文學史，也隨着說「辭賦和詩歌，本來都是跟縱橫家有關的；而辭賦家的關係更深」（註二三）。

首先應承認西漢在武帝以前的學術情形，是承先秦餘緒，諸子尙保留其若干遺響，因而也影響到辭賦家的觀點和表現中所憑藉的材料。但這是辭賦的時代學術背景問題，而不是辭賦的淵源問題。所以章實齋在校讎通義中的觀點可以承認；而文史通義中的觀點，則誤以背景爲淵源，實値得考慮。且校讎通義中所作諸子對辭賦影響的具體陳述，亦泛擬之辭，非精切之論。恢廓聲勢，擬比諧隱，莊子一書所能發出的影響，實較縱橫家及韓非儲說更爲切近。

其次，在武帝實行主父偃令諸侯得推恩分封子弟的政策以前，當時才知之士，作客寄食於各諸侯王間，實多習縱橫之術。漢志縱橫家，漢代自蒯子五篇以下，錄有鄒陽七篇，主父偃二十八篇，徐樂一篇，莊安一篇，待詔金馬聊蒼三篇凡六家。詩賦略中錄有嚴助朱買臣諸人之賦，其人實亦縱橫之士，所以武帝賜書嚴助，令其「具以春秋對，勿以蘇秦縱橫」（註二四）。但不可由此以證明辭賦出於縱橫。因爲以縱橫之術遊說諸侯是一回事；緣情因境而創造辭賦，是另一回事。不能從縱橫之術中導出辭賦創作的必然性。所以先秦的縱橫家，無一人作賦。荀卿屈原不是縱橫家而作賦。西漢有操縱橫之術者作賦，有操儒術如孔臧董仲舒劉德劉向等（註二五）亦作賦。縱橫之士的賦中有縱橫氣，儒家道家的賦中有儒道家的內容，此亦屬於文學的學術背景問題而不屬於文學淵源問題。

章太炎謂「武帝以後，宗室削弱，藩臣無邦交之禮，縱橫既黜然後退爲賦家」，尤爲臆說。西漢辭賦，始興盛於文景之時，武帝特承其餘緒。賈誼嚴忌羊勝公孫詭鄒陽枚乘淮南小山，皆活動於文景時代。即相如的主要作品——子虛賦，亦景帝時遊梁所作，以後乃加以修改（註二六）。至劉大白引漢志縱橫家序及詩賦略序，以證明辭賦之出於縱橫家，尤爲誤解文義。縱橫家序引孔子「誦詩三百，使於四方，不能專對，雖多亦奚以爲」之語，意在說明「行人權事制宜，受命而不受辭」的重要，亦卽在說明行人能由詩的語言訓練以達到「專對」的重要。詩賦略序謂「古者諸侯卿大夫交接鄰國，以微言相感。當揖讓之時，必稱詩以諭其志」；乃在說明春秋時代，聘會之時，常歌詩以托微言，而不必把自己的目的，明白的說了出來；與縱橫家馳騁言辭的情形，恰恰相反。並且若由兩序以附會縱橫與詩賦的淵源，則只能說縱橫家源出於詩賦，何能倒轉來說詩賦出於縱橫家？

漢志詩賦略序開始的一段話，若把它當作辭賦的起源來看，則相當地混亂。但若把它當作辭賦內容的兩條路線來看，則有相當地意義。卽是西漢辭賦，從內容上可分爲兩條路線。一爲「感物造耑，材智深美」之賦，卽一般所謂體物之賦。一爲「咸有惻隱古詩之義」的「賢人失志之賦」，卽一般所謂抒情之賦。其實這兩種不同的賦，既不能如詩賦略序的因人而分；因爲一個人可以寫體物之賦，也可以寫抒情的賦。甚至也不能由體物與抒情而分，因爲在體物中也可以抒情，而在抒情中更可以體物。兩者最大的分別，我以爲體物之賦，多在遊觀之際，係應他人的要求——人主或貴族的要求而作。後來有的並不是出於應他人的要求，寫的動機，僅在表現自己的才智深美。由自己才智深美的表現，依然希望可以得到名譽與地位生活上的報酬。這種作品，不是出自作者感情的內在要求，而是來自才智對客觀事物的構畫，以供他人的觀賞。所以在這種作品中，除向外經營的才智外，並沒有作者自己人格的存在。或者這一類的賦可以稱爲供奉性的賦。這裡附帶解答一個問題，爲什麼自子虛賦以下，總是盡量搜羅珍秘故實，並運用奇文異字，使閱者望而生畏？乃是因爲作者要炫耀自己才智的深美，首先便要由這些奇聞奇字，把被供奉的人嚇倒。以後便成爲一種特殊文體，而不管文與人的關係，反因此而更爲隔閡。但遇着特出之士，在不得作這一類的賦時，常援當時詩義的政治性，把若干諷諭的意義加到那裡面去，除給要求的人以娛樂性的滿足外，還提供一點政治上的意義，尤其是由此而在作品中除了自己的才智外，還表現出一點作者自己人格的意義。一般推荀卿爲體物賦之祖，荀卿之賦，在其以冷靜的心靈描寫雲蠶等篇時，可稱爲體物；但荀卿本是偏於知性的人，他的作賦，乃是出於政治教訓的動機，其目的並不在於體物。尤其是他是主動發揮自己的思想，並非應他人的要求，供他人的觀賞的。所以卽使說他所作的賦，體物的成分很重，但斷然不能稱爲供奉性的賦。所以漢人這一流派的賦的內容，並非出於荀卿，而係出於宋玉唐勒。詩賦略序中有關這一點的敍述，卽「其後宋玉唐勒，漢興枚乘司馬相如，下及揚子雲，競爲侈麗閎衍之詞」的敍述，從這一觀點上，是可加以肯定的。

宋玉的風賦，是他侍「楚襄王游於蘭台之宮」而引起的。高唐賦是宋玉與楚襄王「遊於雲夢之台」而引起的。神女賦是他與楚襄王「遊於雲夢之浦」而引起的。景差唐勒的賦，除大招外無可考。西京雜記謂「梁孝王遊忘憂之館，集遊士，各使爲賦。枚乘爲柳賦，路喬如爲鶴賦，公孫詭爲文鹿賦，鄒陽爲酒賦，公孫乘爲月賦，羊勝爲屏風賦，韓安國作几賦不成，鄒陽代作。韓安國罰酒三升。賜枚勝路喬如絹五匹」。這僅是對一次集體分賦的盛會的紀錄；平日梁王因遊樂而命他的賓客作賦，當屬數見不鮮之事。漢武帝慕梁園之風，收羅文士，使其承命作賦。如枚乘的孽子枚皋，上書北闕，召入見待詔，詔使賦平樂舘。又與東方朔同奉命賦皇太子生。「上有所感，輒使賦之。爲文疾，受詔輒成。……司馬相如善爲文而遲，故所作少而善於皋……其（枚皋）文骩骳，曲隨其事，皆得其意」（註二七）。御覽八十八引漢武故事曰，「上好詞賦，每行幸，及奇獸異物，輒命相如等賦之」。與上所記者正合。到漢宣帝，此風未改。漢書六十四下王褒傳「上令褒與張子僑等並待詔，數從褒等放獵。所幸宮舘，輒爲歌誦，第其高下，以差賜帛。議者多以爲淫靡不急。上曰，……辭賦大者與古詩同義，小者辯麗可喜。辟如女工有綺縠，音樂有鄭衛。今世俗猶皆以此虞（娛）說耳目。辭賦比之，尚有仁義風諭鳥獸草木多聞之觀，賢於倡優博奕遠矣」。在上者既以此爲其遊觀之一助，便更可引生另一種發展。卽是雖未被詔命寫這類的辭賦，但或者爲了投君上之所好，或作賦以表達自己才知的深美，因而得以取聲譽於朝廷與時流。京都大賦，率由此而來。

上述這種由統治者的燕幸遊觀而來的被動創作的供奉性的賦，內容當然貧乏，體格當然不高。連枚皋這種人，也感到「爲賦乃俳，見視如倡，自悔類倡也。故其賦有詆娸東方朔，又自詆娸」（註二八）。揚雄把賦比作雕蟲篆刻，壯夫不爲；譏「辭人之賦麗以淫」，又譏其「諷一而勸百」（註二九），都是指這一系列的作品內容說的。今人有的視漢代文學爲「宮廷文學」（註三〇），也未嘗沒有點道理。但我這裡應當指出的是，凡值得稱爲大文學家的，也一定在這種文學中除了發揮才智深美的藝術性以外，也必然會很技巧地注入自己所要講的話，因而在他的作品中還保有他們人格的活生生的面影。最顯著的例子可以求之於宋玉司馬相如揚雄的作品之中。

我們研究漢代文學史的人，應注意到漢代除了上述供奉性系列的文學以外，更有抒情這一系列的文學。這即是「咸有惻隱古詩之義」的「賢人失志之賦」的文學。若以供奉性系列的作品，是出於由生存欲望而來的適應環境的作品；則抒情系列的作品，乃出於由生活理想所要求的突破環境的作品。或者不妨稱這一系列的文學，是由批評精神所寫的批評性的文學。有人以爲「漢初的賦，以楚辭體爲主，內容上偏於抒情。漢武帝以後，賦有了很大的變化。不僅形式上變楚辭體爲變體，而且內容上變抒情爲體物」（註三一）。其實，抒情體物，在漢代不僅是併行。而且一個作家，在應付環境上寫體物的供奉性的文學，這是他的生活浮在表層的一面。在發抒感憤上又寫抒情的批評性的文學，這是他的生活沉浸在裡層的一面。宋玉有風賦高唐賦等供奉作品，但另有九辯、招魂等批評性作品。宋玉作爲一個文學家所必具有的偉大心靈，只能從九辯招魂這種作品中去加以把握。這一點，可以通於西漢乃至東漢的一切偉大文學家。

賈誼是以批評性爲主的。嚴忌有哀時命。淮南小山有招隱士。司馬相如除子虛賦美人賦外，有哀秦二世賦長門賦。董仲舒有士不遇賦。東方朔爲賦不及枚皋，必曾作過不少的供奉性的賦（註三一），未能傳後。漢武以俳優畜他，世亦視他爲滑稽之士；但他除了非有先生論、答客難，以自伸其志趣外，更有七諫。王褒除洞簫賦聖主得賢臣頌等以外，尚有九懷。劉向有九歎。揚雄除有蜀都賦甘泉賦河東賦羽獵賦長楊賦等以外，尚有反離騷。朱元晦錮蔽於專制的成局，不能了解揚雄，多方訕議。在楚辭後語中，以揚雄的反離騷「爲屈原之罪人，而此文（反離騷）乃離騷的讒賊」，此乃成見蔽其評鑑之明。晁補之謂「蓋原死，知原惟雄。『怪原文過相如，至不容而死，悲其文，未嘗不流涕也』。以謂『君子得時則大行，不得則龍蛇。遇不遇命也，何必湛身哉。乃作書，往往摭其文而反之』，雖然，非反其純潔不改此度也，反其不足死而死也。是則離騷之義，待反離騷而益明」（註三二）。揚雄對君臣關係的看法，猶是孔子「用之則行，舍之則藏」的態度。對屈原哀痛之極，姑爲此文以相寬解。凡能善讀反離騷的人，不能不承認晁氏之言，至爲精確。劉向編集屈宋景差賈誼淮南小山東方朔嚴忌王褒以迄他自己的這類批評性的文章，爲楚辭十六卷，蓋在劉向的心目中，實以這一類批評性系列的文章爲西漢文章的骨幹。欲由文學以把握西漢知識分子潛伏在裡層的心靈，欲由他們的心靈以把握西漢歷史的眞正動態及問題，卽欲如史公的「具見其表裡」（註三四），只能從這一系列的文章着眼。並且凡屬供奉性這一系列的作品，除洞簫賦甘泉賦，因迎合漢廷愛楚聲而偶用騷體外，則自宋玉下以迄揚雄，無不用由新體詩演變而來的形式。而凡係批評性這一系列的文章，自宋玉以下，殆無不用楚辭體的賦，這在司馬相如表現得更是分明。此乃文學的形式與內容的自然符應。這不是說新體詩的賦，便不能寫批評性的文學；而是批評性的文學動力，乃出於作者鬱勃悲憤的感情；而楚聲則較之新體詩的賦，更適宜於表達鬱勃悲憤的感情，漢代的文學家，便自然而然的採用了這一形式。今人在這種地方還要做翻案文章，心靈的痲木錮蔽，眞達到「盲者無與於文章之觀」的程度（註三五）。

六　司馬相如的再發現

這裡雖然不暇對各作家一一論列，但對司馬相如應當再略加伸說。由史記司馬相如列傳所紀錄的司馬相如的生活形態，是一個典型地偉大文學家的生活形態。偉大地文學家，常有一顆高貴地追求自由之心，突破世俗拘虛之見，以舒展他所追求的事物。相如的棄朝廷的郎職而遊梁；與故人安排虛僞場面以追求美麗的寡婦；當生活發生問題時便著犢鼻褌與文君賣酒；發現漢武殘暴的眞面目後便托病家居；都說明上面的意義。文心雕龍體性篇說他的性格是「傲誕」，他看透了世俗，他對世俗加以卑視，他的態度便不期傲誕而自然傲誕，傲誕是出自他不能抑制的一顆自由之心。以相如的文采，在文學上實係當時的領袖。觀其慕藺相如之爲人，喩巴蜀父老，亦未嘗不以功名自喜。復以中郎將略定西南夷，亦頗能以功名自見。但他親見武帝的愚妄嚴酷，自公孫宏以後，凡爲相者輒被誅滅；而對於可以了解他的私生活的文學侍從之臣，亦無不借口殺戮以盡。司馬相如，當更受到漢武心目中的疑忌。但相如見機敏而意志能不爲功名所汩沒，很早便爲潔身避禍之計。「其仕宦，未嘗肯與公卿國家之事。常稱疾閒居，不慕官爵。」連文園令這樣的小官，也「病免家居」（註三六）。相如的病，與張良的病，同爲避禍全身的妙訣。但武帝尚想到「司馬相如病甚，可往從悉取其書，若不然，後失之矣。使所忠往而相如已死，家無遺書。問其妻。對曰，長卿未嘗有書也。時時著書，人又取去，卽空居。長卿未死時，爲一卷書曰，有使者來求書，奏之。無他書。其遺札書言封禪事，奏所忠，忠奏其書」（註三七）。以一個家居之人，漢武何以知道他「病甚」，由此可見漢武對相如伺察之嚴。而相如在未死之前，已知道漢武會派人來求書，由此可知相如對漢武了解之深。他的妻答所忠的話，我以爲也是相如預先安排好的。「時時著書，人又取去，卽空居」的意思，是說「若是常常著書，恐被人取去，以致流傳在外面，所以就完全空閒的住着」。用這種話來釋漢武之疑。班固將「卽空居」三字刪去，便語意全失。他了解漢武意在封禪，便寫好「言封禪事」；不上之於生前，說明他對漢武早已一無希求。出之於他的死後，所以保全他的家族。由此稍可了解一個偉大的文學家「遊於羿之彀中」的苦境；更由此而可以推見作為一代文學宗師的司馬相如，正因為他的蓋代才華的突出，所受的疑忌特深，應當還有許多感受，並沒有表達出來。

但後人多誤於揚雄「諷一而勸百」的話，便僅從「侈麗閎衍之詞」去了解司相相如，以為在他所留下的作品中，僅有藝術形式的價值，而沒有藝術內容的價值，這是千古以來，對他的最大誤解，也是對文學自身最大的誤解。文學的形式與內容是不可分的。而文學的內容，必然要來自對時代與人生，互相關連的感受，及由感受所寫出的批評。豈有毫無內容，而能創造出有特色的文學形式之理。相如的表現形式，是創造性的形式。但我們要了解他遊於羿之彀中的「操心危，慮患深」，便應想到他表達自己對時代問題的感受、批評，所採的迂曲的方式。如後所述，千載以來，眞正了解他的人只有司馬遷。這是因為他兩人的處境同，用心同的關係。司馬遷的史記，是用由春秋而來的一個「微」字，以表現他對時代的認識與批評。但相如沒有由司馬遷承襲父職的機會，所以要由文學創作以為進身之階。司馬遷的著書是準備藏之名山，而相如的作品是要寫給皇帝看的，他便採用欲擒先縱的方法，即是先給皇帝以滿足，希望皇帝在滿足之中，能接受他的結論。子虛賦自「于是酒中樂酣，天子芒然而思，似若有亡，曰嗟呼，此大奢侈」以下，直到末尾，都是針對當時漢武帝圈民田為苑囿，窮奢極欲，不顧人民死活的情形所講的。並且以「務在獨樂，不顧衆庶，忘國家之政，而貪雉兎之獲，則仁者不由也」的幾句話，把前面給漢武以滿足的許多侈麗宏衍的鋪陳，一下子掃蕩掉了，反轉來給漢武以一種切合現實的教訓；却不說這是他自己的意思，而說是出於皇帝「似若有亡」的樂極之後所發生的憬悟之言，這與孟子對於齊宣王所用的「是心足以王矣」的手法，實相暗合。如實的說，他的「侈麗宏衍」之辭，實即史記孟荀列傳中所說的鄒衍五德運轉等說法，乃出於「牛鼎之意。」

相如的大人賦，係箴貶漢武的好僊求僊，其表現的方法，尤爲奇特。一開始是「世有大人兮，在乎中州。宅彌萬里兮曾不足以少留。悲世俗之迫隘兮，朅輕擧而遠遊」，這分明是指著武帝不滿於君臨天下，還要去求虛無縹緲之仙而說的。以下便用侈麗宏衍之詞，滿足武帝的幻想。最後「低徊陰山翔以紆曲兮，吾乃今日覩西王母」，這便達到漢帝的最高願望。但司馬相如筆下的西王母的情形是怎樣的呢？

「暠然白首戴勝而穴處兮，亦幸有三足烏爲之使。必長生若此而不死兮，雖濟萬世不足以喜。」

他對王母所作的尖刻地形容，卽是對漢武求仙所澆的冷水。而收尾是「下峥嶸而無地兮，上嵺廓而無天。視眩泯而無見兮，聽惝怳而無聞。乘虛無而上遐兮，超無友而獨存」。求仙的結果，是無天無地，無見無聞，成爲孤絕於萬物之外的獨夫，這種教訓還不深切嗎？我以爲司馬相如的大人賦，與司馬遷的封禪書，精神和技巧，是一脈相通的。他特以騷體寫出，一方面是繼承楚辭中遠遊的遺規，一方面恐怕是出於一種悲憫漢武過份愚蠢的心境。漢武看了「飄飄有陵雲氣，游天地之間意」，只說明他的愚蠢，較之齊宣王聽了孟子的話的反應，更有過之而無不及。

長門賦與歷史事實有出入，可能這是士不遇賦的更為深秘的寫法（註三八）。最奇的是他「嘗從上至長楊獵」，除了上書諫勸外，「還過宜春宮，相如奏賦以哀二世行失」（註三九）。朱元晦楚辭後語卷二在哀二世賦下「蓋相如之文，能侈而不能約，能諂而不能諒……特此二篇（另一篇指長門賦），為有諷諫之意。而此篇所為作者，正當時之商監，尤當傾意極言，以寤主聽。顧乃低徊局促，而不敢盡其辭焉，亦足以知其阿意取容之可賤也。」按朱元晦對文學藝術，皆有修養。特常橫一理學的硬殼子於胸中，論人遂不能委曲以盡人之意。他自己曾因卜得遯卦，遂易號元晦，中止了他想對朝廷所講的話。他却不了解相如若「傾意極諫」，便會自取族滅之禍。不能深原古人之處境與用心，而輕以僵硬地「理」的觀念，責人以不死，此理學家之所以難通於史學。

其次，朱元晦更沒有發現哀二世賦是一篇殘缺不全的文章。其所以殘缺不全，我的推測，是相如感到若全文奏上，武帝便會意識到相如是把秦二世來比他的，由此所生的慘禍，不言可喻。但相如又不願抹煞他自己這一番苦心哀志，便不惜以殘篇奏上，並以殘篇面世，所以司馬遷在司馬相如列傳中所錄的便是殘篇。

何以見得這是殘篇呢?這篇是楚辭體的賦，與離騷字句的結構略同，而頗有變化。離騷以兩句爲一組，上句末字用兮字，下句末字不用兮字。哀二世賦正是如此。但據史記「登陂陁之長阪兮，坌入曾宮之嵯峨……彌節容與兮，歷弔二世，持身不謹兮，亡國失勢。信讒不寤兮，宗廟滅絕。烏乎哀哉，操行之不得兮，墳墓蕪穢而不修兮，魂無歸而不食。夐絕而不齊兮，彌久遠而愈佅。精罔閬而飛揚兮，拾九天而永逝。嗚乎哀哉」。在「嗚呼哀哉，操行之不得兮」後，逕接「墳墓蕪穢而不修兮」，中間缺少不用兮字收尾的一句。班固的漢書，則減去「哀哉」二字；又減去「操行之不得兮」句的「兮」字，似乎他意識到了此句若有兮字，則缺少了下句之跡甚明，故以此法來彌補。但若如此，則此句上又分明缺少了應用兮字收尾的一句。所以班氏還未能彌補到家。但由他的彌補，可以推知此一組中的短缺一句，蓋出於史記原文，否則班氏不會作此破壞兩句一組的刪節。就史公對相如了解之深，決不會對這樣一篇文章輕作此種「破體」（註四〇）而不合韻律的刪改。由此可推知必係出於他所得的原文。相如文句最富變化；但其變化無不有自然的韻律而自成一體，斷不會作此種破體而且破壞韻律的變化。由此更進一步可以推知相如因武帝驕縱侈靡所醞釀的危機之深，故以哀痛迫切之情（註四一），以哀二世者哀武帝。但這樣一來，所引起的後果，是可以想見的。所以相如既不顧因此而得族誅之禍；而文人習性，也不肯抹煞自己此一段眞實地感受及自己眞正的用心，便不惜以殘缺之跡奏上，並流佈出來，希望後人由此一種很明顯地殘缺之跡，而可以了解其全文所殘缺者決不止此。相如在作哀二世賦後，由侍從性質之郎轉爲孝文園令，由親而調疏；相如對漢武的心理，眞能計算得尺寸分明。並繼續獻大人賦以緩和漢武由此文所引起的嫌隙。可惜不僅千載並無一人能發此覆，而班固且進一步删掉自「夐邈絕而不齊兮」以下的五句。朱元晦的後語，不知抄史記而抄班氏點鐵成金之文，由此以發抒其理學家的高論，又何怪相如不能得一知己於千載之後？在漢武鼎盛之時，把他與秦二世相比，西漢之世，除兩司馬外，更無此種豪傑之士。而就史記平準書，酷吏列傳中所述山東羣盜並起的情形，正與秦二世的結果相合。若非漢武所憑藉的立國基礎遠較二世爲厚，又安知漢武不爲二世之續。我們不僅應通過偉大的史學家以把握歷史的眞實，更應通過偉大的文學家以把握歷史的眞實。這是很明顯的一例。司馬遷與相如的環境相同，而心靈又能相接，所以在相如列傳的贊中說：

「太史公曰，春秋推見至隱。易本隱以之顯。大雅言王公大人，而德逮黎庶。小雅譏小己之得失，其流及上。所以言雖外殊，其合一也。相如雖多虛辭濫說，然其要歸引之節儉，以與詩之諷諫何異（註四二）。余採其語可論者著於篇。」

史公此贊，一是爲讀春秋易詩者發其凡例；一是闡明相如作品的眞正用心，推崇其「與詩之諷諫何異」，其所以尊相如者至矣。後人應以此贊爲導引去了解一位偉大文學家的作品。

七　文選對西漢文學把握的障蔽

對西漢文學的誤解，實始於昭明文選。蕭統以統治者的地位，主持文章銓衡，他會不知不覺地以統治者對文章的要求，作銓衡的尺度、而偏向於漢賦兩大系列中表現「才智深美」的系列，即他所標舉的「義歸乎翰藻」。同時，他把賦與騷完全分開，一開始是由「賦甲」到「賦癸」，分賦爲十類。接著便是由「詩甲」到「詩庚」，分詩爲七類。再接著才是「騷上」與「騷下」。這樣一來，不僅時代錯亂，文章發展的流變不明；並且很顯明地是重賦而輕騷，貶損了楚辭對西漢文學家所發生的感召作用，因而隱沒了楚辭這一系列在漢代文學中的實質地意義。再加以在十類之賦中，首列京都賦，這在統治者的立場，可說是很自然的。但京都賦，可以說是純技巧的、不反映人生政治社會的作品，可以說是「非人間化的文學」。這樣一來，便容易使人感到文學中是以賦爲首，而賦中又係以京都賦爲首。在京都賦中一開始便是班固的兩都賦，接着是張平子的三都賦，更容易使人誤會這類的賦，最有漢代文學的代表性。明徐師曾文體明辨，在其賦的序說中謂「至於班固，辭理俱失」，可謂知言。所以兩漢中最不能了解離騷的便是班固。兩漢思想、文學的轉盛爲衰，班氏父子，實爲關鍵人物，此當別爲論述。要之班氏好貢諛而缺乏時代批評精神，故其文章之胸懷氣象，遠不足與西漢諸公相比。但文選中所錄兩漢人文字，獨以班氏一人爲最多，更足以增加後人對班氏在兩漢文學眞正地位之誤解。凡此，乃就文選一書之大體言之。

若就對各個人選文的情形說，便更成問題。不選嚴忌的哀時命，何以能了解梁園賓客的「身既不容於濁世兮，不知進退之宜當」。「外迫脅於機背兮，上牽連於矰弋」。但他還是「上同鑿枘於伏戲兮，下合矩矱於虞唐。願尊節而式高兮，志猶卑夫禹湯」。而終嘆息於「願壹見陽春之白日兮，恐不終乎永年」。這決不是魏晉以後的門客淸客的胸襟氣象。不選司馬相如的哀二世賦，何以能了解他對漢武帝因侈泰之心所造成的危機之大，能燭照如此之明，憂慮如此之深。不選董仲舒的士不遇賦，何以能了解他對當時的評價是「生不丁三代之隆盛兮，而丁三季之末俗」。「鬼神不能正人事之變戾兮，聖賢亦不能開愚夫之違惑」。不選東方朔的七諫，何以能了解這位以俳諧滑稽自容者的內心，實以屈原自況；而對於當時朝廷用人行政的看法，只不過是「橘柚萎枯兮，苦李旖旎。甂甌登於明堂兮，周鼎潛乎深淵」。不選劉向的九嘆，何以能了解他爲什麼編集楚辭，要在當代多面發展的文學中，特標舉屬於楚辭的這一系列。不選王褒的九懷，何以能了解他對當時「瓦礫進寶兮，損弃隨和」的憤懣。而僅從他的四子講德論及聖主得賢臣頌看，以爲他只不過是歌功頌德的文人。一直到東漢王逸注楚辭，可以說兩漢偉大文學家的心靈，大多是由屈原的遭際和鉅製所感動，所啓發的。同時，因西漢去戰國未遠，一人專制，對心靈之毒害未深，所以西漢文學家，常想突破政治的網羅，擧頭天外；由此而對政治、社會人生的感憤特深，涵融特富，氣象特宏；不是一人專制完全成熟以後的文學作家，可比擬於萬一。但因文選出而把兩漢尤其是西漢的這一方面文學精神、面貌，完全隱沒了。

再從另一方面看，從東漢初年，已把文學的範圍，擴大到散文這一方面，而王充論衡中對劉向匡衡谷永這些人的奏議，從文學觀點，再三加以推重。曹丕典論論文，分文學作品爲四科，四科中首推奏議。爾後陸機的文賦，劉彥和的文心雕龍，無不以奏議在文學中佔有重要的地位。蕭統文選中，收集了許多散文作品。但因統治者厭惡諫諍，可謂出於天性。他的父親梁武晚年尤爲顯著。所以蕭照竟然把奏議這一重要的文學作品，完全隱沒，而僅在上書這一類中，稍作點綴。於是西漢在這一方面許多涵蓋時代，剖析歷史的大文章，又一起隱沒掉了。這可以說是以一人統治欲望之私，推類極於千載之上。

我們也可以用另一角度去原諒文選的選者；卽是古今選家，各有選文的目的，各有選文的權衡，因此只能「各照隅隙，鮮觀衢路」，乃必然之勢。對文選不應責其能包擧無遺。但因唐代以詩賦取士，文選成爲一般士人發策決科的重要工具，於是把文選的地位，不知不覺的提得特別高。清代乾嘉學派，因反桐城古文運動，亦特以文選爲宗極。於是在民初以來，造成一種觀念，認爲文選是代表中國的「純文學」；也卽是代表了中國漢魏晉宋齊梁的眞正文學。但淸人所標榜的「選學」的著作（註四二），連蕭統所宗尙的文學藝術形式的這一方面，也全無理解，更何能深入到文學的核心問題。所以通過文選去看西漢文學，而說它是宮廷文學，這是捕風捉影，好爲傅會之談的人們的自然結論。

附註：

註一　西漢人的所謂「文學」，乃指一般由典籍來的學問而言。本文所用「文學」一詞，乃近代一般所謂文學的意義。

註二　據顧實漢書藝文志講疏在「太常蓼侯孔臧賦二十篇」下註謂「亡」；但孔叢子末附連叢載有賦四篇，經考查，不可遽謂爲僞。此將另有考證。故仿顧氏講疏之例，只可謂之「殘」，不應遽斷其亡。

註三　應爲三百一十六篇。

註四　請參閱拙著兩漢知識分子的時代壓力感一文。

註五　其中最著者如劉大杰之中國文學發展史。由此而以剿襲成書者，率皆本劉氏之說。

註六　見毛詩衞風定之方中傳。

註七　漢書六十四下王褒傳「宣帝時修武帝故事……徵能爲楚辭，九江被公召見誦讀」。又隋志序「隋時有釋道騫，善讀楚辭，能爲楚聲，音律淸切」。

註　八　荀子所用「成相」一辭，雖解者頗有異說，然要以朱子楚辭後語「相者助也。舉重勸力之歌。史所謂五羖大夫死，而舂者不相杵是也」爲通說。準此，則荀子以「成相」名篇，其意在於用歌以悟統治者之意甚明。

註　九　淮南子泰族訓「關雎興於鳥，而君子美之，爲其雌雄之不乖居也。鹿鳴興於獸，君子大之，取其見食而相呼也」，此確出於毛傳。爲河間獻王博士之毛公，與淮南成書時代，約略相同，不相承襲，故知毛傳實有所承受。

註一〇　周禮大司樂「大師教六詩曰風曰賦曰比曰興曰雅曰頌，以六詩教。」鄭注「賦之言鋪。言鋪陳今之政教善惡」。

註一一　毛詩關雎序正義。

註一二　詩賦略序「大儒荀卿及楚臣屈原，離讒憂國，皆作賦以風」。

註一三　見班固兩都賦序。

註一四　漢書藝文志詩賦略序。

註一五　唐楊倞注荀子，始易劉氏之孫卿新書爲荀卿子，而列成相篇第二十五，賦篇第二十六。

註一六　實應爲十一篇。

註一七　朱子楚辭集注「惑應作感」。按作感者是也，此因形近而誤。

註一八　說文通訓定聲賦下「叚借爲敷。書舜典敷奏以言，傳云，敷陳也」。由此而賦有敷陳之義。

註一九　請參閱註七。

註二〇　見楚辭集釋林庚楚辭裡兮字的性質一文。

註二一　吳訥文章辨體序說古賦條，及徐師曾文體明辨序說楚辭條均引此說。

註二二　此處方便用顧實漢書藝文志講疏的稱謂。

註二三　見該書八十三頁。

註二四　見漢書六十四上嚴助傳。

註二五　具見漢志詩賦略所著錄。

註二六　見漢書補注五十七上相如傳「著子虛之賦」下引顧炎武說。

註二七　皆見漢書五十一枚乘傳。

註二八　漢書五十一枚乘傳。

註二九　俱見法言吾子篇。

註三〇　如劉大杰的中國文學發展史，卽以此一簡單論斷，處理漢代文學。

註三一　見周祖謨陳盡忠合著中國文學史頁二十五。

註三二　見漢書五十一枚乘傳。

註三三　宋晁補之變離騷序。

註三四　史記封禪書贊。

註三五　此借用莊子逍遙遊之語，而「文章」一詞的意義自別。

註三六　俱見漢書五十七下本傳。

註三七　此處本史記一百十七司馬相如列傳。漢書此處作「若後之矣」，省「不然」「失」三字，使語意不明。又刪去「卽空居」三字，全失原語的用意。

註三八　與司馬相如約略同時的董仲舒有士不遇賦。時代稍後的司馬遷有悲士不遇賦。

註三九　漢書五七司馬相如傳。

註四〇　騷體以兩句爲一組，一句有兮字，一句無兮字，此爲騷體的基本形式。兩句一組而僅留一句，故謂之「破體」。

註四一　文中用兩「嗚呼哀哉」，此在相如作品中爲特例。

註四二　此處刪節「揚雄以爲」以下二十八字。困學紀聞謂此二十八字「蓋後人以漢書贊附益之」。

註四三　此類著作，由臺北市廣文書局彙印，余曾購入一部，旋卽棄去，因其略無價值。

文心雕龍淺論之一

自然與文學的根源問題

劉彥和文心雕龍一開始便是原道篇，認爲文學是「本乎道」。黃先生季剛文心雕龍札記以爲「文章本由自然生」，以「自然」來解釋道。此說多爲今日講授文心雕龍者所信守。今欲明黃先生之說，乃出於其排斥古文之成見，及對原道篇文字的誤解，與劉氏之原意，大相逕庭：應先說明文學與自然之關係。

欲了解文學與自然之關係，須先了解何謂自然。

「自然」一詞，首見於老子。現行老子一書，出現有五個「自然」。其基本意義，皆爲不受他力所影響、所決定，而係「自己如此」。在此一基本意義之上，老子把它用到四個方面。

（一）以自然說明道自身的形成。現象界的一切，皆在因果系列之中。故每一事物既可影響於其他事物，同時又受其他事物的影響，而沒有一個事物能完全「自己如此」。只有推到「第一因」時，才能成爲他物之所因，而不因於他物。這在老子，便是創造天地萬物的道。老子二十五章：

「有物混成，先天地生。寂兮寥兮，獨立不改，周行而不殆，可以爲天下母。……人法地，地法天，天法道，道法自然」。

按凡因他物而生者，卽係由他物所分化而生。只有道，不由任何他物所分化而生，故曰「混成」，「混」對「分」而言，「成」卽是生成。因此，道是自己生自己，卽是「自己如此」，卽是「自然」。正因爲如此，所以道才能「獨立而不改」。「道法自然」有兩義。一是道更無所法，而只是「順其自己如此」。王弼將此處的「法」字釋爲「順」，是很有道理的。二是道係自己如此，它創造萬物，也讓萬物能「自己如此」。

以自然說明道的所以形成，在莊子大宗師中說得更淸楚。「夫道有情有信（按此本於老子二十一章，「窈兮冥兮，其中有精，其精甚眞，其中有信」。故「情」字乃「精」字之因形近而誤），無爲無形。可傳而不可受，可得而不可見。自本自根。未有天地，自古以固存」。

現象界中的事物，皆以另種事物爲其本，爲其根；只有道才是「自本自根」，才是「自古以固存」，亦卽是自然。站在此一分位來說，可以用自然來說明道，可在道與自然之間劃一等號。然則原道篇的所謂道，是不是如上所說的「自然之道」呢？我看是不可能的。首先應注意的是，原道篇所說的道，很明顯的是「天地之道」。而劉彥和對天地之道的說明，乃「日月疊璧，以垂麗天之象。山川煥綺，以鋪理地之形」，與（一）項所述之情形，全不相干。而他所說的「自然之道也」一句，乃就人而言，並非就道的形成而言。所以此處的「自然之道」，與（一）項所說的不相應；應另作解釋。最重要的是（一）項的自然，只說明道的形成的情形，尚未賦予道以性格。既未賦予道以性格，則以文學是本於「自己如此的道」，試思在文學與「自己如此」的道之間，如何能安下一條理路以將兩者關連起來呢？

（二）老子以自然說明道創造萬物的情形。萬物乃道所創造，則萬物並非自己如此，亦卽並非自然。但道乃以柔弱之力創造萬物（「弱者道之用」），弱到「綿綿若存」（六章），弱到使萬物雖被創造，而不感覺到是被創造。並且又是「生而不有，爲而不恃，長而不宰」（十章、五十一章），讓生出來的萬物，都感到「夫莫之命，而常自然」（五十一章），都能自己掌握自己的命運。此一意義，在莊子一書，有更多的發揮。

然則原道篇的道，是否由（二）項創造萬物的自然，以此爲文學的根源呢？黃先生札記引了韓非子解老篇「道者萬物之所然也」「道者萬物之所以成也」的話，是想以道創造萬物的自然來解釋原道篇的道的。他又引有莊子天下篇「古之所謂道術者果惡乎在？曰，無乎不在」的話。解老篇之所謂道，是就創造萬物之道的自身而言；而上引天下篇之所謂道，乃就道表現爲萬事萬物而言；黃先生不了解這兩處的所謂道；是屬於兩個不同的層次。他接着說「案老莊之言道，猶言萬物之所由然。文章之成，亦由自然」。「所由然」，是說萬物由道而如此，「由自然」，是由自己如此。所以這兩句話不是等同的意思，二者之間，實在是連接不起來的。何況韓非止言道創造萬物，決不言道創造萬物是讓萬物感到是自然。因爲他的專制獨裁的政治思想，不容許他承受老子的自然思想。黃先生又謂「故韓子又言聖人得之以成文章。韓子之言，正彥和所祖也」；不知韓非此處之所謂「文章」，乃指典章制度等而言，猶論語上說堯的「煥乎其有文章」，與文心雕龍上之所謂文章，風馬牛不相及。原道篇亦有「唐虞文章」之語，此可能由於當時的誤解，何晏論語集解似已以漢人之所謂文章，釋先秦之所謂文章。亦可能由於彥和行文時之附會。由此可以了解黃先生這段文字，實在是非常混亂的。

（三）老子由政治的要求以言人民的自然。此乃老子言自然的本旨。老子爲了想解放由政治所加於人民的束縛、壓迫，而要求統治者體道的創生萬物的情形，實行無爲之治，使人民雖生活於政治之中，而忘掉政治的强制性，感到是「自己如此」，即是一切是由自己所決定，而非出於政治的干涉。十七章的「功成事遂，百姓皆謂我自然」。六十四章的「我無爲而民自化。我好靜而民自正。我無事而民自富。我無欲而民自樸」。自化、自正、自富、自樸，即是自然。能自然即能自由。上舉（一）

（二）兩項所言之自然，皆係爲此項政治上的自然作根據。但此項政治上之自然，與文學無關，至爲明顯。

（四）老子以人所得於道之德，爲人生的自然。此種自然的意義，有同於「生而卽有」的性，亦有同於後來禪宗的所謂「本來面目」。老子以虛靜爲人得以以生之德，虛靜卽人的自然。此處的自然，係對過分的欲望乃至一般地人文活動而言。老子心目中的人文活動，乃是「益生」，卽增益了生而卽有的東西，卽違反了人得以生的德，會喪失了人生的價值，且因此而陷於災禍。所以他主張「致虛極，守靜篤」，主張「歸根」，「返樸」，卽是守住人生的自然，或從人文世界中返回到人生的自然。但老子一書，除二十三章有「希言自然」一語外，他處未曾更明確地以歸根的「根」，返樸的「樸」說成自然。「希言自然」的「希言」，據王注乃「視之不足見，聽之不足聞」之言，王注以爲此種「無味不足聽之言，乃是自然之至言」。準此，則老子僅就「言」的一端以指出人生自然之一端。但把虛靜根樸等說爲自然，是不會錯的。

莊子書盛言人生自然之義，但常稱之爲「德」，爲「性」，爲「性命之情」，爲「常然」。而少用自然一辭；僅在德充符說「常因自然不蓋生也」，應帝王說「順物自然而無容私焉」。他之所謂自然，卽是「德」，「性」，「性命之情」。魏晉文學，則以「自然」一辭，概括老莊這一方面的思想。所以郭象注莊，於逍遙遊篇內一則曰「今言小大之辯，各有自然之素」。再則曰「天地以萬物爲體，而萬物必以自然爲正。自然者，不爲而自然者也。」天道當然是「不爲而自然」。若以原道篇的道，卽指此不爲而自然的天道，第一步是可以成立的。可惜原道篇的「自然之道也」一語，很明白地是就人而言。「蓋自然耳」一語，很明顯地是就龍鳳虎豹雲霞草木等而言。不是就道的自身而言。若以原道篇的自然爲文之所本，等於是說本乎人，本乎龍鳳虎豹等。而不能說「本乎道」。

上述自然的四種用法，皆係源於老子的哲學地用法。但皆與黃先生以「文章本由自然生」，因而以原道之道，爲「自然之道」的說法不相合。然則彥和所用「自然」一詞，到底是何意義呢？

由上述（四）項的與人文相對的人生的「自然」，漸漸演變而將山川草木花鳥蟲魚風雲月露等稱爲自然，此卽一般之所謂「自然界」。並且魏晉以來，因玄學之助，而特別發現了山川草木等自然之美，影響于文學藝術者至大。但不能以原道篇的道，卽指的是此類自然。因爲第一，若以此篇所用的自然，卽指的是自然界，則「自然之道」一詞，不能成立。因爲只能說自然界係由道所創造，但不能說自然界卽是道。第二，將自然一詞轉用爲自然界的意義，彥和當時尚未出現。在文心雕龍，特稱之爲「物色」，而特設有物色一篇。第三、當時雖流行有山水詩等自然文學，但此等山水的自然，只能說它們是文學中新的題材，新的對象，而不能說是文學之所本。

自然一辭的另一演變用法，乃是作形容詞或作副詞用，或作由形容詞副詞而來的名詞用。凡具有某種條件，即會產生某種作用，出現某種現象或結果的，在尋常語言中，便常以「自然」一辭加以形容；與「當然」「固然」的用法，約略相近。其意義指的是「自自然然地如此」。與前舉四種用法不同之點，在前四種用法中，「自然」一詞的本身，即代表一特定的思想內容。而常語中所用自然一詞，只說明前件與後件的密切關係，密切到後件乃前件的「自己如此」。不代表任何特定思想內容。晉人已流行此用法；如世說新語卷上之上言語「謝太傅語王右軍曰，中年傷於哀樂，與親友別，輒作數日惡。王曰，年在桑榆，自然至此」。原道篇所用的兩「自然」，及明詩篇的「莫非自然」，細按上文的相關文句，皆只能作如此解釋，別無深意可尋。因此，黃先生對原道之道的說法，及由黃先生的說法所孳生出來的，皆不能成立。至原道篇的道究竟應作何解釋，當另爲文稍加疏釋。

文心雕龍淺論之二

原道篇通釋

一

在疏釋之前，應先明二事。

(一) 古人使用文字之慣例，同爲一字，其範圍有廣狹之殊；層次有上下之別。論語「博學於文」之文，在範圍上遠較「吾猶及史之缺文也」之文爲廣；「朝聞道，夕死可矣」之道，在層次上遠較「斯道也何足以臧」之道爲高。準此，文心雕龍上所用「文」之一字，有的是指廣義的藝術性；有的係指六經乃至一般典籍；有的係指今日之所謂文學作品，有的係指作品中所含的藝術性，有的僅指藝術性的修辭。而原道篇「乃道之文也」的「文」，不僅指廣義的藝術性，且含攝一切的人文在裏面，而爲形而上的性質。至此篇所用道字，有上下層次之別，亦可隨文附見。

(二) 凡屬形而上性質的名詞，其所表徵的意義，可以由人作多方面的發現與規定，此乃與徵表經驗界事物的名詞的最大不同之點。同一形而上的道，其性格當然有各種不同的規定。

先了解上述二端，卽可進一步追問原道篇的道，到底是什麼性格的道。

原道篇的所謂道，不是老子「先天地生」之道，而指的是天道。但劉彥和因爲便於作對稱性的敍述，却將天地並稱，便成爲天地之道。這一點大概可以不發生爭論。問題是在此天地之道，究係何內容？係何性格呢？彥和說得很清楚，卽是他所說的「蓋道之文也」的「文」。此語可與後言「言之文也，天地之心哉」互見。春秋時代的天道是禮，故天道所表現的也是禮；天所生的人，也具有禮的本性。由孔子起，儒家的天道是仁，故天道所表現的也是仁，天所生的人，也具有仁的本性。道家的天道是虛靜，故天道所表現的是虛靜，天所生的人，也具有虛靜的本性。彥和以六經爲文學的總根源，六經是聖人的「文」。更由聖人之文上推，而認爲天道的內容卽是「文」，天道直接所表現的是「文」，由天所生的人，當然也具有文的本性。由是而說文乃「與天地並生」，有天地卽有文。接着便以「玄黃色雜，方圓體分」等六句，證明此「蓋道之文也」；卽是說「這是道直接所表現的文」；道何以會直接表現爲文，因爲道的內容、性格卽是文。彥和這種說法，一面固然是想從哲學上窮究文學的根源；而其內心實係以六經根於天道，文學出於六經，以尊聖尊經者尊文學，並端正文學的方向。

二

如承認上述的概括看法，則對此篇全文，卽可作順理成章的了解。彥和各篇的結構，大體分爲三大段。此篇自「文之爲德也大矣」起，至「有心之器，豈無文哉」止，爲第一大段，乃說明天道是文，人乃天生萬物中之最靈者，故人之本性亦必是文。第一大段又分爲三小段。自「文之爲德也大矣」起，至「此蓋道之文也」止，爲第一小段，係說明道的內容、性格是文，此由「日月疊璧」「山川煥綺」等可加以證明。但此僅其直接表現之文；其所含攝者，決不止此。自「仰觀吐曜」起，至「心生而言立，言立而文明，自然之道也」止，爲第二小段。說明人不僅爲天所生，並且是「乃五行之秀，實天地之心」，當然具有文的本性。所以說這是自自然然的道理（「自然之道也」）。自「傍及萬品，動植皆文」起，至「有心之器，其無文歟」止，爲第三小段。此小段蓋以低一層的墊法，墊出人既有心，更必有文，以加强人必具有文的本性的論點。其中「夫豈外飾，蓋自然耳」，說明動植等物，皆由天道所生；因天道的內容性格是文，所以它所生的動植等物，便自然而然的有文。

三

第一大段的說法，是對文學的根源，作哲學性的推論。這一大段的所謂文，皆係形而上性格的文，以及是廣義的文。皆是不通過語言文字來表現的文。但文心雕龍所欲研究的，爲主是用語言文字所表現出的文。由「人文之元，肇自太極」起，至「寫天地之輝光，曉生民之耳目矣」止，爲第二大段，係以歷史發展地觀點與事實，以說明如何由形上之文，廣義之文，發展而爲用語言文字所表現之文，並達到文的最高成就與準則。換言之，卽如何由道的形而上的文，落實而爲現實中用語言文字所表現出的文。必有此種說明，文之「本乎道」乃有着落；乃可以把現實中的文，一直貫通到道，將形上形下，構成一個體系。

第二大段又分爲兩小段。自「人文之元，肇自太極」起，至「誰其尸之，亦神理而已」止，爲第一小段，乃說明由太極而河圖，由河圖而八卦，乃道之文逐漸向人文落實的歷程，此依然說的是文字尚未出現以前的情形。其中提到洛書九疇，玉版丹文等，我以爲這是爲了避免這一段文字的單寒而拉進來作河圖八卦的陪襯的；因爲九疇若卽是洪範，則已有文字；而玉版丹文，出自緯書，固爲彥和所不信。「誰其尸之，亦神理而已」，是說明河圖洛書這些東西，非人力所造；乃由道所演化出的條理。化而不測之謂神，故以「神」形容道的演化。原道一篇，以這一小段最爲牽强。彥和何以寫出這段牽强的文章呢？因爲他是有强烈地歷史意識，而又富有思辨能力的人。覺得「道之文」向「人文」上落實，應當是在歷史中一步一步地實現的。這一小段，乃作爲由形上之文，落實而爲語言文字之文的一個橋樑。而這一橋樑，在歷史上實際是架設不起來的。

由「鳥跡代繩，文字始炳」起，至「曉生民之耳目矣」止，爲第二小段。此段乃說明文字出現以後的「文」的演進情形；演進至周公而六經已經大體形成。演進至孔子，則「鎔鈞六經」，「道之文」由此而完全實現於人文之中，以成爲爾後文學的總根源，及最高的準則。所以他便用「木鐸起而千里應，席珍流而萬世響；寫天地之輝光，曉生民之耳目矣」四句，對孔子「鎔鈞六經」來加以讚嘆。此一小段乃全篇的綱領。由此可知「道之文」在內容上並不止於是儒家之文；因爲它把自然界的文也包括在內。但道之文，向人文落實，便成爲儒家的周孔之文。於是道的更落實，更具體的內容性格，沒有方法不承認是孔子「鎔鈞六經」之道，亦卽是儒家之道。全篇文字脈絡分明，我不知道今人何以在這種地方能曲生異說。

四

自「爰自風姓，暨於孔氏」起，至「辭之所以能鼓天下之動者，乃道之文也」止，爲第三大段，乃總結全篇，並標示文學發展應遵循的大方向，以挽救當時的文弊。其中總揭全篇脈絡與趣旨的，爲「故知道沿聖以垂文，聖因文而明道」。所謂聖，指的是由庖犧以下迄孔子，尤以孔子是「獨秀前哲，鎔鈞六經」，而集文之大成。此二句的兩「文」字，指的卽是由孔子所鎔鈞的六經。因爲孔子集庖犧以來的大成而鎔鈞了六經。所以說「道沿（因）聖以成文」。六經皆出於道；明六經，卽所以明道；所以說「聖因文而明道」。在彥和心目中，文的功用，應當對國家社會發生導引的作用，此卽本篇之所謂「曉生民之耳目」，「鼓天下之動」，及序志篇之所謂「五禮資之以成，六典因之致用」。

這種文不是當時文人之所謂文，而是此處所說的「廼道之文也」的文。此處所說的「廼道之文」，與第一大段中所說的「此蓋道之文也」，在層次上不同。第一大段中「蓋道之文也」，指的是天地直接現顯的文；而此處「廼道之文」，指的是「聖因文而明道」的六經。這只要把相關文字，作順理成章的了解，而不故意歪曲糾纏，即可承認這種解釋。

五

因爲彥和以六經之文，爲道之文，爲文應以道之文爲準極，所以他在原道篇的後面便是徵聖；徵聖之聖，指的是周公孔子；徵聖篇的綱領，即在「徵之周孔，則文有師矣」兩句。周孔之文，即是六經，所以繼徵聖篇之後的便是宗經。他在宗經篇裏以經爲「象天地，效鬼神，參物序，制人紀；洞性靈之奧區，極文章之骨髓者也」，此數句即是原道篇「廼道之文也」一句的發揮。他在「故論說辭序，則易統其首」一小段裏，認爲當時流行的各種文章，皆自六經出。並且以六經爲各種文章的最高準則。因此他便接着說「並窮高以樹表，極遠以啓疆。所以百家騰躍，終入環內者也。若禀經以製式，酌雅以富言，是仰山而鑄銅，煑海而爲鹽也。」所以「還宗經誥」的意思，貫穿於文心雕龍全書之中，而形成全書中的大脈絡。他在序志篇中說他寫此書的動機，乃因孔子垂夢所引起的感激之情；而其論文乃因文係「經典枝條」，「詳其(文)本源，莫非經典」；則彥和以宗經之經，爲載道之文，與唐代古文家並無異致。原道篇贊「光采元聖，炳燿仁孝」；何處可以找到黃先生之所謂「自然之道」呢？

世界文學，可分為兩大流派；一為「為文學而文學」的流派，專講形式之美而不重視內容，此正有似於劉彥和所遭遇到的「言貴浮詭，飾羽尚畫」的文學。另一為「為人生而文學」的流派；注重內容，注重人性的發掘，人生、社會的批評，以為人生教養的資具。用中國的方式來表達，即是文必載有人生之道的「文以載道」。此一流派，始終為西方文學的主流。文以載道的道，可以有各種內容。古文家的文以載道，指的是儒家的道，乃傳統的文化歷史事實使然，因為在中國文化中，只有儒家對現實人生社會，有正面的擔當性。自清末以來，我國新舊兩派的中堅人物，皆反對儒家，因而反對古文家的文以載道。胡適是如此，魯迅是如此，黃季剛先生也是如此。殊不知即使反對儒家，並不必反對文以載道；因為若不贊成儒家之道，不贊成儒家對人生社會的態度，但若對人生社會，依然有眞實地責任感，也應以自己所作之文，載自己所信之道。文不載道，便只有流於俳優的笑語，娼妓的色情了。胡適提倡新文學，並不了解新文學，黃先生保持舊文學，就他的文心雕龍札記看，也並不了解舊文學。魯迅提倡「為人生而文學」，到是一條正路；但他初年的環境，及在東京短期所受的章太炎先生的教說，限制了他對中國文化的了解。並且退一步說，自己反對文以載道，何可用歪曲劉彥和的文以載道的主張，以作爲達到自己反對的目的呢。

不過，劉彥和爲了提倡文應宗經，因而將經推向形而上之道，認爲文乃本於形而上之道，這種哲學性的文學起源說，在今天看來，並無多大意義。今日研究文學史的結論，大概都可以承認文學起於集體創作的歌謠舞蹈，遠在文字出現之前。這倒是談我國文學起源的一條新路。

文心雕龍淺論之三

能否解開文心雕龍的死結？

一

文心雕龍，是我國一部文學理論、批評的古典。它的內容，雖然有些地方受到時代的限制；但就全體說，表現了四大特點；一是在劉彥和那個時代，把文學各方面的問題、因素，都全面的提到。二是他所提出的全面性的問題，都組織成一個嚴密的系統。三是因爲他把握到了人與文學之間的最基本關係，所以他全書幾乎都是由此最基本關係所貫通，而使他所建立的系統，不僅是形式的依序敷陳，而且是由內在關連所形成的有機體。四是他對有關的歷史知識非常淵博，對每一問題，都能從歷史的發展，加以綜貫，以觀其流變與歸趨。後來論文之作，代不乏人；但一直到現在爲止，能像文心雕龍這樣體大思精的，可說一部也找不出來。由中國文學的理論批評，以把握中國文學的特性，更進而討論其利弊得失，必須從文心雕龍著手。

中國、日本、香港、新加坡，各有中國文學課程的大學，重視文心雕龍，已非一日。關於文心雕龍的校勘、注解的工作，也作得相當的完備。但從我所能接觸到的講授與研究的情形來說，可以斷定，大家對劉彥和到底在說些甚麼？他說的在文學上到底有何意義？多是些望文生義，隨意枝蔓之談。文心雕龍，並非過於難解之書，且已經有人在研究上做了些基本工作，爲甚麼一直到現在，講授它的人，以它作研究題目來寫文章的人，幾乎不能接觸到它的眞正內容呢？也算是學術中的一件奇事。我曾經寫過一篇文心雕龍的文體論，寫過一篇中國文學中的氣的問題——文心雕龍風骨篇疏補，對文心雕龍的了解，應當有點幫助。但因爲我在學術界中沒有地位，飯吃得太飽的人不能虛心去看；飯吃得不够飽的人又沒有時間去看，所以未能發生影響。今日肯以獨立自主的精神，對一部書作深思熟玩，分析綜合的人太少了。大家祇隨着風氣轉來轉去。百年來的風氣，封閉了理解文心雕龍之路。

二

首先我應指出，有清一代，眞正對文學下了一番苦功，眞正能了解文學的，祇有桐城派及其旁支的這一序列；這是就事論事，不關係於對他們作品的好惡。非常可惜的是，在這一古文家的序列中，並沒有眞正留心到文心雕龍的人。他們對文學的體認、感受，略見於王師季薌的古文辭通義及姚永樸的文學研究法，其中有許多與文心雕龍的某些地方暗合；但他們沒有接上文心雕龍所已經提出的許多明確概念和系統；這便一面使這些古文家的文學理論，停留在片斷而捉摸擬議的階段，一面使文心雕們之間隔着了。

龍失掉了重新發現的機會。其原因，大概是因文心雕龍的文章，不爲古文家（散文家）所喜，便把他

清代乾嘉學派，喜爲六朝駢儷之文；站在駢儷之文的立場，文心雕龍的文章，易合於這一派的脾胃。所以文心雕龍，實際是在這一派中重新提出的。但這一派，反宋明理學，反桐城派古文；而其自身對文學的了解，多是隔靴搔癢。因此，他們提出了文心雕龍，並不能了解文心雕龍。

目前發生影響最大的，還是黃季剛先生的文心雕龍札記。因爲范文瀾的文心雕龍注，實際是以文心雕龍札記爲骨幹，再加上許多參考材料所形成的。范注的影響，卽黃先生札記的影響。黃先生在文學方面，天才卓絕，其詩詞文章的成就，過於其他學術上的成就。但創作是一回事，理論批評，是另一回事。黃先生在理論批評方面，理解得不多；加以札記出於早年，而其偏執來自乾嘉學派。黃先生當時，新舊文學之爭正劇，黃先生是舊文學的巨擘；但在反對「文以載道」的這一點上，他是與新文學合轍的。所以他對文心雕龍第一篇原道的解釋，不順著篇中重要字句的文理，及原道、徵聖、宗經三篇的脈絡，而另生妙解，說劉彥和所說之道，不是儒家之道，而是道家之道；這樣一來，便把文心雕龍全書的重要綱維，及劉彥和用心之所在，完全攪亂了。劉彥和並不排斥道家；並且他站在文學的立場，對諸子百家，乃至明知其爲僞的緯書，都承認他們在文學上某方面的意義。但全書在思想

上是以儒家爲歸宿，以矯正當時過重形式而忽略內容之弊，隨處可見。黃先生在這種地方錯了，大家只有跟著錯。所以今人談文心雕龍，是從第一篇錯起。我實在看不過去，便在去年寫了「自然與文學的根源問題」，及「文心雕龍原道篇釋略」兩篇文章加以澄清。看了我這兩篇文章，而依然要固守黃先生的謬說，那是軼出於學問範圍以外的問題了。

三

另一個必須打開的死結，便是從南宋起，有人把文體說成是文章分類，明代吳訥的文章辨體，和徐師曾的文體明辨，都是兩部份量很重的書，他們所作的分明是分類的工作，但却誤以爲是辨別文體的工作。他們根本沒有了解，六朝以來之所謂文體，和他們之所謂文體，完全是兩件事。這我在文心雕龍的文體論一文中，曾有詳細的解釋。但今人依然以明人之所謂文體（實際是文類）去了解文心雕龍的所謂文體，便無往而不引起混亂。我在這裏，試再作一簡單說明。

文心雕龍徵聖篇首出現「體要」一辭，實際等於桐城派所標「義法」的「義」，指的是文章的內容，此處的體字，可能是作動詞用，體要，是合於題材所應包涵的要點。此處言文體，先把「體要」的觀念略過。

「體」就是人的形體。大概在魏晉時代，開始以一篇完整的作品，比擬爲人的形體之體。人的有生命的形體，包含有神明（精神），有骨髓，有肌膚，有聲氣。附會篇說「夫才量（童）學文，宜正體製。必以情志爲神明，事義爲骨髓，辭采爲肌膚，宮商爲聲氣。」這卽以一篇文章，比擬爲人的形體的顯證。人的形體，是由各部份所構成的有機的統一體。一篇文章，也是由各部分所構成的有機的統一體。形體的各部分沒有得到有機的統一，必係殘廢之人。文章的各部份、各因素，沒有得到有機的統一，必定係雜亂無章，不配稱爲一篇文章。所以凡說到文體時，首先要了解，這指的是由各部分所構成的一篇完整而統一的文章，不是指文章的某一部分或某一因素而言。

其次，人的形體有大小、肥瘦之不同。做衣服時，須與形體的大小肥瘦相稱。文章的大小肥瘦，由語言文字的多少及排列的形式表現出來。這些有的是因題材而決定，例如銓賦篇認爲「京殿苑獵」，應屬於「鴻裁（等於一件大衣服）之寰域」；而「庶品雜類」，則應屬於「小制（等於一件小衣服）之區畛」。神思篇說「文之制體，大小殊功」，正指此類而言。但有的只是在歷史中所出現、傳承，與題材並無關係。如詩的五言，七言等。這種體，在彥和稱之爲「體製」（有時他將此詞寬用），或簡稱之爲「體」，一般卽稱之爲體裁。譬如詩的「五言體」，「七言體」，「古體」，「今體」等，都指的是體裁之體。這種體裁之體，都由文字的排列而來，與創作能力沒有太大的關係，所以它包含於「文體論」的範圍之內，但在理論與批評上，一般的說，不居於重要地位。

有生命的形體，必定有各種各樣的儀態，有各將各樣的風神。文章也是一樣。一篇完整而統一的文學作品，也必定有各種各樣的儀態，有各種各樣的風神；這是文學之美，文學之藝術性的流露表現，也卽是文學之所以成其爲文學的基本條件。文學的這種儀態、風神，彥和稱之爲「體貌」「聲貌」，或簡稱之爲「體」，這是文體的本來意義，也可以說是體要與體裁所必須達到的成果，否則只是一篇普通的文字，而不能算是文章（當時使用的名詞），不能算是文學作品（今日使用的名詞）。六朝及唐人之所謂「文體」或「體」或「式」，主要是這種意思。文心雕龍，卽是以文體爲核心而展開的一部文學理論、批評的大著。此處之體，同於西方文學藝術中的所謂STYLE。日本研究西洋文學的人在文學上卽以「文體」譯STYLE，在文學以外的藝術上則譯爲「樣式」「流儀」。以文體譯STYLE，他們是承繼由唐代引渡到日本的中國文學統緒，這種譯法使兩邊都不扞格。所以日本研究西方文學的人，並不知道文心雕龍，但談到文體時，自然冥符默契。而日本研究中國文學的人因受了中國明淸的影響，一談到文體，便陷入於歧途迷亂之中。中國以「風格」譯STYLE，也不算錯，但不能由西方在這方面的大量著作以上悟我國六朝及唐代文學理論中的文體，可以與西方的比較融合，是非常可惜的。

再回頭說「文類」。文章分類，是以體裁和題材的不同來分的。文心雕龍中的詩(明詩)，樂府，賦（銓賦），這是以體裁爲標準來分類的。由「頌贊」以至「書記」，這是以題材爲標準來分類的。類與體，有關連而不可混淆。類是純客觀的存在，類的自身無美惡可言。體則是由人的創作而來，離開了作者主觀的各種因素，便無所謂體。不論張三李四乃至任何人祇要他們作的合於詩的體裁，便都可劃入詩這一類中去。不論張三、李四或任何人祇要都是以奏議爲題材，他們所寫的便都可劃入「奏議」這一類中去。所以「類」的自身與特定的個人，是沒有關係的。但若說，此詩很有「風骨」，這篇奏議寫得非常「典雅」，便和作此詩的人，寫此奏議的人，有不可分的關係。「風骨」，「典雅」這是文體作品的好壞，不是由類而見，而是由體而見。我希望弄文心雕龍的先生們，能先把文體混淆爲文類的死結打開，再作進一步的疏導。（此處對文體文類說得不够詳盡的地方，希望有意於此的人，細看「文心雕龍的文體論」拙文）。

文心雕龍淺論之四

文體的構成與實現

一

一篇完整文章的文體，是由許多因素所構成的。先概括的說，是由創作者「主體」的因素，和技巧上客體的因素，兩相融合所構成的。在理論上說，主體的因素完備，自然可以驅遣客觀的因素。但事實上，有的主體的條件充足，但客體的因素不成熟，例如有一副眞摯深厚的感情，但沒有詩的表現技巧，這樣做出來的詩，只能算是未經剖琢的一塊璞玉。有的客體的因素純熟，而主體的因素缺乏，例如試帖詩，應酬詩與應酬性的四六文，聲調諧暢，色澤鮮麗，但既無內容，更無作者的生命力流注在裏面，這種文章，只好稱之爲「僞體」。我國詩文集中，這類作品要佔十分之七、八。劉彥和的一貫要求，便在由主體以貫通客體，使二者水乳交融，成爲內容與形式，得到完全統一的作品。在這種作品中，才有眞正地文體可言。這是了解文心雕龍全書的大關鍵。

二

所謂創作主體的因素，即是「文心雕龍」的心。神思篇的「神」，正指的是心；所謂神思，指的是創作時心的活動。這一篇主要是描述心（神）的活動（思）的情態，及對心的培養與塑造的工夫。體性篇的「情性」，實際還是心；這一篇才進一步說明文體乃出自人的情性，以發揮文體構成的主體的因素，也是發揮文體得以成立的最基本的因素。所以他說「吐納（創作）英華（文體），莫非情性」。文體由人的情性所出，文體是人的情性的表現，在西方要到十八世紀的七十年代，才由法國的彪封說了出來。中國到了戰國中期的孟子莊子，都發現了「萬化根源只在心」（借用王陽明詩），所以文與人的心不可分的關係，便較西方早了一千多年提了出來。而范文瀾在序志篇注引釋慧遠阿毗曇心序，以為文心雕龍之心，出於釋典，然則陸機文賦「予每觀才士所作，有以見其用心」的心，也是出自佛典嗎？不了解中國學術的本源，便不能了解文藝理論的背景。

但，原始的心，原始的情性，不能創造文學。所以神思篇對心的培養，在「陶鈞文思，貴在虛靜，疏和五藏，澡雪精神」後，接着說「積學以儲寶，酌理以富才，研閱以窮照，馴致以懌辭。」必須經過這種學問的工夫，以塑造成「文學地心」，「文學地情性」，才可作文學創造的主體。否則便只成為一句空話。體性篇更把人的創造文學的性情，分解為才（表現的能力），氣（作品中的生命力），學（作品的事與義），習（由摹擬所形成的慣性）。把文體分解為辭理（辭所以說理，故稱辭理，實以辭爲主），風趣（風神趣味），事義（文的內容），體式（此處僅就文章的面貌法式言）。彥和說「故辭理庸儁，莫能翻其才；風趣剛柔，寧或改其氣。事義淺深，未聞乖其學；體式雅鄭，鮮有反其習。各師成心，其異如面。」總括的說是心，是情性。分解的說，是才、氣、學、習。總括的說是文體、是體。分解的說是辭理、風趣、事義、體式。辭理決定於才，風趣決定於氣，事義決定於學，體式決定於習，即是文體決定於心，決定於情性。心、情性，有先天的禀賦，有後天的塑造。禀賦不同，塑造不同，即成爲創造主體的心的情性自身的多樣性。由創造主體的多樣性，便發而爲多彩多姿的文體。彥和由此以說「是以筆區雲譎，文苑波譎」。

風骨篇是發揮氣的兩種基本性格、形相；文學的主體與客體的融合，是靠情性中的氣的作用。此點我已有專文研究，這裏暫時提到爲止。

三

文心雕龍中的情采、鎔裁、聲律、章句、麗辭、比興、夸飾、事類、練字、隱秀各篇，都說的是文章技巧所憑藉的客體因素。這些客體因素的研究，大體上是包括在歷史悠久的修辭學的範圍裏面。但這些客體因素，劉彥和特別要求能由主體所融和所貫通。如情采篇的采，是指由辭藻而來的文采。情是情性。文采是由辭藻的客體因素而來。文采從情性中出，即是要求客體的因素，要由主體中流出。實際是由主體所貫通融和。所以他說「夫鉛黛（客體因素）所以飾容，而盼倩生於淑姿（主體因素）。文采（客體因素）所以飾言，而辯麗本於情性。故情者文之經，辭者理之緯。經（情）正而後緯（文采）成，理（心中之理）定而後辭暢，此立文之本源也」。由主體融和客體，一方面是主體的客體化；同時也卽是客體的主體化；主體是本，而客體爲主體所用，以作表達主體的工具，這卽是所謂「文章之本源」。這種意思，他用另一語言表達，卽是「文章述志爲本」。亦卽是文章以人的心、情性爲本源。聲律篇「滋味（感情的感受）流於字句，氣力窮於和韻（此按楊明照校讀）」。滋味、氣力是主體，字句、和韻是客體。餘可類推。

構成文體的客體因素，都是個別的存在。個別的存在，便不能構成文體。附會篇、鎔裁篇是說明如何可以把各個客體因素，融合在一起，以成爲一個完整的統一體；完整的統一體，才有文體可言。所以一開始便說「何謂附會？謂總文理（內容），統首尾（結構），定與奪，合涯際，彌綸一篇，使雜（各種因素在一起）而不越（形成統一的秩序）者也。」憑什麼能達到此一目的呢？在於「務總綱領」。此意極關重要，將另文闡釋。總術篇的術，指的是形成文體之術。劉彥和嘆惜當時學文的人「多欲練辭，莫肯研術。」卽是多從修辭學上著手，而不知從文體論上著手。修辭是局部的，文體是統一的。局部的辭，也卽是局部的客體因素，嚴格的說，不能判定它的好壞。局部的好壞，必須鑲進統一的文體中才可加以決定。此一道理，西方在近數十年來才能領悟到，因而主張以文體論代替修辭學，而彥和在千餘年之前已經很明確的提了出來，眞是一件了不起的事情。

四

上述構成文體的主體客體各因素，在文心雕龍中，則稱之爲「條例」（總術篇）。這些因素，是包含各種作品，貫通各種作品的普遍性的因素；因爲一切作品，假定它含有藝術的性格而成爲文體，都不能離開這些因素。這在序志篇便稱爲「籠圈條貫」。籠圈是包含，條貫是貫通。這些因素（條例），包含各種作品，貫通於各種作品之中，所以我稱這是由普遍性的文體因素，以構成普遍性的文體。這種說法，是理論上的說法。但把普遍性的文體，由寫作而加以實現時，則必實現於某種特定動機，某種特定對象之上；換言之，普遍性的因素，必現實於某特殊文類之上。這種特別的文類，在文心雕龍，不是用「文類」的名詞，而是稱爲「區域」（總術篇），稱爲「囿別區分」（序志篇）。從明詩第六起，一直到書記第二十五止，這是劉彥和爲文章所定出來的二十個區域，也卽是他把一切文章分爲二十類。一個人的創作，必定將普遍性的文體因素，實現於二十類中的某一特殊的類，而成爲具體而特殊的文體。因爲每一特殊的文類，根據其體裁與題材，都對文體有其特殊的要求；作者必須滿足這種特殊地文體的要求，才可與其體裁或題材相適應。文章分類，在中國所以特別視爲重要，即在把每一類文章對文體的特別要求表示出來，使學文的人有個準據。例如明詩篇「若夫四言正體（由詩經來之體，故稱正體），則雅潤爲本。五言流調（當時流行之調），則清麗居宗」。四言五言，因體裁不同，所以要求的文體有別，一是「雅潤」，一是「清麗」。又如詔策篇「故授官選賢，則義炳重離之輝。優文封策，則氣含風雨之潤。敕戒恒誥，則筆吐星漢之華。治戎燮伐，則聲有洊雷之威。眚災肆赦，則文有春露之滋。明罰敕法，則辭有秋霜之烈。此詔策之大略也。」這是在一類之中，因對象不同，對文體的要求也各異。餘可類推。

這裏有兩點特須說明的是：文體都是實現於特殊的文類之中而成爲特殊地文體。但特殊地文體，必由普遍性的文體的修養而來。由特殊向上推便是普遍；由普遍向下落便是特殊；每一特殊是以普通爲根據；所以二者實是一體。其次，某一特殊文類要求某種特殊文體，這是客觀的要求，作者首先要適應這一客觀要求。但實現客觀要求之中，同樣有主體的決定性，因而在同樣特殊地文體之中，必然各有各人的面貌。例如詩品以張協爲「文體華淨」，以張華爲「其體華艷」。二人在「華」的這一點上相同，但在「淨」與「艷」上則各不相同。這便關連到各人主體上的差異。尤其是成就愈高的，便會各以其主體之力，創造各人的文體，而不爲文類的要求所拘限。所以劉彥和對每一類的文章，都指出其特殊地文體的要求，只是由他能歸納到的既成作品而來。其中有的制約性較大；例如頌讚祝盟誄碑哀弔等。有的則制約性甚小，如雜文、史傳、諸子、論說、章奏書記等。制約性大的，主體性須活動於客觀要求之中。制約性小的，則主體性可以驅遣客觀的要求而自創新體。但劉彥和對每一類所提出的特殊地文體要求，都是這一類中最基本的要求，也是當時評論的一般標準，對於初學文章的人，有誘導啓發的作用。他本是爲教人如何學文而著書，所以在他看得是非常重要的。

文心雕龍淺論之五
知音篇釋略

一

劉彥和著文心雕龍的目的有三，一是發揮「文章之用」以羽翼六經，挽救文蔽，此視其序志所述著作之動機而可見。二在由文體以指示學文之途徑，故在神思，體性，風骨以迄附會各篇，對學者無不叮嚀鄭重，多方啓發，而以總術篇爲其總結。三在由上述文體之分析，敷陳，而自然導向對文章的鑒賞，此知音篇之所以成立。三者互相關連，而實以『才童學文』爲中心。我因一時的特殊原因，對知音篇先略加解釋。

知音，是借伯牙、鍾子期的故事，以喻對文章的眞正鑒賞。彥和的每篇文章，大底分爲三段，此篇亦不例外。自開始的「知其難哉」起，到『文情難鑒，誰曰易分』止，爲第一大段，述「音實難知，知實難逢」的事實與原因。不能知音的原因有三，一是「鑒照洞明，而貴古賤今。」這與前面所說的「日進前而不御，遙聞聲而相思」是同樣的心理。二是「房實鴻懿，而崇己抑人」，這係由前引的「文人相輕」的心理而來。上面兩種人，本有鑒賞能力，但爲成見及自私所遮蔽。三是「學不逮文，而信僞迷眞」，這種人因學識水準不够，根本沒有鑒賞能力，却好鼓弄脣舌，附庸風雅。

第一大段後面「夫麟鳳與麏雉懸絕」，至「文情難鑒，誰曰易分」的一小段，乃進一步指明對文章的鑒賞，本來是很困難的事情，戒學者不可掉以輕心。凡是教國文的人，應當有一共同經驗，即是把一篇的文字訓詁弄清楚，是容易做到的。進而把它的背景思想，寫作動機與目的（假定有的話）弄清楚，也容易做到。但要把它當作一篇文學作品，從文學的觀點去加以把握，以達到鑒賞的目的，却非常困難。而教國文，學國文的最重要目的，便在使學生能由文學欣賞以得到心靈的薰陶、啓發與擴充。所以劉彥和陳述鑒賞的困難，除了鑒賞者自身的三種原因以外，必須指出文學鑒賞，本非易事的這一點。

二

自「夫篇章雜沓，質文交加」起，到「斯術既形，則優劣見矣」止，爲第二大段。此第二大段中，更分三小段。每一小段，都有特別的用意。自「夫篇章雜沓，質文交加」起，至「所謂東向而望，不見西牆也」止，是第一小段。在開始一大段所提出「知實難逢」，是對他人之文，一概採取拒斥的態度。此一小段，指的則並非一概加以拒斥，而僅就自己氣性（個性）之偏，以爲愛憎去取。合於自己氣性者愛之取之；與自己氣性不合的，惡之去之。正如彥和所說，「會（合）已則嗟諷，異我則沮棄」。這種「知多偏好，人莫圓該」的情形是很難避免的。並且在學文的初步，順著自己氣性之所近，以採之於他人，充之於自己，還不失爲一條可走之路。但應注意到兩點：第一、就個人學文來說，吸收與自己氣性相合的作品以發揮自己的特性，達到某一階段，也應吸收與自己氣性相反的作品，以救自己的偏弊。第二、就文章鑒賞說，當時時自覺到個人識力的限制，對自己所不喜的文章，最低限度，要採取保留的態度。最糟的是如彥和在此小段中所說，「各執一隅之解，欲擬萬端之變」：卽是把合於自己氣性之偏的「一隅之解」，當作唯一的文章尺度，以此去建立文學的理論批評，便自然把大部份有價值的文學作品抹煞了。這種文學理論批評，便會如彥和所說的「東向而望，不見西牆」，爲論文所大戒。中國自唐開始的詩話詞話，凡以標擧宗風，樹立門戶爲目的者，其中好的可以有獨至之境，且對他派有指瑕之功；但讀者首先應了解他識力所及的範圍，細加揀別，而不爲其一隅之解，遮蔽了廣大的視野。其中壞的，有如江西宗派圖這類的東西，今日只有文學史上的點滴價值，對於文學的理論批評，可以說是無緣之物。近來出版的章行嚴氏的柳文指要，正因爲他過於「執一隅之解」，「擬萬端之變」，所以用力雖勤，而所得甚少，是非常可惜的。

三

自「凡操千曲而後曉聲」起，到「然後才能平理若衡，照辭如鏡矣」止，是第二小段。此一小段是說明如何培養鑑賞的識力。沒有鑑賞的識力，而徒然談鑑賞的方法，則所謂方法也者，會完全是空談，甚至成爲梗塞心靈的死物。

文學藝術的鑑賞，首須訴之「直感」，然後繼之以分析。所謂直感，是看一篇文章或一幅畫，當下所得的直接感覺。因爲是直接感覺，同時對作品也是就其全體所得的統一的感覺。文學藝術的好壞，只能從其全體的統一中得出來。以直感爲基礎，再進一步去分析，以充實、條理、矯正、確定第一步的直感。凡是分析，都須把全體分解爲各個部分；所以若先從分析着手，反容易把作品由統一所呈現的藝術意味埋沒了。鑑賞家的本領，便在於他的直感能力在一般人士之上。

直感能力，只能得之於實物經驗的積累；理論僅能處於補助的地位。因爲實物經驗，雖然中間也有分析過程，但它是始於統一，終於統一地經驗；只有這種統一地經驗，才會培養出必須由統一感覺而出的直感；一切理論，都是分析的。所以我對中國畫論的理解，稍有自信；但對畫跡的鑑賞，却尙未入門的原因在此。彥和在這裏所說的「凡操千曲而後曉聲，觀千劍而後識器。故圖照之象（匠），務先博覽」這幾句話，看來好似尋常，實際是培養直感能力的究極的話；古今中外，除此以外，更無其他簡便方法。不過我想在「博覽」兩字中還加上一點意思，即是在博覽中應當選定最重要的加以精思、熟讀之功，否則如諺語所說，「鴨背上潑水」，一滑而過，沒有一個入處，反茫然雜亂，一無所得。

彥和在「務先博覽」一句下，接着說「閱喬岳以形培塿，酌滄波以喻畎澮」，是指出博覽的要點，意義更爲重大。「喬岳」「滄波」，說的是最有價值的作品。「培塿」「畎澮」，說的是一般平常的作品。從上向下看，看得比較清楚。從下向上窺，窺得比較糢糊。所以鑑賞能力，可用「高下」兩字加以描述。培養鑑賞能力，卽是要把鑑賞力向上提，提到高的境界。前面已經說過，鑑賞的直覺，必須由實物經驗的積累而得。經驗積累，卽是習染薰陶。習染薰陶，對人的心靈所發出的直感，有塑造的力量。假定所博覽的只是些流俗平庸的作品，便不知不覺的把心靈及其作用向低下的地方墜下，鑑賞自然處於低級狀態，對於價值高的作品，常因與其心靈的習慣性不合，因不能了解而發生拒斥的作用，則這種博覽反而妨礙了鑑賞力的培養。所以彥和特提出「閱喬岳以形培塿，酌滄波以喻畎澮」意義深切地一句話。

然則初學的人，有什麼方法可以判斷那是「喬岳」，那是「培塿」，那是「滄波」，那是「畎澮」呢？這本是一道難題。簡捷明瞭地方法，是從古典作品下手。每一個有歷史文化的民族，都有歷代相傳，而爲大家所公認的古典性格的作品。古典之所以爲古典，乃是在長久時間之流中不知不覺地所提拔出來的作品，亦卽是受到時間考驗而仍被人所承認的作品。許多一時流行的作品，隨時間之經過，自然被淘汰了。剩下來的便成爲古典，便是「喬岳」、「滄波」。所以我經常勸告有志於中、外文學的青年，不要急於趁熱，不要急於趨時，而應先在古典中沉潛往復，就是這種道理。至於彥和在上面兩句話後面接著說「無私於輕重，不偏於憎愛」，這是要人由自我反省而能自我抑制。人必有個性，所以在博覽中也必然有所輕重，有所憎愛。但要自覺到這種輕重愛憎，是個人主觀上的。只有自覺到這是個人的主觀，而努力加以抑制，使能從主觀中掙扎出來，則培養成的鑒賞力，才可發揮效用。而「能平理若衡，照辭如鏡」了。

四

自「是以將閱文情，先標六觀」起，到「斯術旣形，則優劣見矣」止，是第三小段。第三小段是講鑒賞的方法的。

「先標六觀」是先標擧六種「觀」的方法，亦卽是六種鑒別的方法。觀的意義，本自我國的傳統；而「六觀」的辭式，則可能沿自佛典。

「一觀位體」，是首先鑒別作者對於他的作品所安置的文體，是否適當。我在「文體的構成與實現」一文中，已經指出普遍性的文體，必實現於特定的文類之中。文心雕龍把一切文章分爲二十類；

卽是每一作品，必屬於二十類中的某一類。每一類根據其體裁與題材，都對文體有特別的要求；如定勢篇：「章表奏議，則準的乎典雅」，卽是這類的作品，要求典雅的文體；假定我們鑒賞的是屬於這類作品，便應首先判別他們所位置的文體，是否合於典雅的要求。「賦頌歌詩，則羽儀乎清麗。符檄書移，則楷式於明斷。史論序注，則師範於覈要。箴銘碑誄，則體制於宏深。連珠七辭，則從事於巧艷」。都應照上面所引的第一句來加以解釋。彥和所以把一切文章分為二十類，對每一類，都歸納出特殊的合於體裁或題材的文體，其目的卽在使作者知道所以位體；鑒賞者卽應首先鑒別他合不合於二十類中所歸納出的詳細要求，及定勢篇中所概括出的簡要要求。同時，文體必由作品全體的統一而見；所以一觀位體的另一暗示，文學的鑒賞，必由統一的直觀開始。

「二觀置辭」，置辭卽一般所說的「遣辭」。體是由辭所構成。就全體而言謂之體，就一字一句而言謂之辭。二觀置辭，是第二要鑒別某一作品的遣辭是否合乎要求。遣辭的最基本要求見於情采篇。簡言之，是否「辯麗本乎情性」，「為情而造文」。是否能「使文不滅質，博不溺心」。「正采耀乎朱藍，間色屏於紅紫」。技巧上的要求，則分別見於章句、麗辭、比興、夸飾、事類、練字、隱秀、指瑕諸篇，不一一詳列。

「三觀通變」，第三觀察是否能由古今雅俗之會通以得到變化。因為，「文辭氣力，通變則久」，所以通變是文學得以繼續創造的基本條件。彥和所提出的通變的途徑與要求，具見於通變篇，此不詳述。

「四觀奇正」，指的是能否適合於定勢篇「以意新為巧（奇）」及「執正馭奇」，而不至「以失體成怪」，「逐奇而失正」的要求。定勢篇是文心雕龍中最難了解的一篇，我將另作嘗試性的解釋。此處只簡單指出，彥和認為每類文章對文體的基本要求，是不應變動的，這是正。表現的辭句則可力求新異，這是奇。當時的文人，力求新奇，而「效奇之法，必顛倒文句；上字而抑下，中辭而出外，回互不常，則新色耳」。彥和並不反對奇。但第一，奇應來自「新意」，而不專求之於文字。第二，文字之奇，應與文體相稱。而不可「苟異以失體」。「苟異以失體」，乃是怪而不是奇。總括的說，以文體之正，馭辭句之奇，有如「五色之錦，各以本采為地」，這是他對於奇正的基本要求。

「五觀事義」，是指敍事述理之文的內容而言。敍事所包甚廣，姑以史傳之文為代表，應觀察其是否能如史傳篇所要求的「立義選言，宣依經以樹則；勸戒與奪，必附聖以居宗；然後詮評昭整，苛濫不作。」在文字敍述上，能否「務信棄奇之要，明白頭訖之序。品著事例之條，曉其大綱，則衆理可貴」。而不致「俗皆愛奇，莫顧實理。」或「勳榮之家，雖庸夫而盡飾。屯敗之士，雖令德而常嗤」。說理之文，所涉亦廣，姑以論說為代表，觀察其能否如論說篇所要求的，「論則義貴圓通，辭忌枝碎。必使心與理合，彌縫莫見其隙。辭共心密，敵人不知所乘」。「說之樞要，必使時利而義貞；進有契於成務，退無阻於榮身」。凡與敍事說理有關之文，各因其類以求其事與義之當否。餘皆可類推。

「六觀宮商」，指的是文字的聲調，能否合於聲律篇所要求的韻的圓轉，如「轆轤交往」，聲的飛（平）沉（仄），如「逆鱗相比」。而不至「往蹇來連」，成爲「文家之吃」。劉彥和所把握到的聲律問題，大體是這種程度。若漫加附益，則等於誣詆古人。

彥和所提出的六觀，當然係綜括文心雕龍全書以爲言，亦當綜括文心雕龍全書以爲解。但站在鑑賞上，他是否眞正綜括了他的全書，我覺得還有硏究的餘地。在鑑賞上，必須著眼到一個作品的結構。亞里士多德詩學中所提出的PLOT（情節）問題，實際是談的結構問題。文心雕龍中的鎔裁、附會、總術三篇，也是談的結構問題，而且談得相當的精采。結構是融合各種因素以構成文體的大關鍵，也是作者讀者的大眼目。像這樣的大眼目，不論安放到六觀中的哪一觀裏面去，都覺得勉强；這不能不說是彥和的重大遺漏。而奇正可併入通變，事義可併入位體；不必分而强分，徒成糾結；這不能不說是彥和的過於繁複。而「文體」觀念，本卽可涵攝一切；此外皆係將構成文體的重要因素，加以分析，以便對某一作品的文體，把握得更爲確實。因此，六觀的相互關係，不是平列的，而是由「

位體」所綜貫的。

五

自「夫綴文者情動而辭發，見文者披文以入情」起，到「知音君子，其垂意焉」止，這是第三大段。在第三大段中，包括三個意思。第一個意思是說鑒賞的目的，是要能見到作者在創作時活動的心靈。創作時活動的心靈，表現於他所寫出的文字。「綴文者情動而辭發」，鑒賞者順著文字深入進去，可以與作者創作時的心靈相接觸，相融合。「見文者披文以入情」，這在今日，稱爲「追體驗」，在彥和則是「沿波（文字）討源（心），雖幽必顯。世遠莫見其面，覘文輒見其心」。能見作者之心，才算眞正讀懂了那篇作品。「見其心」的「見」，不是用眼去見，而是以鑒賞者之心去見，亦卽是讀者之心，迎上了作者的心，而成爲以心見心。有此可能嗎？彥和說「故心之照理，譬目之照形」，是有此可能的。然則一般人何以不能作到呢？這便引出此段中的第二個意思。第二個意思是說因爲「俗鑒之迷者，深廢淺售」，所以便不能以心見心。有價値的作品，在意境與藝術表現上，自然是「深」；流俗庸凡的作品，自然是「淺」。對深的作品，加以廢棄，而只買些廉價的淺的作品，於是自己的心靈，亦陷於淺陋之中，與一位偉大作者的心靈，遠相懸隔，沒有一條路可以追上去，並且也不知道在自己淺陋的心靈上面，還有偉大地心靈活動而感到須要追上去。說到這裏，便應當回頭去玩味前面所說的「閱喬岳」，「酌滄波」的意義。

第三個意思是說明文章的意味，因鑒賞而始見。彥和說「書亦國華，翫懌方美」，他這裏用翫懌兩字，非常有意思。翫是玩味，懌或當作繹，繹是從容地尋繹。玩味尋繹，正是鑒賞時的心靈狀態。因爲對文學藝術，不僅是要理解它，而是要在理解的過程中去消化它，消化到自己生命裏去，所以便不能用强探力索的方式，而只好是從容玩味尋繹。這樣才會「深識（疑當作「識深」）鑒奥，必歡然內懌」。每一位偉大的作者，都是以創作開闢自己的心，發現藝術的美。能由鑒賞以上追到與作者同位的層次，則作者開闢的心，即是自己的心，作者發現的美，即是自己的美，自己的生命，隨偉大地作品而昇華，怎能不「歡然內懌」呢？

文之樞紐

一

序志篇說：「蓋文心之作也，本乎道，師乎聖，體乎經，酌乎緯，變乎騷。文之樞紐，亦云極矣。」樞是戶扉得以開閉的樞軸，紐是束帶得以連結的紐帶。劉彥和以道、聖、經、緯、騷是當時他所能概括的一切文學作品之所自出，也是一切作品所共同的紐帶，所以他便先寫下原道、徵聖、宗經、正緯、辨騷五篇，以標明中國文學發展的根源，因而得以把握中國文學在發展中的統貫與其趨歸及其大的規律。

彥和雖以道、聖、經、緯、騷五者爲文之樞紐；但原道、徵聖，實皆歸結於宗經，所以這三篇實際應當作一篇來看。彥和認爲文出於經，經出於聖，而聖人係將天道表現於人間，以成就人文世界；所以他由此而認爲文之大原出於天道，便先寫原道篇。原道篇最重要的兩句話是「故知道沿聖以垂文，聖因文而明道」。由徵聖篇「徵之周孔，則文有師矣」的話，可知原道篇之聖，主要指的是周孔，而文則指的是五經。聖與經是實，而天道是虛。不可在這種地方多生枝節，以爲劉彥和有什麼「文學的形上學」。

徵聖篇第一大段從「夫作者曰聖」起，到「乃含章之玉牒，秉文之金科矣」止，乃引古典中的相關語言，以證明聖人在「政化」、「事績」、「修身」三方面皆有「貴文之徵」，並順便點出聖人所貴之文，乃「志足而言文」，「情信而辭巧」。這是他憑聖人以標出論文的宗旨。

但聖人之文，具見於五經。所以從「夫鑒周日月」起，到「徵之周孔，則文有徵矣」止的第二大段，乃從五經中歸納出「或簡言以達旨，或博文以該情，或明理（按此指綱領而言）以立體，或隱義以藏用」的四種「繁略殊形，隱顯異術」的文體，以見聖人不僅貴文，而且聖人的制作，在文體上有多方面的成就。「殊形」「異術」，是指五經中包含有各種性格不同之體。因包含有各種性格不同之體，便隨時代的要求，而可以引發出各種文體的變化，成爲後來各種文體的母體、基型。所以緊接上引兩句便說「抑引隨時，變動會適」。

從「是以子政論文，必徵於聖；稚圭勸學，必宗於經」起，到「徵聖立言，則文其庶矣」止，是此篇的第三大段。彥和著書的重要目的之一，在矯正當時重形式而忽視內容的文弊。矯正文弊的大方針，卽是此段所說的「體要與微辭偕通，正言共精義並用」；及「然則聖文之雅麗，固銜華而佩實者也」。這與前引第一段兩句話的意思是相通的。

細勘徵聖、宗經兩篇，皆環繞五經以立論；雖內容有彼詳此略之殊，實多辭異意同之處。未嘗不可稍加陶鑄，以凝成一篇，在結構上或更爲明白簡當。彥和所以分作兩篇，意者彥和論文，以人爲本。僅宗經而不特標徵聖，則僅顯出文的宗極，而未顯出人的宗極。在彥和的立場看，猶未爲能探及文章的本原；所以便將同一內容，從人與文的兩個重點來加以分述，而不嫌其近於重複。

二

前面已經指出過，原道、徵聖、宗經三篇，實以宗經爲主體。彥和寫此篇時，實以莊嚴之筆，盡讚誦之能。在全書中，係一篇非常典雅的文章。五經的意義，正如彥和在本篇所述，「自夫子刪述，而大寶咸耀」，是由孔子或孔門所賦予的。這是孔子對在他以前的文獻的大整理，同時也是在孔子以前古代文化的總結與發揚。五經在中國文化史中的地位，正如一個大蓄水庫，既爲衆流所歸，亦爲衆流所出。中國文化的「基型」、「基線」，是由五經所奠定的。五經的性格，概略的說，是由宗教走向人文主義，由神祕走向合理主義，由天上的空想走向實用主義。中國文學，是以這種文化的基型、基線爲背景而逐漸發展的。所以中國文學，彌綸於人倫日用的各個方面，以平正質實爲其本色，用彥和的辭彙，卽是以「典雅」爲其本色。我們應從此一角度，去看源遠流長的「古文運動」。但文學本身是含有藝術性的；在某些因素之下，文學發展到以其藝術性爲主時，便會脫離文化的基型基線，而另闢疆宇。楚辭漢賦的系統，便是這種情形。其流弊，則文字遠離健康地人生，遠離現實地社會；在這種情形之下，便常會由文化的基型基線，在某種形式之下，發出反省規整的作用。宗經篇的收尾是「是以楚艷漢侈，流弊不還。正末歸本（經），不其懿歟」，正說明宗經篇之所以作，也說明了文化基型基線此時所發生的規整作用。

從「三極彝訓，其書言經」起，到「譬萬鈞之洪鐘，無錚錚之細響矣」止，是此篇的第一大段，在概括地說明五經由孔子刪述以後的崇高價值。但他與一般經生不同的地方，在於他不僅說明五經有「象天地，效鬼神，參物序，制人紀」的價值；而尤側重於「洞性靈之奧區，極文章之骨髓」，及「義既極乎性情，辭亦匠於文理」；卽是他主要是站在文學的立場來說明五經的崇高價值。文章出自性靈，而五經則「洞性靈之奧區」，深澈到性靈的深微之地。性靈卽是性情。五經所敷陳之義，皆極性情之眞，極性情之正（「義既極乎性情」）；性情卽是文章的骨髓，所以五經的文章，能極文章的骨髓。文章的表現，必須合於藝術性的要求；而五經表現之辭，也非常技巧地（匠）合於其內容的文理，卽是其表現也富於藝術性。因此，五經之文，乃天地間之至文。一般人所以不知道從文學上加以推崇，乃是因「道心惟微，聖謨卓絕。牆宇重峻，而吐納自深」，不易爲人所把握的原故。彥和的推崇六經，不僅與經生有同中之異，且亦與後來古文家，有同中之異。古文家宗經，多拘陷於道德的一方面；彥和當時亦有此意。但道德與文學之間，無必然的關係。彥和則直追入道德文章所同出的性靈，並注意到五經表現的藝術性；以此言宗經，對文學而言，始不至於腐，不至於迂，不至於硬將道德與文章，從外面來加以拼湊。

從「夫易惟談天」起，到「可謂泰山徧雨，河潤千里者也」止，爲第二大段。其中又分爲兩小段。自「夫易惟談天」起，到「表裏之異體者也」止，是分述五經在文體方面的成就；因而五經具備了各種不同的文體。這更是站在文學的立場來看五經。自「至根柢盤深」，到「河潤千里者也」止，是總結五經之文，乃「辭約而旨豐，事近而喻遠」，所以它對文學包含了無限的可能性，只待後人去發現；發現，再發現，是可以「餘味日新」的。形成每一民族文化的基型、基線，皆有這種性格，皆有這種無限的可能性，有如吠陀、新舊約、史詩等。只怕後人在生命力快蹶竭時，失掉了發現的能力。所以彥和這段話，並無誇張之處。

從「故論說辭序，則易統其首」起，到「正末歸本，不其懿歟」止，爲第三大段，其中又分爲三小段。從「故論說辭序」，到「仰山而鑄銅，煑海而爲鹽也」止，是說明各類文章皆出於五經；而五經對各類文章，「並窮高以樹表，極遠以啓疆，」是最高而永恒的典型。因爲如此，「所以百家騰躍，終入環內」，正說明了一個文化基型於不知不覺中所發生的意義。各民族的文化基型，正是各民族文化的無盡寶藏。

從「文能宗經，體有六義」起，到「謂五經之含文也」止，爲第二小段，言宗經在文學創作時所能發生的六種理想文體的實效。古文家言宗經，多僅說到經對文學所規定之方向與內容，而彥和則就統一內容與形式之文體以立言。「一曰情深而不詭」，此體玩十五國的國風而可見。希臘悲劇，必以奇詭的情節表現其情深，正來自文化背景之異。「二曰風清而不雜」。風是指文章的風神意味；清是由水無雜物，而引伸爲文章通體勻稱，無不調和的部分而言。清自然不雜。五經皆「因情而造文」，宗經，則作文時皆由情所流注貫通，故能清而不雜。至因宗經而「三則事信而不誕」，「四則義直而不回（邪）」，「五則體約而不蕪」，這都是不待解說的。「六則文麗而不淫」；五經之文，惟詩可稱爲麗；「關雎樂而不淫。哀而不傷」；故深得於詩者當亦麗而不淫。彥和所舉六種文體之效，皆含有矯正當時文弊之意。

從「夫文以行立」起，到「正末歸本，不其懿歟」止，點明宗經所以矯正當時文章流弊之意。

這裏還要提破一點，即是劉彥和以五經爲文章之所自出，文學並應以五經爲楷模，但他並不是以五經爲文學的起源。近代文學史研究出的共同結論，認爲文學是起源於遠古時文字還未出現以前的歌謠。彥和在明詩、樂府兩篇中，都曾追溯到了遠古歌謠的問題，應當算是他的特識。

但表現彥和最大特識的，莫如正緯一篇，指出緯的「無益經典，而有益文章」，此尤為後來論文者所不及。

三

漢代緯的興起，我的推測，先由於自戰國末期，以迄秦漢之際，有一部份知識份子是儒家與方士不分。自董仲舒建立天人合一的哲學大系統，對孔子及公羊春秋，作了神秘性的解釋，便促成儒家與方技不分的這一系列的人，憑藉董氏所用出的新途徑，更將經加以神化，遂對經而言，自稱為緯。王莽托神話以圖篡漢，對由經的神化所成的緯，加以利用，所以哀平之世，憑政治陰謀而得到大發展。正緯篇第一大段列四端以證明緯書之為偽造。第二大段說明緯的興起歷程，指其「乖道謬典」，而以桓譚、尹敏、張衡、荀悅四人對緯的批難為「四賢博練，論之精矣」。所以站在宗經的立場，緯是不值一顧的。但彥和却將明知為虛偽雜亂的東西，也列為「文之樞紐」之一，這不是深於文學的人，決不敢這樣作。

正緯篇說得很清楚，緯是「神教」、「神理」，即是屬於神話的性質。緯與文學的關係，即是神話與文學的關係。神話多出於感情的要求。五經之文，是「情深而不詭」。但彥和了解到，情深有時而不知不覺地會入於詭；因而在文學史中，有的作者，常由詭（神話）而得到啓發，常將無可奈何之情，不托之於詭，卽無以盡其深，卽無以盡其量；且此情不能求解答於人的世界，只有求解答於「詭」的世界，以給同類相感的人心以滿足。彥和論文的構成內容，雖將情與事義並列，但實則對情在文學中的分量，較之事義爲更重。從情的方面以把握文學的形成與發展，他便不能不突破以現實而合理爲基本性格的五經，而把握到神話與文學的密切關係，這是古文家所萬萬不能想到的。他看出緯對文學的意義，亦卽是神話對文學的意義，這意義，他只用兩句話表達出來，「事豐(多)奇偉，辭富膏腴」；因爲是神話，便不受現實的限制，而可盡量發揮爲感情所要求的想像力，所以便「事豐奇偉」。作者可由這種事豐奇偉以開擴自己的想像力；以擴大的想像力，馳騁自己的感情，恢宏了創作的天地。奇偉的情節，勢必表現爲尋常所不用，所少用，而須重新鑄造的語言，所以神話中的語言，與尋常語言相較，而爲「辭富膏腴」。每一從事文學創作的人，都會感到語言媒介的重要性。由神話故事中而得到了「膏腴」的語言，卽增加了作者表現的能力。由上述二端，彥和便認爲緯是「無益經典，而有助文章」；希望能「芟夷譎詭，糅（採）其雕蔚」了。

但彥和所托望之緯，並不能達到彥和所要求的目的。如前所說，原始性的神話，乃是適應感情所產生的；神話的本身，卽含有質樸而豐富的感情在裏面。感情是眞，所以當某種神話出現時，也被人不覺其爲僞。神話之能發生啓發力，感動力，因而能成爲文學藝術原泉的原因在此。中國的原始神話，經儒家的人文地合理精神而大部分被淘汰了。作爲漏網之魚的穆天子傳中，便乘載有「落葉」「哀蟬」，「蟲沙」「猿鶴」的深不可測的感情，一直爲文人取之不盡的資料。戰國中期以後，是燕齊方士重新製造以「神仙」爲中心的神話的時代。這些神話，只表現一種超越（出世）而長生的要求，只是人生感情中的奢侈品，其意味不深不厚。由方士演變出來的緯，則是存心作僞，著意造奇，成爲一種「無情的神話」；無情的神話，既不能爲人的理智所接受，也不能爲人的感情所需要；緯既爲經所摒除，亦爲文學所遺棄。而彥和的希望，便因此而落空了。

因佛教傳入中國，以生死輪廻爲中心，我國開始進入到輸入及創造新的神話時代。這些神話，與宗教連結在一起，一般認爲是眞的；而且神話中很多含有人生膠固而不可解的感情在裏面；於是根源於佛教的神話，在中國文學藝術中，盡到了它可以盡的責任。劉彥和深於佛典，而且正處於佛教道教思想爲中心，而開始產生新出現的小說的時代，彥和有感於此，遂托之於歷史較久的緯書以發其意，亦未可知。

四

彥和以離騷爲「文之樞紐」之一，首先是從「史」的觀點來講，「爰自漢室，迄至成哀，雖世漸百齡；辭人九變，而大抵所歸，祖述楚辭；靈均餘影，於是乎在」（時序篇）；是漢賦出自楚辭，在文學上佔有主導的地位。卽在彥和當時，還是「楚艷漢侈，流弊不還」（宗經篇）；卽是在彥和當時，楚辭漢賦，還在發生重大影響；所以事實上，離騷是文學樞紐之一。乃范文瀾在他的文心雕龍注的原道注中，將全書篇目，列爲一表，而將辨騷平列於彥和所分文類之中，未免太奇怪了。

其次，從文學自身的立場看，彥和論文，固然重視人品、內容，以矯當時之弊；但他同樣重視文章形式的藝術性，他特別提出一個「麗」字，將麗與雅並稱，而說「然則聖文之雅麗，固銜華而佩實者也」（徵聖）；卽是他以雅與麗爲文章的兩大要求。雅是實而麗是華，在他認爲，麗是文章裏藝術性的成就。他說五經之文，是「麗而不淫」，我已指出過，五經中只有詩經可以當一個麗字。而詩經之麗，乃素樸平淡之麗；在彥和心目中，這尚非麗的極至。他說楚辭「乃雅頌之博徒，而辭賦之英傑也」，好像他以楚辭較雅頌要低一級，這是由宗經而來的門面語，非其本旨所在。因此，彥和實際是以五經爲雅的典型，以離騷爲麗的典型。所以辨騷一篇，先辨別騷與經的異同，這是受時代的限制，辨其所不必辨；而通篇主旨，乃在發揮楚辭之麗及其麗的重大意義與其重大影響。而他寫這篇文章，也極力發揮他麗的表現能力，以求與題材相稱。

彥和對楚辭的描述是：

「觀骨梗所樹（指內容），肌膚（指文辭）所附，雖取鎔經意，亦自鑄偉辭。故騷經九章，朗麗以哀志。九歌九辯，綺靡以傷情。遠遊天問，瓌詭而惠（慧）巧。招魂招隱，耀艷而深華。卜居標放言之致，漁父寄獨往之才。故能氣往轢古，辭來切今。驚采絕艷，難與並能矣」。

將上面的話，稍加分析，則（一）楚辭的朗麗、綺靡，都由其可哀之志，可傷之情，噴薄而出。楚辭的內容（主要是感情）與形式，得到完全的融和統一。（二）屈原之才，是多方面的；所以他的藝術性的表現，也是多方面的。（三）因屈原煩寃鬱結的感情，貫注於他的作品之中，所以在他作品中所顯出的生命力（氣），特為堅强凌厲；推之過去，可以凌越古人。而運用的生動的語言，驗之來今，又可與各時代的語言相切合。由强烈生命力所照射出之采，非尋常之采，而為可驚異之采。由醇厚純白之情所渲染出之艷，非尋常之艷，而為卓絕之艷。所以他是麗的極致、典型，而能為各種之麗所自出。

因楚辭之麗，乃由情所湧出，麗與情融合而為一，故其麗可以直接表現出各種之情，賦各種之情以原有之姿的形相、面貌、氣氛，而毫無障隔，對讀者發揮最高的效果。第三段「故其敍情怨，則鬱伊而易感；述離居，則愴怏而難懷；論山水，則循聲而得貌；言節候，則披文而見時；」這幾句話，是指屈原的作品，對讀者所發生的深切感染與客體重現的效果而言的。因為這些原因，所以對後世的文人，都能因其個性之所近，才力之所及，而收到各樣的效果。「是以枚賈追風以入麗，馬揚沿波而得奇。其衣被詞人，非一代也。故才高者菀（採）其鴻裁（規模氣象之大）；中巧（中人之才）者獵（取）其艷辭；吟諷者（不能製作而僅事吟諷之人）銜（銜接、領會）其山川（由描寫山川之重現而開擴心胸）；童蒙者拾其香草（由其中所描述的各種香草而得到美感）。若能憑軾以倚雅頌（以雅頌爲基礎），懸轡以馭楚篇（而以楚辭充實發皇之），酌奇而不失其貞，翫華而不墜其實，則顧盼可以驅辭力，欬唾可以窮文致，亦不復乞靈於長卿，假寵於子淵矣」。這段話，正說明這種意思。此中提到雅頌，雅頌本是與楚辭相通的。若將上面一段加以總結，卽可發現與宗經篇說五經是「可謂太山徧雨，河潤千里者也」的推贊，是辭異而實同的。其可爲「文之樞紐」，至爲顯然。

彥和所歸納出的文的樞紐，總括的說，是以五經爲文體之雅的樞紐，爲事義之文的樞紐；其中的詩經，不妨下與楚辭連在一起。以楚辭爲文體之麗的樞紐，爲抒情寫境之文的樞紐。再加以神話（正緯之緯）的豐富想像力與特異的表現語言；其眼光之鉅，用心之周，衡斷之精，持論之平，實非後人論文所能企及。

文心雕龍淺論之七

文之綱領

一

序志篇繼「文之樞紐，亦云極矣」之後，緊接著說：「若乃論文敍筆，則囿別區分。原始以表末，釋名以彰義，選文以定篇，敷理以舉統，上篇以上，綱領明矣」。

這一段是說明自明詩第六起，到書記第二十五止，凡二十篇，他所作的文章的分類，及在分類中對各類文章所抽出的若干基本原則、法式，使文章的綱領，由此可得而明。

中國文學與西方文學不同點之一，在於西方文學，只順着純文學的線索發展；而中國則伸展向人生實際生活中的各個方面。所以西方文學的種類少，而中國文學的種類繁。因此，在作品的整理與把握上，中國文學分類的重要性，過於西方文學。

詩經是中國古代文學的總集。在編定這總集時，編者按照詩的來源、作用，乃至所配合的音樂，而分為風、雅、頌三大類。在三大類中又分為十五國國風，大雅、小雅及周頌、魯頌、商頌等小類。

這可能是中國文學分類之始。但這都是在詩的範圍以內所作的分類。

賦實際是在戰國末期所興起的新體詩，與「詩有六義」中的賦比興的賦，並無關係。劉彥和在詮賦篇中說：「六義附庸，蔚成大國」，這是自漢以來的誤解，我在「西漢文學論略」一文中已有辯正。賦是西漢文學的主流。漢書藝文志詩賦略，可以說是把西漢的文學，分爲詩與賦兩大類，較之詩經，擴充了賦的這一類。

自西漢之末，以迄東漢之初，已經有人注意到奏議書論等的文學價值。銘、箴、誄、碑，也自西漢之末，以迄東漢之末，皆有發展。曹丕典論論文謂「蓋奏議宜雅，書論宜理，銘誄尚實，詩賦欲麗；此四科不同，故能之者偏也」。「四科」即是四類；他是把當時所承認爲文學的範圍，分爲奏議、書論、銘誄、詩賦四大類。這較之漢書藝文志的詩賦略，有了進一步的擴充。

晉陸機文賦謂「詩緣情而綺靡，賦體物而瀏亮，碑披文以相質，誄纏綿而悽愴；銘博約而溫潤，箴頓挫而清壯；頌優遊以彬蔚，論精微而朗暢；奏平徹以閑雅，說煒曄而譎誑。雖區分之在玆，亦禁邪而制放」。陸機是把當時的文學作品，分爲十類；在分類上較曹丕爲精密，但所包含的文章範圍，與典論論文，無大出入。到了劉彥和的文心雕龍，對文章的分類，更有進一步的發展。

這裏應附帶一提的是，曹丕陸機們，對文學都是作橫斷面的把握；而劉彥和則是作綜貫性的把握。同時，曹丕陸機們所重視的是文章的形式，卽是形式中的藝術性；而劉彥和則除形式的藝術性以外，更注意到形式與內容的統一，更注意到文與人的關係，以及文在人生各方面的意義。因此，劉彥和心目中的文，實較他以前及其同時人之所謂文，範圍遠爲廣泛，文章所分的類，自然也較爲繁複。

二

在劉彥和以前，對分類的意義，似乎很少說到。上面引的序志的一段話，則應算是劉彥和所陳述的分類的用心及其意義。以下略加解釋。

他在總術篇中，雖然批評了當時有韻爲文，無韵爲筆的說法，與文學歷史事實不符；但他在這裏，依然順隨時風，用文與筆兩個名詞，概括一切文學的作品；再按作品的內容、形式，作進一步的分類；此卽所謂「若乃論文敍筆，則囿別區分。」囿與區，都是人按某種目的，在地面上所畫的各種界限、範圍。彥和卽借用以作文章分類的名稱。在劉彥和，還不曾用到「類」的這一名詞。

劉彥和最大特長之一，是能從發展的觀點上去把握文學。從發展上去把握文學，自然要追溯到文學的根源。原道、徵聖、宗經、正緯、辨騷，這是說明文學總的根源。總的根源，對各作品而言，是廣泛而帶點抽象性的。要進一步把各種作品具體的根源說清楚，使其不至互相淆亂，則只有先把作品按其內容、形式，分成若干類，再就一類一類的文學作品去追其根源（原始）；更順着他們的根源以觀其流變（「以表末」）；則文學在發展中的情形，更具體而清晰。所以彥和說明分類的第一意義是「原始以表末」。例如明詩篇先述「昔葛天樂辭，玄鳥在曲；黃帝雲門，理不空絃。」再述堯舜禹及五子等作歌的情形，一直到詩經，這都是「原始」。從「暨建安之初，五言騰踊」起，到「此近世之所競也」的一大段，這都是「表末」。在「原始」與「表末」之間，用一「以」字，便把由「始」到「末」的發展關係說明白了。

每一類的作品，都有其基本動機與目的或要求（效用），也就是某類文章所應具備的基本內容。「彰義」，是把某類文章所應具備的基本內容彰顯出來，以作爲衡量某一作品的基準。這也只有把文章加以分類後才可以作到。「釋名以彰義」，是由解釋某類文章之名，以彰顯某類文章應具備的基本內容。例如明詩篇「詩者持也；持人情性。」這卽是由釋詩之名以彰詩之義。此乃分類的第二個意義。劉彥和這裏所用的，是以訓詁的方法，來界定某類文章內容的方法；必須假定作爲某類文學的專名，是先經過某一文學家把某類文學內容，加以分析、綜合，從分析綜合中，找出與其內容相應的名稱來，有如希臘文化系統中，先由「定義」以決定某一學術名詞，或與名詞同時卽界定了它所含的定義，才可使此一方法有效。但文學中所用的各類名稱，不可能是在上述情形之下出現的。縱然和內容有若干關係，例如「賦者鋪也」；但這僅是局部的，甚至是無關緊要的關係。用訓詁的方法來彰某類文學之義，不是失之拘礙，便會失之牽附。例如「詩者持也」之「持」，是否係詩字的本訓，或由本訓所引伸之訓，已成問題。由「持」而到「持人情性」，更是一種牽附。所以用這種方法來治文學批評史和思想史，都是非常危險的。好在彥和在釋名之後，便用引伸乃至附會的方法，以扣緊某類文學的基本性格，補救這種方法的弊害。但究竟不是好的方法。

早經指出過，劉彥和著書的目的，是在由文學的批評以導向文學的學習。並且在學習的初階，特重視「摹體」，即是摹仿古人成功的文體。所以彥和在各類文章中，特舉出他認爲在這類中有代表性的作品，以資學文者的摹習，這卽是他所說的「選文以定篇」。文心雕龍中有的篇字卽等於「文體」之體。「定篇」卽是「定體」。爾後凡是標榜文章宗旨的詩文選集，都可以說是「選文以定篇」。

「敷理以舉統」，更是分類的重要意義。「統」是「統貫」，卽是某類文章，是由某些理（原理原則）所統一，所貫通。敷陳某類文章之理，以闡明某類文章，是由這理所貫通，則鑑賞學習，皆有確切途徑可循。但這裏應注意的是：「敷理」和「釋名以彰義」的「彰義」，在甚麼地方，有同中之異，劉彥和是以「彰義」之義表明某類文學的根源及其所要達到的目的，多是偏重內容上講的。而「敷理」之「理」，則多是指明某類文章在文體上的要求，藝術性的要求，多是偏重在形式上講的。當然彥和緊緊把握着內容與形式的統一性，但表達時總不能不有所偏重。例如明詩篇「詩者持也，持人情性」，這是彰義。而「持人情性」，這是對詩之內容上的要求。「若夫四言正體，則雅潤爲本，五言流調，則清麗居宗。」這是以雅潤的藝術性統貫四言，以清麗的藝術性統貫五言，這是形式的，文體的要求。彰義之義，多由釋名的訓詁演繹而得。敷理之理，則多由成功作品中的分析歸納而得。

作品紛繁，因分類而得其統貫。各類作品皆創新不已，因每類中的「彰義」與「敷理」而得其指歸。所以便說「上篇以上，綱領明矣。」以類爲綱，以義與理爲領。

三

現在再看彥和實際分類的情形。

從明詩第六到書記第二十五，彥和將作品分爲二十類。每一類中，又分爲若干小類。

文章分類，在中國文學的傳統研究中，是一件大事。古今選集的分類不同，有的是來自對文學的觀點不同，有的是來自對文體的認定不同，有的是來自時代的廢興殊方，有的是來自選文的目的各異。現在把較劉彥和略後的蕭統及其賓客，在「文選」中的分類，試與文心雕龍稍作比較。

蕭統選文的目的，乃在「入耳之娛」，「悅目之玩」（文選序），這與彥和以「文章之用，實經典支條。五禮資之以成，六典因之致用，君臣所代彪炳，軍國所以昭明。」（序志）很顯明的不同。而蕭統對文體的認取，在「義歸乎翰藻」（文選序），彥和則「辭訓之異，宜體於要。」這也是很顯明的區別。簡言之，蕭統順著當時風氣，僅注重文學的藝術性，排斥文學的實用性。彥和則想補救當時風氣，把實用性也包括在文學範圍之內。彥和心目中的文學範圍甚廣，而蕭統心目中的範圍較狹，這自然引起分類上的出入。在文選序中，已明白說明經，史，子，不包括在他所選的範圍之內。至於把「賢人之美辭，忠臣之抗直，謀夫之話，辯士之端」，也不肯「略其蕪穢，集其精英」，這大概和蕭統所處的「太子」的地位有關。因他的父親蕭衍，是很拒言絕諫的。但他立了三十八類，較文心雕龍的二十類爲繁。文心雕龍較文選多出史傳，諸子兩大類，文心雕龍的章表，奏啓兩類，略相當於文選的表，上書，啓，彈事，奏記五類，但內容多不同。又文選缺議對一類，這都與對文學的觀點及蕭統的政治地位有關。文選將樂府入詩類，這是對的。彥和在明詩後另立樂府一類，其用意在標榜樂的功用。他說：「詩爲樂心，聲爲樂體」，都是偏在樂的方面。意者彥和或欲以此補樂經的亡缺。但文選把應歸入樂府的「辭」，另立一類，這就未免於煩瑣了。此外文選將頌，贊各分一類，將箴，銘各分一類，將誄，碑各分一類，而又另立墓誌一類。文心雕龍之哀弔類，在文選分爲哀，弔，祭三類，又另立行狀一類。文心雕龍之雜文類包括了文選的七，對問，設論，連珠四類。文心雕龍之論說類，包括了文選之論，史論，史述贊，序四類。而論說之「說」，係指遊說而言，爲文選所無。文心雕龍之詔策類，包括了文選的詔，冊，令，敎四類。文心雕龍之檄移類，文選有檄而無移，反將孔德璋北山移文歸入書類。此在文選實爲特例。文心雕龍之封禪類，與文選之符命類相合。文心雕龍之章表類，與文選之表類相合。文心雕龍之書記類，書是書札，與文選之書類相合。記是雜記，包羅廣泛，爲文選所無。而文選之行狀類，在文心雕龍則入於此處之記中。文心雕龍中的諧隱一類，有近似於西方之所謂幽默文學，彥和立此一類，意味深長，此不僅爲文選所無，亦且爲爾後選家所未及，以致中國此一方面之文學心靈，未能得到應有之發展，我覺得這是非常可惜的。

將文心雕龍與文選的分類略加比較後，可以了解文心雕龍所包括的文學範圍，遠較文選爲廣；而在分類上，則較文選爲簡。蓋彥和分類，重在性質上的相關；而文選樓諸公，則重在因名而立目。彥和又特設雜文及書記之記，以統括繁雜，此一技巧，實可解決分類上所遇到的實際困難。我覺得因彥和對文學之把握，實較文選樓諸公爲深切周遍，所以在分類的著眼上，不僅較文選爲得其體要，且也爲後來選家所不及。

釋詩的溫柔敦厚

一

禮記經解：

「孔子曰，入其國，其教可知也。其爲人也，溫柔敦厚，詩教也。」

其爲人也，溫柔敦厚，是詩教的效果。詩教之所以有此效果，是因爲詩的性格是溫柔敦厚。經解大概是成篇於漢初。經解所說的六經之教的效果，是否出於孔子，當然可疑。但對各經性格的陳述，都深切精要，與西漢經生說經，多流於蔓衍的情形，頗異其趣；大概這是由先秦儒家遺說所積累提鍊而成。尤其是對詩所提出的溫柔敦厚四字，成爲爾後說詩的最高圭臬，影響至爲重大。但此四字的確切內容到底是什麽，前人只把它當作自明之理，很少深論。我在這裏想稍加追索。

禮記正義的解釋是：

「溫謂顏色溫潤。柔謂性情柔和。詩依違諷諫，不切指事情，故云溫柔敦厚，是詩教也」。

按「顏色溫潤」，對詩的性格而言，無確切意義。而國風中浮出的許多是憔悴愁苦的面孔。在詩的性格上既無確義，則在教化上，又如何能發生「顏色溫潤」的效果？「依違諷諫，不指切事情」，因此而稱爲溫柔敦厚，則國風中許多只是勞人思婦，自寫其悲歡，與諷諫並無關係，這一類數量大而品質很高的詩，算不算溫柔敦厚？而大小雅中凡是諷諫的詩，又多指切事情，如「婦有長舌，爲厲之階」之類，一點也不依違，這又如何解釋？並且從論語看，孔子對子路的勇氣，總是加以抑制。獨對於他問事君時，特別鼓勵他說「勿欺也，而犯之」。孔子答時君及卿大夫之問，總是一針見血，指切事情，何取於這種鄉愿性格的詩教？所以正義的解釋，乃由長期專制淫威下形成的苟全心理所逼出的無可奈何的解釋。

二

詩是「情動於中」的產物。照我的看法，溫柔敦厚，都是指詩人流注於詩中的感情來說的。詩人將其溫柔敦厚的感情，發而爲溫柔敦厚的語言及語言的韻律，這便形成詩的溫柔敦厚的性格。要由此作更進一步的具體把握，關鍵還在一個「溫」字。

不太冷，也不太熱，這便是「溫」。當詩人感奮於某種事物以形成創作的衝動時，感情總是很熱烈的。但感情正像火樣燃燒的時候，決做不出像樣的詩來。詩乃在某種事物發生之後的適當時間中所產生的。所謂適當時間，是指不能距離得太近，太近則因熱度的燃燒而做不出詩來；也不能距離得太遠，太遠則因完全冷却而失掉做詩的動力。當然，這裏是暫時不把創作前的想像力的因素加到裏面去。不遠不近的適當時間距離的感情，是不太熱不太冷的溫的感情，這正是創作詩的基盤感情。因爲此時可把太熱的感情，加以意識地，或不意識地反省，在反省中把握住自己的感情，條理著自己的感情。詩便是在感情的把握、條理中創造出來的。

不僅是如此。一任感情的特性激蕩下去，對於事物總是向極端方面去發展。稍稍後退到適當的時間距離而發生反省作用時，理智之光，常從感情中冒了出來，給感情以照察，於是在激情以外的因素，也照察了出來，可由此以中和一往直前的感情，使其由熱而溫，由溫而厚；這在僅關涉到個人的人倫之際時，尤其是如此。所以國風中這類的詩特別多。但若在反省中，把原先尚未曾觸發到的感憤或感奮，更觸發出來了，此時的理智，便支持著愈燒愈熱的感情，便不知不覺的作出辛辣痛烈的表現，有如巷伯中對譖人所表現的，這依然是發於人情的自然，而形成詩的另一性格。但這種詩若感到是有如巷伯這一類的好詩，一定是關涉到政治社會上共同的大利大害的問題。對於這類大利大害的問題，而依然假溫柔敦厚之名，依違苟且，詩道之衰，正由於此。

三

了解到「溫」，便可了解到「柔」。太熱的感情是剛烈的性格。太冷的感情是僵凍的性格。這都是沒有彈性，沒有吸引力，不易使人親近的感情。在太熱與太冷之間的溫的感情，自然是有彈性，有吸引力，容易使人親近的「柔和」的感情。由溫而柔，本是自成一套的。

若把「敦厚」與「淺薄」相對，便容易了解敦厚指的是富於深度，富有遠意的感情。也可以說是有多層次，乃至是有無限層次的感情。太熱與太冷的情感，不管多麼强硬，常常只有一個層次。突破了這一層次，便空無所有。既溫且柔的感情，其所以會由熱與硬轉化過來，乃是如前所說，在反省中發現了無數難以解脫的牽連，乃至含有人倫中難言的隱痛。感情在牽連與隱痛中掙扎，在掙扎中融合凝集，便使它熱不得，冷不掉，而自然歸於溫柔。由此可以了解溫柔的感情，是千層萬叠起來的敦厚地感情。這種敦厚地感情，有如一個廣大的磁場，它含有永恒的感染力。因此，溫柔敦厚的詩，是抒情詩的極詣；而國風中正有這類不少的詩。

後來的詩人，缺少由醇樸資質而來的溫柔敦厚的自然感情，便只好從表現技巧上去加以追攀，於是隱喻和含蓄，便成爲重要的表現形式；這當然較之發乎感情之自然而來的溫柔敦厚，已降下好幾等了。至於在專制政治之下所逼出的鄉愿詩人，亦常援此四字爲藉口，可以說詩道由此而絕。近人又不能深求其故，以被歪曲之義爲其本義，遂連此四字而欲毀棄之，這還談什麼文學呢？

中國文學中的想像問題

一

亞力士多德在他的詩學中，對歷史與詩的界定是：歷史是敍述已經實現的事物；而詩則是敍述尚未實現的事物。文學中的許多分野，大體上是詩發展出來的。所以亞氏對詩的界定，也可適於其他重要地文學分野。由亞氏的界定，立卽可使人明瞭，文學乃生活於想像Imagination世界之中的。

我們今日可以批評亞氏對詩的界定，實際失之於太偏；站在中國傳統文學的立場，尤其是如此。但想像在文學創造中所佔的重要地位，是無可爭論的。

對「想像」的內容，在西方文學理論中，有不少的陳述。其中概括性較大的，應當爲文捷斯特（T.C. Winchester），在其「文學批評原理」（Some Principles of Literary Criticism）中所提出的三種想像。第一種是創造地想像（Creative Imagination），這是「從經驗所得的各種要素中，自動地選擇某些要素，加以概括綜合，以創造出某種新事物的作用。」第二是聯想地想像（Associative Imagination），這是「對於某種事物、觀念，或情緒與情緒上的相類似的心像，加以連結的作用。」第三種是解釋地想像（Interpreatative Imagination）；這是「認知對象的價值或意義；把價値或意義之所在的部分或性質，加以闡明，由此以描寫其印象的作用。」此種想像作用，借瓦兹瓦斯（Wordsworth, William）的話來說，這是「沉浸於對象的生命之中」，以闡明對象中最深奥的價値的想像（註）。這裏應附帶說明一句，在概念上可以很淸楚地把想像分爲三種；但在實際活動時，則常是互相滲和而不容易指出僅屬於三種中之某一種。

在中國文學的理論、批評中，沒有把想像的作用特別凸顯出來以成立「想像」這一概念；而是把文學中的想像作用，分隸於「感」與「思」的兩個概念之中。但感與思，包涵了想像的作用，而不止是想像的作用；這裏不進一步去解明此一問題；但在中國文學創作中，想像一樣是居於重要的地位，也是無可懷疑的。

註：此段係取材於日人本間正雄改稿文學概論頁六七。東京堂昭和三十二年（西紀一九五七年）二三版。

二

想像，不僅應用到文學裏面，有時也應用到科學，尤其是史學裏面。應用到文學中的想像，與應用到史學中的想像，除了應用的程度，有多與少的「量的不同」以外，是否還有「質」的分別？假定有，此一質的分別是什麼？

其次，西方的文學理論批評家，非常重視想像；但同時爲了想像與空想易於混淆，又常努力要在想像與空想之間，劃出一條分界線；但就我所看到的材料來說，此種努力，依然是收效甚微。然則有沒有方法，在上述二者之間，能劃一簡明的分界線呢？

在文學與史學的想像中，假定要作質的區別，我可簡單說一句，挾帶着感情的想像，是文學的想像；不挾帶著感情的想像，是史學的想像。文學的想像，可以說想像的自身便構成文學。史學的想像，則只能作爲搜羅與解釋史實的導引，想像的自身決不能構成史學。

當我們要求把想像與空想加以區分時，乃是因爲「文學所以表現人生的眞實」；因此，對「科學之眞」而言，也應當强調文學之眞。而空想則不是眞的。若想像與空想混而不分，則所謂文學之眞便不容易成立。但就三種想像的自身來說，怎樣也不容易把它與空想加以區別。我的看法，由感情所推動的想像，與感情融和在一起的想像，這才值得稱爲文學的想像。不是由感情所推動，不是與感情融和在一起的，這便不是想像而是空想。文學之眞，指的是在想像中的感情，及由想像所賦予於感情的力量；感情是人生之眞，所以與感情融合在一起，並對感情的表出給與以莫大助力的想像，便也是眞的。若從想像中抽掉了感情，也就等於從想像中抽掉了眞實，於是我們便應當稱之爲空想。由空想所構成的作品，可以滿足人的好奇心，有如推理小說武俠小說之類，或者也可以稱爲文學；但寫得再好，也不過是三流以下的文學。

三

現在再就想像與感情的關係，稍作進一步的考査。

首先，有了某種感情，便常自然而然地要求某種想像來與以滿足。因爲感情的鬱勃，只有在想像中方可加以發抒，而發抒卽是滿足。例如杜甫聞官軍收河南河北詩「劍外忽聞收薊北，初聞涕淚滿衣裳。却看妻子愁何在，漫卷詩書喜欲狂。白日放歌須縱酒，青春作伴好還鄉。卽從巴峽穿巫峽，便下襄陽向洛陽」。後面四句，全係想像。但後面四句的想像，乃是由「初聞涕淚滿衣裳」的感情所推蕩出來；而初聞涕淚滿衣裳的感情，祇有在後面四句的想像中才可得到滿足。

感情是幽暗漂蕩，無從把握的東西。感情的發抒，卽是感情由幽暗而趨於明朗，由漂蕩而歸於凝定。要達到這一步，最好是不要訴之於概念性的陳述；因爲若是如此，便可能進入到哲學或其他學問的範圍，而漸脫離了感情的本質。感情發抒的藝術性，常常是感情的形象化。而感情的形象化，只有憑想像之力而不能憑概念之力。在憑想像之力而賦予某種感情以適當的形象時，此時的感情卽隨形象而明朗，而凝定，而得到發抒的效果。例如白居易的長恨歌，是以唐明皇與楊貴妃的悲劇爲主題而作的。「長恨」卽是此一主題的「題眼」。此詩從「蜀江水碧蜀山青，聖主朝朝暮暮情」起，一直到「

梨園弟子白髮新，椒房阿監青娥老」止，凡二十句，都是長恨的「恨」的發展。但上面的發展，主要是用景物來烘托，而沒有直接從明皇自身加以描寫，則恨的高峯還沒有表現出來；於是白居易便通過自己的想像，寫出「夕殿螢飛思悄然，孤燈挑盡未成眠，遲遲鐘鼓初長夜，耿耿星河欲曙天」的四句，把一個因長恨而徹夜不眠的明皇的形象，顯露出來了，這便成爲「恨」的發展的高峯。

這裏也引起了一個插話。宋邵博聞見後錄一九，對「孤燈挑盡」的想像，不以爲然；而謂「寧有興慶宮中夜，不燒蠟油，明皇親自挑燈者乎？書生之見可笑。」以後許多人便附和邵博的這一說法；陳寅恪在元白詩箋證第一章中就說這是因爲長恨歌係在白居易未任翰林學士以前所寫的，不明白宮禁夜晚是燒燭的情狀。殊不知當時的富貴人家及遊樂之地，已多是燒蠟油，杜牧「蠟燭有心還惜別，替人垂淚到天明」，卽其證明。白居易作長恨歌時，早成進士，豈有連宮禁中燒燭的情形，也不知道。問題是在：明皇到底是燒燭或挑燈，不是考證上的問題，而是何者適於反映出明皇淒涼寂寞的情景問題。李白心中的愁，要求他說出「白髮三千丈」，他便說出「白髮三千丈」。在白居易對明皇因長恨而不能入睡的想像中，要求的是挑燈，他便說是挑燈。想像的合理性，不應當用推理、考證的眼光來加以衡量，而是要由想像中所含融的感情，與想像出來的情景，是否能够勻稱得天衣無縫，來加以衡量的。何況今人在上床睡覺時，常將光線强的電燈轉換爲紅綠色的微弱燈光。何以見得明皇睡在床上時，不會不願用強光的燒燭，而偏要用光線較弱的油燈呢？

四

由感情的積鬱太深太厚，不是日常生活範圍中的想像可以表達出來，便常於不知不覺之中，伸入到神話中去了。因爲屈原是「憂心煩亂，不知所愬」，所以離騷中的想像，便常和神話連結在一起。他不知所愬的感情，便和由想像所連結的神話，共飛揚上下而馳騁。並且可以說，只有經過作者塗上了感情的神話，才能成爲文學取材的一種重大要素；否則神話是神話，文學是文學。羿妻偷藥，奔入月宮，這卽是月中的嫦娥，此種簡單神話，有什麼文學意味呢？但李商隱却唱嘆出「嫦娥應悔偷靈藥，碧海青天夜夜心」的詩句；把他與妻結婚，因爲得不到有權有勢的丈人的歡心，以致他和妻，一生潦倒淒涼的情景，隨嫦娥的孤寂，而同樣漂蕩於碧海青天之中的感情發抒出來了，嫦娥偷藥的故事在此處也因感情化而文學化了。

由感情逼出想像所構成的文學，這常是第一等的文學。紅樓夢所以能成爲第一流的文學作品，是因爲紅樓夢中的想像，主要是由曹雪芹「字字看來皆是血」的感情所逼出來的。這是感情在先，想像在後。但更多的情形，則是想像在先，感情在後；感情是由想像所引出的。於是作品的高下，便常由想像所能引出的感情的程度作衡量。蒲留仙的聊齋誌異，紀曉嵐的閱微草堂筆記，都是說狐說鬼，都有很豐富的想像。並且紀曉嵐的文筆精潔，各篇的結構富於變化，表現了他高度的文學技巧。但凡是看過這兩部書的人，應當有一種共同印象，即是：在聊齋誌異的若干故事中，我們的感情，常常受到故事內容的感染。而看完閱微草堂筆記後，只是冷冰冰地，讀者與故事，乃兩不相干之物。因此，儘管紀氏的學問比蒲氏大；但兩書在文學的價值上，紀氏的作品，却遠不及聊齋誌異。爲什麼？蒲氏能由想像而引出深厚的感情，紀氏則沒有用上這一套工夫，於是其他的文學技巧，也只是一種文學技巧而已。至於袁子才的子不語，其所以成爲東施效顰，原因也正在此。這一點，或者可以適用於各種小說的批評上去。

五

想像是文學表現的重要手段，但並非是唯一的手段。想像以外，還有推理、體認、觀察、觀照等等。但想像經常或多或少的與上述那些手段，親和在一起，使其得互相發揮的效用。

想像與觀照，似乎是立於對蹠的地位，最不容易發生親和的關係；因爲觀照是「現前」的事物；而想像則不是現前的事物。在中國的詩裏面，寫景佔很重要的地位，亦即是觀照佔很重要的地位。但把想像與觀照作關連的表現時，却反而可以增加表現的效果。杜甫秋興八首中的一、二兩首，即是運用這種手段。秋興一、二兩首在表現上最大的特點，是他在一聯的詩句中，作遠與近，今與昔，兩相對照地表出，由此以增加感情活動的往復跌宕，使詩的體勢，隨遠近今昔的對照，而得到開闔頓挫之妙。例如：

江間波浪兼天湧（近），塞上風雲接地陰（遠）。叢菊兩開他日淚（昔），孤舟一繫故園心（今）。

聽猿實下三聲淚（今），奉使虛隨八月槎（昔），畫省香爐違伏枕（昔），山樓粉堞隱悲笳（今）。

遠的昔日，是來自想像。近的今朝，是來自觀照。詩裏這種例子很多。有名的王漁洋秋柳詩「他日差池春燕影（對春柳的想像），祇今憔悴晚煙痕（對當前秋柳的觀照）。」正是相同的手法。

還有在一句之中，觀照與想像並用，一則由此以窮觀照之量。二則由此以使被觀照的事物，得以觀照出它的精神。杜甫「浮雲連海岱，平野入青徐」。「浮雲」「平野」，都是當前的觀照；浮雲而連海岱，平野而入青徐，這便在觀照中加入了想像，必如此而始能窮盡觀照之量。常建「山光悅鳥性，潭影空人心」；「山光」「潭影」，是當前的觀照；至於山光而能悅鳥性，潭影而能空人心，則是得之於想像。然必加入此種想像，才能把山光之美，潭影之淸，完全寫出。這更是在中國詩中所常用的手法。而就想像來說，可以說這是解釋地想像。

在觀照中的想像，它所含的感情，多是淡泊虛和的感情，所以感情的氣氛不够濃厚，常常是隱而不顯。但不能因此忽視了文學的想像，必然會和感情連結在一起的這一事實。

中國文學中的想像與眞實

——「中國文學中的想像問題」補義

一

我在中國文學中的想像問題一文中，說明由感情所逼出的想像，與感情融和在一起的想像，才是文學的想像，也卽是文學的眞實。這一觀點，可以解釋文學中與想像有關的許多問題，大概是可以成立的。但若僅以想像中的感情來說明想像的眞實性，還不够周衍，我應當補出下面的兩種情況。

我在上文中，曾引用過文捷斯特（T.C. Winchester）所概括出的三種想像。在三種想像中的第二種想像是「聯想地想像」，這是文學家應用得最多的想像。所謂聯想的想像，是「依類引伸」出來的想像。我國詩經中的比和興，都可以說是這種聯想的應用。「關關（雎雄相應之和聲）雎鳩，在河之洲」，這是眞實的情景，「窈窕淑女，君子好逑」，這是眞實而合理的願望。詩人通過自己聯想地想像，將兩個本不相干的事物，融合在一起，因而能把淑女與君子的結合，烘托出一番欣慰的氣氛；此時的想像，自然而然地不發生眞實不眞實的問題。由此種想像所烘托出的欣慰的氣氛，乃人情所應有，這便是文學的眞實。

聯想地想像的盡量發揮，常表現於小說創作之上。我的看法，一部成功的小說，都是通過聯想地想像，把散見於社會中的某些現象，以凝縮成一篇小說中的情節；把散見於各種人羣中的某些生活，凝縮爲小說中的人物；聯想力愈大，凝縮力愈强的，小說中的情節和人物的典型性也愈大愈强。被聯想到的「原始資料」固然是眞實的；被凝縮而集中爲主題的人物與情節，假定凝縮、集中得成功，則在聯想過程中必然會滲入進「體認」與「洞察」的工夫和能力，以發現出散於社會上，人生中的某些現象與生活，不僅是可以凝縮、集中的，並且只有加以凝縮、集中後，其本來的特性，其本來的意味，始能較完整地表現出來，始能爲人所感受到。一部儒林外史，是把綿亘千百年，散佈全社會的知識分子在科舉下，由中毒而來的醜態，凝縮、集中在幾個人物，幾個情節上，表現出來；使模糊閃爍的這些醜態，得因此而明朗起來，確定起來，於是科舉下的知識分子的眞實，便容易爲人所把握到了。這是文學家通過創造的心靈，所創造出「原始資料」無法表現得出來的眞實。科學地眞實是由科學家的發明而見；文學地眞實，是由文學家的「發見」而得。而發見的最大工具便是想像。

二

文捷斯特所說的第三種想像是「解釋地聯想」。所謂解釋，主要是指向兩個方面。一是對於某種情境所含有的意味的解釋。哲學家對意味的解釋是通過思辯；文學家則常常是通過描寫，以使某種意味成爲人們容易感受到的具體形相。科學的意味，是由儒林外史所描寫的具體形相而得以表現出來的。把不易捉摸的意味加以形相化，只有通過想像才有其可能。所要表現的意味若是眞實，則爲了解釋這種意味所成立的想像也是眞實的。

解釋的想像所指向的另一方面，是人的行爲動機；由動機而銜接到心理狀態。爲了深入去把握某人何以會有某種行爲；尤其是何以會有與某外在的條件不相符應的行爲，這便自然而然地要求在行爲的動機上，心理上，作一番解釋；而這種解釋，通常只能通過文學家的想像得之；文學家之所以成爲文學家，便是在他不走科學的調查，實驗之路，而只憑自己由經驗、體認所積累的想像之力，以得到目前心理學家所無法得到的解釋。下面的故事，或者在我國是一個最早出現的例子。左傳宣公二年：

「宣子驟諫，公（晉靈公）患之，使鉏麑賊之（暗行刺殺）。晨往，寢門闢矣；盛服將朝（指宣子），尚早，坐而假寐。麑退而嘆，而言曰，不忘恭敬，民之主也；賊民之主不忠；棄君之命，不信。有一於此，不如死也。觸槐而死」。

後來有人對上面敍述發生了懷疑。因爲鉏麑行刺時所說的話，是誰人能聽到，而爲史臣所記載呢？在古代希臘的史籍中，也曾出現這種情形；卡西勒在其原人的「歷史」一章中曾加以解釋，我這裏不深涉到此一問題；而只指出：鉏麑受君命去刺殺趙宣子，何以有刺殺的機會，却自己觸槐而死呢？當時的史學家感到對此應加以心理上的解釋，便通過自己的想像而加以解釋了。這種由想像而來的解釋，在史學中是特例，但在文學中則是常例；此種解釋的眞實性，決定於所能解釋的程度。如果解釋得天衣無縫，使讀者所挾的疑團，渙然冰釋於不知不覺之中，這也是發現了一般人所不能發現的眞實。

還有，一般人的心理狀態，並不表現於行爲之上（語言也是一種行爲）；而「深層心理」，也不表現於一般意識活動之上。未表現爲行爲的心理，未浮上到意識層的深層心理，可能是人生中最眞實的一部份。對於上述的心理狀態，若通過想像的手段表達出來，這便近於一般所說的心理小說。不通過想像的手段，而要當下就深層心理的原有狀態表達出來，這便是意識流的小說和白日夢的詩。我在此處，不深入到這種問題的內部去；而僅指出，西方有人把意識流，白日夢的文學，稱爲「新寫實主義」；則通過想像以描寫這種心理的想像，也不能抹煞其眞實性。

三

最後，我要順便一提的是，有的研究西方文學的人，曾倡言「中西文學之不同，在於中國文學中的想像力的貧乏」。這一點，應分兩方面來了解。一方面是：在中國傳統文學中，實用性的文學——

序傳、論說、書奏等等，佔有很重要的地位；在這類文學中，當然不容許有豐富的想像活動。民初以來，因受西方文學的影響，許多人把這一類的文學評價得很低；而另標出「美文學」或「純文學」，以資與西方文學較一日的長短。但西方因報紙雜誌等的發達，實用性的散文，在文學中已日居於重要的地位，這已被西方的文學史家、文學理論、批評家所注意到了。所以中國文學保有實用性的文學傳統，並不是壞事。凡是拿西方文化中一時的現象、趨向，以定中國文化的是非得失，我願借此機會指證出來，這是相當危險的方法。

問題的另一方面，卽是就中國文學中的所謂純文學而言，若說它的想像力貧乏，等於是說中國文學的貧乏。因為沒有想像，便沒有文學。過去普及於社會大衆的「千家詩」的第一首程明道的「時人不識余心樂，將謂偷閒學少年」，時人對於程明道「傍花隨柳過前川」的看法，程明道只能在想像中得到。長恨歌的「回頭一笑百媚生，六宮粉黛無顏色，」楊貴妃初入宮時的傾動，白居易只能於想像中得到。說中國文學中的想像力貧乏，這是出於對文學自身的無知。但中國從西周初年起，已開始擺脫原始宗教而走向「人文」之路。印度佛教進入到中國後，也只發揮其無神論的一方面；並將印度的各種「大地震動」這類的奇特表現，逐漸轉變而為「平常心是道」的平常的表現。人文的世界，是現世的，是中庸的，是與日常生活緊切關連在一起的世界。在此種文化背景，民族性格之下，文學家自然地不要作超現世的想像；不要作慘絕人寰，有如希臘悲劇的走向極端的想像。中國文學家生活於人文世界之中，只在人文世界中發現人生，安頓人生；所以也只在人文世界中發揮他們的想像力。中國不發展史詩（詩經中便有不少史詩），是因爲中國的史學發展得太早。中國不出現悲劇，是因爲中國民族的性格，文化的性格，不願接受走向極端的悲劇。這其中沒有能不能的問題。我們鄉下流行一個故事，在演漢劇中的「司馬師逼宮」的一齣戲時，演司馬師的大花臉，演得非常逼眞，把皇后逼得走頭無路；有個看戲的農夫，檢起一塊石頭投上去，把大花臉的頭打破一個洞；這個農夫和許多鄉下人由此而消了一口氣。因爲「太過火了」。這個故事，未嘗不是一個意味深長的反映。假定說中國文學的發展受到了限制，乃是受到長期大一統的專制政治上的限制。我們不要把問題弄錯了方向。

趙岡「紅樓夢新探」的突破點

一

筆者在十六、七歲時看過一遍紅樓夢以後，便再不曾親近過它。但對時賢討論它的文章，我以如下的兩種心情，在容易入手的情形下，倒很留心閱讀。

第一，是爲了「看熱鬧」的心情。得胡適的提倡，幾十年來，以這樣多的人力來討論紅樓夢這一部書，其熱鬧的情形，幾乎可說是史無前例。尤其是在文化大革命以前的大陸。

第二，由胡適提出紅樓夢是曹雪芹自傳的說法後，除王國維外，所有的討論，都集中在曹雪芹的家世、生年、及脂評等考證上面。時賢在這方面的考證，引起筆者的興趣，想看看胡適的大膽假設是否能加以證明。

紅樓夢是曹雪芹所作，本不需要甚麼考證。任何文學作品總會融入作者個人的若干身世背景，也是理所必然，不需要甚麼特別考證的。問題却是，紅樓夢到底是不是曹雪芹的自傳？也就是說，紅樓夢是不是曹雪芹身世的自述紀錄？或者如趙岡先生在紅樓夢新探中所提出的，是否爲雪芹脂硯兩人的合傳？筆者站在文學創作的觀點上，對此類說法，始終有所懷疑。但文學創作的觀點，敵不過考證出來的事實。我既沒有時間，也沒有資料，投入到此一考證的旋渦裏面去浮沉一番，便只好注視這批紅學專家們所提出的資料，所投下的工夫，所得到的結論，自己却沒有直接發言的資格。他趙岡先生紅樓夢新探後出，能看到的資料，他都看到了；各種不同的說法，幾乎都批評到了。他本人也具有相當銳敏的考證能力，修正了此派中的許多說法。所以我便以他這部帶有總結性的大著爲對象，檢討此派在紅樓夢的研究上，到底有何成就。

趙先生此書的出發點是——

「自從胡適紅樓夢考證，認爲此書是寫曹家眞實事跡以來，此一原則性的斷定，已是堅立不移。以後雖有兩次小翻案，都未發生任何作用。」（一八〇頁）

在「寫曹家眞實事跡」的前提之下，進一步還要認定紅樓夢中所述的情節，皆係作者所親歷。否則不能算是文學的寫實主義。他們爲了證實這一點，便在「脂批」上下了很大的工夫。所以趙岡先生在提出上述「原則性的斷定」以後，便引用了八條「較簡短的批語，作爲例證。一八〇——一八一頁」趙先生對有脂硯、畸笏之名的批語，固然特別重視。對帶有感情性的批語，儘管無姓名，無年月，也盡可能的安排到脂硯、畸笏的名下。甚至於署著「松齋」名字的批語，有如「語語見到，字字傷心。讀此一段，幾不知此身爲何物矣」的一條，吳恩裕吳世昌都認松齋是敦誠四松堂集中所提到的白筠，因爲白筠的號是松齋。趙岡先生則以爲「這種深切的感嘆，不似出諸白筠之口，……其（白筠）盛衰之變，遠不及雪芹一家的程度。」所以不承認松齋卽是白筠，而是曹家的脂硯齋或畸笏叟。在趙先生心目中，只有曹雪芹的親屬，因經歷相同，才有與雪芹相同的情感。在這裏我可以首先提醒一句，以「脂批」來證明紅樓夢是曹雪芹的自傳或合傳，是根本不能成立的。因爲紅樓夢一書，經緯萬端，人物及人物的活動繁密；脂硯與畸笏，在批書時拈出與自己有關的若干條，卽使完全加以信賴（並不能完全信賴），也只能證明曹雪芹在創作的動機與過程中，取入了曹家的若干情節，以作爲創作素材的一部份。但脂硯畸笏兩人所拈出與自己有關的部份，較之未拈出的部份，可以說是微細得不成比例。這卽足說明，構成紅樓夢的最大部份，是與曹家無關的。並且若因爲脂硯畸笏有一兩處的感情深厚的批語，而卽斷定紅樓夢裏所寫的都是他們所經歷過的家庭事實，則爲甚麼不可以說紅樓夢裏所寫的，都是永忠的家庭事實呢？因爲永忠在曹雪芹死了的第五年有「因墨香得觀紅樓夢小說弔雪芹三絕句」中的第三首，分明說「都來眼底復心頭，辛苦才人用意搜。」這是說紅樓夢中所說的，與永忠自己所經歷，所看到的，是兩相符合。爲甚麼人們不能因此而把紅樓夢本事附會到永忠家世身上呢？說穿了非常簡單，偉大的文學作品，它的人物和情節，有高度的典型性、概括性，可以引起許多讀者的共鳴共感。這種共鳴共感的根源，不關作者寫的是某一、二人的具體事實。所以我們可以大膽的說一句，凡是以脂批來證明紅樓夢是雪芹的自傳或合傳，根本是不能成立的。即是，這一派在這一方面所下的工夫，大體上都是白費的。

二

周汝昌爲了證明紅樓夢是曹雪芹的自傳，但在年齡上又有矛盾，便只好在曹家於南京被抄家後，安上一段回北京以後的中興；紅樓夢所寫的是曹家中興的局面；中興後再抄了一次家，於是曹家前後被抄家兩次。曹家在北京中興，而且中興到有如紅樓夢中所描寫的氣勢；並且書中人物，把曾被及身抄過一次家的事，淡忘到沒有絲毫痕跡，這在考證上，在情理上，都不可能成立。於是許多人便從曹雪芹的年齡上想辦法。即是根據張宜泉「傷芹溪居士」詩的「年未五旬而卒」的自注，把雪芹的年齡提大到四十七、八歲，乃至四十九歲。這樣一來，雪芹在南京抄家時，是十三、四歲；於是雪芹便能經歷到一段「風月繁華」的生活，而把它寫了出來。趙岡先生走的是這一條路。據趙先生的說法，曹家抄家時，雪芹十三歲。但趙先生爲了加强自己的立場，又把他所考訂的脂硯即是曹寅的嫡孫曹天佑加到裏面去，而認爲「與其說紅樓夢是雪芹的自傳，倒無寧說是雪芹脂硯兩人的合傳」。但即使如此，也不能解決由年齡而來的矛盾。

周汝昌從敦誠輓曹雪芹詩「四十年華付杳冥」之句，而斷定曹雪芹死時年三十九歲，固然未免太拘。但因張宜泉的「年未五旬而卒」，卽斷定雪芹死時年四十七、八歲，乃至肯定的說成四十九歲，我認爲也很難成立。

敦誠四松堂詩鈔輓曹雪芹詩只有一首，第一句是「四十年華付杳冥」。但他的鷦鷯庵雜記鈔本，則有二首，第一首的第一句是「四十蕭然太瘦生」。四松堂集的一首，卽是由此第一首改寫而來，而把第二首删去（謂合併二首爲一首者非是）。問題是在敦誠爲甚麼要把「四十蕭然太瘦生」，改爲意義完全不同的「四十年華付杳冥」呢？趙先生的解釋是「敦誠原來在輓詩中要說『你這一生中吃了將近四十年的苦』。可是，事隔多年以後，敦誠爲了出版詩集，而將此詩加以修潤。可是他已經記不清原來的用意和雪芹卒時的年齡。他只是從字面上修飾一番，將『蕭然』二字，換成了『年華』，這樣一來，意義便大變。從原來的『吃了四十年苦』的意思，變成了『享壽四十……竟害得多少紅學家走了許多寃枉路』」。我看，趙先生的解釋太站不住脚了。第一，不是把「蕭然」兩字改成「年華」兩字，便意義大變；而是把「太瘦生」三字改爲「付杳冥」三字，意義才大變。這點可以原諒趙先生是出於一時文義的疏忽。但更重要的是：敦誠對自己「四十蕭然太瘦生」這句詩，指的是曹雪芹吃了四十年苦，他自己應當懂得。由這句詩，只能引起他對雪芹「太瘦生」的生活的回憶，怎麼會反而「他已經記不清原來的用意」呢？趙先生今日讀這句詩，尚知道作者原來的用意，怎麼作者看到這句詩時反而會忘掉了寫這句詩時的用意，這未免太說不過去。趙先生又說是敦誠在修潤時忘記了曹雪芹「卒時的年齡」，爲甚麼又偏偏寫上「四十年華付杳冥」的確實年齡呢？忘記了雪芹卒時的年齡，而又寫上卒時的「四十年華」的年齡，敦誠不至胡塗至此吧。

筆者也請教過潘重規先生，潘先生說是因爲原作八庚九青的韻互用，爲近體詩所忌，經修改後，在押韻上便沒有這種毛病。潘先生的解釋，較趙先生合理。但依然難使我接受。因爲調整韻脚，而不得不把原來說的是四十歲還辛苦活着的人（太瘦生），改爲四十歲便死掉了的人（付杳冥），古今恐怕沒有這樣低能的詩人。假定敦誠眞是這樣低能的人，則他的詩只是胡謅，根本沒有引來作甚麼證據的資格。何況互用改過的詩，依然是八庚九青的韻。

我可提出另外一種解釋。一般友朋來往，若非在某種情形下特別問及，恒不能互相知道彼此的年齡，尤以過去士大夫的來往，不論如何交好，總帶幾分矜持，更不容易知道彼此確實的年齡，而只能作約略的估計。就搜集到有關曹雪芹的資料看，他貧而好酒，生計一天窘迫一天，所以他的外貌，看起來比他實際的年齡爲蒼老。因此，當他初死，敦誠第一次寫輓詩時，心裏估計他的年齡一定有了四十好幾，而嘆息他過了四十年的苦生活，這便有「四十蕭然太瘦生」之句。等到雪芹死後，再加打聽，才知道他死的這一年，正好是四十歲，原來的一句，便不能不改了，這樣才改爲「四十年華付杳冥」。四十一、二，當然也可以說成四十。但雪芹若是四十一、二死的，則原來的一句，仍然可以成立，而不須要改，或者作其他的改法，因爲第二句已說的是死。敦誠可以不改而改，我們便只好接受吳恩裕周汝昌的說法，曹雪芹是活到四十歲死的。即是曹家被抄沒時，他只有四歲或五歲。明義「題紅樓夢」二十首絕句，據吳恩裕在「有關曹雪芹八種」的「明義及其綠烟瑣窗集詩選」一文中考證是寫於雪芹死前一、二年的。最末一首，說到雪芹自己。開首兩句是「饌玉炊金未幾春，王孫瘦損骨嶙峋」，下一句說雪芹的身體情況，與敦誠詩的「太瘦生」正合；可知裕瑞棗窗閒筆中說雪芹是「身胖、額廣、面色黑」，全出傳聞之誤。上一句是說雪芹享受繁華生活，並沒有幾年。「未幾春」三字，與抄家時雪芹只有四、五歲，亦完全相合。這句詩對雪芹的年齡的推論非常重要。但他畢竟過了四歲或五歲的繁華生活，於是敦誠贈他的詩還可以說「廢館頹樓夢舊家」，敦敏贈他的詩，還可以說「秦淮風月憶繁華」。有如我五六歲時在家裏放牛，假定有老朋友送我的詩說「三月春山憶放牛」，當然沒有甚麼不可。但紅樓夢中所描寫的賈寶玉的生活，便不能因此而一筆寫在曹雪芹身上。

性急的朋友當然會追問，「難說你可以抹煞張宜泉的『年未五旬而卒』的自註嗎？」是的，筆者沒有忘記。我認爲張宜泉並不知道曹雪芹的眞正年齡，只從他憔悴的面容，估計他死時有四十多歲。古人以五十爲下壽，他記下「年未五旬而卒」，其意乃在傷其不壽。並且同是曹雪芹的朋友，但對雪芹的年齡，有兩種不同的估計，我們便應考查誰與雪芹的交誼最密切，誰的估計便較爲可靠。張宜泉春柳堂詩稿，有「懷曹芹溪」，「和曹雪芹西郊信步憩廢寺原韻」，「題芹溪居士」，「傷芹溪居士」共四首七律。四首詩裏面，不僅不曾涉及雪芹的家庭生活，也未曾涉及雪芹自身困苦的生活及其個性。而從「傷芹溪居士」的詩中，也看不出他曾參加過喪事或上過墳。換言之，從張宜泉的詩看，只欽佩曹雪芹的詩（「君詩曾未等閒吟」）和畫（「門外山川供畫稿」），並未進入到雪芹的私人生活圈子裏面。但敦誠敦敏和雪芹的關係便完全不同。在他兩人的詩中，描寫出了雪芹狂傲的個性和艱苦的生活，及盛衰劇變的家世。敦誠「寄懷曹雪芹」詩「接䍦倒著容君傲，高談雄辯虱手捫」。「贈曹雪芹」詩「舉家食粥酒常賒」，「步兵白眼向人斜」，「何人肯與猪肝食，日望西山餐暮霞」。「佩刀質酒歌」裏「……曹子大笑稱快哉，擊石作歌聲琅琅……君才抑塞倘欲拔，不妨斫地歌王郎。」「荇莊過草堂命酒聯句」中「詩追李昌谷」註「曹芹圃」；「狂於阮步兵」註「亦謂芹圃」。並且在「寄懷曹雪芹」詩裏勸告雪芹「勸君莫彈食客鋏，勸君莫叩富兒門。殘盃冷炙有德色，不如著書黃葉村。」敦敏「芹圃曹君別來已一載餘矣……感成長句」中「秦淮舊夢人猶在，燕市悲歌酒易醺。」「題曹雪芹畫石」詩「傲骨如君世已奇，嶙峋更見此支離。」「贈芹圃」詩「燕市哭歌悲遇合。秦淮風月憶繁華。」而且在敦誠輓雪芹詩中，對雪芹的家庭生活，也知道得清清楚楚。在原作輓詩中「腸廻故虁孤兒泣（原注「前數月伊子殤，因感傷成疾」），淚迸荒天寡婦聲。」修改的輓詩中是「孤兒渺漠魂應逐（原註同上），新婦飄零目豈瞑」。並且「故人惟有青山淚，絮酒生芻上舊坰」，是曾經親身去上過雪芹的墓。這樣便會認識曹雪芹的遺孀。由此可知敦誠敦敏與雪芹的關係，不是張宜泉與曹雪芹的關係可以比擬；從敦誠口裏所說的雪芹的卒年，當然比張宜泉可靠。尤其是張宜泉在「傷芹溪居士」一詩後，春柳堂詩稿中便沒有再提到曹雪芹；而敦誠在「輓曹雪芹」詩後，還提到雪芹五次，即是在雪芹死後，敦誠還深情蘊結，歷久不忘，這便有打聽到雪芹確實的年齡，而將原輓詩加以修改的機會。

即使退一萬步，接受趙岡先生的曹家抄沒時，雪芹年十三歲的說法，並接受趙先生紅樓夢是雪芹脂硯合傳的說法，我認爲由胡適斷定此書是寫曹家眞實事跡的原則性的斷定，依然是「堅立」不起來的。若曹家抄沒時曹雪芹是十三歲，則「雪芹最可能生於一七一五或一七一六」（頁二八），經趙先生的考證，脂硯卽是曹顒的遺腹子曹天佑，生於一七一五年（頁二六）。是雪芹和脂硯，可以說是同年生的，或者可以說「隔年同」。筆者在這點上應提破的原因，是在於說明他們兩人的年齡，在與紅樓夢的情節關連上，可以說是「二而一」；凡脂硯的年齡可以關聯得上的，雪芹也關連得上。雪芹關連不上的，脂硯也關連不上。所以爾後在討論的進行中，只以雪芹一人爲對象。

三

曹家抄家是雍正六（一七二八）年正月的事，依趙先生的說法，此時雪芹十三歲。也卽是在雪芹十三歲時，大觀園的風光已經結束。雍正元年（一七二三）審查各織造府帳目，查出雪芹的父親曹頫，尙有虧欠，雍正交怡親王處理，怡親王奏請令曹頫以三年爲限，淸償虧欠。雍正二年正月初七，曹頫有奏摺謝恩說：

「今蒙天恩如此保全，實出望外……只知淸補錢糧爲重，其餘家口妻孥，雖至饑寒迫切，奴才一切置之度外，在所不顧；凡有可以省得一分，卽補一分虧欠。」

但三年限滿，曹頫並不能償淸，結果在雍正五年（一七二七）十二月二十四日下諭抄家，雍正六年正月初實行。抄的結果「止銀數兩，錢數千，質票値千金而已」（以上皆見趙著三〇——三五頁），這說明曹雪芹十歲左右，曹家已入窘境。若與紅樓夢關連起來，這應是屬於八十回以後的情景。也卽是說，曹雪芹在十歲時，已進入到紅樓夢的八十回以後了。

關於前八十回的時間，周汝昌「紅樓夢新證」第五章列有「雪芹生卒與紅樓夢年表」。該表從賈寶玉一歲列起。第九年賈寶玉遇上了秦可卿的弟弟秦鍾；第十年秦氏便死了。我們姑且以這個第九年爲賈寶玉開始登場活躍之年。在第九年後，周汝昌一直排到第十四年，他認爲恰合八十回的情節；卽是賈寶玉由初試雲雨情，開始活躍起來，到八十回完結，共有七年時間。把這七年時間，換算到曹雪芹身上，由十歲上推，他應當是三歲乃至兩歲時已初試雲雨情了，這簡直是大笑話。所以紅樓夢是自傳或合傳之說，從雪芹兄弟二人的年齡來說，壓根兒是不能成立的。

四

我對小說是完全沒有研究的人。但就常識說，假定一部小說值得稱爲文學作品，應當具備兩個條件：一是由「移感」而來的「共感」，一是由想像而來的構成。前者是創作者與欣賞者所同，後者是創作者所獨有。

「移感」是把自己的感情移向本來與自己不相干的對象上去，因而把自己化爲對象。同時也把對象的感情移向自己身上來，因而把對象化爲自己。這種感情的移出移入，大體是同時活動的。最顯明的例子是唐人的宮詞。例如有名的王昌齡的長信秋詞：

金井梧桐秋葉黃，珠簾不捲夜來霜。薰籠玉枕無顏色，臥聽南宮清漏長。
奉掃平明金殿開，且將團扇暫徘徊。玉顏不及寒鴉色，猶帶朝陽日影來。
眞成薄命久尋思，夢見君王覺後疑。火照西宮知夜飲，分明複道奉恩時。

寫這種宮詞的人，當然是由作者自己身世所感而引起的。例如王昌齡的宮詞多而且好，和他貶爲龍標尉的遇合有關係。但倘若他僅憑遇合的直感寫詩，便範圍狹小而氣象寒傖。他把自己的感情移向不幸的女子乃至其他不幸的對象身上去，便開闢了寫作的天地，深化了作品的意境。詩是如此，小說更是如此。在小說中所流注的感情，並非必須由作者親身經歷過的事情才可以發生。不過成功的小說中，一定有作者個人的背景，及由此種背景所引起的深厚感情。但若作者只能順着自己個人的背景感情寫成一部作品，這種作品，日本有一個特定名詞，稱爲「私小說」。寫得再好的私小說，在文學上的地位也不高。

移情的擴大，便成爲「共感」。所謂共感，是作者於不知不覺之間，以社會上某一方面的共同感情，成爲自己的感情。正如毛詩正義所說「詩人攬一國之意以爲己心」；「詩人總天下之心，四方風俗，以爲己意」。作者的共感愈深愈廣，則他的作品所引起的感染力愈大。所以共感是測度一部作品價值的基本條件。

移情共感的歷程，卽是發揮想像力的歷程。移情共感的程度，卽是想像力發揮的程度。沒有想像力便不能構成任何純文學的作品。白居易長恨歌說鴻都道士在海外神山上找到了楊貴妃的住處，而叩門求見時，描寫楊貴妃的反應是：「聞道漢家天子使，九華帳裏夢魂驚。攬衣推枕起徘徊，珠箔銀屏迤邐開，雲鬢半偏新睡覺，花冠不整下堂來。」這只是把由一副凄艷的共感所引起的凄艷的想像描寫出來，使讀者感到是眞實的場面。

作者的背景，只能成爲創作中的「引子」，決不能成爲作品中的構成骨幹。作品的構成骨幹，主要是憑想像力而來的。

這裏，對於小說的取材，還應當稍作原則性的說明。西方的文學批評家中，有一句很有名的話，卽是「小說是人生的實驗」。這裏的所謂「實驗」，乃指科學的實驗而言。在自然界中出現的某種現象（如天空閃電），並非經常出現。因爲這種現象，只能出現在某些條件之下；而某些條件，並不經常存在，且有其他的條件相混淆，相抵消。科學家在實驗室中，安排好可以使某種現象出現的條件，而將不需要的，乃至相抵消的條件排除掉，便可將自然界中出現的某種現象，在實驗室中使其隨時出現，於是這種現象，便成爲科學家所控制。假使在實驗室中實驗失靈，這是說明應有的條件未能具備，不應有的條件未能排除，只好從這方面着眼重新裝置。

沒有「人生觀」的作者，不能成爲有文學價値的文學作家。人生觀的形成，是由作者的各種因素所凝聚。作者的人生觀，常卽形成一部小說的主題。小說的結構，卽是主題的發展。作者的人生觀，在現實人生中有其實現的可能，但並非作集中的出現；更不能實現到作者所要求的深度。作者在一部小說中，把現實人生中可能實現，分散實現，敷泛實現的人生某一部面，憑想像、構成之力，使其以集中、具體而深刻的形式實現出來，也等於把某種現象，在實驗室中實驗出來，是一樣的。所以人生的實驗，同時可以了解，這卽是所謂「文學是人性的發掘、發現」。其對人類文化的貢獻在此。因爲如此，所以這類小說的取材，絕大部份，並不離開現實，但可說沒有一個現實的材料，能完全合於作者的要求，而可以原封不動地使用。作者須憑觀察與想像之力，把許多現實材料加以分解、揀擇、增删，而重新加以融合，以適合於他所要求的人生實驗的目的。

所謂文學藝術的寫實主義，指的是把現實的人生、社會，深刻的描寫出來，而不隨便把它的黑暗面加以美化。並不是指的作者應作「自傳」「合傳」的描寫。否則是屬於歷史而不屬於小說。不過蘇聯的革命初期，把寫實主義與浪漫主義，嚴格地對立起來。但不久以後，便承認一部偉大的小說，必定在寫實中有浪漫的理想成分，在浪漫中有寫實的能力。紅樓夢正說明了此一點。

上面所說的，都是文學上的常識。但自胡適起，紅樓夢考證這一巨大的派系在紅樓夢的研究上，似乎都忽視了上述的常識；掛出「科學考證」的招牌，非把紅樓夢貶成私小說不可。並且把由閱者所引起的移情、共感而來的批語，一概認爲非批者親身經歷過，便不能寫出，而加以誇大，以作爲自傳或合傳的證明，這便把紅樓夢的感染力也抹煞了。以這樣大的人力，費了幾十年之久的紅學家的工作，站在文學的立場，幾可稱爲紅樓夢的一刧。其實，趙先生因用力勤而目光銳，也摸到了這一點。

他說「雪芹的另一秘法是張冠李戴，書中人物的親屬關係，與實際曹家上世的親屬，大都脗合。但是書中人物的事跡，與眞實人物的事跡又不符」（一九六——七頁）。趙先生不能從此處更進一步，以接上一位偉大文學家在創造歷程中所發揮的因想像而來的構成技巧，而只認爲是傳記的一種秘法。這些年來，西方對莎士比亞的有無其人，及其人的身份，創作經過，引起了熱烈的討論與追尋。爲了揭開底牌，不惜把被懷疑的墳墓也掘開來考查一番。但有誰人從他的作品上去證明他的身世呢？

五

對紅樓夢的背景的研究，屬於史學的範圍，此一工作，也有它的重要意義。但因爲胡適一開始便把小說作品當作自傳的史學作品，於是從這一錯誤前提出發的考證，根本不了解中國「疑以傳疑，信以傳信」的偉大史學傳統，在追求歷史眞實上的偉大意義。不僅在材料的處理上生吞活剝，牽强附會，並且爲了預定前提的要求，不惜憑空揑造曹家的歷史，暴露出在「科學考證」招牌下的最不科學的考證。趙先生的新探，對此類情形，倒矯正了不少。但他自已依然保留或新加上不少的錯誤。下面大體上按照原書的順序，把與紅樓夢直接有關的若干部份，約略提出來討論一下。

趙先生說：

「康熙在位時一共南巡六次……但以後四次南巡，都是曹寅在南京接駕，康熙皇帝，住在江寧的織造府時，爲了籌備接駕及佈置行宮，曹寅曾化了大量金錢，極盡奢侈之能事。這時，南京的行宮，只是臨時暫設的。皇帝南巡事畢，曹家的家眷就住進這規模相當於行宮的宏麗府第。其中的許多設備器用，還都是供奉皇室應用的那套。曹寅本人也培養出一種很高的胃口，日常飲食都是極考究的。」趙著（十四——十五頁）

趙先生上面的話，對曹寅四次迎駕，極盡奢華的敍述，是可信的。說皇帝南巡事畢，便把自己的家眷住進去，繼承皇帝的享受，是憑空造出，而且造得非常不合理。

按曹頫抄家後，把他的住宅賞給了隋赫德，共接受了十三處房屋。並且趙先生也承認隋赫德所建築的隋園，是「就曹家的某一處較大的住房改建而成，後來爲袁枚買得」（一八四頁）。這十三處房屋，是私人住宅，當然不能把織造府包括在內，因爲是一公一私。這十三處房屋，應當是曹寅傳下來的。曹頫短期任職，債務累累，不可能新造房屋。曹寅本有私人住宅，爲甚麼要把家眷搬進屬於公家性質的織造府居住？

更重要的是：曹家在皇帝面前的地位，不過是家奴。皇帝住過的地方，用過的器物，不僅家奴的眷屬不敢沾邊，地位再高的臣僚，非得皇帝的賞賜，又敢沾邊嗎？趙先生此一揑造，太違反皇朝的禮數了。

但趙先生爲甚麼有此種特異的說法呢？是爲了支持他認爲大觀園乃是江南織造署的主張。曹寅在織造署的辦公與遊宴的地方是西堂，並且還有個西園，都不能支持大觀園卽是織造署的說法，因爲這是曹寅活動的天地，按照此派的說法，卽是賈政活動的天地，而不是賈寶玉們活動的天地。尤其是它的規模氣象與大觀園不相稱。只有把供應康熙皇帝南巡起居飲食的地方，說成曹家眷屬的住宅，才可以支持織造署卽是大觀園的說法。

現在又進一步追問趙先生何以主張織造署卽是大觀園呢？因爲大觀園是爲了元妃省親而造；而有一句批語是「假省親寫南巡」；因省親而造大觀園，因南巡而大造織造署，自然推想到織造署便是大觀園了。紅學家們中毒最深的，便是把批書人估計得過高，因而對批語信賴太過。其實，與曹雪芹有關的批書人，多乃窮極無聊，程度幼稚，並不能了解曹雪芹寫書的眞意所在。康熙六次南巡，其中有曹寅迎駕四次，已借甄家口裏說出了。皇帝的身份、氣派，是一個妃子可以相比的嗎？元春是賈政的女兒，省親是回娘家看自己的祖母、父母和諸昆弟妹，曹雪芹能把康熙比作祖父的女兒，自己的姑媽，因而把南巡與省親，等量齊觀嗎？尤其是曹雪芹寫元春省親的深意，亦卽是此一段情節的主眼，乃在元春回到家中，受了父母及家人的朝拜以後，却放聲一哭。在元春放聲一哭中，把當時沉迷的天恩、富貴等愚昧卑劣的心理，都消散到九天雲外，立刻顯出一副悲凉悽愴的景象。這不是文學的大天才，決不能達到此種境界，運用到這種幻化而眞實的技巧。大家試把十八回平心靜氣的玩索一番，應當可以承認批者的幼稚無知。我這裏只擧此一例。

趙先生對大觀園却有一段有意義的敍述。趙先生說：「俞平伯顧頡剛當年討論紅樓夢時，已經指出書中所寫房屋構造，紙窗糊裱的方式，磚坑的位置等，都是北方房屋的特徵。北京有花枝衚衕，書中也有花枝巷。周汝昌相信書中大觀園的楡蔭堂、嘉蔭堂，及怡紅院中的焦棠兩館，都是敦誠家中的景色。稻香村之命名，則來自傅鼐的稻香草堂。天香樓一名，在雪芹朋友張宜泉的春柳堂詩稿中就曾二度出現。……」這些說法，都可以承認。但應進一步指出，大觀園的取材，可以取自南北各大宮室庭園；但它決不是專模寫南北某一宮室庭園，而是出於曹雪芹的重新構造。道理說穿了很簡單，大觀園是專門爲一羣兒女嬉遊之地而構想出來的。這是以少女爲中心，與少女的情懷、情調相適應而構想出來的。試問北京的恭王府，南京的隨園乃至行宮，以及任何豪華的宮室庭園，會出於此種動機，合於此種要求嗎？雪芹爲甚麼要說是爲了元春省親而造呢？不設定這樣的前提，而造出這種專以少女活動爲中心的天地，卽使再有錢的人家，也有點近於神經病了。曹雪芹需要這樣的一個以少女爲中心的活動天地，需要這樣的一個大觀園，便設定這樣一個前提，才不至過份突出以致脫離了現實。他的取材，以北京的宮室庭園爲多。但周汝昌們要在恭王府故址建立曹雪芹的紀念亭，眞可謂其愚不可及了。

六

敦敏「贈芹圃」詩中有一聯是「燕市哭歌悲遇合，秦淮風月憶繁華」；上句的所謂「哭歌」的「歌」，乃「慷慨悲歌」之歌。「悲遇合」，乃是悲其可悲的遇合，即是現在之所謂「到處碰壁」的遇合。所以上一句是指雪芹回到北京以後的生活潦倒，下一句是指雪芹幼時尚趕上了他家世的一段繁華生活；兩相對比，以加深感嘆的氣氛，本不指某一件特定事情。但趙岡先生把「燕市哭歌悲遇合」的一句詩，完全理會錯誤了，而憑空造出「他（雪芹）大概結婚較晚，他的原配也許是南京時期的一門老親戚。後來同遭敗落。過了十幾年，雪芹與這門親戚在北京偶然重逢，便娶了他的女兒……（引上一聯詩）這一定是一次非常戲劇性的『遇合』，碰到的是當年南京的故舊。也就是『秦淮舊夢人猶在』的『人』，我們猜想這就是雪芹的岳家。婚後不久，雪芹就失了業，於是寄居於岳家。這大約是乾隆十四年的事。雪芹已經有三十五歲左右了。此時雪芹一來是失業後閒居無事；二來是這次的『遇合』，又勾起他無限感慨，新愁舊恨，齊集心頭，於是便開始撰寫紅樓夢……」，這從趙先生大著六十八頁到七十頁約一千三、四百字的情節，完全是建基於一句詩的誤解所臆造出來的。至於敦敏另一首詩的「秦淮舊夢人猶在，燕市悲歌酒易醺」，意境與前引一聯相同，只不過把次序顛倒了一下。上句的意思是說，「曾經歷過秦淮舊日繁華之夢的人，依然還活着。」」這個「人」當然指的是曹雪芹，怎麼可以扯到雪芹的岳家裏去呢？並且前引敦誠「寄懷曹雪芹」詩謂「勸君莫彈食客鋏，勸君莫叩富兒門。殘盃冷炙有愧色，不如著書黃葉村」；由此可知雪芹是在北京當過人家的食客，但決不是他的岳家。「黃葉村」指的是他在西郊外的荒寒的住宅；這說明雪芹只有住在自己家裏才好著書；和趙先生爲他所安排的恰恰相反。至於趙先生把紅樓夢第一回中所寫甄士隱寄居岳家的情形，硬塞在雪芹和雪芹的岳父身上，未免太大膽了。還有趙先生費了很大的篇幅，考訂上詩中的另兩句「當時虎門數晨夕，西窗剪燭風雨昏」；而斷言由這兩句詩，知道雪芹和敦誠兄弟是在考試的時候認識的。等於說在美國博士口試的前幾天，和另外兩位要應口試的人士，還彼此朝夕談天，因而成爲好朋友，大概是不可能的吧。這也是由誤解詩意而想出來的說法。

這裏順便提到雪芹的著作年代問題。趙先生在上述情節中說「紅樓夢之創作，始於一七四九（乾隆十四年），到一七五九（乾隆二十四年）爲止，前後共歷十年。一七五九以後，則全部停頓」（六九頁）。又說「雪芹一共增刪五次，脂硯也評閱五次，這不是偶合。最後一次的增刪與評閱，都是在己卯年（一七五九）。該年初，雪芹第五次也是最後一次增刪完畢」（一〇一頁）。趙先生是最信任脂批的。甲戌本石頭記第一回中的第二條眉批中有謂「……壬午（一七六二）除夕，書未成，芹爲淚盡而逝……」，趙先生以此批爲根據而相信曹雪芹是死於壬午除夕；但爲甚麼又不相信「芹爲淚盡而逝」，却斷定在死以前的三年時間，雪芹對此書未曾作增刪飾潤的工作呢？總緣趙先生喜歡把不能確定的事情，一定要憑臆想來確定，確定雪芹這中間到蔚縣去教書去了。

這裏順便把書名的問題也提出來談談。原來庚辰（一七六〇）本的第一回中對於書名只說到石頭記、情僧錄、風月寶鑑、金陵十二釵等四個名稱，而無紅樓夢的名稱（各本略同）。據趙先生說「畸笏在新定本此處，又加上兩句『至吳玉峯題曰紅樓夢。至脂硯齋甲戌（一七五四）抄閱再評，仍用石頭記』。吳玉峯就是畸笏自己。……他的建議，在甲戌年（一九五四）以前曾被接受，這就是『至吳玉峯題曰紅樓夢』的那一段歷史……己卯（一七五九）本第三十四回尾有『紅樓夢第三十四回終』。又前引第二十一回首總評所提及曾有『客題紅樓夢』之律詩一首……這些都可證明己卯前確曾一度用『紅樓夢』作爲此書的正式題名。這個名稱在甲戌年（一七五四）被『石頭記』一名所取代。到了丁亥（一七六七）年後，畸笏決定重新將書名正式改爲紅樓夢」。

這裏我想指出的是，畸笏叟決不是如趙先生所說的是曹雪芹的父親曹頫，此處只題破，不深入細論。而吳玉峯是畸笏叟的說法，也毫無證驗。若如趙先生之說，則批語應爲「至老朽題曰紅樓夢」，何必忽用此一見不再見的「吳玉峯」的化名？趙先生在本書中認爲八十回的抄本，皆是從畸笏叟手上流通出來的。何以可以看到的八十回本，皆稱石頭記而不稱紅樓夢？我的看法，雪芹對自己的作品，本擬有幾個名稱，如石頭記、情僧錄等，紅樓夢也是原擬名稱之一，有正本第五回說賈寶玉夢遊幻虛仙境，中有「又有十二個舞女上來，請問演何詞曲。警幻道，就將新製紅樓夢十二支演上來……說畢，命小環取了紅樓夢原稿來遞過」。由此可知「紅樓夢」一名，乃雪芹原書所固有，並且出現在暗指金陵十二釵的緊要地方，則可見曹雪芹很重「紅樓夢」的名稱。「紅樓」是象徵人世繁華生活，「紅樓夢」乃點醒繁華不過是一個夢，乃指一百二十回的全書而言。但因後四十回的「礙語」太多，所以到了甲戌，脂硯齋爲了避禍，主張將後四十回隱秘起來，僅準備將前八十回問世，便建議將書名定爲石頭記。己卯本尚有紅樓夢一名的痕跡，乃改而未盡的原故。但一七六一年明義所看到，及一七六八年永忠所看到的，（一三四——一三五頁）却是全書，故其題詩皆稱紅樓夢。總之，就全書言，則稱紅樓夢，因爲此夢至全書收尾處始見。僅就八十回言，則夢境尚未點穿，故只稱石頭記。但此亦係推測之辭，提出以備一說。

七

這裏再提出一個問題來討論。

趙岡先生說「在庚申本第十七、十八回說寶玉『三四歲時已得賈妃（元春）手引口傳』。這一句造成紅樓夢上的兩大疑案。第一，在第二回中，冷子興說賈元春只大寶玉一歲。到了此處，賈元春又變成了寶玉的啓蒙老師……」趙先生爲了解決此一年齡上的矛盾，便費很大的氣力與篇幅，證明賈妃指的是嫁給平郡王納爾蘇的曹寅的長女；而比她小一歲的不是曹顒便是曹頫；曹寅的長女對他兩人都沒有當啓蒙老師的資格。至於當啓蒙老師的則是曹顒的妻在一七〇九年所生的一個女兒，未嫁而卒；她比脂硯（曹顒的兒子）大六歲。所以賈妃（賈元春）的故事，乃是曹寅的長女，與曹顒的未出嫁卽死去的女兒的合傳。比寶玉大一歲的賈妃，指的是曹寅的長女與曹顒或曹頫的關係。當寶玉啓蒙老師的賈妃，指的是曹顒的未嫁而死的女兒與曹顒的遺腹子曹天佑（脂硯齋）的關係。曹寅的長女與曹顒的女兒，是姑侄的關係。曹顒或曹頫與曹天佑，是父子或叔侄的關係。所以賈妃是姑與侄的合傳；而此處的寶玉，則是父子或叔侄的合傳。這樣，趙先生便算把年齡的矛盾解決了。（以上皆見原著一六六——一七三頁）

但令我大惑不解的是，曹顒未嫁而死，未死前曾當她弟弟曹天佑的老師的女兒，完全是趙先生爲了解決賈妃年齡上的矛盾問題所憑空想像出來的。文學可以想像爲事實，史學則絕對不許可。還有，小說中的人物典型，可以融合許多人的因素、條件以構成一個人，但融合的因素，乃是從現實而具體的人中間分解了出來，抽象了出來，再構造成爲統一而有血有肉的具體的一個人；所以作家在寫的時候，每一個人，只作爲一個人的單元去寫。把具體的兩個人揉合寫成一個具體的一個人；尤其是把上下兩輩的兩個具體的人寫成具體的一個人，曹雪芹恐怕不是這種粗劣的小說家吧。因此，曹先生合傳之說，很難成立。

八

其實，此處賈元春與賈寶玉的年齡的盾矛的問題，乃是一個版本上的問題。一般的鈔本，在第二回冷子興的口中說賈政「第二胎生了位小姐，生在大年初一（指元春），這就奇了。不想次年又生了一位公子（指寶玉）……」。賈元春比寶玉大一歲之說，由此而來，這便與十八回說寶玉「三四歲時，已得賈妃（元春）手引口傳」，發生了年齡上的矛盾。但與曹雪芹原著最接近的有正本，冷子興的話却是這樣說的：「第二胎生了一位小姐，生在大年初一日，就奇了。不想後來又生了一位公子。」一般鈔本上的「次年」，這裏却是「後來」；「次年」是有定限的，「後來」是無定限的。這便怎會有年齡上的矛盾？不知甚麼缺德的人，隨手把「後來」兩字改爲「次年」，以致害得我們的紅學家們絞了不少腦汁去解答此一問題；逼得趙先生憑空爲曹顒添一位未嫁先死的賢淑小姐，眞是太寃枉了。一般紅學家，都非常重視版本，却是爲了在不十分可靠的批語上去攢牛角尖，把正文反置之不問，這種研究方向上的偏差，還不值得反省嗎？

紅學家因認定紅樓夢是曹雪芹的傳記或家傳，便拼命在脂批中找證據；於是脂硯齋畸笏叟到底是甚麼人？更成爲要解決的前提條件。「新探」的第二章第二節「脂硯齋與畸笏叟」，便是趙先生所提出的答案。趙先生在這一節中，以犀利的眼光與手法，破除了許多爭論不休的怪論。但趙先生所立的新說，也包含有許多問題，尤其是趙先生對許多批語作了牽强附會的解釋等問題。我這裏只提出兩點來討論。趙先生首先從確定曹家的人數着手。他說「現在我們再數南京曹家在乾隆二十幾年尙能在世的幾個正生子。從宗譜和脂批來看，只能有四個人：曹頫、曹天佑、曹雪芹和雪芹之弟棠村」；趙先生在此一基礎上，用數學的消納法，而確定脂硯齋是曹天佑，畸笏是曹頫。但我要指出，由宗譜不能確定曹家此時的人數。因爲曹雪芹及其弟棠村，皆不在宗譜之內；則由此可以推測到，可能還有不得意的人，也未列入宗譜之內。由批語更不能確定曹家的人數，因爲曹家並非每人皆非與批書一事發生關係不可。把兩個不能確定人數的資料加在一起，乃是「不確定數」加「不確定數」，依然還是「不確定數」。這樣一來，趙先生所用的消納法，乃是在不確定數的不確定的範圍之內所用的消納法；由此所得出的脂硯是甚麼人，畸笏叟是甚麼人，其根據是非常薄弱的。我們只能從相關的批語看，批書的脂硯齋，與畸笏叟，是與雪芹關係密切，而且係非常潦倒的「廢人」。但憑甚麼可以斷定脂硯齋卽是曹顒的遺腹子曹天佑呢？氏族通譜記得淸淸楚楚的「曹天佑，現任州同」（第五頁）。曹天佑任州同任了多久，爾後還是升遷或罷黜，皆無可考。但他曾實任過州同，是無可懷疑的。這與脂硯齋在批語中所流露出的寒酸氣，能符合無間，而可斷定其爲一人嗎？

將畸笏叟說是曹雪芹的父親曹頫，尤不合情理。中國過去的習慣，一個人到五十歲左右，便可以稱叟稱老，所以在叟字上老字上沒有甚麼特別文章好做。就常情言，曹頫對於自己的兒子的小說，若是有興趣加以批閱，應當畸笏叟的批語，出現在他的侄兒曹天佑（脂硯）批語之前。但據趙先生的考證，爲甚麼在一七六二年以前的是脂批，而在一七六二年以後，才出顯畸笏叟的批呢（見一四七——一四八頁）？其次，若雪芹死後，其父活了很久，且爲之批書，流通書，則何以在有關雪芹的資料中，沒有他父親生存的絲毫痕跡？而敦誠在輓雪芹的詩中，提到他死去的孤兒，生存的新婦，却沒有提到老年喪子的曹頫，未免太不近情理。

趙岡先生就批語中擧出畸笏即是曹頫的第一個證據，是甲戌本第一回有「其弟棠村……」一條批語。趙先生認定：「如果把雪芹算成曹頫之子，脂硯算成曹天佑，脂硯有資格說這句話。此是雪芹和棠村都是他的堂弟，他可以說『其弟棠村』，而不說『吾弟棠村』。此時曹頫也有說這句話的資格。雪芹與棠村，都是曹頫之子……說『其弟棠村』，就如像說『芹兒他弟弟』，『芹兒他媽』，是同樣方式。」對於趙先生的解釋，我覺得有點奇怪。「其弟棠村，」繙成俗體，即是「他的弟弟棠村」，除雪芹本人以外，任何人皆可以這樣說，我們今日也可以這樣說。若認爲只有曹天佑和曹頫兩人才可這樣的說，在情誼上便很不自然，因爲這句話，是與雪芹沒有骨肉關係的第三者的口氣。趙先生繙成「芹兒他弟弟」，未免太牽强了。趙先生另引的其他幾條批語，曹家任何年長的人，乃至曾爲曹家管過事的老人，都可以派用得上，只有派不上曹頫。並且有的批語，只是在精神不太正常的情形下，胡亂向自己的臉上貼金的。例如趙先生所引「甲戌本第三回，寫黛玉被領着去見賈赦，賈赦讓人告訴她『老爺說了，連日身子不好，見了姑娘彼此倒傷心。』其上有眉批『余久不作此語矣。見此語未免一醒』」，是批者以賈赦自居。賈赦是賈政的哥哥。趙先生們把小說中的賈政，說成是曹雪芹的祖父曹寅；所以批者是以曹寅的哥哥、雪芹的祖父輩自居。不論曹寅有無此哥哥，但若如趙先生所斷定，此批者是畸笏叟，卽是曹頫，他是曹寅的過繼子，突然以曹寅的哥哥自居，豈不奇怪？我以爲這條批語，可能是看入了迷的「移情」作用，有如男讀者自己認爲是賈寶玉，女讀者認爲自己是林黛玉一樣。但考證者不應對這種批語着迷。

又如趙先生引「甲戌本第二回，『身後有餘忘縮手，眼前無路想回頭，』句旁夾批云『先爲寧榮諸人當頭一喝，却是爲余一喝』，完全是一派家長口氣，引咎自責。」按此批中之「余」，分明是寧榮諸人以外之一人；則此批語並非出於曹家任何人之手。若是「家長」，不能說是曹家的家長，更不能說是曹雪芹的父親。

總之，從有關的批語看，只能證明脂硯齋畸笏叟，是與曹雪芹有關的兩個窮愁潦倒的本家；只能證明紅樓夢中確實有若干曹家的背景；只能斷定對脂硯們所作的某些推想是錯誤。但不能確指這兩人是曹家的甚麼人，這是研究歷史者所常遇到的無可奈何之事，除非更有新材料的發現，斷不可憑空捏造材料來塡補空缺。並且從他們的批語看，絕對多數是酸腐無聊的話，決不能了解雪芹創造的心靈與技巧於萬一。雪芹只是在孤寂的感情中，虛與委迤，決不會把他們的意見放在心裏，除了秦可卿的特殊一幕外。但由胡適到趙岡先生，都認爲曹雪芹不是創作，而是自傳，是回憶錄；雪芹個人回憶不完全，便要拉着他們來共憶，於是紅樓夢變成了他們四個人的共同作品，未免太委屈了曹雪芹和他的作品了。並且曹雪芹的紅樓夢，一定對滿淸的統治及在統治下的滿淸貴族生活的黑暗面，有所暴露。從他的「白眼向人斜」的性格，及他家世的遭遇和他自己的遭遇看，從一顆偉大的文學心靈在時代的活動中看，必然要推論到這一點。他生當文字獄異常劇烈的時代，他的增刪五次，不一定是如趙先生所說的，先寫成情節簡單的底稿，再逐漸增加情節；這是以現時寫論文的方式去推論他的寫作情況。就他把「纂成目錄，分出章回」的工作，放在最後一步來看，他很可能是像司馬溫公著資治通鑑一樣，先把要寫的寫成「長編」，再一次一次的作增刪的工作。在五次的增刪工作中，除了技巧性的要求以外，如何以更深更秘的方式避免文字之禍，我想是一個重大的要求。我十五年前寫政論文章的時候，也常經歷到這種心境。但曹雪芹決不能放棄他這出自心靈深處的嚴肅要求，而忍心抹煞自己寫作的意義，乃至自己存在的意義。但若如趙岡先生的考證所得，批書的人，只以利害之心，並無痛癢相關之感，却在這方面大加手脚；尤其是畸笏叟着手於雪芹已死之後，推銷開始之時，對其中「礙語」的刪除，恐怕更盡了一番力量。紅樓夢傳開後，多在滿洲貴族及大官僚圈子中流轉，他們對它是又愛又怕，可能又隨手做了不少的刪除「礙語」的工作。有正本第一回中的「再細閱一遍，因見上面雖有指奸責佞，貶惡誅邪之語，亦非罵世之旨」，在「乾隆抄本百二十回紅樓夢稿」中却成爲「想這石頭記亦非傷時罵世之旨」（我手頭無其他版本可資比較），由此我們不難推想，紅樓夢經過脂硯諸人之手，以致遍體鱗傷的情形。有人生怕把紅樓夢說成政治小說，以爲一說成政治小說，便低估了它一樣。人生的遇合，男女的悲歡，深入到專制時代裏面去，誰能逃脫政治的羈網而無所動心呢？紅樓夢一書，是由刻骨銘心的愛情，與刺骨傷肝的世網（包括政治），交織在一起而成，所以他才有這麼大的感染力量。但世網的一面，却被剝蝕殆盡，這才是我們今後探索的方向。世少積學眞知之士，大家只能隨着風氣流轉。我也不贊成蔡元培的「紅樓夢索隱」，但他因此事寫給胡適的一封信，對文學的見地，比胡適高明得太多，今人又有誰敢去提起呢？

九

現在談到趙先生的「紅樓樓的素材與創作」一章中的若干問題。這章是趙先生研究前八十回的結論。

趙先生承認「紅樓夢是以曹家史實及雪芹個人經歷爲骨幹和藍本，然後加以穿插、折合」的說法；並認爲雪芹爲達此目的，運用了南北互調等六種手法和技巧。這比胡適、俞平伯、周汝昌們，已大大地前進了一步。裏面關於大觀園的問題，前面已經談到。趙先生認爲書中談到甄家的事，都是眞的。在我的印象中並不是如此，這只要把甄寶玉的一帆風順的情形稍作對照即可明瞭。並且說眞便是眞，說假便是假，世間亦少見此類笨人。趙先生認爲賈府的故事，是曹家故事的僞裝。「僞裝手法之一就是將曹家的政治地位，在書中加以昇格，」由家奴昇爲開國功臣。將曹寅的長女嫁爲郡王的福晉，昇格爲皇妃等。但趙先生也承認書中的寧榮二府，在江南曹家却怎樣也找不出寧國府來。趙先生的基本看法，乃是來自曹雪芹的創造動機與對象，只限定在自己家世之內；對他在北京所目擊的許多滿洲貴族的昇沉興廢，却毫不動心，不會凝注到自己的心靈，重新加以構造。所以只有玩弄這類的僞裝的手法，爲自己的祖先、姑母吹大炮。並且僞裝得行輩錯亂，姑母又可以當作姐姐等等。我不知道趙先生何以如此低估曹雪芹的創作範圍，是這樣的狹隘？而僞裝的手法，又是這樣的拙劣？在兩百年以前，把自己的前輩說成晚輩，把晚輩說成前輩，不是一個心理正常的人所能安心的。尤其是曹雪芹，若是按照趙先生所說的六種手法來寫他與脂硯的合傳，及對家世的回憶錄，可以說這是顚倒錯亂到無可原恕的合傳、回憶錄。既不是文學，也不是史學。曹雪芹會是這樣的一塊廢料嗎？

趙先生認爲王熙鳳的家庭背景是李煦；而賈璉帶着王熙鳳到榮國府管理家務，卽是曹頫被曹寅帶到江南長大，隨後過繼給曹寅爲子。曹雪芹可能用了李煦的情形作引子。但若以爲賈璉就是曹頫，王熙鳳便是曹頫的太太，亦卽是曹雪芹的母親；不僅輩派排不下來；而且雪芹對自己的母親，作那種狠毒淫蕩的描寫，是可能的嗎？所以王熙鳳的人物，是以許多素材爲背景所創造出來的人物。

趙先生對薛姨媽，薛寶釵家世的「皇商」、「行商」，考證得甚爲正確詳明。我承認曹雪芹是吸收了「皇商」、「行商」的素材。並且趙先生此處的考證非常重要。卽由此考證，而更可認淸紅樓夢成書時的一種背景，也更確定了紅樓夢成書的年代，是不可以隨便上下移動的。但薛姨媽薛寶釵這一批人，依然是創造出來的。所有的重要人物，都是吸收了許多素材而重新創造爲一個典型。若必指實爲現實中的某人，便是痴人說夢了。趙先生說紅樓夢是曹雪芹脂硯兄弟兩人的合傳，這樣一來，由初試雲雨情，與秦鍾的同性戀，一直到與薛寶釵的結婚、生子，都是這對難兄難弟的合作，未免太可笑了。趙先生並以雪芹「身胖、額廣、面色黑」，與書中賈寶玉的相貌完全相反。書中第三回寫寶玉的面貌是「面若中秋之月，色若春曉之花」，因旁邊有「少年色嫩不堅牢，以及非夭卽貧之語，余猶在心，今閱至此，放聲一哭」的批語，趙先生認爲「此處明白表示寶玉乃批者之寫照」，亦卽是脂硯的寫照。「色嫩不堅牢」就合於「面若中秋之月，色若春曉之花」的條件嗎？曹雪芹何以把寶玉寫得這樣漂亮，因爲他是通靈寶玉的化身。有正本第一回敍一僧一道「席地而坐長談，見一塊鮮明瑩潔美玉」（現通行本改成「石頭」）。這樣的美玉，下凡歷刦爲人，怎能寫得不漂亮。這完全是出於「人生實驗」上的要求，與脂硯有何關係？但這位因窮愁潦倒，神經兮兮的批者，拼命向自己臉上貼金而「放聲一哭」，只好讓他去哭吧，何勞我們爲他作註解。

趙先生承認在曹家裏並找不到女主角林黛玉，這種態度是對的。但引了廿二回庚辰本「將薛林作甄玉賈玉看書，則不失執筆人本旨矣。丁亥夏畸笏叟」的批語，及四十二回「釵玉名雖二個，人却一身，此幻筆也」的批語，以作黛玉並無此人的證明，則値得懷疑了。這兩條批語，只能稱爲糟蹋紅樓夢的胡說八道。若按照這兩條批評去看紅樓夢，我不知如何看得下去？至於趙先生說「雪芹根據薛寶釵所缺乏的氣質，創造了林黛玉這樣一個虛構的人物。因爲石頭記主要還是一部寫實小說，所以賈寶玉只能與眞實人物結婚。」這眞是怪論。趙先生曾否考證出曹府上的那位少奶奶，是與書中所敍的寶釵相合？小說中用了眞實的背景，小說在此背景下的人物，便是眞人眞事嗎？世界上有這種小說嗎？

若如趙先生之說，則薛寶釵是主角，林黛玉是陪襯，我不知道趙先生是怎樣的去讀這部文學作品。

在「參與創作之人」的一節裏，趙先生說「紅樓夢多少有些集體創作的意味，大家合力完成了一部回憶錄」。大概在趙先生心目中，創作與回憶錄，沒有甚麼分別。趙先生更說「値得注意的是雪芹一貫用口語寫書，尤其是人物對話。但有幾處全是書中人說話，而非敍事，竟然用起文言文」。接着引了「六十八回中鳳姐騙尤二姐搬入大觀園時的一段說詞爲例」，而斷定「這幾處很可能是脂硯代筆」。我不知道雪芹寫到此處，何以突然江郎才盡，要脂硯代筆。更不知道趙先生何以能斷定脂硯代筆，一定是用文言文？我在二十歲以前，受的是文言文的訓練，中年甚麼文言也沒有寫。這二十年來拿起筆寫白話文時，常在不知覺的中間寫出了文言文，只好全文寫成後再改成語體。雪芹所受的文言文的薰陶，當然會超我很遠。紅樓夢中間有文白夾雜的情形，只能說是修潤上的遺漏。

趙先生更引庚申二十二回「鳳姐點戲，脂硯執筆事，今知此聊聊（寥寥）矣」的畸笏叟批，而認爲是書中點戲一段文字，是由脂硯執筆寫的，這更不成話說了。在此章第一節中，十分之九都成問題，不必一一提到。關於後四十回的問題，也只有留待將來有機會再談。

十

趙先生也有考證的能力。只緣「自傳」、「合傳」、「回憶錄」的大前提把他迷住了。又信任脂批太過，便和許多紅學家一樣，變成不信紅樓夢的本文而只信脂批的怪現象。所以全書的漏洞到處都是，越到後來越不成話說。但趙先生的力作，畢竟已出現了不少的突破點。例如「自傳」走向「合傳」，這說明自傳說怎樣也不能成立。他說雪芹為了偽裝而使用了六種手法技巧，把家世特加誇大，但找不出寧國府；把輩派也加以顛倒，但找不出林黛玉。又說「書中人的事跡，與真實人的事跡又不符」。這都是一種突破。所謂突破，是突破由胡適以來自己張設的自傳說的網羅，非逼得把紅樓夢從虛偽的科學考證中解放出來，重新把它當作文學作品來加以處理，以開闢出一條活路來不可。至於趙先生說曹雪芹的著作本已完成，只因為政治上的顧慮而把八十回以後的，不使其流傳。又謂程甲本程乙本的後四十回，高鶚只曾盡修補之力，實另有底本，這都是卓見。但他斷定此底本一定不是曹雪芹的，我則暫時採取保留的態度。我現正收拾行裝，急於返臺，臨時到新亞書院圖書舘借了有正本的第一册，及乾隆抄本的第一册，和古典文學研究資料彙編中的紅樓夢卷，來寫這篇文章，當然有很多疏漏。就此次臨時繙閱資料的印象，從版本上說，從文學欣賞上說，有正本石頭記，較任何其他抄本為有價值，但我始終沒有方法入手一部。我希望將來我有兩三個月的空閒時間，以有正本為底本，再參照其他版本，把紅樓夢重新細讀一遍，屆時或可多提出一點正面的看法。

我希望不要造出無意味的考證問題

——敬答趙岡先生

我寫「趙岡紅樓夢新探的突破點」一文時，已預計到趙先生必會答復，也非常希望趙先生答復。但決沒有想到趙先生所提出的是明報月刊七一期上所刊出的這種答復。我首先交代一句，趙先生「很反對」我的「表達方式」，我得承認二十多年來執筆爲文，常犯落筆太重，涵養不够的毛病，許多朋友常以此相規勸。例如在我的原文中，假定不用「揑造」而用「編造」兩字，趙先生可能生氣要生得小一點。這是我應當引以爲疚，常常想改而沒有改掉的。但我在討論學術上的問題時，從來不曲解他人的文字，也決不抹煞他人的成就。所以我在原文中一開始便說「趙岡先生紅樓夢新探後出，能看到的資料，他都看到了，各種不同的說法，幾乎都批評到了。他本人也具有相當銳敏的考證能力，修正了此派中的許多說法。」這是像趙先生所責備我的「昧著良心說話」，違反了「最起碼學術道德」嗎？但我一向反對在學問上的鄉愿態度，這是造成混亂、落後的主要原因之一。老實說，我瞧得起趙先生的大著，才拿來作批評的對象，藉此發表我對此一問題多年積在心裏的意見。批評，便應當把是非說個清楚明白。我說錯了，他人來糾正。我可以這樣說：趙先生的大著只有因爲篇幅時間的限制（是自我限制），應當批評而尚未批評的。已經批評過的，都是出於「良心」的照察，道德的要求。當然，這並不是說因此而我的批評，就沒有錯誤。

趙先生會繼續對我提出論難的。但是我首先向趙先生提出一點，我兩人的文字，都已經刋出了，在兩人的文字的本身，不要造成無意味的考證問題。即是趙先生是如何說法，我的文章如何說法，彼此當敍述的時候，不可互相歪曲隱蔽，免得要重新對自己的文章再考證一番。並且這樣便無從討論起。趙先生的大文，便犯了此一毛病。以後假定再是如此，我已經老了，就恕不奉陪了。

趙先生責備我「昧著良心說話」的第一點，是認爲我「在文章中再三强調紅學考證，一無是處，毫無貢獻。」但我的文章中分明說「文學創作的觀點，敵不過考證出來的事實。我既沒有時間，也沒有資料，投入到此一考證的旋渦裏面去浮沉一番，便只好注視這批紅學專家們所提出的資料，所投下的工夫，所得到的結論；自己却沒有發言的資格。」又說「對紅樓夢背景的研究，屬於史學的範圍；此一工作，也有它的重要意義。」這是像趙先生文章中所說的「强調紅學考證，一無是處」嗎？我所反對的是「但因胡適一開始便把小說作品當作自傳的作品，於是從這一錯誤前提出發的考證，根本不了解中國『疑以傳疑，信以傳信』的史學傳統，在追求歷史眞實上的偉大意義；不僅在材料的處理上生吞活剝，牽强附會；並且爲了預定前提的要求，不惜憑空捏造曹家的歷史，暴露出在科學考證招牌下的最不科學的考證。」這說得很清楚，我所反對的是從錯誤前提出發，以至憑空捏造曹家歷史，有如周汝昌的曹家被抄家後的中興說等的錯誤考證。周汝昌何以要憑空捏造這段歷史，因爲在曹雪芹的年齡上不能解答「自傳」的前提。從錯誤前提出發所犯的考證上的錯誤，比僅僅在考證過程中所犯的錯誤，要嚴重得多，因爲由此而把紅樓夢是一部小說的文學作品的本質掩沒了。但我並沒有抹煞趙先生的貢獻，所以接着說「趙先生對此類情形，倒矯正了不少。但他自己依然保留或新加上不少的錯誤。」我清楚的說明，我所反對的是從錯誤前提出發的錯誤考證；但在趙先生的筆下，變成了我是反對紅樓夢的考證，這是對我的原文的歪曲，隱蔽。

趙先生責備我的第二點，認爲我沒有起碼學術道德的，是「徐先生認爲我們不應該作推論」，「徐先生把推論的工作一概罵爲捏造」，「更令人不服的是，徐先生在文中隨處也在作推論。」我除了幾本雜文外，每一本學術著作中，都有考證工作；每一考證工作，都有推論；難道我連這點常識都沒有。但推論必建立在相關的條件之下；即必須在同類的材料之下去推；必須在已知材料的涵蘊中去推。同時要考校到與條件相反的其他材料因素。並且推得一定要有限制。否則不是推論而只好稱爲捏造。趙先生因「燕市哭歌悲遇合」這一句詩，而推出曹雪芹如何結婚，結婚後住在岳家如何如何；不要說趙先生誤解了這句詩的意思；卽使沒有誤解，這能算是正常的推論嗎？趙先生從曹寅曾「花了大量金錢，修飾南京的織造署（以作康熙南行的住處），皇帝走後，曹家人就享受這些設備」，所以織造署就是大觀園。趙先生如何能從康熙南巡，在南京是住在織造署的「條件」中推論而得出「皇帝走後，曹家人就享受這些設備」的結論？曹家在南京有十三處住宅；他們以奴才的身份，他的女眷却要享受爲皇帝所設備的享受；我說太不合理，說得過份嗎？日本什麼「太子」到過臺灣，住過的房子，有的到現在還沒有開放（如阿里山）。趙先生反問我，「此禮數見於大清會典第幾頁」；趙先生在大清會典第幾頁能找出皇帝的享受，可以由奴才的女眷享受的規定，而作爲曹家這樣做的準據。江南織造署在乾隆十六年以前無行宮之名，而有行宮之實。因爲康熙在這裏住了四次。帝王的離宮別院，許多只住過一次兩次便永遠關閉着，有如連昌宮詞的連昌宮。何況住過四次。趙先生反駁說，「康熙……還常到口外去。沿途的臣僚，很多都辦過接駕的事。康熙自己也常臨幸大臣家，這些大臣也就得接駕……如果像徐先生所揑造，皇帝臨幸過的房屋，用過的器物，別人就不准沾邊，誰家吃得消。」趙先生把皇帝在路途上的「打尖」，及臨時到大臣家裏坐一坐的情景，看作和專爲皇帝花了大量金錢所準備的住食之地的情景，認爲可以同類相推，我看是很困難的。只有口外的熱河行宮，才可以說是相類。不知熱河大臣的女眷，曾否住進去享受一番沒有。並且曹雪芹在二十三回，對此一問題，已有間接的交代。二十三回中說「如今且說那元妃在宮中……忽然想起那園中的景致，自從幸過之後，賈政必定敬謹封鎖，不叫人進去……命太監夏忠到榮府下一道諭，不可封錮，命寶玉也隨（姊妹）進去讀書。」賈政爲自己的女兒元春返家省親造了一個大觀園，元妃回宮後，還要封鎖起來，必待元妃派人下諭，才敢叫眷屬進去住，何況是特爲皇帝所準備的住處，皇帝一走，就可讓女眷住進去，太離譜了。

趙先生提出了「曹璽死後五個月，康熙皇帝親臨其署，撫慰諸孤。」及曹寅在織造署西堂、楝亭中的各種活動，以作爲他的「推論（他俏皮的說「揑造」）的根據。」趙先生有沒有想到，康熙蒞署弔喪時，曹寅還沒有大花金錢修飾織造署。並且皇帝不便到他家裏弔喪，只好在他辦公的地方弔喪。而曹寅的西堂、楝亭，若如趙先生之說，即是康熙駐蹕的房屋；這些房屋，即是大觀園；因爲康熙一走，他的眷屬便搬進去，這就是紅樓夢中所描寫的一羣兒女活動的景象；所以紅樓夢即是曹雪芹脂硯齋的合傳；則大觀園的實體，早經存在；爲什麼曹雪芹在書中硬寫成是從新設計建造的呢？即算這一羣兒女是在康熙最末的一次巡幸過後搬進去的，也應當是在一七〇七年才搬進去；下距曹雪芹曹天佑們的出世，尚有八、九年；一大羣兒女，只好在未投胎到曹府之前，以「前世」的各種各樣的身份，享受皇帝已經享受過的設備了。至於趙先生主張大觀園在南京，而內部則多爲北京房屋才有的事物，趙先生並沒有解釋過。把我反對不合理的「推論」，說成我完全反對推論，似乎不大妥當。

趙先生用歪曲隱蔽我的原文的方法來責備我的另一突出之例，是有關林黛玉的敍述。我的原文是：

「趙先生承認書中女主角在曹家裏並找不到林黛玉，這種態度是對的。但引了二十二回庚辰本『將薛林作甄玉賈玉看書，則不失執筆人本旨矣。丁亥夏畸笏叟』的批語；及四十二回『釵玉名雖二個，人却一身，此幻筆也。』的批語，以作黛玉並無此人的證明，則值得懷疑了。這兩條批語，只能稱爲胡說八道。若按照這兩條批語去看紅樓夢，我不知如何看得下去？至於趙先生說『雪芹根據薛寶釵所缺乏的氣質，創造了林黛玉這樣一個虛構的人物。因爲石頭記主要還是一部寫實小說，所以賈寶玉只能與眞實人物結婚』這眞是怪論。」

我在原文中說得很清楚，從小說創作的過程說，每一人物典型，都是出於作者所創造，儘管其中含有現實人物作引子。從小說創造完成以後說，則各個人物，都是『小說中的』眞實人物。每一個人是一個單元。何況絳珠仙子要以「所有的眼淚」，報答神瑛使者「日以甘露灌溉絳珠草」，使絳珠草久而「得換人形」之恩（第一回）；這正是影射著林黛玉與賈寶玉的關係及林黛玉的結局。這是紅樓夢一書的大綱維之一。她與薛寶釵，怎麼是「名爲二人，實是一身？」又怎麼是「根據薛寶釵所缺乏的氣質，創造了林黛玉這樣一個虛幻人物？」但趙先生把我上面的話轉說成：「徐先生提到我們認爲林黛玉是虛構的人物，徐先生罵這眞是怪論。又說『則薛寶釵是主角，林黛玉是陪襯。我不知道徐先生是怎樣的去讀這部文學作品。』我不免也說這是怪論。」讀者兩相比較，趙先生對我的原文所動的手術太大了，這是學術討論嗎？

趙先生除了歪曲隱藏我的原文之外，用的另一手法是只引我原文中的若干結論，而加以責難。趙先生應當承認，任何結論的本身，沒有對或錯可言。對或錯的判斷，是來自得出結論的根據及其推論的過程。趙先生不批評我的結論根據及推論過程，而僅提出結論，甚至是「行文的筆調」來責難，這大概不是討論學術問題的辦法。我對這類責難若要答復，又得再考證自己原文，把它再抄些出來，實在太不經濟了。下面稍稍答復幾點有若干內容的論難。

一、我曾以十五年前寫批評性的政論文章的心境，推論曹雪芹在文字獄最嚴酷的專制時代，寫有許多「碍語」（此點我將來會專寫一文）的紅樓夢時的心境。但趙先生說「萬一有人也中了這種毒，以子之矛，攻子之盾，徐先生就要慘了。」「但是萬一有人要懷疑徐先生的精神狀態，由寫政論所受的壓迫移情到紅樓夢，豈不糟糕。」我告訴趙先生，克羅齊曾說過，史學家不通過自己所把握的現代經驗，便不能了解古代史。所以他說了一句稍稍過火的話，「只有現代史」。他的觀點雖然經人作了修正，但到現在爲止，史學家們依然承認這是了解歷史的重要鑰匙之一。我寫政論受壓迫的經驗，不是私人起居飲食等類的經驗，而是一種「時代地」經驗。我以這種經驗去推論曹雪芹寫有「碍語」時的「時代地」經驗，只要有人肯多讀點有關的典籍，大概不會懷疑我的精神狀態。

趙先生這段責難，是因爲我說了一句「不是心理正常的人所能安心的」這句話，我何以說這句話呢？因爲按照趙先生的意見，紅樓夢是曹雪芹兄弟兩人的合傳。而根據趙先生的考證，在紅樓夢中有的是把姑媽和姐姐寫成一個人，有的是把父親和兄弟寫成一個人；還有許多輩派上的顛倒。一個寫傳記的人，作這樣的寫法，是一個心理正常的人所能安心的嗎？這又成什麼傳記！並且這又與我以自己寫文章的經驗推論曹雪芹寫文章的經驗，有何關連？矛和盾怎能針對在一起來互攻呢？

趙先生在自己的大著中，認爲「有正本」的底本「看來像是一位曹家人在己卯年從脂硯手中的定本過錄而得」。因爲「缺少己卯冬的脂硯齋批，及壬午甲申丁亥各年畸笏批。」又說「我們懷疑這個有正本的原主是曹棠村」（一一二——一一三頁）。所以趙先生所列八種版本中，把有正本列爲第一。因此我說有正本「更接近雪芹原著」，並先後舉了幾個例證，雖然舉得不完全；但應當與趙先生的看法是相合的。但因爲趙先生及許多人對賈元春賈寶玉年齡之差，忽視了有正本的「後來」兩字，而只從一般抄本上的「次年」兩字着眼，認爲年齡上有一個矛盾而大作文章，趙先生便因此而編造了曹寅的另一女兒的一大段故事；經我把有正本的「後年」兩字提出，以證明元春寶玉的年齡，並無矛盾；所謂矛盾，不過是大家在版本上失察。這樣簡單明白的事，趙先生還要糾結一番；在版本問題上，等於自己打自己的嘴巴，大可不必了。

至於趙先生「根據比較版本內容的結果」而說曹雪芹最後三年未曾作增刪飾潤的工作，這是認爲當時的抄本，都留傳到現在而沒有一本遺失。我無此膽量相信。趙先生說我認爲曹雪芹是增刪潤飾到死，沒有證據，我不是引了「壬午除夕，書未成，芹爲淚盡而逝」的脂批嗎？

還有趙先生所建立的曹雪芹的父親曹頫批書、抄書一套完整系統，並提出了筆跡的證明。筆跡的證明已經我破除了，這一套完整系統的考證也應當告一段落。不過我得補充一條材料，趙先生指爲曹頫書法特徵之一的「熙」字，在隸釋卷七「泰山都尉孔宙碑」上已經有了。此碑立於延熹六年，卽西紀一六三年。這裏影印出來的卽是孔宙碑上的。（略去）

還附帶說明一點，趙先生大文中以爲我不喜歡胡適之先生，所以凡是他的我都會反駁。這誤解我的用心了。現在郢書燕說的文章，十佔八九，從何駁起。但胡先生在許多人心目中是一個偶像，他犯的錯誤比一般人所犯的錯誤，影響特別大；所以一遇到我寫和他有關的項目時，便常常參考他的說法，錯了便提出來反駁。凡我主動去挑起的學術上的筆墨官司，多少是在學術上有點關鍵性。至於應戰的文章，便沒有抽樣的選擇了。

由潘重規先生「紅樓夢的發端」略論學問的研究態度

一

紅樓夢的研究，是近幾十年來的熱門學問。但正式列入大學課程，並在大學裏成立「研究小組」，以集體的力量從事研究工作的，則只有香港中文大學裏的新亞書院。這應當算是課程的擔任者及小組的領導者潘重規先生的一大貢獻。

也有人批評這些年來，該小組尚停頓在猜謎的階段，我想，恐怕是因爲潘先生自有其苦衷。因爲潘先生早出有一本紅樓夢新解，認紅樓夢爲以明末清初的某遺民所作，目的在宣揚反淸復明的民族大義。潘先生立意甚佳，但論證缺乏；所以此書出後，潘先生挨了胡適的一頓駡，且亦未被紅學界所注意。潘先生既得學校之力，正式領導集體研究工作，當然第一件心事，希望在學生的猜謎中能導向他的大著的結論。最近新亞學術年刋十三期刋有潘先生紅樓夢的發端的大文，主要在證明紅樓夢乃在曹雪芹以前的「石頭」所作，曹雪芹只不過是加以整理。這正是爲他的新解求證據。並且他正根據他這一觀點，編校一部紅樓夢新本以「恢復它的本來面目」①，以建立他的紅學系統。由此可知他的這篇文章，就是他領導研究小組的綱領。

關於紅樓夢，尙有許多待解決的問題，研究者可以從各個角度發揮特異的見解。結論儘管各有不同，但研究的態度及導向結論的方法，不能不要求客觀而嚴謹。尤其是研究態度的誠實不誠實，對資料的搜集、整理、解釋，有決定性的作用。要求研究者抱着一個誠實的態度，這是保證研究工作在學術的軌道上，正常進行的起碼的要求。我讀完潘先生的大文以後，最先引起我這樣的感想。

對材料的斷章取義，如果是偶一爲之，這可能是一時的疏忽，或關係於對材料的了解程度，不能遽然認定這是由於態度的不誠實。但若大量的斷章取義，大量的曲解文意，這便是態度的不誠實。假使更進一步，抹煞重要的與自己的預定意見相反的材料，而只在並不足以支持自己的預定意見，却用附會歪曲的方法强爲自己的預定結論作證明，這便是欺瞞，便是不誠實。

潘先生大文的第一個主要論點，是建立在「甲戌本」係最接近紅樓夢原稿的基礎之上的。當胡適之在民國十六年買進這只剩下十六回的殘鈔本時，卽認爲這是甲戌年脂硯齋重評時的鈔本，而斷定爲「海內最古的石頭記鈔本」②。此卽世間所稱的甲戌本。因爲曹雪芹死於乾隆二十七年壬午（一七六二）除夕③。而甲戌是乾隆十九年（一七五四），是曹雪芹死前八年。現在可以看到的鈔本，除有正書局影印本的底本（以後稱有正本），未明記年份以外，尚有己卯本，乃乾隆二十四年（一七五九）鈔本，是曹雪芹死前三年。庚辰本乃乾隆二十五年（一七六〇）鈔本，是曹雪芹死前二年（此本有丁亥批語，應係雪芹死後的鈔本）。甲辰本乃乾隆四十九年（一七九一）鈔本，在雪芹死後二十二年。還有其他鈔本，外間無由看到。假使此十六回殘鈔本，是出於乾隆甲戌年，亦即是出於曹雪芹的死前八年，當然可以稱爲最古的鈔本。但在此鈔本十頁跨十一頁的地方，有朱墨眉批如下：

能解者方有辛酸之淚，哭成此書。壬午除夕書未成，芹爲淚盡而逝……甲午八月淚筆。

甲午是乾隆三十九年（一七七四），此時雪芹已死去十二年，上距甲戌二十年。在十一頁尚有如下的朱墨夾批：

若從頭逐個寫去，成何文字。石頭記得力處在此。丁亥春。

丁亥是乾隆三十二年（一七六七），此時雪芹亦已死去五年，上距甲戌十三年。此十六回殘鈔本的批語中記有明確年份的大概只有這兩條；而從這兩條所證明的年份看，都遠在甲戌年之後。假使正文與朱墨批語的鈔寫，出於兩人之手，便可解釋爲這兩條批語是由後人加上去的。難就難在批語與正文的筆跡，不僅毫無疑問的是出於同一個人之手；並且正文的字鈔得比較草率的，批語的字鈔得也比較草率。尤其是自第六回以後，把許多批語，寫作正文下的雙行批，有如雙行夾注的情形，這都可證明每一回的正文與批語是同時鈔寫的。因此，吳世昌們④指出把十六回殘鈔本指爲甲戌本是一種錯誤，實際它是遠出於甲戌年之後（以後爲行文方便，仍假稱之爲甲戌本），這是不可動搖的論證。胡適之所以稱它爲甲戌本，是出自對下文的誤解，第一回：

「……方從頭至尾，抄錄回來……遂易名爲情僧，改石頭記爲情僧錄。至吳玉峯題曰紅樓夢。東魯孔梅溪則題曰風月寶鑑。後因曹雪芹于悼紅軒中披閱十載，增删五次，纂成目錄，分出章回，則題曰金陵十二釵。並題詩曰：『滿紙荒唐言，一把辛酸淚。都云作者痴，誰解其中味。』至脂硯齋甲戌鈔閱再評，仍用石頭記。」

按上面一段話中的「至吳玉峯題曰紅樓夢」九字，及「至脂硯齋甲戌抄閱再評仍用石頭記」十五字，爲有正本，庚辰本，乾隆抄本百廿回紅樓夢稿及程甲本乙本所無。己卯本恐亦無此兩句。這兩句是鈔此十六回殘鈔本凡例的人特別加進去，以說明書名演變的經過，並不是說此鈔本即出於脂硯齋在甲戌年所鈔。胡適遽斷爲是甲戌年鈔本，這是出於他一時的粗疏。但潘先生是一個紅樓夢集體研究的領導人，對於後出的糾正胡適的重要意見，斷沒有不曾看到之理。即使潘先生認爲吳、趙們所提出的意見不能成立，也應當提出來加以檢討；因爲他們的糾正意見，是有如前所述的根據而不是猜謎。怎麼可以隻字不提，便逕在他人所已指明爲錯誤的結論上來建立自己立論的基礎呢？

二

潘先生在抹煞與自己相反的材料，以建立自己立說的基礎，不僅表現在版本問題上面。在他的全文中隨處可以指出，尤其是在他證明紅樓夢不是曹雪芹所作的這一論點上，表現得特別突出。

潘先生在他大作的第十四到十七頁，引了下面的材料，證明曹雪芹不是紅樓夢的作者。

一、乾隆四十九年庚辰菊月夢覺主人抄本八十回紅樓夢序，潘先生認爲「抄本的主人不但沒有說曹雪芹是作者，而且傳說中的作者彼此無定。」

二、未記年月的戚蓼生序，乾隆五十四年己酉的舒元煒序「都沒有提到曹雪芹是作者。」

三、最早刻紅樓夢的程偉元在序中說「作者相傳不一」，潘先生由此斷言「可見紅樓夢自開始流傳時，都不說曹雪芹是此書的作者。」

四、與曹雪芹關係最深的敦敏敦誠，「都沒有隻字提到曹雪芹作紅樓夢的事實。」

先且不批評潘先生對自己所引的材料的解釋，對與不對。最奇怪的是古典文學研究資料彙編的紅樓夢卷裏面，說紅樓夢是曹雪芹所作的資料有數十條之多。其中有的可以說是第一手資料，有如明義「題紅樓夢」二十絕句，從最後一首的語氣看，是在曹雪芹未死以前所作的；此詩小序的第一句是「曹子雪芹出所撰紅樓夢一部……」。永忠的「因墨香得觀紅樓夢小說弔雪芹三絕句」，並有原注「姓曹」。這是雪芹死後五年所作的。此詩第一首的後兩句是「可恨同時不相識，幾回掩卷哭曹侯。」潘先生對這樣重要的資料，竟可以閉目不睹，一語不提，這是一種甚麼研究學問的態度呢？這些資料之所以可貴，因爲中國傳統中的小說作者，都是以「先生不知何許人也，亦不詳其姓字」的方式出現。所以紅樓夢一天普及一天，而紅樓夢的作者的姓名，反一天模糊一天。袁枚知道紅樓夢作者曹雪芹的家世，但雪芹本爲曹寅之孫，而誤以爲其子。與袁枚同時的西淸，則謂「紅樓夢始出，家置一編，皆曰此曹雪芹書；而雪芹何許人，不盡知也。」西淸是知道雪芹的，但又誤以爲是曹寅的曾孫。裕瑞謂「雪芹二字，想係其字與號耳，其名不得知」⑤。而一般讀小說的人，只讀小說，從不問作者是誰。連對某一小說，下過一翻工夫，爲它作了序，寫了評語，也多半連自己的眞姓名不說出來，更怎會問及其眞正作者的姓名歷史。認眞追問一部小說的作者，是在「文學史」這門學問出現以後之事。所以胡適的紅樓夢考證提出作者曹雪芹及其家世等等，一時驚爲創獲。但經此後數十年來許多人士在資料搜集方面的努力，尤以吳恩裕的工作，做得綿密而平實⑥。再加以「紅樓夢卷」兩册的刋行，即使不是研究紅樓夢的人，只要把「紅樓夢卷」概略地翻閱一下，紅樓夢是曹雪芹所作，早已成爲定論，紅樓夢是誰所作，早不應構成一個研究的題目。潘先生當然有翻案的權利。但潘先生是紅樓夢研究小組的指導人，潘先生的高見，當然是出於研究的結論。說到研究，怎麼可以把擺在潘先生眼面前的有力而佔絕對優勢的資料，一字不提，這是對資料的抹煞呢？還是對資料的欺瞞呢？潘先生已經是六十多歲的人了，功成名就，今日不論抱任何研究態度，對潘先生的學術成績，大概也無所增損。但以這種不誠實的態度，指導一批天眞無邪的學生，跟在自己屁股後面走，未免太殘酷了。

並且潘先生擧出來爲自己作證的資料，就可以眞正爲潘先生作證嗎？夢覺主人，只是從一個「夢」字去欣賞紅樓夢；他站在這一立場，不要去考證甚麽人是紅樓夢的作者，他連他自己的眞名實姓，也沒有留下來。他的「說夢者誰，或言彼，或言此。既云夢者，宜乎虛無縹緲中出是書也。」這只能說他不能（甚至是不願）斷定作者是誰，並沒有否定作者是誰。他所以這樣寫，也許是他眞不能斷定，也許是故意在夢字上耍花頭，所以他接着說「宜乎虛無縹緲中出是書也」。這與潘先生斷然否定曹雪芹是紅樓夢的作者，有何關係？

潘先生所提戚蓼生及舒元煒的序沒有提到曹雪芹是作者；難說潘先生一生只硏究紅樓夢，而沒有看過其他傳統的小說嗎？我在前面已經提到，小說前面的序，不提到作者姓名的，不可勝數。難說由此而可斷定序中沒有姓名的小說，都是出自石頭嗎？戚蓼生們不提曹雪芹是作者，因爲他們不是硏究小說史，且也沒有想到今日有這一段硏究小說史的風氣，所以只說出他自己對紅樓夢的文學觀點；難說由此可以推定他是否定了曹雪芹是紅樓夢的作者嗎？沒有提到曹雪芹是作者，潘先生便引來作曹雪芹不是作者的證據，爲甚麼紅樓夢卷上說曹雪芹是紅樓夢的作者的材料這樣的多，潘先生又一字不提呢。

刻紅樓夢的程偉元在序中說「作者相傳不一，究未知出自何人。惟書內記曹雪芹先生刪改過數次」；程雖係書賈，但態度倒還忠實謹愼。金瓶梅的作者是誰，到今日還不能斷定，則紅樓夢的作者在當時有許多傳說，乃傳統小說在流傳中的常態。程偉元若生於今日，能看到這樣多的資料，他大概不會說那種不確定的話吧！但他特別把曹雪芹刪改過數次的事特別標舉出來，假定把「相傳不一」的作者的有關說法都擺了出來，程偉元斷乎不會丟開書中的確證，而像潘先生那樣，斷然否定曹雪芹的作者地位吧！爲程偉元負實際整理責任的高鶚也沒有提到曹雪芹。但楊鍾羲雪橋詩話三集卷五「蘭墅名鶚，乾隆乙卯進士。世所傳曹雪芹小說，蘭墅實卒成之」。可見高鶚所卒成的是曹雪芹的作品，未嘗沒有人明白說出來。

潘先生提到與曹雪芹關係最深的敦敏敦誠兄弟，「沒有隻字提雪芹紅樓夢的事實。雖然有人指敦誠在乾隆二十七年秋天寄懷曹雪芹詩末句『不如著書黃葉村』，是著作紅樓夢，這是太缺乏證據的幻想」。因爲潘先生認定曹雪芹曾做詩，只留下有遺詩。這一糾結，應分幾點來加以說明。

一、前面提到永忠「因墨香得觀紅樓夢小說弔雪芹三絕」的墨香，是敦敏敦誠兄弟的叔父⑦。不論永忠「因墨香」的「因」，是何種性質，但墨香必爲愛好紅樓夢之一人，則無可疑。敦敏敦誠的叔父愛好紅樓夢，知道紅樓夢是曹雪芹所作（假使不知道，永忠便無由知道），敦敏敦誠斷無不知之理。即使如潘先生所說，雪芹不是作者而只是整理者，但以四十歲便死了的人，花了十年時間整理紅樓夢，也是雪芹一生中的大事。敦氏兄弟，也一字未正面提到，此必另有原因。

二、永忠的三首絕句上面，有永忠的堂叔弘旿在詩上批了這樣幾句話：「此三章詩極妙。第紅樓夢非傳世小說⑧，余聞之久矣，而終不欲一見，恐其中有碍語也。」紅樓夢所以經過多次的字句修改，並僅將前八十回鈔出流傳，直至雪芹死後二十九年始由程偉元刊行問世，正因爲其中有碍語。敦誠贈雪芹詩有句謂「步兵白眼向人斜」，可見雪芹是何性格，是以何種心情來寫紅樓夢，他兩人當知之最深。正因爲他兩人和雪芹的關係密切，知雪芹書中的「碍語」最清楚；所以只管非常佩服、嘆惜曹雪芹，却不敢從正面提到紅樓夢。

三、敦敏寫懷曹雪芹詩中的「不如著書黃葉村」的「著書」，吳昌裕他們推定爲是指寫紅樓夢而言，潘先生則斥這是「太缺乏證據的幻想」。因爲潘先生只承認雪芹有遺詩。但潘先生却沒有想到，自古以來，尤其是自漢以來，有把「作詩」稱爲「著書」的嗎？潘先生若不能證明曹雪芹另有甚麼著作，則只好推定「不如著書黃葉村」的「著書」指的是寫紅樓夢了。潘先生對自己有關紅樓夢的說法，不覺得是「太缺乏證據的幻想」，却把這句話加在有證據的作推論者之上，這完全是從潘先生的研究態度而來的。

至於潘先生還說到程偉元搜羅版本時，敦氏兄弟豈有不風聞之理？等到乾隆五十六年辛亥，程的序文出來，說紅樓夢「究未知出於何人」，敦氏兄弟「豈有不挺身出來爲他們的好友曹雪芹爭取紅樓夢的著作權」之理？潘先生大概以爲當時報紙雜誌盛行，而又正値紅樓夢在考證上發生許多爭論的時代，所以發此奇想。據程序，當他印行紅樓夢時，「好事者每傳鈔一部，置廟市中；」敦氏既沒有版權，何能一一過問？且敦氏兄弟既因「碍語」的顧忌而不正面提及於雪芹的生前及他剛死之後，爲甚麼却要於雪芹死後二十餘年之時再來多事？何況程偉元的序，如前所述，並沒有抹煞曹雪芹。第百二十回的收尾，又特別歸結到曹雪芹身上⑨。他們都是很誠實的人，用不到甚麼人出來爲曹雪芹打抱不平的。還有一點應順便告訴潘先生一下，從敦敏敦誠有關的詩文看，敦誠與曹雪芹的交情，較敦敏爲厚。程偉元刋行紅樓夢時，敦誠已經死掉數月了⑩。

三

以後，就潘先生所涉及的紅樓夢的實質問題稍稍清理一下。可惜潘先生的文章，沒有多大條理，並且無一句沒有問題，所以清理時很痲煩。

先從十六回殘鈔本（卽所謂甲戌本）獨有的五條凡例說起。從胡適開始便誤以此殘鈔本眞是甲戌年的鈔本，也卽是今日可以看到的最早鈔本，於是潘先生大文中所引的陳毓羆（一頁）陳仲篪（頁七）諸人，便都誤以爲有五條凡例，是石頭記原來的形式。其他各本，乃將此五條凡例加以删併而成爲現時的形式（其中僅小有出入）。潘先生則更進一步以此凡例總評「爲紅樓夢隱名的原作者或其同志好友的手筆」（頁十六）。所謂「隱名的原作者」，卽潘先生在紅樓夢新解中所說的明末清初的反清復明的民族志士。並引有甲戌本的兩條評語作證。潘先生有時說「凡例五條」，有時又把第五條說成總評。因爲總是一回事，也沒有大關係。下面分幾點來清理這一問題。

一、首先要指出，中國只有由編纂、整理（包括選、評、注解研究等）而成書的，前面才有凡例。自著之書，很少自立凡例的。孔子作春秋，至公羊而始有三科九旨。至杜預而始有釋例。寫小說的人，可能先有一個情節的大綱，但斷乎沒有先立下凡例來寫小說之理。

二、若是明末清初的那位隱名作者親作凡例，或者是出自他的同志好友之手，則此凡例應發明紅樓夢寫作的方針與要領；紅樓夢的全書，都由此凡例而可加以點醒。潘先生認爲「普通一般讀者看（指凡例）起來，委實是空空洞洞，不能解答讀者的問題，滿足讀者的願望」（頁九）。但像潘先生這種特殊讀者，又能看出這五條凡例，能解答甚麼問題，滿足甚麼願望呢？潘先生說「如果此條凡例能說明書中故事的地點，是大清朝的京師，自然可以解除一切讀者的迷惑。現在書中寫的是長安，凡例說的也是長安」（頁九）。大概潘先生認爲這就是隱名的作者所藏的奧密。但是第一，我不相信有讀者曾對用的長安一辭發生過甚麼疑惑。第二，我曾因旁的問題，翻過不少清代乾隆以前的詩文集，發現清初不少人稱當時的北京爲長安。潘先生不妨請小組的學生翻閱一次。第三，大清朝的京師是北京，明朝自成祖以後還不是北京嗎？第四，紅樓夢中分明說「把眞事隱去」，曹雪芹及其批者，爲甚麼要明說「大清朝的京師」。潘先生指點的奧旨，實難令人領略。

三、潘先生認爲紅樓夢是隱名作者所定的此書的原名。風月寶鑑是出自孔棠溪，金陵十二釵是出自曹雪芹；石頭記一名，在潘先生則認爲是脂硯齋在重評時所定的。若凡例是在曹雪芹以前的隱名作者或其同志友好所作，何以第一條凡例，全是解釋紅樓夢，風月寶鑑，石頭記，金陵十二釵等命名之所由來。凡例第五條又分明說「故將眞事隱去，而撰此『石頭記』一書也」。在明末清初的隱名作者或他的同志，何以能預知曹雪芹們新起的名稱。尤其是何以能預知脂硯齋所取的石頭記的名稱？

四、若批語中引用了凡例的話，只能證明批者與凡例有關係，並不能證明寫凡例者的時代。何況潘先生引的兩條批語，與書首的凡例，並無關係。所引夾批「可謂此書不敢干涉廟廊者，卽此等處也」；潘先生謂卽係援引凡例第四條的「此書不敢干涉朝廷」。批者並未指出凡例；我以爲這是爲第一回「空空道人……將這石頭記再檢閱一遍，……因毫不干涉時世」的話作印證。潘先生引的第二條批語是第五回眉批「按此書凡例，本無讚賦閒文……」。書首五條凡例中，是在甚麼地方有『本無讚賦閒文』的話呢？所以此批的「凡例」兩字，乃「一般情形」之意。扯不到書首的五條凡例中去。

五、庚辰本第十七、十八兩回尚未分開，一般的了解，曹雪芹是先寫成長篇，再「纂成目錄，分出章回」。因爲紅樓夢與其他小說不同之一，在於其他小說的情節多是描寫比較大的人物活動，每一活動的起落分明。但紅樓夢則主要是描寫一羣兒女的日常活動，活動的本身，沒有甚麼顯明的起落，所以分章回，纂目錄，比較困難。潘先生對於第一回中「曹雪芹於悼紅軒中披閱十載，增刪五次，纂成目錄，分出章回，則題曰金陵十二釵」的這幾句話，別有會心，認爲隱名的原作者所作的紅樓夢，未分章回。章回是經過曹雪芹十年整理的工夫所整理出來的（頁七）。並即以庚辰本第十七、十八兩回尚未分開爲證。由此我們可以了解潘先生所說的隱名氏的原著的面貌，是以所謂甲戌本開首的五條凡例發端，沒有章回，文字的多少與經曹雪芹整理後有些出入。但第五條凡例這樣說：

「此書開卷『第一回』也。作者自云，因曾歷過一番夢幻之後，故將其眞事隱去，而撰此石頭記一書也。故曰『甄士隱夢幻識通靈』……自云，今風塵碌碌，一事無成，忽念及當日所有之女子，一一細推了處，覺其行止見識皆出於我之上，何爲不用假語村言，敷衍出一段故事來，以悅人之耳目哉。故曰『風塵懷閨秀』，乃是『第一回』提綱正義也……」

在上面這段話中，分明兩次提到「第一回」；而「故曰甄士隱藏夢幻識通靈」；及故曰「風塵懷閨秀」，這分明卽是第一回的回目。怎麼潘先生對這種字句，皆採視而不見的態度？

我這裏順便說一說所謂甲戌本的性質。各鈔本時間先後的次序大體是：

有正本

己卯本

庚辰本

甲戌本

甲辰本

以上各本，不是刪節所謂甲戌本的五條凡例以成今日第一回開首的面貌。而是甲戌本的鈔者，抽出第一回開首的一段，再編出第一至第四條，以構成這五條凡例。並且在其他文字中也加了些手脚，這便影響到甲辰本，由甲辰本而影響到程甲本。但他寫的凡例及在第一回中所加的一大段文章，實在不高明，故爲甲辰本所刪，而大體上依然保持庚辰本的面貌。

何以見得不太高明呢，卽如前引的凡例第五條，各本皆作「故曰甄事隱云云」，「故曰賈語村云云」，皆係概括指全書的內容及所用的語言而言。甲戌本却變成故曰「甄士隱夢幻識通靈」，「故曰風塵懷閨秀」。這便成僅指第一回的內容而言。第一回只不過是一個楔子，如何說得通呢？並且「賈雨村云云」，乃承「何妨用俚語村言」一句而來，重在說明寫紅樓夢時係用的通俗文字。甲戌本變爲「故曰風塵懷閨秀」，便把說明使用語言的意義完全抹煞掉了。同時，已經胡適指明過，第一回「坐於石邊，高談快論」以下「四百二十四字，戚本作『席地而坐長談，見』七個字」⑪。而這多出的四百多字，實庸俗不堪，且與前後文矛盾。這分明是甲戌本的抄者自己附會上去的。

做這次手脚的人，我推測以爲卽是此本（第一回）獨有的「至吳玉峯題曰紅樓夢」的吳玉峯。吳玉峯是與曹雪芹有關係的某一族人的假名，等於「孔梅溪」是曹雪芹弟弟曹棠村的假名一樣。他之所以要寫這不成凡例的五條凡例，其目的有三，（1）因爲紅樓夢更加流行，且遭到物議，所以他把第一回中爲了避禍而寫的「毫不干涉時世」，特別凸顯了出來。（2）是爲了保存紅樓夢的名稱。此紅樓夢的名稱，大概是寫此凡例的人所取，而爲曹雪芹最先接受。並已經流傳出去，所以永忠明義們皆稱之紅樓夢。但後來因避禍而只流通八十回，紅樓之夢，尚未顯出，並經脂硯齋第二次重評時（我以爲不一定是甲戌年而可能更後），重行主張用石頭記一名，紅樓夢一名，爲之隱沒。所以他在凡例下面又寫出「紅樓夢旨義」；並說明「紅樓夢是總其全部之名也」。「總其全部」，是包括八十回以後的四十回或三十回的結局而言。結局卽是「夢」。此結局的部份雖未傳出，但取此名稱的人，不願見他代曹雪芹所取的這一名稱因之泯沒。所以只有此本的正文，才出現有紅樓夢這一名稱。其他各鈔本的正文都未曾出現。(3)是爲了保存凡例第五的結尾處的一首七律詩。這首詩當然是作凡例的人寫的。詩寫得並不好，但「字字看來都是血，十年辛苦不尋常」的兩句，的確把曹雪芹「披閱十載」的寫作時的精神狀態寫出來了。這只有與雪芹有直接關係的人才看得出，寫得出。胡適很受這兩句詩的感動，可以說是應當的。潘先生認爲這都是曹雪芹以前的隱名人士所寫，我不知道他對「十年辛苦不尋常」，與曹雪芹「披閱十載」的話，兩相對照，作何解釋。

四

前面把版本和凡例的問題弄清楚了，潘先生立論的基礎已全部推翻。但不妨再討論潘先生所提出的紅樓夢的作者的問題。

潘先生鈔了所謂甲戌本下面的一段話：

「此石聽了，不覺打動凡心，也想要到人間去享一享這榮華富貴，但自恨粗蠢，不得已便口吐人言，向那僧道：大師！弟子蠢物不能見禮了。………如蒙發一點慈心，攜帶弟子得入紅塵，在那富貴場中，溫柔鄉裏，受享幾年，自當永佩洪恩，萬刦不忘也。二仙師聽畢齊憨笑道：善哉！善哉！……我如今大施佛法，助你助，待刦終之日，須還本質，以了此案，你道好否？石頭聽了，感謝不盡。……後來又過了幾世幾刦，因有個空空道人，訪道求仙，忽從這大荒山無稽崖靑埂峯下經過，忽見一大石上字跡分明，編述歷歷。………空空道人遂向石頭說道：石兄！你這一段故事，據你自己說有些趣味，故編寫在此，意欲問世傳奇。據我看來，第一件，無朝代年紀可考，第二件，並無大賢大忠理朝廷治風俗的善政。其中只不過幾個異樣的女子，或情或痴，或小才微善，亦無班姑蔡女之德能，我總抄去，恐世人不愛呢？石頭笑答道：我師何太痴也。……空空道人聽如此說，思忖半晌，將這石頭記再檢閱一遍，………因毫不干涉時世，方從頭至尾，抄錄回來，問世傳奇，因空見色，由色生情，傳情入色，自色悟空，遂易名爲情僧，改石頭記爲情僧錄。」

潘先生由上一段話得出結論說「可見此書是由石頭所記，故名石頭記。而作者卽是石頭。全書中也屢屢點明石頭便是作者」（頁四），這裏姑且不講這段話中有一大段文字，爲各鈔本所無，而在道理上亦爲文字所不應有。但「石頭聽了感謝不盡」以下，是各鈔本所同有，我不知道潘先生到底是以這段話是「寓言」還是「實話」。若潘先生以爲是實話，則上面的一段話中，分明說「後來又不知過了幾世幾刦」，石上所記的才被空空道人發現，「方從頭至尾，抄錄回來，傳奇問世……後因曹雪芹於悼紅軒中，披閱十載增刪五次，纂成目錄，分出章回。」這其中便有兩個問題：第一，從「不知過了幾世幾刦」的口氣看來，則石頭著書時，比被空空道人發現的時候，應當早幾千年；可能石頭老兄是用甲骨文寫的。第二：照上面所說的紅樓夢出現的程序應當是這樣的：著者石頭——鈔者空空道人——整理者曹雪芹。石頭既然是眞，空空道人便也應不是假。潘先生大文中，只提到著者石頭，及整理者曹雪芹，却對空空道人，全無交代，則是「傳承無緒，來歷不明」；只好讓疑古派斷定它是一部僞書了。

從潘先生大文開首的一段中說「接着巧妙地構造這一個神話故事」（頁一）的話看來，潘先生大概也認爲這是寓言吧。所以他大文的四條結論中說「陳毓羆認爲凡例總批是脂硯齋的手筆。我認爲是紅樓夢隱名的原作者或其同志好友的手筆」。潘先生前面說作者卽是石頭，此處又說出「隱名的原作者」，推測潘先生的本意（因潘先生自己未說明）應當是以石頭的一段故事是隱名作者的寓言；而石頭卽是隱名作者的化身。若是如此，潘先生也太不注重語意學了。莊周夢爲胡蝶，誰人曾說胡蝶著了一部莊子。隱名氏化爲石頭，又如何可說石頭著了紅樓夢呢？這還不重要，重要的是：寓言是任何人可以作的。潘先生認爲隱名氏的原作者可以作這段寓言，爲甚麼曹雪芹又不可以作這段寓言呢？所以就寓言的本身說，不能推斷誰是作者。潘先生論斷，等於是說「寓言的作者卽是寓言」，「神話的作者卽是神話」，這是甚麼論斷！潘先生說「全書中也屢屢點明石頭便是作者」（頁四），並由此而引了三條正文，四條批語（頁四——五）以爲證明，都只能算是廢話。

其實，紅樓夢一書，並非以寓言開始。第一回從「此開卷第一回也。作者自云」。一直到「故曰賈語村云云」，這既不是凡例，更不是回前的總批，而是曹雪芹寫的一段自序。「作者自云」，等於史記的「太史公曰」。在自序之後，才接上「石頭」的一段神話。所以甲戌本在發端地方的格式是錯的。有正本以下，各鈔本的格式則不錯。由「故曰賈雨村云云」到「列位看官，你道此書從何而來」，庚辰本中間夾上「此回中凡用夢用幻等字，是提醒閱者眼目，亦是此書立意本旨」二十五字，乃是把批語寫成了正文。後來諸本，都隨着錯了下來。僅有正本無此數句，正證明有正本是最接近原著的本子。

潘先生因主張紅樓夢是隱名的石頭作的，自然主張曹雪芹是紅樓夢整理者而不是作者。主要的根據，卽在第一回中下面幾句話：

「後因曹雪芹於悼紅軒中，披閱十載，增删五次。纂成目錄，分出章回，則題曰金陵十二釵」。

潘先生認爲這裏分明只說的是整理工作而沒有說他是作者。潘先生大概沒有想到（一）曹雪芹的整理工作是把紅樓夢從神話世界整理到人間世界。把想像出的神話世界，移到現實的人間世界，只能是創作而不會是整理。（二）曹雪芹既不從事校刋，也非加以注釋；對原有的著作，還要加十年的整理工夫，並且整理得「一把辛酸淚」，整理得「字字看來皆是血，十年辛苦不尋常」，針對着高鶚整理後四十回的情形看，這是說得通的嗎？（三）中國許多小說的作者，根本不說出自己的姓名。潘先生認爲紅樓夢的原作者是一位隱名的石頭；照當時的風氣，曹雪芹也不應冒着政治的風險與社會的譏評而把自己的姓名擺出來。但他以十年血淚寫出的作品，不忍把自己的姓名埋沒掉，所以便在小說由神話世界移向人間世界的接縫處，把自己寫作的經過，用上那幾句話擺了出來。他寫這幾句話的心境，和太史公在自序中寫「余所謂述故事，整齊其世傳，非所謂作也。而君比之於作春秋，謬矣」的心境，完全是一樣的。所不同者，太史公的「世傳」是自己的父親，而曹雪芹則是來自空空道人的神話。（四）潘先生引了好幾條批語以證明曹雪芹不是作者。但在前引曹雪芹幾句話的上面，甲戌本有如下的批語，潘先生都裝作沒有看見，這是潘先生一貫的態度。

「若云雪芹披閱增刪，然後（應爲「則」）開卷至此這一篇楔子，又係誰撰？足見作者文筆，狡猾之甚。後文如此處者不少。這正是作者用畫家烟雲模糊處。觀者萬不可被作者瞞弊（應作「蔽」）了去，方是巨眼。」

最奇特的是，許多研究者認爲足以證明紅樓夢是曹雪芹的自傳或合傳的評語（因爲現時除潘先生外，紅樓夢是雪芹所作，無俟評語的證明），潘先生引來却認爲足以證明曹雪芹不是紅樓夢的作者的證據（頁五——七）。

第一回：滿紙荒唐言。甲戌眉批：能解者方有辛酸之淚，哭成此書。壬午除夕，書未成，芹爲淚盡而逝。余嘗哭芹，淚亦待盡。每意覓青埂峯再問石兄，余不遇癩頭和尙何！悵悵！今而後惟愿造化主再出一芹一脂，是書何本，余二人亦大快遂心於九泉矣！甲午八日淚筆。

又第二十二回庚辰總批云：此回未成而芹逝矣，嘆嘆。丁亥夏，畸笏叟。又第十三回：庚辰總批云：通回將可卿如何死故隱去，是大發慈悲也。嘆嘆。壬午春。

甲戌總批：秦可卿淫喪天香樓，作者用史筆也。老朽因有魂托鳳姐賈家後事二件，嫡是安富尊榮坐享人能想得到處，其事雖未漏，其言其意則令人悲切感服，姑赦之。因命芹溪删去。

甲戌眉批：此回只十頁，因删去天香樓一節，少却四五頁也。

前兩條批語，這樣淸楚地表露了紅樓夢是曹雪芹所作，不知道潘先生用何方法可以作相反的解釋。而潘先生也沒有加上一個字的解釋。第三條評語，潘先生是這樣解釋的：

「由這節批語，知道脂硯齋認爲秦可卿托夢之詞，極有價値；以言重人，就建議把他淫蕩的事實加以隱諱，故删去四五頁之後，第十三回便只剩十頁了。這是删除原本的明證。」

潘先生認爲批書之人，看到隱名人士所作的紅樓夢，寫到秦可卿淫喪天香樓，把秦可卿淫蕩的事實寫出來了，但因秦可卿托夢給王熙鳳，講了極有價值之話，所以便建議給曹雪芹，在整理隱名氏的原著時，把淫蕩的情節删掉了。以此證明紅樓夢是經隱名氏人士先作好了的，曹雪芹只作整理工作。在秦可卿托夢的極有價值的一段話中，有如下的幾句：

「……倘或樂極悲生，若應了那句樹倒猢猻散的俗語，豈不虛耽了一世的詩書舊族了。」

庚辰，甲戌兩本在上面有一眉批說：

「樹倒猢猻之語，今猶在耳，屈指三十五年矣。哀哉傷哉。寧不痛殺。」

我認爲「樹倒猢猻散之語」，是指雍正六年正月，曹家被抄家之事而言。庚辰回後總批有「通回將可卿如何死故隱去，是大發慈悲心也。嘆嘆。壬午春。」前後兩條批，應是同時批的。前一條也可推定是壬午春所批。壬午是乾隆二十七年（一七六二）。上推至雍正六年戊甲（一七二八），正是三十五年。與此批所說的「屈指三⑫十五年矣」正合。又上面兩條批，可推斷爲脂硯齋批。秦可卿托夢的收場語是「三春去後諸芳盡，各自須尋各自門」，庚辰、甲戌的眉批是「不必看完，見此二句，即欲墮淚。梅溪。」這是曹雪芹的弟弟曹棠村批的。更有一夾批「此句（「各自須尋各自門」）令批書人哭死」；這當也是脂硯齋批的。將上述諸批，作綜合地判斷，可知曹雪芹，用作寫秦可卿故事的模特兒與背景，必係與批書人有密切的關係，才會出現上述的那些批語。這正足以證明紅樓夢必出於曹雪芹之手。若如潘先生之說，明末清初的隱名氏寫的秦氏的故事，在百多年後，却給批書者以這大的刺激，要雪芹在整理時删去，眞是怪事。潘先生還引了「缺中秋詩，俟雪芹」，「此句遺失」兩批來證明他的主張，更扯到曹雪芹爲甚麼不像袁枚發表隨園女弟子詩選等等，更不必多費筆墨去批評了。

潘先生在香港中文大學的中文系中，應當算是一位佼佼者。但居然以紅樓夢研究小組領導者的地位，寫出這樣的文章，難怪有人發出「喪亂流離之中，人懷苟且之志，在大學裏千萬不可輕言學術」的嘆息。

附記：懇切希望潘先生對於我所作的批評，明切賜教。但若以寫「紅樓夢的發端」的態度賜教，則恕不答覆。

① 見潘先生大文（以後簡稱「原文」）十六頁。

② 見胡適跋乾隆甲戌脂硯齋重評石頭記影印本。此跋卽載在影印本的後面。

③ 曹雪芹的卒年，有壬午、癸未兩說。我相信壬午說。

④ 吳汝昌有「我怎樣寫紅樓夢探源」一文，收入香港建文書局印行散論紅樓夢。評甲戌本見六七頁趙岡「紅樓夢新探」上篇第二章第一節脂評石頭記五，甲戌本專談此一問題。

⑤ 以上皆見「紅樓夢卷」卷一。

⑥ 吳恩裕著有「有關曹雪芹十種」。

⑦ 有關永忠的材料，係取自吳恩裕所著上書中之「永忠的延芬室集底稿殘本」。惟吳氏以永忠所見者爲八十回本，顯屬錯誤。

⑧ 我對此句話的解釋是「紅樓夢不是公開流傳於世的小說」，指其未正式刊行而言。

⑨ 紅樓夢後四十回，多主張爲高鶚所續。或係如程乙本引言中所說，本有若干殘稿，由高鶚所補修。我相信是補修的。第一百二十回的收尾，又特別把曹雪芹提出來，從文字看，這是高鶚補修的手筆。

⑩ 據吳恩裕「考稗小記」敦誠死於乾隆五十六年辛亥十一月十六日丑時。高鶚的程甲本序是寫於是年冬至後五日。計由寫序付刊而刊成，敦誠已死數月了。

⑪ 戚本卽有正本。按胡在甲戌本上兩處與戚本作比較，可以推想此時已極重視戚本，修正了他寫紅樓夢考證時的態度。

⑫ 有人以「因命芹溪刪去」的「命」字，而推定爲畸笏叟；但畸笏叟此時似尚未着手批書。若脂硯齋的年齡較雪芹爲長，亦可用命字。

中國文學欣賞的一個基點

——一九七〇年三月十七日中國語文學會演講會講辭——

今天所講的是文學欣賞的一個基點問題。

在大學裏的同學，都會讀大一國文。大一國文所教的教材，多半是取自古典作品。假若學生要能了解這些教材，一定會受到訓詁的訓練。但教大一國文的目的，並不在訓詁，甚至也不在思想，而係把教材當作文學作品來欣賞，使學生讀了以後，能感到這是文學作品。在此一目的下，大一國文起碼含有三種意義：

(一) 訓練學生的思想有條理，並培養其表達能力。

(二) 啓發學生的想像能力。

(三) 使學生能因此而得到人生的感發，此即孔子所說的「興於詩」。不過，今日的所謂文學，不僅指的是詩。

若說到文學欣賞的過程，乃是一種「追體驗」的過程。體驗是指作者創作時的心靈活動狀態。讀者對作品要一步一步地追到作者這種心靈活動狀態，才算眞正說得上是欣賞。陸機文賦說：「余每觀才士之所作，竊有以得其用心」。及劉彥和文心雕龍知音篇中說：「觀文者，披文以入情」，這卽是今日所說的「追體驗。」

在追體驗的過程中，可以運用許多觀點與方法，因而可以得到不同的意境與效果。但應當有一個共同起步的基點，這卽是對作品結構的把握。

在西方，亞里士多德首先在詩學一書中提出 plot 的問題。現今除了意識流的作者以外，沒有不重視 plot 問題的。plot 究竟是甚麼？在西方是指敍事詩及戲劇中的故事情節；後來小說當然更要觸到這個問題。爲什麼由亞里士多德以至現今，都那麼注重plot？這是由於作者的想像、敍述、描寫，須通過 plot 而始能令作品得到完整、統一。所以 plot 問題，卽是文學的結構問題。有了結構，才有了內容與形式的統一，這是形成文學的起碼條件，也是文學欣賞的基點。

中國文學，從歷史的發展上來說，有與西方不同的地方。在中國文學史上，敍事詩、戲劇、小說，雖然不是沒有，但未能得到適當的發展，所以過去用故事情節來批評文學的很少。但是，其必有一適當的結構以求文章之統一，與西方文學是絕對相同的。

文心雕龍附會篇，曾正式討論到結構問題。附會篇中說：「夫才量（童）學文，宜正體製，必以情志爲神明，事義爲骨髓，辭采爲肌膚，宮商爲聲氣……」。這是以文章來與人相比。人是由神明（精神）、骨髓、肌膚、聲氣等，結構而成爲一個統一體的生命。文章是由情志、事義、辭采、宮商等，結構而成爲一個統一體的作品。這與西方文學所談之 plot，在表面上雖似不同，實則彼此是相通的。

文學作品的內容，可分爲許多部份。但其中必有一部份最爲主要，亦卽是主題之所在，這在附會篇，便稱爲「綱領」。其他有關部份，都是爲綱領來效力，使綱領能表達得更爲淸楚明白而有力。也卽是說：綱領必貫通於各部份之中，這便形成一篇作品的結構。

一個作品是否成功，首須視其綱領表現的程度而定。沒有主題，沒有綱領，固然不成爲作品。但有主題，有綱領，而表現得曖昧、軟弱，這便是在結構上有了問題，依然不是一個成功的作品。綱領好比是人的大腦，其他各部份好比是人的四肢百體。大腦在分量上比四肢百體小得多；但大腦必貫通於四肢百體之中，否則形成痲木。綱領在一篇文字中所佔的分量也比較少，但如何能使這分量少的字句，通過某種脈絡而貫通於全篇文字之中，使全篇文字，皆爲此少數字句的綱領効命，這便是文章結構的問題，這便是欣賞某篇作品所首須把握到的基點。

到此，應當進一步問：「由少數字句所構成的綱領，到底要安排、呈顯在作品中那一個地方，才為適合?」

凡是有創造性的作家，其表現綱領的方法是不斷變化的。但在變化中亦未嘗不可以提出若干典型。現在提出四種典型來稍加討論：

（一）文心雕龍鎔裁篇：「是以草創鴻筆，先標三準。履端於始……舉正於中……歸餘於終。」彥和的意思是把作品分為三個部份，而把綱領安放在作品的中段。這是一種最普通的結構形式，和亞里士多德在詩學中所提出的不謀而合。這種結構，是來龍在前，去脈在後，高峯在中間。至於首段如何引出綱領，則可用反面、正面、側面等方法。但來龍去脈兩部份，用筆既不能太少，否則不够清楚；但亦不能太繁，否則喧賓奪主，減輕了綱領的分量。

（二）把綱領安放在作品開始的地方。以簡練的一句或幾句話，把全文的內容加以概括，因而把全文提挈起來。以後的文字，都是開端一句或幾句話的發揮。並且在氣勢上要能振拔跌宕，對全文有登高一呼之勢。例如李斯上秦王書，一開首便寫「臣聞吏議逐客，竊以為過矣」，此一句的內容與氣勢，即可籠罩全篇。用此種方法並不容易，要醞釀得够，提鍊得精。並且多適於寫短篇文章。韓昌黎在這種地方，最為傑出。

（三）作連鎖性的呈現。即是把綱領分成幾部份，逐步呈現。寫學術性的長篇文章，多用此法。

但綱領一定要「分而能合」，「斷而能續」，才能算是好文章。司馬遷在此種地方最爲特出。史記中的平準書、貨殖列傳，眞可謂千載偉構。

（四）把綱領安放在文章最後面，前面的文章，只是一層層的逼，直到最後，才把綱領逼出來。電影中的偵探片，常用此種手法，前面是疑雲重重，逼到最後才用一兩個鏡頭點破。此一方法，須最後點出的綱領，可以逆流而上，一直貫通到開首的第一句，使全篇爲之通徹光明。賈誼過秦論上，卽用此法。

寫好文章不容易，欣賞好文章也不容易。我這裏說出一個欣賞的基點，聊供各位同學參考。

漫談魯迅

——在香港中文大學新亞書院文學會的講演稿

一、我與魯迅作品的因緣：

我在一九二六年以前讀的多是線裝書。對五四運動，雖曾扛着反日的旗子到街頭去演講，但對當時的文藝思潮却是很隔膜的。後來國民革命軍到武漢，我的態度開始改變了，自問讀的那些古書有什麼用處，漸漸對線裝書甚至對整個中國文化，發生很大的反感。在當時，偶然看到魯迅的「吶喊」，便十分佩服。因爲他所批評的，也是我所要批評而不能表達出來的。他的文字潑辣生動，不同於線裝書裏的陳腔濫調，一下子我便變成魯迅迷了。自一九二六至二八年間，凡能買到的魯迅作品，我都熱心地讀過了。不過，我是一個肯用腦筋的人。讀完了魯迅的作品以後，感到對國家、對社會，只是一片烏黑烏黑。他所投給我的光芒，只是純否定性的光芒，因而不免發生一種空虛悵惘的感覺。

一九二八年三月到日本，一九二九年春開始閱讀京都帝大教授河上肇的經濟學大綱一書，在兩相比較之下，魯迅的分量顯得太輕了。

河上氏「經濟學大綱」規模宏大，組織、論證嚴密，曾由陳豹隱譯成中文，在中國也發生很大的影響。此外他對經濟思想史、唯物論與唯物辯證法等，都有光輝的著作。他的「貧乏第二物語」，曾給我以在文學作品中不容易得到的感動。他不斷地與當時日本的經濟學界及思想界展開論戰。文字的潑辣犀利，與魯迅有點相像。但從文字的規模、氣勢來說，則河上氏的文章是大家，而魯迅却只能算是名家。這樣一來，我由魯迅迷一變而爲河上肇迷了。一九六〇年我在京都舊書店裏買到一本河上肇評點的陸放翁詩，由此可以了解這位理想的共產主義者的興趣之廣，治學規模的宏大。

一九四四年我在重慶認識了熊十力先生，對中國文化的態度開始有了轉變。但有空時，還是看些日譯的西方東西。一九五五年我到東海大學中文系教書，自己又回到線裝書裏去。一九六九年我到香港，才知道魯迅被中共捧爲偶像，於是再拿他的作品來讀。由於他已被捧爲偶像，要開口講他，就非常困難，並且也不必去講。我今天並不打算當他是一個偶像，而當他是一個中國有成就的作家來講。這樣才可能把他當作一個被研究的對象，作客觀性的處理。假定因此而冒犯了許多崇拜者，也是沒有辦法的。

二、魯迅的家庭：

首先要說的是八股制度這個東西，可以說是一種統治階級用以籠絡、欺騙知識分子的毒辣手段。

它本身既不是文學，更不是什麼知識，而只是一種被制式所限定的文字魔術、把戲。所以過去的人，一定要丟開八股才能做點學問。由於這個制度存在時間很長，故社會中它的毒害的亦至深且鉅，尤其是知識分子。

我們不必美化魯迅的家庭。魯迅的祖父是個翰林，後來爲幫人買通關節而被判坐牢，由此可見他是出生於一個中八股之毒很深的家庭。魯迅的父親，是生在這個家庭中不耕不讀，不工不商的典型寄生蟲。後來得了重病，在魯迅的少年時候便死了。魯迅說他是出生於「小康」之家，但在他十三歲以前，祖父沒有坐牢時，應當是功名加地主的家庭。因爲魯迅是出生在這種家庭，所以他一直是由一名女工「阿長」撫育長大的。由此我們應當知道，魯迅的家庭，是墮落的、黑暗的。這爲了了解魯迅，有重要的意義。

三、魯迅的經歷：（生於一八八一年九月。卒於一九三六年十月。）

他七歲開始讀私塾。十八歲進南京水師學堂，十九歲改進礦務學堂，廿二歲畢業後，於一九〇二年三月，官費留學日本。先在東京宏文學院學日語。一九〇四年九月，進仙臺醫學專門學校。至一九〇七年春退學返東京，決心改學文學。我對他退學的原因，是因爲在上課將完時，課室放演日俄戰爭影片，中間有中國人幫俄國當間諜，被日軍捉到殺頭，受到這種刺激，感到學實用科學救國，不如學文學救國的意義大的這一套說法，感到懷疑。因爲：（一）日俄戰爭發生於一九〇三年，結束於一九〇四年，即魯迅赴仙臺學醫之年。就常情說，日本以戰爭材料作宣傳最烈的時候，應當在戰爭正在進行之時。魯迅不在一九〇四至〇五年受刺激退學，却在一九〇七年春才下此決心，這種說服力不够強。（二）他退學回到東京後，除了因聽章太炎先生講說文解字，因而加入了光復會外，他不是一個熱心救國運動的人。我的推測，刺激成分一定是有的。留學日本而不受到刺激，便不是中國人。但退學的主要的原因，恐怕還是來自他的個性、興趣。

魯迅一九〇九年九月返國後，在浙江兩級師範當生理學、化學教員兼翻譯。一九一〇年當紹興府中學教務長。一九一一年任紹興師範校長。一九一三年入教育部當部員，提升僉事，直至一九二五年八月，因女師大學潮，遭章士釗免職。這中間兼在北大、女師大等校講中國小說史。一九二六年九月應聘爲厦門大學教授。一九二七年一月應聘到中山大學，是年十月由廣州回上海。中間除短期到了一下北京外，一直到一九三六年死時爲止，都住在上海。

四、魯迅的寫作過程：

一九一八年以前，他把精力用在鈔書上面，鈔的多是會稽郡的文獻。至一九一八年四月在新青年發表「狂人日記」，這是他的創作開始。後來先後寫了「阿Q正傳」等十數篇小說，在一九二三年彙印爲「吶喊」，這是他創作的高峰，其中又以「阿Q正傳」爲高峰之頂點。

同時他亦開始寫雜文，在這段時期所寫的後來收集爲「熱風」。由一九二四年寫了「祝福」、「酒樓上」，一直到一九二五年寫「離婚」等，於一九二六年九月彙印爲「徬徨」。這中間還寫了些散文詩，後來彙印爲「野草」。自此以後，他的創作能力已經衰耗，除了「故事新編」外，寫的只以雜文爲主。

五、魯迅的論敵：

魯迅的創作生活，由他三十八歲至四十五歲告一段落，並不算長久。而在論戰方面，耗費了他很多的時間與精力。他的主要論敵可分爲：

(一)現代評論派——主要是在北京時，一批曾留學外國而有點成就的學者，被人稱爲「正人君子」的，最爲魯迅所痛恨。此外則是免他職的章士釗。但是章士釗恢復甲寅雜誌後，所發生的影響不大。南京的「學衡」，也是魯迅重要論敵之一。

(二)革命文學派——他到了上海，被太陽社、創造社圍剿，被罵爲「封建餘孽」，「失意的法西斯份子」。

(三)新月派——一九二九年，上海出現了新月派，由梁實秋作中堅，提出「普遍的人性」，向革命文學派進攻。太陽社、創造社們覺形勢不妙，乃聯合魯迅，組織左翼作家聯盟。自此以後的魯迅，除了反封建外，更加入了反資產階級及小資產階級。完全站在共產黨的立場寫雜文，對蘇共的捍衛，可以說是無微不至。但他一直到死，也不是共產黨黨員。

六、作品之內容：

魯迅作品的內容，實際可由「狂人日記」加以概括；即是中國的社會是「禮教吃人」的社會。兄弟姊妹之間，也是用各種方式來互吃的。他對中國歷史的看法，簡化爲兩個時代：一個是「想做奴隸而不得的時代」，一是「暫時做穩了奴隸的時代」。他的小說、雜文，都是環繞着上述的主題來加以發揮。他對凡是屬於中國的，都認爲是醜惡的。他口頭上經常以「詩云子曰」作諷刺的對象，決不感到在「詩云」中有極高的文學意義。可以說，在一九三〇年以前，他是一無肯定的。

一九三〇年以後，他開始肯定了共產黠，肯定了蘇聯，肯定了無產階級。他晚年的靠攏到共產黨，和法國實存主義者薩特的歸入到共產黨，有相同之處。但他對共產黨的理論了解得很少，他在這一方面，可以說完全沒有貢獻。這或許對他的身後倒有好處。

七、魯迅的成就：

①在思想方面：他出身於一個黑暗墮落的家庭，他能意識到這一點而反省過來，終其一生總是向

黑暗、腐敗進攻，奮鬪於黑暗墮落中，決不妥協。並且他所掌握到的黑暗、腐敗的一面，沒有脫離現實的立場，就這一點說是了不起的。可以說：他是新時代向封建勢力宣戰中的一位勇士，一位急先鋒。

②在表現技巧方面：他最大的成就是在人物典型的創造。中國現代小說的基礎，可以說是由魯迅奠定的。而他在文字應用方面，更可以說是「惜墨如金」，全篇無一句廢句，無一個閒字，精鍊潑辣，能以寸鐵殺人。他自己形成了他獨特的文體。

八、他的限制：

①不能創作長篇小說，並且創作的時期不長。而他的短篇小說，向外的銳角很強，但向內的深度不足，有刺激力而沒有感動力。

②他的思考是「直線型思考」，對問題的處理，使用徹底的二分法，好的便是徹底的好，壞的便是徹底的壞。當他寫「一件小事」時，應該引起他更多的反省；但他對那位車夫，只能算引起了同情的反應，並沒有眞正的反省，最低限度，他沒有把對一件事的反省擴充出去。除太陽社、創造社的人以外，與他作過論戰的人，他認爲都是徹底的壞人。又如他因父親之死，吃了兩位中醫的虧，後來到了北京，雖然那裏有很多出色的中醫，但仍不能使他消除成見，對中醫中藥，一生都深惡痛絕。可見

他是一個缺乏反省能力的人。

③他尖刻而缺乏人情味，這一點可以從他與他的原配朱夫人的情形看出。朱夫人對他的母親很孝順；但一同住在北京時，他整年整月，不和她講話。又如他對帶他長大的「阿長」的描述，對鄰居豆腐西施的描述，都顯出他缺乏原恕的同情心。雖然後來他對青年們很好，可能是出於一種「自我同一」的心理。

九、他受限制的原因：

①他童年是由女工「長媽媽」撫育大的，女工對「小少爺」沒有恩情，但不能不百般將就，這可能養成他「任性」的性格。

②由於他祖父的入獄，家道突變，使他在少年時代，深感世態的炎涼。這一點，他在文字中曾吐露出來。

③他是一個感性很强的人，但思考能力却不足。例如他攻擊「國粹」所持的理由，只要稍加分析，便多不能成立的，但他却堅持到底，永遠不能發現自己所說的漏洞。固然，感性是文藝工作者的重要條件，但是要進而成爲一個思想性的人物，則必須具備足夠的思考能力。魯迅常把他所見到的部分現象，當作全般現象來處理。他感到自己家庭，及與自己家庭相關的腐敗與黑暗，遂把這個觀念擴

及全中國，擴及全歷史。故在他靠攏到共產黨之前，他對中國看不出一點光明，所以有徬徨之感。眞正說，他是一個虛無主義者。他之靠攏共產黨，我懷疑蘇共對他精神的影響大過於中共。因爲蘇聯是外國人。

④他性好生僻，喜歡閱讀帶有古董趣味的東西。對中國及西方的古典文學作品，他接觸得很少。在他閱讀的書單中，找不出一兩部眞正有分量的中西著作，這就使他的思想得不到開擴的機會。

⑤受俄國革命前的作家影響很大，尤其是果戈里。「狂人日記」的名稱，就是借用果戈里的一篇小說名稱。俄國在大革命前的確出了幾位了不起的文學家。但俄國沒有和中國可以比擬的歷史文化；俄國地主與農奴的社會結構，與中國的社會，完全屬於兩個異質的形態，中國的佃農不等於農奴。中國在地主佃農的生產關係之外，還有大量的自耕農和半自耕農。魯迅不能以俄國文學家處理他們的社會的態度來處理中國的社會，因此魯迅只能把握到中國社會的一個角落，並沒有深入進中國的社會中去。所以他的作品不能與大革命前的俄國文學家作品比其高度與深度。在世界文壇上，我認爲他只能算三流的作家。八股下的知識份子，魯迅是把握到了。但中國農民的偉大品質，幾乎沒有進入到他的心靈，所以他便將民族的「劣根性」都塑造到一個雇農「阿Q」的形象上去，這是非常不公平的。

十、結論：

我們應當向他學習對黑暗腐敗奮鬪的精神，應當學習他寫作的嚴肅態度及其寫作的技巧，尤其可以學習他簡鍊的文筆。但要了解，文體是有各種各樣的。中共把魯迅捧爲偶像，乃出於此一階段的政策要求。假定將來中共的政策有了變更，則偶像的香火將會消退，讓魯迅坐在歷史的正常坐位。所以我們應學習魯迅之所長，而不必把他當作偶像，以至自己封閉了自己。

林語堂的蘇東坡與小二娘

一

中央社約了若干人士，寫廣義地新聞稿，稱爲特約稿，分發各報採用，用意甚嘉；但可看的文章甚少。最近各報所刊的林語堂氏的蘇東坡與小二娘，即其中的一篇。林氏在中央社所約集的陣容中，要算是頂尖兒的人物。但我看了他這篇大作後，不免發生奇異之感。

林氏文章開首的一段，引了蘇東坡賀新郎的詞，想由東坡對當時官妓的溫柔寬厚，以證明他此文說蘇東坡與其「堂妹」小二娘戀愛，乃當然之事。所以他在前一段文章寫完後，便說「我之所以拉這些話，是不要有人又來爲東坡雪什麼恥」。在林氏的腦筋裏面，是認爲一個人對公娼的態度，和對自己血親親屬的態度，完全相同。所以一位嫖妓的人，便會和自己的血親戀愛。這是屬於林氏私人觀念的問題，且不必去管它。但林氏這篇文章，是立足於考據之上。只要考據站得住脚，蘇東坡再大的恥，他在九泉下也只有俯首認罪，林氏不必另外多心。爲了看林氏的考據是否能站住脚，先不得不簡述他文章的要點。凡與他論證有關的，都一字不遺的抄上。

「小二娘係蘇東坡的堂妹，嫁柳瑾（子玉）之子柳仲遠。這堂兄妹之間，有一段關係，未爲人所道著……。但東坡年輕倅杭時有一段行爲及一兩首詩，不大易解。東坡對這位堂妹，一向是很好的。也可以說是傾慕，是不可以告人的幽恨。」

說爽快點，林氏在八百年後，發現東坡兄妹之間，曾發生過不可以告人的愛情。林氏這一新發現有兩個論證。一是因爲東坡從三十六歲到三十九歲之間，亦即是從熙寧四年辛亥到七年甲寅之間，爲杭州通判時，「有一段行爲……不大易解。」是如何不易解呢？且聽林氏道來：

「且說東坡年三十六，來杭做副州長……那時柳仲遠夫婦，及柳子玉，住在鎭江附近。到了第三年，（按指東坡三十八歲時的癸丑）他的詩興大發。又自癸丑冬天到甲寅春天，留在常（武進）潤（鎭江）間不回杭。其間與柳子玉次韻和詩不少，也有詩記載子玉家晏。對於仲遠一字不提。」

林氏認爲這段行爲的不可解，就上文推之，應當一是東坡爲什麼到了第三年而詩興大發？二是東坡爲什麼自癸丑冬到甲寅春，留在小二娘夫婦住家附近的常、潤，而不回杭？三是東坡爲什麼只跟小二娘的公公作詩，而不跟小二娘的丈夫作詩？因爲有這三大不易解的情形，林氏實際認爲東坡從到杭之第三年起，與小二娘的舊情復發，所以追到常、潤去和小二娘戀愛。和她的公公柳子玉多所唱和，是爲了掩護。不和她的丈夫作詩，是爲了避嫌或吃醋。

二

但我覺得東坡這一段行爲，並沒有不可解之處。（一）據施注蘇詩及補注，東坡是辛亥年十一月到杭，兩月之間，約有四十一首詩。次年壬子，約有六十九首。第三年癸丑，約有一百二十多首；因爲他這年到了姑蘇，又經過秀州（嘉興）到了常、潤，環境的變遷大，所以作的詩也便多。第四年甲寅，約有一百三十多首，也是因爲此年環境的變遷大——遷密州。且是不是戀愛，只能以詩的內容作證；與詩作得多少，不可能有關係。

（二）據邵長蘅重訂王宗稷所編東坡先生年譜，東坡在癸丑冬是「運司又差先生往潤州（鎮江），道出秀州（嘉興）」。他自癸丑冬到甲寅春，「留在常潤間不回杭」，只是奉命出差公幹。並且這種出差，他是感到很不愉快的。只看常潤道中有懷錢塘寄述古五首中「年年事事與心違」，「經營身計一生迂」等句，即可明瞭。把此事想到他是特別跑到那裏去和小二娘戀愛，未免太想入非非了。

（三）在這段期間爲什麼只和小二娘的公公柳子玉作詩，而不和她的丈夫仲遠作詩呢？第一，據東坡祭柳子玉文，他是一位「獨以詩鳴」，而又「才高絕俗」，曾經「謫居窮山」的人。因爲他是一位詩人，又對東坡很傾倒，所以當東坡三十歲離鳳翔歸京師時，他便與東坡相唱和。從東坡和他的許多詩中看，他與東坡之間，名爲親戚，實係一位親密地朋友。第二、當東坡通判杭州時，柳子玉已經「投棄纓綬」，歸老故鄉；而又曾特別跑到杭州，「相從半載，日飲醇酎」（以上皆見祭文）。再加之東坡又出差到了柳子玉的故鄉。在這段時間裏，兩人的唱酬便多了起來，乃自然之事。第三、從東坡祭柳仲遠文看，仲遠是「久而不試」，在文學上沒有什麽成就，而又「崎嶇有求」，苦於謀生的人。在這種情形之下，東坡只和會作詩的父親作詩，而不曾和不會作詩的兒子作詩，這有什麽不大易解呢？

三

但是，林語堂氏還有另一論證是東坡有「一兩首詩，不大易解」。一首詩是杭州牡丹開時，僕猶在常潤，周令作詩見寄，次其韻。復次一首送赴闕。詩是：

「羞歸應爲負花期，已是成陰結子時。與物寡情憐我老，遺春無恨賴君詩。玉臺不見朝酣酒，金縷猶歌空折枝。從此年年定相見，欲師老圃問樊遲。」

林氏雖說這首詩不易解，實際他已代爲作解了。他解道：

「這詩很怪。『空折枝』，『結子時』，『朝酣酒』，『金縷衣』，明明是悔念情人已嫁夫生子的句，用事出杜牧及古詩句。況且已經次韻，再次韻，以掩其跡。牡丹又不結子，更不合。東坡的詩很工，不至如此粗糙。小二娘那時，已有二子，故於事甚合。那末，不是詠小二娘，是詠誰呢？第三句是說他的無聊；第四句說他過這春天的安慰。第七句『從此年年定相見』，是訣別的語氣，非回杭即得相見之意，更非說與周令的話。第八句『欲師老圃問樊遲』，是有求田問舍，卜居鄰近意。東坡離黃第一步便是來常、潤買舍，後來因忽報移汝州，才沒有住下去。」

我看了林氏的妙解後，發生的第一個疑問是，東坡與妹妹戀愛，爲什麼會作詩透露給周令？此詩可被八百年後的林先生猜透，爲什麼當時的周令和他身邊的許多朋友却猜不透？第二、東坡自己寫得清清楚楚地「復次（和）一首」是送周令「赴闕」的，詩的內容也正是如此。所以紀曉嵐批前一首是「此首賦牡丹」；批後一首是「此首送赴闕」。林氏從什麼地方可以看出後一首是掩前一首戀愛之跡呢？即使在今天，和妹妹戀愛，總不是很名譽的事吧。東坡一面做首詩透露出來，又同時做首詩去掩蓋，豈非有神經病？第三、林氏既知道牡丹不結子，又知道小二娘已有二子，爲什麼東坡用一個不結子的牡丹去象徵一位已結子的小二娘？這未免太「粗糙」了一點吧。況且東坡此時有柳氏二外甥求筆跡二首的詩，以「讀書萬卷始通神」勉勸他們，大概已經有十好幾歲，這是以「結子」談愛情的時候嗎？第四、東坡甲寅春仍出差在常、潤，曾作前面提到的常潤道中有懷錢塘寄述古五首的詩，第五首有「惠泉山下土如濡，陽羨溪（按即荊溪，在宜興）頭米勝珠」之句，他在陽羨買田歸隱之念，動於此時。據元祐八年東坡辨御史黃慶基論買田事謂「責黃州日，買得宜興姓曹人一契田段」。按東坡出獄責黃州之命，爲元豐二年十二月二十九日；以元豐三年二月一日到黃州，時年四十五歲。因受此打擊，決心歸隱；在宜興買田，當屬於此年。宜興距潤州，（鎮江）隔著今日的三個縣，就當時的交通說，決不算近。但林氏爲了把東坡買田歸隱的動機，羅織成是爲了便於與小二娘戀愛的動機，不惜捏造東坡的田是買在常州潤州，使東坡成爲跨越兩州的大地主。元豐七年甲子東坡四十九歲，四月有命量移汝州，東坡途中上書自言「有飢寒之憂；有田在常（按宜興當時屬常州），願得居之。書朝入，夕報可。」（蘇轍東坡先生墓誌銘）這段行程，周必大題楚頌帖說得最清楚。據周所記，東坡是在元豐八年（東坡五十歲）正月四日由黃州起程赴汝州；三月六日到南京，被旨從所請，回次維揚，又歸宜興；留題竹西三絕，蓋五月一日也。以元豐八年五月到常州。是月起守文登（登州）」，林氏對此事的敍述，是不是完全顚倒而錯誤呢？

其實，前面那首詩，沒有一點可怪之處。首先應了解東坡之倅杭，是爲避禍而請求外調，當然有不少的牢騷。再加以奉檄差遣於常、潤道中，這種牢騷更多了。這只要看他常潤道中有懷錢塘寄述古五首的詩，最後以「莫怪江南苦留滯，經營身計一生迂」兩句作結，便可了解。其次，東坡在杭州第一年有吉祥寺賞牡丹的詩。次年有吉祥寺花將落而述古不至的詩，又有述古聞之，明日即來……的詩。第三年有和述古冬日牡丹四首的詩。所以賞牡丹是他在杭州時與朋友間每年歡聚的機會。第四年因離杭而未得參加這一歡聚，周令來詩中一定會提到。這便更引起他的一番感慨。把這些背景弄清楚了，對於上述那首詩，有什麼不易解呢？「已是成陰結子時」，只是於點明季節之中，略帶感傷之意。這是最尋常地用典。東坡祭柳子玉文中有「翻然失去，覆水何救」之語，照林氏解典的方式，一定是以爲東坡有位離了婚的太太留在柳家了。其實，東坡只不過以「覆水」喻柳子玉死而不可復生吧了。

另一首是刁景純賞瑞香花，憶先朝侍晏次韻的詩中有「厭從年少追新賞，閒對宮花識舊香」一聯，林氏對此也發奇想說「厭新賞，識舊香，總是詩人有所爲而發的。」林氏實際也認爲上一句是東坡表明自己對小二娘用情甚專；下一句的「舊香」即指的是小二娘這位舊情人。據東坡祭刁景純墓文，他大東坡四十二歲，却與東坡「謂我昆弟」。而刁又退身甚早，崖岸自高；前一句正說刁的這種情形。而下句分明是由「憶先朝侍晏」引起，如何能拉到女人身上？即使拉到女人身上，如何可以聯想到小二娘身上呢？

四

上面林氏所說的東坡的行跡及兩首詩，照常情去看，裏面不可能含有風懷的成份。即使含有風懷的成分，又何從推到柳仲遠之妻小二娘身上？所以引起林氏如上妙想的，恐怕還是東坡寫給小二娘的一封信。林氏却沒有想到，東坡這封信，只能證明小二娘並不是柳仲遠之妻，而是胡仁修之妻。不是東坡的堂妹，而是東坡的堂姪女。林氏此文最大的笑話，正出在這種李代桃僵上面。

東坡全集卷之六十，蘇長公外集卷八十，及東坡七集續集卷七，皆列有與胡郎仁修三首的書札。並附注有「以下皆北歸」字樣，是說明與胡仁修及以後各書，都是東坡由南海得赦北歸的信。此時東坡六十六歲，是年七月二十八日，即病死於常州（武進）。茲照東坡全集原式將與胡郎仁修三首簡錄於下：

一

「某啓：得彭城書，知太夫人捐館……某本欲居常，得舍弟書，邀歸許下甚力，今已決計泝汴至陳留，陸行歸許矣。旦夕到儀眞暫留，令邁一到常州款見矣……」

「某尉疏言，不意變故，奄離艱疚……某未獲躬詣靈帷，臨書哽咽……」

二

「小二娘知。持服不易，且得無恙。伯翁一行甚安健……今已到太平州。相次一到潤州金山寺。但無由至常州看小二娘。有所幹所闕，一一早道來。萬萬自愛。」

三

按東坡由南海北歸，原欲住宜興（當時屬常州）；在途中接子由信，堅邀他居潁昌（許州），他遂變計擬經儀眞到瓜州，等宜興的行李北上。他在儀眞停留期間，因早約好運使程德孺到潤州一同遊金山寺，所以他曾往潤州會晤程氏和幾位親戚。相談之後，知道北方對他的空氣仍不好，而潁昌又距京師頗近，所以他又寫信給子由，依然決定住常州；並有位姓孫的要借房子給他住。（以上參閱續集卷七東坡與程德孺運使三首，答錢濟明三首，與子由二首各書札）上面三封信，是在中途的當塗（太平州）寫的。三封信主要是爲了胡仁修的母親死了。所以除報道自己的行程外，特表弔唁之意。寫給小二娘的信上所說的「持服不易」的「持服」，正指的是守婆婆的喪服而言。死的是胡仁修的母親；假定小二娘是柳家的媳婦，爲什麼要爲胡家「持服」呢？因此，「小二娘」只能解釋爲胡仁修的太太。同時，林語堂氏也承認柳家是住在潤州（鎭江）。但東坡給胡仁修的信中是說「令邁（東坡的長子）一到常州

（武進）款見」，即是派大兒子到常州去看胡仁修。在給小二娘的信中也說「無由至常州看小二娘」，則小二娘也分明是住在常州。更重要的是，若小二娘是東坡的堂妹，是柳仲遠之妻，則她已死於東坡六十歲在惠州之日，距東坡北歸時已有六年。東坡的情書，只有燒給鬼看了。

目前我對東坡家族的情形，不能完全明瞭。但何以能推斷這位小二娘不是東坡的堂妹而是東坡的堂姪女呢？第一、因爲據蘇子由的伯父墓表，他的伯父蘇渙，在外官至提點利州路刑獄。有三子四女，最小的女兒嫁給柳子文（仲遠）；她既是行四而不是行二，斷無稱爲「二娘」之理。第二、東坡稱柳仲遠之妻，在給外甥柳閎和祭妹夫柳仲遠文中，都是稱「令妹」「賢妹」。按唐宋人用娘字，略等於今人之所謂「小姐」。日人仍保持此種稱呼。家族之間，則指的是晚輩的女子。「小二娘」的稱呼，是東坡對自己晚輩女子的稱呼。東坡七集續集卷十有爲自己的孫符向子由的女婿王子立之女的求婚啓，稱王子立的女兒爲「第十四小娘子」。又有爲自己第二個兒子謝求婚啓，稱對方爲「伏承令子第二小娘子」。但東坡自己沒有女兒，而信中說「伯翁一行甚安健」；「伯翁」是東坡的自稱。所以「小二娘」是東坡的姪女，最可能是蘇子由的女兒。第三，對小二娘的丈夫胡仁修稱「胡郎仁修」。除此之外，只有對王子立有這種稱法。例如生日王郎以詩見慶，次其韻並寄茶二十一斤詩，次公注「王郎，王子立也；爲子由婿，故云耳。」是當時稱婿爲「郎」。胡仁修是他的姪女婿，故稱之爲「胡郎」，這與小二娘是他的姪女正合。而東坡在儀眞給子由的信中，提到「胡郎亦有書來」，正可證明胡仁修是蘇子由的女婿。

五

小二娘是東坡的姪女，胡仁修的太太，在上述材料中是這樣的明白。然則林語堂以何種方法，竟在八百年後，硬逼着她改嫁給柳仲遠，而又派上她與堂伯戀愛呢？第一、林氏捏造東坡給小二娘的信是「托胡仁修轉的」；這樣便輕輕地把小二娘從胡仁修手上嫁到柳仲遠手上去了。第二、林氏硬把東坡給小二娘的信，一面與她的丈夫胡仁修脫離關係；再在另一封與外甥柳閎的信上，私加上一個「又」字，而成爲「又與外甥柳閎」，這便把與柳閎的信和與小二娘的信連上，硬把柳閎降低一輩，過繼給小二娘爲子了。但不論怎樣捏造，其奈柳仲遠之妻此時已死六年；而柳本人也死了四年何！

林語堂又對東坡祭妹夫柳仲遠文二首「覺得特別」。文中有「痛我令妹，天獨與賢。德如召南，壽甫見孫。矧我仲遠，孝友恭溫……」林氏說「先痛其妹，然後矧我仲遠，矧字用得特別」。據王氏所編年譜，東坡祭妹德化君（柳仲遠之妻）文，是紹聖三年寫的，東坡時在惠州，年六十歲。據傅氏紀年錄，祭柳仲遠的第一篇祭文，是元符元年十一月二十日作的，東坡時在瓊州，年六十三。據祭文「訃來逾年」的話，則柳仲遠是死於東坡六十二歲的時候。妹妹死在前，妹夫死在後，在文章敍述的順序上，爲什麼不可以「先痛其妹」？妹妹死了，妹夫也接着死了，在這種悲慘故事發展中，用上一個「矧」字，豈非是太尋常不過的常識嗎？

林氏還引第二篇祭文中「云何兩逝，不憖遺一」，而覺得「不憖遺一之句，我也覺得特別」。東坡的話，用白話譯出來是「爲什麼夫婦兩人都死掉，一個也不留」。這種出自可哀之事，可哀之情的可哀之語，而林氏「覺得特別」；大概是他以爲東坡之意，是痛惜怎麼沒有把自己的堂妹留下，以便繼續他兩人的舊歡。林先生！東坡第二篇祭文，是由嶺海南還，暫停儀眞，到潤州晤程德孺遊金山，順道弔柳氏夫婦之墓時寫的。所以祭文中有「我歸自南，宿草再易」的話。東坡此時是六十六歲的頹齡，還會有林先生那種想法嗎？林先生在上述的妙文後，接着是「後六年」云云，是他把祭柳仲遠的第二篇祭文，以爲是東坡六十歲在惠州時寫的。東坡在惠州時，柳仲遠只死了太太，他自己並沒有死，東坡如何會有祭文呢？林先生的綺思沉酣，所以對擺在自己面前極明白的材料，也視而不見。這是幽默？還是滑稽？以林先生這種閱讀的能力，聽說還寫有蘇東坡傳，那眞只有天曉得了。

我對東坡，可以說是毫無研究。這次因拜讀林氏的大文，覺得林氏的論證方法，過於奇怪，便把有關的材料，稍稍翻閱一下，感到東坡一生，除了太愛開玩笑的這一點外，他的寬厚、純潔、灑脫的心靈，正代表了一個偉大文學藝術家的人格。一定要以揑造的方式去誣衊他，我不知對林氏有何益處？但林氏正是代表目前中國的學術風氣；由這種風氣來看，今日的知識分子，我不知道究竟會走到什麼地方去。

國家圖書館出版品預行編目資料

中國文學論集

徐復觀著. – 五版. – 臺北市：臺灣學生，2001[民 90]三刷
面；公分

ISBN 957-15-0074-7 (平裝)

1. 中國文學 – 論文，講詞等

820.7

中國文學論集（全一冊）

著作者：徐復觀
出版者：臺灣學生書局
發行人：孫善治
發行所：臺灣學生書局
臺北市和平東路一段一九八號
郵政劃撥戶：〇〇〇二四六六八號
電話：(〇二)二三六三四一五六
傳真：(〇二)二三六三六三三四
本書局登記證字號：行政院新聞局局版北市業字第玖捌壹號
印刷所：宏輝彩色印刷公司
中和市永和路三六三巷四二號
電話：二二二六八八五三

定價：平裝新臺幣三八〇元

西元二〇〇一年十二月五版三刷

82001

ISBN 957-15-0074-7 (平裝)

徐復觀教授著作目錄

（根據出版年月先後編訂）

一八、兩漢思想史　卷二　一九七六年初版／學生書局印行（現刊行增補再版）

一九、兩漢思想史　卷三　一九七九年初版／學生書局印行

二〇、儒家政治思想與民主自由人權　一九七九年初版／學生書局

二一、周官成立之時代及其思想性格　一九八〇年初版／學生書局印行

二二、徐復觀雜文集①論中共②看世局③記所思④憶往事（四冊）／一九八〇年四月初版／時報文化出版公司印行（已印數版）

二三、徐復觀雜文集・續集　一九八一年初版／時報文化出版公司印行

二四、中國文學論集續篇　一九八一年初版／學生書局印行

二五、中國思想史論集續篇　一九八二年初版／時報文化出版公司印行

二六、中國經學史的基礎　一九八二年初版／學生書局印行

二七、論戰與譯述　一九八二年初版／志文出版社新潮文庫印行

二八、徐復觀最後雜文集　一九八四年／時報文化公司

二九、徐復觀教授紀念文集　一九八四年／時報文化公司

三〇、「徐復觀教授紀念論文集」籌印中

翻譯兩種：

一、詩的原理（萩原朔太郎著）／學生書局

二、中國人的思維方法（中村元著）／商務印書館印行

一九八二年四月五日　編訂